純真

PURITY

強納森・法蘭岑——著　林少予——譯

獻給伊莉莎白・羅賓森

……我總想作惡，卻終反成了善。

Contents

奧克蘭的純真

星期一

「噢……小乖貓，聽到妳的聲音真好。」女孩的母親在電話中說：「我身體又出毛病了。我有時候覺得自己這輩子都離不開病痛。」

名叫碧普的女孩答道：「誰不是呢？」她趁著再生能源公司的午休沒結束，打電話給母親，想暫時擺脫上班情緒，抱怨一下她不適合這份工作、當然可能也沒有人適合、這世界上沒有工作適合她……講完二十分鐘，她就可以老實地說她得回去上班了。

「我的左眼皮好重，」她母親說：「好像有個很小的鉛錘還是什麼的掛在那兒，一直往下拉。」

「現在呢？」

「一陣一陣的，我猜我得了貝爾氏麻痺症[1]。」

「我不知道那是什麼，但我保證妳不是。」

「小乖貓，妳連貝爾氏麻痺症是什麼都不知道，怎麼保證我不是？」

「因為妳之前說妳得了葛瑞夫茲氏症[2]、甲狀腺亢奮，還有黑色素瘤。結果都沒有。」

碧普不是為了作弄母親才這樣說話，而是因為母女倆的關係已經完全被「**道德風險**」污染了。這名詞是碧普在大學修經濟學學到的，這比喻很好用——她自己像個超大型銀行，只要母親有經濟需求的一天，銀行就不能倒；母親則像是她不可或缺的員工，就算工作態度不佳，也不能開除。碧普搬到奧克蘭之後認識一些人，他們也都有讓人頭疼的父母，但就算是最麻煩的那種，他們除了向獨生子女求助外，總有其他生活圈。所以，那些朋友每天還是會找時間跟父母講講話，不必擔心自己冒出一些不該出現的奇怪情緒影響父母。但碧普的母親不一樣，她認定碧普是世上唯一能和她說上話的人。

媽媽說：「唉，看來我今天是沒辦法上班了。要不是因為我有在冥想打坐，我早就受不了辭職不做了。但現在又有個看不到的**鉛錘**在扯我的眼皮，我要怎麼冥想？」

「媽，現在連七月都不到，妳不能這時候又請病假。妳會不會是得了流行感冒？」

「商場客人看到我大概會想，怎麼會有個半邊臉垮到肩上的老女人在這邊當收銀員？我真羨慕妳能在隔間裡上班，沒人看得到。」

碧普說：「隔間辦公室沒有妳想的那麼美好。」

「身體最可怕的地方就是這樣，**一覽無遺，讓人一眼看透**。」

碧普的母親雖然有長期憂鬱的問題，腦袋卻很清楚。她在斐爾頓市的新葉社區超級市場擔任收銀員，十幾年來一直作這份工作。碧普只要將心比心，就可以瞭解母親的抱怨。她的辦公室灰色隔板上唯一的裝飾是張保險桿貼紙，寫著：「至少，**保護環境的戰爭還差強人意**。」同事的隔板上貼的都是生活照和剪報，碧普瞭解母親所說的隱形的好處。況且，母親那份工作不真的穩定，幹嘛要她努力迎合。

她問母親：「妳的『非生日』打算怎麼『不慶祝』，想好了沒？」

「老實說，我比較想蒙著頭在床上躺一整天，我才不要過個『非生日』來提醒自己愈來愈老。光是眼皮愈來愈重，我就知道自己年紀又大了一點。」

「要不然我做個蛋糕來看妳，我們一起吃，好不好？妳今天好像比較沮喪。」

---

1 Bell's palsy，一種顏面神經麻痺症。

2 Graves' disease，一種常見的甲狀腺亢進症。

「看到妳我就不沮喪了。」

「哈！但願我是顆藥丸就好了。蛋糕用代糖做可以嗎？」

「不知道耶。代糖吃進去嘴裡怪怪的。味蕾不會騙人，這我有經驗。」雖然明知跟母親爭辯這種事情毫無意義，碧普還是回嘴：「糖不是也有怪味？」

「糖吃下去時雖然是苦的，但味蕾不會排斥它，因為那是它原本就認得的苦味，不必費力分析，不必像我上次喝代糖飲料一樣，花了五個小時才習慣那種不熟悉的怪味，很怪異的味道！」

「糖的苦味不也會一直留在嘴裡？」

「但喝了代糖飲料以後，味蕾會連續五個小時一直告訴妳它不認得這個味道，這很麻煩。妳知道吸安非他命也會這樣嗎？只要吸一次，腦袋裡的化學作用就永遠變樣了。吃代糖給我的感覺就是這樣。」

「妳是不是想告訴我不要吸安非他命？我可沒有。」

「我只是說，我不要蛋糕。」

「好吧，我會換帶別種蛋糕。抱歉了，我沒有想到我說要作個代糖蛋糕，妳可以扯到**毒藥**。」

「我沒說那是毒藥，我只是說，代糖會在嘴巴裡——」

「產生妳研究過的一長串化學變化，好啦！」

「小乖貓，妳帶什麼蛋糕，我都吃，精糖做的蛋糕吃了也不會死。我不是要潑妳冷水，親愛的，別這樣。」

她們每次講電話，都要互相折磨到生煩生厭才掛。碧普認為自己的生活總是不順、不管做什麼都沒有成果，問題應該就出在她對母親的愛。她心疼她；她苦她也苦；她聽到她的聲音就會有一股暖意；她能感覺到她身上散發一種心神不寧、與性慾無關的吸引力；她關心她也關心她的味覺變化；她希望她更快樂；她氣自己讓她難過；她視她為自己最可親的人。她之所以對母親氣惱、冷嘲熱諷，是因為她生命中有一塊盤據著的大花崗石。最近，她老是自討苦吃，總對著不該發脾氣的對象亂發脾氣，原因也在此。當碧普生氣時，她其實不是氣母親，她氣的就是這塊大花崗石。

一直到八、九歲，碧普才覺得怪，為什麼家裡只有她過生日。當時，她們住在斐爾頓郊外紅木林裡的一棟小木屋。母親說自己沒有生日，她只在意碧普的生日。碧普纏著她不罷休，最後母親答應做個蛋糕慶祝夏至，她們就把那天命名為母親的「非生日」，「非生日」讓她追究起母親到底幾歲，母親還是不肯透露，只露出一副禪味十足的笑容說：「我現在是夠當妳媽媽的年紀。」

「不行，**妳到底幾歲**？」

母親回答：「妳看看我的手。多看幾次，就可以從女人的手看出她的年紀。」

碧普看了看母親的雙手，這似乎是她印象中的第一次。母親手背的皮膚不像她的那麼粉透。母親手背上的骨頭與血管直逼表皮，像退潮時在海港邊能看到的奇怪形狀海底。母親的頭髮既多又長，但已經出現好幾綹乾枯的灰髮；她喉嚨下方的皮膚就像多熟成一天的桃子，滿布皺紋。那天晚上，碧普上床後一直沒闔眼，她擔心母親很快就會死去。那是她第一次感覺到那塊大花崗石，感覺到生命中的警告。

從那時起，碧普就強烈希望母親生命中有個男人，或者，至少有個人。哪一種人都好，只要對方愛她。幾年下來，可能的人選有鄰居琳達，她和母親一樣是單親媽媽，也學梵文。第二位是新葉超市的肉販厄尼，他和母親一樣吃素。另一位是小兒科醫生凡妮莎．童，她很喜歡母親，而她表達迷戀的方式是邀她一起賞鳥。最後一位是大鬍子雜工桑尼，只要母親願意解說古代普阿布洛人的文化，不管多麼微不足道的修理工作，他都願意跑一趟。這幾位聖．羅倫索山谷區的好心人，都感受過母親身上那種無以名狀、一閃即逝的優越感。碧普自己是在十幾歲時體會到這一點，當時她還很引已為傲。詩人不見得非得能提筆，才是詩人，藝術家不是非得創作，才能稱為藝術家。她母親的精神修行就是一種藝術，一種隱身的藝術。碧普十二歲之前，母女倆的小木屋裡沒有電視與電腦，母親的主要新聞來源是聖塔．庫魯茲的《瞭望報》。每天她的小小樂趣，就是靠這份報紙知道世界發生了哪些駭人聽聞的事。這種生活方式在山谷區倒不特別，但碧普母親有一點不同，她從不自吹自擂，卻總是散發著優越感。至少是神情舉止上總帶著她當年——就是碧普出生之前、她堅決不肯談的那段時期——不是池中之物的感覺。當琳達拿自己那位愛抓青蛙、又有口臭的兒子達米安，和她唯一的、完美的女兒碧普相提並論時，母親只替她覺得難堪，而非被得罪。至於賣肉的厄尼，母親會擔心如果坦白告訴他，說他全身肉味，就算洗澡也去不掉，那麼他會終生無法釋懷。而當凡妮莎．童邀母親一起賞鳥時，她東躲西閃找理由婉拒，弄得自己狼狽不堪，因為她就是不肯直說她怕鳥。志於桑尼，只要他的高底盤卡車開進小木屋前的車道，她就叫碧普去開門，自己則趕忙從後門躲進紅木林。她這些挑三揀四的行徑，說起來全是為了碧普。她的態度很清楚——碧普是**她**唯一滿意、唯一愛的人。

當然，等碧普到了青春期，這一切成了難熬的尷尬。那時，碧普一心恨著她、想懲罰她，沒發現母親帶她過的遺世獨立生活對她的前途已經造成傷害。沒有人教她，如果她想幹點什麼有意義的事，大學畢業卻揹著十三萬美元的就學貸款可不是什麼好狀況。她去再生能源公司與客戶開發部門主管伊格面談時，也沒人警告她，伊格告訴她第一年可以賺三到四萬美元的佣金，這種假設不是重點，重點是伊格給她的底薪只有兩萬一千美金。當然，也沒人提醒她，像伊格這種舌燦蓮花的業務員，很有本事把爛工作推給未經世事的二十一歲年輕人。

碧普沒接母親的話，只是冷靜地說：「提醒妳，週末我來的時候要談一件妳不喜歡聽的事。」

母親淺笑了一聲，除了想顯示自己還有點迷人，也是種無可奈何。「我不想跟妳談的事就只有一件。」

「我要說的就是那一件，到時候別怪我沒早講。」

母親不再接話。斐爾頓的霧現在應已蒸發。母親每天都不捨得那些霧氣消散，因為霧一走，那個她不想待的世界就一清二楚。在灰濛濛的早晨帶來的安全感裡練習冥想，效果最好。陽光穿透紅木林的細針葉，將屋內染得又綠又金；暑氣也從陽台臥房掛著窗簾的窗戶躡手躡腳地潛入，籠罩碧普的床。青少年時，碧普開始凡事要求隱私，母親被趕到主臥室睡小床。等到碧普離家念大學，母親才又睡回靠陽台的臥房。也許她現在就在床上練習冥想，除非有人跟她說話，否則她不會開口，這樣才能專心調息運氣。

碧普說：「我不是要找妳麻煩，但我沒有別的辦法了。我需要錢，妳沒有錢，我也沒有，我只知道一個辦法可以得到錢，只有一個人理論上欠我錢。所以，我們一定得談這件事。」

母親難過地說：「小乖貓，妳明知道我不會談的。妳錢不夠，我也很難過。但這件事，不是我要不要做，而是我能不能做的問題。我不能，所以我得替妳想別的辦法。」

碧普皺了皺眉頭。兩年前，她就察覺到自己身上一直穿著一件無形的緊身衣，當時她甚至會在偶爾掙扎後，檢查緊身衣的袖子是不是鬆了，每次都發現自己在那裡面動彈不得。她依舊是負債十三萬，母親需要人安慰還是只會找她。緊身衣在她大學畢業、四年自由日子結束的那一刻立刻上身，既快又神奇。若不是她擔不起憂鬱的後果，她早就得憂鬱症了。

她對著話筒說：「就這樣，我要掛電話了，妳也準備去上班吧。妳大概是昨晚沒睡夠，才會眼睛不對勁。我有時候睡不好也會那樣。」

她母親急忙忙地回道：「真的嗎？妳也會？」

碧普知道這講下去不只掛不了電話，還會扯到基因遺傳疾病的話題，到時候她非得沒完沒了地跟母親胡扯瞎說。與其讓母親覺得自己得了貝爾氏麻痺症，不如讓她朝失眠的方向懷疑。別的不說，至少這幾年來她不斷地提失眠真的有藥可醫（母親總是不信）。但她還沒開口，就看到伊格的腦袋探進隔間。一點二十二分，她還在講電話。

「媽，我真的不能講了，拜拜。」說完她掛了電話。

伊格目不轉睛地盯著她看。他是金髮俄國裔，留著一把摸起來肯定很舒服的鬍子，樣子帥得會讓人抱怨老天爺不公平。碧普唯一想得出來自己還沒被開除的原因，是他一直想把她搞上床。她也明白，要是真的上了床，她很快會自慚形穢，因為他不懂人帥、收入也高，而她只是個麻煩纏身、一無是處的人。他一定也知道她的處境。

她對他說：「**對不起**，我超過七分鐘了。我媽生病了。」說完，她忽然轉了個念頭：「不對，我收回，我不要說『對不起』。我問你，不管什麼時候，我在七分鐘內得到嘉獎的機會有多少？」

伊格的睫毛眨呀眨的，回她：「我看起來是要處罰妳的樣子嗎？」

「那你為什麼把腦袋湊進來？為什麼盯著我？」

「我以為妳想玩『二十個問題』[3]。」

「我不想。」

「來吧，猜猜看我想要對妳做什麼，我一定只回答『是』或『不是』。不騙妳，我真的只回答『是』或『不是』。」

「你想被告性騷擾吧？」

伊格得意洋洋地笑著說：「這題的答案是『不是』！妳還剩下十九題。」

「我不是開玩笑的。法學院的朋友告訴我，只要製造性騷擾的氣氛就可以告。」

「妳沒有問問題。」

「要怎麼說你才會信，我不覺得這個好玩？」

「請妳問能用『是』或『不是』回答的問題。」

「天哪！別煩我。」

「所以妳寧願我跟妳談談五月份的業績？」

「少來煩我！我要打電話了！」

伊格走後，她打開電腦裡面的客戶電話表，看了一眼覺得煩，把視窗縮小。她與同事的「開發點數」都寫在辦公室白板上。她在再生能源公司工作了二十二個月，只有四個月的業績保持在倒數第二，而非墊底。二十二分之四這數字也許有什麼道理，每當她看鏡子時，出現美女的比率差不多也是二十二分之四，鏡中出現的如果是其他人，可能也算得上漂亮，但因為鏡中人其實就是她，所以答案就不一樣。她有一些身材問題，當然遺傳自母親，但她至少也和一些男孩發生過關係了，這證明她並非乏人問津。只是對她很有興趣的男孩雖不少，交往到最後大多覺得有地方不對勁。伊格兩年來一直想搞懂她，結果卻和她想搞懂鏡中的自己一樣。「她看起來很漂亮，但……」

念大學時，碧普的腦袋就像帶靜電的氣球，會隨意吸附飄過的念頭。她不知道從哪裡吸來一個想法，認為星期天早晨在咖啡店看紙本《紐約時報》，代表一種文明的高度；結果，這成了她每週固定作的事。無論這念頭是從哪兒冒出來的，事實上，週日早晨的確是她覺得最文明的時刻。就算前一晚喝到很晚，隔天早晨八點整，她還是會買一份《紐約時報》，帶到畢特咖啡館，點一份司康和雙份卡布其諾，坐在最喜歡的角落桌，忘我地度過幾個鐘頭。

去年冬天，她在畢特咖啡館注意到一位長相好、身材瘦長的男孩，和她有同樣的週日習慣。幾個星期

3 一種訓練推理能力的問答遊戲。被問者先在心裡想好答案，發問者透過發問找出答案，但只能問以「是」或「否」為答案的問題，且不能超過二十題。

後，她把報紙拋在一邊，想著不知道那男孩覺得她長得如何、想著自己該不該抬眼、好抓住他也在看她的那一刻。最後，她終於明白，要嘛她得換家咖啡館，要嘛得主動攀談。於是，她下一次抓到他也在看她的時候，歪了歪頭，示意他過來。她覺得自己的動作很生疏又很刻意，卻立即見效，連自己都嚇了一跳。那男孩立刻過來，而且大膽提議，既然兩人每星期同一時間都在這裡，以後就分著一份報紙看，還可以少砍一棵樹。

碧普帶點挑釁意味地問：「如果我們都想看同一落怎麼辦？」

男孩說：「妳比我先來，所以妳先挑。」他接著抱怨起住在德州大學鎮的雙親，就是為了避免搶看同一落報紙吵架，總是買兩份週日《紐約時報》，真是浪費。

碧普這時就像隻只聽得懂自己名字和人語中五個簡單單字的狗，一聽到這男孩有個正常的雙親家庭、家裡挺有錢。她改說：「但是，這是我一星期中唯一沒人吵我的時間。」

男孩聽了下意識退了一步，說：「對不起。我以為妳想找人說說話。」

碧普碰到對她示好的同齡男孩，一直不知道該怎麼控制不自覺的敵意。原因之一是，全世界她只信任母親。從中學與大學她的交往經驗中，對她愈好的男孩，等發現她的不妙的那一面遠大於她刻意表現的好時，兩個人就愈痛苦。但她一直沒有學會該怎麼做才不會期待有人對她好；而對她不好的男孩，又特別有本事察覺並利用她的期待。最後，不管是好或不好的男孩，她都無法信賴。還有，她也沒本事在上床前，就分辨出這些男人到底是好還是壞。

她對那男孩說：「也許我們可以找別的時間喝咖啡，而非星期天早晨。」

他說：「當然好。」但口氣有點猶疑。

「既然我們都說上話了，就不必再你看我、我看你了吧。我們可以各看各的報紙，像你爸媽一樣。」

「對了，我叫傑森。」

「我是碧普。既然我們都知道名字了，就更不必再你看我、我看你。我可以這麼想，哦，傑森來了；你也可以這麼想，哦，碧普來了。」

他笑了。沒多久，她知道他是史丹佛大學數學系畢業的，現在的工作與所學相符。他在一家提昇美國人數學能力的基金會做事，同時打算寫一本徹底改變統計學教學法的教科書。他們約會兩次以後，她就喜歡上他，覺得最好在自己或對方還沒有受傷之前先上床。如果等太久，傑森會發現她除了債務還有責任，生活又一團糟，到時他一定會拚了命跑掉。她還應該告訴他，她真正喜歡的是個年紀大一點的人，那人不僅不相信金錢的價值——比如不相信美元，也不相信擁有金錢的生活方式——而且他還有老婆。

為了不讓他對自己一無所知，她告訴傑森，自己下班後的義務「工作」是反核武。雖然這是**她**的「工作」，但他似乎比她還瞭解反核武議題，她因此心生敵意。還好，他很會聊天，他說自己著迷於菲利浦．迪克的小說、影集《絕命毒師》、海獺、山貓，以及在日常生活中應用數學的方法。他最喜歡的是運用幾何原理的統計學教學法，他對這個題目的解說，好到連她都幾乎能聽得懂。她第三次看到他，是在一家麵店，那天因為再生能源公司剛發的薪水支票還沒能兌現，她只好假裝肚子不餓。那時，她覺得自己站在十字路口：是要冒著做不成朋友的危險進一步交往？還是退縮成比較安全的炮友關係？

星期天傍晚電報街非常安靜，他們站在麵店外，在薄霧中，她主動撫摸傑森，他也急切地回應。她的小腹碰到他的小腹時，她覺得自己的肚子咕咕叫，希望他沒聽到。

她在他耳邊低聲說：「去你那邊？」

傑森說不行，因為好巧不巧，他妹妹剛好來找他，住在他家。

碧普聽到**妹妹**兩個字，心揪了一下，冒出一股敵意。她沒有兄弟姊妹，會不由自主地怨恨那些遇到困難時有手足可以開口，有機會得到幫助的人；她也怨恨這些人在正常的家庭裡成長，擁有代代相傳的緊密關係。

她有點氣呼呼地說：「去我那邊好了。」她一肚子怒氣，因為在他房裡的應該是她，他妹妹卻佔據了那裡（她甚至覺得，他心裡的位置應該也是她的，雖然她並不特別想在他心裡佔據一席之地），她一直氣惱著自己的處境不如人，以至於她和傑森手牽手沿著電報街走到門口時，才想起來他們不能就這樣進去。

「糟糕！」她說：「糟糕，你在門口等等，我先進去打點一下？」

傑森說：「沒問題。」

她感激地親了他一下。兩人又在門口的台階上耳鬢廝磨了十分鐘。碧普放任自己享受被這位乾淨、技巧高超的男孩撫摸的快感，直到肚子清楚地咕咕叫了一聲，她才回到現實。

她說：「等我一下就好，好嗎？」

他說：「妳是不是**餓了**？」

「沒有！大概是，突然、也許，對，我有一點餓了。我沒吃飯，記得嗎？」

她慢慢地把鑰匙插進鑰匙孔，走進屋內。有精神分裂問題的室友崔佛斯和有智力障礙的拉蒙正在客廳一起看電視轉播籃球賽。電視機是從街上撿回來的，機上盒則是另一位室友史帝芬，也就是那個算是她戀愛對象的人，他從街上換來的。崔佛斯坐在一張也是撿回來的、有扶手的矮椅上，身體因為一直遵照醫囑吃藥而腫脹。

拉蒙看到碧普進門，叫著：「碧普，妳現在要幹嘛？妳說也許有時間教我字灰[4]，現在可以嗎？」

碧普伸出一隻手指放嘴唇上，拉蒙馬上用雙手摀住嘴。

崔佛斯平靜地說：「看吧，她不想讓人知道她回來了。為什麼？是不是因為那幾個在廚房的德國間諜？

我說他們是**間諜**，只是隨口說說，可是也不見得不對喔。想想看，奧克蘭反核武研究會大概有三十五個會員，不管怎麼算，碧普和史帝芬都算不上是要角。但那幾個一本正經、喜歡問東問西的典型德國人卻那麼喜歡待在這裡，還住了快一星期。這真的很奇怪，值得深思。」

碧普一邊噓他：「崔佛斯！」一邊朝他走去，以免要提高音量跟他講話。

崔佛斯不慌不忙地將肥腫的十指交纏，放肚子上，繼續對著聽他講話不嫌煩的拉蒙說：「碧普會不會是不想跟那些德國間諜講話呢？還是她今晚特別想躲開那些人？因為她帶了一位年輕又有禮貌的男孩回家，兩人在前門已經親熱了十五分鐘？」

碧普氣得半死，壓低聲音罵：「**你**才是間諜！竟然監視我！」

崔佛斯繼續對著拉蒙說：「有腦袋的人都看得到我說的事，她竟然為此討厭我。拉蒙，記住，觀察近在眼前的事情不是監視。那些德國人也許幹跟我一樣的事情。但記住，是不是間諜，要看動機。講到**動機**呢，碧普——」他轉頭看著她，說：「我倒請妳想想，那些問東問西又一本正經的德國人，到底在我們家做什麼？」

碧普低聲說：「你沒忘了吃藥吧？」

「拉蒙，**喇舌**，這是個好字，你可以學起來。」

「似什麼意思？」

「唉唷，真是的。這個字的意思是**交頸**、**熱吻**、**連根拔起地吻**。」

「碧普，妳要幫我練習字灰嗎？」

---

4 拉蒙有智力障礙，發音不清楚，作者以拼音模擬他的發音方式。

「我的朋友，我覺得她今晚要忙其他事。」

碧普對著拉蒙輕聲說：「親愛的，不行，今晚不行。」接著對崔佛斯說：「那些德國人住在這裡，是因為我們邀請他們來，因為我們有空房間。還有，你說的沒錯，千萬不要告訴他們我回來了。」

崔佛斯說：「拉蒙，你覺得呢？我們要不要幫她？她可沒幫你練習字彙哦！」

「天啊，你會的字那麼多，你去教他不行嗎？」

崔佛斯又轉身面對碧普，安靜地看著她。他的眼神裡有思考、沒有情緒，彷彿他的藥足以控制病情，讓他不至於拿著大刀在街上砍人，但又不足以將壞念頭逐出眼神。史帝芬說，崔佛斯不管看誰，都是這副樣子，要她安心。但她總覺得，一旦崔佛斯停止服藥，就會拿起不管什麼東西朝她下手。因為解決她，就解決了麻煩的源頭、構陷他的陰謀；此外，她相信他已經看穿了她的虛偽。

崔佛斯對她說：「我不喜歡那些德國人，也不喜歡他們在這邊探頭探腦。他們一搬進來，就想著霸佔這裡。」

「崔佛斯，他們只不過是一群和平運動人士，早在七十年還是多久以前他們就不想征服世界了。」

「我要妳和史帝芬把他們弄走。」

「好、好，我們會做！晚一點，明天。」

「我們不喜歡德國人。拉蒙，對吧？」

拉蒙說：「我只喜歡我們五個人在一起，就像一甲人。」

「嗯……不是一家人，不完全是，不是。我們都有自己的家人。碧普，對吧？」

崔佛斯又看著她的眼睛，他的眼神意味深長、意在言外，但沒有人的溫暖——或者，也許他只是對她沒有一絲慾念？如果完全排除了性，也許每個男人看她的眼神都像這樣無情？她走到拉蒙身邊，把手放在他肥厚、下垂的肩膀上，說：「拉蒙，親愛的，我今晚有點忙，明天整晚我都在家，好不好？」

他說：「好。」完完全全信任她。

她匆忙走到前門讓傑森進來。傑森正在門外窩著手，朝手裡吹氣取暖。拉蒙看到她和傑森走過客廳時，雙手馬上遮住嘴巴，表示自己絕對會保密。崔佛斯則泰然自若地看籃球賽。屋裡有太多東西可以引起傑森的興趣，但沒有一件是碧普現在想要他看的；此外，崔佛斯和拉蒙身上都有味道，崔佛斯有股發酵味，拉蒙則是尿味。她已經習慣了，但客人可沒那麼快適應。她踮著腳尖快步上樓，希望傑森也知道要快又安靜地跟上來。二樓一扇關著的門後面傳出一陣陣她熟悉的、史帝芬與老婆忽高忽低的吵架聲。

她的小房間在三樓。一進門，她不開燈，摸黑帶著傑森到床墊上，她不想讓他知道她有多窮。她非常窮，但床單是乾淨的，愛乾淨的富裕。一年前她搬進這裡時，把消毒水倒進噴罐裡，徹底刷了一遍地板和窗台，一寸都不放過。等到房間有老鼠出沒時，她照著史帝芬的方法，用鋼絲棉塞住每一個老鼠可能用到的出入口，然後再洗刷一次地板。總之，她現在正急呼呼地把傑森的T恤往上拉，看到他單薄見骨的肩膀，接著任由他幫她脫，享受各種前戲的愉悅。這時，她忽然想到出門前，那些德國人佔用了她常用的浴室，所以她把盥洗包留在一樓浴室，而她所有的保險套都在盥洗包裡。愛乾淨的習慣這時開始扯她後腿。傑森的包皮割得乾淨漂亮，她用雙唇輕輕親了他的勃起，小聲說：「對不起，我一下下就回來。」然後抓起浴袍往外跑，正要踏下第一階時才穿好浴袍、綁好腰帶，這時，她想起忘了向傑森解釋自己臨時走掉的原因。

她愣在階梯上，說了聲「幹！」雖然傑森看起來完全不像是性生活隨便的人，雖然她的事後丸還沒過期，雖然她剛才才覺得性是她生命中唯一較擅長的事，但是，她非得保持乾淨不可。她開始自憐自艾起來，認定這世上只有她連做愛前的準備功夫都笨手笨腳，就像一條美味的魚，偏偏小刺太多。在她身後，那對夫妻共住的房裡，史帝芬的老婆吵起道德虛榮心問題時，提高了音量。

史帝芬打斷她，說：「我寧願被人罵有道德虛榮心，也不會去支持一個讓四十億人無法翻身的偉大計畫。」

他老婆好像抓到把柄似的，洋洋得意地說：「你看，你這就是道德虛榮心！」

史帝芬的聲音挑起了碧普的渴望，比對傑森更深的渴望。她很快地想到自己：她沒有道德虛榮心，她是個道德自尊低下的人，因為她真正想要的人，不是她現在要上的人。她躡手躡腳走到一樓，經過走道上一堆撿回來的建築材料，廚房裡傳來那個德國女人安娜葛瑞特說德語的聲音。碧普快步鑽進浴室，抓了三個一排的保險套塞進浴袍口袋，朝外探了探頭，又立刻把頭縮回去，因為安娜葛瑞特就站在廚房門口。

碧普以前覺得德語很難聽，而且講德語的人都是藍眼睛。但安娜葛瑞特是位黑眼睛美女，聲音也很甜美。碧普先入為主的想法被安娜葛瑞特弄迷糊了。安娜葛瑞特和男友馬汀趁著休假，跑來美國各地探訪貧民區，表面上的目的是要打響他們所屬的國際佔屋組織的名號，同時建立與美國反核武運動的聯繫，但主要目的似乎是在貧民區那些隨心所欲的街頭壁畫前互相拍照。上星期二晚上，輪到碧普下廚，她想逃也逃不掉，只能與室友一起用餐。席間，史帝芬的老婆和安娜葛瑞特為了以色列的核武計畫吵了起來。史帝芬的老婆是看到漂亮女人就不順眼的那種（她倒是不挑剔碧普，相反地，她待碧普像女兒。這一點，證實了碧普總覺得自己長相不怎麼樣的評論）。雖然安娜葛瑞特的頭髮亂得像野人，兩邊眉頭穿刺了好幾處，但她毫不做作的可愛絲毫不減。史帝芬的老婆為此更加不爽，開始明目張膽地講些關於以色列的謊言。剛好，碧普最熟悉的反核武議題就是以色列核武計畫。不久前，她才替奧克蘭反核武研究會寫了一份報告，再加上她對史蒂芬老婆心懷嫉妒，於是便大膽地花了五分鐘，提出她關於以色列核武能力的證據。

可笑的是，安娜葛瑞特卻因此對她大有好感。她說碧普的表現讓她「印象超好」，然後把她從餐廳拉到客廳，在沙發上大聊女孩間的話題。安娜葛瑞特這麼關心她，讓碧普隱約感受到一股無法抗拒的力量。當安娜葛瑞特聊起網路名人、特立獨行的安德瑞斯．沃夫時，她透露自己認識沃夫，還說碧普正是他所主辦的

「陽光計畫」需要的人才，堅持碧普放棄手上那份壓榨人的爛工作，去申請「陽光計畫」正在招募的有薪實習工作。她還說，只要繳交一份正式「問卷」，就有機會中選，並表示在她離開奧克蘭之前，會帶著碧普填寫問卷。碧普覺得飄飄然——原來自己這麼**搶手**——當場答應填寫問卷。她那時已經喝了四小時大瓶裝的紅酒，沒有停下來過。

第二天早晨，碧普酒醒了，開始後悔答應填問卷。一些歐洲國家和美國以非法入侵電腦與間諜罪對沃夫發出逮捕令，所以他本人和「陽光計畫」目前都在南美洲作業。碧普不可能棄母親不顧，搬去南美洲。此外，雖然有些人把沃夫視為英雄，沃夫提倡的「祕密就是壓迫，透明代表自由」的想法也還算吸引她，但她不是那種投身政治運動的人。多數時候她只是跟著史帝芬走，有一搭沒一搭地碰政治，就像她三不五時會減肥一樣。此外，安娜葛瑞特提到「陽光計畫」時的熱情，讓她懷疑這計畫可能是個搞個人崇拜的邪教組織。她還相當確定，一旦填了問卷，就會立刻露餡：講到以色列問題時在五分鐘內表現得既聰明又見多識廣的碧普，與真實的碧普相去甚遠。所以她開始躲著那幾個德國人。今天早上，她準備出門和傑森共享週日《紐約時報》時，發現安娜葛瑞特留給她一張字條，字裡行間似乎很受傷。她過意不去，就也留個字條放在她房門外，答應她晚上聊聊這件事。

此刻她站在浴室門邊，身體不斷提醒她肚子是空的，她等待著唧唧喳喳傳來的德語中，安娜葛瑞特會說出要離開廚房門口的訊息。有兩次，她就像不小心聽到人類講話的狗一樣，相信她在一連串德語中聽到自己的名字。如果她腦袋清楚，就應該大步走進廚房，告訴他們有個男孩在等她，她現在不能填問卷，然後上樓。不過她實在太餓，做愛此時已成了愈來愈不切實際的差事。

她終於聽見腳步聲和移動廚房椅子的刮地板聲，她立即衝出浴室，沒想到浴袍一角勾到東西，是街上撿回來的木板上的釘子。她正在左扭右拐、小心穿越塌下來的木板時，身後傳來安娜葛瑞特的聲音。

「碧普？碧普，我找妳找了三天了！」

碧普轉過身，看到安娜葛瑞特朝她走來。

她匆忙撿起地上的木板，疊在沒有散落的木板上，一邊說：「嗨，是，對不起。我現在沒空，有個……明天可以嗎？」

安娜葛瑞特微笑著說：「不行，現在就做。來吧，妳答應過的。」

碧普「嗯」了一聲，一時不知所措。廚房裡雖然有德國人，但也有玉米片和牛奶。吃點東西再回房陪傑森，或許也是個好主意？先吃點玉米片，做起愛來會不會更享受、更敏感、更帶勁？她說：「我先上樓一下，一下就好，行嗎？我保證馬上回來。」

「不行。現在就跟我來。來，現在就來。只要幾分鐘就好，十分鐘。妳一定會覺得很有意思。只要填一份問卷就沒事了。來吧，我們已經等妳一晚上了。現在就做，好嗎？」

漂亮的安娜葛瑞特招手示意碧普留下來，碧普現在能夠體會崔佛斯不喜歡這些德國人的原因了，但依照指示做事還真是一種解脫。更何況，她已經在樓下停留太久，現在上樓要求傑森多忍耐一下，只會搞得不愉快。她的生活中已經有太多不愉快，因此養成了能拖就拖的習慣，明知拖到最後可能會更不愉快，她也要拖到最後一刻。

安娜葛瑞特說：「親愛的碧普，謝謝妳答應幫我這個忙。」她一邊說，一邊伸手撫摸碧普的頭髮。碧普坐在廚房桌邊吃著一大碗玉米片，有點不高興她碰她的頭髮。

「我們快點把這件事做完，好嗎？」

「沒問題，很快的，一份問卷而已。每次看到妳，我就會想起自己像妳這麼大的時候，也在尋找人生的目的。」

碧普對這話沒什麼感覺，回說：「嗯。我想問一件事，但妳別生氣。『陽光計畫』是不是邪教？」

坐在廚房桌子另一頭、滿臉鬍渣、包著巴勒斯坦頭巾的馬汀笑著說：「邪教？其實比較接近搞個人崇拜。」

安娜葛瑞特帶點火氣用德語說：「Ist doch Quatsch, du. Also wirklich.」

碧普說：「對不起，什麼意思？」

「我說，他在鬼扯，他真的是鬼扯。這個計畫跟個人崇拜完全相反，我們在追求誠實、真理、透明、自由。我們反對的就是那些搞個人崇拜的政府。」

馬汀說：「但計畫的領導人非常有**處女魅力**[5]。」

碧普說：「你是要說『領袖魅力』嗎？」

馬汀繼續笑著說：「領袖魅力，沒錯，我說成處女魅力了。『安德瑞斯．沃夫非常有領袖魅力。』這句話可以當成語言學習的例句。請用『領袖魅力』造一個句子：『安德瑞斯．沃夫非常有領袖魅力』。一看就懂，一看就知道『領袖魅力』的意思。他就是這個字的代言人。」

馬汀似乎在跟安娜葛瑞特唱反調，安娜葛瑞特也有點不高興。碧普看得出來，應該說碧普自認看得出來安娜葛瑞特跟安德瑞斯．沃夫上過床。她起碼比碧普大十歲，也許十五歲。她從一個半透明的塑膠檔案夾中拿出幾張文件，檔案夾看起來是歐洲風格的辦公文具，那些文件則比美國慣用的紙張更長、更窄一些。

碧普問：「妳是負責招募的？出門旅行還帶著問卷？」

安娜葛瑞特說：「對，我有權力招募。不，不應該說我有權力，我們拒絕權力。應該說，我是負責替團

5 馬汀將 Charismatic（領袖魅力）發音成 Cherrissmetic。字首 Cherry（櫻桃）在俚語中也指女性處女膜。

隊執行招募任務的人。」

「妳來美國是為了這個？為了找人加入你們？」

馬汀微笑著說：「安娜葛瑞特有三頭六臂呢！」語氣帶點羨慕，又有點故意招惹她的意味。

安娜葛瑞特要馬汀走開，不要吵她和碧普。馬汀朝客廳的方向走去，渾然不覺崔佛斯不喜歡看到他。碧普趁機倒了第二碗玉米片，起碼今天晚上的營養夠了。

安娜葛瑞特解釋說：「我和馬汀的關係很好，唯一的問題是他太會吃醋。」

碧普邊吃邊說：「吃什麼醋？安德瑞斯·沃夫？」

安娜葛瑞特搖搖頭，說：「我和安德瑞斯的確要好過，而且好過很長一段時間。但那是在我認識馬汀之前好幾年的事了。」

「所以都是年輕時候的事情。」

「馬汀嫉妒的是我的女性朋友。德國男人最擔心女人交了要好的女性朋友卻不讓他知道，連德國的好男人都有這種問題。他們對這種事情非常介意，好像世界會亂了套一樣，懷疑我們會揭發他們所有祕密，搶走他們的權力，或是拋棄他們。美國人也會這樣嗎？」

「我覺得我比較像是會吃醋的一方。」

「好吧。馬汀討厭網路就是這個原因，網路是我和朋友聯繫最主要的工具。我有太多從沒見過面的朋友，而且是很好的朋友。在電郵、社交媒體、網路論壇上都有。我知道馬汀有時候會看色情網站，我們之間沒有祕密。如果他不看色情網站，可能他就是全德國唯一不看色情網站的男人了。色情網站是為了德國男人發明的，因為他們喜歡獨處、喜歡控制、又對權力有幻想。但他說他看色情網站只有一個理由，因為我在網路上的女性朋友太多了。」

碧普說：「當然，或許對女人來說，這就等於色情。」

「不，妳會這樣想是因為妳還年輕，也許不大需要朋友。」

「所以，妳有沒有想過跟女人上床？」

安娜葛瑞特說：「現在德國男人跟女人上床的問題已經夠嚴重了。」這回答的意思多少代表著「不想」。

「我只是想說，網路可以滿足彼此分開時的需要，男的女的都一樣。」

「但女人真的可以靠網路滿足對友誼的需求，這不是幻想。安德瑞斯瞭解網路的力量，瞭解網路對女人有多重要，所以馬汀也嫉妒他。馬汀嫉妒他是因為**這個原因**，不是因為我跟安德瑞斯以前要好過。」

「好吧。但如果安德瑞斯是個有魅力的領導人，他就是個有權力的人。套用妳的看法，那他和天下所有男人沒什麼不一樣。」

安娜葛瑞特搖搖頭，說：「安德瑞斯迷人的地方，是他瞭解網路是有史以來揭開真相最重要的工具。網路揭開了什麼？答案是社會圍繞著女人，而不是男人轉動。當男人都在看網路上的女人照片，而女人只和女人溝通。」

「別忘了網路上還有同性做愛跟寵物影片。不管了，我們現在可以填問卷了嗎？有個男生還在樓上等我，所以我才穿著浴袍。如果妳還想追問的話，我就先招認，對，我裡面沒穿衣服。」

安娜葛瑞特嚇了一跳，說：「現在？他在樓上？」

「妳不是說很快就填完嗎？」

「不能請他改天再來嗎？」

「我不要他改天再來。」

「那妳先上去告訴他，妳還需要幾分鐘，大概十分鐘，而且是跟一位女性朋友有點事情。這樣他也可以換換心情，不必吃醋。」

安娜葛瑞特說到這裡，對她眨了眨眼。碧普覺得她的眨眼睛真有一套。碧普對眨眼睛不大行，總覺得眨眼睛是嘲諷的反面動作。

碧普說：「最好趁著還留得住我的時候，趕緊辦完這事。」

安娜葛瑞特要她放心，因為問卷的答案沒有對或錯。碧普覺得不可能，如果沒有錯誤答案，幹嘛還要給答案？但安娜葛瑞特的美貌讓她心安。她看到安娜葛瑞特坐在對面，就覺得自己彷彿是為了應徵成為安娜葛瑞特而接受面試。

安娜葛瑞特念出題目：「**請選出妳最希望擁有的超能力：會飛、會隱形、能讀心，以及除了自己以外，能讓每一個人的時間暫停？**」

碧普回答：「能讀心。」

「雖然沒有正確答案，但妳答得不錯。」

安娜葛瑞特的微笑非常溫暖，讓她想一頭陷進去。碧普到現在還很懷念大學生活，因為她對考試非常有一套。

安娜葛瑞特說：「**請說明選『能讀心』的理由。**」

碧普說：「因為我不信任人。就算是我媽媽——她是我信任的人——也有事情不願意讓我知道，很重要的事情。如果有方法能夠知道她不肯告訴我的事情就好了。這樣一來，我可以知道我想知道的事情，她也不受影響。除了我媽以外，我從來沒有把握其他人，我是說真的其他每一個人，是怎麼看我的，而且，我好像也猜不到他們的想法。所以，如果我能夠進入他們的腦袋一下子，兩秒鐘就好，知道他們對我沒什麼意見——或是覺得我很可怕，我卻一點頭緒也沒有——然後，我就可以相信他們。我不會濫用這種能力。只是，完全不相信人其實很難做到，所以我常花很多力氣去弄清楚其他人到底想從我身上要些什麼。這種事情讓我愈來愈**洩氣**。」

「哦，碧普，剩下的題目我想不必問了，妳剛才的回答太精采了。」

「真的？」碧普難過地笑了笑，說：「妳看，妳才剛講完我的好話，我已經在懷疑妳為什麼要說那些話了。也許妳只是想鼓勵我繼續回答問卷，就算是，我也會想，妳為什麼那麼想要我回答問卷。」

「妳可以相信我，我說那些話，只是因為我對妳的回答刮目相看。」

「看吧，妳的說法根本站不住腳，因為我真的不是會讓人刮目相看的人。我對核武器的所知也就那麼多，我只是碰巧瞭解以色列而已。我根本不相信妳。我不相信妳，也不相信任何人。」碧普的臉漲得通紅，說：「我要上樓了，我不應該把朋友留在房裡。」

安娜葛瑞特應該聽得懂這句話是在暗示她放人，或者至少為了把她留下來道個歉。但安娜葛瑞特（也許德國人都這樣？）似乎對暗示不大在行，她說：「我們還沒做完問卷，雖然只是份問卷，但還是得完成。」接著她先拍拍、又摸摸碧普的手，說：「我們盡快做完。」

碧普心想：為什麼安娜葛瑞特要一直碰她。

「妳有一些朋友失蹤了。發簡訊、臉書留言、打電話都找不到。妳問他們公司的老闆，才知道他們沒有上班。問他們的父母，知道他們也很擔心。妳去報警，警察說已經調查過了，他們已經搬去別的城市，一切平安。沒多久，妳所有的朋友都不見了。這時妳會做什麼？等著輪到自己也消失，好知道他們到底發生了什麼事情？還是自己展開調查？還是妳會馬上離開？」

碧普問：「只有我的朋友不見了嗎？街上跟我同樣年紀、但不是我朋友的人還多得很？」

「對。」

「老實說，碰上這種情況，我會去看心理醫生。」

「但心理醫生問了警察，知道妳說的都是真的。」

「如果是這樣，最起碼我還有一個朋友，就是那位心理醫生。」

「然後心理醫生也消失了。」

「這一整個就是得了妄想症的人才想得出來的情境，就像是從崔佛斯腦袋裡挖出來的一樣。」

「妳會繼續等、到處打聽，還是跑掉？」

「或是自殺。我選自殺當答案，可以吧？」

「答案沒有對錯。」

「我可能會搬去跟我媽一起住。我會隨時盯著她，不讓她從我眼前消失。如果她最後還是不見了，我可能就會自殺。因為到那時候真相再清楚不過，只要跟我有關係的人，健康就會出問題。」

安娜葛瑞特再度微笑，說：「答得很好。」

「**妳說什麼？**」

「我說妳答得很棒，非常棒。」她把火燙的雙手伸過桌子，放在碧普的雙頰上。

「我說我會自殺，這是正確答案？」

安娜葛瑞特把手移開，說：「答案沒有對錯。」

「妳的意思是說，就算答得很棒，也沒什麼好高興的。」

「**妳沒有得到准許，還是會做的事情有哪些？侵入別人的電郵帳號、查看別人的智慧手機、翻看別人的電腦、翻看別人的日記、翻看別人的私人文件。接到打錯號碼的電話卻不作聲，先聽對方講什麼。假借名義打探別人的資訊。把耳朵貼在牆上或門上，偷聽房間裡的對話。類似這些。**」

碧普皺著眉頭，說：「可不可以跳過這一題？」

安娜葛瑞特又摸著她的手，說：「相信我，回答比較好。」

碧普猶豫了一下，然後坦白：「我翻過我媽所有的文件。還好她沒寫日記，如果她有，我也會拿來看。如果她有電郵，我也會侵入她的帳號。我也上網查過每一個我知道的資料庫。做這些事情，我覺得於心不安，但她一直不說我爸爸是誰，以及我在哪裡出生，她甚至不肯告訴我我的本名。她說這是為了保護我，但我覺得那其實是她自己幻想出來的。」

安娜葛瑞特一臉嚴肅地說：「這些事情都是妳應該知道的。」

「對。」

「妳有權利知道。」

「對。」

「妳知道嗎？『陽光計畫』有辦法幫妳找到這些事情的答案。」

碧普心跳加速。一方面她沒有想到這是個能找到真相的機會，而且無論結果如何，她都感到忐忑不安。另外是她感覺真正的誘惑出現了，比起來，安娜葛瑞特剛才三番兩次摸她只是前奏而已。她縮回手，緊張地抱住自己。

「我以為這個計畫要找的是大企業和國家安全的機密。」

「沒錯，當然是。但我們可以運用的資源很多。」

「所以，比如說，我可以寫信給他們，請他們幫忙找？」

安娜葛瑞特搖搖頭，說：「我們不是私人徵信公司。」

「如果我人去那邊，去那邊實習呢？」

「那當然可以。」

「聽起來不錯。」

「考慮一下，好嗎？」

碧普說：「好。」

安娜葛瑞特接著問下一題：「**妳在國外旅行。一天晚上，警察找到妳的旅館房間以間諜罪逮捕妳，但妳完全沒有從事間諜行為。他們把妳帶到警察局，告訴妳只能打一通電話，而且他們會監聽。他們還警告妳，跟妳通電話的人也會有間諜的嫌疑。妳會打給誰？**」

碧普說：「史帝芬。」

安娜葛瑞特臉上閃過一抹失望。「哪個史帝芬？住在這裡的那個史帝芬？」

「對，有什麼不行嗎？」

「對不起，我本來以為妳會說要打給妳媽媽。到目前為止，每一題妳都提到妳媽媽。妳只信任她一個人。」

碧普說：「那是一種更深層的信任。她每天擔心這擔心那，腦袋已經不清楚了。她不知道這世界是怎麼運作的，所以也不可能知道該去找誰才能幫我。史帝芬就一定知道該去找誰才幫得上忙。」

「我覺得他有點弱。」

「妳說什麼？」

「他看起來弱弱的，娶了一個壞脾氣又有控制狂的老婆。」

「我知道，他的婚姻不大好——我不是隨便說說，我知道他們有問題。」

安娜葛瑞特失望地說：「妳對他動了感情？」

「是啊，不行嗎？」

「妳沒有告訴我啊！我們在沙發上掏心掏肺，妳卻沒有告訴我這件事。」

「妳也沒有跟我說妳跟安德瑞斯·沃夫上過床啊！」

「安德瑞斯是公眾人物，我得小心一點，而且那是好幾年前的事情了。」

「妳講到他的樣子，好像一有機會，妳就會跟他上床一樣。」

「碧普，別這樣。」安娜葛瑞特邊說邊抓著碧普的雙手。「我們不要吵架。我不知道妳喜歡史帝芬，對不起。」

但是，「**弱**」這個字在碧普身上造成的傷口沒有因此縮小，反而變得更大。她氣急敗壞地想到，她眼前這位就算帶著鋼絲牙套、頭髮像狗啃過一樣（她的髮型也正是這個模樣），卻依然對美貌自信滿滿的女人，不知道已經蒐集了多少她的個人資訊。碧普沒有這種自信的本錢，她立刻抽開手，起身，把裝玉米片的碗往洗水槽用力一丟，發出匡噹一聲，說：「我要上樓了——」

「不行，我們還有六題——」

「我根本就不可能去南美洲，也完全不相信妳，一點都不相信妳。所以，妳最好跟妳那個愛打手槍的男友往南到洛杉磯去，另外找個房子佔著。然後把妳的問卷拿出來，找個像樣的、比史帝芬更強的人作答。這是我們的房子，我不想再看到你們，其他人也一樣不想看到你們。如果妳還有一點尊重我，應該看得出來我現在根本不想待在這裡。」

「碧普，拜託妳，等一下再走。我真的很對不起，對不起！」安娜葛瑞特似乎真的難過得六神無主。

「我們不做問卷，沒問題——」

「不是說問卷一定要填嗎？一定要填、一定要填，天啊，我還真笨。」

「不，妳很聰明，我覺得妳棒得不得了。我只是想，也許妳圍繞著男人的時間多了點，比如現在，就多了那麼一點點。」

碧普看著她，不敢相信她一開口又是一句新的侮辱。

「我想妳需要一位年紀大一點、但年輕時跟妳很像的女人當朋友。」

碧普說：「我們根本就不像。」

「不，我其實跟妳很像。妳先坐下來，好不好？然後我們繼續聊聊。」

安娜葛瑞特的聲音柔滑如絲，但威嚴十足。她的話讓碧普覺得傑森在她房裡等著是件非常丟臉的事，她幾乎就要乖乖聽話坐下來。但是，她一旦認定某人不可信任，就沒辦法與那人共處一室。碧普快步沿著客廳走道逃開，身後傳來椅子拖刮地板以及喊她名字的聲音。

她在二樓樓梯的轉角處停下來，一肚子怒火無處發洩。史帝芬很弱？她花太多時間在男人身上？還真謝謝了，我今天一整天心情都會很好。

史帝芬房裡已經沒有吵架聲。碧普靜悄悄挨近房門口，湊著耳朵聽，免得被樓下轉播籃球賽的聲音干擾。沒多久，她聽到床墊彈簧發出一陣嘎吱聲，接著是一聲再明顯不過、如釋重負的喘息聲。那一刻，她明白安娜葛瑞特是對的，史帝芬**的確**很弱。他很弱，但是，他們是夫妻，做愛有什麼不對？碧普聽到做愛的聲音，腦海也浮現做愛的畫面，主角卻不是自己，心中一片淒苦，如今只有一個方法可以緩和情緒。

她兩階一步地走完剩下的樓梯，多爭取到五秒鐘的上樓時間，以補償她缺席半小時的損失。她站在自己的房門外，將表情調整成既羞且怯的道歉模樣。她在母親面前擺出這種表情至少上千次，成功率非常高。她打開門，朝房裡瞄了瞄，臉上堆起準備好的表情。

房裡的燈亮著，傑森已經穿好衣服，坐在床邊專心發簡訊。

碧普說：「喂，你生氣了？氣炸了？」

他搖搖頭說：「沒有。只是我已經跟我妹妹說，我十一點前會到家。」

聽到「**妹妹**」兩個字，碧普臉上的歉疚立刻去了大半。不過，反正傑森也沒在看她。她進了門，坐在他身旁，碰了碰他，說：「還沒十一點，對吧？」

「十一點二十了。」

她把頭靠在他的肩膀上，雙手環抱他的手臂，感覺到他輸入簡訊時起伏的肌肉。她說：「對不起，我不知道該怎麼解釋。不對，應該說我能解釋，但我不想。」

「那就別解釋，我想我多少知道一點。」

「知道什麼？」

「沒有，別放在心上。」

「不行。你什麼意思？你知道什麼？」

他停了下來，看著地板，說：「倒不是說我特別正常，但比起來——」

「我想要跟你正常做愛，我們還是可以正常做愛，不是嗎？就算只有半小時也可以啊，你先跟你妹妹說你會晚一點回家。」

傑森皺眉說：「碧普，聽我講完。我順便問一下，碧普是妳的本名嗎？」

「這是我幫自己取的名字。」

「不知道為什麼，總覺得叫妳碧普，好像不是在跟**妳**說話。很難形容……碧普、碧普，聽起來……我也說不上來……」

她臉上的最後一絲歉疚用光了。她放開抓著他的雙手，知道自己必須忍著不讓怒氣衝上來，但她做不到。她頂多只能降低音量。

她說：「好，我知道了。你不喜歡我的名字。還有什麼不喜歡的？」

「啥，不要這樣。是妳先把我留在房裡一個小時，一個多小時。」

「對。還害你妹妹一直等你。」

第二次說出「**妹妹**」這個字的感覺，就像把火柴丟進瓦斯瀰漫的烤箱裡，點燃了那股每天都跟著她、如影隨形、隨時會炸開的怒氣。她的腦袋響起**嗚嗚呼呼**的聲音。

「說真的，」她的心噗通噗通地跳，說：「既然我們以後絕對不可能打炮了，也許你可以順便告訴我你不喜歡我哪裡，全部講出來。既然我不大正常，至少你可以幫個忙，讓我知道我哪裡不正常。」

「不要這樣。我其實可以趁妳不在的時候就走，但我沒有。」

他聲音裡那種自以為對得起良心的調調，在一個更大、擴散面積更廣的瓦斯槽裡點了把火。瓦斯槽裡有一種政治易燃物，先從她母親，接著從幾位大學老師和幾部爛電影，最近則是從安娜葛瑞特身上滲入她的身體。這也是一種不公平。有位教授說，這是性別關係的「各向異性」[6]：男人可以用情緒語言掩飾物化女性的欲望，但女人如果玩這種男人的性別遊戲，就得承擔風險。遭到物化，就上了男人的當；沒被物化，就成了受害者。

她說：「你的陰莖在我嘴裡的時候，你可沒管我正不正常。」

他說：「又不是我自己放進去的。而且，也沒放多久。」

「是沒多久，因為為了要讓你上我，我還跑去樓下找保險套。」

「哇靠，結果都是我的錯？」

碧普火冒三丈，雙眼充血，瞥到傑森手上的手機。

他大喊一聲：「妳要幹嘛？」

她跳起來，跑到房間最遠的另一端，手上已經拿著他的手機。

他追過去大叫說：「妳怎麼可以這樣？這不公平，喂，不行這樣！」

「當然可以。」

「妳不能這樣，這樣不公平。喂、喂，不要看我的手機。」

她鑽到房裡唯一的家具、一張兒童寫字桌下面，面牆坐著，雙腳交叉圍住一支桌腳。傑森扯著她的浴袍腰帶想把她拉出來，卻拉不動。看得出來他不想更暴力，他說：「妳到底是哪裡來的神經病？妳這樣是要幹嘛？」

碧普手指還在抖著，點了一下手機螢幕。

四點，舊金山現代藝術館見。

傑森在她身後邊踱步邊喊：「幹！幹！幹！妳到底要怎樣？」

她又點了一下螢幕，看到下一個對話串。

最長性交中斷紀錄！六十二分鐘，狀態持續中。

她一定很騷吧？

---

6 Anisotropy，指物體的全部或部分，其物理、化學等性質隨方向不同而有所變化。

漂亮臉蛋，身材一流。

一流定義？奶子？

B以上。

繼續等，值得。

你喜歡怪人，讓給你，多少次都可以。

六十八分鐘了！

她整個人垮向一邊，把手機放在地上，推往傑森的方向。她的怒火來得快也去得快，留下的，只有悲傷的餘燼。

傑森說：「那只是那幾個朋友聊天的方式，沒別的意思。」

她小聲說：「你走吧。」

「我們重頭開始。我們可以……重開機嗎？我真的很對不起。」

他把手放在她的肩膀上，她的身體立刻縮起來。他把手移開。

他說：「好吧，這樣，我們明天再聊，好不好？今天晚上我們都不對勁。」

「你現在就走，拜託。」

*

再生能源公司不製造、不組裝，甚至不安裝任何產品。相反地，這家公司的業務是依據政府監管措施的「天氣」變化（是**天氣**而不是**氣候**，因為政府的監管措施每季都不一樣，有時候好像每小時都會變），再「搭售」、「中介」、「蒐集」、「調查」、「代客交易」。理論上，公司每一種業務都值得稱道，因為再生能源可以減緩美國排放過多二氧化碳到大氣層的問題，所以聯邦政府與州政府永遠都在推出新的稅務優惠。但公共事業對於打造綠化形象的態度，介於不在乎到可有可無之間。令人欣慰的是，加州有相當比例的居民與商家願意多付點錢取得清潔的電力。他們購買再生能源所多付的錢，加上華府與加州州政府沙加緬度市補貼的預算，扣除給製造或安裝再生能源產品的公司的支出，剩下的錢，除了夠讓再生能源公司發出十五份薪水，出資成立公司的創投人士也不至於有怨言。這家公司推廣業務時，朗朗上口的都是些好字：**集體**、**社區**、**合作**，而碧普也想做些好事，哪怕她沒有更遠大的志向也無所謂。她從母親身上學到，人要活得有明確的道德目標。到了大學，她擔心這個國家的消費習慣總有一天會撐不下去，開始覺得有罪惡感。但真正工作時，她一直沒辦法弄清楚自己在賣什麼，甚至她已經說服客戶掏錢了，還是講不清楚。此外，每當她漸入佳境、逐漸熟悉產品特性時，就會被指派去賣別的產品。

碧普一開始是負責針對中小企業推銷電力合約。事後回想，這是她賣過的產品中，最容易搞懂的。但是再生能源公司後來決定停賣這產品，因為依照州政府新出爐的監管條例，公司再也分不到肥得不像話的佣金。她的下一個業務，是去未來**可能**使用再生能源的社區中開發客戶。每爭取到一個住戶簽約，公司就可以從創造這產品的期貨市場以及號稱獲利不斐的神祕第三方手上，分到獎金。她的再下一個業務，是在支持進步價值的行政區進行「調查」，評估當地民眾對加稅或增加市政預算用來購買再生能源的支持度。碧普問伊格，沒有現實基礎，一般市民怎麼回答這問題？伊格告訴碧普，絕對不准對受訪者講破這一點，因為對製造商、不願曝光的第三方以及他們投入的期貨市場來說，只要受訪者對再生能源有正面回應，就具有現金價值。等到調查結果的現金價值下跌、碧普準備辭職時，公司又把她調去開發太陽能發電憑證交易市場。在公司還沒有發現這個市場的生意模式出現缺失前六週，碧普工作比以前愉快。從四月起，她就一直想辦法說服南灣的居民，在他們居住的城市成立「廢能發電微型合作社」分會。

可想而知，碧普在客戶開發部門的同事的推銷手法，永遠只有一套廢話，但他們的表現比碧普好，因為他們每次推銷新「產品」時，從來不想瞭解產品的特性。就算新的推銷話術一聽就很可笑、或是根本說不出個道理、或是既可笑又沒有道理，他們還是打從心底接受。如果電話那一頭的潛在客戶聽不懂「產品」是什麼，他們也不會應聲附和、告訴客戶這產品的確難懂，也不會誠意解釋產品背後的複雜邏輯；相反地，他們只會一直重複紙上寫著的話術指示。這招顯然很管用，但對碧普卻是雙重打擊——她覺得自己很用心，下場卻是不斷被懲罰。另一方面，每個月的業績報表出爐時，都證明灣區客戶接受生吞活剝、半真半假的推銷話術，比例高於一位真心幫助他們瞭解產品的推銷員。她只有使用廣告郵件或社交媒體開發客戶時，才覺得少浪費了一些天份，因為小時候家裡沒有電視，她現在才擁有優秀的語言能力。

今天是星期一，她的工作是打電話騷擾住在聖塔．克拉拉郡「大牧場」社區、六十五歲以上、不使用社交媒體、也沒有回應公司廣告郵件轟炸的客戶。微型合作社計畫只有在全社區成員多數都表示有興趣時才會成功，此外，廣告郵件的回覆率要超過半數，公司才會派出社區組織專家支援。但無論碧普花了多少心力，仍然賺不到任何客戶開發點數。

她戴上免持耳機，不情願地再瞄一眼手上的客戶名單，一邊咒罵自己前一小時，也就是午餐前挑三揀四，結果就是午餐後，只剩下**古騰史維德**、**艾洛伊雪斯**、**布特卡法吉**和**丹尼斯**這幾個名字可以選。碧普痛恨難念的名字，因為一旦發音錯誤，馬上會得罪客戶。但她還是勇敢按下了撥號鍵，布特卡法吉家中的男人接起電話，用粗啞的嗓音說了聲「喂」。

她刻意拉長母音，用性感的聲調說：「嗨嗨嗨嗨！」她還學會了刻意拖長母音表達帶點歉意的感覺，讓對方知道，她也是對社交互動不自在的人。「我是再生能源公司的碧普．泰勒。幾個星期前我們寄過一封郵件給您。您是布特卡法吉先生吧？」

那人用粗啞的聲音修正她：「布卡法茲。」

「真是抱歉。布卡法茲先生。」

「什麼事？」

碧普說：「是關於省下您的電費、幫助地球，以及申報您應有的聯邦及州政府能源免稅額的事情。」事實上，降低電費只是有可能而已，廢能發電對環境的影響也有爭議；而且，正因為再生能源公司與協力廠商根本沒有打算讓消費者得到大多數的稅務優惠，她才要打這通電話。

布特卡茲先生說：「沒興趣。」

碧普說：「您也許聽說了，您的鄰居們對成立微型合作社有興趣。也許您可以跟鄰居聊聊，聽聽他們的意見。」

「我和鄰居不來往。」

「當然、當然，我的意思不是您非得跟鄰居講話不可。我只是想讓您知道，鄰居們覺得，如果大家一起努力，社區就可以有更乾淨、更便宜的能源，還可以實實在在地節稅，所以大家才會關心這個計畫。」

伊格說過，每次打電話都提到**乾淨**、**便宜**，以及**節稅**這三個字眼五次以上，客戶就會買單。

「妳到底要賣什麼？」這回，布特卡茲先生的聲音少了點粗啞。

「哦，我不是要賣東西。」碧普撒了個謊。她接著說：「我們想要成立一個支持廢能發電的社區組織。

這種能源乾淨、便宜，還可以節稅，一次解決貴社區最頭痛的兩個問題，就是電價愈來愈高和處理廢棄物。我們可以幫助您以不會造成污染的方式，用高溫焚化社區垃圾來發電，然後把電力直接輸送到電網。這樣您不僅可能省下一大筆錢，對地球也有幫助。我可以繼續跟您解釋這個組織的運作嗎？」

布卡法茲先生說：「妳想幹嘛？」

「對不起，我不懂您的意思？」

「有人付妳薪水，要妳在我睡午覺的時候打電話給我，那些人想幹嘛？」

「是這樣的，我們基本上是擔任從旁輔助的角色。您和鄰居也許沒有時間、也沒有這方面的專業成立廢能發電微型合作社，但這樣就沒辦法使用乾淨、便宜的能源，也沒辦法得到一些稅務優惠。我們公司和協力廠商有這方面的經驗與能力，可以幫忙貴社區達到進一步能源自主的目標。」

「妳說的也許沒錯，但妳的薪水從哪裡來的？」

「您也許知道，聯邦政府與州政府都有一大筆預算提供給各種再生能源計畫。我們公司申請了一部分經費，扣掉成本之後，剩下的稅務優惠都會用在貴社區。」

「換句話說，政府把我繳的稅用在這些計畫上，然後，**也許**我可以拿一點回來。」

碧普說：「您這個觀點很有趣，但其實不完全是這樣。多數時候，您根本不必繳交專門用在這種計畫上的稅，但是，您卻有機會**可以**享受到稅務優惠，還有更乾淨、更便宜的能源。」

「靠燃燒我自己的垃圾。」

「是的，新科技真的很厲害。超級乾淨，超級划算。」還有沒有其它方法可以再解釋一遍怎麼**節稅**？伊格解釋過客戶的壓力點是什麼，碧普每次打電話推銷的時候，都很害怕壓力點出現的那一刻。但她現在似乎已經到達布特卡法吉的壓力點了。她吸了一口大氣，然後說：「聽起來您好像對這件事有興趣，讓我多花兩分鐘說明，您聽聽看好嗎？」

布特卡茲先生含含糊糊地說了幾句話，好像是「靠燃燒我自己的垃圾」之類的，然後掛斷電話。她對著被掛掉的電話說：「怎樣，有本事放馬過來啊！」講完就後悔了。布特卡茲先生的質疑是有道理的，而且他的名字又怪，社區中也沒人理他。他也許就像她母親一樣是個寂寞的人。碧普只要遇上能夠讓她聯想到母親的人，就會不由自主地同情對方。

母親不開車，住在斐爾頓那個小鎮也不需要有貼照片的身分證明，加上她的活動範圍最遠也不過從斐爾頓到聖塔．庫魯茲市中心，所以，她身上唯一一張政府發的身分證明是社會安全卡。卡上的名字是潘妮若普．泰勒（沒有中間名）。但若要用成年後才更換的名字辦卡，她就必須附上假的出生證明，不然就要有原始出生證明以及更名的法律文件。碧普好幾次仔細翻找母親的東西，都沒有找到這些文件，也沒有找到保險箱鑰匙。碧普因此認為，她母親一得到新的社會安全號碼，就立刻銷毀了那些文件，或是把文件埋在地下。但在某處，某個郡的法院也許還留著她的更名紀錄。美國的郡級法院雖多，但是將公開紀錄放上網路的法院卻不多。碧普甚至不知道該從哪個時區的法院找起。她在每一個商業搜尋引擎中輸入每一種可能的關鍵字組合，除了大嘆搜尋引擎也有侷限外，依然沒有頭緒。

碧普很小的時候，母親只要講一些模稜兩可的故事，就能打發她對身世之謎的好奇心。但到了她十一歲的時候，就很堅持非得有答案不可。母親最後答應告訴她「完整」的故事。她說，從前她有另一個名字，在另一個州，不是加州，過著另一個生活。她嫁給一個男人，生了碧普之後，才發現那男人有暴力傾向。他傷害她的身體，但手法非常高明，不會在她身上留下啟人疑竇的痕跡。此外，那男人對她的精神虐待更甚於肢體。沒多久，她就成了受那男人控制的人質。要不是那男人受不了小嬰兒碧普哭鬧而大發脾氣，讓她開始擔心碧普的安危，她可能到今天還會一直陷在婚姻關係裡，直到被他殺了為止。她不是沒有帶著碧普逃走過，但他找到她們之後，先精神虐待她，再把她們帶回家。他和社區有力人士的關係很好，而她無法證明自己受虐。此外，她也知道就算離婚，他還是可以取得碧普的部分監護權，而她無法接受這種結果。她既然嫁了個危險的男人，就要承擔自己的錯誤，但不能陷碧普於險境。所以，一天晚上，她趁丈夫外出辦事的空檔，整理了一個行李箱，搭上公車，帶著碧普逃到另一州的一間受虐婦女收容所。收容所裡一些同病相憐的女人幫她弄了新身分，也替碧普拿到一張假出生證明。接著她又搭公車來聖塔．庫魯茲山區這個可以說自己是誰就是誰的地方躲起來。

她告訴碧普：「我做這些事是為了保護妳。現在妳知道前因後果了，妳就要保護自己，絕對不要告訴其他人。我瞭解妳爸爸這個人，我為自己打算、把妳帶走，我知道他會有多生氣。要是他知道妳的行蹤，一定會把妳從我身邊帶走。」

碧普那時十一歲，聽到什麼就相信什麼。她母親只要一臉紅，前額就會出現一道長且淺的疤痕，她的門牙之間有一道縫，顏色也與其他牙齒不一樣。碧普因此深信父親打過母親的臉，她覺得母親非常可憐，甚至沒問是否真有其事。有一段時間，她怕父親怕得要死，晚上不敢一個人睡。她睡在母親床上，被母親抱得緊緊的，幾乎喘不過氣來。母親安慰她說，只要她絕不告訴任何人這個祕密，就一定安全。碧普對母親的說法毫不懷疑，再加上她感受到的恐懼又這麼真實，直到她進入青少年叛逆期好一段時間後，才將這祕密告訴兩位朋友，還要他們發誓守密。到了她上大學時，知道這祕密的朋友就更多了。

其中一位朋友是住在馬林郡、從小在家自學的艾拉。她聽完碧普的祕密後，臉上露出古怪的表情，說：「這可真怪，我好像聽過一模一樣的故事。有一位馬林郡作家寫的回憶錄，基本上就跟妳說的一樣。」

她說的作家是甘蒂達．勞倫斯（艾拉說這也是個假名）。碧普找到這本回憶錄，發現這本書早在母親告訴她「完整」故事前幾年就出版了。勞倫斯的故事不完全一樣，但八九不離十，她又疑又氣，決定回斐爾頓興師問罪。詭異的是，當她責備母親時，覺得自己就像從未謀面的父親一樣在虐待母親。母親全身蜷曲，就像她形容自己當年在婚姻生活中，身體受虐待、精神被綁架時沒有兩樣。也就是說，碧普痛斥那個「完整」的故事，反而證實了那個故事基本上是可信的。她母親哭個不停，讓碧普倒盡胃口，她求碧普不要咄咄逼人，然後邊哭邊快步走到書櫃，在一層多半是勵志書籍的架上拿出一本勞倫斯的回憶錄。碧普從來沒有注意到勞倫斯的書就放在那裡。她母親把書塞給碧普的態度，就像獻上祭品一樣。她母親說，這些年來這本書帶給她萬分的寬慰，她前前後後讀了三次，勞倫斯的其他著作她也讀了，這些書讓她選擇的人生不那麼孤單，讓她知道起碼有一個女人，熬過跟她類似的磨難後，變得更強壯、更完整。她哭著說：「我告訴妳的事情是**真的**。我沒有既能保護妳、又更真實的故事了。」

碧普像個施虐者一樣，平靜且漠然地說：「妳的意思是，還有一個更真實的故事，但那沒辦法保護我的『安全』？」

「不！不要扭曲我的話。我告訴妳的都是事實，妳要相信我。在這世上我只有妳了！」她母親平常下班回到家就會鬆開綁好的頭髮，所以，她現在的樣子就像個快要崩潰的大小孩，在那裡哀號喘氣，一頭蓬鬆的灰髮跟著搖搖晃晃。

碧普用更傷人的平靜語調說：「我要妳說得更明白。妳在告訴我妳的故事之前，看過勞倫斯的書嗎？有，還是沒有？」

「天啊、天啊、天啊！我是要保護妳！」

「媽，妳說啊！這件事妳是不是也騙了我？」

「天啊、天啊！」

她母親的雙手在腦袋旁邊誇張地揮動，好像在準備腦袋炸開時，可以抓住一些碎片。碧普清楚感覺到一股衝動，想要打她一巴掌，然後用各種高明、不留痕跡的方法折磨她。碧普說：「妳搞砸了，我並不安全，妳沒有保護到我。」說完就抓起背包，推開門，沿著陡峭狹窄的小路，在巍然聳立的紅木林蔭下，朝著羅比戈路走去。母親在她身後可憐兮兮地喊她「小乖貓」，如果鄰居們聽見，可能會以為是哪一家的貓咪走失了。

她沒有興趣想要「多熟悉」父親一點，因為光是應付母親就夠忙了。但是，她覺得父親應該幫助她。她還有美金十三萬的學生貸款要還，這筆錢比起他沒把她拉拔長大、沒送她上大學省下來的錢少得多。當然，他也許會覺得為什麼要替一個他從沒「使喚」過、將來也不會讓他「使喚」的孩子付出一分一毫。但從她母親歇斯底里、疑神疑鬼以為全身都是病的問題來看，碧普覺得他應該是個正派的人，而他最惡劣的那一面是被母親逼出來的。他也許已經娶了另一個人，和和氣氣地過日子。要是他知道失聯許久的女兒還活著，也許會鬆一口氣，心存感激，甚至願意開張支票給她。如果不得已非得有所表示，她也願意適度地讓步，例如偶爾通通電郵、打打電話、每年聖誕節寄張卡片，或是在臉書上加他好友。她現在二十三歲，早就過了需要他監護的年齡。對她來說，本小利大，她只需要知道他的名字與出生日期，但母親無論如何都不告訴她，好像這些資訊是母親的維生器官，不能讓碧普挖走一樣。

碧普打電話給大牧場住戶的那個下午，既漫長又令人提不起勁，六點整工作告一段落。她把電話聯絡人名單存檔，揹好背包，戴好自行車頭盔，躡手躡腳地走過伊格的辦公室，以免他來搭訕。

但她耳邊傳來伊格的聲音：「碧普，請進來，我有事找妳。」

她拖著腳步，慢慢往回走，走到他在座位上就看得到她的位置。他的眼神從上往下，通過她的胸部——上面也許已經描著兩個大大的B——停在她的小腿上。她發誓，伊格看著她的胸與腿的眼神，就像看著一局還沒完成的數獨，他的表情與皺著眉頭、全神貫注解題的人一模一樣。

她問：「有事嗎？」

他抬頭看著她的臉，說：「大牧場的進度到哪兒了？」

「有幾個人反應還不錯。進度……呃……應該是百分之三十七。」

他的腦袋左搖右晃，這是俄國人不置可否的動作。「我問妳，妳喜歡這個工作嗎？」

「你其實要問我是不是想被開除吧？」

他說：「公司打算重新配置人力，也許妳有機會發揮其他專長。」

「老天，『其他專長』？你還真會製造氣氛。[7]」

「我記得，妳到八月一號應該就滿兩年了吧。妳很聰明，妳覺得公司應該給大牧場這個開發客戶的實驗多久時間？」

「總不會由我來決定，對吧？」

他又搖了搖頭。「妳的目標是什麼？妳有計畫嗎？」

「你心知肚明，如果那天沒有發生那二十個問題的事情，我現在還比較願意回答你的問題。」

他用舌頭發出嘖嘖聲，說：「氣成這樣。」

「或是說累成這樣。如果我說我累了，這樣我可以走了嗎？」

他說：「我喜歡妳，我也不知道為什麼。我希望妳工作順利。」

她沒有因此留下來，聽他接下來還要講什麼。她走到大廳時，三位客戶開發部門的女同事正在換慢跑鞋。星期一是她們下班後增進姊妹感情的慢跑日。她們大多是三四十多歲、已婚，其中兩位有小孩。至於她們背著碧普說些什麼，不必靠超能力也猜得出來：碧普只會抱怨、表現不佳、自以為是「最年輕員工」、白

---

7 碧普暗指伊格在製造性騷擾的氣氛。

嫩嫩的皮膚讓伊格看得目不轉睛、利用伊格的縱容幹一些有損道德的事情、隔板上沒有小嬰兒的照片。碧普其實對這些品頭論足多半也同意——她們也許不可能像她一樣，對伊格講話那麼沒禮貌卻不會被開除——但是，她們從不邀她一起慢跑，這非常傷她的心。

其中一人問：「碧普，今天還好嗎？」

「我不知道。」她不想一開口就抱怨，該說點別的。「妳們誰剛好有不錯的素食蛋糕食譜？全麥麵粉、少糖的那種？」

那幾個人瞪著她看。

她說：「妳們懂我的意思，對吧？」

另一個女人說：「這就像在問，沒酒、沒甜點又不跳舞，要怎麼辦好派對一樣。」

第三個女人說：「**奶油**算不算素的？」

第一個女人說：「不算，奶油是動物製品。」

「印度酥油呢？印度酥油不就是牛奶去掉固形物以後剩下的脂肪嗎？」

「那還是動物脂肪，動物的。」

碧普說：「我瞭解了，謝謝。祝妳們跑步愉快。」

她下樓往自行車架的方向走去時，非常確定聽到那三個女人在笑她。討食譜不是進入姐妹淘圈圈的通行證嗎？話雖如此，她的同齡朋友愈來愈少也是事實。一大群人相處的時候，她靠著比其他人多一點的尖酸刻薄，還能有點身價；但說到一對一的友誼，她對推特的推文、臉書的貼文，以及沒完沒了的快樂女孩合照，實在提不起興趣。她們沒一個能理解她為什麼要和非法佔屋人士住在一起，為什麼她對那些不快樂、自暴自棄、身上有嚇人刺青、有壞父母的女孩就不會冷嘲熱諷？她能感覺到自己開始變得像母親一樣，成了那種沒有朋友的人。安娜葛瑞特說的沒錯，這就是她花太多精力在Y染色體上的原因。別的不說，與傑森那次約會意外之後，她已經四個月沒有性生活，日子還真淒慘。

外頭的天氣好到讓人生厭。她完全提不起勁，決定把自行車放到一檔，沿著曼德拉公園大道慢慢騎，速度不比塞在高架高速公路上的車流快多少。太陽還高掛在海灣對面，舊金山那一頭的天空，沒有被海的上升薄霧遮住而變暗，但是柔和了些。碧普像她母親一樣，慢慢喜歡上挑不出毛病的濛濛細雨和濃霧。她經過34街上幾個不大對勁的街區時，就換到高速檔，避免與毒販四目交接。

崔佛斯原本是她現在住的房子的屋主。自從他母親自殺後，他用一部分遺產付了房子的頭期款，還在皮德蒙大道附近開了一家二手書店。這房子就是他心智狀況的縮影：很長一段時間還算秩序井然，之後，老式點唱機這類反常的東西出現了，最後，他「研究」所需的文件和預防「圍攻」準備的食物開始從地板堆到天花板。他的書店原本有些客人會來串門子，那些人喜歡體會與更聰明的人聊天的感覺（原因是崔佛斯比誰都聰明。他的記憶力就像照相機一樣，他的腦袋又能解答高段西洋棋的步數與邏輯問題），後來，店裡不僅處處充滿腐味，崔佛斯也變得疑神疑鬼。一開始是結帳時跟客人吵架，接著又對上門的客人大吼大叫，甚至拿書丟他們，最後因為攻擊人被獲報前來調查的警察強制送交精神治療。等到他接受新的雞尾酒藥物治療並出院後，發現書店已經沒了。存貨盤點完後，全數拍賣用來抵償積欠的房租，以及賠償真假難辨的屋況損傷。他自己的房子則被銀行沒收。

但崔佛斯還是找出辦法搬回那棟房子住。他每天寫長達十頁的信件給銀行、承辦人員和相關政府機關，並在六個月內四次威脅要提起訴訟，銀行因此無法處分房屋。當然，那房子的屋況非常差也是銀行遲遲沒有動作的原因。另一方面，崔佛斯除了殘障補助之外就沒有收入，所以，他決定與佔領運動結盟，與史帝芬交好，答應讓更多非法佔屋人士住進他家，交換食物、房屋修繕與水電瓦斯等公用事務開銷。佔領運動如火如茶的時候，這棟房子除了提供過往人士暫住，也出現一些麻煩人物。最後出面維持秩序的是史帝芬的太太。他們空出一間房給短期佔屋人士使用、兩間房給拉蒙和他弟弟艾德瓦多。拉蒙兄弟與史帝芬夫婦曾住在同一個「天主教工人運動之家」，四人後來一起搬進崔佛斯的房子。

碧普是在艾德瓦多被一輛洗衣店卡車撞死前幾個月，一次「反核武研究會」的聚會上認識史帝芬。那幾個月是她的快樂時光，她記得很清楚，當時他們夫妻的關係已經很疏遠了。碧普立刻被史帝芬的熱情、終極鬥士體格以及小男孩般的亂髮給吸引。她察覺到研究會的其他女人對他也有一樣的感覺，但她是唯一膽子夠大、邀他會後一起喝咖啡的人（她請客，因為他不相信金錢的價值）。聽到他說「好」，是那麼地暖人心房，把這當成兩人的第一次約會，也不會不合理。

她在接下來幾次咖啡約會時告訴他，自己大學時對核武的恐懼、想要對世界有所貢獻、擔心反核武研究會會像再生能源公司一樣發揮不了功能。史帝芬則告訴她他和大學女友從相識到結婚，以及他們二十多歲時在好幾個天主教工人運動之家工作，誓言清貧度日、追隨桃樂西．黛[8]的理想，整合激進政治與宗教力量的過程。他還透露他們後來分道揚鑣，是因為他太太愈來愈虔誠、對政治愈來愈冷漠，史帝芬則剛好相反。他太太後來在銀行開了戶頭，轉到一所收留殘障人士的福利之家工作，史帝芬則全心協助佔領運動進行組織動員，過著不依靠現金的生活。雖然他已經喪失信仰、放棄了教會，但他替工人運動之家工作的那幾年，養成了一種與女性一樣的直率情緒，一種令人振奮、有話直說的習性。碧普從未遇過具有這種特質的男人，更不要說在一位街頭老手身上看見這種個性。碧普為了爭取他的信任，透露了更多私事，包括她現在和大學同學一起租屋的租金高得離譜的事情。史帝芬非常專心地聽，然後問她要不要搬進艾德瓦多的免費房間。當時艾德瓦多剛過世沒多久，碧普覺得這代表她有機會與史帝芬進一步發展。

她去那棟房子參觀並接受面談時，發現史帝芬夫婦的關係還沒有疏遠到不在同一張床上睡覺。史帝芬那天晚上也懶得露面，也許他知道他跟太太還同床共枕會讓碧普難以接受？她認為他在婚姻狀態這件事上誤導了她，但他為什麼要誤導她呢？或者，誤導也代表看得到希望？臉色紅潤、金髮、快四十歲的瑪麗——也就是史帝芬的太太——與碧普面談時，崔佛斯像人面獅身像一樣坐在角落，拉蒙則為弟弟之死哭個不停。瑪麗不是太過自負、看不出碧普是威脅，就是對天主教的慈善服務使命深信不疑，真的被碧普困窘的生活打動了，開始像母親般疼愛碧普。碧普本來就像發瘋似的嫉妒瑪麗，這時更覺得瑪麗的疼愛是在懲罰她的嫉妒心，而且這種感覺一直揮之不去。

除了嫉妒瑪麗以及看到崔佛斯就覺得毛骨悚然之外，碧普在那屋子其實一直很愉快。觀察崔佛斯的舉止，猜測他的心智狀態，也是一種樂趣。她身為人的價值，在她始終如一地盡心照顧拉蒙這件事上最看得出來。她搬進去沒多久，就知道史帝芬與瑪麗為了讓艾德瓦多能夠過自己的生活，在艾德瓦多過世前一年正式收養拉蒙。雖然拉蒙年紀比史帝芬和瑪麗小不了一、二歲，現在卻是他們的**兒子**。要不是碧普很快就喜歡拉蒙，不然還真覺得這關係亂了套。她幫他學習字彙；勉強擠出錢替所有人買了電視遊樂器當聖誕禮物，然後協助拉蒙學著玩他能應付的簡單遊戲；做很多奶油爆米花；陪他看他最喜歡的卡通。這些林林總總的事情，讓她瞭解了教會慈善工作的魅力。要不是史帝芬痛恨教會腐敗，厭惡教會對女性與地球犯下的罪，她說不定會上教堂呢！她經過他們房門口，聽到瑪麗高聲叱責史帝芬詆毀福音書是以理害情，要不然，該怎麼解釋他很愛拉蒙這件事？顯然他的心仍滿溢著主的話語，他對養子的愛與關心就是基督會做的事。

就算碧普從來不上教堂，大學同學還是一個接著一個失聯，因為發生過太多次她答應陪拉蒙打電動或帶他去二手商店買球鞋，只好臨時發簡訊通知同學沒辦法赴約。她安排社交活動時當然因此礙手礙腳，但她懷

8 Dorothy Day，美國記者，社運人士，於一九三〇年代創辦以濟貧服弱為宗旨的天主教工人運動之家。

疑，真正的原因是朋友認為她是個非法佔屋的怪人，不願跟她往來。她現在只剩下三位朋友。他們每週六會一起喝酒，平常則以簡訊聯絡，她同時小心謹慎地藏好自己的資訊，畢竟，她真的是非法佔屋那一型的怪人。但她不像史帝芬與瑪麗一樣出身中產階級的天主教家庭，她從母親的小木屋搬到33街的房子，階級地位可以說根本沒變，她還欠著的學生貸款等於是終身守貧的誓言。她覺得住在崔佛斯的屋子做自己該做的家事，幫助拉蒙，比她做過的任何事情都來得實在。伊格問她的人生目標是什麼的時候，她沒有理會，但她**確實**有人生目標，即便沒有達成目標的計畫。她的目標是不要變得像她母親一樣，因此，雖然她是個很稱職的佔屋人士，成就感卻不怎麼高，反而更常覺得恐懼。

她一轉過33街街口，就看到史帝芬坐在屋前的台階上，穿著他小男孩尺寸的衣服、二手Keds帆布鞋、二手短袖泡泡棉襯衫，兩邊袖子被巨大的二頭肌撐得鼓鼓的。緩慢移動的傍晚薄霧讓附近高速公路的高架橋下出現一道道金色光束。史帝芬低著頭。

碧普邊下車邊高興地說：「嗨，嗨。」

史帝芬抬起頭看她。他的臉是濕的，眼眶是紅的。

她問：「怎麼了？」

他說：「完了。」

她把自行車放倒在地上，問：「什麼完了？出了什麼事？崔佛斯的房子沒了嗎？到底出了什麼事？」

他臉色蒼白地笑說：「不，崔佛斯的房子還在。我是說真的。我的婚姻沒了。瑪麗走了，搬出去了。」

他說話時整張臉變了樣。碧普全身發冷，一股恐懼感從她的心臟衝出來，不久卻變成難受的暖流。身體察覺需求的能力真強，蒐集可用資訊的速度也真快。她脫下安全帽，跟他一起坐在門口的階梯上。

她說：「噢，史帝芬，我很難過。」他們以前只有打招呼和說再見的時候才會擁抱，這回，她的四肢卻突然劇烈抖動。她只好將雙手放在他的肩膀上，似乎擔心兩隻手臂會脫落。「實在好突然。」

他的聲音有點鼻塞，說：「妳沒想到？」

「沒有，沒，我沒想到。」

他憤恨地說：「真的，我也沒想到，她怎麼可能再婚？我還一直覺得這是我的王牌。」

碧普捏了他兩下，又摩蹭了一下他的二頭肌。這沒什麼不對，因為這時他需要朋友的安慰。但他的肌肉摸起來就像被睪丸素刺激過一樣硬又溫暖，更不用說，她的最大障礙已經**走了，搬出去了，走了**。

她帶點暗示地說：「你們最近老是吵架，不是嗎？幾乎每天晚上都在吵，好幾個月了。」

他說：「最近比較少。事實上，我還覺得情況好了點，沒想到是因為……」

他又用雙手摀住臉。

碧普問：「第三者？有其他人……」

他的身體動了一下，似乎使盡了全身力量才能點了點頭。

她把臉貼到他一邊肩膀上，說：「噢，天啊，太可怕了。史帝芬，真是太可怕了。」她輕輕地將聲音送進他的泡泡棉襯衫裡面。「我可以幫你什麼？」

他說：「妳可以做一件事。」

她問：「什麼事？」這時候她整張臉都貼在泡泡棉襯衫上了。

「妳去告訴拉蒙這件事。」

這句話讓她從正在陶醉的非現實中驚醒，讓她意識到自己的臉正貼著某個人的襯衫上。她移開手臂，說：「幹！」

「沒錯。」

「他以後怎麼辦？」

史帝芬說：「她都打點好了。她把下半輩子都計畫好了，就像那種大企業的計畫一樣。她拿到監護權，而我只有探視權，彷彿當初領養拉蒙就是為了探視權。她一直……」他深吸了一口氣，說：「她一直跟工人運動之家的主任來往。」

「噢，天啊，無懈可擊。」

「他顯然跟總主教交情不錯，而總主教可以替她解除婚約。還真是無懈可擊，不是嗎？他們打算把拉蒙接到工人運動之家住，安排他上職訓學校，這樣她就可以利用空檔，噗噗噗連生三個小孩。這就是他們的計畫，有道理吧？她就在一個照顧拉蒙這種人的地方工作，全職全薪，哪有法官會不給這種媽媽百分之百的監護權？這就是他們的計畫。妳絕對想不到，她講起這些細節的時候有多理直氣壯。」

碧普放了點膽子說：「我相信你。」

史帝芬抖著聲音說：「但是，我喜歡人理直氣壯。她也真的理直氣也壯，全身上下都燃燒著道德使命。我只是不想有三個小孩而已。」

碧普心想：謝天謝地。

她問：「拉蒙還沒走吧？」

史帝芬說：「她和文森明天早上會回來接拉蒙。這一步，他們顯然盤算好幾個星期了，只是一直在等床位空出來而已。」他搖搖頭說：「我以為拉蒙可以挽救我們的婚姻。我們都愛這個孩子，就算其他事情意見不合也不要緊。」

碧普說：「有了孩子，婚姻照樣會觸礁，你們又不是第一對。」語氣中對瑪麗到現在還能影響他感到不爽。「說實話，我可能就是這種情況下生出來的小孩。」

史帝芬轉頭看著她，說：「妳真是好朋友。」

她抓起他一隻手，把自己的手指繞著他的手指，接著調整手指交纏的力道，說：「我當然是你的好朋友。」既然他們的手都碰在一起了，她的身體反應再明顯不過——她的心臟怦怦跳，呼吸既淺又急——就是希望過幾天，甚至過幾個小時，他的雙手就會摸遍她全身。她的身體就像一隻大型犬，被她的理智緊緊拉著。她故意讓大腿不小心碰到他的手，就一次，然後分開。大腿是她現在最想讓他用手碰的地方。「你是怎麼跟拉蒙說這件事的？」

「我沒辦法面對他。她走了以後我就一直坐在這裡。」

「他一直待在裡面，而你一句話都沒跟他說？」

「她大概是半小時前走的。如果讓他看到我在哭，他也會很難過。我想，妳可以先讓他有點心理準備，然後我再跟他講道理。」

碧普想起了安娜葛瑞特說的「**弱**」，這個讓她們關係急轉直下的字，不過她想要史帝芬的程度並沒有因此減少，相反地，這個字讓她想要忘記拉蒙，繼續在前門外撫摸史帝芬。因為「弱」也代表無法抗拒誘惑。她說：「我們晚一點再聊聊，好嗎？就我一個人，我真的要跟你好好聊聊。」

「沒問題。這件事不會影響大家，我們還是可以住在這裡。崔佛斯就像牛頭犬一樣，他不會放棄這屋子的。別擔心住的問題。」

碧普的身體明顯地感覺到這屋裡每一件事情都變了，但她的理智覺得可以原諒史帝芬視而不見，畢竟他剛剛才被結縭十五年的妻子甩了。碧普的心臟還在怦怦跳，她勉力起身把自行車牽進屋內。客廳裡只有崔佛斯一個人，他在公用電腦前動著滑鼠。他坐的那張撿回來的六腳辦公椅，跟他的身形相比就像是張小板凳。

碧普問：「拉蒙在哪裡？」

「他房間。」

「我想，我應該不必問你知不知道發生了什麼事。」

崔佛斯冷靜地回說：「家庭糾紛不關我的事。」

他像隻六腳蜘蛛連人帶椅轉過來，對著碧普說：「但是我查到一些基本資料。聖．艾格尼斯工人運動之家，一九八四年成立，有三十六個床位，是獲得州政府完整認證、評價也很好的機構。主任文森．歐立菲艾理現年四十七歲，喪偶，有三子，兩個快二十歲，一個二十出頭。他有舊金山大學的社會工作碩士學位，伊凡斯總主教至少參觀過這所機構兩次。妳想不想看看伊凡斯和歐立菲艾理在聖．艾格尼斯工人運動之家門口台階上的合照？」

「崔佛斯，你難道沒有一點**感覺**嗎？」

他鎮定地看著碧普，說：「我覺得拉蒙在那裡會得到超過平均水準的照顧。我會懷念他在這裡的友善，但不會懷念他玩電動或非常有限的對話能力。瑪麗要解除婚姻關係，可能還要花點時間，但她遲早會成功。我找到幾個本教區的前例。我也承認，我擔心她離開後，這裡的財務狀況可能會出問題。史帝芬告訴我，屋頂需要大修。雖然妳看起來樂於幫他做些房屋修繕的工作，但我不覺得你們有能力修屋頂。」

對崔佛斯來說，說出這番話代表他已經很有感覺了。碧普上樓到拉蒙房間，看到他躺在皺成一團的床單上，臉朝向貼著灣區各種運動海報的牆壁。碧普聞到他身上的濃濃尿味加上看到牆上運動明星的笑臉，心一酸，哭了出來。

「拉蒙？親愛的？」

他說：「嗨，碧普。」但身體動都沒動。

她在床邊坐下，碰碰他肥胖的手臂。「史帝芬說你在找我。你轉過來看著我，好嗎？」

他說：「我希望我們是一甲人。」身體還是沒動。

她說：「我們還是一家人，沒人會離開。」

「瑪麗說我要走了，我要去她工作的地方。那個甲不一樣，但我喜歡這個甲。碧普，妳不喜歡這個甲嗎？」

「我喜歡，很喜歡。」

「瑪麗要走沒關係，但我想要跟妳、史帝芬還有崔佛斯在一起，就像以前一樣。」

「我們還是可以去看你啊，你在那邊也會認識一些新朋友。」

「我不要新鵬憂，我要老鵬憂，就像以前一樣。」

「但是你喜歡瑪麗啊！她以後每天都會在那邊，你就不會一個人難過了。就像以前一樣，但也像新的一樣，這樣不是很好嗎？」

她覺得自己好像在辦公室打電話拉業務。

拉蒙說：「妳、史帝芬還有崔佛斯會陪我做事情，瑪麗不會，她太忙了。我不知道為什麼一定要跟她走，為什麼不能留在這邊。」

「嗯，她會用不一樣的方法照顧你。她會賺錢，可以幫到我們每個人。她愛你就像史帝芬愛你一樣。而且，她現在還是你媽媽呢，我們都應該跟媽媽在一起。」

「但是我喜歡這裡，就像一甲人。碧普，我們以後會怎麼樣？」

她早就在想之後會怎麼樣了，她和史帝芬會多出獨處的時間。住在這裡最棒的是，她每天一定會碰到他，這甚至比她發現自己有從事慈善工作的能力還要好。她從小和不諳俗務瑣事的母親住在一起，結果就是連在牆上掛幅畫都不會。因為，要掛畫，得先去買支榔頭在牆上釘釘子。碧普搬到33街的時候，非常渴望能學習實用技能，史帝芬也教了她一些，告訴她如何批土、填縫、操作電鋸、鑲玻璃窗、把撿回來的燈具重新接線、拆解自行車等等。他既有耐心又大方，讓她（或者起碼她的身體）覺得他在培養她成為比瑪麗更值得相處的伴侶，因為瑪麗會做的家事僅限於廚房裡的。他帶著她在垃圾桶裡挖寶，示範跳進垃圾桶的方法，以及進去後如何翻撿才找得到好東西。她現在看到可能有寶可挖的垃圾桶時，就算隻身一人，也會跳進去翻兩下，把有用的東西撿回家，還會與他一起分享喜悅。這是屬於他們倆的事情。她有機會比瑪麗更像他，而且假以時日，他也可能更像她。有了這一層希望，她就更能忍受慾望的煎熬。

她和拉蒙一起好好哭了一會兒後，拉蒙還是不願意跟她下樓，嘴上硬說自己不餓。她下樓時看到兩位史帝芬在佔領運動認識的年輕朋友，帶了幾瓶劣質啤酒上門。三人圍坐在廚房桌邊聊天，話題不是瑪麗，而是薪資與物價的反饋迴圈問題。她先預熱烤箱，準備烤崔佛斯提供的共享食物冷凍披薩。她又想到，瑪麗搬走之後，她可能要更常下廚準備菜飯。她在想具體勞動分工問題的時候，史帝芬和那兩位朋友賈斯與艾瑞克則在想像未來出現的勞動者烏托邦。他們的理論是，科技進步會促使生產力提升，但會降低製造業的工作需求，等到購買機器人生產產品的消費者靠救濟度日的代價太過高昂、資本無法負擔時，就會出現更好的財富分配方式，屆時，甚至大部分不事生產的人，都可以獲得優渥的待遇。失業的消費者所擁有的經濟價值，未來將等同於他們失去的實際勞動價值，他們可以和那些還在服務業工作的勞動力結合，形成由勞工與永久失業者組成的新聯盟。這個聯盟的壓倒性力量，可以促成社會改變。

碧普一邊摘掉羅曼葉的蒂（崔佛斯認為羅曼葉的蒂也可以當生菜吃）一邊說：「我有個問題。如果某人只是消費者，一年可以賺四萬，另一人在養老院勞動替人換尿盆，一年也賺四萬，那麼換尿盆的人難道不會對無所事事的人憤憤不平？」

賈斯說：「服務業的工人薪資要更高才行。」

碧普說：「要高**很多**才行。」

艾瑞克說：「在公平的社會裡面，在養老院工作的工人就是開賓士的人。」

碧普說：「最好是啦！但就算如此，我寧願騎自行車，也不想替人換尿盆。」

「好。但是，假如妳想開賓士，而換尿盆又是唯一能讓妳如願的工作，怎麼辦？」

史帝芬這時說：「碧普說的有道理。」她聽到他的聲音，身體突然顫抖了一下。「要達到目標，必須實施強制勞動，同時降低退休年齡，這樣一來，每個三十二、三十五歲或不管幾歲以下的勞工一定有全職工作，而超過年齡的人則一定可以享受『全職無業』的好處。」

碧普說：「聽起來，年輕人在那種世界不怎麼光采。當然，年輕人在這個世界也光采不到哪裡去。」

賈斯說：「如果三十五歲以後可以照自己的希望過日子，我當然支持。」

史帝芬說：「接下來，如果退休年齡降到三十二歲，再立法禁止退休前有小孩，還可以解決人口問題。」

賈斯說：「對。但如果人口減少，退休年齡就一定會提高，因為服務業還是需要人。」

碧普拿出手機，走到後院陽台。她聽他們談過太多次這種烏托邦對話，知道史帝芬跟他的朋友從未完全解決烏托邦國度的缺點，也知道這世界的問題就像她的生活一樣無從改善，這讓她多少覺得心安和寬慰。陽光逐漸朝西邊落下，她盡職地回了為數不多的朋友發來的簡訊，留了語音訊息給母親，希望她眼皮的毛病好了些。她的身體依然殘留著似乎就要發生大事的感覺，看著高速公路上的天空由橘轉藍，心臟還不停地**怦**、**怦**、**怦**跳著。

她走回屋內時，崔佛斯正在分披薩。談話內容已經換成安德瑞斯．沃夫這位以陽光使者聞名的人。她拿了一個大玻璃杯，倒滿啤酒。

艾瑞克說：「是有人洩密，還是他們駭入成功了？」

賈斯說：「他們從不說怎麼得到資料的。可能有人把密碼或金鑰洩漏給他們。這是沃夫的操作模式——保護消息來源。」

「有他在，以後沒人會記得還有個朱立安・亞桑傑[9]。」

「最起碼他比不上朱立安寫程式的功力。沃夫的駭客都是花錢雇來的。以他的程度，連Xbox遊戲機都駭不進去。」

「但是『維基解密』聲名狼藉，還有人因此送命。沃夫至少在合理範圍內還算乾淨。事實上，他現在的品牌形象就是『純真』。」

聽到「**純真**」這個字，碧普心頭顫動了一下。

史帝芬說：「這件事肯定可以幫上我們的忙。他們這次放上網的文件中，有一批東灣的房地產資料，就是我們在外頭一直要建檔的東西。現在我們可以和這批文件上每一個東灣居民聯絡，說服他們支持，或是我們辦個活動支持他們，或是什麼的。」

碧普轉頭看著崔佛斯，希望他解釋一下。他吃東西的速度快到似乎還沒碰到食物，食物就從盤子上消失了，毫無樂趣可言。他說：「『陽光計畫』星期六晚上在一個祕密的熱帶國家釋出三萬封內部電郵，絕大部分是『無情追討銀行』的。有意思的是，我剛好是這家銀行的客戶，這點我想妳也知道。雖然這批電郵完全沒有提到我的案子，但那幾個德國間諜可能想要幫我們一個忙，所以東聞西嗅想找出我是哪家銀行的客戶，我相信這樣的推測還不至於證明我有病。無論如何，這批電郵的內容相當紮實，想抵賴都不成。無情追討銀行似乎仍有不實陳述、詐欺、恐嚇、拖延，以及意圖偷竊一時有困難的屋主資產的行為。也就是說，這批電郵讓聯邦政府與各銀行達成的協議顏面盡失。」

史帝芬說：「崔佛斯，那些德國人不是來刺探我們的，是我告訴安娜葛瑞特你的銀行是哪一家。」

碧普尖聲問：「你說什麼？什麼時候？」

「什麼時候什麼？」

「你什麼時候告訴安娜葛瑞特的？你們還有聯絡？」

「我們當然有聯絡。」

她仔細看著史帝芬喝酒後通紅的臉，想看看他臉上有沒有愧疚感。一點都沒有。她的嫉妒心作祟，開始想像，瑪麗現在是局外人了，安娜葛瑞特可能會甩了男友、搬來奧克蘭、接收史帝芬、把碧普趕出門。

史帝芬對她說：「這次洩露電郵事件的影響很大。各種文件應有盡有。比如說，銀行先想辦法說服屋主再融資，接著不理不睬，然後『遺失了』文件，最後就發動處分程序，清償債務。他們甚至訂出條件，只要屋主連續兩期沒還貸款或只還了部分貸款，以及資產淨值低於七萬五千美元，就會開始處分。東灣這邊就有很多案例。對我們來說，這批電郵可以說是天上掉下來的禮物。我相當有把握，這件事是安娜葛瑞特促成的。」

碧普開始心神不寧，根本吃不下食物，她先把杯子裡的啤酒一口喝完，又倒滿。過去四個月，她至少收到二十封安娜葛瑞特寄給她的電郵，她一封都沒打開，就標註為「已讀」。她本來也不常上臉書，一方面是看到那些曬快樂的照片就像在吃悶棍，另一個原因是公司不讓員工上班時間上個人社交網站。但她為了繼續使用臉書，只好拒絕安娜葛瑞特主動伸出的友誼之手，以免將來在臉書上收到她的私訊轟炸。她對安娜葛瑞特的記憶與對傑森的記憶混在一起，讓她覺得自己髒得怪異，就好像她回答問卷時其實沒穿浴袍，全裸，然後硬要傑森接受她；又好像她和安娜葛瑞特有一次非常不對勁的交媾，事後讓人做惡夢的那種交媾。現在，

9 Julian Assange，朱立安・亞桑傑，『維基解密』網站創辦人。

她對安娜葛瑞特的記憶又和「**純真**」這個字扯上關係。這是英文中她覺得最羞恥的字，因為這是她的名字。她覺得自己的駕照很丟人，因為駕照上那張陰沉的臉的大頭照旁邊就印著「純真．泰勒」。這個字也讓她每次填申請表格時都像在面對一次小酷刑。她的所作所為完全背離母親替她取名為純真的用意。她高中時就刻意讓自己成為一個髒女孩，彷彿可以藉此逃避名字的重擔；到了現在，她還是個髒女孩，因為她正在覬覦別人的老公……她一直灌啤酒，灌到夠醉了，才跟大家打了個招呼，帶著一片披薩去找拉蒙。

拉蒙說：「我不餓。」他的臉仍面對牆壁。

「親愛的，你得吃點東西。」

「我不餓。史帝芬在哪裡？」

「他朋友來找他，就快上來了。」

「我想住在這裡，跟妳、史帝芬和崔佛斯。」

碧普忍著沒有回應，下樓回到廚房。

她對賈斯和艾瑞克說：「兩位請走吧，史帝芬得和拉蒙講講話了。」

史帝芬說：「我等一下就上去。」

她看著他一臉惶恐，氣從中來，說：「他是你**兒子**。你不上去，他就一直不吃飯。」

「好啦。」他回話的樣子，就是他經常在瑪麗面前表現出的那種小男生賭氣的樣子。

碧普看著他上樓，心想她和史帝芬會不會跳過幸福階段，直接進入刻薄惡毒的階段。她把人都趕走後，獨自坐著喝完啤酒。她感覺得到情緒就要爆發，也知道自己該回房睡下，但她心跳得實在太厲害。最後，她的慾望、氣憤、嫉妒與猜疑合而為一，在酒精的作用下化成委屈——史帝芬忘了，他答應今晚他們兩人要單獨聊聊。他和安娜葛瑞特保持聯繫，卻**拋棄**碧普。她聽到樓上他房間傳來的關門聲，她在樓下等著門再次打開，一邊默默複習自己的委屈，同時不斷修改措辭用字，強化委屈的情緒，才頂得住被拋棄的重擊。但是，委屈根本扛不起這種重量。最後她決定上樓，敲了敲史帝芬的房門。

他坐在他們夫妻睡覺的雙人床上讀書，紅色書名、跟政治有關的書。

她問：「你在**讀書**？」

「反正這件事我使不上力，想也沒用，不如看書。」

她把門關上，坐在床角，說：「光是看你和賈斯和艾瑞克講話的樣子，沒人猜得出來今天發生了這麼大的事。」

「他們兩個和這事有什麼關係？我還有工作，也還有朋友。」

「還有我，你也還有我。」

史帝芬把視線移到一邊，緊張地說：「是吧。」

「你忘了你說過要跟我聊聊？」

「啊，我是說過。我忘了，對不起。」

她深深、緩緩地調整呼吸。

他問：「要談什麼？」

「你心知肚明。」

「我心知肚明什麼？」

「你答應要跟我談的。」

「我忘了，抱歉。」

她的委屈正如她所擔心的一樣，微不足道又無足輕重。沒有必要第三次讓他看見自己委屈的樣子。

她說：「我們怎麼辦？」

他闔上書，說：「我和妳？照舊啊！我們得再找些新房客，最好都是女的，免得妳是這屋裡唯一的女生。」

「所以，萬事不變，一切照舊？」

「為什麼會不一樣？」

她停住，聽到自己心跳的聲音。「你知道，一年前我們經常一起喝咖啡，我感覺你喜歡我。」

「我是喜歡妳，很喜歡。」

「你那時候講得一副好像還沒結婚的樣子。」

他微笑著說：「是嗎？好吧。看看現在，再回頭想想，我還真是料事如神。」

她說：「我說的是**那時候**，**那時候**你說的話給人的印象。為什麼你要對我做這種事？」

「我對妳做了什麼？不就是一起喝咖啡？」

她用眼神央求他，在他的眼中找尋、詢問，想要從那雙眼睛中確定他是真的一無所知，還是因為其他更殘忍的原因而假裝一無所知。但她完全看不出他的心思，急得快瘋了。她上氣不接下氣，眼淚也簌簌而出。不是傷心的眼淚，是沮喪、控訴的眼淚。

他問：「妳怎麼了？」

她一直看著他的眼睛。終於，他懂了。

他說：「不、不，不是這樣，不可能。不會，不是這樣的。」

「為什麼不是？」

「碧普，拜託，不是這樣的。」

「你怎麼可能看不出來……」她倒抽一口氣，說：「我多麼想要你？」

「不可能，不可能，不是這樣。」

「我以為我們只是在**等**。現在等到了，終於等到了。」

「天啊，碧普，不是這樣的。」

「**所以，你不喜歡我？**」

「我當然喜歡妳，但不是那種喜歡。真對不起，不是那種喜歡。我的年紀夠當妳爸爸了。」

「什麼？少來了，我們只差十五歲，根本不算什麼！」

史帝芬這時轉頭，先看看窗戶，再轉向房門，彷彿在盤算該從哪邊逃跑。

她說：「你是說你對我從來沒有感覺？都是我一廂情願？」

「妳一定誤會了。」

「誤會什麼？」

他說：「我從來就不想生小孩。我和瑪麗就只有這個問題，我不想要小孩。我一直跟她說：『我們要小孩幹嘛？我們已經有拉蒙，還有碧普。就算沒有小孩，我們還是可以當好父母。』我就是這樣看妳的，像女兒一樣。」

她盯著他，說：「這就是我的角色？你要我像**拉蒙**一樣？我如果身上**有臭味**，你是不是會更高興？我已經**有**爸媽了，我不用再多一對。」

史帝芬說：「但是，事實上，妳好像真的需要爸媽。比如說，妳需要的其實就是爸爸。我還是可以當妳爸爸，妳還是可以繼續住在這裡。」

「你瘋了嗎？住在這裡？像這樣繼續住下去？」

她起身，慌亂地轉頭左看右顧。這種時候生氣比受傷好，也許比被他愛、被他牽住更好，因為氣憤或許才是她向來對他的感覺，用想要得到他的念頭所偽裝出來的氣憤。

碧普在混亂中猶豫地脫掉刷毛上衣，解開胸罩，跪在床上，挨著史帝芬，用裸體凌虐他。「這像是女兒的樣子嗎？我在你心裡是這樣子嗎？」

他縮著身體，手遮著臉，說：「不要這樣！」

「看著我。」

「我不要，妳瘋了。」

「幹！幹！幹！幹！幹！你他媽的就這麼弱，連看我一眼都不敢？」這些字眼是從哪裡跑出來的？以前藏在哪裡？悔恨就像激流，正繞著她的膝蓋打轉。她明白，以前所有悔恨加起來都沒有這次糟，但她無力抵抗，只能撐到底。身體要什麼，她就做什麼。這回，身體要她倒在史帝芬身上。她的裸胸隔著泡泡棉襯衫蹭著他的身體，她拉開他遮住臉的雙手，讓她的頭髮包住他的臉。她知道這次她真的做到了，他則嚇壞了。

她說：「你得確定，好嗎？確定你只把我當女兒看？」

「我不敢相信妳會這樣對我。她才剛離開四個小時。」

「哦，所以如果是四天就沒有關係嗎？四個月呢？四年呢？」她低頭湊向他的臉，說：「摸我！」

她想要抓住他的雙手摸她，但他的力氣太大，一把就把她推開，然後連滾帶翻下了床，退到房門口。

他一邊大聲喘氣一邊說：「妳知道我不相信心理治療那一套，但我現在覺得妳應該去治療。」

「別說得好像我有錢沒地方花一樣。」

「碧普，我是說真的，妳這次真的是在亂搞。妳有沒有想過我是什麼感覺？」

「有啊，我上一次替你想的時候，你在讀——」她撿起他的書看了一眼，說：「葛蘭西[10]。」

「如果妳對其他人，那些不會替妳著想的人也這樣胡來，會害了妳自己。妳好像有無法控制衝動的問題，這樣不好。」

「我知道我不正常，我這輩子就這樣了。」

「不是那樣的。我說真的，妳很棒、很傑出。但是——我是說正經的。」

碧普問：「你愛上她了？」

他在房門邊轉身，說：「什麼？」

「安娜葛瑞特。不就是因為她嗎？你愛上她了？」

「哦，碧普。」他臉上既憐又惜的樣子多單純啊，幾乎打消了她的猜疑，幾乎讓她覺得自己吃醋沒有道理。他說：「她在杜塞多夫，而且我跟她根本不熟。」

「是嗎？你們不是一直有聯絡？」

「妳到底知不知道自己在說什麼、做什麼？」

「說『沒有』啊！你就是不敢說『沒有』。」

「天啊！」

「不然，請你跟我說『妳搞錯了』！只要說『妳搞錯了』就好。」

「我愛的是瑪麗。妳到現在還不明白嗎？」

碧普用力閉上眼睛，想弄清楚這句話的意思，卻又不想弄懂。她說：「但瑪麗現在跟別人在一起了。而你呢，跟安娜葛瑞特一直沒斷，你甚至不知道自己是不是愛上她了。我覺得你是愛上她了，不然就是很快會愛上她了。她的年紀跟你很配，不是嗎？」

---

10 Antonio Gramsci，二十世紀初義大利馬克思主義思想家。

「我要出去透透氣，妳走吧。」

她說：「你只要證明給我看，證明我錯了。抓著我的手，一秒鐘就好，拜託，只有這樣我才能相信你。」

「那妳就不可能相信我。」

她縮得像顆球一樣，小聲說：「我就知道。」嫉妒帶來的痛苦比她只是瘋了的想法來得甜美，但這種想法卻愈來愈強烈。

史帝芬說：「我走了。」

他走出房間，丟下她一個人躺在他的床上。

星期二

她傳了簡訊請病假，理由是肚子痛，其實也不算說謊。差不多十點的時候，瑪麗來敲她的房門，要她跟拉蒙道別。但碧普只要動一下身體就會想起昨晚的事。瑪麗第二次上樓時，直接開門進來，問她怎麼了。碧普說「**不要管我**」，但幾乎發不出聲音。

瑪麗問：「妳還好嗎？」

「拜託妳不要管我，帶上門。」

她聽到瑪麗走近、跪在床邊說：「我是來跟妳說再見的。」

碧普閉著眼睛，不說一句話。她完全不知道那幾個從瑪麗嘴裡吐出來、再落在她臉上的字是什麼意思，只感覺那些字一個接著一個撞著她的腦袋，她只能忍受直到她閉嘴為止。撞擊好不容易停了，瑪麗的下一個動作卻更折磨人，她緩緩地摸著她的肩膀，說：「妳不想跟我講講話嗎？」

碧普好不容易擠出話來：「拜託、拜託、拜託妳不要管我。」

瑪麗不情願地走了，這又是一個她幾乎無法忍受的折磨，即使聽到關門聲也沒辦法讓痛苦停下來。完全沒有停止痛苦的辦法。碧普無法下床，更不要說離開房間走到室外。外頭陽光正盛，又是個好到可怕的大好天氣，這種天氣待在室外，她真的可能會因為羞愧而死。她房裡有一條吃了一半的黑巧克力棒，一整天她就只吃這個。咬一口，然後一動也不動地躺在床上，忘記自己有個肉體——她母親口中那個**一覽無遺**、**一眼看透**的肉體。甚至哭泣也會提醒她有個身體，所以她也不哭。她想過，最起碼夜幕降臨時能解除一些痛苦，但一點用也沒有。夜晚唯一帶來的改變是，她終於可以為失去史帝芬哭出來，斷斷續續地哭了好幾個小時。

星期三

天剛亮，她又渴又餓地醒了。她必須小心翼翼，絕不能吵到人，因此感覺特別敏銳。她很快地換好衣服，整理好背包，躡手躡腳地下樓往廚房走。雖然她不想撞見史帝芬——最好這一輩子都不要再看到他——他也不是早起的人。她為了不延後離開的時間，決定不坐著吃點東西，隨便抓了點食物塞進背包，喝了三杯水，然後上了廁所。她從廁所出來時，崔佛斯站在前廳，身上穿著晚上睡覺的刷毛衣褲。

他說：「看得出來，妳好些了。」

「是啊，昨天肚子不舒服。」

「我以為每個星期三是妳可以晚點上班的日子，妳今天卻在六點十五分就下樓了。」

「是啊，我要把昨天沒上的班補回來。」

就算她說的是一戳就破的謊，也不會擾亂崔佛斯的情緒，謊話只會讓他的腦袋因為要消化更多東西而暫時慢下來。「我認為妳也要搬出去了，對嗎？」

「也許，對吧。」

「原因？」

「你明知故問。你都已經『認為』了，為什麼還要問我？看來這屋子裡大小事情都逃不過你的眼睛。」

他不為所動，說：「有一件事妳也許會有興趣。我看過史帝芬與那個德國女人往來的所有電郵，還有他們在社交媒體上的對話。內容完全和私人感情無關，都是在討論有點無聊的意識形態問題。我非常不願意因為這麼一件小事就失去妳這麼聰明的室友。」

碧普說：「哇，我正想說我離開之後會想念你，你卻告訴我你不僅會偷聽，還偷看我們的電郵。」

崔佛斯說：「我只看史帝芬的電郵，因為我們共用一台電腦，他又從不登出。我認為這符合法律上『一目瞭然』的定義。」

「好吧，讓你知道也無所謂，我現在最不在乎的就是安娜葛瑞特。」

「有意思的是，她寫給史帝芬的電郵很多都跟妳有關。妳不願意和她做朋友，她顯然非常難過。我認為妳的立場十分合理，甚至值得稱道。是的，『稱道』這兩個字用得沒錯。但妳也許想知道，在這屋子裡，妳才是那個德國女人關心的對象，不是我們那位史帝芬，當然也不是拉蒙或瑪麗。如果以嚴格的邏輯檢查每一個事實，甚至我也不是她關心的對象。」

碧普戴上自行車頭盔，說：「好，我瞭解了，謝謝你告訴我。」

「那幾個德國人有些地方不對勁。」

她在皮德蒙大道上一家不起眼的星巴克吃了幾個司康，喝了杯拿鐵，同時寫了一封電郵給史帝芬，寫完卻掙扎要不要寄出，最後鼓起勇氣按下發送鍵。他的手機不能收發簡訊，因為簡訊要花錢。至於崔佛斯會不會看到這封電郵，她不大在乎，因為這就跟一隻狗或一台電腦「知道」她的事情一樣。

我為我的舉止道歉。請告訴我你本週不在家的時間，我好回去收拾東西。

寄出電郵讓她的失落感變得更真實。她試著幻想，如果他那時無法抗拒她，他們在他房裡會發生什麼事？但是，她的想像力卻一直召喚出實際的事況，而在人來人往的咖啡館哭出來可不是什麼好主意。跟她相隔兩張桌子遠的地方，有個白鬍子、看起來像喜歡喝茶型的人正看著她。她看回去時，他嚇了一跳，眼神馬上露出罪惡感，低頭看著自己的平板電腦。為什麼史帝芬從來沒有這樣看過她？要求他這麼做很過份嗎？

妳需要的其實就是爸爸。史帝芬在房裡讓她難受時，最殘忍的就是這句話。顯然她也有不對的地方，顯然，行蹤成謎的父親，才是她應該發脾氣的對象。她瞇起眼睛盯著那位喝茶老兄，當他的眼睛又朝她瞟過來時，她假假地對他做個鬼臉，給他一個惡毒的微笑，他的回應方式是莊重地點點頭，然後轉過身，避免正眼看她。

她發了一個簡訊給莎曼珊，問能不能臨時讓她去睡一晚。她僅剩的朋友裡面，莎曼珊是最會忙東忙西、也最不會問尷尬問題的人。而且她是廚師，廚房設備齊全，碧普沒有忘記星期五要帶個「非生日」蛋糕給母親。

她今天可以晚一點上班，所以還有三個小時要打發。如果她這時候留言給母親，風險比較低，因為她大清早練習冥想總會練到忘我，不會接電話；但碧普做不出這種事。她看著排隊買糕點和咖啡飲品的客人，一群出門前剛洗完澡、有能力每天在外頭買早餐、由多元族裔構成的奧克蘭好居民。啊，有份喜歡的工作、信任的伴侶、愛妳的孩子，以及有目標的生活。她忽然想到，安娜葛瑞特不就是用有目標的生活在吸引她嗎？安娜葛瑞特那時想要的原來是她，安娜葛瑞特那時想要的原來是**她**。想到這裡，她覺得很丟臉，是她鬼迷心竅，才認定安娜葛瑞特和史帝芬在搞曖昧。一定是那幾瓶啤酒害的。

她拿起手機，把安娜葛瑞特過去四個月寫給她的電郵歸總在一起。最早一封的主旨是「請原諒我」，碧普讀著這封電郵，感受著安娜葛瑞特懇求的語調和讚美她的聰明與個性，此時，她發現自己也在遵從電郵主旨欄的指示，欣然樂意地原諒了安娜葛瑞特。聽起來也許有點瘋狂，也可能沒那麼瘋狂，因為除了安娜葛瑞特喜歡她之外，她對史帝芬、對男人、對每一件事情的看法都是正確的。安娜葛瑞特沒有放棄她，寫給她二十封電郵，最近一封還是一星期前寄出的。她這輩子從沒見過這麼棄而不捨的人。

她打開一封兩個月前發來的郵件，主旨欄寫著「好消息」。

最親愛的碧普：我知道妳一定還在生我的氣，也許根本不看我寄給妳的信，但是我一定要告訴妳幾件好消息。「陽光計畫」已經**核准**妳去實習！我希望妳把握這個超級有趣又有薪水可領的機會。我也一直記得妳想找一些私人資訊的事情——這工作也是妳可以利用的良機。我們不僅每個月會發一筆小額零用金，還完全負擔妳在這個全世界最有趣的地方的食宿；不僅如此，一旦申請核准，我們多半會提供機票補助。妳可以從我附的信以及「陽光計畫」的簡介上獲得更多資訊。講了這麼多，我只是想讓妳知道，我推薦妳的時候，真心誠意地給了**最優秀**的評價。安德瑞斯等人似乎還是相信我的識人之明！:）我替妳感到非常高興，希望妳認真考慮這個機會。我唯一的遺憾，是沒辦法在妳實習的時候陪妳，但話說回來，如果妳對我的氣還沒消，或許我不在，妳會更願意去？:) 抱抱。

安娜葛瑞特

附：安德瑞斯的電郵：ahw@sonnenlicht.org。妳有任何問題，可以親自寫信問他。

碧普讀完信，隱約覺得有點失望，但也說不出原因。這封信就像沒有正確答案的問卷，如果實習機會這麼簡單就可以獲得，能有多少價值？此外，她對安娜葛瑞特的印象才剛開始轉變，安娜葛瑞特就想把她塞給另一個男人，雖然是個有名也有魅力的男人。她的壞脾氣一上來，也沒多想，就點了螢幕上沃夫的電郵地址，發給他一封信：

親愛的安德瑞斯．沃夫：你到底在打什麼主意？有個叫安娜葛瑞特、跟我根本算不上熟的人說，我可以去你負責的計畫那裡帶薪實習。這是你勾搭人上床的方法，還是怎樣？還是你們已經準備好一桶Kool-Aid[11]？老實說，這件事從頭到尾都非常詭異，你在那個什麼叢林還是哪裡做的事情，我也沒有太大興趣。但是，就算我想知道你們在做什麼，安娜葛瑞特好像也不認為這有多重要，所以我覺得你們有鬼。祝好。

碧普．泰勒上。美國加州奧克蘭市。

她一按下傳送鍵就後悔了。最近她從行動到後悔的時間差正在快速縮短，要不了多久，她就可能成為只會後悔、欠缺行動能力的人，但這可能也不是太糟糕的事。

11 一種即溶調味飲料。此處碧普暗指一九七八年在南美洲國家蓋亞那發生的一樁悲劇，九百多位宗教團體「人民聖殿」成員，以喝下摻了氰化物的Kool-Aid集體自殺。

碧普為了表示懺悔，打開搜尋引擎，做了一件她早該做的事：研究沃夫和他的「陽光計畫」。結果，除了一干亞桑傑的死忠支持者對沃夫吹毛求疵，以及一些政府與大企業出於明顯的私利動機指控他是罪犯之外，對沃夫有敵意的留言少之又少。網路上最不缺的就是批評，這個結果讓人對沃夫刮目相看。他普遍受到仰慕的程度與翁山蘇姬和歌手布魯斯．斯普林史汀相當。如果再把他的名字與「**純真**」這個字一起搜尋，可以得到二十五萬筆結果。

沃夫的座右銘以及「陽光計畫」的口號是「**陽光是最好的消毒劑**」。他一九六〇年出生於東德，一九八〇年代以大膽、強烈批評共產黨政權而嶄露頭角。柏林圍牆倒塌後，他發起保存東德祕密警察所擁有的大量檔案並對公眾開放的運動。為了這件事而恨他的人只有當年祕密警察的線民，因為他們在東西德統一後的名聲，受到過去行為曝光的影響而受損。「陽光計畫」是沃夫在二〇〇〇年成立的組織，初期焦點放在揭發德國種種不法行為，但很快地就擴大範圍，開始揭發全球各地的不公不義與骯髒祕密。從成千上萬筆網路影像可以看出他非常英俊，但應該沒結過婚，也沒有小孩。他為了避免被起訴，於二〇〇六年逃離德國，到了二〇一〇年乾脆逃離歐洲。第一個提供他庇護的國家是貝里茲，最近一個是玻利維亞，因為玻利維亞民粹路線的總統艾佛．莫拉里斯是他的粉絲。沃夫唯一密而不宣的事情，是他的資金來源（網路上針對他「雙重標準」的激烈討論，已經可以裝滿至少1TB或2TB的硬碟）。唯一有點煞風景的討論，是他與亞桑傑的競爭關係。沃夫對於亞桑傑的揭密手段與私生活冷嘲熱諷，亞桑傑則相應不理，假裝世界上根本沒有沃夫這號人物。沃夫經常拿「維基解密」和他的「陽光計畫」相比。他說，前者是一個「沒有立場、來者不拒」的平台，後者則更「目的取向」。他還指出，他保護金主隱私的動機是**良性的，眾所皆知**；至於那些被他揭發祕密的組織或團體，動機則是**惡性的，且不欲人知**。兩者道德尺度的差別非常明顯。

另一件碧普不敢置信的事，是「陽光計畫」揭露了很多關於女性受壓迫的機密：大者如戰時性侵應構成戰爭罪，薪資不平等是政策制定刻意為之的結果等；小者如田納西州一家銀行經理發送非常露骨的性別歧視電郵等。此外，幾乎每一則訪問稿或新聞稿都會提到沃夫旗幟鮮明的女性主義立場。她終於比較明白安娜葛瑞特喜歡女性伴侶，卻還是仰慕沃夫的原因。

這些網路上關於沃夫的資訊不僅非常嚴肅，數量也相當可觀，讓碧普更後悔寄了那封電郵給他。他，是願意承擔風險、如假包換的英雄，也是多位總統的朋友；她，則是惡毒的小混蛋。她一直到該去上班的時候才想起來該檢查郵箱。他們的回信都來了，史帝芬的、沃夫的，一前一後。

我接受道歉。那只是一次意外，早晚會忘記。妳大可不必搬走，妳是很棒的室友。拉蒙每星期有三天晚上會過來，瑪麗和我昨天講好了。史。

電郵有個缺點，只能刪除，不能揉成一團丟到地上、用力踩、撕碎、燒成灰。他拒絕她的感情，現在卻一副大度為懷的語氣，世界上還有比這更殘忍的事情嗎？一時之間，她的怒氣趕走了悔恨與羞恥，她**非得要**他記得這件「小事」！非得要他只關心這件事。她回信嗆他：

早晚會不會忘記很難講，但你沒回答我的問題：你什麼時候不在家？

她今天比平常早四個小時起床，現在卻快要遲到。雖然她怒氣衝天、拒絕反省，她還是看完了沃夫的回信：

親愛的碧普・泰勒：

妳的電郵讓我LOL[12]。別客氣，這種郵件愈多愈好。妳當然有一肚子的疑問，如果沒有，我們肯定會失望呢！還有，我不是白人奴隸販子，我們喜歡喝的飲料是瓶裝啤酒，我們這裡厲害的駭客、律師與理論家多到我都不知道該怎麼辦。但「老實說」（這是妳的搞笑用語），有一種人永遠不嫌多，就是高智商、性格獨立的平常人。這種人可以幫助我們客觀地觀察世界，同時幫助世界客觀地看待我們。我認識安娜葛瑞特很多年了，也一直信任她。這是我第一次看到她這麼積極支持一位申請人。如果妳願意先過來看一看、觀察我們的作業情形，就是我們的榮幸。如果妳不喜歡我們，就當來這裡度假，享受這裡優美的環境，然後回家。但是，我猜妳會喜歡我們。我們還有個上不了枱面的小祕密：這裡，非常好玩。

有問題請不要客氣，愈LOL的問題愈好。

祝好。

安德瑞斯

她不敢相信沃夫的回信這麼長，而且回得這麼快，因為這和她從網路上得到的印象不一樣。她又讀了兩次電郵才跨上車，沿著一條下坡路前進。自行車的動力除了來自重力，還有她幻想自己真的是傑出人士所產生的激動。她終於明白，原來這才是她人生一團糟的真正原因，安娜葛瑞特則是第一個看出這個因果關係的人。就算她最後發現沃夫是全世界最聰明的淫蟲，安娜葛瑞特是個身上帶著性侵創傷、同時替沃夫找對象的老鴇；就算她，碧普，落入沃夫的魔掌，她還是能藉機報了史帝芬的一箭之仇。因為，不管沃夫是什麼樣的人，他絕對不**弱**。

到辦公室的時候，距離上班時間還有五分鐘。她站在自行車停放處輸入腦海裡早就擬好的回信內容。

親愛的沃夫先生：謝謝你的美言以及讓人起疑的回信速度。如果我想要引誘沒見過世面的年輕人去玻利維亞當性奴並服侍邪教，我也會寫完全一模一樣的電郵。事實上……我突然想到……我怎麼知道這封郵件不是你手下一位盲從教義、敬謹服侍你的性奴兼助理寫的？那人是不是智商高、以前性格也非常獨立的人？看來，我們出現信任危機了。祝好，碧普。

她一邊上樓一邊想著希望這封回信也能讓他LOL。她走進自己的小隔間時，看到電腦上貼著一位開發部門同事留言的自黏便條，寫著「這是妳要的東西——:) 珍娜」，桌上放著一份列印的食譜：全麥白麵粉蛋糕搭配素奶油起司糖霜與奧拉里莓。她重重地坐到椅子上，嘆了一大口氣，彷彿她今天心情還不夠糟，現在她還得反省為什麼要瞧不起那幾位同事。

從正面角度來看，她似乎和一位世界名人開始用電郵調情。她向來認為自己對名人免疫，甚至厭惡名人到一個程度，理由大致和她討厭有兄弟姊妹的人一樣。她對名人的感覺是：**憑什麼你比我更受到注意？**一位大學朋友找到一份好萊塢的工作，開始吹噓自己見過哪些名演員之後，她就悄悄停止跟他聯繫。但是，她現在知道，名人現象歷久不衰，原因是其他人**沒辦法**對名人免疫。雖然她覺得自己目前一點力量也沒有，但其他人可能會對她與某位名人的關係刮目相看，她至少就有機會擁有比零多一點的力量。她懷著明知是誘惑，依舊愉快接受的心境，一邊拿出大牧場社區的住戶電話名單，同時憋著不檢查手機，好延長期待感。

到了晚餐休息時間，她才看到沃夫的回信。

12 Laugh Out Loud，意指笑翻了。

我現在知道安娜葛瑞特喜歡妳的原因了。要不是我的電郵通過的伺服器數量是正常的四倍，妳會更早收到信。這個年頭，效率極高的人，講起來只有一個習慣：不要跑在電郵後面。不幸的是，基於安全，我沒辦法跟妳在線上視訊聊天。更重要的是，我們的計畫需要能承擔風險、判斷力又很優秀的人。我在電郵裡告訴妳的事情能不能相信，妳得自行判斷。當然，妳可以運用網路上找得到的所有工具幫妳決定。我也保證，如果妳決定過來，這裡每個人都會張開雙臂歡迎。但該不該相信我，只有妳能決定。安。

她發現他這則電郵已經省掉了稱謂，她非常高興，決定也用一樣的親密方式回信。

但是，信任是互相的，不是嗎？難道你不也應該信任我？也許我們應該先告訴對方自己最丟臉的事情。我先講好了，我的本名叫「純真」。我覺得這個名字很丟臉，每次跟朋友見面時，我都會特別看緊皮包，因為總有人要搶走皮包，拿出我的駕照上來開玩笑，而駕照上就有我的真字。

這個故事還可以吧，純真先生？輪到你說了。

她還在因為前一封的大膽回信興奮到沒辦法吃東西。她大踏步往伊格辦公室的方向走去，他正在收拾公事包準備下班，看到她的時候皺了皺眉。

她說：「對，我知道，我三天沒洗頭了。」

「妳肚子好一點沒？不會傳染吧？」

她一屁股坐在招待客人的椅子上，說：「聽好，伊格，你不是要玩二十個問題嗎？現在開始吧。」

他快速回說：「別提那件事了，好不好？」

「你想對我做什麼，還得我自己猜的，是什麼？」

「碧普，抱歉，時間不湊巧，我得帶我兒子去看運動家隊比賽。」

「我說要告你，是開玩笑的。」

「妳真的還好嗎？妳看起來跟平常不大一樣。」

「你到底要不要回答我的問題？」

伊格害怕的樣子讓她想起史帝芬兩天前害怕的表情。「如果妳想多休息一下，這星期都請假沒問題。」

「說實話，我想把這輩子剩下的時間都請掉。」

「二十個問題只是個不好笑的玩笑，我鄭重向妳道歉。我兒子還在等我，我得走了。」

兒子！有兒子的人比有兄弟姊妹的人更糟糕。

她說：「你兒子，就讓他多等五分鐘。」

「我明天早上第一件事就跟妳談。」

「你說你喜歡我，但我不知道你喜歡我什麼。你還說希望我工作順利。」

「這都是真心話。」

「但是，要你花五分鐘告訴我為什麼不該辭職，卻做不到？」

「我可以花一上午告訴妳，明天，但現在不行。」

「因為你現在沒有時間打情罵俏。」

伊格嘆了口氣，看看錶，然後坐在另一張客人椅上，說：「不要今晚辭職。」

「我應該今晚就會辭。」

「因為打情罵俏？我其實不必跟妳打情罵俏，上次是因為我以為妳喜歡這一套。」

碧普皺著眉頭，說：「你是說，你上次根本沒有想對我做什麼？」

「沒有，只是好玩、逗逗妳而已。妳全身充滿敵意的時候很有趣。」他似乎很滿意這個解釋，滿意自己的好脾氣，更不要說覺得自己很帥。「我看妳可以贏得『加州最不友善員工獎』。」

「所以你上次只是想要打打嘴炮，沒有別的企圖？」

「當然沒有。我的婚姻很幸福。而且我們是在上班，辦公室有辦公室的規矩。」

「換句話說，我在你眼裡只是最糟糕的員工，沒別的？」

「我們明天早上可以談談，安排妳換個新工作。」

她現在才知道，上回跟他正面衝突，結果毀了本來可以跟他一直玩下去的遊戲。她一直覺得這工作還可以忍受，也是因為這場遊戲。今天上午她還以為過去兩天是她最孤單的時刻了，沒想到更孤單的還在後面。

她說：「我有個瘋狂的點子。」她的聲音好像喉嚨裡噎著什麼一樣。「你打電話給你老婆，讓她帶小孩去看球。然後，你能不能今晚帶我找個地方吃飯，幫我出點主意？」

「平常當然可以，但我太太今晚有事，我也已經遲到了。我勸妳先回家，明天早上再說。」

她搖頭說：「我真的、真的、真的需要有個朋友講講話，就是現在。」

「抱歉，我幫不上忙。」

「看得出來。」

「我不知道妳怎麼了，也許妳應該先回家，跟妳媽媽相處幾天。等妳星期一回來上班的時候，我們再談。」

伊格的電話響了。他接電話時，她低著頭，坐在椅子上嫉妒他老婆，就是他在電話上為了遲到而向她道歉的同一個人。他掛電話時，她覺得他就在她背後猶豫著不知道該怎麼辦，好像在考慮要不要伸手搭她一邊肩膀。看來，他決定不要。

他走了，她回到自己的小隔間，打了一封辭職信。她看了看簡訊和電郵，沒有史帝芬或安德瑞斯・沃夫的回信，所以她撥了電話給母親，留了言，說自己會提早一天回斐爾頓。

星期四

從她朋友莎曼珊的公寓走到奧克蘭公車站有二公里半。她揹著背包，手上拿著莎曼珊借她的直排輪鞋盒子，裡面裝著她花了一上午做的奧拉里莓素蛋糕。她走到車站時想尿尿，但有一個梳著玉米辮子頭、跟她一樣年紀的女孩擋在女廁門口，毒癮加上賣淫再加上是個瘋子，就算這女孩不賣淫也不瘋，至少是個毒蟲。碧普抬腿要繞過她進去時，女孩堅決地搖搖頭，不讓她進去。

「我尿完就出來，很快。」

「妳等著吧。」

「要多久？」

「要妳等多久就等多久。」

「等什麼？我不會東看西看，我只是要尿尿。」

那女孩問：「盒子裡面是什麼？直排輪？」

碧普搭上開往聖塔・庫魯茲的公車時，膀胱已經脹滿了。車廂後面的廁所想當然是壞的。她這輩子碰到的危機顯然還不夠多，這一路到聖・荷西之前，甚至到聖塔・庫魯茲之前，她都得擔心尿褲子。

她提醒自己：**控制尿意**、**Control-P**。她十幾歲住在斐爾頓，到聖塔．庫魯茲上學時，每個朋友都有一台蘋果電腦，她媽媽給她的筆電則是在連鎖辦公用品店買的、微軟作業系統、沒有牌子的便宜貨，列印的時候要輸入Control-P。列印（printing）就像尿尿（peeing）一樣，是**有需要**就得去做的事情。再生能源公司的人總說：「我要列印。」她依照順序排出一個奇怪的句子：**我要列印**、**要尿尿**、**要控制尿意**……她忽然覺得這樣想不錯，能夠想出這種思路，自己也覺得滿驕傲的。但這根本是在原地打轉，不可能有進展，到頭來（「到頭來」是再生能源公司員工的另一個口頭禪）她還是得尿尿。

高速公路這時離開位於東灣沖積地的工業區，開始爬高。她看到霧氣已經在舊金山灣對面的山丘後層層疊疊升起，表示今晚舊金山的山丘會被霧籠罩，她希望能忍到那時候，至少能依靠霧來遮掩一下，不至於太難看。她開始聽艾瑞莎．弗蘭克林的歌（至少，她終於不必強迫自己接受史帝芬愛聽的硬調男孩搖滾），讓自己不要一直想著膀胱問題，然後重看了一次她和安德瑞斯．沃夫往來的電郵。

她昨晚吞了一顆莎曼珊給她的安定文[13]之後，就在沙發上睡死了，結果沃夫就在昨晚回了她電郵。

> 放心，妳名字的祕密，我不會說出去；但妳應該知道，公眾人物對這種事情尤其要格外小心。妳可以想像得到，我每到一個新地方，心裡有多疑神疑鬼吧。我只要把一件難堪的事情讓一個人知道，就要冒著一傳十、十傳百的風險，然後就會有人譴責我、嘲笑我。想要出名的人，都該先知道名聲的後遺症：他再也沒辦法相信人，也沒人看得起他，除了沒辦法相信人之外，更糟的是，他必須不斷提醒自己有多重要、一舉一動多有新聞價值，結果就是他變成雙面人，毒害自己的靈魂。碧普，出名的感覺糟透了，但是每個人都想出名，全世界充滿這種人，想出名的人。
>
> 如果我告訴妳，我七歲的時候，我媽媽把生殖器露給我看。妳知道了這件事，會怎麼做？

她今天早上起床後讀到這封信，立刻懷疑沃夫告訴她這個難堪的祕密並非信任她。她接著用「安德瑞斯．沃夫 母親 生殖器 七歲」這個字串搜尋，只找到七個還算言之有物的結果，但全都與他的祕密無關，其中一個搜尋結果是「希特勒的七十二個趣事」。她回信說：

我會說「天啊！」，並且保守祕密。雖然你說名人有多委屈的那一套，我覺得誇張了點。也許你忘了，沒人理會、一點權力都沒有的人，日子過得有多糟糕。如果你把我的祕密說出去，大家會相信你，但如果我把你的祕密說出去，外面只會說，我一定有什麼見不得人的事情，才會假造這些電郵。因為我是女人。大家都說女人別的沒有，性欲可是很驚人，我最近碰上一些事情可以證明這些是男人編造的謊言，為的是讓擁有**所有**權力的男人少點罪惡感。

雖然沃夫的電郵要經過很多伺服器，但碧普這次很快就收到回信。看來玻利維亞的下午，一定是他處理電郵的時段。

很抱歉我讓妳覺得我自艾自憐，其實不是，我是在告訴妳我很悲慘！

沒錯，我是男性，也有點權力；但身為男人又不是我選的。或許身為男人與生下來就是掠食動物沒有兩樣，如果掠食動物同情小動物，不把殺死牠們當成天性，那麼掠食動物或許只有一個下場：違背天性，

13 Ativan，一種抗焦慮的鎮靜劑。

餓死自己。當然，也可能出現另一種情況，比如說，這男的生下來就比其他男人有錢，那麼，他的正確選擇是什麼？這是個有趣的社會問題。

我希望妳能來這裡，加入我們。到時候妳會發現，妳擁有的力量種類比妳以為的還多。

碧普看完回信，覺得有點洩氣。本來感覺還不錯的電郵調情，不知不覺中轉成了德國式的抽象演繹。她趁著烤蛋糕的空檔回信：

人如其名的狼先生[14]！

毫無疑問，由於我的心理狀態現在一塌糊塗——這點許多人都可以作證——我覺得自己更像一隻認命的小動物，唯一的願望就是被吃掉。至於您的計畫，我想像得出來，那裡有很多調適良好的人正在快樂地發揮他們的潛力。但除非您手頭上有十三萬閒錢，讓我還掉學生貸款，再加上您願意寫信給我那位「單身、獨居、憂鬱」的母親，說服她，就算我回去的日子遙遙無期，她一個人還是可以過日子，否則我恐怕沒辦法以為我身上能有其他驚人的力量。祝好，碧普。

這封電郵也有自艾自憐的味道，但她還是寄出去了。然後，她一邊回想最近幾次被男人拒絕的場面，一邊在蛋糕上鋪一層像補土的素食糖霜。做完後，她整理背包，準備出發去斐爾頓。

因為一路嚴重塞車，公車到了聖．荷西休息時，停留的時間根本不夠讓她尿尿。等到公車上了17號公路，朝聖塔．庫魯茲山區開去時，她的膀胱脹痛已經蔓延到連小腹都在痛。公車接近史考特山谷時，期盼很久的霧出現了。突然，季節變了，時間也沒那麼明確了。六月多數的傍晚，太平洋的霧就像一隻大爪，從海上伸入聖塔・庫魯茲，穿過濱海遊樂場的木製雲霄飛車，沿著一潭死水的聖・羅倫索河北上，進入衝浪客集中的大街，最後鑽進山上的紅木林。到了黎明，吹向岸上的海風凝結成露，從屋檐排水槽落下的水滴像下雨一樣滴答不停。這個慘灰如鬼魅的晏起之地，只是聖塔・庫魯茲的一種風貌。到了上午，海洋開始吸氣時，聖塔・庫魯茲就換了個樣，變成樂觀的聖塔・庫魯茲。但那隻大爪整天都在海上潛伏著，等到黃昏將至，它就像跟在喜悅後面的沮喪，再度滾滾登陸，削弱人聲，遮蔽遠景，世界只存在於眼前。大爪似乎也放大了棲息在碼頭下、椿樑間的海獅吼聲，好幾里外的人們都聽得到牠們**嘎**、**嘎**、**嘎**呼喚著大霧中還在海中潛水的家人回家。

等到公車開到前街，進站停妥時，路燈感應到大氣變化，亮了起來。碧普一瘸一拐地走進車站女廁，找到一個空隔間，先把背包放在髒地板上，再把蛋糕放在背包上，拉下牛仔褲。她身上好幾個部位的肌肉正在放鬆時，手機響了，顯示收到一封新電郵。

實習期間三個月，期滿可以選擇延長。妳的實習津貼應該足夠償還學生貸款。此外，如果妳母親能離開妳一小段時間，對她也有幫助。

妳心情不好，又沒有力量，我很難過。有時候換個環境可以改善這種情形。

我經常在想，獵物被抓的時候是什麼心情。多半時候，牠們在掠食動物口中似乎完全不動，好像感覺不到痛，好像大自然會在最後一刻決定饒牠一命一樣。

14「沃夫」的英文同「狼」（wolf）。

她正在推敲最後一段，想知道他是在拐彎抹角地威脅她還是給她承諾時，背包小聲地表示了意見，發出一種井枯河乾的嘆息聲：蛋糕的重量把背包壓垮了。她還來不及停尿、身體前傾伸手扶住蛋糕盒，蛋糕盒已經翻倒在地，盒與蓋分開，蛋糕上下顛倒摔在地板上，地板上積著一層凝霧、菸灰、大便，以及街頭賣藝女孩和乞丐鞋底的殘留物。幾顆奧拉里莓已經滾到旁邊。

「噢，你還真好心。」她對著蛋糕說：「真是別出心裁。」

她一邊怨嘆自己沒用，一邊把沒有弄髒的蛋糕塊撿回盒裡，然後花了很長時間，用紙巾把地上的糖霜擦乾淨，彷彿這些糖霜是被弄髒的白化動物大便，彷彿只有她一個人在乎這地方乾不乾淨。她一直擦，差點沒趕上去斐爾頓的公車。

一位外表骯髒的、綁著一頭金髮雷鬼辮子的同車女孩轉過頭問她：「妳要去羅比戈？」

碧普說：「就到那條路底。」

女孩說：「我三個月前去過，第一次去，很不一樣的地方。那邊有兩個男的讓我睡他們的沙發，條件是跟他們上床。我反正無所謂。羅比戈真的很不一樣。妳去過沒？」

好巧，碧普的第一次也發生在羅比戈，那地方也許真的很不一樣。

她客氣地回說：「聽起來妳在那邊過得很愉快。」

女孩同意：「羅比戈超棒。那兩個人住的地方海拔比較高，所以他們的水都是卡車運上去的。他們不必跟那些住在鄉下的人渣打交道，真好。他們給我吃的、用的，要什麼有什麼。那地方真的很不一樣！」

女孩似乎非常滿意那段日子，但碧普卻覺得那種日子就像公車車廂裡飛舞的灰塵。她擠出一絲微笑，戴上耳機。

抵達斐爾頓時，還沒有起霧，站牌四周還能聞到掉在地上的紅木枯枝與落葉被太陽曬了一整天的味道。

太陽這時已經落到山脊後面，碧普走上被陰影覆蓋的小徑，她兒時的鳥朋友棕唧鵐和斑點唧鵐也在路上蹦蹦跳跳。她一走到能看到小木屋的地方，前門忽然推開，母親跑出來迎接，一邊跑，口裡不停喊著「噢、噢！」，臉上掛著毫無掩飾的愛意，讓碧普覺得倒胃口。但碧普還是忍不住，也張開雙臂抱住她。她非常寶貝這個老是和母親唱反調的軀體，既溫又軟，以及，終將化為烏有。那個軀體有一股清淺但分明的皮膚味，帶著碧普回到許多年前和母親共睡一張床的時光。她想把頭埋進母親懷裡，就站在那兒，得到一點安慰。但是，只要她一回家，母親總有正好想到一半的事情，一看到她就急著告訴她，幾乎沒有例外。

母親說：「我剛才在店裡跟桑雅．道森談到妳，她好誇妳。她還記得妳三年級的時候很照顧幼稚園的小朋友。妳還記得嗎？她說她還留著妳寫給她家雙胞胎的聖誕節卡片呢。我都忘了，妳那時候還寫聖誕卡片送給幼稚園裡**每一個**小朋友。桑雅說，那一整年，只要有人問她們家的雙胞胎最喜歡什麼，答案一定是『碧普』；最喜歡的甜點是什麼？『碧普』；最喜歡的顏色是什麼？『碧普』。不管問他們喜歡什麼，答案都是妳。妳真是個好孩子，對比妳小的孩子這麼好。妳還記得她的雙胞胎嗎？」

碧普沒有停下來，一邊朝小木屋的方向走一邊說：「沒印象。」

「他們倆好喜歡妳，又崇拜妳。全幼稚園的小朋友都一樣。桑雅跟我聊到這件事時，我真以妳為傲。」

「好可惜，我沒辦法一輩子都是八歲。」

她母親緊跟著她，邊走邊說：「他們常說妳是不一樣的小孩，每一個老師都這樣說，甚至其他家長也說妳很不一樣，說妳身上有一種神奇、特別的慈愛力量。我還記得這件事，想到就很高興。」

碧普進到屋內，一放下東西就哭了出來。

母親嚇了一大跳，說：「小乖貓，怎麼啦？」

碧普像個八歲小孩一樣抽抽噎噎地說：「我把帶給妳的蛋糕砸了！」

母親雙手環抱她，輕輕地搖她，把她拉近自己的胸骨，緊緊地抱著她說：「回來就好，妳回來我就很高興了。」

碧普急得差點一口氣接不上來，說：「我花了一整天做蛋糕，結果掉在公車站髒得要死的地上，還翻倒了。媽，對不起，全被我弄髒了。對不起、對不起、對不起。」

母親輕聲撫慰她，要她不要哭，親親她的頭，用力抱著她。她則把悲慘化成眼淚與鼻涕趕出來，同時覺得，如果她就此崩潰，等於放棄了一個重大的優勢，她決定脫身去浴室整理一下儀容。

浴室的層架上放著她小時候用過、現在已經褪色的法蘭絨床單，毛巾架上掛的是母親用了二十年還在用的洗澡毛巾。窄小淋浴間的水泥地原本上了一層漆，但因為母親長年洗刷早就不見了。碧普看到母親特別為她在洗手槽邊點起兩支蠟燭，就像是為了浪漫約會或宗教儀式準備一樣，她幾乎又要崩潰。

母親在浴室門口晃來晃去，說：「我準備了妳喜歡的燻扁豆和羽衣甘藍沙拉。我忘了問妳是不是還吃肉，所以沒替妳準備豬排。」

碧普說：「不吃肉很難跟人共享共住。不過，我已經不跟人共住了。」

她把帶來自己喝的葡萄酒打開，母親則把在新葉超市用員工價買來的戰利品一字排開。碧普解釋自己搬離33街那間房子的原因，雖然多數是捏造的，母親似乎不疑有他。碧普一邊喝酒，一邊聽母親報告眼皮毛病的近況（雖然不會一陣陣抽動了，仍覺得隨時會發作）、公司又做了一些侵犯隱私的事情、她又因為過於敏感而跟超市的客人產生摩擦、該不該抱怨鄰居的公雞半夜三點就啼叫的道德兩難。碧普本來以為可以先在小木屋躲一個星期，一方面療傷，同時計畫下一步，但她現在覺得，雖然她應該是母親生活的重心，可是她的迷你世界已經被疑神疑鬼和委屈佔滿了。就好像，事實上，也是母親現在的生活裡已經沒有碧普可以容身之處。

晚餐的時候，碧普說：「我工作也辭了。」她帶來的那幾瓶酒快喝完了。

母親說：「這是好事，那工作根本配不上妳的天份。」

「媽，我沒有天份，我只有一點沒用的智力而已。我也沒錢，現在連住的地方都沒有。」

「妳隨時都可以回來跟我住。」

「媽，務實一點。」

「妳可以搬回陽台臥房，妳很喜歡那兒。」

碧普把剩下的酒倒進杯子。她們之間的道德風險，讓她不想理會母親的時候就不予理會。她說：「我是這麼想的，有兩個選擇：第一，妳幫我找到我的另一個家長，讓我有機會從他身上弄點錢。第二，我考慮去南美洲一陣子。如果妳要我留下來，就先幫我找到失聯的爸。」

練習冥想真有用，母親的坐姿挺直，非常漂亮，不像碧普無精打采的坐相，一副沒行情的樣子。一聽到碧普的計畫，她眼神變得恍惚，臉孔完全變了樣，浮現出一張年輕的臉。碧普心想：這一定是她以前的樣子，還沒有成為人母之前的樣子。

她母親茫然地看著桌旁全黑的窗戶，說：「就算是為了妳，我也不會答應。」

「好吧，這樣，我想我就去南美了。」

「南美……」

「媽，我也不想去，我希望跟妳住得近一點，但妳一定得幫我。」

「看吧！」母親哭了出來，眼神依舊飄渺，彷彿她在玻璃窗上看到的不只是自己。「他到現在還陰魂不散！他要把妳從我身邊搶走！我絕不答應！」

「媽，妳在講什麼，我已經二十三歲了，如果妳去我住的地方看看，就知道我大到不會被人搶走了。」

母親轉頭看著她，說：「去南美做什麼？」

「這個，」碧普回答得有點不情願，說了好像就等於承認自己別有所圖。「這事情其實還滿有趣的，叫『陽光計畫』。他們提供帶薪的實習機會，還教人各種技能。」

她母親的眉頭皺了起來，說：「是那個違法洩密的什麼來著？」

「**妳**不懂啦！」

「小乖貓，我有看報紙。這組織的發起人是個性侵犯。」

碧普回說：「不是，我就說妳不懂吧，妳說的是『維基解密』，妳從來沒聽過『陽光計畫』。妳住在山裡，不懂就不要裝懂。」

她母親遲疑了一會兒，似乎也覺得自己弄錯了。但是，她接著明確地說：「不是亞桑傑，我知道的是另一個人，安德瑞斯。」

「好吧，我道歉，妳還真的知道一點。」

「他們都是一個樣，甚至更壞。」

「不，媽，剛好相反。他們完全不一樣。」

母親閉上眼睛，坐得更直一些，開始調整呼吸，這是她心情非常沮喪時會做的事。碧普覺得左右為難，她不想打斷母親的冥想，也不想花一個小時等她回到現實。

她說：「我知道妳一定能靠這個平靜下來，但我還在這裡，妳就不跟我說話了。」

她母親仍專注在呼吸上。

「至少妳可以告訴我，我爸爸到底是什麼樣的人？」

她母親閉著眼，喃喃地說：「我講過了。」

「沒有。妳那時是在騙我。我還有一件事要告訴妳，安德瑞斯·沃夫可以幫我找到他。」

母親突然張開眼睛。

碧普說：「所以，要嘛妳告訴我，不然我就去南美洲，自己找答案。」

「純真，妳聽我說。我知道我這樣很討厭，但妳一定要相信我。如果妳去南美打聽這件事，我不如死了算了。」

「為什麼？跟我同樣年紀的人都在旅行。為什麼妳覺得我會不回來？難道妳還體會不到我多愛妳嗎？」

她母親搖搖頭，說：「這是我最可怕的惡夢。現在又來了個安德瑞斯．沃夫。這是個**惡夢，惡夢**。」

「說得好像妳有多瞭解這個人？」

「我知道他不是好人。」

「妳怎麼知道？怎麼知道的？我不久前才花了半天研究這個人。他不是壞人。他還寄電郵給我！妳要不要看一下？」

母親邊搖頭邊說：「哦，我的天啊！」

「然後呢？『天啊』之後呢？」

「妳難道就沒想過，那種人為什麼要寄電郵給妳？」

「想去他們那個帶薪實習計畫的人要先考試，我考過了。他們的工作很棒，而且他們是**真的**想要我去。」

他雖然非常忙，又是個名人，但他還是抽空跟我通電郵，不只一次。」

「也許是某個助理寫的。電郵不就有這個缺點？收信人不可能知道誰是真的寄信人。」

「但是，我收到的郵件千真萬確是他寫的。」

「想清楚，純真。他們為什麼要妳加入？」

「一直跟我說我有多不同、還說了二十三年的人，不就是妳嗎？」

「為什麼一個道德敗壞的男人，會願意付錢給一個年輕漂亮的女人去南美洲？」

「媽，我不漂亮，而且也不傻，我有調查他、寫信給他啊！」

「小乖貓，灣區多得是想要跟妳交往的人，適合妳的人，好人。」

「就算真有那種人好了，我一個都沒遇過。」

母親抓起她的手，仔細看著她的臉，說：「妳碰上什麼事了？告訴我妳發生了什麼事？」

碧普突然覺得那兩隻手像爪子，母親則像個陌生人。她把手抽開，說：「什麼事也沒發生！」

「心肝寶貝，告訴我沒關係。」

「就算地球上只剩下妳一個人，我也不會告訴妳。妳自己就沒有**每一件事**都告訴我。」

「我什麼事情都告訴妳了啊！」

「妳都說些不重要的。」

她母親向後靠坐在椅背上，眼神又飄向窗戶，說：「對，妳說的沒錯。我沒有每一件事都告訴妳。雖然我有我的理由，但我的確沒有告訴妳全部的事情。」

「那就別要求我，妳沒有權利管我。」

「這世上我最愛妳，這是我的權利。」

「妳沒有！」碧普大叫：「妳沒有！妳沒有！妳沒有！」

壞品味共和國

齊格菲街上的那所教堂歡迎每一個讓共和國難堪的人進去避風頭。而安德瑞斯．沃夫讓共和國難堪的程度不僅讓他住進了教堂，還住在牧師家的地下室。但他和那些人不一樣，那些人可能是基督教義的虔誠信徒、地球之友、因為相信人權或不想打第三次世界大戰而與社會格格不入的人。而沃夫除了像他們一樣讓共和國難堪，讓自己難堪的程度也不遑多讓。

對安德瑞斯來說，共和國極權統治最完美的成就是荒謬。當然，通過死亡帶[1]時被射殺不能用荒謬解釋，但他覺得，這更像是那段位於扁平的東邊與立體的西邊之間的不連續帶，那個奇怪的幾何空間所造成的結果。你必須先接受這個奇怪的幾何空間，才有機會通過它。至於不想和邊界打交道的人，最壞的下場莫過於被監視、逮捕、審訊、坐牢，一輩子就此葬送。碰上這種事的人一定覺得倒楣透頂，但看著比自己大得多的國家機器竟然如此愚蠢——例如使用「階級敵人」和「反革命份子」這種可笑語言，以及一板一眼地遵行證據程序的滑稽模樣——一定可以舒緩一些痛苦。如果你去自首或者告發某人，當局絕對不會聽你講什麼就記什麼；你講完後，也不會強迫你簽名或假造你的簽名。此外，當局一定會蒐集照片與錄音，備好人事時地物俱全的訪查檔案，最後告訴你該案適用哪幾條經由民主程序訂定的法律。共和國盡全力維持邏輯前後一致，並且完成份內該做的事，充分表現出**德國性格**，看了就讓人難過。它就像一群小男孩中最認真的那位，不僅努力要讓蘇聯老爸刮目相看，還要超越老爸。共和國甚至不願意在選舉時做票。全國公民都去投票，而且都投給那個黨[2]的原因，多半是出於恐懼；但另一個原因，也許是他們同情這位小男孩，因為他相信社會主義就像西方兒童相信在聖誕樹上點蠟燭、在樹下留禮物的是**耶穌小孩**[3]一樣。到了一九八〇年代，西方的生活比較好已經無庸置疑，西邊的人有更好的汽車、電視與機會。但那時，邊界已經關閉，人們沉溺在耶穌小孩式的幻想中，就像回憶起共和國初期他們所擁有的甜蜜幻想一樣。當時，連異議人士都奢言改革、恥言革命，日常生活雖然過得壓抑，但不至於愁雲慘霧（奧運總獎牌數位居第三[4]，《柏林日報》就覺得時乖運塞了）。安德瑞斯讓共和國難堪，因為他以妄自尊大的姿態，與那個荒謬到連妄自尊大都看不起的獨裁政權對峙。他也和那些在教堂周邊出沒的怪胎保持距離。在他眼裡，那些人毫無美感、糟蹋他的與眾不同，而且，他們反正也不相信他，他在齊格菲街演出的諷刺劇只供私下觀賞。

他是個無神論者，卻在教堂裡遮風躲雨，這是大諷刺；小諷刺是，他維持生計的方式是輔導高風險青少年。難道東德還有比他當年特權更多、風險更高的青少年嗎？總之他的工作就是在牧師家的地下室，以團體或一對一諮商的方式，協助青少年克服雜交、酗酒、家庭失和等問題，鼓勵他們在那個他瞧不起的社會中從事能貢獻的工作。他非常稱職，能讓那些青少年回去上學，替他們在地下經濟中找到工作，還幫他們聯繫可靠的政府社工。也就是說，就連他也對那個社會有所貢獻。何其諷刺。

他從特權階層跌落人間，正是他能取信那些青少年的原因。他們的問題在於凡事太當真（自殘就是一種自負的行為），他勸導他們的說詞，萬變不離其宗，就是：「看看我，我老爸是中央委員，而我住在教堂的地下室，但你什麼時候看過我鑽牛角尖？」這說詞非常有效，但其實不該這麼有效，他雖然住在教堂地下室，特權幾乎不減。他完全斷絕與父母的聯繫，他們卻繼續保護他。他照顧的那些高風險青少年如果幹了他在同樣年齡時幹過的那些事，肯定逃不過牢獄之災，他卻從來沒有被逮過。但是，那些青少年就是喜歡他，對他有求必應、有問必答。因為他說的是真相，而他們渴求真相，所以根本不在意他的特權有多大才能如此

1 東德政府為了阻止民眾逃往西德，沿著柏林圍牆開闢一塊環狀空地。逃亡人士通過這塊空地時，很容易被東德警衛察覺而遭到射殺。
2 冷戰時期，東德長期執政的「統一社會黨」。
3 盛行於歐洲的聖誕節傳說，指聖誕夜帶禮物給孩童的金髮天使。
4 東德在一九七二年夏季奧運總獎牌數超過西德，排名世界第三。

直言不諱。國家似乎也願意承擔他帶來的風險。那些困惑又有麻煩在身的青春期男女以為自己看到了誠實的燈塔，被他深深吸引，渾然不知他的強烈吸引力會變成另一種風險。事實上，真的有女孩在他辦公室門口排隊，等著在他面前脫下內褲。如果她們能證明自己已經十六歲，他就會替她們寬衣解釦。這當然也夠諷刺，因為他一邊告訴她們真相，一邊享受她們的身體，還不忘警告她們，在外面說話要小心。等於將反社會份子哄騙回體制的欄圈中。這樣一來，他無異幫了國家一個大忙，而他的酬勞，則是青少女的私處。

他與國家心照不宣已經很久了——超過六年——所以，他想當然認為自己安全無虞。即使如此，他還是小心為上，避免與男人來往。一方面，他看得出來，其他在教堂出沒的男人嫉妒他把年輕人騙上手的本事，不願意跟他來往；另一方面，從風險精算的角度來看，避開男人也有道理，男女線民的比率大約是十比一（風險精算的結果進一步顯示，和青春期的女性交往較佳，間諜圈的主事者有性別歧視，覺得在學的青少女不適合當間諜）。而且對他來說，男人最大的缺點是，他沒辦法上他們，沒辦法達到那種深度契合。

雖然他對女孩子的胃口似乎無止盡，但他很自豪自己從未對未成年或曾被性侵者下手。他尤其擅長辨識出後者。她們有時候會用骯髒、污穢來形容自己，有時候會發出特別的、能透露一二的咯咯笑聲。幾年下來，他的直覺從來沒有出錯過。被性侵的女孩上門要求輔導時，他的反應不僅走避，而且能逃就逃，因為他害怕與恃強凌弱扯上關係。性侵者的技倆，例如在人群中伸出鹹豬手、在遊樂場附近鬼鬼祟祟、強姦甥姪女、用糖果或禮物誘拐等，會讓他氣到想殺人。他只和心智算得上健全、心甘情願想要他的女孩發生關係。

如果要他為身上殘留的明顯病態內疚——他擔心自己總是想用同樣的模式對待每一個女孩；擔心自己不僅從不厭煩這種模式，反而一次比一次興致更高；擔心自己寧願將嘴放到對方的雙腿間，也不願意靠近對方的臉——他就把一切怪罪給這個病態國家。共和國塑造了他，他也將與共和國分不開，而且，共和國希望他扮演的角色顯然是性成癮的反社會份子。但是，這國家二十歲以上的男女都不可信賴可不是他造成的，還有別忘了，他出身特權階級，原本是住在卡爾．馬克思大道上的金髮王子，被放逐是後來的事。他現在住在牧師家地下室，以難以下嚥的罐頭果腹，覺得就自己僅剩的特權來說，理當享有這點小小的奢侈。他雖然沒有銀行帳戶，心底卻記著一本性交帳簿，並且定期檢視，要求自己不僅要記得每個女孩的姓名，還要牢記跟她們上床的順序。

一九八七年深冬，帳簿上的女孩數目累計滿五十二人時，出了差錯。問題出在第五十三人，嬌小、紅髮的珮特拉。當時她與失業的父親暫時住在普倫茨勞柏格區一棟只有冷水的空屋。有意思的是，雖然她和父親一樣虔誠，她對安德瑞斯的那股勁兒卻完全不受到宗教影響（他對她也一樣），只覺得在教堂發生性關係對上帝不敬。他開導她不要理會這種迷信，她愈發相信他的靈魂有問題。他看得出來，如果沒辦法將靈魂問題擋在門外，就沒機會把她搞上床。他一旦下定決心達陣，腦袋就裝不下其他想法。但他沒有交情夠好的朋友可以借宿，也沒錢上旅館。他想了想，既然在這個重要的晚上，外頭是零下好幾度會凍死人的天氣，只有一個辦法能順利脫掉她的內褲（珮特拉雖然瘋瘋傻傻，也不特別亮眼，但這時他卻覺得非得手不可，決心比之前對任何一個女孩都來得強），就是帶她搭快鐵去米格爾湖畔爸媽的別墅。他們冬天不常去那裡，週間則從來不去。

論資格，安德瑞斯應該從小住在赫森威克區，甚至住在專供黨領導幹部居住的范德立茲區也不為過。但他母親堅持要住在靠近市中心、位於卡爾．馬克思大道上一棟有大窗戶和陽台的高樓層公寓。安德瑞斯猜測，她不願意住在郊區，其實是討厭布爾喬亞與知識份子的心理作祟──她受不了郊區那些人的言談和家居裝潢，乏味、俗氣、市儈──但她和其他人一樣，真話說不出口，便找了個藉口，說自己天生容易暈車，沒辦法每天開車去大學教書，這可是很重要的工作。安德瑞斯的父親在共和國身居要職，所以也沒有人覺得他住在城裡有什麼奇怪的。他太太後來又以暈車為由，買下米格爾湖畔的別墅，做為天氣回暖時全家度過週末的地方，當然也沒有人指指點點。但是，安德瑞斯看得很清楚，知道母親與自殺炸彈客沒有兩樣，隨時可能發瘋犯傻，所以父親總是盡量順從她的要求，只希望她幫幫忙，不要拆穿不得已編造的藉口。這點，她倒是從來沒出過錯。

別墅從火車站走路就可以抵達，房地面積頗大，青松蒼翠，一側是直達湖邊的緩坡。安德瑞斯在夜色中摸到固定掛在屋檐下的鑰匙。他和珮特拉進屋、開了燈，一時不知道自己身在何處，客廳裡擺設的是他小時候住在城裡時的那些仿丹麥風家具。六年前，他結束無處棲身的日子後，就沒有再踏進這別墅一步。他母親應該是在那時重新裝潢了城裡的公寓。

珮特拉問：「這是誰的房子？」語氣中對裝潢陳設羨慕不已。

「不重要。」

她絕對不會在屋內看到他的照片（也許看到托洛斯基[5]照片的機會還比較大）。他從疊得高高的啤酒箱中拿出兩瓶半公升啤酒，遞了一瓶給珮特拉。旁邊一疊準備丟棄的舊《新德意志報》[6]最上面一份的日期是三個多星期前的星期天。他腦海裡浮現一個冬天週日，父母單獨在這裡，孩子不在身邊，兩人有一搭沒一搭地用幾乎聽不見的聲音講話。上了年紀的夫妻過日子的典型方式。他情緒突然轉彎，差一點就想要同情他們，這非常危險。他並不後悔自己讓他們後半生過得相當乏味——他們怨不了別人，只能怪自己——他小時候非常愛他們，現在看到他們的舊家具也會難過。他們畢竟還活著，正在衰老。

他打開電暖器，帶著珮特拉走過大廳，到他以前的房間。要治療這種愁緒，最好就是把臉埋在她的私處上。他在搭火車來的路上已經隔著她的內褲玩過了。但她說想要先洗澡。

「我無所謂。」

「我四天沒洗澡了。」

他不想辨完事、離開前還要處理一條濕的洗澡毛巾，他得先弄乾再折好，但這女孩和她的願望更重要。為了讓她放心，他用高興的語氣說：「好吧，妳去洗澡。」

他拿著啤酒坐在以前的床上，聽著她進入浴室鎖上門的聲音。就是這個上鎖的喀擦聲，讓他往後幾個星期一直疑神疑鬼，全屋子只有他們兩個人，為什麼她要鎖門？至少有八個完全不同的理由可以解釋她不可能事先知道、甚至參與後來發生的事情。但反過來說，她要不是為了自保，哪有必要鎖門？

但是，也可能只是他運氣不好。她當時坐在浴缸裡，不可能出來。而放水聲、洗澡聲，加上水流過水管的聲音，一定蓋過了那輛車子朝這屋子開來的聲音和腳步聲。接著他就聽到前門傳來一陣敲門聲，有人大吼一聲：「**人民警察！**」

水流過水管的聲音忽然停了。安德瑞斯第一個念頭是想落跑，但一想到珮特拉還在浴缸裡又走不了。他不情願地站起來，走出房間，打開前門，看到兩個人民警察，警車的警示燈和車頭燈在他們背後射出亮光。

他問：「有事嗎？」

「請出示身分證。」

「怎麼回事？」

「請出示你的身分證。」

如果這兩個警察有尾巴，這時不會搖；如果有尖耳朵，肯定會把耳朵向後平貼[7]。帶隊的警察看了安德

---

5 Leon Trotsky，布爾什維克主要領導人，十月革命指揮者、蘇聯紅軍締造者以及第四國際精神領袖。
6 冷戰時期東德統一社會黨的機關報。
7 以動物形容警察。搖尾巴代表友善，耳朵向後平貼代表進入攻擊模式。

瑞斯的藍皮小本子[8]，皺皺眉，交給資淺警員回去巡邏車上查核。

「有人答應讓你進屋嗎？」

「算是有吧！」

「只有你一個人？」

「如您所見。」安德瑞斯禮貌地邀請他進屋：「請進。」

「我要借用電話。」

「沒問題。」

安德瑞斯看著那警察戰戰兢兢的模樣，發覺他其實更擔心屋主在家，對屋裡可能有攜械歹徒潛伏並不在意。

他解釋說：「這是我父母的房子。」

「我們認識副總書記，但不認識你。我們沒有收到今晚會有人來的通知。」

「我才來十五分鐘。你們的機警應該得到表揚。」

「我們看到燈亮了。」

「非常值得表揚。」

這時浴室傳來滴答一聲。安德瑞斯事後回想，那個警察並沒有因此去查看浴室，這點不大尋常。他只是杵在那裡，一頁頁翻著破損不堪的黑色記事本，找到電話號碼，然後拿起副總書記家的電話筒撥號。安德瑞斯這時只希望他們早點離開，他才能繼續享用小珮特拉，除此之外，其他就當他運氣不好，他根本懶得多想。

「副總書記嗎？」警察接著報告自己是誰，然後簡要說明發現一名自稱親人的人闖空門，接著說了好幾次「是」。

安德瑞斯說：「你跟他說，我要跟他講話。」

那警察舉起手要他不要說話。

「讓我跟他講。」

警察此時對副總書記說：「是，馬上就辦。」

安德瑞斯伸手想要搶電話筒，那警察朝他的胸口猛推一把，把他推倒在地。

「他想要搶電話筒……是的……是，一定，我會轉告他……瞭解。副總書記再見。」警察掛了電話，看著倒在地上的安德瑞斯說：「馬上離開，不准再踏入這房子一步。」

「知道了。」

「副總書記要你記住，如果你再回來，後果自負。」

安德瑞斯說：「他其實不是我爸，我們只是剛好有同一個姓。」

那警察說：「你想不想知道我在想什麼？我倒是希望你再回來，而且在我值勤的時候回來。」

另一名警察這時進門，把安德瑞斯的身分證交給資深警察。資深警察噘著上唇看了看，然後把身分證丟到安德瑞斯臉上，說：「混蛋，記得鎖門。」

警察離開之後，他敲了敲浴室門，要珮特拉先關掉浴室的燈，然後等他。接著他把屋內所有的燈都關掉，出門，在夜色中朝火車站的方向走去。走到巷子第一個轉彎處時，他看到巡邏車熄燈停在那裡，他對著那兩個警察快速揮了揮手。走到下一個轉彎處時，他蹲下來躲在一叢松樹後面，看到巡邏車開走了才出來。

8 東德人民的身分證。

今晚付出這麼些代價，他可不願意就此放棄。但是，等他溜回別墅，卻發現珮特拉因為害怕正瑟縮在他小時候睡的床上抽抽噎噎。他才剛被羞辱，還在氣頭上，顧不得她的感受就命令她在黑暗中做出各種花樣，結束時她哭個不停，說她恨他，但這也正是他對她的感受。那天以後，他再也沒有見過她。

三個星期後，德意志基督青年大會邀請他去西柏林演講，他推測這個大會被他的堂叔，也就是情報頭子馬可斯．沃夫全面滲透（當然，這種事情沒有人能百分之百確定。這就是美妙之處），因為邀請函是外交部轉交給他的，同時通知他去領取已經核發的簽證。這種安排好笑得很，這是擺明讓他過了邊界，別想再回來。同樣明顯的是，邀請函肯定是父親對他發出的警告，懲罰他在別墅時不夠謹慎。

除了他，這國家每個人都想拿到出國許可，能出國比擁有汽車還誘人。當局只要以去哥本哈根參加一場為期三天、爛透的產業會議為餌，就能誘使升斗小民出賣同僚、兄弟姊妹與朋友。安德瑞斯覺得，不管從哪個角度看，他都是怪人，但不屑出國讓他怪上加怪。丹麥王室的下毒人和滿嘴謊言的王后，為何要他們的兒子離開城堡？[9]他覺得自己是全國仰慕的對象、順理成章的繼任者、這個國家的產物，以及裝瘋賣傻的好手。所以，他的首要責任是絕不離開柏林。基於他對他所謂的父母的瞭解，他要他們知道，他還在齊格菲街上。

但是，當怪人也很寂寞；而寂寞，則是疑神疑鬼的溫床。他很快就開始猜想，那次事件或許是珮特拉設的局。費那麼大勁拒絕在教堂做愛，又要求先洗澡，都是在誘使他破壞與父母默契的技倆。現在，只要去他辦公室的高風險女孩露出那副他熟悉的渴切眼神，他就會想起自己在珮特拉身上反常的自私，以及被警察羞辱之恥。於是，他只逗逗那些女孩，再打發她們離開，不會順其所欲。他不禁懷疑，關於女孩，也許他始終都是在自欺欺人——是否，他對五十三號的恨，不僅是真的，還可以適用在一到五十二號身上？是否，他自以為享受著諷刺國家的樂趣，其實是國家趁他最無力抵抗的時候誘惑了他？

接下來的春天與夏天，他都非常沮喪，放在性上面的心思也更多。但因為他突然不信任自己，也不信任上門的女孩，性慾根本無從發洩。他減少個別輔導的時間，也不再去青少年社團勾引高風險女孩。雖然這份只要是處境跟他一樣的東德人都希望得到的好工作可能因此不保，他還是整天躺在床上讀英國小說，偵探類、非偵探類、只能偷偷讀的、可以公開讀的都有（他母親在他小時候強迫他讀史坦貝克、德萊賽與多斯·帕索斯的作品，但他對美國作家沒什麼興趣，甚至覺得最好的美國作品讀起來都很幼稚，愈讀愈厭煩。英國人的人生比較糟，但至少糟得精采）。到了最後，他認定小時候那張床，在米格爾湖畔房子裡的那張床，以及他從未與那張床分開的感覺，就是他沮喪的原因。他愈反抗父母，為了羞辱他們，故意把自己的生活愈搞愈糟，就愈無法擺脫與父母之間的幼稚關係，也就愈陷愈深。然而，找出沮喪的原因是一回事，能不能解決又是另一回事。

十月某個下午，教堂那位年輕的所謂「牧師」，為了一位出現在聖堂的女孩來找他。他那時已經七個月沒有性生活了。牧師身上是反叛教會的全套標準裝扮——滿面鬍鬚：有；褪色的牛仔夾克：有；前衛感十足的紅銅十字架：有。但牧師在街頭經驗更老到的安德瑞斯面前卻一臉不自在，這點更好。

「我是兩星期前注意到她的。」他邊說邊坐在地上。他可能從哪本書裡學到坐在地上代表友善，顯示自己和基督一樣謙遜。「有時候她會在聖堂待一個鐘頭，有時候甚至待到午夜。她也不禱告，只在那裡做功課。後來，我終於去問她是不是需要幫忙，她看起來很害怕，說她很抱歉，因為她以為可以一直待在教堂裡。我跟她說教堂永遠歡迎需要幫助的人。我本來希望趁機和她多聊聊，但她只想知道她有沒有違反規矩。」

9 典出莎士比亞《哈姆雷特》。「王室的下毒人」指的是弒兄奪位的丹麥國王，「謊言王后」指的是哈姆雷特的生母，「要他們的兒子離開城堡」是指國王要哈姆雷特避走英國。

「所以？」

「你不是我們的青少年輔導員嗎？」

「聖堂的事情，嚴格來說不歸我管吧？」

「我知道你已經忙到沒有力氣。你可以休息一陣子，我們不會有意見。」

「感激不盡。」

「但我還是擔心那女孩。我昨天又找她聊天，問她是不是有困難，我擔心她受到性侵。但她細聲細氣，我聽不大清楚她在說什麼，好像是說有關單位已經注意到她了，所以她不能找他們幫忙。看得出來，她來我們這裡應該是走投無路了。」

「我們不都一樣。」

「你去找她談談，她可能會多講一點。」

「她幾歲？」

「還年輕，十五或十六，而且非常漂亮。」

未成年、性侵、漂亮，安德瑞斯嘆了口氣。

牧師說：「你總要找個時間出去透透氣吧。」

安德瑞斯到了聖堂，看到坐在倒數第二排的女孩，他馬上感覺到，她的美就像來得不是時候的併發症，就像獨一無二的美，讓他無法注視長久以來吸引他、每個女人都有的器官。她黑髮、黑眼睛，穿著不顯叛逆，坐姿就像自由德意志青年團團員一樣挺直，膝蓋上放著一本翻開的教科書，看起來是個好女孩，他從來沒有在地下室輔導過的那種好女孩。他朝她走過去，她頭都沒抬。

他說：「要不要跟我聊聊？」

她搖搖頭。

「妳就跟牧師聊了幾句。」

她小聲說：「只聊了一分鐘。」

「嗯。我可以坐在妳後面這一排，這樣妳就看不到我。然後，如果妳——」

「請不要這樣。」

「好。那我坐在妳看得到的地方好了。」他在她前一排坐下，說：「我叫安德瑞斯，是這裡的輔導員。妳叫什麼？」

她搖搖頭。

「妳來這裡是要禱告嗎？」

她傻笑著問：「真的有神嗎？」

「沒有神，當然沒有。妳怎麼會有這種想法？」

「蓋這教堂的某人相信有。」

「某人一廂情願。我不信那一套。」

她這時才抬起頭，好像對他有了一絲好奇。「你講這種話，不怕惹麻煩？」

「誰會找我麻煩？牧師？『神』只是一個字而已，是牧師對抗國家用的。在這個地方，只有跟國家扯到關係的事情才存在。」

「你講話應該小心一點。」

「我只是轉述國家告訴我的話。」

他朝下看了看她的雙腿，跟她身體其他地方一樣漂亮。

他問：「妳是不是很怕惹上麻煩？」

她搖搖頭。

「那就是擔心給別人惹上麻煩，是嗎？」

「我來這裡，是因為沒人知道這地方。在沒人知道的地方靜一下也不錯。」

「妳說的對。沒有地方比這裡更像化外之地。」

她淺淺地笑了笑。

他問：「漂亮女孩，妳照鏡子的時候看到什麼？」

「我不照鏡子。」

「如果妳照鏡子，妳覺得會看到什麼？」

「絕不是什麼好東西。」

「所以，是壞東西？會害人的東西？」

她聳聳肩膀。

「為什麼妳不讓我坐在妳後面？」

「我喜歡看著跟我講話的人。」

「所以，我們現在是在聊天吧？妳剛才只是假裝不想跟我聊而已。妳裝模作樣——妳在耍心機。」

出其不意地揭穿對方的偽裝，是他進行輔導的一招。他很厭惡這些方法，但不代表它們沒用。

女孩說：「我早就知道我不是好東西，不用你指出。」

「這麼壞卻沒人知道，妳一定也很憋。其實那些人只是不相信這麼漂亮的女孩原來是個壞胚子。這種情形一定讓妳覺得這世上沒幾個人值得妳尊重。」

「我有朋友。」

「我在妳這年紀的時候也有朋友，但那又怎樣，對不對？有人喜歡我反而更糟，因為他們要不認為我是開心果，要不就是覺得我很吸引人。只有我知道我其實很壞，非常壞，也非常重要。事實上，我是全國最重要的人。」

她說：「你哪裡重要了？」看到她嗤之以鼻像個青少年的模樣，他又多了點信心。

「什麼？不騙妳，我真的很重要，只是妳不知道而已。但是，妳已經知道身為重要人物的感覺了，不是嗎？妳很重要，每個人都注意妳，想接近妳，因為妳很漂亮，但妳卻傷害他們。所以妳找個教堂躲起來，好讓他們找不到妳，這樣大家都可以鬆口氣，不必為妳煩惱。」

「你可不可以別管我？」

「妳傷害誰了？說出來沒關係。」

那女孩低下頭。

他說：「跟我講沒關係。我年紀比妳大，但到現在還是會傷害人。」

她的身體微微顫抖了一下，十指交纏放在膝蓋上。教堂外面傳來一陣轟隆的卡車聲與有問題的變速箱發出的尖銳金屬碰撞聲，那聲音在聖堂中迴盪，空氣中還能聞到蠟燭芯的焦味與燻黑的銅燭台味道。掛在講壇後方牆上的木十字架，因為被支持與反抗國家的力量濫用，似乎失去了往日的魔力，只能淪落到在這個骯髒的環境裡棲身，與死氣沉沉的異議份子共處。聖堂現在成了教堂裡最無關緊要的地方，他覺得有些感傷。

「我**媽媽**。」女孩小聲地吐出這幾個字，語氣中有恨意；但她之前又很在意自己對別人造成的傷害，他很難理出這兩者的關係。即使如此，安德瑞斯聽過太多青少年被性侵的故事，所以猜得出是怎麼回事。

他小心翼翼地問：「妳父親呢，人在哪裡？」

「死了。」

「妳母親再婚？」

她點點頭。

「她是家庭主婦？」

「她在醫院當夜班護士。」

他皺皺眉，心下雪亮。

他說：「妳在這裡很安全，因為沒有人會想到妳在這裡，真的，也沒有人會因為妳而受傷。妳可以放心告訴我妳的名字，沒關係的。」

女孩說：「我叫安娜葛瑞特。」

他們第一次談話和他引誘女孩的速度一樣快、一樣直接，但心靈的感受卻完全相反。安娜葛瑞特美得驚人、美得出格，就像在當面羞辱這個壞品味共和國。這種美本來不應該出現在人間，這種美破壞了宇宙秩序，這種美連一直自居宇宙中心的安德瑞斯看了都害怕。他二十七歲，從未愛過人（孩提時期對母親的愛不算），因為他從未遇到值得付出真感情的女孩，甚至不去想像那女孩的樣子。然而，那女孩現在出現了。

接下來連續三天晚上，他都看到她。他期待她出現，只是因為她的美，這讓他感覺很糟，但也無可奈何。他為了讓她更信任他，第二天晚上碰面時，特別提到他在教堂跟幾十個女孩上過床的事。他說：「這是一種癮，但我有自己的規矩。妳要相信我，我對妳絕對不會像對她們一樣。」

這是實話，但深究起來，也是徹頭徹尾的謊話。安娜葛瑞特將了他一軍，她說：「每個人都以為自己有套規矩，但到頭來破壞規矩的總是自己。」

「讓我證明給妳看，我就是那個會絕對遵守規矩的人。」

「大家都說這教堂有不少敗德的人出沒，我以前不相信，畢竟這是教堂。但是，你剛才等於告訴我，外面說的原來**千真萬確**。」

「很抱歉，潑了妳冷水。」

「這國家一定有問題。」

「完全同意。」

「柔道社已經夠糟了，沒想到連教堂也……」

安娜葛瑞特的姊姊譚雅在大學先修高中讀書，擅長的科目是柔道，以姊妹倆的學業成績與課堂表現，順利進入大學絕對不成問題。但譚雅的男友一個接著一個換，又花太多時間在運動上，導致大學資格考試成績不佳，最後找了個秘書的工作。譚雅有空的時候，不是在俱樂部跳舞，就是在家附近的運動中心自我訓練或指導學員。安娜葛瑞特小她七歲，對運動沒有那麼在行，但因為他們是柔道家庭，所以十二歲時也加入那個運動中心的柔道社。

霍斯特是運動中心的常客。他年紀比較大，大約三十歲，帥氣，騎重型機車，看得出來他把重機當老婆。在運動中心時，他多半都在鍛鍊迷人的身材（安娜葛瑞特看到他對她微笑的樣子，一開始覺得他有點目中無人）和打手球，還喜歡看高段柔道學生對打。沒多久譚雅就得手，和他與重機第一次約會，接著第二次、第三次。不幸的事情就在第三次約會時發生，霍斯特見到她的母親。此後，他就表示以後不要騎車出去，改到譚雅那間既寒酸又侷促的公寓看她，還可以順便問候安娜葛瑞特和她母親。

她母親內心冷漠又失意。先生是卡車修理工，不幸得了腦瘤過世。她擁有三十八歲且美麗的外表，不僅比譚雅美麗，與霍斯特的年齡差距也較小。自從譚雅無法升學讓她失望後，她們兩人幾乎什麼事都可以吵，現在又多了一個題材，就是霍斯特。譚雅的母親認為，霍斯特對譚雅來說年紀太大。霍斯特比較喜歡母親而非譚雅的局面愈來愈明朗後，母親不認為這是自己的錯。安娜葛瑞特運氣好，那個改變一切的下午她剛好不在家，那時，譚雅忽然站起來說要透透氣，叫霍斯特騎車帶她去走走。霍斯特回說，雖然這件事攤開來講大家都會難過，還是應該討論一下。事後回想起來，霍斯特其實可以處理得更好，雖然也許無法面面俱到。譚雅出門時猛力把門關上，三天後才回家，不過，只是回去打包行李。等到她的生活比較好了，就搬去萊比錫。

霍斯特與安娜葛瑞特的母親結婚後，三人搬到一棟寬敞得多的公寓，安娜葛瑞特有了自己的房間。雖然她想起譚雅就難過，也不贊同母親，但是迷上了繼父。他在城裡最大的發電廠擔任工會領導人，那是個好工作，但沒有好到可以讓他無中生有，比如重機和寬敞公寓，有時候他還會帶橘子、巴西乾果和麥可．傑克森的唱片回家。安德瑞斯聽了安娜葛瑞特的描述，覺得霍斯特應該是那種沒有羞恥心、管不住手淫的人，只要跟他接觸就會受到影響。安娜葛瑞特顯然喜歡跟他在一起，他會騎機車接送她去運動中心，還在停車場教她騎機車，她則教他一些柔道技巧，但他上半身的比例非常不均衡，所以沒辦法掌握柔道的護身倒法。到了晚上，母親出門上班後，她跟他講解自己為了進入大學先修高中正在多修的課，他很快就能抓住重點，她建議他也應該去上大學先修高中。沒多久，她就將他納入好友圈。更好的是，她母親也很高興。她母親討厭當夜班護士，這工作似乎讓她愈來愈疲憊，她很高興先生與女兒相處融洽。就算譚雅一去不回，至少安娜葛瑞特是個好女孩，這個全家未來的希望。

一天晚上，在那間寬敞得多的公寓中，霍斯特趁著安娜葛瑞特還沒關燈，敲了敲她房門，用鬧著玩的語氣說：「妳現在穿得還像樣嗎？我可以進去？」

她說：「我有穿睡衣褲。」

他進房，拉一張椅子坐到床邊。他的頭非常大，大到安娜葛瑞特不知道該怎麼形容才能讓安德瑞斯瞭解，但是，她覺得大頭似乎是他幾乎無往不利的原因。就好像人們會說：「喔，那傢伙有個大得不得了的頭，他想要什麼我們就給他什麼好了。」諸如此類的話。那天晚上，他的大頭因為喝了酒而通紅。

他說：「對不起，我滿身酒氣。」

「如果我也能喝一杯的話，就聞不到酒氣了。」

「聽起來妳對啤酒懂很多嘛！」

「噢，我也是聽來的。」

「如果妳停止運動訓練，就能喝一杯。但是妳不會停，所以妳不能喝啤酒。」

她喜歡他們在一起的時候他搞笑的樣子。「**你**也在訓練啊，但你不也在喝酒？」

「我今天晚上喝多了，是因為有件重要的事情要告訴妳。」

她看著他的大頭，今晚他的臉色似乎真的不大一樣，眼神露出一種強壓不下的痛苦。另外，他的雙手也在顫抖。

她擔心地問：「什麼事？」

他說：「妳能保守祕密嗎？」

「我不知道。」

「這樣說吧，妳的口風一定要很緊才行，因為這件事我只能告訴妳。如果妳說出去，我們都會惹上麻煩。」

她想了想，問：「為什麼非要告訴我？」

「因為這件事跟妳有關，是妳媽媽的事情。妳能保守祕密嗎？」

「我試試看。」

霍斯特深深吸了口氣，吐氣。她又聞到啤酒味。他說：「妳媽媽藥物上癮了。我娶了一個嗑藥的老婆。

她偷醫院的藥，在醫院吸食，在家的時候也會。妳沒有注意到嗎？」

安娜葛瑞特說：「我不知道。」但她覺得霍思特說的可能是真的。她最近覺得母親愈來愈呆滯。

霍斯特說：「她很會偷東西，醫院裡沒有人懷疑藥品是她偷的。」

「我們跟她談談，要她不要再做這種事了。」

「藥物成癮要治療才能戒斷。問題是，一旦她接受治療，當局就會知道她的藥是偷來的。」

「但這樣代表她很誠實又有心要戒掉，當局應該會很高興啊！」

「唉，我這樣說吧，這件事和另一件事，一個更大的祕密有關，連妳媽媽都不知道的祕密。妳想知道嗎？」

他是她最好的朋友之一，所以她只遲疑了一下，就說：「好。」

霍斯特說：「我發過誓會絕對守口如瓶，今天我告訴了妳，就代表違背了我的誓言。過去這幾年，我非正式地替國家安全部做事，是他們相當信任的『非正式線民』。我三不五時就與一位官員碰頭，告訴他廠裡工人與幹部的一舉一動，他們特別想知道我的主管在幹什麼。這種事情非得有人做不可，因為發電廠對國家安全來說是生死問題。我算運氣不錯，跟部裡的關係很好，也因為這樣，妳和妳媽媽的運氣也很好。妳懂我的意思嗎？」

「不懂。」

「要不是國安部，我們哪能過這種日子。所以，妳想想看，如果負責聯繫我的那位官員知道我老婆偷東西，再加上她有藥物上癮的問題，他會怎麼想？他會認為再也不能信任我了。我們可能就沒辦法住在這裡，我也可能會丟了工作。」

「但你可以老實告訴那位官員我媽媽的情形啊，你又沒有犯錯。」

「如果我告訴他，妳媽肯定會丟了工作，還有可能要坐牢。妳總不希望這樣吧！」

「當然不希望。」

「所以，這個祕密千萬不能讓人知道。」

「我真希望我不知道這件事。你為什麼要告訴我？」

「因為我要妳幫我保守祕密。你媽媽犯了法，就是出賣了我們。我們現在是一家人，但這個家可能會毀在她手中，我們倆要盡力阻止。」

「我們得想辦法幫助她。」

「既然事情變成這樣，對我來說，妳比她更重要。妳是我生命中最重要的女人，妳沒有注意到嗎？」這時他把一隻手放在她的肚子上，張開五根手指，說：「妳已經是個女人了。」

她被肚子上的那隻手嚇到了，但她更害怕他剛才說的那些話。

「非常漂亮的女人。」他的嗓音變得有點沙啞。

「我怕癢。」

他閉上眼睛，但手沒有移開，說：「祕密千萬不能說出去。我會保護妳，但妳得相信我。」

「連媽媽都不能知道嗎？」

「不行。一傳十、十傳百，傳到最後就是她去坐牢。她繼續偷、繼續上癮，我們反而安全。而且她很厲害，不會被抓到。」

「如果你告訴她你在替國安部工作，她就知道不能再做這種事了。」

「其實我對她沒有信心。她已經背叛了我們，但我對妳有信心。」

她覺得自己就要哭了，呼吸愈來愈急促。

她說：「你不應該碰我，不能這樣。」

他點了點大頭，說：「也許不應該。對，的確不應該，我們年紀差了一截，是有點不應該。但妳看不出來我很信任妳嗎？我們做一點不應該的事情，應該沒關係吧？我知道妳不會講出去。」

「也許我會。」

「妳不會。因為妳一講出去，我們的祕密就會曝光。妳不會。」

「為什麼要告訴我呢？」

「講都講了。我們倆，就我和妳，現在都知道這個祕密。妳不會讓我失望吧！」

她說：「我不知道。」眼淚幾乎就要奪眶而出。

「那妳也告訴我一個妳的祕密，這樣我就可以相信妳。」

「我沒有祕密。」

「不然這樣吧，給我看妳的祕密。妳能給我看最祕密的東西是什麼？」

放在她肚子上的手慢慢往下移，她的心臟愈跳愈快。

他說：「是這裡嗎？這是妳最祕密的東西嗎？」

她小聲說：「我不知道。」聲音中滿是恐懼與困惑。

「別擔心，不是一定要給我看，讓我感覺一下就夠了。」她從他的手察覺到他全身已經放鬆。「我現在相信妳了。」

對安娜葛瑞特來說，可怕的是她竟然喜歡接下來發生的事情，起碼喜歡了一陣子。有一陣子，他們之間的關係，只不過像一種更緊密的友誼。他們仍然一起開玩笑，她仍然告訴他學校裡發生了什麼事、仍然一起騎機車、仍然在同一個運動中心訓練；但這個正常生活有個祕密，一個在她穿著睡衣褲、上床睡覺之後才會發生的、非常大人的祕密。他撫摸她的時候，不停地說她有多漂亮，挑不出毛病的漂亮。有一陣子，他只用手，完全沒有用身體其他部分碰她，她覺得似乎是她不對、似乎整件事情是她主導、似乎是她利用自己的美貌讓他上鉤，而叫喊停的唯一方法是不抗拒，去體會發洩的感覺。她痛恨自己的身體想要發洩多於痛恨自己的美麗。但不知道為什麼，痛恨讓她更急著想要發洩。她希望他吻她，希望他渴望上她。她非常壞。也許她的壞有跡可循，因為她是藥物上癮者的女兒。有一次她漫不經心地問母親有沒有動過念頭把病人的藥放到自己口袋？母親偶爾會平靜地回答「有」。如果醫院有一點沒用到的藥物，她或別的護士可能就自己吞下去，用來緩和壓力，但這不表示他們上癮。而安娜葛瑞特壓根就沒提到上癮的事情。

對安德瑞斯來說，可怕的是那位繼父對小穴的癡迷讓他想到自己。安娜葛瑞特接著告訴他，霍斯特好幾個星期只撫摸她，其實根本是他解開褲子的前奏，這時安德瑞斯才感覺自己跟那人少了幾分牽連。這一刻遲早都會發生，也解開了一直控制她的魔咒，引進一個揭開他們祕密的第三者。她不喜歡這個第三者，她心裡有數，這個第三者肯定一直在窺視他們，等待時機，像個專責官員一樣在幕後控制他們。她不想看到它，不要它靠近她，當它要顯示權威時，她開始害怕晚上待在家。但她能怎麼辦？這隻啄木鳥[10]知道她的祕密。它知道只要再等一陣子，她就會滿心希望被擺弄。她已經半推半就地成了它的「非正式線民」，已經不動聲色地宣誓。她懷疑她母親嗑藥的原因，是不想知道啄木鳥真正覬覦的是誰的身體。這隻啄木鳥從頭到尾掌握了她母親的偷竊行為，而且啄木鳥的權力是國安部授予的，所以去國安部投訴這條路走不通，因為他們會把母親關進牢裡，留下她一人與啄木鳥相處。如果她告訴母親實情，結局也一樣，因為母親會去找她先生算帳，啄木鳥就會想辦法讓她入獄。也許她母親坐牢是罪有應得；但如果讓安娜葛瑞特繼續住在家裡，而且繼續傷害母親，母親就不應該去坐牢。

10 俚語，指男人的陽具。

這是安德瑞斯輔導她的第四晚得知的最新進展，但她的故事還沒有結束。安娜葛瑞特坦承以告之後，在冷颼颼的聖堂裡難過地哭了出來。安德瑞斯眼看一個這麼漂亮的人哭泣，眼看她像嬰兒一樣雙手攢成拳頭壓著眼睛哭泣，覺得有一股不熟悉的生理感覺抓著他。他早已習慣遇事訕笑，也是譏諷的能手、玩世不恭的藝術家，所以，他甚至沒有注意到自己也哭了出來。他知道自己哭的原因：他為了自己、為了自己小時候的遭遇而哭。他聽過太多童年時代遭受性侵的故事，但從沒聽過這樣一位好女孩，這樣一位頭髮、皮膚與骨骼結構都完美無瑕的女孩，說出被性侵的過程。安娜葛瑞特的美，敲開他內心某個地方，他覺得自己跟她一模一**樣**。因為他愛她，又無法擁有她，所以，他也哭了出來。

她低聲問：「你能幫我嗎？」

「我不知道。」

「為什麼我告訴你這麼多，你卻不能幫我？為什麼你還一直問我問題？你表現得就是一副能幫我的樣子。」

他搖搖頭，什麼也沒說。她把一隻手搭在他的肩上，輕輕地，但即使是輕輕地一碰也很可怕。他身體前傾，因為啜泣而全身發抖，說：「妳的故事，我聽了好難過。」

「我說我會傷害人，你現在知道原因了。」

「不是這麼回事。」

「也許我當他的女友就好。想辦法讓他跟我媽離婚，然後當他的女友。」

「不行。」他定了定神，擦了擦臉，說：「不行。他是個變態渾蛋。我知道，因為我也有一點變態。我看得出來。」

「也許你做過一樣的事……」

「從來沒有。我對妳發誓。我像妳，不像他。」

「但是……如果你有一點變態，又像我，也就是說，我也有一點變態。」

「我不是那個意思。」

「你說的沒錯，既然我這麼變態，我應該回去當他的女友。輔導員先生，謝謝您的幫忙。」

他抓住她兩邊肩膀，讓她看著他。她的眼神裡除了不信任，別無他物。他說：「我想跟妳交往。」

「你知我知，我們交往到最後會是什麼結局。」

「妳錯了。留下來，我們一起想辦法。當我的女友。」

她掙脫他，雙手緊緊環抱在胸前。

他說：「我們可以去找史塔西[11]。他違背了對安全部的宣誓。一旦他們認定他是個麻煩，就會把他當燙手山芋丟掉。對他們來說，他只不過是個微不足道的基層線民，根本無關緊要。」

她說：「不行。他們會認為是我說謊。我沒有把我做的每一件事告訴你，太見不得人了。我做了一些他喜歡的事情。」

「沒關係，妳才十五歲，沒有法律責任。除非他蠢得要死，不然他現在一定已經嚇得半死。妳百分之百佔了上風。」

「就算他們相信我，每個人的生活也都毀了，包括我在內。我的家沒了、不能上大學，甚至我姊姊也會恨我。他要什麼，我就給什麼，一直到長大到可以搬走為止。我覺得這樣比較好。」

「這就是妳的打算？」

她搖搖頭，說：「如果我的打算是這個，我就不會來這裡。但我現在知道，沒人能幫我。」

11 國家安全部的德文慣稱。

安德瑞斯不知道該怎麼接話。他希望她留下來，跟他一起住在牧師家的地下室。他能保護她、在家幫她上課、一起練習英文、培養她成為高風險青少年輔導員，當他的女友，就像李爾王在腦海中想像與寇蒂莉亞一起生活，聽著遠處傳來的王宮消息，嘲笑誰上台、誰又倒台。假以時日，也許他們會成為夫妻，住在地下室的夫妻，過著只有他們兩人的日子。

他說：「我們可以幫妳在這裡找個房間。」

她又搖了搖頭，說：「我這兩天回去時都已經午夜了，他已經煩躁不安，懷疑我跟男人約會。如果我連家都不回，他就會舉發我媽媽。」

「這是他說的？」

「他很邪惡。我一直沒有看出這一點，但我現在知道了。他現在跟我說話都帶點威脅的語氣。只要得不到他要的，他就會一直威脅我。」

另一種生理感覺——不是眼淚，而是一波仇恨的浪——衝向安德瑞斯。他說：「我要殺了他。」

「我需要幫忙，但不是這種。」

「總有人要付出代價。」他的仇恨邏輯引導著他，說：「把我和他的一輩子一起毀了，有什麼不對？反正我現在過的日子跟坐牢差不多，監獄的食物不可能比我現在吃的更糟，坐牢我還可以拿國家的錢買書，妳也可以繼續上學，同時幫妳媽媽解決問題。」

她不屑地笑了笑，說：「這個主意真好。但他是練健美的，你要怎麼殺他？」

「我當然不會讓他有提防的機會。」

她看著他，似乎覺得他只是隨便說說。要是讓她來評斷他，到此刻之前，她應該都沒有看走眼：凡事輕率以待，是他的專長。在共和國裡，人生被隨隨便便毀掉的不知有多少，但如果安娜葛瑞特的人生也在其中，他就很難看出其中的荒謬。他已經愛上這個女孩，對這種感覺無計可施、無法可想，也無法讓她相信她應該信任他。她一定從他的表情看出他的部分想法，因為她的表情變了。

她平靜地說：「你不能就這樣殺了他。他只是個變態，我們家每個人都是變態，我碰過的人都是變態，我也在內。我只是希望有人能幫助我。」

「這個國家沒有人能幫妳。」

「不可能。」

「我不騙妳，真的。」

她盯著他們前面那幾排長椅一陣子，或許，她盯著的是講道壇後面的十字架，孤寂地掛在照明不足的牆上。過了一會兒，她開始呼吸急促、尖銳。她說：「如果他死了，我不會哭。但是，下手的應該是我，可是我做不到，永遠都做不到，永遠都沒辦法。我應該早點當他的女友。」

安德瑞斯認真想想，他其實也不是真的想殺死霍斯特。他認為自己能熬過坐牢的日子，但殺人犯的標籤不符合他自認應有的形象。這個標籤會跟著他一輩子，到時候不僅他不會像現在這樣喜歡自己，別人也不會。假如他的標籤是**性成癮的反社會份子**，就荒謬得恰如其分。**殺人犯**不是荒謬。

安娜葛瑞特站起來，說：「好了，謝謝你的提議，也謝謝你聽了我的故事，沒有說噁心。」

他說：「等等，我還沒講完。」他又有一個想法，如果她也加入，和他共謀，一旦事發，他可能不至於輕易被捕。就算他被捕，她的美貌和他對她的愛，也永遠會和這件事分不開。如此一來，他就不只是殺人犯，而是除掉性侵了這位獨特女孩的罪犯的人。

他說：「妳願意相信我嗎？」

「我很高興你願意聽我講話。我想你也不會把我的祕密告訴別人。」

這些都不是他想聽到的。這些話讓他覺得丟臉，因為他不久前還幻想將來在地下室替她上課的情景。

她補上一句：「如果你想知道我想不想當你的女友，答案是不想，我不想當任何人的女友。」

「妳十五歲，我二十七歲。我問妳願不願意相信我，不是那個意思。」

「你一定也有一段過去，而且一定很有趣。」

「妳想聽嗎？」

「不想，我只想正常過日子。」

「不可能了。」

她的表情有點落寞。這時伸出雙手抱住她、安慰她，是最順理成章的動作，但是他們的處境裡沒有一件事可以用順理成章來形容。他覺得自己完全無能為力，這又是一個新冒出來的生理感覺，一個他百分之百不喜歡的感覺。他覺得她就要離開，再也不回來了。沒想到她深呼吸了一口，定了定神，眼睛轉開不看著他，說：「你打算怎麼做？」

他用低沉、平淡、彷彿進入出神狀態的音調告訴她，她不能再來教堂，回家之後還要瞞過霍斯特。她一定要說自己這幾天是在教堂獨自禱告，尋求神的指引。而且，她也想清楚了，準備把自己完全交給霍斯特，但是為了尊重母親，所以不能在家裡做那件事。她有些朋友週末會去一個地方喝啤酒、做愛，那裡比家裡更好、更浪漫、更安全。他如果在意她的感受，就帶她去那裡。

「真有這種地方？」

安德瑞斯說：「對。」

「為什麼你要幫我？」

「還有誰比我更適合做這件事？妳的人生應該過得更好，我願意冒險。」

「這不叫冒險，這是死路。因為他們保證會抓到你。」

「好，那我們來做個模擬：如果可以保證他們抓不到我，妳會讓我做嗎？」

「我才是該被殺的人，我一直在傷害我姊和我媽。」

他嘆了口氣，說：「安娜葛瑞特，我很喜歡妳，但我沒有那麼喜歡妳自以為是。」

他馬上看出來，這句話打中要害。她還不至於暴怒，但肯定已經在冒火。而他一看到她這表情，雙腿間立刻出現一陣暖意。他差這麼一點就要開始怨恨自己，因為，這回他不想要到了最後，又搞成只是為了勾引女孩上床的局面。他一直住在誘惑的荒原裡，這次，他希望她能帶他離開荒原。

她說：「我做不到。」一邊說，一邊轉過身子不看他。

「無所謂，我們只是在閒聊而已。」

「你不也自以為是？說自己是全國最重要的人。」

他本來要說這話只是在瞎扯，沒有別的用意，只是諷刺而已；但他也明白，這個辯解只說了一半實話。對他來說，諷刺滑不溜丟，但安娜葛瑞特對他的諷刺卻異常認真。他語帶感激地說：「妳說的對，我也自以為是，我們倆又多了一個相像的地方。」

她不耐煩地聳了聳肩膀。

「既然我們只是閒聊，不如說說妳的騎車技術怎麼樣？」

「我只想過正常的日子，我不想跟你有哪裡相像。」

「好吧，我們一起努力讓妳過正常日子。如果妳會騎他的車，我們會更容易達成目的。我倒是從沒騎過機車。」

她說：「騎機車有點像柔道，要順著它，不能逆著它。」

甜美的柔道女孩。她就一直這樣反反覆覆，將他拒於門外，又把門拉開，露出一條縫。這個不行、那個不准，然後又轉一百八十度，這也行、那也准，就這樣翻來覆去，一直拖到很晚。到她非得回家的時候，他們倆都同意，除非她準備好依照計畫行事或是搬來地下室，否則不宜再來教堂。他們倆加起來也就只有這兩個想法。

她不來教堂，安德瑞斯就沒辦法跟她聯繫。他從第二天起，連續六天下午都到聖堂等她，等到晚餐時間才離開。他很確定，以後再也看不到她了。她只是個女學生，不會特別在意他，或者至少不那麼在意。她也不像他那麼痛恨她的繼父，恨到想殺他的程度。不管她決定怎麼做——一個人去史塔西報案，或是寧願忍受性侵變本加厲，都一定很害怕。那幾天只要過了下午，安德瑞斯就稍微鬆口氣，覺得還有希望。在腦海中認真策劃殺人的感覺，和真正動手殺人的感覺幾乎沒有兩樣，更何況，用想像力殺人還有一個優點：沒有風險。坐牢與不必坐牢，當然不必坐牢比較好。折磨他的是再也看不到安娜葛瑞特。而他想像她在柔道社勤練各種摔技，當個好女孩的樣子時，又覺得喪氣。他就是不願意去想她晚上在家可能碰上的事情。

第七天下午她出現了。臉色蒼白，一副餓壞了的樣子，身上穿著全共和國半數青少年都有一件的難看雨衣。齊格菲街正下著煩死人的寒冷細雨。她坐在最後一排椅子上，低著頭，搓揉著沒了血色、凍傷的手。一個星期以來，安德瑞斯不停地想像她的一舉一動，現在看到她，愛與慾的對比卻淹沒了他。原來愛情是一種能癱瘓靈魂、翻腸攪胃、奇怪的幽閉恐懼症。他的身體裡面塞著各種無窮無盡：無窮無盡的重量、無窮無盡的潛力，只能從那位穿著破雨衣、瑟瑟發抖的蒼白女孩身上的那個小出口宣洩而出；但他壓根沒有想要碰她，他只有一股向她表達愛意的衝動。

他在離她不大近的地方坐下來。許久，至少有幾分鐘那麼久，他們都沒有說話。愛，改變了他體會她張嘴不均勻呼吸與雙手顫抖的方式。落差又出現了：她無比重要，聲音卻平凡，手指也是平凡的女學生手指。

他冒出一個奇怪的念頭：他想殺死一個同樣愛她的男人——不管那個男人多麼變態——是錯的，就像邪惡是錯的一樣。相反地，他覺得自己應該同情那個男人。

她終於開口說：「我還得去柔道社，不能待太久。」

他說：「看到妳我很高興。」愛，讓這句話聽起來像是他說過最真誠的話。

「告訴我怎麼做就好。」

「現在不合適，等妳改天過來再說。」

她搖搖頭，幾綹頭髮晃過來，遮住了臉，但她沒有攏回去，說：「告訴我怎麼做就好。」

他實話實說：「幹，我跟妳一樣害怕。」

「不可能。」

「為什麼不一走了之？來這裡住下來，我可以幫妳找個房間。」

她抖得更厲害，說：「如果你不幫我，我就自己動手。你覺得你是壞人，其實我才是。」

「不是，沒事的、沒事的。」他拉起她顫抖的手，包裹在自己手裡。她的手既冰冷又平凡，非常平凡。但他愛她的手。「妳是個好人，妳只是在做惡夢。」

她轉頭看著他，他看到她髮絲後面急切的表情，刻不容緩急切的表情。「你到底要不要幫我？」

「妳確定要做？」

「你說過要幫我的。」

他真的有點猶豫，不管是幫誰，這麼做，值得嗎？但他還是放開抓著她的手，從外套口袋裡拿出一張手畫的地圖。

他說：「這是那棟房子的位置。妳得一個人坐快鐵先去一趟，確定路線和方向。天黑之後再去，還要注意有沒有警察。等到和他騎機車去的時候，要他在最後一個轉彎處關掉車上所有的燈，然後一路騎到房子後面。沿著車道走，就能拐到後面。下車的時候記得不要戴安全帽。妳打算哪一天晚上去？」

「星期四。」

「妳媽媽幾點上班？」

「十點。」

「那天妳不要回家吃飯。告訴他，妳九點半跟他在停機車的地方碰面，以免有人看到妳跟他從你們那棟公寓一起出來。」

「好。你呢？你會在哪裡？」

「別擔心我。妳只要往後門走就行了。一切都會像我們講的一樣。」

她的身體輕微抽動了一下，好像想吐的樣子，但她忍住了，把地圖放進外套口袋，說：「就這樣？」

「記得，妳來提議，我是說日期。」

她連忙點了點頭。

他說：「我很抱歉。」

「就這樣了？」

「還有一件事。妳可以看著我嗎？」

她沒動，一直彎著腰，微微向前傾，就像一隻知道自己闖了禍的狗；但她把頭轉了過來。

他說：「妳得跟我說實話。妳做這件事，是因為我想做，還是因為妳想做？」

「誰想做很重要嗎？」

「很重要，非常重要。」

她又低下頭，看著膝蓋，說：「我只是希望有個了斷，誰想做都無所謂。」

「妳知道，不管結果怎樣，我們都有很長一段時間不能見面，也不能聯繫，用什麼方法都不行。」

「這樣已經足夠了。」

「妳還是再想想看。如果妳改變主意，想要住到這裡來，我們就可以天天見面。」

「我不覺得那樣比較好。」

他抬頭看著聖堂的彩繪玻璃，心想：她是他第一個出自內心自由選擇的女人，他卻無法擁有，甚至不能見面，真是宇宙大笑話。但另一方面，他也不覺得太介意，他（甚至）覺得自己的無力感也很甜美，連他自己都沒想到（吧？）。他腦海裡閃過關於愛情的陳腔濫調、愚蠢的諺語和歌詞。

安娜葛瑞特說：「我再不走，柔道課就要遲到了。」

他閉上眼睛，才可以不必看著她離開。

把責任全部推給母親非常容易。人生充滿悲慘的矛盾，欲望無窮，但供給有限。出生只是通往死亡的車票，既然如此，為何不把責任推給把生命塞給你的人？好吧，這樣說也許不公平，但你的母親也可以永遠將責任推給她的母親，她的母親又可以再推給前一個母親，這樣一直往回推，推到伊甸園為止。永遠都有人在責怪母親，但安德瑞斯相當肯定，大多數的母親可以被責怪的事情一定比他母親少。

每個小孩的大腦在發育期間都被動過一次手腳，就是在你的海馬迴還沒有能力儲存長久記憶之前，你的母親有三到四年的時間可以亂搞你的腦袋。你開始跟母親說話是在一歲左右，聽她說話的時間更久，但是，在海馬迴發育完成之前，你不會記得自己或她說過的任何一個字。等到你的意識第一次張開它的小眼睛，你會發現自己一頭愛上了母親。而你身為絕頂聰明、領悟力又強的小男孩，那時也早就相信了這個社會主義工人國家的歷史必然性。你母親心底可能都還不相信這件事，你就已經信了。也就是說，你還不是個有意識的自我之前很久，就已經是個「人」了。你的小身體去過你母親身體裡面、你父親的雞巴都沒有去過的深處，你還曾把你他媽的整個頭擠過她的陰道。那時，只要你想吸她的奶，就可以湊過去，這是你能隨心所欲吸她的奶為期最久的一段時間。但現在，這些事情你完全記不起來，你發現自己從一開始就自我疏離了。

安德瑞斯的父親是有史以來被拔擢進入中央委員會第二年輕的黨員，他負責的是共和國裡最具創意的工作：政府首席經濟學家。當生產力沒有提高時，他就要讓生產力提高；當預算與現實脫節的情形一年比一年嚴重時，他就必須平衡預算。他必須操作官方匯率，將共和國靠著欺騙與強索得手的硬通貨產生最大的預算效應。他不僅要誇大少數成功的經濟個案，也要粉飾太平，替更多失敗的經濟個案找到未來會更好的藉口。也就是說，他的工作是負責大規模竄改資料。黨的最高領導人可能看不懂或瞧不起他炮製的數字，但他別無選擇，只能相信這些數字代表的意義。要做到這一點，除了需要堅定的政治信念與自欺欺人的本事，也許，更重要的是要會自憐。

安德瑞斯童年時，經常聽到父親長篇大論宣講他們德意志工人國家要對抗的各種不公不義。由於納粹迫害共產黨人，讓蘇聯幾乎亡國，因此蘇聯對他們強索賠償完全站得住腳；美國則把國內受壓迫的工人階級所擁有的些許資源轉移給西德，目的是製造繁榮的假象，誘使貧弱、迷途的東德人越過邊界。他總是說：「從古至今，沒有一個國家建國時比我們還要艱苦。我們從一片瓦礫、孤立無援開始，終於餵飽了人民，讓他們有衣服穿、有房子住、接受教育，讓每個國民都享受到與西方最富有的國家一樣的福利。」安德瑞斯每次聽到「孤立無援」這個字都覺得感動。在他眼中，父親儼然是最偉大的男人，聰明、善良地捍衛德國工人的權益，讓他們不受陰謀詭計荼毒，也不必擔心被人瞧不起。一個處於劣勢的國家，只靠信心就能度過難關、取得勝利，還有比這更值得同情的事情嗎？何況他們還孤立無援？

由於父親工作時間太長，還要常去莫斯科和其他東歐集團國家出差，安德瑞斯真正愛上的，是和他父親一樣完美、但經常在他身邊的母親卡提雅。她很漂亮、活潑、動作快，惟獨在政治立場上相當頑固。她留著一頭小男孩般的紅色短髮，紅得沒人比得上，紅得像火焰一樣亮眼又自然，就像權貴人士才能取得的西方紅酒。她是共和國的寶石，知性、美貌與魅力兼具。與她條件相當的人紛紛出走時，她決定留下來，沒有人比她更心悅誠服地服從黨的路線。安德瑞斯曾去聽她上課，親眼見識她掌握全班情緒的能力，她的一頭紅髮加上不必看筆記就能滔滔不絕講課的本事，讓學生如醉如痴。她在課堂上引述莎士比亞時，不僅能靠記憶整段背誦，還可以隨口幫跟不上的學生翻譯成德文。她說的每一句話都從正統立場出發：這齣丹麥悲劇[12]講的是虛假意識與其垮台的寓言；波隆尼厄斯的角色是在嘲弄資產階級知識份子；金髮王子哈姆雷特是馬克思的化身，預告他將登上歷史舞台；何瑞修是恩格斯；佛亭布拉斯則是像列寧一樣的革命意識實踐者和保證人，他抵達丹麥寓意著列寧回到芬蘭車站[13]。

如果有人覺得卡提雅自視甚高惹人厭，如果有人因為她活力逼人而感到不自在（單調乏味才有安全感），她同時是系上政治監察委員會的主席，這個身分足以讓那些人閉嘴。

她身上也有英雄血脈。一九三三年發生國會大廈縱火案之後，共產黨被禁，聰明或運氣好的黨領導人逃到蘇聯，由「內政事務人民委員會」[14]加強訓練，其餘人士則四散歐洲各地。卡提雅的母親因為有英國護照，帶著先生與兩個女兒移居利物浦；父親在碼頭找到一份工作，同時替蘇聯蒐集情報，表現頗獲賞識。卡

12「丹麥悲劇」指莎士比亞的《哈姆雷特》，後文中的「金髮王子」指主角哈姆雷特，波隆尼厄斯、何瑞修與佛亭布拉斯也都是劇中人物。
13 列寧於一九一七年四月搭乘火車回到聖彼得堡的芬蘭車站，其後指揮十月革命，建立布爾什維克政府。
14 NKVD，蘇聯情報機構KGB的前身。負責監視人民的警察組織，惡名昭彰。

提雅說，她記得金・菲爾比[15]還在她家吃過一次晚飯。戰爭爆發後，他們當機立斷，婉拒留在倫敦的指示，全家搬到威爾斯鄉下，一直住到戰爭結束。戰後，除了卡提雅的姊姊（她嫁給一位搖擺樂團的指揮），一家人都回到東柏林參加慶祝遊行，並因為對抗法西斯獲得公開表揚。其後，那群接受委員會訓練、由蘇聯分派掌權的領導人卻掩人耳目，將他們全家放逐到羅斯托克。只有卡提雅因為還在上學而獲准留在柏林。她父親於一九四八年在羅斯托克上吊自殺，母親精神崩潰，過世前一直被安置在一間上了鎖的病房中。安德瑞斯後來才想到，他祖父自殺、祖母崩潰，可能都和祕密警察脫不了關係。但基於政治因素，卡提雅連凶手是誰都不知道。只要人們記得她父母是烈士，當局就可以高枕無憂。隨著卡提雅的父母逐漸被人淡忘，卡提雅這顆新星也逐漸展露鋒芒，她當上正教授，最後嫁給學校裡的同事，一位與沃夫親族同在蘇聯熬過戰爭歲月、戰後在蘇聯修習經濟學的教授。

安德瑞斯童年與母親相處的點點滴滴，沒有一件事是正常的。她什麼事情都由著他，只要求他一直陪在她身邊，並且喜歡跟她在一起，他也發自內心喜歡跟她在一起。她在大學的英國語言與文學系擔任終身職教授，他從小在家裡和母親講話時，就交互使用德語和英語，尤其擅長在同一個句子中夾雜這兩種語言。雙語並用，樂趣無窮。你把事情搞砸了！美國腐壞了！我聞到的是屁還是出口或交流道的味道？你想再來一塊鮮奶油蛋糕嗎？你的小腦袋在想什麼啊？她沒有送他去托兒所，因為她要完全擁有他，她也有不必送他去托兒所的特權。他很小就開始讀書，甚至不記得學過閱讀。但是他記得，父親出差時，他在她的床上睡覺；記得晚上跟他們擠在一起睡覺時父親的鼾聲；記得父親的鼾聲很可怕；記得她起身帶他回房，睡在他的房間陪他。只要是她不喜歡的事情，他就做不出來。他生氣胡鬧時，她就坐在地板上跟他一起哭，如果他因此更生氣，她也會更難過，直到她假裝難過的樣子把他逗樂了，讓他忘了為什麼生氣，然後他會笑開來，她再跟著一起笑。

有一次，他非常氣她，氣到踢她的小腿，她就在客廳裡假裝很痛，假裝跌跌撞撞地走路，邊走邊用英文說：「擊中！一清二楚，擊中了！」[16]他又氣又笑，跑上前更用力地踢她。這次她摔倒在地，動也不動。他笑了出來，覺得實在很好玩，想要再踢一次，但她一直沒有動靜。他覺得不對勁，於是跪到她的臉旁邊，看到她在呼吸，沒有死，但是露出奇怪的空洞眼神。「媽媽？」

她用低沉、單調的聲音說：「你喜歡被踢嗎？」

「不喜歡。」

她沒有再說什麼，但他非常早熟，馬上知道踢她是不對的。她從不需要、也從沒告誡他什麼不該做。他接著用手摸摸她、推推她，想要搖醒她。他說：「媽媽、媽媽，對不起我踢了妳，妳起來好嗎？」但她在哭，流出來的是真眼淚，不是假哭。他摸她的手停了下來，不知道該怎麼辦才好。於是他跑進房間哭了一陣子，希望她聽到哭聲會過來找他。但一直等到他號啕大哭了，她還是沒有出現。他停止哭泣，走回客廳，看到她依然躺在地上，姿勢完全沒變，張著眼睛。

「媽媽？」

她喃喃地說：「不是你的錯。」

「不是我害妳受傷的嗎？」

「你很好，是這個世界不好。」

她還是不動。他只好回房間，像她一樣躺著不動。但一直不動很無聊，於是他拿書來讀。讀著讀著，他

---

15 冷戰時期著名的蘇聯間諜，曾任英國主管國外情報「軍情六處」的高層官員，專責對蘇聯的反情報工作。

16 出自《哈姆雷特》第五幕第二場。

聽到父親進門的聲音。「卡提雅？**卡提雅！**」父親的腳步聲聽起來既嚴厲又憤怒。接著他聽到一記耳光，沒多久又聽到一個巴掌聲，然後是父親的腳步聲，再來是母親的腳步聲，最後是鍋碗瓢盆噹啷碰撞的聲音。他走出房間，走進廚房，看到母親用他熟悉的溫暖笑容對他笑了笑，問他剛才在讀什麼書。晚餐時爸媽還是聊一樣的話題。他父親提到一個名字，母親說了些那個人的笑話，再批評了那人兩句。他父親回說：「各盡其能吧！」[17]或是類似的簡短人生警語。他母親這時轉過頭，對他眨了眨眼，這是她經常對他使的特殊眼色。他多麼愛她啊！多麼愛他們兩個人啊！剛才的不愉快只是惡夢罷了。

其他早期的記憶中，他還記得一些跟著她去大學開委員會的場景。她找了一張椅子，讓他坐在離會議桌有點距離的角落。系上老師就「英國語言與文學系」的課程如何與階級鬥爭接軌、如何替德國工人提供更好的服務爭相提出建議，他則坐在椅子上讀著對他來說超齡的故事書，德文書有韋納．施默爾的作品、《狼群中的裸人》、《精選莎士比亞：給年輕讀者的寓言》；英文書則有羅賓漢和史坦貝克的小說。這大概是大學中最一板一眼、最沉悶的會議，因為英語系是學校中最無關緊要、處境最艱難的單位。安德瑞斯和母親發展出一種幾乎像是心靈感應的溝通方式，他知道什麼時候抬頭剛好看到她用那種特殊眼色對他眨眼，一秒不差。那個眼色告訴他，他們都受不了這個會議，他們的聰明沒人比得上。她的同事也許不喜歡開會時有個孩子在，但安德瑞斯的注意力不僅持久，而且與母親默契十足，知道什麼事會讓她難堪，絕對不能做。只有在非常特殊的情況下，他才會站起來，扯扯她的袖子，她就會帶他去女廁尿尿。

有一次會議開得特別久——這是卡提雅的回憶，安德瑞斯不記得了——他愈來愈睏，無法讀書，便側著頭靠在扶手上休息。一位卡提雅的同事很識相，但她應該不知道這孩子的語言能力，就用英語說：「也許孩子可以去辦公室躺（lay）一下。」卡提雅描述，安德瑞斯一聽到這句話，立刻坐直，用英語大聲說：「妳該用 lie 的時候卻用 lay，那是說謊。」[18]他知道自己當時已學會 lie 與 lay 的差別，也覺得自己聰明得不得了，但他不相信自己六歲就已經會說這種話，但卡提雅堅持這件事是真的。而且，這個「六歲時英文程度就超過系上終身職教授」的故事，只是他諸多早熟的故事中，她喜歡一講再講的一個。安德瑞斯小時候聽到她講這個故事，不覺得尷尬，等到長大了才疑惑怎麼自己不會難為情。他很早就學會對她以他為榮時充耳不聞，做自己的事。

他上了小學與課後輔導之後，經歷嚴格控制的學業與思想課程，與她相處的時間愈來愈少。但那時他已經深信不疑，他的父母是世界上最好的父母。他仍然喜歡放學後和母親用雙語鬥智，也愈來愈有能力讀她最喜歡的戲劇和小說，他慢慢變成一個不像父親的人，也就是讀文學的人。他也逐漸看出，母親的情緒並不穩定（此後又發生幾次精神崩潰，比如說倒在書房地板上或浴缸裡，偶爾還會無故消失，事後的解釋又非常牽強）。所以，他覺得自己在朋友與同學面前要**舉止高尚**，因為他們的母親都比不上他的。他進入青春期之前，這個信念從來沒有動搖。

理論上，壞品味共和國不需要心理醫生，因為精神官能症是資產階級的惡疾，顯示社會出現了病態矛盾；而依據定義，完美的工人國家不可能存在這種問題。然而共和國裡還是有心理醫生，只是人數不多。安德瑞斯十五歲時，父親安排他去給其中一位檢查，主訴是自殺未遂，但症狀是手淫過度。他覺得這種事過度與否，見仁見智，他母親就認為這只是青春期的自然行為；但他也知道父親的看法不能說是錯的。自從他發現這個能夠同時付出與獲得快樂、並帶他逃離自我疏離的祕道之後，他就愈來愈討厭其他會剝奪這件事的活動。

17「各盡其能，各取所需。」（From each according to his ability, to each according to his need.）法國社會主義者路易・布朗（Louis Blanc）於一九五一年以此句描述社會主義的理想，後經馬克思引用而廣為流傳。

18 那位同事句子中「躺」的英文應該用lie，不是用lay。lay是lie的過去式，但lay也是現在式動詞，因此兩者經常被混淆。「說謊」是一語雙關，因為lie也有說謊的意思。

這些活動中，最耗時間的是足球。東德知識份子最不感興趣的運動就是足球。但安德瑞斯十歲時，受到母親影響，瞧不起知識份子。他和父親爭辯說，共和國是工人國家，而足球是屬於勞動大眾。這個承襲自母親的說法，是他出於一己之私的藉口。足球真正吸引他的，是他可以不必接觸那些一副看起來喜歡足球、實則不然的同學。他強迫自己最好的朋友姚爾金——姚爾金總是模仿他的穿著打扮，效法他的行為舉止——一起報名練習足球。他們找到一家離卡爾．馬克思大道不算遠的運動中心，兩人開口閉口不是碧根鮑華[19]，就是拜仁慕尼黑[20]，班上同學因此覺得他們格格不入。他看到鬼以後，對足球更為著迷，除了在運動中心與同好練習之外，還一個人去織工公園練球，他覺得自己將來會成為明星前鋒，此外，踢球可以省得去想那個鬼的事情。

但他絕對不可能成為明星前鋒。手淫次數減少後，他就更不爽老是阻擋他進球的防守球員。他一個人、在自己房間裡，想得幾分就得幾分，只有在進球過於頻繁、必須過一段時間才能繼續得分而感到無聊又鬱悶時，他才會覺得不爽。

為了維持興致，他想到用鉛筆畫裸女。雖然一開始畫得非常粗糙，但他覺得自己有點天份，尤其擅長將雜誌上模特兒的衣服脫掉，依樣畫成裸女。此外，他還會一隻手拿鉛筆，一隻手玩自己，快感可以持續好幾個小時。他把比較不滿意的圖揉成一團丟掉，留下比較好的作品繼續改進，但盡量不配上下流的圖說，因為紙上呈現的雖然是他喜歡的臉蛋與身體，第二天看到搭配的髒字時還是會難為情。

他告訴父母他決定不練足球了。母親向來對他的決定都表支持，但他父親說如果不練足球，就得再找一個健康、而且花的時間和足球一樣多的活動。一天晚上他練完球回家，就從萊茵街橋往下跳，摔到雜草堆中，剛好是他上次撞見鬼的地方。他跳橋扭傷了腳踝，卻告訴父母自己是為了和同學比誰膽子大，才會去幹跳橋這種蠢事。

在共和國裡，從來不缺的東西，就是時間。今天沒做的事情明天再做，還真無所謂。其他東西也許都很稀少，但時間絕對用不完。對扭傷了腳又非常聰明的人來說，尤其如此。至於家庭作業，在這位三歲開始讀書、五歲就會乘法的小男生眼中，簡直就是笑話。在學校靠著聰明與男同學來往，樂趣也有限；女生，他也沒興趣。自從看到鬼之後，他也不再喜歡和母親講話了。她還是跟以前一樣有趣，晚餐時，她把她的有趣在他眼前晃啊晃，就像一片可口的水果，但他對那個已經失去胃口。他住在廣闊的無產階級沙漠裡，環顧四周，只有時間與乏味。所以，他一天中多數時間都在用手製造美麗：將一張張白紙變成一張張由他賦予生命的美麗臉孔，或是將自己的迷你蠕蟲變得又大又硬。他也不覺得他的畫見不得人，甚至會坐在客廳沙發上畫。有時候為了維持適當的硬度，他還會邊畫邊隔著褲子自摸，有時候也會因為太專心創作而忘了要逗弄自己。

有一天，母親從他身後探頭看了看，問他：「這是誰的臉？」語氣有點害羞。

他說：「誰都不是。就是張臉而已。」

「總是某個人的臉吧，是在學校認識的女孩嗎？」

「不是。」

「看起來你畫這個很久了。你把房門關起來，是不是就在畫這些東西？」

「對。」

「你還有沒有其他的畫？讓我看看？」

19 Franz Anton Beckenbauer，世界知名的西德職業足球員。

20 Bayern Munchen，一九〇〇年在慕尼黑成立的足球球會。

「不要。」

「你真的很有天份，不能讓我看看其他的畫嗎？」

「我畫完就丟了。」

「一張都沒有？」

「對。」

母親皺了皺眉，說：「你是不是故意氣我？」

「老實說，我根本沒想過要氣妳，如果我想要氣妳那才糟。」

她說：「我可以保護你，但你得老實跟我說。」

「我不想說。」

「你這個年紀看圖片會興奮很正常，有衝動也很健康。我只是想知道你畫的是誰。」

「媽，這是我**想像**出來的而已。」

「但你畫的似乎真有那麼一個人，好像你知道是誰，跟她很熟一樣。」

他一聲不吭，把畫收進資料夾，走回房間，關上門。他又打開資料夾時，那張鉛筆畫出來的臉看起來反而變得面目可憎，可怕啊、可怕啊！他一把撕掉畫紙，母親這時敲了敲門，接著把門推開。

她問：「你為什麼要從橋上跳下去？」

「我說過了，只是在比誰膽子大而已。」

「你是故意讓自己受傷的嗎？我很在意你有沒有說實話。如果你像我爸爸當年那樣對我，我會覺得跟天塌下來沒有兩樣。」

「是姚爾金故意激我的，我說過了。」

「你很聰明，絕不會被人激一下就做這種蠢事。」

「好吧，的確是我想摔斷腿，這樣才能有更多時間自慰。」

「正經點。」

「請走開，我才能自慰。」他不知道為什麼嘴裡會蹦出這幾個字，他自己也嚇到了，身體裡面有些東西鬆脫了。他突然站起來，走到母親面前，顫抖、傻笑地說：「**請走開，我才能自慰；請走開、我才能……**」

「閉嘴！」

「我不像妳爸爸，我是像**妳**。但最起碼我沒有跟任何人說。我不會傷害其他人，我只傷害我自己。」

他直接了當，她臉色慘白地說：「我不知道你在鬼扯什麼。」

「當然，妳當然不知道。瘋的人是我，我根本不正常。」[21]他還記得這句英語。

「左一句哈姆雷特、右一句哈姆雷特，你夠了沒！」

「不只是家人，卻不因此和諧。」[22]

她說：「你錯得離譜！光憑一本書就變出這些想法，拐彎抹角，我非常不高興。也許你爸爸說的沒錯，你還太年輕，那些我准許你讀的書，根本不適合你。我還是可以保護你，但你必須相信我。告訴我，你到底在想什麼。」

「我想的是……什麼都沒想！」

「安德瑞斯！」

---

21 出自《哈姆雷特》第二幕第二場。

22 出自《哈姆雷特》第一幕第二場。

「請走開，我才能自慰！」

其實，是他在保護她，而不是她保護他。當父親結束另一趟巡視工廠的任務，回家後說已經替他約好時間去看心理醫生，他就知道自己願意接受輔導，是為了能繼續保護她。父親只相信政治思想最堅定、史塔西認可的心理醫生，不會將他託付給其他人。無論自己有多恨母親，安德瑞斯絕對不會讓心理醫生知道那個鬼的事情。

共和國首都不只精神生活平淡，地景也一片低平，少數幾個土丘還是由戰爭摧毀的殘磚破瓦堆成的。他第一次看到那個鬼，就在一個比較矮的土丘上。這土丘其實是足球場後圍籬外一個雜草叢生的小台地，旁邊有一條廢鐵軌與一塊奇形怪狀、迄今沒有納入任何五年開發計畫的荒地。那天下午，安德瑞斯剛結束一輪衝刺，雙手抓著圍籬，臉貼著籬網喘氣，那個鬼一定是在那個時候從軌道另一端走來。他穿著一件破破爛爛的羊皮外套，鬍子拉碴，一副憔悴樣，站在二十公尺遠的土丘頂看著他。安德瑞斯覺得自己的隱私和特權受到侵犯，轉身背對圍籬。當他準備再衝刺一次時，朝土丘方向瞟了一眼，鬼已經不見了。

第二天黃昏，那個鬼又出現了，而且誰都不看，只盯著安德瑞斯。其他幾個球員也看到那個鬼，對著他吼罵：「臭變態！去洗洗吧你！」這類的話。足球社成員對每一個不遵守社會規矩的人都用這種嗤之以鼻的態度伺候，絲毫不會良心不安。此外，辱罵流浪漢絕對不會惹上麻煩，而且結果恰恰相反。有個球員甚至跑到圍籬邊，近距離朝那個鬼破口大罵。看到有人跑向他，鬼就躲到土丘後面他們看不到的地方。

那天以後，鬼總是在天黑後出現，在土丘上球場燈光照不到的地方遊蕩，只有腦袋和肩膀依稀可見。安德瑞斯在球場上東奔西跑時，不停地往那個方向看，看鬼還在不在。有時候在，有時候不在。有兩次，他似乎看到鬼的腦袋左搖右晃，示意他過去。但那個鬼總是在終場哨聲響起前消失。

這種躲貓貓遊戲玩了一個星期後，安德瑞斯結束練習，等到其他球員離開時，把姚爾金拉到一邊說：

「那傢伙還在土堆上，一直看我。」

「哦，原來他要找的是你。」

「他好像有話要跟我說的樣子。」

「兄弟，你沒聽過『金髮美女，君子好逑』嗎？該有人去報案。」

「我要翻過圍籬去另一邊，看看他到底想幹什麼。」

「別幹傻事。」

「他看我的眼神有點奇怪，好像他認得我一樣。」

「他**想**認識你。我覺得是因為你有一頭金色捲髮。」

姚爾金說的可能沒錯，但安德瑞斯有一個認定他絕對不會犯錯的母親。現在他十四歲了，已經習慣憑衝動行事，想什麼就做什麼，只要不直接抵觸權威就可以。只要是他做的事，總是有好結局，就算狼狽收場，也會有人稱讚他主動又有創意。他覺得去和那個穿羊皮外套的鬼說話，打探他在打什麼主意，至少不會比這個星期以來他聽到的其他事情無趣。所以，他聳聳肩，走近圍籬，把腳趾塞入籬網中。

姚爾金說：「喂，別鬧了。」

「如果我二十分鐘之後還沒有回來，你就去叫警察。」

「你還真有一套！我陪你去好了。」

安德瑞斯本來就想要姚爾金陪他去。這次也和往常一樣，得其所願。

他們站在土丘頂，看不清楚鐵軌沿線的陰影裡藏著什麼。一輛只剩骨架的卡車、城市中常見的雜草、注定長不大的小樹，地上有一些灰白線條，可能是拆牆後留下的痕跡，還有足球場燈光照在他們身上在地上形成的細長身影，遠處可見一群不高不低、密密麻麻的社會住宅。

「喂！」姚爾金對著前面一片黑暗吼著：「反社會份子！你在那裡？」

「閉嘴。」

遠遠的鐵軌方向有一點動靜。他們沿著能看到的最直的路，靠著微弱的光線小心翼翼往前走，沿途的雜草不斷刮著他們裸露的雙腿。走到鐵軌邊時，那個鬼站在靠近萊茵街橋的位置，似乎正看著他們，但很難確定。

姚爾金鼓足了氣說：「喂！我們要跟你說話。」

那個鬼又開始移動。

安德瑞斯說：「你先回去沖個澡。你嚇到他了。」

「別做蠢事。」

「我最遠只會走到那座橋。我們可以在那邊碰面。」

姚爾金不知道下一步該怎麼辦，但最後他幾乎都會遵從安德瑞斯的意願。姚爾金走了以後，安德瑞斯快步沿著鐵軌走過去，享受著他的小冒險。他現在看不到那個鬼，但光是在黑暗中走在不受束縛的空間裡就很有趣。他是個聰明人，知道遊戲規則，況且，進入那個空間也沒有違反任何規則。他覺得玩這場遊戲是他的權利，就像他覺得在那個身影盯著的足球場踢球是他的權利一樣。他不害怕，覺得沒人傷得了他。他很高興橋上的路燈為他帶來安全感，他走向前，停在橋邊，仔細盯著眼前一片陰影，說：「有人嗎？」

陰影的方向傳出腳步刮擦東西的聲音。

「有人嗎？」

一個聲音傳來：「到橋下來。」

「你先出來。」

「不，你到這裡來。我不會傷害你。」

那個聲音聽起來溫和、有教養。他不意外，但不知道原因。如果那人不夠聰明，卻盯著他看，還示意他過去，膽子未免也太大了。他在橋下前進時，認出橋柱邊有個人形。他問：「你是誰？」

那個鬼說：「誰都不是，我的存在毫無意義。」

「你想要幹什麼？我認識你嗎？」

「不認識。」

「你想要幹什麼？」

「我沒辦法一直待在這裡，我想在回去之前看看你。」

「回去哪裡？」

「艾福特。」

「嗯，我在這裡，你也看到我了。你為什麼跟著我？」

他們上方一陣晃動，傳來轟隆作響的聲音。一輛卡車正開過橋。

那個鬼說：「如果，我告訴你我是你爸爸，你覺得呢？」

「那你就是個瘋子。」

「你媽媽是卡提雅．沃夫，本姓是伊巴思維德。我從一九五七年起在洪堡大學跟她學習，並在同一所學校教書。一九六三年二月我被逮捕、受審，罪名是顛覆國家，最後判刑十年。」

安德瑞斯不由自主地退了一步。畏懼政治瘋瘋病人是他的本能，和這些人搭上關係不會有好處。

那個鬼補上一句：「但不用我說你也知道，我沒有顛覆國家。」

「廣大的人民群眾顯然不這樣想。」

「不對。有趣的是，廣大的人民群眾都知道我沒有顛覆國家。你母親婚前和婚後，我都和她有一段情，所以我才進了監獄。**婚後**那段尤其嚴重。」

安德瑞斯心底浮起一種可怕的感覺，既厭惡又痛苦，還有些義憤。

他說：「你這個人渣，聽好了。我不認識你，不准你這樣說我媽媽，明白嗎？要是讓我在足球場再看到你，我就會報警，知道了嗎？」講完後，他轉身，踉踉蹌蹌地朝著有光線的地方走回去。

那個人渣在後面叫他：「安德瑞斯，你出生沒多久我還抱過你。」

「我不管你是誰，還不快滾！」

「我是你爸爸。」

「快滾！又髒又噁的東西。」

那個人渣說：「至少幫我個忙。回去問你現在的爸爸，一九五九年十月和十一月，他人在哪裡？就這樣，只要問這件事，看他怎麼回答。」

安德瑞斯看到一根廢木條。如果他抓起木條打爛那個人渣的腦袋，也不會有人好奇國家的敵人怎麼不見了，沒人會在乎。就算他們查出來是安德瑞斯幹的，他只要說自己是自衛，他們就會相信他。想到這裡，他就勃起了，原來他心裡住著一個殺人犯。

那個人渣說：「別擔心，你以後不會再看到我。他們不准我進入柏林。我這次離開艾福特的下場，九成九是再進監獄。」

「關我屁事！」

「當然不關你的事，我只是個無名小卒。」

「你的名字？」

「你最好不要知道，比較安全。」

「那你幹嘛告訴我這些？你連來都不應該來。」

「因為我坐了十年牢，每天都想來見你。出獄之後，我又想了一年。一件事情想這麼久，有時候會覺得沒辦法，非做不可。也許你以後也會有兒子，到時候你就會明白這種心情。」

「鬼話連篇的人最好關在監牢裡永遠不要出來。」

「我沒有騙你。我已經告訴你該怎麼查證，你去問，就知道我沒有說謊。」

「如果你對我媽媽做了壞事，就更應該去坐牢。」

「她先生也是這麼想的。你現在總該明白，為什麼我看事情會不一樣吧。」

那個人渣說這句話時，口氣忿忿不平。安德瑞斯當時覺得他應該犯了什麼罪，後來也看清他的確犯了罪。也許他入獄不是因為這個罪，但他一定趁媽媽精神不穩定的時候佔了她便宜。這次回到柏林是來找碴的。他更在乎向前女友討回公道，而不是關心自己十四歲的兒子。他是個低三下四的無名小卒，**前英語系研究生**，安德瑞斯根本不想跟他有瓜葛。

當時，安德瑞斯只說了一句：「拜你之賜，我今天全毀了。」

「我至少要見你一面。」

「你已經見到了。現在快滾回艾福特。」

安德瑞斯話還沒說完，就急忙忙地離開橋下，沿著萊茵街橋的邊坡往上走。看不到姚爾金，他決定先回家，進門前在路上的隱蔽處停了兩次整理內褲，被殺人念頭喚起的勃起還在足球短褲裡。他也不想問那個父親鬼要他問的問題，但他突然想到一些這二、三年間看到的事情。當時他不明所以，照例全丟到腦後。

有一個星期五下午，他去鄉間別墅時，看到媽媽全身赤裸，坐在兩叢玫瑰中間，一句話都不說，他不知道她是不能說話，還是不想說話。天黑了父親才來別墅，打了她一巴掌。這是其中一件怪事。還有一次，他因為發燒，學校讓他提早回家，到家時他發現父母親的臥室鎖著，沒一會兒，有兩名穿著藍色連身服的工人匆匆從房裡出來。又有一次，他去媽媽大學的辦公室，要她在同意書上簽名，又發現門是鎖的，幾分鐘後他看到一位男學生走出來，汗濕的頭髮貼著頭。安德瑞斯想要開門進去，但媽媽從內往外推門，關門，鎖上。

事後，她的說法、她的解釋是多麼醉人的歡樂：

「一開始我只是在聞玫瑰，但是天氣好得不得了，我想更接近大自然，就把衣服脫了。我看到你的時候覺得實在很尷尬，所以一句話都不說。」

「他們是來修電器的，要我站在開關旁邊，一下開、一下關，再開、再關，而且他們有一些笨得要死的規矩，甚至不讓我先去開門，搞得我好像是他們的犯人一樣！」

「我們正在開懲處會議，非常難熬，最後決定開除那個可憐的孩子。你可能也聽到他的哭聲了。開完會後，我得趁記憶猶新趕快寫好紀錄。」

他還記得，辦公室那扇門硬是關上時，傳到他手上的意志以及那扇門從裡往外推擋不住的力道。他還記得，那天在玫瑰花圃看到她私處的時候，他才想起來其實他以前也看過一次。他一直以為那只是很小的時候做的一個讓人心神不寧的夢，那天才想起來是他問了一些超齡的問題，她為了回答就露出私處讓他看。他還記得，他發燒提早回家的那天下午，一直在客廳躺著，明眼人都看得到，但那兩個穿連身服的工人卻不打招呼，甚至沒看他一眼，就一溜煙地跑了。

他進門時，卡提雅坐在他們家仿丹麥風的人造皮沙發上——雖然很俗氣，但至少比共和國大部分人家的沙發高了兩個檔次——看《新德意志報》，喝著葡萄酒。她的神情就像知道自己是個展示東柏林生活方式的活廣告一樣。從她身後的窗戶，可以看到對街另一棟現代樓房裡透出來的漂亮燈光。她說：「你還穿著球衣？」

安德瑞斯站到椅子後面，遮住自己的勃起，說：「是啊，我踢完球後決定跑步回家。」

「衣服留在球場了？」

「我明天會去拿。」

「姚爾金剛才打電話來，問你回來了沒有。」

「我待會兒回他電話。」

「你還好吧？」

他希望自己能夠相信她在他眼前所展示的形象，因為她顯然非常重視這一面：模範工人、模範母親、模範妻子，結束了一天成果豐碩的工作後正在放鬆休息。她生活的制度不僅比資本主義更有保障，而且更認真。她似乎對《新德意志報》上的每一個無聊單字都饒富興味，無可否認，這種傑出的閱讀能力相當了不起。只有在這種時候，他看到她就反感的時候，才看得出他的愛真正的深度。

他說：「一切都好，很好。」

他講完，進了浴室，掏出勃起，有點傷心。走在路上的時候，他還覺得它很粗大，現在看，卻這麼細小。儘管如此，他別無選擇，必須對它下功夫。他當天晚上就動手，接著第二天晚上，然後第三天，直到他完全不想問爸媽，一九五九年的秋天爸爸人在哪裡。艾福特的鬼也許受了委屈，但安德瑞斯可沒有，至少沒有受過什麼真正的委屈。他不願惹無謂的麻煩，不願挑起父母的痛苦，只能將他對母親的所知與所疑當作原諒自己獨自墮落的唯一藉口。如果她有權利在週二下午與兩個陌生工人在自己的臥室裡享樂，他當然也有權利替自己創作的女人搭配下流的文字，然後把精液射遍她們全身。

奈爾醫生寬敞的辦公室位於慈善醫學院院區某一棟樓，他穿著醒目的白色醫師袍坐在桌子後，面對他。

安德瑞斯覺得，這場景就像是工作面談一樣。奈爾醫生問他知不知道他父親安排他來這裡的原因。

安德瑞斯說：「他很理智，也很謹慎。如果最後證明我是個性侵犯，至少有紀錄顯示他不是沒幫過我的忙。」

「也就是說，你不覺得自己在這裡總有原因？」

「我寧願待在家裡自慰。」

奈爾醫生點點頭，在筆記本上塗塗寫寫。

安德瑞斯說：「我剛才是在開玩笑。」

「開玩笑的內容，也可能透露一些線索。」

安德瑞斯嘆了口氣，說：「我們可不可以現在就下結論，就是我比你聰明得多？我剛才的玩笑話沒有一丁點意義，相反地，你卻以為可以看出什麼眉目，那才真是好笑。」

「你這說法不就透露了一些眉目嗎？」

「要不是我故意開玩笑，你哪聽得出眉目？」

奈爾醫生放下筆和筆記本，說：「你有沒有想過，除了你，其他病人可能也非常聰明。我和他們不一樣的地方是，我是心理醫生，他們不是。我不必非得像你一樣聰明才能幫助你，我只要擅長一件事情就行了。」

安德瑞斯突然覺得這心理醫生很可憐，知道自己的才智有限已經夠痛苦了，還得在病人面前承認，一定更覺得羞恥。安德瑞斯心知肚明，學校裡沒有一個同學比他聰明，卻也沒有一個同學像奈爾醫生一樣，可憐兮兮、直截了當地承認自己不夠聰明。他覺得應該體諒他，不要讓他太難堪。

奈爾醫生也投桃報李，認為他沒有自殺傾向。他聽了安德瑞斯跳橋的理由後，只三言兩語恭維他臨機應變的本事，說：「雖然你一開始想不出辦法弄到想要的東西，但你總是有本事找到方法。」

安德瑞斯說：「謝謝。」

但醫生的問題還沒完。他對學校哪位女同學有興趣？有沒有他想親吻、肢體接觸、或者想發生性行為的女同學？安德瑞斯據實以告，說他覺得女同學都既笨又噁心，沒有例外，他寧願敬而遠之。

「真的？沒有一個你喜歡？」

「我覺得她們好像都站在扭曲的鏡子後面，跟我畫的那些女孩剛好相反。」

「你想要跟你畫的女孩上床嗎？」

「當然。但我沒辦法跟她們上床，難過得很。」

「那些畫，不是自畫像吧？」

安德瑞斯覺得這個問題有點過份，說：「當然不是，他們是百分之百的女人。」

「我對你畫什麼沒有意見。對我來說，那些畫也證明了你能夠臨機應變。我沒有個人立場，只是想多瞭解你一點。你剛才說，那些畫都是憑空虛構，都是你腦袋想像出來的。這樣說起來，不是跟自畫像有點像嗎？」

「如果要這麼狹義地從字面上解釋，也許吧！」

「男同學呢？你有喜歡的男同學嗎？」

「沒有。」

「你答得這麼乾脆，好像沒有認真思考我的問題。」

「喜歡他們和想跟他們上床是兩回事吧？」

「好吧，我相信你。」

「你說這話的樣子，不像是真的相信。」

奈爾醫生笑了笑，說：「我們再聊一下你剛才說的扭曲鏡子。那些女同學在鏡子裡看起來如何？」

「無趣、笨、社會主義者。」

「你媽媽也是堅定的社會主義者。你覺得她無趣嗎？還是笨？」

「沒有。」

「好。」

「如果你旁敲側擊，只是想知道我想不想跟我媽媽上床，答案是不想。」

「我沒有那個意思。我在想的是關於性的問題。大部分人認為跟真人做愛才刺激，床上的人無趣或不無趣、笨或不笨，其實不重要。我想知道你為什麼不這麼想。」

「我也不知道。」

「有沒有可能是因為你覺得自己想做的事情太髒，活生生的女孩絕不會喜歡？」

安德瑞斯不得不承認，這位醫生也許只擅長一件事，但就這門他拿手的狹窄領域來說，顯然他比安德瑞斯聰明。而安德瑞斯這時已經糊塗了，他有母親想做髒事的證據，實際上她也做了髒事，這意味著其他女人可能也會想，而且想和他做。但不知為什麼，他覺得不是這麼回事。他覺得自己太愛母親，甚至現在都在刪除腦海裡那些母親做的、讓他不安的事情，然後，他將這些事情移植到其他女人身上，好讓自己看到那些女人時會害怕，讓自己寧願手淫，這樣他才能保有心中完美的母親形象。講起來沒道理，但實情就是如此。

他說：「我根本不想知道活生生的女孩想要什麼。」

「也許她們想要的跟你一樣，愛情、性。」

「我擔心自己有問題。我只想要手淫。」

「你才十五歲，這年紀就和另一個人做愛，太小了一點。我不覺得這是你該做的事。我只是好奇，為什麼同學中，不管男女，沒有一個你喜歡。」

安德瑞斯幾年後回想起來，依然不確定他從那幾次療程中獲益良多，還是嚴重受創。但是療程的立即效果，是他開始追起女孩來了。他最想證明的是他沒有不對勁。他甚至在全部療程結束前，就動腦筋讓自己變得更正常，結果證明奈爾醫生說的沒錯，真正的性愛的確更刺激，帶來的挑戰比畫圖更大，也不像當個明星前鋒那樣遙不可及。他與母親多年互動所累積的經驗就像一個大軍火庫，裡面儲存的重武器，像是靈敏的直覺、身分的自覺、鄙視，都可以用來對付女孩。他在學校裡說話的時間雖然多，談話的興致卻不高，所以每個人都知道他父母是重要人士，女孩們因此比較願意相信他，等他主動示好。他取笑自由德意志青年團、蘇共中央政治局平均年齡老化、共和國與安哥拉叛軍團結一致、奧運跳水隊員的優生體格、同胞們不忍卒睹的小資品味時，她們都很興奮，沒人擔心會被牽連。拿這些事情開玩笑，並不意味他用各種方式顯示自己在乎社會主義，相反地，他的目的是讓那些女性聽眾知道，他也有很活潑的一面，同時打量她們有多喜歡跟他一起打打鬧鬧。到了大學先修高中的最後一年，他與不少女孩的關係已經逼近球門，卻總受限於她們狹隘的工人階級道德觀，沒辦法達陣。她們在用手指頭做愛與真正做愛中間畫出一道界線，就像一邊嘲笑德國與安哥拉互稱兄弟，卻又抱怨這個社會主義工人國家是假貨、是失敗的國家一樣。最後，只有兩個女孩願意跨過那條線，而且這兩人都期待能有浪漫的將來，他想起來就喪氣。

他為了找到更放得開的女孩，接觸了柏林的藝文圈，例如漫畫月刊《馬賽克》、芬格酒吧[23]以及讀詩會。當時他已經上大學，主修數學與邏輯。這兩門學科夠「硬」，符合他爸爸的標準，又很抽象，所以沒有人會找他討論乏味的政治議題。雖然他各科成績都是班上頂尖，還大量閱讀哲學家羅素的著作（他已經不理會他母親，但沒有不理會她的英國崇拜），他還是有很多空閒時間。不幸的是，藝文圈裡不只有他一人在勾

23 東西德未統一前，東柏林異議人士經常聚會的地點。

搭上床對象。年輕又英俊是他的優勢，但大家也能一眼看穿他來自特權階級。這不代表有人笨到相信史塔西會找他這種人臥底，但是不管他走到哪裡，都感覺得到別人對他的權貴身分厭惡。就算他無意如此，仍總是有人擔心他會帶來麻煩。他必須出自心底對現狀不滿，才能把那些附庸風雅的女孩搞到手。他第一個瞄準的女孩是自稱敲打派詩人的烏蘇拉，他在讀詩會看過她兩次，臀部非常迷人。第二次讀詩會結束後他們聊了起來，他靈機一動，宣稱他也寫詩。雖然這個謊言太離譜，還是讓他賺到了下次一起喝咖啡約會的機會。

他們見面時，她很緊張，原因多少和她自己有關，但大部分的問題似乎出在他身上。

她突然冒出一個問題：「聽說你有自殺傾向？」

「哈，只是北西北。」

「什麼意思？」

「這出自莎士比亞，意思是『不見得是真的』。」

「我在學校有個朋友自殺了。看到你我就想起他。」

「我跳過一次橋，但那座橋只有八公尺高。」

「原來你連自殺都不用大腦。」

「那次我很理性，是故意的，一點也不魯莽，而且是好幾年前的事情了。」

她說：「不，我是說現在。幾乎就像我可以在你身上聞出來一樣，我也在那個朋友身上聞到一樣的味道。你在自找麻煩，而且你好像不知道在這個國家惹上麻煩有多嚴重。」

她的臉不怎麼漂亮，但他不在乎。

他認真地說：「我正在找不一樣的、惹禍上身的方法，什麼方法都可以，只要不一樣就行了。」

「怎麼不一樣法？」

「誠實。我老爸是個職業騙子，我媽是個有天份的業餘騙子。如果他們的日子都過得舒舒服服，妳覺得這個國家出了什麼問題？妳聽過滾石樂團那首歌，〈寶貝，看到妳媽媽沒？〉？」

「站在陰影裡。」[24]

「我第一次在美國佔領區廣播電台聽到這首歌時，就直覺知道他們告訴我的每一件西方的事情都是騙人的。我只要聽到這首歌的**聲音**就知道，能夠產生這種聲音的社會，不可能像他們說的是個高壓社會。也許那邊的人自私又墮落，但至少是快樂的自私、快樂的墮落。想想看，一個禁止這種聲音的國家，又好到哪裡去？」

他這些話，本意只是說說而已，目的是藉此拉近與烏蘇拉的距離，但說這些話的時候，他知道自己是認真的。等到他回家以後（他還跟父母住在一起），試著用烏蘇拉可能真以為是詩的文字，寫下一點東西時，卻體會到類似的諷刺。一開始產生寫詩的衝動，不過是想騙人而已，沒想到筆下表達的卻是如假包換的渴望與抱怨。

因此，有一小段時間他成了詩人。雖然他和烏蘇拉完全沒有進展，但他發現自己對詩的格律有點天份，也許類似他把裸女畫得栩栩如生的能力。沒有幾個月，他的第一首詩作就刊登在一份國家核准的刊物上，而且第一次在讀詩會上被朗誦。藝文圈的男人仍然提防他，但女人都放心接受他。那一段時間是他的快樂時光，一個緊接著一個，在全市各處十幾個不同女人的床上醒來。有些女人住的公寓沒有自來水、有些住在靠近柏林圍牆一個小到不能再小的房間裡，還有些住在集合住宅，走路二十分鐘才能到最近的公車站。他從沒

24 滾石樂團於一九六六年發行的單曲，全名為〈寶貝，看到妳媽媽站在陰影裡嗎？〉（*Have You Seen Your Mother, Baby, Standing in the Shadow?*）。

想過柏林會有這些地方。但是，還有什麼比為了做愛，凌晨三點走在最荒涼的街道上，更能體會甜蜜的存在呢？是任意屠殺正常的作息時間嗎？[25]還是在女人家，往髒兮兮、看了就難過的浴室走去時，與穿著浴袍、上著髮捲的女人母親錯身而過的奇異感？他把這些經驗寫入詩中，搭配細膩複雜的用韻，描述他在這塊土地上與眾不同的個體性。只有性征服的快感才能讓他忘記這塊土地的污穢。還好，他從來沒有因為性活動惹上麻煩，而國家掌管藝文的單位日前放寬尺度，容許這種個體性出頭，至少可以在詩中出現。

讓他惹上麻煩的，是他的腦袋累到沒辦法算數學時所創作出的幾組字謎詩。這種詩用字有限，能讓他舒緩情緒，彷彿他特別渴望詩韻的紀律與其他的格式限制，是因為沒多久前才剛度過被母親帶大的混亂童年。他在另一次讓文壇新人初試啼聲的活動中，得到上台的機會，時間只有七分鐘，所以他決定朗誦幾首自創的字謎詩，這些詩不僅短，謎底也聽不出來，只能靠閱讀體會。他讀完詩後，一位《威瑪文藝》的編輯當面讚美他的作品，還表示可以安排將其中幾首放進即將截稿的當期雜誌。為什麼他要答應呢？也許他真的有某種自殺傾向，也可能是因為一直困擾他的當兵問題。因為他父親是高官，已經有一些人對他延後入伍指指點點。但是，就算他將來在精銳的情報或通信部隊服役（他很可能進入這些單位），他還是覺得自己肯定熬不過軍隊生活（詩的紀律是一回事，軍隊紀律又是另一回事）。又或許，只是因為那位編輯跟他母親年紀相仿，讓他想起了母親：她們都自我感覺良好，又有特權，不知道自己其實只是工具。那位編輯一定覺得鼓勵年輕人表達個體性是站在時代浪尖，覺得自己是真正瞭解今日年輕人的女性。她和她的主管一定無法理解，一位比他們更有特權的年輕男人竟然會讓他們下不了台，因為雜誌上市後不到二十四小時，其他人都注意到的事情，他們卻完全沒有發現。

母語（編注：譯自英文）26

我以不當的慾望和她相連，
讓每個異常熱情的回應全然歸我。
她殷切凝視，
也許懷著些許惱怒。
她編了可笑的藉口，
但沒人真的喜歡說謊，
如果正確的虛偽足以避開否定。
她允准我做一切，
並非每個怪異至極的教養法都能如此成功。

母語（編注：譯自德文）

我感謝妳那莫大的勇氣，
每個夜晚，
託付夢境。
夢守護著一個母親寵兒無意識的沉睡。
夢中，愛無悔恨。
在奧迪帕斯的地底世界，
一個瘋狂呼喊的合聲，
在我們耳際唱著夢之謊言。
惟獨在白晝，
優卡斯的癡迷和暴怒才會顯現，
照規矩來，
有個性地。
而我則躺著沉睡，
母親。

25 出自《哈姆雷特》第五幕第二場。此處意指安德瑞斯處處風流，沒辦法正常睡眠。

26 這是一組藏頭詩。將英文詩的開頭字母以德文來讀，與將德文詩的開頭字母以英文來讀，會得到同樣的一句話：對你們的社會主義，我獻上最舒爽的射精。

接著發生的騷動才精采。該期雜誌全被下架，由卡車運走做成紙漿。那位編輯丟了工作，她的主管被降職，安德瑞斯就讀的大學很快地開除他。他離開系主任辦公室時咧嘴大笑，還因為嘴巴張得太開而笑痛了脖子。不認識的人轉頭看他，認識他的學生看到他走近就轉身不理他。他知道，全校這時都聽說了他幹的好事。這也沒什麼好意外的，畢竟說三道四可以說是共和國每一個人——也許除了他父親之外——唯一能充實生活的事情。

他出了學校，走到菩提大道時，看到一輛黑色拉達車停在學校大門對面，車上兩名男子看著他，他朝他們揮揮手，但他們沒有反應。他不認為那兩人會不顧他父母的地位逮捕他，如果被捕，他也不在乎，反而會珍惜這個機會，能讓他公開表明自己不會為了寫這些詩而認錯。歸根結底，他不是很喜歡性嗎？不也很喜歡射精嗎？所以，如果他寫的就是他的本意，那麼，除了奉獻自己**最神聖**的高潮，還能拿出什麼東西來表現他對社會主義由衷的讚美呢？連他任性的雞巴，聽到社會主義不都在立正敬禮嗎？

拉達車一路尾隨他到亞歷山大廣場站，等到他走出史特勞斯柏格廣場地鐵站時，另一輛車，也是黑色的，已經在卡爾．馬克思大道上等他。前兩個晚上，他都躲在米格爾湖畔父母的別墅裡，但現在他退學已成定局，沒有必要躲著他們。那時是二月，天氣卻難得暖和又有陽光，煤灰汙染比較輕微，甚至稱得上氣候宜人，喉嚨也不會燒痛。安德瑞斯高興得差點朝黑車走過去，輕鬆愉快地對車內的人解釋，他遠比他們想像的更重要的原因。他覺得自己像個被細繩拽著沒辦法飛上天的氦氣球，希望此生再也不必正經八百。

那輛車一直跟著他到卡爾．馬克思書店。他進門後，詢問一位全身散發異味的店員，有沒有最新一期的《威瑪文藝》。那店員認得他，但不知道他的名字，爽快地回說：「這期雜誌還沒到。」

安德瑞斯說：「真的嗎？我以為上週五就到了。」

「這期內容出了問題，他們要重出一本。」

「出了什麼問題?什麼內容出了問題?」

「你沒聽說嗎?」

「什麼?沒有,我沒聽說。」

店員顯然認為不大可能,起了疑心。他瞇著眼睛說:「你去打聽一下就知道了。」

「我好像總是最後一個才知道……」

「有個笨蛋,年輕人,故意搗亂,亂寫一通,捅了個大子。這下他們損失大了。」

這年頭,書店店員怎麼搞的?體味都這麼重嗎?

安德瑞斯說:「他們應該把那傢伙吊死。」

店員說:「也許吧。但我看不慣他害到無辜,這樣很自私。那傢伙有反社會人格!」

這個字讓安德瑞斯覺得肚子上挨了一拳。他離開書店時,既洩氣,又犯嘀咕。他真的是這種人嗎?是個反社會份子?他母親和母國把他養成了反社會份子?就算是真的,他也沒辦法,但他也痛恨自己身上掛了一張暗示他有某種問題的診斷標籤。他沿著卡爾.馬克思大道朝父母的公寓走去,覺得太陽似乎也垂頭喪氣。他在心裡匆匆翻找能讓自己良心過得去的藉口——他告訴自己,這件事發生在任何黨工身上,下場都不會不一樣。此外,那位編輯受到處分,是因為她笨到連這麼好解的字謎詩都沒看出來。最後,不管怎麼說,他不也很快就自食其果,下場跟她一樣淒慘嗎?——但無論如何,他都無法迴避一個事實:他確實沒有想過——更別提三思了——把詩交給她,會給她惹上麻煩。就像他飆車自殺,突然轉彎,撞上一輛滿載小孩的車子一樣。

他絞盡腦汁,想找出他完全沒有利用另一個人當工具的例子。父母親不能算,因為他的童年都活在違背常理、腦筋打結的狀態。奈爾醫生呢?他不是同情過他,還決定不要讓他太難堪嗎?可惜,他身上已經有了

反社會人格的標籤，所以，搬出奈爾醫生當例子根本就是白搭。就算他沒有想過要誘騙那位診察自己反社會人格的醫生，至少，他的動機可疑吧？他接著想到那些以詩為名的狂歡，他多麼感激他睡過的每一個女人啊！這份感激之情，總可以算是對他有利的證明吧？也許可以，但那些女人，他記得名字的連一半都不到，而且，他帶給她們快樂這件事，事後看來只是想讓自己更快樂。他覺得很氣餒，因為完全找不到他關心人的證明。

他活到現在，一直都喜歡自己的角色，覺得日子過得別有滋味，滿意自己的能力與率性；但是，他卻因為一位店員脫口而出的一個字，開始客觀地反省自己，看到自己面目可憎的一面，這是多麼奇怪的事情。他想起自己跳橋的畫面，一開始還感覺得到在空中飄浮的美妙滋味，接著是無情的加速、地面突然不懷好意地對準他升起、無法控制的動能、身體、撞擊、痛。重力是客觀的。是誰設下圈套讓他決定跳橋？把這件事的責任歸咎給母親太容易了，因為他是**她的**工具、是**她的**反社會人格的表徵。她前前後後在他身上做的事，包含了一種隱而不顯的、殺戮的暴力，但因為殺人與她良好的自我感覺不符，所以，他為了幫她解脫，才從橋上跳下去，才發表那些字謎詩。

那輛黑車一直跟著他到他父母的公寓，直到他進去才停下來。他上樓，進了門，發現頂樓煙霧瀰漫，頗不尋常。仿丹麥風沙發的邊桌上有個菸灰缸，裡面堆滿菸頭。他到卡提雅的臥室、書房以及他自己的房間，都找不到人，最後在浴室找到她。她躺在靠近馬桶的地板上，身體半蜷半張像個死胎，眼睛盯著馬桶底座。

他的肚子霎時翻絞了一陣子。他回想起四歲時，看到心愛的紅髮母親痛苦的樣子，又慌又怕。那一切——尤其是他對母親的愛——全都一幕幕在他眼前浮現。那些事情又回來了，他氣的就是這件事。

他說：「啊，妳在這裡。妳怎麼了？抽菸讓妳不舒服嗎？」

她沒有動，也沒有回答。

「戒了二十年的嗜好，要再次開始，最好慢慢來。」

她仍然沒有反應。他在浴缸邊緣坐下來。

他高興地說：「現在就像以前一樣，妳躺在地板上，什麼事情都記不得，而我在旁邊慌了手腳。像妳這樣有精神障礙的人，卻還這麼聰明，真是不簡單。我可是唯一看過妳躺在地上的人。」

她吐出一口氣，嘴唇隨著氣息微弱抖動，發出幾個輕微的摩擦音，但聽不出來她在說什麼。

安德瑞斯說：「對不起，我聽不懂妳說什麼。」

她第二次吐氣時，似乎在說「你有什麼問題？」。

「**我**有什麼問題？倒在地上的又不是我，什麼都記不起來。」

還是沒有反應。

「妳當年沒有把我打掉，我敢說妳一定很後悔。對，妳現在就是這麼想的。結果，二十年之後，妳等到的是眼睜睜看我把自己毀掉，妳一定更痛苦。」

她的眼睛甚至沒有眨一下。

他站起來，說：「妳要找我的話，我在我房間。也許妳想要進來看我手淫，這也是個戒了又恢復的嗜好。」

事實上，他根本不想手淫，也不知道以後會不會再手淫。他也不想睡，不難過——不想躺下來。這是他從來沒有過的狀態，一種完全沒事做的狀態。沒必要研究數學或邏輯、沒必要寫詩、不想讀書、沒力氣丟東西、沒有責任，什麼都沒有。他想過可以整理行李，但不管去哪裡，他連一件該帶走的東西都想不出來。他還擔心，要是他再回去浴室，會忍不住踢他母親兩腳。雖然父親兩巴掌能把她打醒，但他沒有把握換成他動手會有一樣的效果。他坐在窗台上，低頭看著停在街上的那輛黑車，乘客座裡的人正在看報。安德瑞斯覺得難過，因為他們只是白費力氣而已。

幾個小時後，電話響了。他猜是父親打來的，他覺得不該去接，反正，他本來就怕和父親說話，不接電話順理成章得很。又或許，他本來就不是百分之百的反社會份子，因為他一想到讓父親生氣、丟臉、失望，眼淚就不禁奪眶而出。他父親是相信社會主義的德國小男孩中最認真的那一個，他努力工作，他的妻子精神不穩定，他細心養大一個不是他親生、甚至精神不契合的孩子。安德瑞斯不僅同情他，還對他產生一種認同感，因為他肩上也有卡提雅這個負擔。

電話一直響個不停，就像在不斷地打他耳光，但因為距離比較遠，所以效果減弱了。他算了算，電話鈴響超過五十聲時，才聽到卡提雅移動身體的唏嗦聲和她的小腳不穩地踩踏地板的聲音。電話鈴聲停了，她咕噥了幾聲，然後掛斷，接著是她整理服裝儀容的聲音，最後是朝他房間走來、輕快俐落的腳步聲。她的虛假自我已經重組好了。

她站在房門口，手上拿著一支點燃的菸和清乾淨的菸灰缸，說：「你該走了。」

「不會吧。」

「因為你爸爸的關係，他們暫時不會抓你。當然，他們隨時都有可能變卦，看你的表現而定。」

「請轉告他我很感激，我是說真的。」

「他不是為了你才做這些事。」

「就算不是，他還是幫了我的忙，他是個很好的繼父。」

她沒有上鉤，狠狠地抽了一口菸，眼睛看著別的地方。

「這麼多年沒抽，好抽嗎？」

「你可以現在就去當兵，別跟我說你辦不到。去了，會很苦，而且會被分到最爛的單位，還會有人監視你。你延後入伍已經讓你爸爸非常難堪，如果你現在去當兵，等於幫我一個大忙。你也許還記得我替你說過情。」

「妳替我做過很多事情，但妳什麼時候替我說過情了？媽，要不是為了妳，我怎麼會變成現在這個樣子。」

「因為你，我和你爸爸非常難做人。尤其是我，因為是我出面替你求情的。我們對你仁至義盡了。答應我，現在就去當兵，這是你最好的選擇。」

「赫[27]、二、三、四，妳瘋了嗎？」他邊笑邊拍腦袋。「對不起，我真是哪壺不開提哪壺。」

「你答不答應？」

「妳有多希望我答應？願不願意用實話來交換？」

她猛抽了一口菸，看得出來她以前是個菸槍。「我從來沒有騙過你。」

「看吧，妳又在說謊了。告訴我實話確實很困難。但是，只要妳這次告訴我到底發生了什麼事，我就會為了妳去當兵。」

她又猛抽一口菸。「如果我告訴你真相，你卻不相信，不是白搭？」

「相信我。我聽得出來妳有沒有說實話。」

「你還剩另一條路可走，永遠跟我們斷絕聯繫，自生自滅。」

他沒想到她會說出這種話，而且一副若無其事的樣子，就像一記突如其來的重拳，打得他疼痛難當。他設身處地，知道她這回的確誠實以告，副總書記家已經有一個丟人現眼的家人，夠了。他父親長久以來替她遮掩、收拾殘局、哄騙她離開玫瑰花圃，麻煩已經夠多了。他至少把一位她的情人送進監牢，以及創造了更多被壓下來沒有曝光的奇蹟。卡提雅的失心瘋還沒有嚴重到分不出利害關係的地步。安德瑞斯仍是世界上最

27 安德瑞斯模仿部隊行進時的答數聲，將「一」故意發成「赫」。

早熟的男孩，愛上她，在他是她的俊美王子的時候一直討她歡心。但是，她一看到他的畫，就在他父親面前出賣他，送他去看心理醫生。現在，她在他心中已經無足輕重，該是他離開的時候了。

但他的眼眶又濕了。無論他為何恨她，他為了博得她的讚許，還是盡量在她面前留下好印象，即使到現在也不例外。他會把他寫的、關於羅素的報告給她看，顯示他過人的才智與用韻的能力，證明他真的想討她歡心。他甚至以為，〈母語〉那首詩讓他聰明外露，她多少會感到高興。他已經二十歲了，卻還是跟過去一樣愚蠢、不願意離開她，這是他最可悲、最有病的地方。他到現在，還是那個凡事少不了媽媽的四歲小男孩；他的腦袋，還是那個沒有能力記憶自我、被亂整搞壞的腦袋。

他看著她漂亮的手指捏熄菸頭。脫離她所產生的痛苦是用來計算他溺水深度的指標。

他說：「妳幹一個研究生幹了六年，直到他跟妳成為同事，妳還繼續幹他。」

她回答時鎮定的語氣，聽起來彷彿這個問題很無聊。「沒有。我不可能做那種事。」

「妳懷我的那個秋天，家裡只有妳一個人。」

「你錯了。你爸爸從來沒有出過那麼久的差。」

「我生出來之後，妳還繼續幹那個同事。」

她說：「完全不對。不過這已經不重要了，因為你根本不想相信我。我倒是想請你跟媽媽講話的時候，不要用『**幹**』這個字。」

這個責備雖然很輕微，卻是母親第一次責備他。她的教養方式是不直接指出他的錯誤。

他問：「那麼，為什麼有一個我從沒見過、而且彬彬有禮的人，到足球場附近盯著我，告訴我剛才我說的事情？」

她的臉變得像個面具。

「媽，為什麼會有人做這種事？」

她眨了眨眼，恢復正常表情，說：「我不知道，這世上什麼人都有。如果這段時間你是因為這件事而沮喪……」她皺起眉頭。

「然後呢？」

「我想到，其實我們有第三種選擇，我們可以安排你住進精神病院。」

他大笑起來。「妳說真的？這就是第三個選擇？」

「也許我們一直沒有注意到你需要幫忙，而且，恐怕我們忽視你有這種問題太久了。但你剛才又發出一次求救訊號，這回不能再視而不見，現在幫助你還來得及。現在想想，對症下藥可能才是最好的辦法。」

「你覺得我有精神問題。」

「不，我絕不會認為你有精神問題。你的問題不是精神疾病，而是嚴重的情緒障礙。你在足球場體驗了某種創傷，卻沒有告訴我們。這種事情如果不去理會，是會惡化的。」

「確實如此。」

她移開目光，看著門廊深處，說：「安德瑞斯，你認真想想這第三個選擇。我的家族有情緒障礙病史，我擔心有些問題遺傳到你身上。」

「而且還隔代傳給我，真是順理成章。」

「我覺得你對我和你爸爸做的事情，完全符合嚴重情緒障礙的定義。但我覺得我有躺在浴室地板上的權利。」

「妳待會兒回浴室的時候，記得帶個枕頭。浴室地板很硬的。」

「我承認我這幾年情緒不穩定。但也只是這樣，情緒不穩定而已。如果你沒辦法忍受，我很遺憾。但我不認為你對我們做的那些事情只是因為我情緒不穩定。」

「我得的是一種特殊精神疾病。」

「好吧。」她接著轉過身說：「請認真想一想。我們這次能夠坦誠聊聊，滿好的。」

他必須努力壓下衝動，才沒有追上前、隨手拿到什麼就用什麼殺死她，這顯示他的心智還談不上正常。但反過來看，他的確壓下了這股衝動，這不也顯示他的心智比較正常嗎？而他的下一個衝動——跑到街上找一個他可以打一砲的女孩——不僅合理，而且完全可行，因為他放蕩不羈的名聲正旺。他把一些衣服和書塞進圓筒行李袋。

此後七年，他只看過母親兩次，而且都是意外從遠遠看到的。

那個星期從頭到尾細雨下個不停，還偶爾下起傾盆大雨。他有三個晚上睡不著，腦袋想的都是雨，下雨是好還是不好。他勉強自己瞇一下時，就會夢到平常覺得好笑的夢，例如他明明把屍體留在某處，回頭卻消失了；例如只要有人走進他房間，床下就會伸出兩隻腿。但就他當時的處境來說，這些夢還真是夢魘。平常他只要驚醒，這種惡夢就會消失，現在，醒了卻更糟。他不停地評估下雨的優點：看不到月亮，缺點：腳印和車輪印更明顯；優點：挖土比較容易、樓梯比較濕滑，缺點：樓梯比較濕滑；優點：善後容易，缺點：泥濘……他的焦慮是有生命的，先在左邊翻翻，再到右邊攪攪。唯一能讓他放鬆的想法是安娜葛瑞特一定比他更痛苦，而放鬆的原因，是他覺得自己與她感受相同。放鬆是愛，是訝異他感受她的痛苦比感受自己的痛苦還要敏銳，是他關心她甚於關心自己。只要這種想法不中斷，只要能活在這種想法中，他就還能勉強呼吸。

冥冥中總有一位神決定我們的結局……[28]

星期四下午三點半，他整理好背包，裡面有一大塊麵包、一副手套、一捲鋼絲和一條褲子。他昨晚根本沒睡，也可能有睡，或者只是瞇了一下。他從後樓梯離開牧師家地下室，往上走到院子時，細雨還在下。那群認真讓共和國尷尬的人在一樓會議室裡抽菸，滿臉心事。夜晚的燈已經亮起來了。

在火車上，他選了靠窗的座位，拉下連帽大衣的帽子遮住臉假睡。他在羅斯多夫站下車，離站時眼睛一直看著地上，刻意跟在先下車的乘客後面，等著他們出站後四散而去。這時天空已經全黑了，四周沒人時，他開始快步前進，假裝在運動。兩輛車開過他身邊時發出嘶嘶聲，不是警車。在濛濛細雨中，他看起來完全不起眼。當他轉過到達別墅前的最後一個彎路、街上沒有半個人時，他馬上跨大步往前走。這一段路是沙質土壤，排水良好，起碼他沒有在車道的碎石路上留下腳印。

不管他在腦海中複習了多少次前置作業，總覺得不會成功。怎樣才能躲著不被發現，又能一直保持攻擊距離？他為了保護安娜葛瑞特的善良本性，想盡辦法不讓她捲入，但仍擔心做不到。三人扭打的可怕景像昨晚一直繞著他的腦海打轉。他焦慮的是，如果真的發生這種情況，她對他的信任會冰消瓦解。

他將鋼絲綁在通往後院的樓梯第二階扶手的木柱上，綁的位置很低，免得她跨過鋼絲時立刻就穿幫。鋼絲綁得過緊，卡進了木頭，一些油漆因而剝落，但他也想不出辦法補救。他因為焦慮睡不著覺的第一晚，還起床將鋼絲綁在牧師家地下室樓梯第二階的扶手柱上，測試自己會不會絆倒。他沒想到，即使明知自己就要被鋼絲絆倒，身體還是會往前傾，並且重重地摔倒，手腕還差點扭傷。但他不像她繼父一樣運動神經發達，也不是練健美的……

他繞到別墅前面，脫下靴子，想著那兩個去年冬天遇到的人民警察，會不會今晚又在附近巡邏。他想起那個資深警察說希望他們能再見面的場景，不禁大聲說：「走著瞧！」他聽到自己的聲音，才發覺自己不那

28 出自《哈姆雷特》第五幕第二場。

麼焦慮了。想到就做，比起一直想著要怎麼做，感覺好多了。他走進屋子，拿走從他小時候就固定掛在同一個掛勾上的工具間鑰匙。

他又走到屋外，穿上靴子，小心翼翼地沿著後院邊緣走，一邊留意有沒有留下腳印。進入沒有窗戶的工具間之後，他到處摸索找手電筒，最後在平常放手電筒的架子上找到。他依靠手電筒的光檢查工具間裡有什麼可用的工具。獨輪車：要；鏟子：要。他看了看錶，嚇了一跳，已經快要六點了。他關掉手電筒，抓起鏟子走進外面的細雨中。

他選定的地點是工具間後面，父親平常堆放落葉枯枝的地方。再往外，松樹枝椏稀疏，地上的土壤經過好幾個冬天凍結膨脹，形成一道道高低不平的紋路，上面積了一層厚厚的松針。在他這一側，天就要全黑了，唯一的光線是從西方最亮處穿過樹林縫隙透出來的灰色光影。他的思路這時條理分明，甚至想到要先拿下手錶放進褲袋，以免挖土時產生的振動弄壞了錶。他打開手電筒，放在地上，開始清理地上的松針，將最近才落下的松針堆在一起，然後關掉手電筒，開始挖土。

砍斷樹根最麻煩，因為很費力，聲音也比較大。還好鄰居都沒開燈，每隔幾分鐘他就停下來靜聽動靜，只聽到雨滴淅瀝以及湖中蓄積的微弱、原始的文明聲音。這塊地的表土也是沙質土壤，很快就挖到碎石層，挖的時候很吵，但是不容易滑倒。他不停地挖、斷根、撬出大石頭，突然有點驚慌地想起來，自己的時間感錯亂了。他爬出洞找手電筒，八點四十五分。洞深已經超過半公尺，還不夠，但總是好的開始。

他要不停地挖，但焦慮感一出現，提醒他看看現在到底幾點。他明白必須頂住焦慮、繼續做、不去想其他，能撐多久算多久。但他很快就因為過度焦慮，連揮鏟子的力氣都沒有。現在還不到九點半，安娜葛瑞特甚至還沒跟繼父碰面，但他還是決定爬出洞，硬啃了幾口麵包，咬、嚼、吞，咬、嚼、吞。問題是，他口乾舌燥，卻沒有帶水。

他完全失去理智，把剩下的麵包扔在地上，拎著鏟子回工具間。他幾乎忘記身在何處。他在濕漉漉的草地上戴著手套洗手，因為太恍惚，根本沒辦法洗乾淨。他起身沿著院子外緣走，不小心踩錯一步路，在花圃上踩出一個深腳印。他跪下來，像瘋了一樣想填滿腳印的凹洞，卻又踩出另一個更深的腳印。他終於相信「光陰似箭，倏忽即逝」這句話不是騙人的。他遠遠地看，還是可以感覺到自己有多荒謬。腦海中浮現待會兒一整晚會做的事情：戴手套洗手時不小心踩出腳印、把腳印補滿時又弄髒了手套、再清洗時又踩出腳印。他也察覺到，腦海中一直出現這些畫面所帶來的危險，愚蠢的舉動已經分散了他的注意力，就像可愛幼稚的行為分散了他的焦慮一樣。這時如果他不堅持，可能就會丟下鏟子、回到城裡，並且嘲笑自己妄想當個凶手。當以前那個安德瑞斯，不要當現在想要變成的那個人！他明白，眼前只有這些選擇。他一定得殺了以前那個安德瑞斯，而且，非得靠殺死另一個人才做得到。

他脫口而出：「幹！」決定不理會那個深腳印。他不知道花了多久跪在草地上，淨想些不相干、不重要的事情，但他擔心溜走的時間遠比他感覺到的多。他再一次遠遠地看，看到自己在胡思亂想。也許發狂就是這麼回事，它是個緊急洩壓閥，在焦慮嚴重到無法承受時釋放壓力。

這個想法有趣，但時機不對。很多他該記得現在得做、並且依照正確順序做完的瑣碎工作還晾在一旁。不知不覺間，他又走回前廊。這不可能是好兆頭。他進門前先脫下泥濘的靴子和濕滑的襪子。還有什麼、還有什麼、還有什麼？手套和鏟子還放在前廊，他又回去拿，再進門。還有什麼？關上門，鎖好。打開後門的鎖，練習開門。

一個不相干、但糟糕的想法冒了出來：腳趾的渦紋是不是和手指的一樣獨一無二？他是不是留下了會被追查到的腳趾印？

愈想愈糟：要是那混蛋臨時起意，帶著手電筒，或者他機車上常備著手電筒，怎麼辦？

更糟的是：那混蛋的機車上真的可能常備一支手電筒，夜間騎車拋錨時用得上。

安德瑞斯還有一個一樣糟的想法——就是安娜葛瑞特到時候也在，她可以用她的身體，可以假裝情慾高漲，讓那混蛋根本沒機會掏出手電筒——但他決心不再細想這些事，甚至不去想這個剛出現的、可怕的焦慮。因為一旦繼續想下去，他就必須正視一個明顯的事實：她已經用她的身體和偽裝出來的慾望，引誘那混蛋來到這裡。安德瑞斯腦海中浮現的殺人過程，必須和她完全無關。如果他讓她出現——也就是他必須承認，要不是靠著她的身體，殺人計畫不可能走到這一步——他要殺的人就不是她的繼父，而是他自己。因為讓她面對這種事的人是他，讓她為了他的殺人計畫出力而遭到玷汙的人也是他。如果殺霍斯特是因為霍斯特玷汙了她，那麼，按理他這個讓她被玷汙的人也該殺。所以，他寧可相信就算她繼父打開手電筒，可能看不到那條絆腳鋼絲。

好像是奈爾醫生說的：凡是自殺，都是謀殺出了差錯的結果；凡是自殺，都是凶手只能象徵性殺人的替代行為。他原本打算無限感激安娜葛瑞特，但她帶來了一個該死的人，他現在只能非常有限地感激她。他想像自己殺了人之後，就能成為純淨、謙遜的人，能夠擺脫自己的污穢、擺脫包含這棟湖邊別墅也有份的骯髒史。即使下場是坐牢，她還是名符其實救了他一命。

但是，他的手電筒在哪裡？

不在口袋裡，任何地方都有可能，但他確定沒掉在車道上。沒有手電筒，他就不可能看錶，不能看錶，就沒辦法知道還有沒有時間穿回靴子去後院找手電筒，也不能確定到底有沒有時間找。他突然覺得整個宇宙和宇宙的邏輯壓得他喘不過氣來。

不過，廚房爐台上方有一盞小燈。要不要打開一下看時間？他的思緒太複雜，不是當凶手的料，凶手的想像力不能太豐富。他看不出打開爐台燈有什麼的風險，但思緒複雜的人必然瞭解心智的限制，知道心智無法面面俱到。愚蠢，就是自以為聰明，聰明的人必然知道自己愚蠢。有趣的矛盾，但不能解決應不應該開燈的問題。

而且，看錶重要嗎？他其實不知道。這點又和他對智力與智力限制的看法有關。他把鏟子靠在後門，盤腿坐在踏腳墊上。但他又擔心鏟子會滑倒，伸手想把鏟子放穩，他手抖得厲害，反而把鏟子弄倒。聲響是災難。他猛然站起來，打開爐台上的燈，看清楚正確時間才關。他至少還有三十分鐘，可能更久，也許四十五分鐘。

他又坐回踏腳墊，進入高燒囈語般的狀態，差別是他完全感覺得到自己正在睡覺，就像是感覺自己正在死去但無法免於折磨一樣。或許那句諺語講反了，凡是謀殺都是自殺出了差錯的結果，因為他覺得（雖然他也感覺到惻隱之情已經全面滲入他受折磨的自我）他必須從頭到尾走完這次殺人過程，才能脫離苦海。會死的不是他，也可能是，殺人結束後的鬆懈感，深不可測，就像死亡，結局也像死亡。

他突然從夢境中跳出，進入冷靜的狀態。什麼聲音？除了細雨涓滴與淅瀝，什麼都沒有。時間似乎又過了很久。他起身抓起鏟柄時，想起另一件糟糕的事情？不管他多費心策劃、多焦慮，卻沒有考慮到萬一安娜葛瑞特和繼父沒有露面該怎麼辦。他一心張羅工具，安排步驟，卻忽略了這個大盲點。現在只好認命，週末就要到了，他父母可能會過來，他得把挖好的洞填回去。此時，廚房窗外傳來壓低音量的人聲。

女孩的聲音。安娜葛瑞特。

機車呢？他沒聽到機車聲，怎麼可能？難道他們是從車道走過來的？沒有機車，計畫就完蛋了。

他聽到男人的聲音，音量稍大，他們就要繞到屋子後面了。事情來得太快，他全身劇烈抖動，幾乎站不穩，甚至不敢伸手抓門把，深怕弄出一點聲響。

他聽到安娜葛瑞特說：「鑰匙掛在一個掛鉤上。」

他聽到她腳踩台階的聲音。然後，轟地一聲，連地板都晃了一下。有人悶哼了一聲。

他抓住門把，一開始還轉錯方向，又轉回來。他跑出去時，以為忘了帶鏟子，其實鏟子就在他手上。他將鏟片的凹處對準前方若隱若現的黑影使勁打下去，那個身軀癱在階梯上。他成了殺人犯。

他停一下，看準那個軀體的腦袋，再次舉起鏟子，過肩，砸下去，力道之大連頭蓋骨裂開的聲音都聽得到。一切都按照計畫進行。安娜葛瑞特在他左側某處，發出他聽過最難聽的聲音，一種呻吟加上緊張加上乾嘔加上快窒息的聲音。他沒理她，三步併兩步跨過倒在階梯上的屍體，扔下鏟子，抓著雙腳把屍體拖下階梯。屍體的腦袋斜向一邊。為了保險起見，他又拿起鏟子猛力朝太陽穴打下去。安娜葛瑞特第二次聽到頭蓋骨裂開的聲音，發出可怕的叫聲。

他邊喘氣邊說：「都結束了，就這樣。」

他依稀看到她在門廊上移動，走近欄杆，然後發出一種奇怪的、像小孩子鬧脾氣的、還有點親切的嘔吐聲。他不想吐，卻感受到一股像高潮過後的極度疲倦，甚至更極度的傷感。他沒有吐，卻開始抽泣，發出他自己的、小孩鬧脾氣的聲音。他丟下鏟子，膝蓋一軟，跪在地上抽泣，腦袋一片空白，但不是因為難過而空白。

細雨細得跟靄氣沒有兩樣。他一直啜泣，累到連聲音都發不出來時，第一個念頭是他和安娜葛瑞特應該去警察局自首。他自覺沒有辦法完成剩下的工作，殺人完全沒有讓他鬆一口氣——他之前是怎麼想的？——只有去警察局自首才能讓他鬆一口氣。

他哭的時候，安娜葛瑞特一直動也不動，現在她走下階梯，蹲在他身旁。她的手碰到他的肩膀時，他又開始抽泣。

她說：「噓、噓。」

她把臉貼到他的濕臉頰上，皮膚的感覺、近距離的溫暖帶來的憐憫，他的疲倦蒸發了。

她說：「我身上一定都是嘔吐的味道。」

「沒有。」

「他死了？」

「一定死了。」

「這才是真正的惡夢，現在。以前還沒那麼糟，現在才真的慘。」

「我懂。」

她無聲地哭了起來，上氣不接下氣。他把她抱在懷裡，感覺到她緊繃的身體隨著發抖逐漸放鬆。緊繃一定讓她苦不堪言，他同情她，但幫不上什麼忙，只能抱著她直到她不發抖為止。停止抖動之後，她在他的袖子上擦了擦鼻子，張嘴碰了碰他的臉頰，一種親吻。他們現在是同夥了，這時候該進屋替夥伴關係畫上完滿的句點，他卻拉開距離，起身，他知道唯有如此，才不會破壞他對她純真的愛。

她小聲說：「你不喜歡我嗎？」

「我愛妳。」

「我想一起走，我想一直看到你，就算被抓也無所謂。」

「我也想一直看著妳。但這樣不好，不安全。我們不會分開太久。」

黑暗中，她在他的腳下，癱坐地上。「那我就真的無依無靠了。」

「妳可以想著我在想妳，妳想我的時候，我也一定在想妳。」

她從鼻子輕輕地哼了一聲，聽起來像是高興的意思。她說：「我還說不上認識你。」

「至少妳已經看得出來，我可沒有什麼殺人的經驗。」

她說：「我們做了壞事，但是，我還是應該要謝謝你吧，謝謝你殺了他。」她又發出那種像是高興的聲音，說：「光是聽到自己說出這種話，我就更確定我是壞人了。是我讓他想要我，又讓你做了這件事。」

安德瑞斯想到時間正一分一秒過去，問：「你們怎麼沒騎機車來？」

她沒有回答。

「機車停在附近嗎？」

「沒有。」她深呼吸一口，說：「他吃完晚飯，就在保養車子。我去找他的時候，他還沒有把車子恢復原狀，因為還缺一些零件。他說可以另外找一天晚上再來。」

安德瑞斯心想：原來他不大有興致。

她說：「我本來以為他起了疑心，不知道怎麼辦，但是我告訴他，我很想今晚就做。」

安德瑞斯不敢想，她後來用了什麼方法才說服她繼父順著她。

她說：「所以我們搭火車來。」

「糟了。」

「對不起！」

「我不是這意思。妳做的對，但是善後比較困難。」

「我們沒有坐在一起。我跟他說這樣比較安全。」

不要多久，那班火車上的乘客就會在報紙上，也可能在電視上，看到某個失蹤男子的照片。這個計畫的成敗關鍵就是機車，但安德瑞斯得穩住她，不能讓她難過。他說：「妳很聰明，這樣做是對的。我只是擔心，就算妳搭最早一班火車回去，也沒辦法及時趕回家。」

「我媽一回家就上床睡覺，而且我房間的門是關起來的。」

「妳連這一點都想到了。」

「以防萬一。」

「妳非常、非常聰明。」

「其實我不夠聰明，他們一定會抓到我們的，我敢確定。我不應該搭火車，我討厭火車，車上的人都盯著我看，那些人會記得我；但我想不出其他方法。」

「妳只要繼續運用妳的聰明就可以，最難的部分妳都完成了。」

她抓著他的兩隻手臂站起來，說：「吻我，就一次。我要記住這種感覺。」

他親了親她的額頭。

她說：「不，吻我的嘴。我們會一輩子待在牢裡，我想在坐牢之前吻你。我想很久了。這個星期，我都是靠想這件事撐過來的。」

他不知道他們接吻之後會發生什麼事——時間一直溜走——其實他不必擔心，安娜葛瑞特嚴肅地緊閉雙唇。她要的一定和他要的一樣，一種比較乾淨、不必沾污染穢的方式。對他來說，這時夜色昏暗反而是好事，如果他能更清楚地看到她的眼神，可能就沒辦法放過她。

她在車道等他，離屍體遠遠的。他走回屋內，廚房彷彿籠罩在他埋伏突襲的邪惡中，一個霍斯特還活著的世界與一個他死了的世界對比而生的邪惡。他勉強壓低腦袋，把頭伸到水龍頭下大口喝水，然後再到前廊穿好襪子和靴子。他在一隻靴子裡發現那支手電筒。

他繞到房子另一頭的時候，安娜葛瑞特朝他跑來，毫無顧忌地親他，張著嘴，雙手伸進他的頭髮裡。

他不知道該怎麼辦，因為她實在太年輕，年輕得讓人心碎。她要的，他想給她——他自己也想要——但他明白，為了大局著想，她現在要想的，應該是盤算怎麼做才不會被抓到。年長一點、理性一點的人要承擔強制執行的責任，這種人總是痛苦的。他伸出還戴著手套的雙手，捧起她的臉，說：「我愛妳，但我們得停下來了。」

她顫抖著鑽入他懷裡，說：「被抓之前我們先一起過一晚，我就不會有遺憾了。」

「只要我們不被抓到，就可以一起過很多晚。」

「他其實不是那麼壞，他只是有點問題，又沒人幫他。」

「我需要妳幫忙，一分鐘就好，然後妳可以睡一下。」

「我不知道我做不做得來，太可怕了。」

「妳只要扶好獨輪車，眼睛不要張開沒關係。妳可以替我做這件事嗎？」

他好像在黑暗中看到她點點頭。他離開她，摸索著進入工具間。有她幫忙，兩個人把屍體放進獨輪車會容易得多，但他比較想要一個人把屍體塞進去。他想要保護她，不讓她碰到屍體，盡量保護她的安全，他也希望她明白他的用心。

屍體身上穿的是連身服，電廠的工作服。穿連身服修機車很合適，但穿著到鄉下火熱約會就有點怪，看來這混蛋今晚根本沒打算來，這點讓安德瑞斯很在意，但他還是盡量當作沒這回事。他將屍體翻過來，背朝下，在健身房練出的肌肉讓屍體很重。他找到錢包，放進自己口袋，拉上口袋的拉鍊，然後抓著連身服想把屍體抬起來，但衣服破了，他只好用雙手抬起屍體，並且使勁地把腦袋與軀幹塞進獨輪車。

獨輪車倒了。他和安娜葛瑞特都沒有說話，安靜地再試一次。

把獨輪車推到工具間後面又花了他們一番力氣。這回她必須在獨輪車後面抓著把手往前推，他則在前面拉。地上腳印雜沓，根本無法收拾。他們好不容易推到坑邊，停下來喘口氣。水珠從松針上輕輕滴落，空氣中混雜著松針味以及新翻出的泥土隱約透出的刺鼻可可味。

她說：「還算順利。」

「沒有妳幫忙還真沒辦法，不好意思。」

「只是……我不知道該怎麼說。」

「什麼？」

「真的沒有神嗎？」

「想這個太不切實際了，不是嗎？」

「我有一種強烈的感覺，覺得他還在某個地方活著。」

「在哪裡？怎麼可能。」

「只是感覺而已。」

「因為你們以前是朋友吧。跟我比起來，這件事對妳來說困難多了。」

「你覺得他當時會痛嗎？他嚇壞了嗎？」

「老實說，不會，一下就結束了。他已經死了，不會記得痛或不痛，就好像他從來沒有活過一樣。」

他希望她會相信這套說法，連他自己都沒把握會相信的這套。如果時間是無限的，那麼，三秒與三年都是無限時間中極渺小的一部分，因此，如果三年來不停地讓他人感到恐懼和痛苦是錯誤的——應該不會有人不同意——那麼讓他人感到三秒的恐懼與痛苦，也一樣是錯誤的。他在這道數學題中，在生命存在微不足道的瞬間，驚鴻一瞥看見神。沒有一種死法可以快到沒有痛苦。要解開這道數學題，就代表要面對這道題潛藏的道德觀。

「好吧，」安娜葛瑞特生硬地說：「如果真的有神，我想我那位朋友，現在正因為強姦我而往地獄走。雖然如果他在天堂，我會比較高興，把他塞進一個坑裡，這懲罰就夠了。可是，有一種說法是神的規矩更嚴厲。」

「誰說的？」

「我爸，他去世前說的。因為他不明白神為什麼要懲罰他。」

她從未聊過她父親。要不是時間一直溜走，安德瑞斯倒想聽聽這一切，知道她的一切。他愛她前言不搭後語，甚至可能有些不誠實。這是她第一次使用「強姦」這個字，她似乎對宗教略知一二，不像她在教堂時裝著一無所知的樣子。她是個謎，而他想要解此謎的欲望，和他想要跟她上床的慾望一樣強烈。解謎的欲望與上床的慾望可以說殊途同歸，時間卻一直溜走。他身上每一條肌肉都在痛，但他還是跳進坑裡，把坑挖得更深。

「這是我該做的事。」

「妳去工具間找個地方躺下來，睡一下。」

「我覺得我們應該更瞭解對方。」

「我也是，但妳應該睡一下。」

她一直看著他挖坑，久久不發一語，半小時。他對她有種難以解釋的、成對的感覺：她很親近，又完全陌生。他們一起殺了人，但她有自己的想法、動機，這些想法與動機離他這麼近，又這麼遠。他還感激她，因為她不只擁有像他一樣的男性聰明，還擁有跟他不一樣的女性聰明。她能立刻看出兩人必須在一起——如果一起幹下這檔事之後分開，折磨會無窮無盡——但他到現在才體會到在一起的重要。她才十五歲，但心思敏捷，他則反應緩慢。

等她找地方睡下後，他的心思才回到計畫模式。他一直挖坑挖到三點，然後，一刻不停地將屍體連拉帶滾推入坑中，接著跳進坑裡，左挪右移，將屍體調整成臉朝上的姿勢。他不想記得他的長相，所以撒了一些土在他臉上，然後打開手電筒，檢查屍體上有沒有珠寶首飾。他找到一只很重的手錶，不是便宜貨，還找到一條不怎麼樣的金項鍊。手錶很容易取下，但他必須一隻手抵著被泥土覆蓋的屍體額頭，另一隻手猛力拉，才把項鍊拉斷。還好，沒有什麼東西是真實的，就算是真實的，也不會為時太久。只要一個微不足道的瞬間，他死亡的永恆就會啟動，一切都因此變得不真實。

他花了兩個小時把坑填完，還在坑上跳來跳去，把土壓實。回到工具間，他把手電筒打開，看到安娜葛瑞特蜷縮在屋角，雙手抱膝，抖個不停。但是，不知道是她的美麗或是痛苦讓他看不下去。他關掉手電筒。

「妳睡了沒？」

「有，但冷醒了。」

「妳沒有注意回去的第一班火車是幾點吧？」

「五點三十八分。」

「厲害。」

「看時刻表的是他，不是我。」

「妳要先跟我套好招嗎？」

「不必，我一直在想，所以我知道該怎麼說。」

他們之間的氣氛變得既冷又慘白。安德瑞斯第一次覺得，他們在一起可能沒有未來，因為他們做了一件可怕的事，往後都會因此討厭對方。罪會壓垮愛。沒多久前她還跑向他、親他，現在他卻覺得那像是久遠的往事。也許她是對的，也許他們應該花一個晚上在一起，然後去自首。

他說：「如果一年後什麼事情也沒有，也沒有人在監視妳，我們到時候見面，就可能很安全。」

她憤憤地說：「可能得一百年後才會沒事。」

「我會一直想妳，每天、每個小時都想。」

他聽到她站起來的聲音。

她說：「我要去車站了。」

「再等二十分鐘，免得等車時被人看到。」

「我得讓身體熱起來。我先去跑一下，然後再去車站。」

「這件事，是我對不起妳。」

「我更對不起你。」

「妳在生我的氣？盡量氣吧，不管妳是生氣還是什麼，我都接受。」

「我只是累了。他們只要問我一個問題，就會真相大白。我太累，不想再說假話了。」

「妳九點半回到家，他並不在家。之後妳就上床睡覺，因為妳不舒服……」

「我不是說我們不必套招了嗎？」

「對不起。」

她朝門口走去的時候撞到他，但沒有停下來，一直走到外面，然後才在黑暗中停了下來，說：「所以，我們一百年後再見了。」

「安娜葛瑞特。」

他聽著土地吸掉她的腳步聲，看著她的黑色身形從後院逐漸消失。他從未覺得這麼疲憊。但是，比起一直想著她，收拾善後還比較容易些。他一邊盡量省著用手電筒，一邊在坑上鋪一層舊松針，再蓋上一層比較新的松針，然後使勁用腳抹平地上的腳印與獨輪車的轍印，再熟練地將落葉枯枝與先前鋤下來的雜草布置妥當。他的靴子和外套袖子上都是泥巴，髒得要死，但他已經精疲力盡，沒辦法把心思放在上面。不過，他至少可以換條褲子。

夜晚現身的靄已經散去，取而代之的是比較暖和的霧，天光突然出現，好像不應該出現一樣。起霧不是壞事。他去後院檢查，消除腳印和獨輪車的轍印，一直到天就要大亮時，他才走到後院門廊的階梯，解開絆腳用的鋼絲。他沒想到階梯上的血跡這麼多，而欄杆旁灌木叢中的嘔吐物比意料的少。他彷彿透過一根長管子觀察周遭環境。他打開室外的水龍頭，裝滿水盆，擦去血跡，再裝滿，再擦去血跡。

他做的最後一件事，是去廚房檢查有沒有留下有人來過的痕跡。廚房的水槽因為他先前喝水而濕濕的，但水漬到了傍晚應該就會乾。他從大門出來，上鎖，然後走到羅斯多夫站。八點三十分他回到牧師家的地下室。脫夾克時，發現死者的錢包和珠寶首飾還在身上，但他寧願早點飛去月球，也不想現在處理這些東西。他好不容易脫下沾滿泥土的靴子，躺在床上，等著警察上門。

警察沒來。那天沒來，那星期，或那一季，都沒來。警察始終沒來。

警察為什麼沒來？安德瑞斯的各種推測中，最站不住腳的是他和安娜葛瑞特幹下的案子無懈可擊。當然，也可能是因為那年冬天的第一場大雪在殺人後一個星期就下了，他父母因此一直沒有發現他在別墅後院幹的壞事。但是難道去回程的火車上，都沒有人注意那位一眼難忘的美麗女孩？沒有人看到她和霍斯特走路去火車站？沒人去查她在殺人案發生前幾個星期的行蹤？她接受審訊時，也沒有人威逼她、讓她崩潰、和盤托出實情？安德瑞斯還記得那天分開時，她脆弱到只要輕揮羽毛就可以讓她就範。

比較不合情理的推測是，史塔西調查了她母親，查出她藥物上癮，並且偷醫院的藥品。一位非正式線民失蹤了，史塔西當然會起疑，覺得事有蹊蹺。如果史塔西拘留她母親，那麼問題就不在她是否承認幹下一起謀殺案（或者，史塔西也可以換個花樣，改要她承認自己是幫助霍斯特逃往西方的從犯），這樣一來，問題就只有一個，就是她在認罪之前，忍受了多少心理折磨。

或者，史塔西疑心的是另一位住在萊比錫的繼女，或者霍斯特舉發過的電廠同事。也許已經有一個同事為了這件案子入獄。安德瑞斯殺人後每天看報紙，看了好幾個星期。如果刑警正在調查，他們一定會要求報紙刊載失蹤男子的照片，但報紙沒有任何嫌犯照片。唯一的理由是，史塔西不願讓警方插手。

假設這個推測是正確的，下一個推測是：史塔西輕而易舉地讓安娜葛瑞特吐實。但她帶他們到別墅時，發現了別墅主人的身分，考慮此事一旦曝光，副總書記會成為笑柄，而霍斯特確實性侵他人，所以他們決定不追究，只要把安娜葛瑞特嚇得失魂落魄就行了。他們也放過安德瑞斯，既讓他飽受疑神疑鬼的折磨，還可以讓他活在焦慮的地獄中。

他非常厭惡這個版本，可恨的是，這個卻最合理。他非常厭惡的原因是，有個簡單的方法可以知道這個推測是否正確：找到安娜葛瑞特，當面問她。事實上，他無時無刻都在想著要去找她。然而，如果推測錯誤，如果她現在只被懷疑，只是受到監視，碰面就會是災難。只有她才知道他們什麼時候安全。

他又回去輔導高風險青少年，但是，他的心靈深處出現了一個再也不肯離開、新的空虛感。他不再告訴那些孩子可以虛擲青春。他自己現在也是高風險群。他聆聽那些青少年的悲傷故事，要冒著哭泣的風險，彷彿悲傷是一種化學元素，藏在他碰到的每件東西裡。他大半是因為安娜葛瑞特而難過，也為以前自由自在與好色的自我而難過。他本來以為焦慮、極度憂慮行蹤曝光與被捕，是他的主要情緒，但共和國不知道為了什麼病態原因，似乎放過了他，如今他也記不起當初嘲笑這個國家、譏諷這個國家毫無品味的原因。現在看起來，這個國家更像是「無限悲傷共和國」。女孩們依舊在他的辦公室門口等待，對他好奇，也許是因為他的哀愁氣質更吸引人。而他，已經不再想著她們的私處，他想的是她們年輕的靈魂，她們每個人都是安娜葛瑞特的化身，她的靈魂在她們每一個人身上。

就在這時，蘇聯出現了**改革開放政策**，出現了「戈比」[29]。虔誠的小共和國覺得自己被蘇聯父親出賣，開始變本加厲鎮壓異議份子。警方突擊搜查一所位於柏林的錫安教會他住的教會的姊妹所。而在這裡，在齊格菲街上這所庇護他的教堂裡，鄭重其事和自重自負的氣氛愈來愈熱烈，會議室中有一股終將一戰的情緒。安德瑞斯則一如往常，將自己隔絕在地下室裡。但他發現，他的悲傷無法治癒自視不凡的唯我主義。要說有什麼不一樣的話，就是這個唯我主義更堅定了，就像自己的苦難已經接管全國，就像這個國家因為他的罪行而無法呼吸，就像這個國家不能或不願意逮捕他，所以決定將苦難降給除他之外的每一個人。警察突擊搜查錫安教會，卻沒有來這裡，這讓樓上那些要共和國尷尬的人很意外，私下也許還很失望。但他沒有這些情緒。國家當他是個毒物似地躲著他。

一九八九年春末，他又開始焦慮了。一開始，他幾乎就要歡迎焦慮回來，彷彿那是他不告而別的性伴侶，再度被溫暖的夜和開花的樹喚醒。他不由自主地走到神父住所的共用電視間，觀看電視二台沒有經過審查的晚間新聞。跟他一起看新聞的共和國尷尬份子歡喜異常，預測政權會在一年內垮台。他焦慮的正是政權可能垮台這件事，部分原因跟他犯的罪有關。他覺得刑警一直沒有上門，是因為史塔西的介入。所以，只要政權不崩潰，他就不會被起訴，史塔西是他唯一的朋友（真是諷刺中的諷刺）。但還有一個更大、擴散面積更廣的焦慮，一種讓他呼吸困難的霧化鹽酸：隨著「團結工聯」在波蘭獲得合法地位、波羅的海三國脫離蘇聯、戈巴契夫公開宣布斷絕與東歐集團養子的關係，安德瑞斯覺得他似乎就要大難臨頭。萬一定義他是誰的共和國消失，他就什麼也不是，而他那兩位重要人士雙親，屆時也一樣什麼也不是，甚至連「什麼也不是」都談不上。他們只是那個不得人心的制度中，處境淒涼、聲名狼籍的殘餘人士，而唯一和他有關的世界，將

29 蘇聯前領導人戈巴契夫的暱稱。

就此結束。

整個夏天，情況愈來愈糟。他再也受不了電視新聞，但就算把門關起來，還是聽得到——取道匈牙利的移民潮、萊比錫舉行多起示威遊行、政變就要發生的傳言——每個人都在談論這些事。人們還是害怕何內克[30]、畏懼米爾克[31]。但安德瑞斯打從骨子裡知道，這個政府已經玩完了。除了焦慮以及不知道政權垮台後要做什麼之外，他替這個蘇聯遺棄的認真德國社會主義小男孩感到難過。他不是社會主義者，但可能是那個小男孩。

十月一個星期二上午，萊比錫那場最大示威遊行結束後，年輕牧師來敲他的門。這傢伙的精神應該非常亢奮才對，但看得出來他有心事。他沒有坐下來蹺起二郎腿，卻在房裡踱步，說：「你一定聽到消息了，十萬人上街，卻沒有發生暴力衝突。」

安德瑞斯說：「好棒？」

牧師猶豫了一會兒，說：「有件事我要跟你坦白。我應該早點跟你講的，我想，我是個懦夫，希望你原諒我。」

安德瑞斯從不認為這傢伙是線民，但他的開場白有這種味道。

牧師看出他在想什麼，說：「不是你想的那回事。但是，兩年前史塔西來找過我，兩個看起來就是史塔西的人。他們問了一些關於你的問題，我也回答了。他們還暗示，如果你發現他們來過這裡，就要逮捕我。」

「事後看來，他們是在唬人。」

「他們說，這跟一個犯罪案件有關，但他們沒說明是什麼，只給我看一張照片，就是那個來過這裡的漂亮女孩。他們要知道你有沒有和她說過話，我說可能有，因為你是這裡的青少年輔導員。我講得很含糊，但他們還想知道某一天晚上我是否看到你。我說我不確定，因為你大部分時間都是一個人在房裡。我和他們講話時，我知道你人就在地下室，但他們沒說要你出來。他們就來過這麼一次。」

「就這樣？」

「你沒事，我們也沒事，我想事情應該過去了。但我覺得沒有把跟他們談話的事情告訴你，過意不去。我應該早點告訴你的。」

「現在是冰融屍現。」

牧師有點不高興，說：「我們一直待你不錯，也很滿意你的表現。我也許應該早點告訴你這件事，但說實話，我們一直都有點怕你。」

「我很感激，非常感激。要是造成什麼不便，我也很抱歉。」

「你有沒有什麼事情沒講？那女孩發生了什麼事？」

安德瑞斯搖搖頭。牧師走了，留下他一人和他的焦慮。如果史塔西查到教堂，就代表安娜葛瑞特已經接受審訊，透露了一些內情，也代表史塔西掌握了一些事實，也許，掌握了所有事實。現在既然有十萬人順利地在萊比錫街頭集會，史塔西顯然快倒台了。不要多久，人民警察就會取而代之，真正的警察，會執行警察的工作……

他從床上跳起來，穿上外衣。別的不說，他知道現在去找安娜葛瑞特，不會有什麼損失。只可惜，他想到唯一可能找到她的地方，是她老家附近，位於腓德烈公園的大學先修高中。她去讀大學先修課程，似乎讓

30 Erich Honecker，東德統一社會黨的總書記與國家領導人。

31 Erich Mielke，一九五七至一九八九擔任東德國家安全部（即「史塔西」）部長。

人無法理解，但她還能做什麼？他離開教堂，急急忙忙穿街過巷。他守在學校大門口，勉強看著一成不變的單調市容打發時間。他可以看到坐在教室高窗後面的學生，還在學習馬克思主義生物學和馬克思主義數學。最後一堂課結束後，他一一掃視從大門出來的學生面孔，直到人流慢慢消散。他失望，但沒有那麼驚訝。

隔天早上又去學校大門口等，運氣還是不好。他接著去一間信得過的家庭服務社工辦公室，等那位社工幫他查詢中央檔案，還是一無所獲。接下來的星期每一天下午與傍晚，他都在安娜葛瑞特老家附近的柔道社、運動中心與公車站周圍徘徊。到了十月底，他已經不抱希望，只是在街頭遊蕩。他走在抗議人群的邊緣尋找她的蹤影，有時候是計畫好的，有時候是臨時起意，聽著一般民眾冒著入獄的風險要求公平選舉、自由旅行，以及解散史塔西。何內克下台了，新政府危機並未解除，日子一天天過去，都沒有出現暴力事件，似乎不可能發生像天安門那樣的鎮壓。匈牙利已經自我解放，其他國家很快就會跟進。改變即將來臨，除了等著讓改變吞噬自己，沒有其它方式。對他來說，柏林的空氣聞起來像鹽酸。

接著，在十一月四日，奇蹟出現了。全市一半以上的人勇敢走上街頭。他隨著人群有條不紊地移動，眼光掃過一張張臉孔，微笑地聽著從擴音器中傳出要求改革、拒絕統一的理性聲音。在亞歷山大廣場，他看著遊行隊伍後方三三兩兩的人群，那些人不是不喜歡人擠人，就是還沒有決定立場。他還沒來得及回過神，心臟就猛地跳了一下。有一個女孩，一個頂著蓬鬆的刺蝟頭、一隻耳朵上戴著安全別針造型耳環的女孩，一個除了是安娜葛瑞特，不可能是其它人的女孩。她和另一個髮型類似的女孩手勾著手，面無表情，一副窮極無聊的樣子。她不再當個好女孩了。

我們一定要找到自己的道路！沒有完美的制度，沒有萬惡的制度，我們必須去蕪存菁……

安娜葛瑞特左看右看，似乎想逃離擴音器的無聊口號，當她看到安德瑞斯時，睜大了眼睛，他則不由自主地微笑。她沒有微笑，而是將嘴湊近另一個女孩的耳朵，然後分開。她朝他走過來時，他看得更清楚，她的神態舉止變化極大，以及她有多不可能還愛著他。在他剛好伸手抱不到的距離，她突然停下腳步。

她說：「我只能談一分鐘。」

「我們不必談話。只要告訴我在哪裡能找到妳。」

她搖搖頭。她的前衛髮型和耳朵上的安全別針，雖然絲毫不減她的美麗，卻抹去了她的快樂。她的樣子和兩年前沒有兩樣，但她眼中的火光已經熄滅。

他說：「相信我，已經沒有危險了。」

「我現在住在萊比錫，我是為了這次示威才來的。」

「那是妳姊姊？」

「不，是我朋友。是她想來。」

「我去萊比錫找妳。到時候我們再聊。」

她搖搖頭。

他說：「妳不想再見到我？」

她小心翼翼地往一邊看了看，再轉頭往另一邊看了看，說：「我沒有答案，我根本沒有在想這個問題。我只知道我們不安全，我想的只有這個。」

「只要那個單位還在，我們就很安全。」

「我得回去找我朋友了。」

「安娜葛瑞特，我知道妳跟國安部說過話，他們也去教會打聽過我的事情，但是什麼事情都沒有，他們也沒有審訊我。我們很安全，妳做得很對。」

他上前兩步，她往後退，躲開他。

她說：「我們不安全。他們知道很多，他們只是在等。」

「如果他們真的知道很多，我們是否被看到，不就不重要了？他們已經等了兩年，不會再對我們做什麼。」

她又左右觀察了一下，然後說：「我得回去了。」

他說：「我一定要再見到妳。」他說這話沒有別的原因，就是心底話。「看不到妳我會發瘋。」

她似乎沒聽進去，整個人因為憂愁而失魂。「他們把我母親帶走了。」她說：「我沒辦法，只好告訴他們一些事情。他們先把她關在精神病院裡，因為藥物上癮的關係，後來又把她送進監獄。」

「天啊！」

「但她一直寫信給警方。她想知道為什麼有人失蹤，警方卻不去調查。她預定出獄的時間是二月。」

「警察找妳談過話嗎？」

她看著地上，說：「我不能見你。你幫了我一個大忙，但我覺得我們不能再見面。」

「安娜葛瑞特，警察找妳談過話嗎？」

她搖搖頭。

「那麼，也許我們可以解決這件事。讓我試試看。」

「我剛才有種最可怕的感覺。看到你的時候，慾望、死亡和那件事全混在一起，太可怕了。我再也不要有這種感覺了。」

「讓我把它趕走。」

「這種感覺永遠趕不走。」

「讓我試試。」

她喃喃地說了什麼，但周圍的聲音太大，他聽不到。她說的可能是「我再也不想要這種感覺」。然後，她跑回朋友那邊，兩個人快手快腳、頭也不回地離開。

他認為希望還在。想到這裡，他就振作起來，拔腿開始跑，一路跑到馬克思恩格斯廣場。街上每個人都是他要移除的障礙，他只在意一件事，他要再看到安娜葛瑞特。他必須想辦法讓謀殺案消失，如果不這麼做，他就不能擁有安娜葛瑞特。

她母親是個大問題，他現在才明白當初思慮不夠周延。她母親沒有道理不催促調查，她也很快就會出獄。她會一直催，一直催。一旦史塔西走入歷史，警方就會接手史塔西的資料，並且以自己的方式啟動調查。即使他能早一步知道警方的動向，即使他能想辦法將屍體移往別處，政府垮台後，這些資料一定會曝光，但資料裡面有哪些東西？他這時才想到，他應該問清楚安娜葛瑞特究竟告訴史塔西什麼，他們知道別墅裡發生的事嗎？還是他們循線從她追到他的時候，就停止調查了？

他回到亞歷山大廣場，希望找到她。他一直在人群中搜索，到了天黑都沒找到。他也想過去萊比錫，她姊姊應該是住公寓，不會太難找。但是他也擔心，就算找到她，纏著她問問題，還是會失去她，永遠失去她。

往後兩個月他都活在無能為力與恐懼中。那堵牆倒塌的夜晚，他覺得全市都是東倒西歪的醉鬼，只有他一人獨醒。若是從前，他可能會嘲笑一個把人民拘禁二十八年的國家就這樣荒謬地結束了，一樣荒謬的是，精疲力盡的夏博斯基臨時起意的一句話，就拆除了整個國家機器。[32]但是，當他聽到牧師家此起彼落的叫喊聲，看到牧師跑下樓告訴他這個喜悅的消息時，他的感覺卻像太空人聽到太空隕石刺穿了太空艙金屬外殼一

32 一九八九年十一月九日，夏博斯基（Günter Schabowski）奉命在記者會中宣布東德即將取消人民旅行禁令。當局並未告訴他這項措施的生效日，但記者問他何時生效，他卻回答說：「立即。」這段訪問播出後，立即傳遍全東德，數千民眾擁向柏林圍牆的六個邊界檢查站要求進入西德。守衛不敢以武力鎮壓，最後東德國安部官員下令開放邊界。冷戰時期最重要的象徵柏林圍牆於焉倒塌。

樣，空氣嘶嘶而出，虛空入侵。牧師家裡已經沒人了，大家都趕著到最近的邊界檢查站見證這一刻，只剩下他留在房中，膝蓋頂著下巴，蜷縮在床的一角。

他身上沒有一分一毫想越過邊境。他可以去萊比錫，找到安娜葛瑞特，然後離開，到西方去，再也不回來，可以想辦法在墨西哥、摩洛哥或泰國過日子。但就算她想過逃亡的生活，又有什麼意義呢？他只有在自己的祖國過日子才有意義。他恨她，但這根本不重要，因為他離不開她。他認為只有一個方法能救自己，就是以曾經保證會保護她的那個男人的姿態面對她，只有如此，他們才能抬頭挺胸，一起在大庭廣眾現身。在圍牆倒塌後的混亂日子裡，他更覺得安娜葛瑞特是他唯一的希望。

他開始每天搭地鐵到諾曼街[33]，混在史塔西總部附近的示威人群中，蒐集各種謠言。有人說史塔西二十四小時不停絞碎、焚毀資料，也有人說史塔西將資料一卡車一卡車運到莫斯科和羅馬尼亞。他在腦海中想像他的檔案被破壞或運送出境的畫面，但史塔西是有條不紊的德國產品，會從上而下進行這件事，他們會先處理可能讓部內官員與間諜曝光的檔案，光是消化這一部分，碎紙機、火爐與卡車就要忙上好幾個月。

天氣不錯的時候，聚集在總部外面、關心這件事的群眾比較多；天氣差的下午，就只有一些死硬人士露面。他們都是老面孔，都是受過不當審訊與監禁、對國安部積怨已久的男女。安德瑞斯最喜歡一位年紀與他一樣大的男子，這位人士未成年時，為了維護一位女同學免於被史塔西高官的兒子性侵，結果神祕失蹤。史塔西警告過他一次，他沒有理會，就因為這樣，他在兩所監獄總共坐了六年牢。只要有人願意聽，他就不停地重複這段往事，安德瑞斯每聽一次就感動一次。此外，他也很想知道那女孩後來怎麼了。

然後，十二月初的一個晚上，他回到教堂，打開房門，看見一個人坐在他床上，安靜地讀著《柏林日報》。他的母親。

他的呼吸瞬間停止。他站在門口，看著她。她瘦得不成人形，但穿著優雅，搭配合宜。她折起報紙，站了起來，說：「我來是想看看你住的地方。」

她還是惡毒得可愛，頭髮還是不可思議的紅。她的五官更突出了，皮膚沒有一點皺紋。

她說：「你有幾本書，我想借來看看。」說著朝書架走去。「英文書這麼多，我放心不少。」接著從書架上抽出一本書，問：「你跟我一樣也喜歡艾瑞斯．梅鐸？」

他恢復呼吸，說：「妳來，有事嗎？」

「哦，我也不知道，也許只是想看看我唯一的孩子。九年不見了，對不對？想看孩子很奇怪嗎？」

「我不想看到妳。」

「別說這種話。」

「我不想看到妳。」

「不，不要說這種話。」她邊說邊把書放回架上。「我們坐著聊一下。我們之間不會再發生不好的事情了，尤其是你，應該更明白這一點。」

她在褻瀆他的房間，褻瀆他；但他叛逆的那一面看到她卻喜不自勝。九年來他對她朝思暮想，在五十三個女孩身上尋找她都未能如願。他竟然如此愛她，多麼可怕。

她說：「坐過來，坐我旁邊，說說你的近況。你看起來很不錯。」她溫暖地微笑著，同時上下打量他。

「我美麗又堅強的兒子。」

「我不是妳兒子。」

「別說傻話，我們的確有一陣子處不好，但都過去了。」她臉上的溫暖笑容消失了。「我跟那隻逼我父

33 史塔西總部所在地。

親自殺的豬過了四十年，也都過去了。四十年來委屈配合那個全世界最蠢、最無趣、最卑鄙、最醜陋、最臭、最懦弱、最自以為是的市井庸人，全都過去了。咻！」

這一連串流水般傾瀉而出的鄙薄之語，算是她難得的肺腑之言。不變的是，這些批評依舊出於她良好的自我感覺，所以他覺得這些話只是在加重她的罪孽。她以前也同樣興高采烈地批評過美國政府。他覺得為了保命，也許應該掐死她，她才不會繼續排放有毒的自我感覺。第二次殺人總是比第一次容易。

她說：「我們坐下來談。」

「不要。」

她平靜地說：「安德瑞斯，都結束了。不必我說你也知道，你爸爸現在的處境很困難。他是這國家唯一聰明又正直的人，唯一為國不為己的人。他現在傷心欲絕，我希望你去看看他。」

「我不會去。」

「你難道不能體諒他、寬恕他嗎？你那時讓他很難做人。現在想想，他的決定很蠢，但在當時只能那樣。他只能在報效國家與當一個顛覆國家的詩人父親之間選一條路。」

「那一點都不難，因為我根本不是他兒子。」

她嘆了口氣。「不要再提這件事了。」

他知道她說的沒錯，這件事不重要。他已經不在意誰是他父親，和認為父親是誰很重要的、年輕的自己也無法再取得聯繫。也許這種改變和他用鏟子打碎一個人的頭蓋骨有關，但他身上的憤怒已經離開了，只剩下愛和厭惡這些更基本的情緒。

卡提雅說：「我們都會沒事的，你爸爸也不例外，他只是日子比較難過而已。五年前，他就心知肚明，這種結局遲早會來，但要他眼看這事情發生，還不如殺了他。新內閣想要留他，但他打算年底辭職。我們沒問題的，他非常有才華，還沒有老到不能教書。」

「**皆大歡喜**[34]。」

「他沒有做任何不對的事情。政府裡面有殺人犯，還有小偷，他都不是。」

「但他替那些人做事做了四十年。」

她挺直身體，說：「我還是相信社會主義，法國和瑞典現在就是社會主義國家。如果非要找個罪魁禍首，就怪蘇聯豬好了。我和你爸爸已經盡全力了，要我道歉，想都別想。」

政治、集體罪疚、密報，他覺得這些話題比以往更無趣。

卡提雅說：「反正，我想你可能會想回家。你可以住在你的舊房間，一定比這個……房間更舒服。我還想到，你可以回學校念書，可以和我們一起住，也省了租金，我們一家人又可以在一起。」

「妳覺得這是好主意？」

「說實話，我覺得是。如果你想住在別墅也沒問題，但是搭火車一來一往要花不少時間。另外，我們也在考慮把別墅賣了。」

「什麼？」

「不要說你，連我自己也不敢相信。但西邊來的投機客已經在全市到處打探。其中有一個在米格爾湖找我們幾個鄰居談生意，而且答應用保值的貨幣付款。」

他呆呆鈍鈍地說：「妳要賣掉別墅。」

「嗯，不過也沒什麼好高興的。你爸爸不想賣，他心理上捨不得。那些投機客打算把湖畔的房子都拆

34《All's Well That Ends Well》，莎士比亞的喜劇劇名。

掉，蓋個高爾夫球場。西邊的人對那房子可不會捨不得。」

除了害怕推土機之外，他還覺得共和國出賣了他。只要和共和國有關的事情，到最後都會搞砸，共和國甚至連西邊的投機客都擋不住。他知道共和國無能到了可笑的地步，現在卻笑不出來了。

卡提雅問：「你在想什麼？」語氣中有種想知道卻又不好多問的感覺。

現在只有一件事要做。他大步走進房間，關上身後的門，說：「妳希望我搬回家住？」

「對我來說，這是最重要的事。你該加把勁了，以你的聰明才智，三年就可以拿到博士。」

「妳說的對，努力是好事。但是，妳得先替我辦件事。」

她噘起嘴，說：「我不喜歡你跟我討價還價。」

「不是妳想的那樣，我也不在乎妳過去做了什麼事，真的，我真的不在乎。我說的是另一件完全不相干的事情。」

他看到她臉上出現奇怪的變化，一種細微但嚇人的表情，浮現出一些內心掙扎：她幻想自己是個慈母，卻又怨恨幻想干擾她。他幾乎就要同情她。她只希望過自在順心的日子，卻沒有力量與耐心面對挫折。

他說：「我會回去住，但我得先拿到國安部裡的一些東西。我要他們手上關於我的所有資料，每個檔案都要。我要留著那些檔案。」

她皺眉問：「他們手上有什麼？」

「不好的東西。可能是不好的東西吧，會讓我很難跨出下一步的東西，會讓妳覺得丟臉的東西。」

「你做了什麼？你做了什麼壞事？」

他鬆了一口大氣。她會這麼問，顯然史塔西已經暫停調查，也沒有通知他父母。

他說：「妳最好不要知道。妳只要幫我拿到那些檔案，然後我就會處理好剩下的事情。」

「現在每個人都想要自己的檔案。當過線民的人，現在都因為過去幹的醜事嚇得發抖，史塔西也知道這一點，那些檔案是它的護身符。」

「對，但我想中央委員會委員應該不必太擔心。在這種時候調閱我的檔案，看起來不是反而更稀鬆平常？」

她的眼神帶著恐懼，仔細看著他的臉，問：「你做了什麼事？」

「如果妳知道前因後果，就會明白我沒做讓妳丟臉的事情，但其他人的想法可能不一樣。」

她說：「我可以問你爸爸要不要幫你。你上次幹的好事，他氣才消沒多久，現在又惹他生氣可不好。」

「媽，難道妳不愛我了？」

這個問題把她逼到了牆腳，她只好答應盡力幫忙。他們似乎該在她離開教堂前擁抱一下，多麼奇怪的擁抱、多麼病態的交易。她，無法享受真正的愛情，卻要假裝愛他；他，真的愛她，卻在利用她偽裝出來的愛。他的心房中鎖著他對安娜葛瑞特更純真的愛，那裡才是他的避難所。

一個星期過去了，然後又一個星期。聖誕節來了，又過去了，他一直沒有母親的音訊。難道她已經拿到檔案，而且還沒讀完？或者，她在重新考慮，是不是真的想要他再次進入她的生活？她以前不是也決意過一次，認為沒有他，她一樣可以過日子嗎？

他終於在元旦前一天打電話給她。

她說：「今天是你爸最後一天上班。」

他說：「是啊，我有點擔心那件事。我是說，他明天就是個普通公民，完全沒有影響力了。」

她沒作聲。

「媽，我該擔心，還是可以放心了？」

「安德瑞斯，我也不知道怎麼回事，總覺得你在欺負我、利用我，只因為我想要跟你和好。」

「妳問他了，還是沒問？」

「我一直在找合適的機會。他非常沮喪。如果你早點回來，自己開口問他，也許更好。」

「妳是說，現在已經太遲了？」

「你為什麼不直接告訴我，你認為檔案裡面有什麼？我相信一定沒有那麼糟。」

「三個星期過去，妳竟然什麼都沒做！」

「請不要對我大小聲。你忘了，你還有個親戚是做什麼的。」

「馬可斯根本不管國內情報。」

「他的名號還是有份量的。在那個豬圈裡，你的家庭還是貴族，你爸爸還是中央委員會委員。」

「好吧。那麼，請妳去問他。」

「我得先知道你在隱瞞我什麼。」

如果把實情告訴她有用，他早就說了，但他的直覺是別多話，尤其是千萬不能透露有個叫安娜葛瑞特的人牽涉其中。所以，他說：「媽，這件事會讓我成為名人。」這是他講著講著才冒出來的想法，以前根本沒有想過，但他馬上體認到，這是真的，他內心確實想要出名。「我以後一定會成功、出名，到時候你們會很高興有我這個兒子。但是，如果妳沒有幫我拿到檔案，我還是會出名，只是方式不一樣，會是妳不喜歡的方式。」

他又等了兩個星期。現在，即使天氣不好，還是有很多人聚集在諾曼街上。一個陰鬱黑暗的下午，街上突然大量人群聚集。安德瑞斯在總部大門附近，站在一輛卡車的保險桿上，估量到底有多少人在場。放眼望去都是人，成千上萬。他看到布條、糾察人員、喊口號、電視記者。

史塔西，滾出來，史塔西，滾出來，史塔西，滾出來……

人群開始推擠鐵門，有人踩著門把和鉸鏈，攀上門對著裡面的警衛叫囂。這時鐵門莫名其妙地朝內打開了，他內心浮現一股恐懼感。

他站在卡車保險桿上，離大門還有好幾層人。他跳下車，與人群一起往前擠，他的手搭在前面人的皮夾克上，萬一人群突然從後面推擠上來，可以有點緩衝。

他左邊的年輕女人親切地對他說：「欸，你也在這裡？」

他對那張甜美的臉沒有什麼印象，又或許，根本沒有見過。他回說：「妳好。」

她說：「天啊，你不記得我了。」

「我當然記得。」

「真的，」她笑著說，這次不是很友善。「你記得還真清楚。」

在另一個人往前擠到他旁邊、取代了那女孩的位置之前，他都拖著沒有回話。他四周的人都壓低了聲音，也許出於敬畏，或是還沒有擺脫唯命是從的舊習慣，但等到他擠過大門、進入院子時，就聽到前方一棟樓傳出鬧哄哄的吼叫聲。他也進了那棟樓，看到地上已經有碎玻璃，牆上也被塗了漆。人流往中央樓梯的方向移動，目標是米爾克和其他高官辦公的那幾層樓。空中四散著飛落的文件，緩緩飄落的是單張紙，重重摔落的是一疊紙。他走到樓梯邊時，回頭看了看一張張朝他擠過來的臉，栩栩如生，彷彿以慢動作移動一樣，凍成紅色或灰色的臉，驚嘆、勝利、好奇的臉。前門附近的制服警衛一臉木然，無所謂地看著。他逆著人流，走到一名警衛面前，問：「檔案樓在哪裡？」

那警衛伸出雙手，分開，掌心向上。

安德瑞斯說：「拜託你，你以為這樣他們就會停下來嗎？」

警衛再次雙手一攤，一副關我什麼事的樣子。

又一波人潮像朝聖者一樣從外頭湧進院子，他開始打量眼前的情勢。如果要安撫群眾，就要有個人下令開放主行政大樓，但理論上，大樓裡應該已經找不到任何會株連人的文件。整個行動只是象徵性的，是個儀式，甚至可能是根據腳本演出。總部至少還有十幾棟建築物，卻沒人要闖進去。

他大喊：「檔案樓！我們去找檔案樓！」

人群中有一些腦袋轉向他，即使如此，人潮依舊往前，想要完成象徵性進入神祕聖殿的目的。電視攝影機的燈光和照相機的閃光燈此起彼落，紙張從破窗中飄出，往下落。安德瑞斯走到院子南端的圍欄，看著十幾棟樓中最大、最暗的那一棟樓。就算他設法帶領人群衝入檔案樓，要找到他的檔案的機率還是微乎其微。檔案就在那棟大樓裡某處，但打開總部大門只會讓他的朋友史塔西居於弱勢，對他找到自己的檔案也沒有一點幫助。

二十分鐘後，他按下他父母住的公寓門鈴，對講機傳出一陣劈啪聲，是他父親的聲音。

安德瑞斯說：「是我，你兒子。」

他到達頂樓時，公寓大門已經打開，一位穿著開襟羊毛衫的老人站在門口。安德瑞斯看到他變了個人似的，嚇了一跳。他比以前更矮、更虛弱、駝背更嚴重，雙頰和喉嚨都凹陷進去。他伸出一隻手要握他的手，安德瑞斯則雙手抱住他，過了一會兒，他父親也張開雙手擁抱他。

他一邊示意安德瑞斯進門，一邊說：「你媽媽今天晚上有課，我剛好在吃香腸，如果你餓的話，我幫你煮一條。」

「我還好，給我一杯水就行了。」

公寓的新設計走的是皮革搭鍍鉻金屬風，以及適合老年人的過亮照明。從香腸裡滲出來的東西在孤零零的盤子上凝結為一團紫色。父親從礦泉水瓶中倒水，遞水杯的時候，雙手不停地抖。

安德瑞斯在桌邊坐下來，說：「最好趁熱吃了。」

他父親把盤子推到一邊，說：「餓了再煮一條就好了。」

「你好嗎？」

「身體還可以，但是老了，你也看得出來。」

「你看起來很好。」

父親坐在桌邊，沒有回話。他從來就不是個講話時看著對方眼睛的人。

安德瑞斯說：「我猜，你沒有看新聞。」

「我幾個月前就不看了。」

「他們已經衝進史塔西總部了，就是現在，好幾千人。他們已經佔領了主樓。」

父親只是點點頭，彷彿表示同意。

安德瑞斯說：「你是個好人。我一直讓你擔心了，對不起。但我從來就沒有想過要故意跟你作對。」

他父親說：「每個社會都有規矩，有人守規矩，就有人不守規矩。」

「你是守規矩的人，我尊重你。我來這裡不是要指責你，是要請你幫個忙。」

他父親又點了點頭。卡爾．馬克思大道一直傳來汽車喇叭聲，聽起來像在慶祝。

「媽媽有沒有告訴你，我需要你幫個忙？」

他父親一臉悲傷，說：「你媽媽的檔案非常厚。」

安德瑞斯聽到這個前言不搭後語的答案，嚇了一跳，不知道該怎麼接話。

他父親繼續說：「這麼多年來，她三不五時就發作，一發作就出現不負責任的舉動。雖然她是堅定的社會主義者和忠誠的公民，但總是會造成尷尬，次數還不少。我想你可能沒有注意到。」

「由你告訴我這些，總是好事。」

他父親用手指比了個別提了的手勢，接著說：「這幾年來，我們跟國安部之間有一些指揮與管制的衝突。我跟他們打交道的時候運氣還不錯，一方面是因為我堂叔的地位，再加上我的工作是監督預算。但是國安部的自主權很大，跟他們打交道，必須有來有往。這些年我請他們幫過很多忙，但我現在幾乎沒辦法回報他們。國安部對我的善意，恐怕在我幫你媽拿到她的檔案之後就用完了。她還可以工作好幾年，假如她想要繼續發展，她以前的行為就不能曝光。」

不管安德瑞斯以前有多痛恨卡提雅，都比不上此刻。他說：「所以……等等，你是說，你知道我來這裡的目的？」

他父親把眼光移開，說：「她提過這件事。」

「但她關心的不是我，她只關心怎樣保護她自己。」

「她的確也替你求過情，但我們得先拿到她的檔案。」

「我的問題是當務之急，不是嗎？」

「你得明白，她是我的妻子。」

「而我不是你的兒子。」

他父親不自在地在椅子上動了一下。「我想，嚴格來說，你可能說對了。」

「所以我這下子慘了，而且是她把我害慘的。」

「不依照社會規矩做事，是你的選擇，你好像也不後悔。你媽媽正常的時候，還會懺悔她失常時做過的事情。」

「你的意思是，你也沒辦法了？」

「我很不願意做白費力氣的事情。」

「你知不知道為什麼這件事對我來說很重要？」

他父親聳聳肩。「我可以從你過去幹的事情推測出幾個答案。但是，不，我不知道。」

安德瑞斯說：「讓我來告訴你。」他很氣自己為了等母親救他等了五個星期。他能不能不要還像四歲小孩一樣笨？他現在只有兩條路，一、想辦法出國，二、相信這個不是他生父的人，把前因後果告訴他，但是該誇張的地方要誇張，不該講的不要講。他小心翼翼地潤色，把整件事描述成一位相信善良、相信社會主義、**向來守規矩**的柔道女孩，被一個由史塔西豢養、徹頭徹尾的惡靈化身強姦犯的故事。他同時訴求自己已經改過自新，提起輔導高風險青少年的美事、細數自己的成功、真誠貢獻社會的心意、拒絕與異議份子混在一起、在教堂地下室洗心革面，都是為了讓父親引以為傲。至於那首顛覆國家的詩，他解釋，那是與患精神病母親的對答，他知道這種作法不對，也悔不當初。

他講完後，父親沉默了很久。外頭街上的汽車仍然三不五時地鳴喇叭，冷掉的香腸漸漸變暗黑。

他父親問：「這件……事是在哪裡發生的？」

「在哪裡不重要。在鄉下一個安全的地方。你最好不要知道。」

「你當初應該直接去找史塔西，他們一定會嚴厲處置這個人。」

「她不願意。她是個謹守規矩的人，只想平平安安過日子。我替她出頭，就是想要幫她，讓她過點好日子。」

他父親起身走到壁櫥邊，拿了兩個杯子和一瓶百齡罈回來，邊倒酒邊說：「你媽是我的妻子，她的事情永遠最重要。」

「當然。」

「但是，你的故事很感人，讓我對你有了一些新的想法。我也在反省，以前對你的評價可能多少有些問題，我能相信你嗎？」

「有些事情我沒說，是為了保護你。」

「你告訴你媽媽這件事了嗎？」

「沒有。」

「很好。她要是知道了也幫不上忙，只會更沮喪。」

安德瑞斯說：「我比較像你，不像她，你應該看得出來吧？我們都要跟同一個難搞的人相處。」

他父親一口喝光杯中的酒，說：「人難搞定，日子也難搞定。」

「你能幫我嗎？」

他父親又倒了一些威士忌。「我可以問問看，但他們恐怕不會答應。」

「願意問就很……」

「別謝我。我是為了你媽，不是為了你。但法律就是法律，不能越俎代庖。即使我拿到東西，你也應該去自首，坦承不諱。如果你在不必擔心事情曝光的時候自首，就更值得稱道。如果事實真如你所說，你可以放心，他們一定會寬大處理，尤其現在這種氣氛，你更不必提心吊膽。你媽知道以後會很難過，不過，該做的還是要做。」

安德瑞斯放在心裡、沒說出口的是，他其實更像媽媽而不是他。如果做不該做的事情能讓他不會公開受辱和坐牢，他怎麼會去做該做的事情。他覺得自己有兩面，有病的那一面承襲自母親，瞻前顧後的那一面來自非親生父親，而他的生命就是這兩面長期交戰的過程。但他擔心，歸根結底，他其實是和卡提雅一模一樣。

就在他跟父親道別、走到電梯口時，身後的門打開了，他父親在後面喊了他一聲：「安德瑞斯。」

他回頭走到門口。

他父親說：「告訴我那人的名字。我剛才想到，你也應該看看那人的失蹤檔案。」

安德瑞斯仔細看著他父親的臉，難道這老頭打算把他交給警方？他不可能知道答案，只好把那人的全名告訴他。

第二天近黃昏時，牧師下樓到他房間，要他去接電話。

他父親在電話裡說：「我想我弄到了，但是，在你到檔案樓前，隨時可能變卦。他們不願意把檔案拿出來交給我，很可能也不會讓你帶出去，但是他們會讓你看，至少他們是這樣說的。」

「感激不盡。」

「要謝我，以後就絕口不要提這件事。」

早上八點，安德瑞斯依照父親的指示回到諾曼街，向大門表明身分。一組電視新聞記者正坐在麵包車裡吃圓麵包。他依照指示，表示要見尤金·維希勒上尉，然後接受搜身，交出原本打算裝檔案的背包，因為不准帶。

二十分鐘後，維希勒上尉到了大門口。他是個禿頭，臉色灰撲撲的，像個癌症初期病人，表情恍惚，也像個長期忍受疼痛的慢性病患者，西裝外套的翻領上有個小髒污。「安德瑞斯？」

「是的。」

上尉交給他一張掛在吊繩上的通行證，說：「戴上這個，然後跟著我。」

他們穿過院子，通過一扇沒鎖的門，接著是一扇鎖著的門，維希勒打開門，進去後維希勒再把門關上。

一路上他們沒說話。檔案樓的入口有兩個鎖，維希勒有其中一個鎖的鑰匙，另一個鎖則由厚玻璃窗後面的警衛打開。安德瑞斯跟著維希勒走上兩層樓梯，再往下走進一條走廊，走廊兩側的門都是鎖著的。

安德瑞斯壯起膽子說：「終於到了，好興奮啊！」

維希勒沒有理他。到了走廊盡頭，他又打開一扇門，招手叫安德瑞斯進去。這是個小房間，有一張桌子和兩把椅子，桌子上有四個擺得整整齊齊的檔案夾。

維希勒說：「我一小時整就會回來。你不能離開房間，也不能帶走檔案裡的任何資料。每一頁都編了號，我們離開的時候，我會先檢查，確定每一頁都在。」

「瞭解。」

維希勒上尉離開後，安德瑞斯打開最上面的檔案夾，裡面只有十頁，都是「非正式線民霍斯特．魏納．克蘭霍茲失蹤」的文件。第二個檔案也只有十頁，全是第一個檔案夾的複本。安德瑞斯一看到複本，就知道事情有望了。他得到的指示是不准帶走一張紙，但他們如果認為他會守規矩，就沒有道理給他複本。複本放在桌上，傳達的訊息很明確：我們有的就是這些了，拿去吧！他心裡滿滿的都是愛、驕傲和感激。他父親在那個體制裡工作了四十年，一路循規蹈矩，才能幫上他。他父親還是有影響力，史塔西是看在他的面子上才放行。

他拿出藏在鞋子裡的塑膠購物袋，把兩份調查檔案塞進去。桌上另外兩個檔案夾比較厚，是他的檔案，一個檔案夾放一半，也編了流水號。他也把這兩份檔案裝進塑膠袋。

他的心臟怦怦跳，充血勃起，而且又大又硬，因為接下來要做的事情就是一場遊戲。遊戲規則是他得打破規則，把這些他只能閱讀、不能拿走的資料偷帶出去，史塔西知不知道、同不同意都不重要。這些檔案失蹤了，史塔西也可以撇清責任。

他有點擔心那位上尉離開前鎖了門，但房間並沒有上鎖。遊戲開始。他踏出門，走到走廊上，整棟樓出奇地安靜，除了建築物傳出的低沉嗡嗡聲，沒有一點聲音。他沿著剛才進來的路線走下兩層樓梯，到達大廳時聽到腳步聲與人聲，是員工上班的聲音。他大膽地混入人群，往檔案樓大門的方向走。逆向而來的員工冷淡、漠不關心地看了他一眼。

他敲了敲大門警衛室的窗戶，對椅子上的警衛說：「我要走了，請開門。」

那警衛半站半坐著，細看了安德瑞斯脖子上的通行證，說：「你得等那位陪同官員到了才能出去。」

「我身體不舒服，想吐。」

「大廳裡面有洗手間，就在你左手邊。」

他只好進了洗手間，找間廁所躲進去。如果這場遊戲要繼續，他就得想辦法逃脫。他還在勃起中，他有股奇怪的強烈衝動想把它掏出來，無上光榮地射在史塔西的馬桶裡。他上一次有這樣瘋狂的性慾是三年前的事情了，但是他提醒自己——甚至大聲說出來——「等一下、快來了，還沒、快來了！」

他出了洗手間，走到走廊時，看到一扇開著的門透出光線，這意味著裡面可能有一扇窗戶可以讓他翻爬出去。他又壯起膽子，朝門走去。這是一間會議室，有好幾扇面對院子的窗戶，但都有鐵條加固，只有兩扇窗開著，大概是想讓房間亮一點。他一進入房間，就聽到一個尖銳的女性聲音問：「有事嗎？」

一位壯壯的中年女人正在玻璃盤上擺餅乾。

「沒事。對不起，我走錯房間了。」他邊說邊退後，離開房間。

上班的員工愈來愈多，進門後就各自散開，走向樓梯口或兩側走廊。他則站定在主廊盡頭，注意觀察會議室，等著那女人出來。他等待的時候，大廳另一頭的入口處傳來一陣騷動，他急忙忙走過去，手上抓著塑膠袋。

八個、或是十個男男女女，正從大門進來，那些人一看就知道不是史塔西。另外有一群人數較少的史塔西官員，穿著體面西裝，站在門內迎接他們。安德瑞斯認出幾個人，知道他們的來歷，那群人應該是「諾曼街公民特別委員會」的委員，要在嚴格的監視下進行第一次檔案檢查。委員會的人站得直挺挺，一方面表現自己很重要，但同時也透露出他們的敬畏和惶恐。安德瑞斯擠過去，準備穿過內門時，兩位委員正和史塔西官員握手。

他聽到玻璃窗後的警衛說：「站住。」

一名軍官正在把外門鎖起來，但還沒來得及鎖好，安德瑞斯就一把將他推到一邊，轉動門把，硬擠過去。他提著塑膠袋快跑穿過院子，身後傳來一陣吼叫聲。

柵門是鎖著的，但上面沒有倒刺的鐵絲網，也沒有蛇籠。他爬上柵門，拱起身體一躍而下，朝大門跑去。大門的警衛就這樣眼睜睜地看著他跑到街上。

街上有電視台的攝影機，總共三台，鏡頭剛好都對著他。

警衛室的電話這時響起。

一名警衛說：「是，他就在這裡。」

安德瑞斯向後瞄了一眼，看到兩名警衛正朝他走來。他丟下袋子，舉起雙手，對著攝影機，吼著問：「機器是開的還是關的？」

一位電視記者聽了急忙開機，另一台的女記者對他豎起大拇指。他轉向她的攝影機，開始說話。

他說：「我叫安德瑞斯．沃夫，我是德意志民主共和國公民，我正在監督諾曼街公民特別委員會進行的工作。我剛剛從史塔西的檔案樓出來，我看到一些情況，懷疑史塔西在粉飾太平。我沒有官方身分，我的任務不是在幫他們，而是要對抗他們。這個國家有太多化膿長瘡的祕密和有毒謊言，只有最強烈的陽光才能消毒殺菌！」

剛開機的那家電視台記者這時叫著說：「喂，先停一下，再說一次。」

他又說了一次，想到什麼就說什麼，他講得愈久，攝影機拍得愈久，他就愈安全，後面的警衛就愈不會抓他。這是他第一次在媒體上出鋒頭，往後他在媒體上出鋒頭的次數還會更多。這個上午他就不停地談論諾曼街公民委員會的工作、接受採訪、號召圍觀民眾、要求陽光照向史塔西的膿瘡。公民委員會的人從總部出來之後，也不得不歡迎安德瑞斯成為自己人，因為他已經把這些人的媒體鋒頭搶光了。

他的塑膠購物袋出現在當天數不清的新聞中。那天下午他跑回教堂地下室，袋子就緊緊夾在他的腋下。他快要自由了。他只擔心一件事，就是那具草草掩埋的屍體；但他只差一步就可以擁有安娜葛瑞特，他的性慾又回來了。他把檔案塞在床墊下，看都沒看就跑出去，滿腦袋充斥著狂野的性而輕飄飄的。他穿過位於腓德烈街的舊邊界，往西到選帝侯大街。就在那裡，他遇到好心的美國人湯姆・艾柏蘭特。

資訊太多

一般來說，萊拉喜歡出差。她只有在帶著匿名無線上網軟體、綠茶包、雙色原子筆和一包安必恩[1]坐在旅館房間時，才覺得自己是專業人士，覺得為了這趟出差丟下在丹佛照顧新人的責任，至少說得過去。但是，從她在丹佛搭上通勤客機，在阿馬里洛落地的那一刻起，就覺得不對勁，好像她根本不想來。她還是以最經濟有效的方式執行手上的工作，例如以租車公司尊榮客戶的身分直接從停車場取車，規劃到珍奈爾．傅雷能的小屋的最佳路線，並在最短的時間內博得傅雷能的信任，讓她開口透露內情。照理說，她應該會覺得勝任愉快，但這次卻沒有高興的感覺。那天下午稍晚，她在「Toot'n Totum 超商」買了一份裝在保鮮盒的主廚沙拉，帶回旅館。她的房間有先前客人抽菸留下的菸味。她打開沙拉盒內附的沙拉醬蓋子，覺得自己正是這產品訴求的目標客層：超過五十歲、注重飲食的單身女性。她忽然有個想法：她的現在感覺不是真正的寂寞。她有一個新來的資料研究助理碧普．泰勒，她一直希望有機會能帶她出差。

她的喉嚨有點痛，這毛病只有工作能治好。晚飯後，她出門去找柯迪．傅雷能的前女友。離開房間時，她讓燈亮著，把「請勿打擾」的牌子掛在門把上。外面，夜空萬里無雲，只有一些黯淡的星星，有一搭沒一搭地留下刻痕。光害和粉塵汙染遮蔽了這幾顆星星所屬的星座。今年是德州鍋柄[2]第五年出現乾旱，這種氣候可能很快就會成為常態。四月不融雪，卻出現粉塵。

她一邊開車，一邊將手機用藍芽連到車內音響上，聽自己訪問柯迪．傅雷能前妻的錄音，但愈聽愈不自在。她一直覺得自己心腸很好，也是個善體人意的聽眾，但是，她在訪問中卻聽到自己在操縱受訪者。

「赫魯——這個姓很怪？」

「這是黎巴嫩姓……基督徒。但我在聖．安東尼長大。」

「妳一開口說話，我就覺得妳是德州人。」

其實萊拉已經沒有德州口音了。當然，採訪德州人的時候例外。

「蕾拉[3]，我實話實說，妳別介意。我看妳不像是會選錯老公的女孩。」

「哈。那妳應該再靠近一點，看仔細。」

「所以，妳瞭解老公外遇的感覺。」

「妳說對了。只要是婚姻裡不愉快的事，我都瞭解。」

「現在我們是姐妹淘了，好耶！妳的手機放得夠近嗎？」

「我們不一定要錄音，如果……」

「我不是說過了，我要妳錄音。總該有人聽聽我的說法，一開始我還以為沒人要理我。我就是要說柯迪·傅雷能是個**一無是處的騙子加蠢蛋**，如果妳要把這段話放上網，千萬別客氣。」

「我聽說他加入了一所浸信會教堂，而且非常積極。」

「柯迪？省省吧。『十誡』就跟他行事曆上的待辦事項一樣。我再跟妳講一件事，他跟教會裡一個十九歲的女孩搞在一起，這件事千真萬確。他當初加入那個教會，原因只有一個，就是他老爸要他去。」

「怎麼說？」

「妳不知道？如果妳真的不知道，我們是怎麼聊起來的？那件醜事被廠裡逮個正著。他還用他心愛的公羊卡車[4]載那玩意兒回家，一不小心，第三次世界大戰可能就會爆發。後來，工廠竟然沒有開除他！走人的反而是他的主管，柯迪只是『調整職位』。老爸在工廠裡有權有勢，還真管用。還有一件事，我不得

---

1 Ambien，一種安眠藥。

2 Panhandle，美國常用語，形容狹長的行政或地理區域。

3 德州口音將「萊拉」（Leila）發音為「蕾拉」（Layla）。

4 道奇汽車公司旗下知名的卡車車款。

不說那老頭幾句好話，他很會談條件。柯迪丟下我們不管之後，我還是第一次拿到錢。」

「他負擔養小孩的費用？」

「暫時吧。誰知道他的新信仰能維持多久。要我說的話，只要那位也信主的女人沒有肥到不像話，大概都沒問題。」

「那女孩的名字是？」

「蠢胖子。」

「她駕照上的名字呢？」

「瑪麗·科普蘭。最後一個字母是i[5]。妳是不是覺得我一定很壞心眼，否則怎麼會知道這些。」

「不，我完全明白。他畢竟是妳孩子的父親。」

「但那女人不會跟妳談的，絕不可能。只要柯迪不理妳，她也不會理妳。」

沿著阿馬里洛大道往東開，會經過關押重刑犯的克萊門斯監獄、麥卡斯基爾肉品加工廠和潘特克斯核武工廠，這三個相連的超大建築群大同小異，除了都很殘暴，都有鈉氣燈[6]了。照後鏡裡，是一個又一個福音派教堂、茶黨分部和華塔漢堡[7]。往前看，是一座又一座天然氣井和油井、開採頁岩油的壓裂鑽井平台、放牧過度的土地、飼育場和枯竭的地下含水層。不管從哪個角度看，阿馬里洛都是這個國家壞事拿第一的證明：監獄人口第一、肉類消費第一、戰略核彈頭數量第一、人均碳排放量第一、相信「被提」[8]的人數第一。美國的自由派喜歡也好，不喜歡也罷，在其他人眼中，阿馬里洛就是美國。

萊拉喜歡德州。她來自德州的藍區[9]。雖然德州藍區以前比較大，但她還是喜歡整個德州，不只喜歡聖·安東尼、不只喜歡受海灣影響而比較溫暖的冬天，也不只喜歡春天綠意盎然的牧豆樹，她還喜歡紅區那種「有種就來啊」的醜態，擁抱醜態、急著製造醜態，以及德州人在醜態中看見美麗而自豪的能耐。還有，這裡的司機特別有禮貌，舊共和國[10]還是自成一格，身為全國耀眼榜樣的自信也還在。德州人瞧不起其他四十九州時，總帶著一點優雅的憐憫。

「有些女孩只要甩甩一頭金髮，男人就瘋了，菲莉莎就是這種人。聽過『一招半式走江湖』這句話嗎？用來形容菲莉莎和她的頭髮剛剛好，甩啊、甩啊、甩。柯迪呢，比電線桿還笨。電線桿還知道自己笨，柯迪連自己笨都不知道。而我呢，應該是全世界最笨的人，因為我竟然會嫁給他。」

「柯迪『調整職位』以後，菲莉莎．巴布科克是不是就跑了？」

「是老傅雷能要柯迪跟她分手的。他要想繼續在廠裡工作，就得答應。那女人是個麻煩，雖然沒本事毀了他的家，但一定會毀了他的工作。」

最直言不諱的消息來源，莫若前妻。前傅雷能太太的紅頭髮是染的，五官不知怎麼地有些塌陷，因此一副侷促不安、隨時準備道歉的樣子。她替萊拉烤了一個咖啡蛋糕後就不讓她走，拉著她在廚房講話，講到她的孩子放學回家才肯停。

想要訪問菲莉莎．巴布科克就難多了。她與柯迪．傅雷能分手後，就跟一個控制狂男人同居，那男人會接聽並過濾唯一找得到她的電話號碼。萊拉打去三次，那男的三次都只說同一句話：「我不認識妳，所以，再見。」（還好，這種回答有德州人的禮貌，也還好，他沒說更難聽的話。）此外，菲莉莎也從社交媒體上

---

5 此處「瑪麗」的拼法是Marli。
6 鈉氣燈發光效率高，壽命長，常用於街道與大面積照明。
7 Whataburger，總部設於德州聖．安東尼的連鎖速食店。
8 Rapture，基督教義用語。指世界末日來臨前那一刻，還活著的基督徒會先「被提」，也就是被接升天，免受世間苦難。
9 藍區代表多數民眾支持民主黨的區域，紅區代表多數民眾支持共和黨的區域。
10 德州於一八三六年至一八四六年為獨立國家「德克薩斯共和國」。

消失了——這也是有個控制狂男友的危險徵兆。幸好碧普．泰勒很會搜尋，她不厭其煩地找，錯了再試，終於發現菲莉莎的新工作地點，在彭巴鎮一家「音速」[11]免下車速食店。

萊拉在出發去阿馬里洛的前兩週，一個星期二晚上八點，生意最清淡的時候，打電話到那家「音速」，跟菲莉莎通上話。她先問菲莉莎願不願意談一談柯迪．傅雷能和七月四日發生的意外。

菲莉莎說：「不行吧。」這個答案意味著還有希望，因為如果真的「不行」，正確說法是**去你的**。「如果妳是福斯電視台的，我也許會講。但妳不是，所以，不行。」

萊拉說，她是《丹佛獨立新聞》的記者，這是個由基金會贊助、專門執行調查報導的媒體。她還說，《丹佛獨立新聞》和《六十分鐘》等許多全國新聞媒體合作採訪新聞。

菲莉莎說：「我不看《六十分鐘》。」

「我可以在週間找一個晚上，去妳上班的地方找妳。不會有人知道，我只是想把事情搞清楚。訪問後要怎麼做，可以照妳的意思，完全不公開都行。」

「妳連我在哪裡上班都知道，我不喜歡這樣。我男朋友也不喜歡我跟他不認識的人談私事。」

「當然，我尊重妳的意願，我也不想因此惹得他對妳不高興。」

「沒有啦！其實講起來有點糗，畢竟我能怎樣，跟妳私奔嗎？」

「說的也是。」

「妳他媽說的一點都沒錯。我告訴妳，其實他現在就坐在對街，想知道我在跟誰講電話。這不是他第一次幹這種事。」

「那我很快就掛斷。我找個星期二去找妳，差不多晚上這個時間，可以嗎？」

「妳剛才說妳是哪個雜誌的？」

「《丹佛獨立新聞》，我們只有網路版，沒有紙本。」

「我不知道耶，確實該有人去揭發那個工廠發生的事。但我得先顧自己，所以，我想，還是不行。」

「這樣吧，我還是去找妳，碰了面，妳再決定要不要說。這樣可以吧？」

「我不是要故意為難妳，只是我也很為難。」

萊拉第一次看到菲莉莎．巴布科克，是柯迪去年夏天貼在臉書的一組七月四日的照片。菲莉莎在照片中穿著國旗圖案的比基尼，正在喝啤酒。至於身材，只要多吃一些健康食物、多多運動，就棒透了。但是，她的臉蛋和頭髮，幾乎可以適用萊拉的毒舌名句：「金髮妞，老來醜。」（萊拉認為中年是黑髮女性的復仇時刻。）那些照片中，菲莉莎多半站在前景，也多半在焦距範圍內，只有在一張自動對焦出錯的照片上，背景清晰可見：傅雷能的道奇卡車停在車道上，車床上有一個大型物體：B61熱核彈頭。另一張背景模糊的照片中則隱約可見菲莉莎跨坐在彈頭上，假裝在舔彈尖。

碧普．泰勒到《丹佛獨立新聞》的資料研究部門面談實習工作時，萊拉正在華府出差，但面談過程很快就傳遍全公司。碧普帶著那組傅雷能照片的螢幕截圖，原是為了萬一有機會，能以照片為例，說明一則她想調查的新聞。資研部門負責人問她照片怎麼來的，碧普解釋她在奧克蘭反核武圈內有朋友認識一些駭客，他們不僅有物件辨識軟體，還能夠（非法）進入臉書內容發布管理的內部網路。她說，有個反核武的朋友掰了個理由，成為柯迪．傅雷能的臉書好友，她透過這位朋友也成了傅雷能的臉書好友。碧普透過私訊詢問那兩張有彈頭的照片時，傅雷能早就刪除了照片。結果，碧普只收到一行回訊：「**甜心，那不是真的**。」由於碧普帶來的截圖和其他經歷都很出色，資研部門負責人立即決定聘用她。

11 Sonic，美國連鎖速食店，標榜點餐、用餐都不必下車。點完餐後會有穿著輪鞋的服務人員送餐到車旁。

一星期後萊拉從華府回來，一進公司就往《丹佛獨立新聞》創辦人兼總編輯湯姆．艾柏蘭特的角落辦公室走去。《丹佛獨立新聞》的員工都知道，她和湯姆十多年來一直是情侶，但是工作上，他們倆就事論事。她先去找湯姆，只是打招呼：「嗨，我回來了。」但是，當她走近辦公室打開的門時，感應到一股奇怪的氣氛。

一位長髮亮麗的女孩背對著門坐著。萊拉非常確定，這女孩讓湯姆不自在。湯姆是個天不怕、地不怕的人。萊拉怕死，湯姆不怕；別人威脅要告他、要申請法院強制令，他不怕；企業拿錢壓他，不怕；開除員工，不怕。他是萊拉信賴的堅固堡壘。但那次，她甚至還沒進門，他就匆忙站起來。她感覺到湯姆心煩意亂。另一個不尋常的現象是他竟然結結巴巴：「碧普——萊拉——萊拉——碧普——」。

那女孩曬得非常黑。湯姆急忙繞過桌子揮著手，想把這兩個女人湊在一起，順便把她們趕向門口，似乎希望碧普儘早離開，或只是想要表示他無意藏著碧普不讓萊拉知道。那女孩有一張誠實、友善、漂亮的臉蛋，不是那種逼人的美，但她相形窘迫起來。

湯姆說：「碧普找到不少關於阿馬里洛的好材料。我知道妳手上的事情夠多了，但我想，也許妳們倆應該一起調查這個新聞。」

萊拉皺皺眉，用詢問的眼神看了他一眼，卻只見他眼神閃躲。

她只好雀躍地說：「我這個星期事很多，但我很樂意幫忙。」

湯姆催她們出門，邊走邊對碧普說：「萊拉是我們最優秀的同事，她一定會盡力幫忙。」接著轉頭看著萊拉，問：「可以吧？」

「沒問題。」

「太好了。」

她們一走出辦公室，身後就傳來關門的聲音；而他幾乎從不關門。幾分鐘後，他走出辦公室，找萊拉寒暄兩句，這是他之前在辦公室該做卻沒做的事。她不知道該不該問他一切都好嗎，因為她不喜歡別人這麼問她，她也警告過湯姆，絕對不要問她這個問題，**如果我告訴你我從來沒有好過，你要怎麼回答？**但她這回卻沒辦法克制自己不問了。

他說：「好啊，一切都很好。」天花板燈光反射在他的眼鏡鏡片上，遮住了他的眼睛。他的眼鏡是七〇年代流行的難看樣式，搭配他僅剩的頭髮，散發著軍人氣味。這是另一件他不怕的事：不在乎別人批評他的穿著打扮。「我覺得她會表現得很好。」

她。彷彿萊拉剛剛問的是她好不好。

「那……你要我把哪些新聞先放一邊？」

他說：「妳自己決定。她說這新聞除了她以外沒人知道，但我們無法確定有沒有別人也在追這新聞。我可不希望這變成別人的大獨家，我們則跟在後面補充消息。」

「《斷箭》第二集[12]。資料研究實習生一來就想要爭取這新聞，野心可不小。」

湯姆笑了出來，說：「是嗎？不是《奇愛：斷箭》[13]？這才是我們這種年紀的人能理解的聯想，對吧？」

他又笑了，這比較像真正的湯姆。

「我只是覺得，這件送上門的好事有點不可思議。」

「她是加州人。」

「所以才曬得那麼黑？」

12《斷箭》（*Broken Arrow*）是一九九六年吳宇森導演、約翰・屈伏塔主演的電影，描述野心份子勾結美國空軍轟炸機飛行員偷竊核彈，勒索美國政府的故事。「斷箭」是美國軍方通報核武器發生意外的代號。

13「奇愛」指史丹利・庫柏力克編導並製片的電影《奇愛博士》（*Dr. Strangelove*），一九六四年以核彈浩劫為題材的黑色喜劇。

湯姆說：「從灣區來的。就像流感病毒從中國來的一樣──豬、人和鳥在那邊都住在一起。這種新聞從灣區流出來一點也不奇怪。駭客的本事加上『佔領』心態的結果。」

「這樣講也對。我只是好奇她為什麼找上我們。這種新聞，去哪裡都有人要，《ProPublica》、《加州觀察》、《調查報導中心》[14]，都會要。」

「她應該是跟著男友來的。」

「女性主義喊了五十年，女人卻還是跟著男友走。」

「妳應該是最適合勸她的人。當然，不勉強。」

「我真的不介意。」

「萊拉幫助過的人可多了，再多一個有什麼關係。」

「你答對了，只是多一個人而已，有什麼關係。」

就這樣，人就交接給萊拉了。湯姆是不是為了跟這女孩保持距離，才安排她們搭檔呢？碧普絕不是《丹佛獨立新聞》聘過最漂亮的實習生，湯姆也經常明確地說，他喜歡的就是萊拉這一型（瘦小、平胸、黎巴嫩裔）。那麼，碧普究竟是哪一點讓湯姆覺得自己需要免疫？萊拉終於恍然大悟，原來這女孩可能是湯姆曾經喜歡的那一型，像他前妻的那一型。而且，說湯姆天不怕、地不怕，並不正確，但凡是跟他前妻有關的事，他都緊張。只要電視上出現讓他想起前妻的人，他就坐立難安，甚至會對著螢幕說話。萊拉想明白擔起照顧碧普的責任就等於幫湯姆一個忙，她就決定接手。

「你們結婚後，柯迪有沒有提過廠區安全的事情？妳知道他帶武器回家，沒有嚇一跳嗎？」

「柯迪是個笨蛋，笨到不管他做什麼事情我都不意外。他有一次在車庫除漆，竟然用噴燈點菸，而且還過了好一會兒才發現燒到自己的襯衫領子。」

「廠區呢？他提過廠區安全的事情嗎？」

「他和他老爸經常說這個參數、那個參數，參數個沒完！『參數』這個字我一定聽他們提過。接觸參數啦，還有……還有一個跟規範一起的……」

「門呢？圍籬？」

「啊，妳問的是廠區，我幹嘛跟妳說參數。我其實連參數是什麼都不知道。」[15]

「所以，妳沒有聽柯迪說過有人從工廠裡面偷東西出來，或者偷帶東西進去的事情？」

「大部分是偷帶東西進去。他們的炸彈多到可以把鍋柄炸成一個冒煙的大坑。但別以為他們會緊張、隨時提高警覺，剛好相反，因為製造那種炸彈只有一個目的，就是保證絕對不會用到它。這場表演就像個超級什麼都不是，在裡面工作的人也知道這點。他們經常舉辦工安比賽，成立壘球隊、募捐罐頭等等，就是要多一點樂趣。這個工作比包裝肉品或去監獄當警衛好，但還是很無聊，而且沒有前途，所以才會有人偷帶違禁品進去。」

「酒精？藥？」

「沒有酒，帶酒一定會被抓到。但有人偷帶非法興奮劑，還有人帶乾淨的尿進去，在藥檢的時候用。」

「那帶出去的東西有什麼？」

「這個嘛，柯迪帶回來過一整櫃的高檔工具，有一點輻射汙染，但職業安全與健康署說輻射劑量太高，不能用。所以幾乎是全新的工具。」

14《ProPublica》是針對攸關公益的新聞進行調查報導的網路媒體，非營利組織，經費由基金會贊助。《調查報導中心》也是非營利新聞機構，《加州觀察》則是其所屬機構，專責報導與加州公益有關的新聞。

15 柯迪的前妻把「廠區」（perimeter）聽成「參數」（parameter）。

「沒有發生過炸彈不見的事情。」

「我的老天，沒有。廠裡有條碼、全球定位系統，還有一大堆表格要我們簽名。每顆炸彈每一分鐘在哪裡他們都知道。我會知道，是因為柯迪就負責這些事情。」

「庫存管理部門。」

「對。」

萊拉在快開到彭巴鎮的時候關掉了錄音播放。這一帶地勢平坦，卻奇怪地令人覺得暈眩。這是一塊看不到任何高低起伏的地貌，人在這裡，不是感覺隨時會倒下，就是會被風吹走，完全沒辦法喘一口氣。彭巴鎮民對於這片幾乎沒有商用或農用效益的土地，根本視而不見。要隔好一段距離才會看到一棟低矮又醜陋的建築孤伶伶地立著。順著萊拉的車頭燈光看過去，那些滿布塵土的死木或當初隨便種種的瀕死樹就像浮在半空中一樣。對她來說，這些就是德州，就是德州的可愛之處。

「音速」漢堡的停車場是空的。萊拉決定先不打電話給菲莉莎，以免驚動她。如果她下班了，萊拉可以明天再來。但菲莉莎不但人在，還半個身子探出免下車服務窗口，伸長手往地上摸，小心翼翼地不讓自己跌出窗外。

萊拉走近窗口時，看到地上有張一元美鈔。她撿起來交給菲莉莎。菲莉莎把身體撐回去，說：「謝謝妳，女士，妳需要什麼嗎？」

「我是《丹佛獨立新聞》的萊拉．赫魯。」

「哇，妳說話真像德州人。」

「我是德州人。可以聊聊嗎？」

菲莉莎又把身子探出窗外，朝停車場和街道左右看了一遍，說：「我不知道。我上次就告訴過妳我的情況。他十點會來接我，有時候還會提早來。」

「現在才八點半。」

「妳也不能站在這裡，這是車道。」

「好吧，那我可以進去嗎？」

菲莉莎搖搖頭，一副沉思樣，說：「有些事情只有本人才知道，我也不確定自己清楚。」

「妳就像心甘情願去坐牢的犯人。」

「犯人？我不知道這樣形容對不對。也許是吧，彭巴鎮的犯人。」她咯咯地笑了笑，說：「該有人把我的故事寫成小說，書名就叫《彭巴鎮的犯人》。」

「妳有多喜歡他？」

「其實我很瘋他，有時候我甚至不在乎自己像人犯。」

「我懂。」

菲莉莎看著萊拉的眼睛，說：「妳懂？」

「我也有過左右為難的時候。」

「好吧。幹！隨便啦。妳進來後坐在地板上，免得被人看到。從後面進來，經理就看不到。其他都是墨西哥人。」

萊拉這一行，最常見的職業風險是消息來源想跟她交心。這個世界，講個不停的人太多，願意聽人講話的人卻太少。不少消息來源給她一種印象，她是他們這輩子碰到第一個願意聽他們說話的人。這些人都是她為了跑新聞而接觸的消息來源，是她誘拐的「菜鳥」，他們期待她扮演什麼角色，她就以那種角色現身（她也在專業人士、政府部門幕僚、國會助理面前偽裝自己，但這些人利用她，不亞於她利用他們）。許多同事，包含一些她喜歡的同事，事後會狠心背叛消息來源，切斷所有聯繫管道。他們的原則是，如果跟某人上床一次就知道不會有第二次，那麼，不回那人的電話，其實比較仁慈。但萊拉向來是會回電的人，不管是在採訪生涯或性生活上都一樣。她的規矩是在誘拐消息來源時，在一定程度上要無愧於心地變成她假裝的人。此外，採訪結束後，她覺得有責任要回覆消息來源的電話、電郵，甚至那些人寄來的聖誕卡。她到現在還收到「大學炸彈客」泰德．卡辛斯基[16]的信。十幾年前，她寫了一則同情卡辛斯基身陷法律困境的新聞。當時卡辛斯基在法庭受審，當局為了堵住他的嘴，不讓他在法庭上對美國政府作激進批評，就以精神錯亂為由，禁止他擔任自己的辯護律師。當局怎麼證明他精神錯亂呢？因為他相信美國政府正在陰謀箝制人民表達激進意見，而只有瘋子才會相信這種事！大學炸彈客真的、真的很喜歡萊拉。

她坐在地上，身旁是沒擦乾淨的番茄醬，耳邊傳來墨西哥音樂。菲莉莎告訴她，柯迪能是個說得比唱得好聽的廢物，她早就等不及要擺脫他。雖然他精壯的屁股、溫柔的眼神，以及像小狗一樣楚楚可憐的下垂睫毛讓她沒辦法抗拒和他上床，但她對萊拉發誓，一開始她絕對沒有要他拋妻棄子，所以他離家出走時，她也嚇了一跳。沒多久她就被套牢無法脫身了。她只是想玩個夠，沒想到毀了一個家庭，她很過意不去，但她還是和柯迪同居了整整六個月。

萊拉問：「妳因為有罪惡感，所以跟他同居？」

「可以這麼說！還能省下房租，而且，我當時也沒有別的打算。」

「妳知道，我跟妳一樣年紀的時候，也幹過同樣的事：破壞別人的婚姻。」

「也許，一段婚姻**能**被破壞的話，就**活該**被破壞。」

「不是每個人都這麼想。」

「那妳當時怎麼辦？還是妳根本不覺得有罪惡感？」

萊拉笑了，說：「妳問到重點了，我最後還是嫁給了他。」

「這樣啊，所以是皆大歡喜了。」

「但一路走來也不是完全心安理得，這點是肯定的。」

「我覺得妳這人還可以。我從來沒有跟記者接觸過，但妳跟我想像的記者不一樣。」

萊拉心想：**這是因為我讓人卸下心防的本事很厲害**。

菲莉莎這時停下來，轉頭替一車青少年點餐、送餐，接著又用西語教訓她的同事：「嘿，你們，吵死了，小聲一點可以嗎？」

柯迪打死都不相信菲莉莎找得到比他更好的男人，但他覺得菲莉莎的想法跟他不一樣。而他愈想打動她，她就愈沒感覺。他會在酒吧當著她的面為小事找人打架，藉此表示自己很行不怕打。他老婆，就是那個狒狒臉的女人，為了小孩的贍養費打他薪水的主意，他就是不給——拿不到錢，就去找大政府吧！但他為了打動菲莉莎，買名牌什麼的從不手軟，包括一個全新的iPad。他在七月四日幹那件事沒有別的原因，就是想討她歡心。她知道他在炸彈工廠工作，而且是全工廠最無聊的工作。他可以喋喋不休好幾個小時，內容不外乎可謂當量、碉堡剋星、千噸當量，說得好像國家安全全靠他了一樣。最後她受夠了，對他實話實說：他只是個無名小卒，不僅他和那些炸彈沒關係，她對那些炸彈也沒興趣。她傷了他的自尊心，但她無所謂，因為她已經和他的朋友，住在彭巴鎮的凱爾，眉來眼去。

16 Ted Kaczynski，一九七八年至一九九五年間，犯下多起郵包炸彈案，總共造成三死三十三傷的無政府主義者。卡辛斯基是天才兒童，十六歲進入哈佛大學，二十五歲就進入加州大學柏克萊分校任教。他認為現代科技與工業化侵蝕人類自由，主張以自然為本的無政府主義，他的行凶目標是大學教授、航空公司與大型企業主管。他於一九九六年被聯邦調查局逮捕，一九九八年判決無期徒刑確定。

七月三日晚上，她和好朋友喝完酒回家，柯迪坐在大門的階梯上等她。他說，他給她帶了個禮物。他帶她到後院，地上有張毯子，上面放著一個大圓柱體。柯迪說那是一個隨時都有可能引爆的B61熱核彈，並問她覺得怎麼樣。

怕啊，還能怎樣。

柯迪說：「我要妳摸它，脫光躺在上面，然後我要上妳，讓妳嘗嘗這輩子從沒嘗過的滋味。」

她支支吾吾，說她可不想感染輻射什麼的。

柯迪說，就算碰到彈頭或在彈頭附近，也完全沒有危險。他抓著她的手去摸，解釋什麼是「保險分」[17]和密碼機[18]。說得眉飛色舞。大講特講自己不懂、也和自己無關的事情，唯一不同的是，這次真的有一顆熱核彈頭放在後院毯子上。

他說：「我知道怎麼引爆。」

菲莉莎說：「才怪。」

「如果每一組密碼都拿到就沒問題，我已經拿到了。我可以把阿馬里洛轟上天，讓它從地球上消失，現在就可以。」

菲莉莎想問他為什麼要做這種事。就算她只有二分之一信，但不信的比例有三分之二。

柯迪說：「為了讓妳知道我有多愛妳。」

菲莉莎說她看不出來愛她和炸掉阿馬里洛有什麼關係。其實那時她心裡想靠著這句回答來拖延時間，她心想這等於拯救了成千上萬無辜的阿馬里洛人的性命，尤其是她自己的命。她用一隻耳朵專心聽有沒有警車的笛聲。

接著，柯迪跟她保證，他不會真的做。他只是想讓她知道，他辦得到，就是他，柯迪・傅雷能。他想要讓她感覺他能為所欲為的力量。他要她脫光衣服，抱著炸彈，把屁股翹得高高的。難道可怕又危險的核彈力量，沒有讓她性慾高漲嗎？

事實上，她聽到他這麼講還真的情慾勃發。她照著他說的做。從她知道他拋棄老婆而大吃一驚之後，這是他們第二次這麼享受。死亡與毀滅隨時可能臨頭，汗濕的皮膚貼著冷冰冰的死亡炸彈；高潮時，腦海裡出現的是全鎮被蕈狀雲炸上天空的景象。她承認，真是爽斃了。

另一方面，這檔事顯然過了今晚就要散戲。柯迪不是去坐牢，就是得把那枚B61送回原處。不管結局是什麼，她的臉緊貼著一枚三十萬噸級的死亡炸彈外殼、兩人都來高潮的性愛就此結束。機不可失，他們又做了一次，柯迪把她弄得死去活來、全身緊繃。完事後，她卻有點可憐他。他不是太有腦袋的人，而且她已經打定主意跟凱爾在一起。

她說：「寶貝，他們會來抓你。」

柯迪說：「不，他們不會。我只是把假彈借出來用一用而已，沒事的。」

「假的？」

「是啊，這是訓練彈。除了裂變藥，其他部分都是一模一樣的複製品。」

她感到難過。他講這種話，是故意讓她覺得自己很笨還是怎樣？他明明告訴她這是一枚隨時都有可能引爆的死亡炸彈！

---

17 One-point safety，美式足球術語，指達陣得六分後，攻方可以選擇踢球多得一分。核彈的「保險分」指防止意外發生（如核彈運輸過程中掉落）的設計。

18 密碼機的功能是防止非權責人員逕自引爆核彈，必須輸入至少兩組由不同人保管的密碼才能啟動核彈，或將核彈調整為備炸狀態。

「親愛的，沒人會用自己的卡車運一枚真的炸彈。」

所以，這東西只是個假貨？不就和他一樣嗎？

「是啊，真的假的有差嗎？」他說：「妳看起來完全不像在假裝啊！哇，七月四日煙火，爽啊！」

萊拉像發了瘋似的猛記筆記。「那枚複製彈，在他手上多久？我們有好幾張七月四日的照片。」

菲莉莎說：「他隔天晚上才運回去。七月四日工廠沒人上班，他跟大門警衛又熟。但是他把炸彈送回去之前，先在烤肉的時候拿出來跟朋友炫耀。凱爾說柯迪就是這種人，像隻黏人的小狗，只要能讓人刮目相看，敢衝敢撞得很。」

「那些朋友覺得他很厲害嗎？」

「凱爾不覺得。他知道我和柯迪前一晚做了什麼，因為柯迪見人就吹噓，說那枚炸彈是春藥彈。」

「很好。但是，我就直接問了，免得誤會。我手上七月四日的照片，有一張妳好像在……」

菲莉莎臉紅了。「我知道是哪一張。我是為了凱爾才擺那個姿勢，還當著所有人的面看著他。」

「柯迪一定很不爽。」

「我那樣做當然不是太對，只是我怕凱爾誤會我又跟柯迪好上了。我那是自保。」

「柯迪是因為這個跟妳分手？」

「誰說的？凱爾趁柯迪把炸彈運回去的時候，過來幫我收拾行李，當天晚上我就搬去彭巴鎮。我還是有點內疚，但至少我留給柯迪一些好的回憶。我們都不會忘記跟死亡炸彈在一起的那個晚上，那是我們會永遠珍惜的回憶。」

「那為什麼這件事會被工廠發現？」

「哎，這種事不可能不被發現，他還把照片放上臉書。妳想也知道會怎樣。」

離開菲莉莎之後，萊拉的短期記憶像母牛脹奶一樣隱隱作痛。她把車開離「音速」漢堡的停車場，停在路的另一頭，然後用紅筆塗寫修補草草記下和漏記的地方。她不能等回到阿馬里洛才處理，只要超過一小時，她就沒辦法準確記起來訪問內容。她正忙著時，一輛老式卡車轟隆隆開到「音速」漢堡停車場，沒多久又開出來。卡車經過時，萊拉看到菲莉莎，她沒有乖乖待在乘客座，而是擠到中間，一隻胳膊摟著開車人的脖子。

參議院舉行水門案聽證會那年，剛好是萊拉大到能聽懂聽證內容的時候。她對母親的記憶近乎空白，只記得恐懼與悲傷、醫院病房、父親啜泣，以及似乎連續好幾天才結束的喪禮。到了山姆·厄文、約翰·迪恩和鮑勃·霍德曼[19]出現的那個夏天，她開始有完整的記憶。一開始她看電視轉播，是為了避免和爸爸的表姊、那位又乾又癟的老太婆瑪莉互動。她父親除了在牙科診所執業，還在牙醫學校擔任研究員，忙得不可開交，從老家請來瑪莉替他打理家務，同時照顧萊拉。但瑪莉嚇壞了萊拉的朋友：她吃飯時舔餐刀，假牙咔啦咔啦響個不停，而且拒絕換副好假牙；她老是嫌冷氣不夠冷，跟小孩玩遊戲時，完全不讓。有她在，夏天特別難熬。萊拉永遠記得她完全聽得懂電視上的華府大人發言時的喜悅，她跟得上水門案的陰謀。幾年後，父親帶她去看《大陰謀》[20]，她要求父親看完先走，她則溜進放映廳再看一遍。

19 美國聯邦參議院從一九七三年五月至八月，舉行水門案聽證會。山姆·厄文（Sam Ervin）是參院調查水門案特別委員會主席。約翰·迪恩（John Dean）是尼克森任總統時的白宮律師，也是策劃竊聽民主黨全國委員會、事發後湮滅證據的要角。鮑勃·霍德曼（Bob Haldeman）是尼克森的白宮幕僚長，也在水門案中扮演重要角色。

20《All the President's Men》，一九七六年的電影，達斯汀·霍夫曼與勞勃·瑞福主演，描述華盛頓郵報記者伍華德與柏恩斯坦揭發水門案的經過。

她父親也讓她溜進放映廳再看一次。他是依照舊世界規則過日子的人，對與錯的界線是模糊的，要看幹了壞事逃不逃得掉而定。他會偷旅館毛巾，也會買超速雷達偵測器裝在凱迪拉克車上。國稅局抓到他逃漏稅，他的反應不是尷尬，而是惱怒。但他也有新世界的思維。萊拉迷上《大陰謀》，宣稱她的夢想是當調查記者時，父親說新聞是男人的職業，所以，她**更應該**進這一行，展現赫魯家女人的本事。他說，她的頭腦就是用來切斷美國這塊奶油的熱切刀。在美國，女人不用像瑪莉那樣，依靠表弟的善意過日子。

他嘴上喊著女性有能力，卻不是女性主義者。就算萊拉大學畢業後到報社上班，還是擺脫不了那種必須證明什麼給他看、而不是對自己交代的感覺。等到她進了《邁阿密先鋒報》當了真正的記者時，父親卻因為中風而倒下。她知道父親希望她辭職回去聖．安東尼，也巴望這一天到來。瑪莉已經過世，但父親還有兩個第一次婚生的兒子，一個住在休士頓，另一個住在曼菲斯。要是他們倆不是男人，就可以把父親接去照顧。

父親愈來愈衰弱，她為了打發在聖．安東尼沒事做的夜晚，開始寫短篇小說。如今她想起自己曾經想當小說家，想起當時寫的故事就覺得噁心，就像傷口結疤後老是會不由自主地去摳，萬一摳出血來又很丟人。至於當初為什麼要寫，除了故意違逆父親的期待，懲罰他擋住自己的人生道路，她想不出其他理由。父親二度中風、過世後，留給她一筆遺產，扣掉拖欠的稅金，再和兩位同父異母的兄弟以及兩位她毫無印象的女人分配後——其中一位長期是父親的牙齒保健師——就所剩無幾。但她還是拿出來，在丹佛找了間學校，攻讀創意寫作學位。

在丹佛入學時，她就比班上多數同學老成，她不僅社會經驗比他們豐富，還有一肚子的家庭苦水和移民故事。她還覺得自己比以前更迷人，以前的男友們已經配不上她的水平。第一學期，寫作班老師查爾斯．布萊能特地讚美班上一位年輕「實驗派」的女作家，這使她的好強基因起了作用。赫魯家的人聚在一起常打牌和玩桌遊，懂得假設別人一定會作弊。所以萊拉除了發憤寫小說，也努力批評班上年輕對手的作品。她懂得見縫插針，很快就讓查爾斯注意到她。

查爾斯當時正處於職業生涯的頂峰，他剛獲得「蘭能學人」獎助，《紐約時報》書評版的頭版冊封他為約翰·巴斯和史坦利·埃爾金的接班人。但是，他並不知道自己已經到頂了。他十五年的婚姻在他一片光明的前途照耀下顯得平淡無奇，有失體面。萊拉適時出現，終結了這份在布萊能的股價被低估時簽訂的合約。而且，她的介入，還讓他兩個女兒就此和父親決裂。她明白自己在她們以及他妻子眼中的形象，她也覺得有點遺憾——因為她痛恨被人痛恨——但並不特別內疚。查爾斯和她在一起比較快樂又不是她的錯。不替他或她自己的幸福著想，反而先考慮那個家庭的感受，這也未免太有做人原則了。在這個反省是非對錯的關鍵時刻，她只能看到父親傳給她的一團混亂。

她迷上了查爾斯，一段時間。他在所有女學生中挑上了**她**。她覺得自己細瘦的身材，配上他老男人的塊頭剛剛好，她甚至不敢相信自己有那麼性感。他騎哈雷機車來教課，他如絲緞般的栗色長髮垂到皮夾克肩膀處，他講到文學巨擘時直呼其名。她退出寫作課程，免得他尷尬。一星期後，他辦完離婚手續，她坐在哈雷機車後座，兩人一起去新墨西哥州的陶斯鎮結婚。她跟他一起出席學術會議，逐漸瞭解並發揮她在這種場合的功能：年輕、鮮嫩、又有點異國情調，能挑起那些還沒有棄舊換新、或是最近沒有棄舊換新的男作家的嫉妒心。她寫了一些短文，刊登在查爾斯能發揮影響力的小型雜誌上，讓她能夠自稱是小說家。

幾趟蜜月行結束後，查爾斯決心創作一本大書，就是那種要在當代美國文學正典中佔一席之地的小說。曾幾何時，像《聲音與憤怒》或《太陽依舊升起》那種厚度的小說已經不夠看了；現在，大書，才是王道，要厚、要長。萊拉嫁給小說家，或是認為自己是小說家之前，應該有人好心建議她多等等，先嘗嘗住在蘊釀**大書**的屋子裡是什麼滋味。寫完後若以沮喪告終，得喝上三大瓶波本威士忌；若是以豁然貫通和喜悅結束，則喝掉四大瓶來慶祝。查爾斯必須好幾個星期無所事事，腦袋才能擴充到裝得下大書。雖然大學要他做的不多，也不是沒有要求。但事無大小，只要沒做完，都是折磨。只要是萊拉能代勞的事情，她都一肩擔下，許多她不該做的事情，她也接手去做。但總有她做不來的事，例如去寫作班教課。他們那棟三層樓的工匠風住宅，會連續幾個小時迴盪著他不想教課的哀號，每一層樓都聽得到那發自內心、卻故作幽默的哀號。

她也會利用零碎的空檔，在他大女兒以前用的小桌子上，努力寫小品文章。雖然早在他們結婚之前，她先生就無力經營「仰之彌高、又通俗能解的雙生風格」（這是《紐約時報》書評說的話），但相較之下，她寫那種平鋪直敘的新聞報導體，自己看了都討厭。

搞笑是查爾斯的長處，也是萊拉無法抗拒的弱點。碰到他可以寫出比較長的段落——與其他段落一樣各自為政、毫無關係的段落——的時刻，他會高興得又叫又笑。但一段也寫不出來的日子更常見，這種時候，她會先聽到三樓那間書滿為患的書房門被打開，聽到他拖著腳步走來。他知道她聽得到，還故意放慢，讓腳步聲聽起來更好笑。最後，他停在她關著的房門外——假裝她根本沒聽到腳步摩擦地板的聲音——猶豫幾分鐘，甚至好幾分鐘，才敲門。就算他開了門，也不會馬上進去，相反地，他站在門口用目光緩緩搜索每個角落，似乎在想，如果換到這小孩房寫稿，會不會寫出大東西。又或者，他在重新熟悉這個萊拉的奇怪小世界。然後，他突然轉頭——他總是能掌握製造笑點的時機——看著她，問：「妳在忙？」她從來不說「是」；接著，他進房，砰地一聲躺在鋪著床罩的單人床上，像卡通角色一樣哀號。他非常善於因為打擾她而說抱歉，但她發現，他的道歉潛藏著一股暗流，憎恨她既能操持家務，還可以用平鋪直敘的新聞報導體將幾個段落串在一起。他們有時會討論他文思阻塞的原因和**當天的主要障礙**。但這些都只是前奏，他下樓的真正目的，就是在床罩上、在道格拉斯冷杉地板上、或是在那張兒童書桌上上她。她喜歡跟他做，非常喜歡。

一年下來，大書根本沒動，她也受夠了寫小說。她是女性主義者，不認為自己應該只扮演查爾斯老婆的角色，所以她在《丹佛郵報》找了工作，很快就在報社竄起，她這次從事新聞工作是為自己，不是為父親。

她不在那房子裡，大書開始成形，但速度緩慢，波本威士忌的消耗量也因此增加。等到她的報導贏得獎項後（主題是「科羅拉多州博覽會管理不善」），她就有了膽量不出席查爾斯受託招待來訪作家的餐會。啊，令人頭痛的餐會上主客常酩酊大醉，查爾斯席間還會臧否賓客，在他的討厭名單上加添名字。事實上，還活著的美國作家中，查爾斯不討厭的，就只有他現在的學生和以前教過的學生。一旦這些學生取得一些成就，他們瞧不起、背叛查爾斯只是遲早的事，屆時他就會把他們加入討厭名單中。

眼看查爾斯的自信指數不斷往下掉，自憐指數不斷往上升，她也許該擔心，如果班上來了個新鮮可人的女學生，他會不會對她做出像他對第一任妻子做的事。但他沒有，不消三兩下，她就可以把他逗得幾乎要發狂。他就像隻大貓，看到她細瘦、嬌小的身形就像看到老鼠，會不由自主地撲過去。也許寫小說的都是這個樣，也許只有查爾斯有這種問題，無論如何，他就是沒辦法對她視而不見。就算不是為了做愛求歡，他也不停地刺探，每一件事都要交代，一件事都不能遺漏。

可能是為了自己著想，她竟然想和他生孩子。《丹佛郵報》的同事中，有人剛生產不久、有些人的小孩還在學步、有些已經六歲。她抱著這些孩子的時候，他們的手碰到她的臉、他們的臉碰到她的乳房、他們的腳穿過她的雙腳，她的內心就被他們的信任與天真融化了。她不禁覺得，最甜蜜的莫過於孩子，最珍貴、最值得擁有的也莫過於孩子。她特別選在他的小說有一千字進展的隔天晚上，先深呼吸，當面向查爾斯提出生孩子的想法。他的反應比平日誇張，他故意用搞笑的慢速度轉頭，怒目看著她。不明就裡的人會覺得他的眼神好笑，她卻覺得恐懼。這種眼神的意思是：**好好想想妳剛才說的什麼鬼話**。或是：**妳在開玩笑吧！**或者更冷酷邪惡的：**妳知不知道妳在跟美國重量級小說家講話？**最近這種眼神出現的頻率一直增加，她不禁猜想他到底把她當什麼。她本以為自己是靠天份、韌性與成熟吸引他，但她現在擔心自己細瘦的身材才是吸引他的主因。

她問：「幹嘛？」

他用力閉上兩隻眼睛，整張臉擠出一道道皺紋，然後又快速睜開眼。「對不起，」他說：「妳剛才問什麼？」

「應該是在談要不要有小孩。」

「現在不行。」

「好。但『現在』是指今晚，還是指這十年？」

他誇張地嘆了口氣，說：「我和之前那兩個女兒關係這麼疏遠，是哪一點讓妳覺得我是當爸爸的料？難道我忽略了什麼？」

「現在是在談我，不是談她們。」

「我知道不一樣，但妳知道我現在承受的壓力嗎？」

「很難不知道吧。」

「對。但妳**覺得**……妳能**想像**[21]，只要一秒鐘就好，有寶寶在屋子裡，我能寫完這本書嗎？」

「你知我知，孩子至少還要九個月才會出來，也許訂一個不長不短的截稿日，情況會好一點。」

「我的截稿日已經過期三年了。」

「我是說真正的交稿日，你認為一定能完稿的日子。你要知道，這事，是我要跟你一起做的。我要你寫完這本書，然後我們也許就能有個孩子。這兩件事不見得會衝突，甚至還可能會有影響，好的影響。」

「萊拉！」他用吼的叫出她的名字，口氣嚴厲又諷刺，因為他想搞笑。

「幹嘛！」

「妳是我的最愛，請跟我說，妳知道妳是我的最愛。」

她細聲說：「我知道。」

「所以，請專心聽我說，聽好了。我們為這事情多討論一分鐘，下個星期就會多損失一天的工作時間，一分鐘換一整天。相信我，妳痛苦，我也痛苦，妳也不是不知道。所以，這件事就此打住，可以嗎？」

她點點頭，然後哭了出來，然後跟他做愛，然後又哭了一陣子。幾個月後，《丹佛郵報》派她擔任駐華府記者，為期五年。她接受了。她還不至於完全不愛查爾斯，但她只能忍受他在她身邊一段時間，現在她看到他就會心痛。她覺得應該忠於那個肚子裡還沒受孕的孩子，忠於那個可能性。

那個可能性跟著她到華府，每個月跟著她回丹佛一次，參加社內會議和盡夫妻義務。她並不想在四十出頭、每週工作六七十個小時、又想要孩子的時候，還要考慮離婚。但她的人生軌道就像自己無法掌握的東西，被抛到深遠的外太空，接近失重脫速[22]的感覺。她知道終點在哪兒，卻不想知道。深夜，她與查爾斯通電話時，可以體會到他的孤獨，因為他從來沒有這麼關心她的採訪工作，從來沒有這麼想幫她。但是，當他夏天來東岸，以及隔年夏天再來的時候，她在國會山莊的小公寓卻成了酸味撲鼻的籠子，因為來了一隻鬱悶到連毛髮都不清理的大貓。查爾斯穿著四角內褲，天天在公寓裡咒罵天氣。這是她第一次不想跟他身體接觸。她找各種理由晚點回去，但不管多晚，他總是會等她。等到她到家，就看到他焦慮又癡迷的模樣。他的大書終於交稿，但編輯要他這邊修修、那邊改改，他卻連最微不足道的修改都下不了手。他一次又一次問編輯同樣的問題，編輯給了答案也沒用，因為第二天晚上他會再問。他回丹佛時，兩個人都鬆了一口氣。那裡有一批新學生正等著全神貫注聽他上課呢。

---

21 查爾斯先用了conceive（覺得）這個字，但conceive也有受孕的意思，所以他立即住口，改用imagine（想像）。

22 指能夠脫離星球引力的速度。

她認識湯姆．艾柏蘭特是二〇〇四年二月。湯姆是位廣受敬重的記者與編輯，當時正在籌備一家專門進行調查採訪的非營利媒體。他來華府就是替這家媒體挖角。萊拉得過一座普立茲獎（合作報導，二〇〇二年，炭疽熱攻擊事件），因此也在他的挖角名單上。他邀她午餐，告訴她開辦資金有兩千萬美元，他目前住在紐約，離婚，無子女，考慮將這個非營利機構設在他的老家丹佛，因為經常性費用比較低。他與萊拉見面前，也做了功課，知道她先生在丹佛。他想知道，萊拉有沒有興趣回家，到一個非營利機構工作，既不會受紙媒廣告收入早晚要崩盤的影響，也不像紙媒有版面以及每天截稿時間的限制。而且，新工作的薪水也相當有競爭力。

照理說，湯姆開出的條件應該會吸引她，查爾斯的大書一星期前剛剛出版，遭到書評人大肆屠殺（《紐約時報》的角谷美智子[23]說這本書「浮腫、讀來生厭」）。萊拉正處於不大不小的恐懼中。她每天打三四次電話給查爾斯，替他打氣，說自己對不起他，沒辦法陪著他。但她對湯姆開出的條件心生矛盾情緒，她並不是真心覺得對不起查爾斯，她只是不想在先生嘔心瀝血的巨著灰飛煙滅時把他甩了，她不想變成這種女人。另一方面，她自己明白，湯姆也看懂了，她根本不想離開華府。

她問：「你就這麼喜歡丹佛，不考慮別的地方？」

湯姆的臉肉肉的，嘴型有點像烏龜，眼睛瞇起來時，傳達出一種善意的逗趣效果。他的髮線已經退到很後面，僅剩的頭髮多數還是黑的，但剪成了超短小平頭。關於男人正值盛年是這麼回事：他們是否符合傳統帥哥的定義並不重要，而且帥不帥的標準相當寬廣。挺個大肚腩或高音頻不見得會扣分，如果他像湯姆這樣，嗓音滄桑沙啞，也就無所謂。

他說：「對，我很肯定。我有個姊姊和外甥女住在那裡。我很懷念西部。」

萊拉說：「聽起來這計畫裡裡外外都如你所願。」

「妳要不要考慮一下？還是，妳要直接拒絕？」

「我沒有要拒絕，我……」

她覺得自己被看得一清二楚。

她說：「天啊，實在好糗。我知道你在想什麼。」

「我在想什麼？」

「你在想，我為什麼不想回丹佛的家。」

「萊拉，我沒騙妳，妳是我找的人裡面最重要的。我本來以為回丹佛這點能打動妳。」

「其實回丹佛工作是很棒，而且我覺得你對於這一行的分析完全正確。我們壟斷分類廣告收入已經一百年了。當年，印刷機一開，就在印鈔票。現在，這種日子已經過去了，但是……」

「但是？」

「這樣說吧，但是很可惜，這工作機會來的不是時候。」

「家裡有麻煩？」

「是啊。」

湯姆雙手放在腦後，因為身體後傾，襯衫釦子繃得緊緊的。他說：「我猜猜看，猜對了告訴我。妳愛那個人，但要妳跟他一起過日子，又做不到。他載浮載沉，妳覺得分開一陣子比較好，這樣兩個人都有機會回到正軌。然後，復合的機會終於來了，分離本應該是暫時的。妳卻發現，不，不是這麼回事，原來妳一直在騙自己。」

---

23 Michiko Kakutani，日裔美人，《紐約時報》著名書評人，一九九八年普立茲獎評論類得主。

萊拉說：「其實，我騙自己已經騙好一陣子了。」

「所以，女人比男人聰明，不然就是妳比我聰明。但如果我們把剛才的假設推得更遠一點……」

「我想，你我都知道，我們說的是誰。」

湯姆說：「我是他的粉絲。《瘋狂悲傷的父親》是本好書，熱鬧、好看。」

「超級好笑，沒錯。」

「但他的新書被批得體無完膚的時候，妳卻在華府。」

「對。」

「那些書評人去死好了，我還是會去買。那，我想問個假設性的問題，妳在華府還有沒有我該知道的人？如果那人不錯，也能調查採訪，我會很想看看履歷。原則上我不反對雇用情侶檔。」

她搖搖頭。

湯姆說：「搖頭的意思是『我沒男友』？還是『他不是記者』？」

「你在拐彎抹角打探我是不是有婚外情？」

他整個人前傾，縮起身子，雙手蒙住臉，說：「抱歉，我的本意不是要問這個。當然，我問得也不夠直接了當，這是我的怪習慣——我喜歡欣賞別人的罪惡感。我不該問這問題的。」

「如果你看得出來我的罪惡感有多高，我想你會非常欣賞我。」

這番話的挑逗意味，坐實了她的罪惡感的確很高。她感到恐懼，因為她心頭升起一股可以說是不請自來的暖意。自從那些刻薄的形容詞（陳腐、臃腫、江郎才盡）一波波朝著那本大書砸過去以後，這是她第一次碰到溫柔、風趣、事業有成、不在婚姻狀況中的男人。但是，不管罪惡感多強烈，她就是沒辦法控制自己。她怨恨查爾斯的大書搞砸了；她氣自己因為喜歡湯姆．艾柏蘭特，就把自己搞得像個膚淺、虛榮的女人。如果查爾斯的書佳評如潮，又進入各種獎項的決選名單，她就可以維持自己漸行漸遠的人生軌道，不會有罪惡感，也不擔心因此受到責備。相反地，如果她在那種情況下回到他身邊，可能還讓人討厭：查爾斯受苦時她逃到華府，這時又搶著回來分享成功。所以，她不禁希望沒有查爾斯，在他不存在的世界裡，她就可以答應湯姆，接受那份非常吸引人的工作。

結果，她那天提議了兩人不妨再聚聚，一起喝一杯。她穿著黑色短洋裝到約好的酒吧，見面之後，她在自己的住處寫了一封長長的電郵給湯姆表達心意，當天晚上還拖著不打電話給查爾斯。拖得愈久，罪惡感就愈強。她甚至在罪惡感裡找到不打電話給查爾斯的意志和動機（因罪惡感所苦的人，只要做正確的事，就隨時可以讓痛苦暫時消失；但只要痛苦還在，就一定感覺得到。自艾自憐才不會在意自己承受的是哪一種痛苦）。第二天，她沒有打開湯姆的回信就去上班，打了三次電話給查爾斯，和一位消息來源吃了一頓很晚的晚餐。回家後，她又打電話給查爾斯，這是當天的第四次，然後才打開湯姆的回信。裡頭沒有表態，但有邀請。她搭星期五的夜班火車到曼哈頓（不知為何，原本應該在背叛行為發生**之後**才出現的罪惡感，這次不僅在背叛**之前**就出現，甚至在她身後催促她背叛），在湯姆的公寓過夜。那個週末，她只有去洗手間尿尿和打電話給查爾斯時，才離開他身邊。她的罪惡感大到像引力，扭曲了空間和時間，透過非歐幾里德幾何原理與另一端的罪惡感——她破壞查爾斯前一次婚姻時沒有的罪惡感——接觸。原來，當年的罪惡感並不是不存在，而是透過時間——空間的扭曲，早她一步抵達二〇〇四年的曼哈頓。

如果沒有湯姆，她一個人根本沒有辦法承受這種罪惡感，有湯姆在旁邊她很安全。他是她罪惡感的來源，也是治療罪惡感的靈藥，因為他瞭解這種罪惡感，而且他的罪惡感到現在都沒有消除。他只比萊拉年長六歲，只因掉髮而顯老。他結婚得早，十二年前結束的婚姻可以說是很久以前的事了。他的妻子安娜貝爾年輕時從事藝術創作，是各方看好的畫家與電影人。她的家族是全世界最大食品公司麥卡斯基爾的股東。雖然家財多得嚇人，她卻與家人脫離關係，並且堅持原則，不跟家裡拿錢。湯姆從這段婚姻脫身時，她的藝術生涯毫無進展，當時她快四十，還希望生小孩。

他對萊拉說：「我是膽小鬼，我應該早五年離婚的。」

「跟你愛的人、需要你的人在一起，算是膽小鬼嗎？」

「妳說呢？」

「嗯，我以後再告訴你。」

「如果她那時候三十一，還有機會重新好好過日子，認識新朋友，生個小孩。但我拖了太久，等到我們分開時，她要做這些事情已經很難了。」

「她是有錢人，難道一點幫助都沒有？」

「她對錢的態度很反常。她寧願去死，也不願意拿她爸爸的錢。」

「說來說去，都是她的選擇，你為什麼要為她的選擇感到罪惡？」

「因為我知道她會選擇分手。」

「你那時有外遇？」

「我們分開以後才有。」

「這樣，抱歉囉，但若要比誰的罪惡感比較重，我可是贏你了。」

湯姆說他還沒講完。安娜貝爾的爸爸一直很喜歡他，也想資助他。但只要湯姆和安娜貝爾還在一起，就不能拿他的錢。他岳父在他離婚十多年後過世，留給湯姆一筆多達兩千萬美元的遺產，湯姆收下這筆錢，做為他的非營利媒體的開辦經費。

「你因此覺得有罪惡感嗎？」

「我大可以拒絕的。」

「但也因為這筆錢，你才能進行這個了不起的計畫。」

「我前妻絕對不會拿這筆錢，但我很高興有這些錢在手上。不僅高興，在工作上我也善用這筆錢，增加我身為男性專業人士的優勢。」

儘管萊拉讚賞湯姆的創業願景，卻覺得他對自己的罪惡感有點緊張過頭。她懷疑他可能誇大了罪惡感（並對安娜貝爾對他的性魅力說得太少）。她第二次去紐約過週末時，問他能不能翻看他放舊照片的盒子。裡面有一位年輕男子的照片，很瘦、孩子氣、頭髮厚沉，她差一點認不出是他。「看起來好像是另一個人。」

「我那時的確是另一種人。」

「我的意思是，照片裡的你跟現在的你好像連ＤＮＡ都不一樣。」

「就是這種感覺。」

萊拉翻到安娜貝爾的照片時，更明白了湯姆的罪惡感從何而來。照片上的女人非常**熾熱**——火熱的雙眼、豪乳蜂腰、梅杜莎髮型、大部分時候都不笑。這些照片的背景是學生宿舍、貧民區的房子，以及九一一前紐約冬天的天際線。

萊拉說：「她看起來有點驚人。」

「是恐怖。光是看這些照片，我就會得創傷後壓力症候群。」

「但看看你！你在照片裡這麼年輕、這麼快樂。」

「簡單地說，這些照片就是我的婚姻縮影。」

「她現在在哪裡？」

「不知道。我們連共同朋友都沒有，也斷了所有聯絡管道。」

「所以，也許她最後還是拿了遺產，也許她現在是某個地方某個小島的主人。」

「都有可能，但我覺得不會。」

萊拉想跟他要一張有他的照片，那張安娜貝爾在史坦頓島渡輪上拍的、湯姆看起來特別快樂溫柔的照片。但現在要照片早了點。她把盒子蓋起來，親了親他的烏龜嘴。跟他做愛，不像跟查爾斯那樣誇張：一撲而上，搖晃彈撞，像獵物一樣尖叫。但她已經在想，她也許更喜歡這種不一樣的做愛方式：安靜一些，慢一些，好像兩人的心靈透過身體交會。

她覺得跟湯姆在一起是對的，非常正確，這是她感到最罪惡的事。因為，這就意味著跟查爾斯在一起是不對的，而且從來沒有對過。湯姆內斂，她想獨處時，他不會打擾，可以舒緩她在婚姻生活中精神不時被刺探的壓力。湯姆似乎也覺得跟她在一起是對的，他們都是記者，懂得彼此的語言。但她也不由得懷疑，像他這種大魚怎麼可能沒有再婚。在她與查爾斯一刀兩斷之前，得先問清楚。

他說他離婚後，跟女人交往從來沒有超過一年。依據他的道德標準，一年是無承諾感情的上限，至少紐約人是如此。此外，他的不愉快婚姻也讓他不願意在感情上有所承諾。

她說：「意思就是說，我還有十個月，然後你就會開門要我走人？」

他說：「妳還有婚約在身。」

「對，這還真好笑。只要是第一次約會，你都會把這個規則放在導言？」

「這是紐約人約會心照不宣的規則，不是我發明的。這種方法可以避免吃掉女人五年的光陰後，再要她走人。」

「反正不是用來克服你的承諾恐懼症。」

「我不是沒有試過，而且不只一次。但顯然我的創傷後壓力症候群非常典型，我真的會恐慌。」

「聽起來，你更像標準的有毒單身男。」

「萊拉，跟我約會的女孩都很年輕。我知道的事情，她們不知道，所以我知道什麼事情可能會發生。就算妳沒有結婚，和妳在一起也不會像跟她們在一起那樣。」

「對，當然不一樣。因為我四十一歲，已經過了賞味期。你甩了我也不會有罪惡感。」

「妳不一樣的地方是，妳知道婚姻是怎麼回事。」

萊拉靈光一閃，說：「不對，應該說，我不一樣的地方是，我現在的年紀比你老婆離婚的時候還大，所以，你不是高攀某個二十八歲的女孩。相反地，跟我在一起是**低就**，所以不必覺得罪惡。」

湯姆沒有回話。

「知道我為什麼能拆穿你的想法？因為我的算計跟你一樣。只要能擺脫罪惡感，就算五分鐘也好，我的腦袋就會要我去做。《艾德倫達克評論》網站上有一則評論查爾斯作品的文章，對他讚譽有加。他把這則書評的連結群發給他電郵地址簿上的每個人。我在來你這邊、跟你睡覺的路上才看到。總得有人告訴他不要群發電郵，那個人就是**我，他太太**，告訴他『最好不要做這種事』。但我卻因為其他事情耽擱了，因為我在用手機講電話，跟你講電話。我的小規則呢？幫我擺脫那份罪惡感的小規則在哪裡？沒有。」

她穿上衣服，重新打包她的兩天一夜行李袋。

湯姆說：「我已經不管這個規則了。我跟妳提起這規則，原因只有一個，因為我相信妳會瞭解我的意思。但妳說的沒錯，妳四十一歲這件事，的確讓我不覺得罪惡。我不否認。」

他這番掏心掏肺的話，似乎是衝著前妻的鬼魂說的，而不是萊拉。

她說：「我要趁你還沒把我弄哭之前離開。」

那天晚上她決定匆匆忙忙離開他的公寓，原因是出自她對湯姆的一種直覺。如果他對婚姻的猶疑只是天性，那她可以鬆一口氣，並且欣賞這種天性。但他對婚姻並不是一直抱著猶疑的態度，他曾經張開雙手擁抱婚姻的熾熱。現在他覺得受創，是當初放得太開。安娜貝爾顯然還能牽動他。他與安娜貝爾之間發生過的某些事，他也不想掏出來與其他人分享。萊拉的直覺是，她永遠都會是第二順位，這是一場她永遠贏不了的比賽。

那個冬天，湯姆不停地打電話給她，告訴她非營利事業的進展，電話上，她無法假裝自己寧願跟別人說話。五月初，也就是他們第一次見面三個半月之後，他到華府來了。她去聯合車站接他時，看到他踱步走來，下半身是皺巴巴的卡其褲，上身則是特地找的一件醜斃的五〇年代運動衫。他是為了開一個只有他們兩人懂的玩笑，所以犧牲自己的好品味。她腦中小聲響起噹地一聲，一個純粹的單音，她知道，她愛上他了。

他並沒有理所當然地認定可以住到她那裡，所以事先訂了喬治旅館，最後他沒有辦理入住手續。他一整個星期都住在她的公寓，使用她的網路，躺在她的沙發上看書，眼鏡架在禿頭上，手指彎起抓著書背，貼近視力退化的眼睛。他那樣子就像他一直都在那沙發上，他躺在那裡，她則有一種終於真正回家的感覺。這是她生命中的第一次。她答應離開《丹佛郵報》，替他的非營利事業工作。如果他還有其他事情要她答應，她也會照做。她想要（但還沒說出來）試一試，跟他有個孩子。她愛他，希望他永遠不離開。現在，只有一件事，就是說得多、但遲遲沒有行動的那件事：跟查爾斯坦白。也許，如果她能及時告訴查爾斯，她就能嫁給湯姆。但她膽小，就像湯姆因為膽小，一直拖著不結束自己的婚姻一樣。她拖著一直不和查爾斯談這件事，拖著不通知《丹佛郵報》要辭職。到了六月底，一個溫暖的科羅拉多夜晚，查爾斯騎著XLCR 1000——他用英國版權最後三分之一的預付版稅買的重型機車——在戈爾登市後面的一條山路上倒栽蔥，結果臀部以下癱瘓。他當時酒醉騎車。

這是他的錯，但不可否認也是她的錯。她愛上別人，她先生的生活因此失控。她立刻想辦法調回丹佛，只要查爾斯還在住院、復健，她就無法告訴他湯姆的事情，她必須撐住他的心情。但湯姆的事是事實，現在壓下不說，以後再說就會更可怕。她扮演恩愛妻子的角色無懈可擊——每天早上她都會花點時間陪查爾斯，到了晚上則會陪他幾個小時；她賣掉那棟三層樓的房子，換了一棟更適合查爾斯癒後作息的房子；她偷帶威士忌進病房，鼓舞他；她和他的主治醫生和看護成了朋友；她把自己搞得精疲力盡——同時，她在山頂區湯姆用前岳父的錢支付頭款買的漂亮房子裡，與另一個人做愛。

查爾斯發生意外，讓她一年沒辦法懷孕。因為只要他沒完全恢復，就不可能告訴他，她肚子裡有另一個人的孩子。不可能在壓力超載的生活中加個嬰兒，也不可能把查爾斯接回新家，卻不住在一起。但她還是想要孩子。沒過多久，當湯姆問她還打算和查爾斯住在一起多久，她的答案是反問那個她想問的問題。

湯姆說：「不行。」

她說：「就這樣，不行？」

他提出很多說得通的理由——他們需要全心工作，生活已經忙不過來了，而且高齡伴侶生出先天缺陷小孩的風險比較高，這孩子的生命周期還可能會遇上氣候變遷與人口過剩產生的全球大災難——而他生氣的真正原因，是她和查爾斯還住在一起，而且沒有告訴查爾斯他們的關係。要他和一位甚至離不開先生的女人生小孩，他該做何感想？

她說：「我一懷孕，就會告訴他所有事情。」

「為什麼不現在就告訴他？」

「因為他還沒痊癒。如果安娜貝爾也坐輪椅，你會拋棄她嗎？查爾斯現在需要我。」

「難道妳不能體會我的感受嗎？我已經準備好要展開新生活了，就是現在。要我明天娶妳都沒問題。但是，妳甚至說不出什麼時候才要結束夫妻關係。」

「嗯，我剛才不就告訴你，你可以怎麼幫我了嗎？」

「我剛才不也告訴妳，妳要我幫的忙是有問題的。」

她處於弱勢，想要小孩，時間卻愈來愈少。如果不是跟湯姆，就完全沒指望了。所有可能性都沒了，她難過；湯姆拒絕她，她心痛；她要的，他不要，她氣憤。他似乎不懂她的困境。她認為他宣稱的不想要孩子的理由，全是騙人的——真正的理由是他不想有罪惡感，因為他曾經拒絕前妻同樣的要求——但他卻不相信她對查爾斯有罪惡感。

於是他們開始吵架。她火爆地吵，他冷漠地吵，反覆爭執的都是同樣的事：她不離開查爾斯，他也不想要孩子。湯姆從不失控，甚至從不提高嗓門，他說他跟安娜貝爾當年已經吵掉了五個人生，他不想再吵了。這種解釋讓萊拉失控，開始生他與安娜貝爾的氣。她和查爾斯吵架時，從來沒有氣到大叫，但湯姆拿她跟安娜貝爾相比，她卻氣得尖叫。最後，她受不了自己的尖叫聲，終於跟湯姆分手。一個星期後，他們復合，又過了一星期，他們又分開。她適合他，他也適合她，但他們就是找不到相處之道。

他們將近兩個月完全沒有聯絡。一天晚上，她照顧查爾斯就寢、把他失禁大在馬桶外的大便清乾淨時，不禁哭了出來。她終於控制不了打電話給湯姆。她拿起聽筒時，覺得電話有毛病，因為沒有聽到撥號的提示音。

她說：「喂？」

「喂？」

「**湯姆**？」

「**萊拉**？」

兩個月沒有聯繫，卻在同一刻撥出電話。她不相信預兆，但不得不承認這是個預兆。她脫口而出，說她不能與查爾斯離婚，但沒有湯姆她活不下去。他接著說，他不在乎她會不會跟查爾斯離婚，他的生命中也不能沒有她。這一刻，就像又回家了。

第二天早上，她告訴查爾斯她要搬出去住，她要離開《丹佛郵報》到一家新成立的非營利新聞機構工作。她沒有多解釋，但查爾斯軟硬兼施、又刺又探，甚至替她懺悔。她依然在每個月第二個週末回去和他住，但從那時起，她大部分時間都住在湯姆家，但她不是湯姆家的共同管理人、不是決定裝潢的人，而是某種可以一直住下去的特殊客人。她一直沒有原諒他不想跟她有孩子，但這件事慢慢地不再影響他們。他們都忙著將《丹佛獨立新聞》打造成受全國敬重的新聞機構，此外，她還要在百忙之中照顧查爾斯，有時她甚至覺得還好沒生小孩。

她和湯姆的關係很奇怪，不明確，永遠都處於暫時狀態，因此也更像真愛，因為每天、每小時都能自由選擇。她回想起小時候在主日學校學到的一種區別：她與湯姆各自的婚姻是舊約。在她的婚姻中，重要的是實踐與查爾斯的約定；在湯姆與安娜貝爾的婚姻中，重要的是害怕她的憤怒與審判。而在新約中，重要的只有愛與自由意志。

採訪完菲莉莎之後的一天清晨，她開車去厄爾．沃克家採訪。公開紀錄顯示，沃克丟了武器工廠的工作後，花了三十七萬兩千美元買了一棟三車位、有草坪自動灑水系統的房子。這系統一早就開始灑水，但灑過了頭，將她停車的路邊弄得一片濕濘。阿馬里洛顯然是靠灑水解決旱季草坪逐漸乾枯的問題。沃克的車道上，躺著一捲用橡皮筋捆起來的報紙。萊拉在車上坐了幾分鐘，一位五十多歲、非常胖的女人從房裡走出來，撿起報紙，瞪了萊拉一眼才回去屋裡。

沃克以前是庫存管理部門的主管，傅雷能是他的手下。這是碧普告訴萊拉的資訊，碧普還知道，沃克前一棟房子賣了二十三萬。丟了工作的人，通常不會賣屋換屋，更不要說換個更大的房子，銀行也不大可能答應給他更多房貸。此外，過去三年，沃克也沒有獲得認證過的遺囑，可以解釋他哪來十四萬兩千美元支付賣小換大的價差。這些線索暗示的，就和那幾張臉書照片一樣耐人尋味。另一個碧普從一月份的督察長報告中挖出來的事實是，去年夏天該廠的「庫存管理部門出現輕微異常」，但報告卻說，此一異常「已經妥善解決」、「不足為患」。碧普聽從萊拉的建議，將那些臉書照片交給汽車技工檢視，對方提醒她，除非傅雷能改裝了卡車的懸吊系統，否則，車床的載重量應該沒法承載九百磅的B61彈頭。到目前為止，萊拉或碧普從傅雷能問到的話，還是只有那一句：「甜心，那不是真的。」萊拉後來打過一次電話給他，話筒中傳來的只有威脅與詛咒，很快就掛斷了。

沃克也拒絕跟她談話，只說了個「不」字，但他的「不」其實是「也許」。在沃克打開門、大跨步、踩著濕濘的草坪朝她走過來之前，她就一直坐在車上，喝著綠茶，回覆跟其他新聞有關的電郵。他像瘦排骨傑克[24]一樣瘦，穿著德州基督徒大學的紫底白字運動衫。角蛙[25]。她按下電動窗按鈕，窗子緩緩降下。

沃克問：「妳是誰？」他的臉色跟查爾斯沒有兩樣，一看就知道常喝威士忌。

「萊拉・赫魯，《丹佛獨立新聞》。」

「我想也是。我跟妳說過，我沒什麼好說的。」

常喝威士忌的人，臉上的微血管花比喝琴酒的人散布得更廣，血管也更粉紅，但不像喝葡萄酒的人那麼紫。每次參加大學晚宴，都是她研究微血管花的機會。

萊拉說：「我只要問幾個問題，很快就問完，也不繞圈子，不會讓你困擾。」

「妳已經讓我困擾了。請妳離開，我不想看到妳在我家門口。」

「那我們找個地方喝咖啡，可以嗎？我今天整天都有空。」

「妳還真的以為我會在公開場合跟妳碰面？我現在是好好跟妳講，請妳離開。就算我想跟妳談，也沒辦法。」

不能在自家門口、不能在公開場合、禁止對外發言。

她說：「你的房子很漂亮，讓人羨慕。」

她對他高興地笑了笑，抬手攏了攏太陽穴旁邊的頭髮，沒有別的目的，就是要讓他看到她撥弄頭髮的手指。

他說：「聽著，妳看起來像是個好女人，所以我幫妳，替妳省點力氣。我這裡沒有新聞。妳覺得有東西可以挖，其實沒有。妳找錯人了。」

她說：「別緊張，讓我把事情解釋清楚。我先告訴你為什麼我覺得有新聞，你再告訴我為什麼沒有。這樣，我今晚就可以回去丹佛，躺在我的床上好好睡一覺。」

「我覺得妳還是發動車子，離開我家門口比較好。」

「如果你還是不願意跟我談，可以點頭或搖頭就好。法律總沒有不准你搖頭點頭，對吧？」

她說完又笑了笑，還做了個搖頭的動作。沃克嘆了口氣，一副拿她沒辦法的樣子。

她說：「好吧，那我先發動車子。」她邊說邊轉動鑰匙。「看到沒？問完我就走。」

「多謝。」

「還是你剛好要出去？我順道載你一程？」

24 英語童謠的主角。傑克不吃肥，他太太不吃瘦，所以他們倆每餐都吃得盤底見光。

25 德州基督徒大學所有校隊的統稱。

「不用了。」

她關掉引擎，沃克嘆了口氣，這次嘆得更深。

她說：「抱歉。如果我沒有聽到你的說法就回去，我就是個不負責任的記者。」

「我這裡沒有新聞。」

「那只是你這麼說。其他人卻說，這裡的確有新聞，還有人說，你是因為拿了錢才閉嘴的。我就好奇了，如果沒有新聞，為什麼會有錢呢？你懂我說這話的意思嗎？」

沃克彎下腰靠近她，他的臉像一幅人口稠密區域的地圖，處處污漬。「誰告訴妳的？」

「我不會出賣消息來源。你想瞭解我，那你得先知道一件事，跟我說話，絕對安全。」

「妳還真會自作聰明。」

「不。事實上，這件事還真的只有你們男人才懂。我真的需要你的幫忙，不然我不可能弄清楚。」

「自作聰明，又自以為見過世面的女人。」

「只要告訴我時間和容易找到的地方，一個你能跟我碰面、不起眼的地方。」

「**不起眼**」是她和男性消息來源打交道的首選字，是個能引發各種有用聯想的字。而不起眼的相反，就是在屋內的沃克太太，她就在這一刻打開前門，朝外喊了一聲：「厄爾，你在跟誰講話？」

萊拉咬了咬嘴唇，有點惱火。

沃克大聲回說：「一位記者小姐，她在問出去的路怎麼走。」

「你有沒有告訴她你無可奉告？」

「我告訴她我剛才跟妳說的話。」

大門關上，沃克別過臉對萊拉說：「崖邊路上有一個中央油氣公司的倉庫，我們到倉庫後碰面。三點到。

如果四點我還沒到，妳最好就回丹佛，去找妳那張床。」

他用只要是記者一看就懂的眼神示意她快走。萊拉開車離開時，還得提醒自己要忍住，不要猛踩油門。畢竟誰想得到，她對他使出的招數中，「床」竟然是讓他上鉤的字？

回到飯店後，她按了手機的P鍵，這是她設定好的快速撥號鍵。

碧普在丹佛接起電話，說：「我是普碧．泰勒。」

「嗨，我剛剛約好時間訪問厄爾．沃克了。」

「哇！」

「菲莉莎．巴布科克的說法我也有了。」

「**太好了**。」

「保證會是妳聽過最好笑的事。傅雷能偷那個彈頭，是為了助性。」

「這是她說的？」

「還好我們這一行沒有資訊太多這種事，要不然，這是上不了版面的新聞。不過，她還說了，其實那是顆假彈頭。」

「噢。」

「碧普，這還是一則好新聞。如果那工廠裡有人能把假彈頭弄出來，就代表這人也有辦法把真彈頭弄出來。這還是則新聞。」

「好吧，這世界比我想的更安全，我應該高興才對。」

碧普同時在替另一位記者蒐集一則驗屍官任職資格新聞的資料。萊拉把核彈新聞的細節告訴碧普時，覺得碧普好像對驗屍官的新聞意興闌珊。於公，她是碧普的主管，於私，她卻很高興。

萊拉終於說：「我想妳該去讀那些驗屍報告了。那則新聞進行得如何？」

「無聊。」

「嗯，妳還是得做好份內的工作。」

「我是實話實說，不是抱怨。」

一股情緒突如其來，萊拉先抗拒了一會兒，沒多久就投降。「我想妳。」

「哦——謝謝妳。」

她等著，想聽更多。

碧普說：「我也想妳。」

「我應該帶妳一起來的。」

「沒關係，總有機會。」

萊拉掛了電話後，有一股強烈的感覺，覺得自己喜歡這個女孩過頭了。誘使下屬說出「我想妳」這種話，已經超過分寸，但她想聽的還不只於此。她感到不滿足、脆弱、有點亂了陣腳。與孩子相處獲得的憐愛感，總是牽動著她身體某處，一個接近身體想得到親密與性的地方。而她會產生這種憐愛感，是因為不管如何擁抱孩子、給孩子溫暖，她都很清楚，自己絕對不會辜負或利用這份純真。這就是為什麼沒有任何事情可以取代有孩子這件事——父母的愛，先天就是源源不絕的狀態，既痛苦，又甜美。

好巧不巧，碧普的真名是純真（她履歷上寫的名字是碧普．泰勒，但萊拉看過她的大學成績單）。萊拉覺得這個名字跟她很搭，但又說不出所以然。當然，碧普在性事上並不純真。她在丹佛與男友同居，她只說他叫史帝芬，是個做音樂的，其餘一概不露口風。她住在奧克蘭的時候，不僅環境非常糟糕，還與一群糟糕的無政府主義者為伍。柯迪．傅雷能烤肉的那幾張照片，就是奧克蘭那邊不把法律當一回事的駭客弄到的。

萊拉想知道，她從碧普身上發現的純真，是不是就是自己二十四歲時的純真。那時，她完全不知道自己什麼都不懂，但現在，她看得很清楚。

她想當個很好的女性主義榜樣，指點碧普自己在同樣年紀時所缺少的方向。有一天午餐時，她告訴碧普：「網路對新聞業的諷刺是，記者工作變得非常輕鬆。以前要花五天才能找到的資訊，現在只要五分鐘。但是，網路卻在扼殺新聞業。一條線你跑了二十年，經營消息來源，成了能判斷新聞價值的記者，知道自己無可取代。谷歌和Accurint[26]搜尋好像很厲害，但最好的新聞只有在採訪現場時才拿得到。有時候，消息來源不經意說的幾句話，真正的新聞突然會冒出來。我最興奮的就是這種時候。要我坐在電腦前面跑新聞，那是逼我半死不活。」

碧普專心聽萊拉說話，但不置可否。她就像現在的大學畢業生一樣，不願意表達好惡，擔心這樣不酷或是沒禮貌。萊拉從沒想過碧普其實不是不懂，相反地，她比萊拉聰明。她和她的同齡人都知道，他們承接的是一個已經被搞砸的世界，而且，要說誰不懂，萊拉才是那個不懂的人。但萊拉很固執，認為碧普只是年輕人愛裝酷，所以她想方設法要打破碧普的壁壘。

碧普要不就不喝酒，要不就是喝太多。萊拉擔心她一個人亂吃，請她在外頭吃過好幾次晚餐，每次都只有萊拉一個人喝酒。但上星期四晚上，碧普點了一杯葡萄酒，兩分鐘就喝光了，第二杯也一樣，然後，她問萊拉可不可以點一整瓶，而且還很好笑地說這瓶酒她付帳。一瓶酒一個小時就見底了，而且她幾乎沒吃晚餐，她在哭。萊拉把手伸過桌子，捧著她哭紅的臉，說：「噢，親愛的。」

碧普雙手撐著桌邊站起來，跑去洗手間。回來時，她問萊拉今晚可不可以去住她家，睡沙發或什麼的都

26 美國Lexis Nexis公司所屬的資料庫公司，提供法律資訊以及在公領域的個人資訊付費檢索服務。

可以。

萊拉又說一次：「噢，親愛的，要不要告訴我發生了什麼事？」

碧普說：「沒事，我只是覺得一個人在這裡很孤單，我想念我媽。」

萊拉可不想這時探究這女孩的母親是怎麼回事，她說：「妳今晚跟我回家沒問題。只是，我得先告訴妳一些事情，關於我現在的狀況。」

碧普很快地點了點頭。

「也許妳已經知道了。」

「我聽過一些。」

「這樣說吧，今天是我去湯姆家的日子——我假設妳都知道，但我覺得我們一起去湯姆家不是個好主意。」

「沒關係，我本來就不應該這麼要求的。」

「不！妳想跟我住一晚，沒問題。但我在另一間房子那邊有點像客人，妳可能要偷偷摸摸一點……」

「我沒有想這麼多，給妳添麻煩了。」

「我沒問題，不然也不會問妳要不要跟我去另一邊。」

查爾斯的房子離寫作班的辦公室三個街區，他其實可以自己操作輪椅上下班——也可以退休——但他寧願在家裡處理寫作班的工作和師生諮詢。這房子是他的窩，非不得已，絕不離開。他說他寧願在五十多坪的王國裡當個獨裁者，也不要在外頭那個世界被人指指點點，說「那個坐輪椅的傢伙」。他的失禁問題控制得不錯，小腹與肩膀非常有力，操控輪椅也駕輕就熟。雖然酒喝太多，但比過去減少，因為他想要活久一點。他對文壇的不滿，也因為下半身癱瘓而更明顯，他認為那個圈子的人現在更巴不得他就此消失，而他絕不會讓他們稱心如意。

萊拉固定每個週末分一半時間住在查爾斯家，但不跟他同房。她住在走廊靠前門這頭小一點的房間，走廊另一頭就是那隻大貓的臥室。她原本打算讓碧普偷溜進屋，不被發現，但她們開車進車道時才十點，客廳的燈也還亮著。

她說：「也只能這樣了。看來妳會遇到我先生，準備好了嗎？」

「我其實對他有點好奇。」

「這是跑新聞的精神。」

萊拉先敲了敲大門，然後開鎖，探頭進去告訴查爾斯今晚有客人。他躺在沙發上，一疊學生作業攤在胸部，手上拿著紅鉛筆。他的眼神仍然清醒，幾乎全白的長髮紮成馬尾，也不顯亂，手邊有個威士忌酒瓶，瓶塞塞著。從地板到天花板都是書，地上也疊著一堆書。

萊拉說：「這是我們的資料研究實習生，碧普．泰勒。」

「碧普，」查爾斯的聲音低沉有力，眼神毫不忌諱地打量她有多性感。「我喜歡妳的名字。我對妳**冀望甚殷**。[27]唉呦——這種話妳一定聽多了吧！」

碧普說：「說的這麼恰到好處的人倒不多。」

萊拉說：「碧普今晚要睡在這裡，你別介意。」

查爾斯不大友善地笑著說：「妳不是我太太嗎？這裡不也是妳的房子？」

「隨便啦！」萊拉邊說邊跨進門廳。

「碧普，妳是**讀者**嗎？妳讀**書**嗎？屋裡這麼多書，妳嚇到了嗎？」

27 查爾斯引用狄更斯的小說《孤星血淚》，對碧普說「我對妳冀望甚殷」，因為《孤星血淚》的主角也叫碧普。

碧普說：「我喜歡書。」

「很好、很好，妳是強納森．圓融[28]的忠實粉絲嗎？我很多學生都是。」

「你是指那本關於動物福利的書？」

「沒錯，就是那本書。我聽說他也寫小說。」

「我讀過那本動物的書。」

「叫強納森的還真不少，好像**文學強納森瘟疫**一樣。如果妳別的不讀，只讀《紐約時報》書評版，說不定還會以為美國男人最常取的名字是強納森。好像這名字是天份和偉大的同義詞，有抱負，有活力。」說到這兒，查爾斯挑起一邊眉毛，看著碧普說：「妳覺得莎蒂．史密斯怎麼樣？她的小說很棒吧？」

萊拉說：「查爾斯。」

「過來，我們喝一杯。」

「我們現在最不需要的就是喝一杯，你還有學生的小說作業要看完。」

「趁我今晚睡個**長長的**、**安靜的**覺之前，」他拿起一則學生寫的故事念：「『我們先吸了好幾條像奶昔吸管一樣長、一樣粗的古柯鹼。』這種比喻，讀者能分辨出差異嗎？碧普，妳的看法呢？說說看這個比喻哪裡不對勁。」

碧普似乎很欣賞查爾斯刻意為她作的表演，說：「奶昔吸管和其他吸管有什麼不同？」

「說的好、說的好。特殊吸管的比喻站不住腳，妖精現形了。吸管是管狀的，質料是消光塑膠——所以，這種比喻難免讓人認為作者其實沒有看過粉狀古柯鹼，或者，他以為用來吸食古柯鹼的工具長得跟古柯鹼一模一樣。」

碧普說：「或者，他是過度表現。」

「過度表現，對，我要把這幾個字寫在稿紙空白處。妳相不相信，我有些同事從來不在空白處寫評語。但我**很關心**這個學生，如果他知道哪裡寫得不好，可能就會表現得更好。告訴我，妳相信有**靈魂**嗎？」

碧普說：「我不喜歡想這種事情。」

「查爾斯。」

他用又好笑、又難過的責備眼神，看了萊拉一眼。她非要剝奪他、一個坐輪椅的傢伙，這麼一點人生樂趣嗎？他對碧普說：「靈魂，是一種化學作用。妳眼前這一團躺在沙發上的東西，不過是美化版的酶。每一種酶都只做一件特定的工作，一輩子都在尋找能跟它互動的特定分子。酶有**快樂**的感覺嗎？有**靈魂**嗎？我認為，這兩個問題的答案都是『有』。躺在妳眼前的這個酶，他的工作是找到壞文章，與它互動，讓它更好。也就是說，這就是我，一個**壞文章修改酶**，飄浮在這個小空間裡出不去。」他對著萊拉點點頭說：「她卻擔心我不快樂。」

碧普睜大了眼睛，硬生生把要講的話嚥下。

查爾斯繼續說：「她還在找她的分子，而我已經知道我的分子在哪裡了，妳知道妳的嗎？」

萊拉說：「我要帶碧普去地下室房間準備睡覺了。」

他說：「樓梯安全，但不是完全安全。我征服過那些樓梯，不只一次。」

到了地下室，萊拉安頓碧普後，披著一條阿富汗毛毯，靠近她坐著。萊拉為了緩和緊張的情緒，明知不妥，還是開了一瓶葡萄酒與碧普共享。酒、床，加上碧普近在咫尺，萊拉體內出現一種掠奪感，既熱切又貪

---

28 Jonathan Savior Faire，這是作者故意創造的名字，Savior Faire原意為做人處事圓融、圓滑。有一說是諧擬另一位美國作家Jonathan Safaran Foer。

婪。她得到查爾斯，又得到湯姆，靠的正是這種承襲自赫魯家的力量。她告訴碧普，她身邊為什麼同時有兩個男人，一個是需要她照顧的先生，一個是她愛的男友。她沒提到想要生孩子的事，因為這件事一來太私密，二來和此刻太有關係，因為她就坐在相當於女兒年紀的女孩床邊。但是，她不停地喝，說很多事。她說，如果她必須二擇一，可能會選查爾斯，因為她對他有婚姻的誓言，他的人生也可以說是因她而毀，查爾斯也會接受。他還是需要她，有時候還是有性能力。他已經旁敲側擊出很多關於湯姆的事情，也很享受從她嘴裡套話的樂趣。雖然她承認湯姆的存在，卻絕口不提名字。這兩個男人十多年來從未謀面。如果照顧失能老男人是個分子，她顯然是那個匹配的酶。但是，查爾斯的理論說不通的是，她與這個分子的互動並不快樂，她與湯姆一輩子相守，才會快樂。

她說：「但這是我要努力的地方。他的孩子一直不原諒他離開她們的母親，而她們的人生大概也搞砸了。所以，他只剩下我。」

碧普聽到這裡，又哭了起來。萊拉拿走她的酒杯，但顯然為時已晚。她握著碧普的手說：「妳說說，什麼事讓妳今天晚上心煩意亂？」

「我剛才真的覺得很孤單。」

「在這個地方，唯一能講話的只有男友，一定很不好過。」

碧普沒有接話。

「你們處得還好嗎？」

「我想我可能很快就要回去加州。」

「跟男友處不好？」

碧普搖搖頭，不情願地說了一些。她說她的助學貸款實在太重，微薄的實習薪水多半都用來還貸款了，因此，除非不必付房租，否則她根本無法待下去。她的學生貸款有兩筆，一筆花在念大學，一筆是在聖塔·庫魯茲念私立高中的費用。她母親一直要她不必擔心錢。雖然嚴格來說，她母親沒有失能，卻有情緒障礙，又沒有親朋好友協助，碧普是唯一能照顧她的人。碧普也明白，自己可能要一輩子照顧她。她說：「我覺得自己好老了。」

「剛好相反，妳一點都不老。」

「但我離她這麼遠，我覺得很內疚。就像，不知道我為什麼在這裡？為那些無以為繼的幻想？」

萊拉多麼希望讓碧普跟她一起住，但是，她表面上有兩個家，卻都不屬於她。她不是女性主義者的最佳榜樣。她說：「妳才來兩個月，一定可以撐下去的。」

碧普說：「妳不知道。我的罪惡感是我其實不想回去，我喜歡跟妳一起工作，向妳學習。但一想到我不回去，她就會孤孤單單地在小木屋裡想著我，我的心就碎了。」

萊拉說：「我懂。妳說的其實就是我每天要面對的處境。」

「至少你們住在同一個城市。雖然遇到挫折，還是找到了解決方法。我有時候會希望……」

「希望什麼？」

碧普搖搖頭，說：「我已經把妳拖太晚了。」

「是我把妳拖太晚吧！」

「有時候，我希望有個比較像妳的媽媽。」

地下室的小房間彷彿在旋轉，不只是因為葡萄酒在萊拉腦袋裡作怪。

她拍拍碧普的手，站起來，輕快地說：「要是我有一個像妳這樣的女兒，我也會很高興。就這樣囉！」

「謝謝妳請我吃晚餐，還有酒。」

「妳太客氣了。」

「明天我們就會後悔了。」

「只會宿醉，不會後悔。希望不會。」

說著，萊拉對碧普假假地淺笑了一下，她爬上地下室樓梯時用手掌重重地敲了自己額頭。樓上，查爾斯正在沙發上打呼，地板上散落著學生的小說，威士忌酒瓶也破了。她在他額頭親了一下，把他弄醒，問：「要睡了嗎？」

「我要先尿尿。」

他從沙發移到輪椅上時，沒要她幫忙，但心裡很感激她。他們之間有一條狹窄卻深邃的通道連接著，在這條路上，沒有人比他更接近她。他們之間沒有祕密。這麼多年來，查爾斯靠著小說家的本事，不僅猜到，還將她對湯姆的感覺洋洋得意地說了個八九不離十。但她依舊不肯說出湯姆的名字，那是為了保護湯姆，而不是保護她的隱私。這是一個查爾斯不介意玩的小遊戲。

房子另一頭的主臥室裡，散發微弱但揮之不去的護膚乳液和屁味。她站在浴室馬桶的護欄邊，看著查爾斯的陰莖射出尿液，一切正常。親眼看到他的身體機能正常運作，對他們倆來說都是好事。這是一種替彼此做點事的方式。即使她替他手淫，也不是只為了他而已。他是她現成的孩子。

他說：「我聽到車聲時，就在想：星期四！真難得。」

「謝謝你讓她在這裡住一晚。」

「然後我就想：搞不好是另一個家出了問題？」

「還好你剛才說想尿尿不是在開玩笑。」

「要不是我尿失禁，哪能證明真的有神存在，會出面幫助我呢？」

「我有點迷上那個女孩。」

他的眉毛挑起來，問：「妳不會喜歡上她了吧？」

「天哪，不是。應該說她像是迷路的小狗，找到我這裡來。」

「她可以住地下室，但妳得先訓練她熟悉這裡的規矩。」

「羅西把乾淨的睡衣放哪兒去了？」

「就在妳前面。」

「噢，對。就在我前面。」

第二天早上她有點宿醉。她找到湯姆，告訴他一定要雇用碧普當全職研究員，而且要付她活得下去的薪水。湯姆說，碧普連實習都還沒結束。萊拉說：「她表現得很好，轉為全職理所當然，而且她需要這份薪水。」湯姆聳聳肩，表示同意。她趁湯姆還沒改變心意，先去找碧普，告訴她這個好消息。

碧普小聲說：「太好了。」

一時之間，萊拉不知道是私心作祟，還是腦袋壞了，才會想辦法讓碧普留在丹佛。但這女孩不是也說了，她不想離開嗎？

萊拉高興地說：「現在，得先替妳找個地方住。從辦公室同事開始問起好了。」

碧普點點頭，似乎沒有那麼高興。

萊拉與厄爾．沃克會面的地點，在阿馬里洛市郊的瓦斯倉庫後面，碰面前後不到十五分鐘。沃克坐在卡車裡，搖下車窗說話，引擎一直沒熄火。他承認，他對工廠管理階層說，他高興，大家就會更高興，於是就領了二十五萬遣散費。他還承認，他是因為違反工作契約被開除，原因是上班時喝了一點酒，就那麼一次，還有一次是柯迪．傅雷能替他遮掩才過關。傅雷能是個喜歡藉機勒索的小混蛋，他沒辦法，只好簽發那枚假B61的離廠證明給他，好讓傅雷能在女友面前胡搞。沃克不覺得這件事有什麼好說嘴的，但他堅持他的作法沒有危險。那枚假B61之所以出現在他們廠裡，是因為阿布柯基的科特蘭空軍基地送錯地方。空軍後來派了一車的人來調查，卻遲遲沒派卡車收回這枚假核彈。要不是傅雷能笨到把它拿出來炫燿，又把照片貼上網，否則，沒什麼好大驚小怪的。

沃克說：「不要說是我跟妳說的。」一邊說邊把排檔桿放到前進檔位。

萊拉說：「絕對不會。你太太可以證明，你不肯跟我講話。」

她的思緒其實已經轉到另一個還在進行的新聞，科羅拉多州政府自然資源部與採礦業者的不當關係。至於這個假B61新聞，雖然還沒採訪工廠管理部門的說法，但看來新聞價值不高。碧普會很失望，這新聞太小了，萊拉決定到時候和她一起掛名發稿。

回到旅館後，她先打電話再傳簡訊給碧普和湯姆，好幾個小時過去，兩人都沒回簡訊。這段時間，她逐一檢查碧普挖出來的繳稅紀錄和利益衝突揭露聲明，正看到有值得挖的新聞時，湯姆回電了，大約是丹佛時間十點半。

她問：「你去哪兒了？」

他說：「去外面吃晚飯，我請妳那女孩吃飯。」

萊拉馬上覺得出事了，就像牙齒裂開一樣，感覺得出來。

湯姆說：「我照例都會請新同事吃飯。」

「是啊，沒錯。你們去哪裡吃飯？」

「以前是街角小酒館的地方。」

「以前是街角小酒館的地方」是屬於她和湯姆的地方。他們喜歡這個名字，所以常去。

他說：「我對餐廳不熟，想都沒想就去那家了。」

「你去那邊吃飯，卻不是跟我一起。想想，也算新鮮。」萊拉的聲音在顫抖。

「我也是這麼想。我不記得除了妳，還跟誰去過。」

但是，他又不是沒有請其他新員工吃過飯，而且都能挑到一家不屬於他和萊拉的餐廳。雖然他們從沒吵過架——或是說，相處這麼多年，她覺得他們再也不會吵架了——她現在卻想起山雨欲來的徵兆，胸口緊繃。

她說：「也許我錯了，但我感覺只要碧普在一旁，你不大自在。」

「沒錯，妳從來沒有錯過。」

「看到她，讓你想起安娜貝爾。」

「安娜貝爾？沒有。」

「她跟安娜貝爾是同一型。**我**都看得出來，你絕對也看得出來。」

「她們個性完全不同。還有一件事妳也說對了，我很高興我們找對了人。」

「聽萊拉的總是沒錯。」

「這句話，謹遵教誨。吃飯時，我告訴她一些事情。別急，妳先聽我說完，再說妳的想法。我也跟她說了，我會把這件事告訴妳。」

「你要把她調出資料研究部門，去跑新聞嗎？」

「啊，不是這件事，這件事倒也可以討論，但我講的不是這件事。我問她願不願意跟我們一起住一陣子。我猜她過不下去了。」

吵架就像嘔吐。年復一年都沒有吵架，日子過得反而愈發心驚膽跳。就算忍著忍到生病、想吐，就算知道吐了會舒服一點，她還是盡力忍著，能忍多久就忍多久。真要吵起來反而更糟，因為不會舒緩關係。從這個角度來看，吵架就像死亡，只能盡力拖延。

她盡量穩住聲音，說：「**你的**房子。你讓碧普住在**你的**房子。」

「我們的房子。妳不是說希望她搬進來嗎？」

「我是說，我希望我有房子可以給她住，不是讓她住進你的房子。」

「我以為那是**我們的**房子。」

「我知道你的想法，但你也知道我不認為那是我們的房子。這件事再講下去會沒完沒了，我不想再討論了。」

「我沒有具體承諾她。」

「你這樣不是讓我很難做人？這下子等於要我出面說不，她也會知道是我不願意。我不喜歡這樣。」

「那我就告訴她，是我改變主意，所以她不能住進來，這樣妳就不會難做人了。但是，能不能告訴我妳為什麼不想讓她住進來？我一直以為妳想和她一起住。」

「你前一陣子甚至不喜歡跟她共處一室，今天晚上態度卻轉了一百八十度。」

「萊拉，別講這種話。迷上她的人是妳，我不會把她從妳身邊搶走，她也不會把我從妳身邊搶走，就算她把這當成一輩子的任務也不可能。她只是個**孩子**。」

萊拉不知道她比較嫉妒誰，湯姆？還是碧普？但兩個嫉妒加起來，她覺得自己剛好可以下台一鞠躬，退出好了。

她說：「我沒意見，你想怎麼做就怎麼做。」

「妳這種口氣，我哪敢？」

「那你要我說什麼？說我腦袋有問題？說我認識那女孩才兩個月就**迷上**她？說我在**吃醋**？我不想跟你吵。只是，你突然提起這事，我根本沒有心理準備。」

「因為我們吃飯的時候聊起妳。」

「多貼心啊！」

「她想要像妳一樣。」

「她一定昏頭了。」

「嗯，還有一件事。或者說，不算件事。也許她應該自己跟妳坦白，但她對妳又敬又怕，反而不敢講。她在這裡其實沒有男友。」

「什麼？」

「她跟兩個女孩在雷克伍德合租一棟房子。她有男友的事情是編的，或者，正確地說，她的確有一個男的叫史帝芬，但這人住在加州，還有老婆。」

「她告訴你的？」

「我也是知道一點套話的技巧。」

萊拉理應覺得被出賣了，但她更替碧普感到難過，因為快樂的人不會說謊。「為什麼她要騙我？」

「她不想讓自己看起來操之過急，不想讓妳知道她有多寂寞，不想在妳面前一副可憐兮兮的樣子。我判斷，她離開加州是因為和那個男人出了問題。這也是我覺得她可以跟我們一起住的原因之一，她非常聰明，但日子過得亂七八糟。」

「意思是，你沒有被她吸引。」

「我真的不知道該怎麼說，才能讓妳知道妳這樣講有多離譜。」

吵架的風險下降了。萊拉換了一個話題，提到她和厄爾．沃克碰面，以及這則新聞太小，何不讓碧普寫這則新聞。

湯姆問：「為什麼沃克要跟妳碰面？」

他一問，她就懂了。

她說：「啊！佩服。」

「我問的是，他為什麼要跟妳碰面？」

「我不知道，別問了。我當時腦袋裡都是碧普，她對生活失望啦之類的事情。你問了一個好問題。」

「客氣了。」

「沃克說了一件事，他說阿布柯基那邊派了一車的人去調查。我沒注意就讓這句話過去了。」

「妳那時腦袋裡只有碧普。」

「好啦、好啦。」

「我們是一個團隊，不是嗎？別把我當對手。」

「我說，好了。」

「再去訪問一次。」

掛了電話，她看到碧普的簡訊來了：**我要懺悔**。萊拉心想：真是個好孩子，表現不錯。

她這次表現失常，把沃克的訪問搞砸了。沃克一直行色匆忙，講話又反反覆覆，但這不是能原諒自己該問沒問的藉口。**為什麼科特蘭空軍基地會運一枚假核彈到阿馬里洛？**這是沃克和她見面時等著她問的問題。工廠不會因為無傷大雅的惡作劇，就付他二十五萬美元封口費。會不會是阿布柯基那邊丟了一枚真核彈？想要用一枚訓練彈以假換真？

更尷尬的是，為什麼她沒有想到要追問。她當時以為沃克是因為她賣弄風情、有女性魅力，才答應跟她碰面。沃克提到她在丹佛家裡的床，她以為沒有別的意思，現在回想，沃克其實是在諷刺她。她已經五十二歲，講話時能撥弄的其實是自己發白的頭髮。

唉，唉。

她晚上睡不著、又沒有其他方法睡著時，通常吃顆安必恩就會立刻昏睡過去，但她聽了太多吃這種藥會夢遊的例子，這時候寧願不吃。她躺在乾得像鬧旱災、菸味似乎比昨晚更重的床上，想著碧普騙了她的事。碧普就像以前的萊拉一樣，愛上了別人的老公，可能也像以前的萊拉，不是結過婚，就是想要結婚。但現在的萊拉又老、又乾、臉蛋又鬆垮，跟碧普不一樣，她已經不能遊走四方、帶來不安、造成威脅、像一枚能毀滅世界的核彈……

原來一切這麼簡單，將自然態的鈾製成一個個空心鈽球，再將空心鈽球與氚結合，外覆火藥和氘，就這樣，簡單得可怕。這個能燒死百萬人的東西，可以縮裝成柯迪．傅雷能的卡車車床容納得下的體積，非常容易。比起戰勝毒品、消除貧困、治癒癌症或解決巴勒斯坦問題，這容易得多了。湯姆有一套理論解釋為何人類一直沒收到外星生物的訊息。因為，任何文明只要進步到逼近能將訊息傳送到外太空時，先會把自己炸毀，沒有例外。在一個有數十億年歷史的星系中，人類文明的存在，相當於幾十年而已。文明起滅只是一眨眼的事。就算星系中類地星球很多，某個文明堅持生存，等著另一個文明送來訊息的機會也幾乎是零，因為分裂一個原子自毀實在太簡單了。萊拉不喜歡這個說法，也提不出更好的。林林總總的末日說，總會讓她想到**請讓我先死**。話是這麼說，但她還是強迫自己去讀廣島和長崎倖存者的回憶，體會全身皮膚燒傷剝落，在大街上搖搖晃晃地走動，這樣活著，是什麼感覺。她希望把這則阿馬里洛的新聞作大，不只是為了碧普。這個世界害怕核武，和她害怕吵架與嘔吐不一樣。至於原因，她也說不上來。這世界沒有因為蕈狀雲籠罩而滅絕的時間愈長，人類似乎就愈不害怕。人們對第二次世界大戰的記憶，主要是猶太人被屠殺，連德勒斯登遭到燒夷彈轟炸與列寧格勒包圍戰的記憶，都多於在那個八月的兩個早上在日本發生的事情。一天之內關於氣候變遷的新聞，比一年內關於核彈庫存量的新聞還多，更不用提裴頓·曼寧在丹佛野馬隊打球時，打破國家美式足球聯盟傳球碼數紀錄的新聞了。萊拉很害怕，因為全世界似乎只有她一個人在意這件事。

或者說，頂多加一個，因為碧普也害怕。那位替她取名為「純真」的母親，似乎沒教她認清這世界運作的方式，這也意味著碧普看待事物，沒有被偏見蒙蔽。她只看到這星球上還有一萬七千枚核彈，可能將星球表面所有脊椎動物一掃而空。而她的想法是：**這可不是好事**。

有一段時間，萊拉與湯姆都盡量不招待朋友到家過夜。那時候，他們會放下百葉窗、拉攏窗簾，裸身在家裡各處走動，看著對方不再年輕的身體，享受那份信任；那時候，就算靠著冰箱門或是客廳地板上，她都可以給他。雖然那段時光早已過去，他們卻一直沒有正式承認——湯姆眼鏡片的反光後，還有太多心照不宣的事——而他邀請這女孩入住，等於片面承認那段時光已結束，萊拉不禁覺得很受傷。

核融合連鎖反應是自然發生的，例如太陽能；但核分裂的連鎖反應不是。核分裂所產生的鈽原子，是大自然中的獨角獸[29]，宇宙中任何地方都找不到自然形成、且達到臨界質量的鈽原子。要得到臨界質量的鈽，只能靠人為，還需要火藥幫助，迫使這些鈽成為超濃縮狀態，最後連鎖反應得以持續分裂好幾代的鈽才能引發核融合。這個過程發生得多快啊！顫顫巍巍的鈽亞原子吸收新出現的中子，切入更小的亞原子，吐出更多中子。沒皮膚的人在街上搖晃，內臟和眼球全掛在身上……

他們應該要有孩子的。沒有孩子，雖然可以因為不必在注定慘死的星球上再製造一個生命，而如釋重負，不必擔心將來。但他們還是應該有個孩子。萊拉愛湯姆，崇拜他，她覺得和他一起生活很自在，是一種幸福。但沒有孩子，意味著兩人過的是心照不宣的生活，入夜後互相依偎，一起看有線電視節目，事事有了默契，避開爭議，就這樣逐漸邁入老年。她對碧普的熱情突如其來，雖不理性，但並非毫無意義。她的熱情與性無關，但非常強烈，那是一種補償心理。她不知道答應讓一個新來的人進入她和湯姆的原子核會產生什麼結果，但她腦海中出現了一片蕈狀雲。

碧普搬進來三個星期半後，萊拉去了一趟華府。除了核彈的新聞，她同時在採訪一則從統計數字看科技業者躲避稅法的新聞。她入住一家實在不怎樣的旅館，但華府每一家低於她出差住宿費用上限的旅館都是一個樣。她想早點回丹佛，但軍委會中，立場最自由派、也是她最喜歡的參議員答應她在星期五下午他和其他參議員出城前，給她十五分鐘採訪。這個訪問是她當面與參議員的幕僚長敲定的，這樣才不會留下電話或電郵紀錄。自從國安局開始大規模監聽以來，她愈來愈依照「莫斯科規則」[30]辦事。由於國會議員不必接受測謊，所以媒體特別喜歡找上他們。

她先與五角大廈的一些消息來源聯絡，其中有些是她在《丹佛郵報》工作時的舊識。她從這些人避重就輕的說法中拼湊出阿布柯基發生的事情。是的，有十枚B61核彈用卡車運到阿馬里洛，進行定期翻修與電路板升級工作；是的，其中一枚是沒有核燃料的假彈，假彈在基地的存放位置通常就在真彈頭附近，假彈是供處理意外事故單位訓練用；是的，條碼與自我辨識晶片遭人動了手腳；是的，接下來的十一天，沒有人知道真彈在哪裡，可能存放在缺乏安全防護的庫房中；是的，有人要倒大楣了；是的，這枚核彈現在「完全在掌

29 傳說中存在的動物。

30 情報人員工作守則，例如：不要覺得理所當然、相信直覺、任何人都有可能被敵人控制、混入人群、改變行為模式、永遠要有備案等等。

握之中」，保證安全；不，空軍不會提供失竊細節或透露犯罪者的身分。

喬治城大學的核武專家艾德．卡斯楚告訴她：「沒有『保證安全』這種事情。用榔頭狠狠敲它，安不安全？一定安全。有沒有辦法繞過密碼系統？也許有。我們也懷疑，B61後幾代的核彈被人動手腳時，會把自己的內核『毒』死。但是像B61這種核武發展中期的武器，它們的基本構造很簡單，簡單到令人無法置信。這東西要等到每一項真正的高科技到位後，才開始組裝。製造、提煉鈽和氫的同位素，非常困難，又貴，而設計各種高爆炸藥的形狀，也相當難。但是，組裝起來讓它炸開？這，卻不會很難。如果時間足夠，又有幾位博士利用逆向工程技術製造啟動電路板，絕對可行。雖然做不到這麼漂亮、體積這麼小，當量可能也不夠大，但那真就是個會爆炸的熱核武器。」

萊拉感慨地問：「到底誰要這種東西？」

卡斯楚是那種尋找引句的記者喜歡採訪的對象，他說：「就是一般公認可疑的對象。伊斯蘭恐怖份子、流氓國家、〇〇七電影裡的壞人、有了這東西就能去勒索的人，以及可想而知，為了證明反核有理的反核活躍人士。他們都是終端用戶。但這些人基本上沒什麼能力偷核彈。有趣的是，想想可能的供應商是誰？誰真的有能力取得和運送這個不該拿的東西？誰去各地**蒐集**這種東西，以防萬一？」

「比如說，俄羅斯黑幫。」

「普丁還沒有掌權之前，我每天早上起床發現自己還活著，都覺得僥倖。」

「普丁執政以後，俄羅斯黑幫跟俄羅斯政府根本沒差。」

「盜匪統治肯定強化了核武安全。」

新聞工作就像模仿，模仿生活、模仿專長、模仿老於世故、模仿親切。掌握一門學問，很快要遺忘；結交朋友，終需遺棄。然而，新聞工作也具有許多模仿帶來的樂趣，非常容易上癮。那個星期五下午，萊拉在德克森大樓[31]外面，看到一些國會記者在自以為是的小世界中努力工作，她看得出來他們自以為是，因為她也有一個自己的小世界，所以她覺得不爽。他們有沒有像她一樣，取出智慧型手機電池，不讓國安局的監聽網得知他們的位置？她存疑。

參議員遲到，只遲到二十五分鐘。他的幕僚長顯然希望將來能否認這場採訪，所以萊拉開始問時，他就離開參議員辦公室。

室內只剩下他們兩人時，參議員說：「空軍快被妳煩死了。不過，幹得好。」

「謝謝。」

「這次是背景說明[32]，這不必強調了吧。我會告訴妳，除了我還有誰也聽過簡報，妳再一個個打電話去問，留下通聯紀錄。我希望這則新聞曝光，但我不想得不償失，為了這個丟了委員會的席位。」

「真的有這麼嚴重？」

「沒有那麼重要。也許算不大不小吧。但現在保密已經保到失控了。妳知不知道，那幾個部門除了把機密報告編號、打上浮水印，連每一份報告的字距都要動手腳？這叫什麼來著，kerning[33]？」

「Kerning，對。」

「所以，這東西等於讓每份報告都有了獨一無二的識別標誌。『我們信賴科技』[34]，乾脆新的百元美鈔都

31 美國聯邦參議員辦公大樓。
32 受訪者接受訪問時，與記者建立的一種默契。根據美聯社編採手冊，背景說明指記者撰寫新聞時，不可透露受訪者的姓名，但可以適度形容受訪者的身分職稱。
33 印刷品排版時，為了避免固定字距會破壞排版的美觀或易讀性，彈性調整字距的作法。
34 美國現行紙鈔上印的是「我們信賴上帝」（In God We Trust）。

印上這句話好了。」

這些年下來，萊拉相信，政客是由特殊、化學性質不同的物質所製造的。她眼前的參議員肌肉鬆垮、一頭爛髮、臉上還有青春痘疤痕，但非常迷人。他的毛細孔滲出一些費洛蒙，讓她想看著他、不停地聽他的聲音、被他喜歡，而她也真的覺得他喜歡她。他想讓誰覺得被喜歡，那人就真的會感受到。

萊拉一一記下那些人名時，他說：「所以，可能有很多人告訴過妳了，問題出在我們過於信賴科技。我們信賴核彈頭的保險程序，忽略了人性。科技問題很簡單，人性才難。這就是我們國家現在的處境。」

「讓記者失業容易，要找到取代真記者的方法，可就難了些。」

「我都快瘋了。妳也知道，戰略轟炸和戰略飛彈部隊的人，現在士氣低成什麼樣。我們信賴科技，但還沒有走到用機器取代他們的地步。將來極可能會，但現在，只要被分派到這些單位，就代表你的軍旅生涯完蛋了。結果就是，我們最可怕的武器，都是些最差、最不行的人在看管。然後就出現作弊、違法亂紀、驗尿沒過，當然，有辦法的人不會過不了關。」

「阿布柯基那邊查到毒品？」

「如果妳以為我說的是冰毒，我勸妳再想想別的。他們都是職業軍官。每個基地裡，至少都有一個像理查·肯納利這種『什麼事情都能搞定』的人。別把這名字寫下來，記在腦子裡。那簡報每一份都有一套排版，我把好幾頁的簡報內容濃縮成幾句話，妳不介意吧？」

「我知道你要趕飛機。」

「那些藥幾乎都是處方藥，比如Adderall、奧施康定。這些人的軍校同學中，有人擔任真正的飛行任務，也有人在洛克希德[35]大啖海鮮，這些人呢，只好靠藥物打發時間。你知道我對藥物管制法案的看法。但別的不說，我只想講，現在發生的可是軍官，不是一般士兵濫用藥物。先不管法律規定有沒有大小眼，部隊裡面對這種事還是嚴格禁止的，所以，一定有人會過不了毒物篩檢那一關。那個『什麼事情都能搞定』的傢伙，如果要讓自己的生意蒸蒸日上，就得先突破藥檢的障礙。他該怎麼辦？」

萊拉搖搖頭。

「想辦法讓供應藥物的親密好友，神不知鬼不覺地成為尿液測試實驗室的主管。」

萊拉說：「可不是！」

參議員說：「我真希望給妳看看那份檢討報告。因為愈看愈精采，也就是狀況愈來愈嚴重。誰是這些親密好友？我很討厭『集團』這個字，因為用在這裡完全不對。應該稱呼這些人為『特殊DHL』或『違禁Fedex』，因為那就是他們幹的勾當。有人在武漢製造假抗癌藥，要用貨櫃將藥運到美國顧客手中，該找誰？找『特殊DHL』。武器、假名牌、雛妓，各種藥物當然也是靠這種管道。一通電話，服務就來。美國中產階級對非法藥物的胃口真大，才會有這麼充份的資金，造就這些地球上最先進、最有效率的公司。他們做的是物流生意，在過了南方邊界不遠都有辦公室。而我們那位『什麼事情都能搞定』的理查．肯納利——他的名字妳聽過就記著，不能寫下來——就在各單位督察長的眼底下，跟他們做生意好幾年。要不是這次B61訓練彈出現在不該出現的地方，沒人知道。」

「基地有沒有掉了真的核彈？」

「還好，沒有。這件事非常不幸，也很讓人擔心，但也有一點好笑。『特殊DHL』可能已經與核彈的買主搭上線，也可能沒有，這點我們永遠不知道。但在理查．肯納利還沒有想出辦法把『翻版』核彈——也就是真核彈——弄出基地之前，他絆到停車格的水泥輪擋摔了一跤，手上拿的一瓶龍舌蘭酒摔到地上，他則跌在

---

35 Lockheed，美國主要國防承包商。

玻璃碎片上，被碎玻璃割斷了一條動脈，差點失血過多而死，躺在醫院一個星期出不來。這就是有點好笑的部分。不好笑的部分是，這樣一來，肯納利顯然沒辦法依照時程交付彈頭，也沒辦法讓特殊快遞的人知道他為什麼沒辦法交貨。結果，他兩個妹妹，一個在諾克斯維爾，一個在密西西比，都失蹤了，大約就在準備掉包彈頭的前後。顯然，她們兩個都被抓，當作交易的人質。最後兩人都死在諾克斯維爾一家汽車經銷店後，死法也一樣，後腦中槍。其中一個妹妹留下三個孩子。幸好孩子都沒事。」

萊拉用最快的速度拚命記，邊寫邊說：「天啊！」

「太可怕了。但對我來說，這不僅是一起核彈庫存出狀況的事件，也是反毒戰爭徹底失敗，我們信賴科技卻忘了人性的事件。」

萊拉邊寫邊說：「我瞭解。」

「就算妳沒來採訪，這件事遲早也會曝光。《華盛頓郵報》已經在查那些跟理查・肯納利買藥的軍官被降級調職的新聞。軍方現在知道有藥物問題，早晚會有人把剩下的事情抖出來。」

「你跟郵報說了？」

參議員搖搖頭。「我到現在還是不理他們，為了另一件事。」

「肯納利為什麼要做這件事？」

「一方面因為錢，一方面因為擔心自己的小命。大家是這樣猜的。」

「你的意思是，都查到他在賣藥了，卻沒有拘留他？」

「這妳得去問別人。」

「聽起來像是沒有。」

「妳自己想吧。我再提醒妳一次，除非妳再找到一個消息來源證實這條新聞，否則，不准刊出來。」

「我們也不刊登只有單一消息來源的新聞。這方面，我們很老派的。」

「這點我們都知道。這也是我讓妳坐在這裡的原因，或者，坐這麼久的原因。」參議員這時站了起來，說：「現在，我真的要趕飛機了。」

「肯納利怎麼把核彈弄出基地的？」

「萊拉，到此為止。妳知道的已經夠多了，沒必要知道更多。」

他說的沒錯。她的記者生涯最亮眼的新聞已經入袋，剩下的只是例行公事，再找個消息來源，虛張聲勢：「我只是想確定我掌握的是事實，證明我沒有搞錯。」但她同時得忍住想吐的焦慮，郵報或其他記者，那些不在意要找第二個消息來源的傢伙，可能搶走她的獨家。

離開德克森大樓後，她開始考慮是否要取消返家行程，留下來要找人證實參議員的說法，這工作只能面對面進行，但這是個溫和、陽光明媚的春天週末，她要找的人都不可能留在華府。與其如此，還不如回丹佛過週末，寫稿、約採訪，到週日晚上再飛回來。

這可能只是她替自己回丹佛找藉口。不幸又明顯的事實是，她不想讓湯姆和碧普同屋度過週末。她已經一肚子氣，非得親自處理的事情多到忙不過來——新聞太多、照顧查爾斯的看護也出了問題，還有回不完的電郵和社群媒體的批評，這些她早習慣了（柯迪．傅雷能的前妻每天寫信給她，不是送食譜，就是傳小孩照片）——再加上阿布柯基的新聞有了新線索後也不能拖。這新聞的壓力這麼大，她又孤軍奮戰，工作量有增無減。就算飛回家，也沒有多少時間能跟湯姆或碧普相處。比起來，他們週末多出了假期，未免太奢侈。她知道不應該嫉妒、怨恨和自憐，但就是很難平衡這些情緒。

她上了地鐵，手抖個不停，沒辦法補充剛才草草記下的筆記，也沒辦法在電話上按出給湯姆和碧普的簡訊。等她上了飛往丹佛的班機時，焦慮已經膨脹到佔據她全身。飛機座位之間的空間太小，她工作時鄰坐的生意人一定看得到她在幹嘛。她的心情七上八下，無法專心處理稅務問題的新聞，最後她買了一小瓶葡萄酒，徒勞地盯著螢幕上的飛機標誌在航線圖上慢慢地移動。喝完，又買一瓶，希望能克服焦慮。

她找不到說得過去的理由，不讓碧普跟他們一起住。這女孩到目前為止，沒有一次把髒碗髒匙留在水槽裡，房間沒人時也都會關燈，她甚至替湯姆和萊拉洗衣服。想到她要替他們洗內衣褲，他們當然沒答應，但她說她從沒住過洗衣機與乾衣機還能用的地方（太奢侈了！），所以他們同意讓她洗床單和毛巾。她不像同齡的其他孩子，把不勞而獲看成天經地義，但她也沒有為了搬進來而說聲「打擾了」，或是因此一再道謝。一星期中，至少萊拉晚上在家時，她都自顧自地弄飯菜，拿回自己房間，一整晚就再也沒現身。但到了星期五晚上，她倒是一屁股坐在廚房高腳椅上，讓湯姆替她搖出完美的「曼哈頓」，她則替萊拉切蒜頭，分享她在奧克蘭佔屋生活的趣事。

萊拉理當滿意這種生活模式，但她認為，在她很晚下班或者去查爾斯家住的晚上，碧普不會整晚都待在房裡。一個月間，萊拉知道的兩件重要事情，一件是皮優基金會決定資助《丹佛獨立新聞》七萬五千美元，另一件是法院決定由一位不友善的法官，審理《丹佛獨立新聞》列為共同被告的憲法第一修正案官司。但她都不是直接聽湯姆說的，而是湯姆告訴碧普，碧普再告訴她。萊拉是過來人，知道老男人傳授經驗，自己比其他人先掌握內情，那感覺有多好，也知道這女孩還不懂這點、也不懂可能有人會因此氣憤她。萊拉接著懷疑當初把查爾斯從他前妻身邊搶走心中的罪惡感，其實根本不是罪惡感，而是氣憤。氣憤那個年輕的萊拉，因為查爾斯看上她而取得進入文學圈的門票，這是年老的女性主義者對年輕自我的憤怒。現在，她看到碧普吸收湯姆的智慧、湯姆則沐浴在有年輕人作伴的喜悅中，她也感覺到一些這種氣憤。

這不是推論而已。湯姆在一個月中，已經兩次對她硬上。有一次，她在浴室鏡子前卸妝，他從後面接近時，陰莖已經外露。幾個晚上後，她關上閱讀燈時，他伸手摸她的鎖骨，這是他喜歡的方式，然後又摸她的脖子，這是他更喜歡的方式。兩人剛開始交往時，湯姆就是用這種方式挑逗她；但這些早就被其他默契取代了。現在，萊拉根本不必費勁猜，就可以從湯姆的異常行為聯想到沿著走廊、兩扇門遠的地方，有個胸部飽滿、皮膚嫩滑、經期正常的二十四歲輻射源。要是換成萊拉與碧普單獨住，她可能會很高興碧普把這裡當自己家，洗完澡不穿胸罩就套上運動衫，把腳丫伸入沙發墊的縫隙中，躺下用公司發的平板電腦，滿屋子是她濕濕的頭髮散發的洗髮精香。但是有湯姆在，碧普在屋內各處的輻射，只讓萊拉覺得自己老了。

這女孩沒有做錯什麼，她只是做自己而已，但萊拉已經開始討厭她，羨慕她和湯姆單獨相處，羨慕她——而不是自己——和湯姆在一起的樂趣。她相信湯姆和碧普都很喜歡她，不至於背叛她；但這不是重點。萊拉不必費力就能想像長得像湯姆前妻的碧普喚起了他體內某種東西，能夠治療他看到安娜貝爾那種女人就出現的創傷後壓力症候群，讓他能夠再次對那樣的女人感興趣，而且，他確實比較喜歡那型。過去他看上萊拉，其實是對他不幸婚姻的反彈而已。碧普是年輕安娜貝爾的完美化身——也就是他喜歡的基本型——又沒有安娜貝爾的包袱。當他問萊拉，既然她去華府出差，他可不可以帶碧普去看舞台劇《邁阿密那一夜》時，她頓時覺得手腳動彈不得。她在查爾斯家花這麼多時間，甚至三不五時幫查爾斯打手槍，有什麼理由反對湯姆帶碧普出去？她被一個怨氣多、在輪椅上度日的傢伙套牢，只能靠少睡幾個小時擠一點空閒時間。而沒有其他朋友的碧普，以及每晚七點準時下班的湯姆，卻有大把空閒時間。他們要一起消磨時光，何錯之有？

要不是萊拉總覺得自己在湯姆心中排第二，她的憤恨會更明顯。罪惡感，不是她遲遲沒與查爾斯離婚的唯一原因。她一直揮不去的疑慮是，不管湯姆愛她的成份中有多少是因為她值得被愛，他們相識時她已經不再年輕確實加了分，安娜貝爾也不能挑剔他和她在一起，就像他用前岳父的錢，成立了一家像模像樣的新聞機構，安娜貝爾也挑不出毛病一樣。他至今依然受到這些道德因素影響。所以，她對查爾斯不離不棄，也一直是戰略，目的是確保她像湯姆一樣，另外還有個人。但她現在卻很懊悔。

這女孩似乎沒察覺到萊拉的嫉妒。萊拉去華府的前一晚，喝到第二杯曼哈頓時，碧普甚至表示，湯姆和萊拉讓她對人性產生了希望。

湯姆說：「對人性抱著希望的人不只妳一個呢。我想我可以代表萊拉說這話，我們倆都喜歡做些提供人性希望的事。」

碧普說：「你們現在的工作就是啊，還要說嗎？還有，你們的工作態度也是。我看過的每一對伴侶，總是壞事纏身，總是說謊、誤解、折磨，就算——該怎麼說——就算處得好，也是透不過氣的好。」

「萊拉的好，的確是會讓人透不過氣的好。」

「我知道，你們在取笑我。但是，這就像……像我認識的非常親密的伴侶，他們之間容不下任何人。他們要的就是相伴相依的美好。有一種舊襪子或早餐鬆餅的溫馨味道。總之，我很高興看到伴侶之間不見得只有壞、沒有好。」

「瞧妳說的，我們覺得很驕傲。」

萊拉有點氣地說：「人家恭維我們，你還逗她。」

碧普說：「總之……」

他們在湯姆的廚房聊天。萊拉知道碧普習慣吃素，所以晚餐準備了義式櫛瓜烘蛋。她和湯姆都注意到，一旦食物就要下鍋翻炒的時候，碧普就會上樓把她的臥室門關上。湯姆這時說：「妳好像對氣味很敏感，鬆餅味、襪子味……」

碧普說：「氣味是地獄。」說著拿起曼哈頓酒杯，一副向這種情緒敬酒的姿勢。

湯姆說：「我之前娶的那個人，對氣味也很敏感。」

碧普說：「但氣味也是天堂。我發現——」她停住沒說話。

萊拉問：「什麼？」

碧普搖搖頭，說：「我只是想起我媽。」

湯姆說：「她也對氣味超級敏感嗎？」

「她對任何事都超級敏感。她很容易沮喪，所以對她來說，氣味是地獄。」

萊拉說：「妳想念她了。」

碧普點點頭。

「也許她會想來這裡看看妳。」

「她不旅行、不開車、從沒搭過飛機。」

「怕坐飛機？」

「她比較像一輩子都沒離開山區的山民。之前她說要參加我大學的畢業典禮，但她光想到出門不搭公車，得找人載她去，就會開始緊張。最後我只好跟她說，不來也沒關係。她非常非常抱歉，但我看得出來，她也大大地鬆了一口氣。可是你們想想看，去柏克萊一趟，根本要不了兩小時。」

湯姆說：「哈，如果當年我媽沒有參加我的大學畢業典禮，我可高興死了。她自己後來說，那是她一生中最慘的一天。」

碧普問：「出什麼事了？」

「她和我後來娶的人見面，場面非常難看。」

他繼續描述場面有多難看，萊拉根本不想聽，不是因為她聽過了，而是她**從沒**聽過。他有十多年的時間可以告訴她畢業典禮上發生了什麼事，結果，她卻在他跟碧普說的時候才第一次聽到。她不禁想，她不在的時候，他還告訴了這女孩什麼有趣的事情。

她站在爐邊說：「你知道嗎，葡萄酒對我沒用，能幫我調一杯曼哈頓嗎？」

碧普急忙忙地說：「我來。」

認識碧普以後，萊拉酒愈喝愈多。那天吃晚飯時，她發現自己大聲嚷嚷，別以為網路和社交媒體可以取代新聞，以為讀者可以直接讀到國會議員的推文，就不需要華府記者；以為人人都有手機可以照相，就不需要攝影記者；採訪既然可以交給大眾平台，就不需要付費請專業新聞工作者；既然有了亞桑傑、沃夫、史諾登這些網路巨頭在地球上行走，就不需要調查採訪……

她知道自己在對碧普大小聲，本想打擊碧普凡事不置可否的酷樣，自己卻失態。此外她心裡還潛藏著一股不滿湯姆的暗流。他提過，很久以前，他還沒離婚時，在柏林見過安德瑞斯．沃夫。但湯姆只肯透露，沃夫全身散發一股令人難以抗拒的吸引力，而且他也為一些祕密所苦。湯姆描述沃夫的態度，讓萊拉覺得這人對湯姆很重要。沃夫與安娜貝爾一樣，是湯姆內心的黑暗核心，是萊拉要對抗的一段前萊拉史。她感激湯姆沒有刺探、窺視她的過去，所以她也投桃報李，不刺探他的過去。但湯姆嚴加保護他與沃夫的那一段往事，她卻無法視而不見。她暗中與安娜貝爾較勁，多少也是因為同樣的嫉妒心。

這股暗流一年前曾從地表冒出來過一次。當時她受邀接受《哥倫比亞新聞評論》訪問，談關於洩密人的問題，刻意惡毒地批評了「陽光計畫」。湯姆讀到訪問後非常不高興。那一群吃飽飯沒事幹的死忠份子，動輒把不苟同他們的人抹黑成「路德派」[36]，為什麼要去挑釁？《丹佛獨立新聞》不也和「陽光計畫」一樣，與網路分不開嗎？為什麼要把自己變成廉價批評的靶子？萊拉想過為什麼，但沒有說出來：**因為你什麼事都不告訴我**。

她靠著曼哈頓酒的能量，繼續在餐桌上嘟囔，把話題擴大。說男人主導的矽谷，剝削的不僅是自由接案的女性，還包含所有女性。新科技引誘她們聊天嗑牙，讓她們產生掌握權力的幻覺，男人依舊牢牢控制生產方式——解放、女性主義、安德瑞斯．沃夫都是騙人的——碧普這時停下刀叉，不高興地盯著餐盤。最後，醉得差不多的湯姆打斷萊拉。

他說：「萊拉，妳的意思好像是我們跟妳意見不同。」

她說：「那你同意我說的嗎？碧普同意嗎？」接著轉身對碧普說：「妳說說妳的看法？」

碧普眼睛張得大大地盯著盤子，說：「我知道妳的想法從何而來，但我不懂為什麼記者和洩密人不能共存。」

湯姆說：「沒錯。」

萊拉對他說：「你不覺得沃夫在跟你競爭？不只競爭，還贏了？」她又轉身對碧普說：「湯姆和沃夫認識。」

碧普問：「真的？」

湯姆說：「我們在柏林見過面，那是柏林圍牆倒塌後的事。但這跟我們現在講的事情無關。」

「真的嗎？」萊拉說：「你恨亞桑傑，卻不知道為什麼放過沃夫。每個人都放過他，每個人都捧著他，把他當成英雄、救世主和偉大的女性主義者。但我不信，從來就不信，尤其不相信他是女性主義者。」

「過去十年，沒有一個洩密人的爆料比得上他，既重要，種類又多。妳生氣，只是因為他的表現跟我們不相上下。」

「你是說他上傳的那幾張牙醫用異丙酚麻醉女病人，再自我曝露拍的照片？就算那是替女性抱不平好

36 Luddite，指十九世紀初工業革命時代，紡織機的發明造成織布工人失業，部分英國織工起而暴動，摧毀各地的織布機。此後，反對科技與科技產生的改變的人就被稱為「路德派」人士。

了，但『**女性主義**』也許不是用來描述這種行為最好的詞。」

「他做過更好的事。黑水[37]和哈里勃頓[38]的文件曝光，不就影響重大？」

「但他總是一派胡言亂語，什麼把純粹的光照向腐敗的世界啦、教訓男人的性別歧視態度啦，彷彿他心中的世界只有女人，唯一的男人就是他。這種人我可知道了，他們讓我毛骨悚然。」

碧普問：「柏林的事情呢？」

「湯姆不願意說。」

湯姆說：「沒錯，我不想說。要我現在說嗎？」

萊拉看得出來，他願意現在說的唯一理由，是因為這女孩。

她淒慘地笑了笑，對碧普說：「妳在這裡，我才能知道很多以前不知道、關於湯姆的事情。」

碧普並不笨，馬上感覺到危險，她說：「我對柏林的事情沒有興趣。」說完伸手拿酒杯，卻不小心把酒杯碰倒。「媽的，對不起！」

這時，立即起身拿紙巾來的人是湯姆。換作查爾斯，就會讓萊拉動手處理，他還沒出意外前就這樣了。查爾斯幾乎不教女性作家寫的書，而湯姆聘請的女記者多於男的。湯姆是個奇怪的混合型女性主義者，在行為舉止上無可挑剔，在觀念上對女性主義卻不友善。他有一次對她說：「女性主義是平權，這我懂。我不懂的是平權理論。女人的權利應該與男人一模一樣呢，還是不僅要和男人一樣，而且還要更好？」講完就用他遇上蠢事時一貫的方式笑出來。萊拉當時的反應是氣憤，但沒說話，因為她是和湯姆相反的混合型：觀念上的女性主義者。但她和其他女人一樣，主要的感情關係都圍繞著男人，並且在工作上，一輩子都因為與男人的親密關係而獲益。她當時覺得湯姆的笑聲是攻擊她，倆人從此就留心，再也不討論女性主義。

另一件沒有明說的事情是，在這女孩還沒成為他們生活的一部分之前，萊拉覺得她和湯姆避談避說的生活很自在。但碧普似乎很喜歡和他們住在一起，不再吵著要回加州，想擺脫她沒那麼容易。萊拉難過的是，她開始希望她和湯姆可以擺脫她了。

飛機在丹佛一著陸，她先檢查工作電郵，再看看有沒有簡訊。有一則查爾斯發來的簡訊：**真的有希薩這個人嗎？**

她一離開機艙就打電話給他，問：「希薩到了嗎？」

查爾斯說：「還沒看到人影。我是無所謂啦，但我知道妳一定很想把那些人的腦袋一口咬掉，然後小口小口地啃他們的腳。[39]」

「他媽的這些傢伙，找個人正常到班很困難嗎？」

「噢噢噢！」

希薩，新的家務助理，本該在晚上六點鐘到查爾斯家幫他洗澡、進行物理治療和準備一頓熱食；但現在已經八點半了。查爾斯最麻煩的地方是，他不喜歡有人幫忙，但也不是那麼不喜歡，所以，他不准萊拉雇人、自己在後面監督。這樣一來，大部分的事情她都必須自己來，卻很少聽到一聲謝謝。

她大步走出航廈時，先撥了湯姆家的號碼，但立刻就跳到留言。她接著打電話給人力派遣公司。電話那頭傳來像個十二歲女孩的聲音：「人人為我，我為人人。您好，我是艾瑪。」

---

37 Blackwater，一家安全顧問公司，替中情局、國務院等部門提供在動亂地區的保全服務。二〇〇七年時，該公司員工在巴格達槍殺十七名伊拉克平民，引起軒然大波。

38 Halliburton，在美國註冊的跨國公司，提供探勘、鑽油產品與服務。該公司涉及多起爭議事件，包含二〇一〇年在路易斯安那州外海發生的深水鑽油平台爆炸，引發人員死傷與原油汙染海域事件。

39 引用自美國漫畫家 Kliban 創作的《貓》系列中的主角，喜歡坐在高腳椅上唱歌，歌詞是：「我愛吃小老鼠，小老鼠我最愛吃。一口咬掉牠們的頭，小口小口地啃牠們的腳。」

「我是萊拉・赫魯。我想知道為什麼希薩到現在還沒到查爾斯・布萊能的家。」

「嗨，布萊能太太您好。」艾瑪一副歡樂地說：「希薩應該六點就到了。」

「我知道。但他六點的時候沒到，現在還是沒到。」

「沒問題，讓我來找找看他在哪裡。」

「沒問題？這有問題吧！這不是第一次了。」

「我會找到他，真的沒問題。」

「客戶**有問題**的時候，請不要說沒問題。」

「我們今天晚上有點人力不足。等一……哦，我知道怎麼回事了。希薩先去替另一位生病的同事代班。他應該很快就會到布萊能先生家。」

難道這公司事先不知道人手不足？過了約定時間三小時才派人到客戶家，也不事先通知，難道無所謂？這公司是不是常幹這種事，把約定時間的助理臨時派去別處？甚至沒有訓練客服人員道歉？

這些問題，萊拉心裡有底，問都不必問。在她進城的半途中，艾瑪回電：「解決了。是這樣的，希薩目前恐怕無法趕去，我們還有一位同仁可以出勤。她沒辦法搬抬，但其他事情都可以做，也可以陪伴布萊能先生。」

「布萊能先生不需要陪伴，布萊能先生只需要搬抬。」

「好的，沒問題。我再去找希薩。」

「算了，就當沒這回事。明天早上九點，請派個男助理，而且，不要希薩，我不想再聽到他的名字。妳做得到嗎？是不是沒問題？」

查爾斯自己弄東西吃、自己上床睡覺，都完全沒問題。萊拉可以感覺到，她讓湯姆和碧普在家裡多享受一兩個小時沒有她的時光，等於在害自己，但她還是這麼做了。她看到查爾斯坐在輪椅上，在廚房走道邊隨便停著。空氣中是燉牛肉罐頭的味道。

她說：「天啊，你好像很沮喪。為什麼停在走道上？」

「因為我迷上那位不存在的希薩了。普魯斯特寫過一個很棒的故事，馬塞爾回憶一個他從背後驚鴻一瞥的女孩，就開始想像她臉蛋的樣子。[40]沒看到的臉總是美麗的。等到希薩出現時，我不知道會有多失望呢！」

「你一定是要去哪裡，才會停在這吧。要不要我帶你去？」

「對走道更熟悉一點也不錯啊！」

「你想做什麼？」

「好好洗個澡，但現在沒辦法。我想我可以喝一杯吧，今天還沒玩抽牌喝酒[41]呢！」

他自己轉動輪椅，進了客廳。她拿了他的酒和一只酒杯。

他說：「妳快去找妳男人，還有那位流浪小美女。」

「你先告訴我，還有什麼要幫忙的。」

「妳根本不必來。不過，妳來了。這有蹊蹺。另一個家都好嗎？」

「一切都好。」

「妳只要一皺眉，眉間就會出現一個括號。」

「我真的累了。」

40 法國小說家普魯斯特的《追憶似水年華2》的情節。
41 一種以撲克牌為道具的喝酒遊戲，以抽牌方式決定喝哪種酒、怎麼喝。遊戲規則由參與者自訂。

「我不認識妳男人——到現在都沒有這個榮幸。但那位流浪小美女喜歡父親型的男人。光是跟她獨處的那幾分鐘，連我這個坐輪椅的，她也有點興趣。老男人的魅力我可一直都有。」

「呵，謝謝您。」

他皺起眉頭，說：「我不是在說妳。我在妳心中真的是……爸爸嗎？」

「不是，但我大概也有這種傾向。」

「那女孩有這種傾向，但妳沒有。我只是提醒妳注意。」

「你會不會特別把某些事情藏在心裡？」

「我是個作家，寶貝。這工作錢賺得不多，還得忍受毒舌評論，但我可以寫出我的想法。」

「我只是覺得，老是把話藏在心底，一定非常累人。」

她終於到湯姆家的時候，只有廚房還透出光線。她喜歡這屋子，也把這裡當成家，但只要想到這屋子的好，接著就一定會想到，部分購屋款是安娜貝爾父親出的。這些年來，她一直不願意把自己的照片找個地方掛上，也不斷說服湯姆收下她付租金的支票，也許就是這個原因。由於他不收她房租，她就把這些錢拿去付查爾斯的看護費，還捐了很多給艾蜜莉名單[42]、廢除禁止墮胎法全國協會、全國女性組織以及參議員芭芭拉．鮑克瑟，以減輕她身為女性主義者的不安良心。

她從後門進屋之前，先揉了揉眉心的皮膚。她很感激，而非抱怨查爾斯提醒自己會一直皺眉頭。其實她會一直跟他維持婚姻關係，不是因為歉疚或戰略平衡，原因很單純，因為她不忍離開到現在還愛著她的人。

廚房裡沒人。義大利麵鍋裡的水小滾著，中島檯面上有一盆還沒拌的沙拉。她刻意誇張，加重音節地喊著：「哈——哦——囉！」這是她與湯姆通知對方的方式。

湯姆在客廳回說：「哈囉。」沒有加重音節。

她拉著帶輪行李箱往前廳走，花了一點時間才在昏暗中看到湯姆橫躺在沙發上。

她問：「碧普在哪裡？」

「她跟其他實習生出去了。我喝多了，在等妳，只好躺著。」

「對不起，我太晚回來了。馬上就可以吃飯了。」

「不急。妳的酒在冰箱。」

「太好了。」

她把行李箱扛上樓，換了件牛仔褲和圓領衫。屋裡靜悄悄的，就像歸鄉時每每沒人理會一樣，透著一股壞事臨頭的氣氛，也許，只是她以為碧普在家的緣故。她下樓從冰箱裡拿出酒，湯姆還躺在沙發上。

她問：「你有沒有收到我的簡訊？」

「有。」

「死了兩個女的，那個男的中間人可能也死了。這新聞除了跟核彈有關，還是個毒品新聞。真可怕。」

「很棒啊，萊拉。」

他的聲音聽起來很遙遠，但她還是邊喝酒，邊告訴他新聞的前因後果。他都正確回應，但聲音不對勁。

一片沉默，房裡非常安靜，靜到她能聽到義大利麵鍋鍋蓋與鍋子碰撞時的細微鏗鏘聲。

她問：「發生什麼事了？」

湯姆停了好一會兒，才回說：「妳一定很累了。」

「還好。喝了點酒，精神就來了。」

---

42 EMILY's List，協助支持墮胎自主權的民主黨女性參選的政治行動委員會。

這次沉默得更久，壞的沉默。她覺得自己好像走進了別人的生活、別人的房子，眼前是她認不出來的人、認不出來的地方。動手腳的是碧普。突然，遠處傳來的鍋蓋鏗鏘聲讓她受不了。

她說：「我去把爐子關了。」

她回來後，湯姆坐直在沙發上，一隻手揉著兩邊眼睛，一隻手握著眼鏡。

她問：「你要不要告訴我怎麼回事？」

「聽萊拉的總沒錯。」

「什麼意思？」

「意思是說，妳說的沒錯，讓她住在這裡不是個好主意。」

「原因是？」

「因為讓妳不高興。」

「很多事都讓我不高興。如果這是原因，後悔也沒用。」

沉默。

湯姆說：「真的，她非常像安娜貝爾，不是個性，是聲音、樣子。她打哈欠，就像安娜貝爾打了個哈欠；她打噴嚏，也一樣。」

「我不認識安娜貝爾，就當你說的對好了。你想跟她上床嗎？」

他搖搖頭。

「你確定？」

令她難過的是，他好像猶豫了一下。

萊拉說：「他媽的，幹！」

「妳誤會了。」

突然之間，毫無預警，她吐了。憤怒的浪潮來襲，以前吵架的感覺。

「萊拉，妳……」

「你知不知道我過的是什麼鬼日子？你他媽的根本不知道！一個男人被一個二十五年不見的女人弄得心神不寧，跟這種男人住在一起是什麼感覺？結果，你對我的感覺全部加起來，竟然只有我不是她？」

他大可不必回嘴，他知道這種時候要冷靜、要化解。但他在她還沒回家前就喝過頭了。

他有點醉意地說：「對，我有點想，一點點。一點點，對。妳事先沒說，就去妳先生家看他，我卻坐在這裡等妳一整晚。還說我不懂，我才懂呢！」

「因為他的看護沒來。」

「真好笑。這種事情也會發生？什麼時候發生過這種事？」

「運氣不好，今晚就發生了。」

「還真是常見的理由。」

「好啊，很好，因為我不會不去看他。為什麼我要改變？為什麼我還要回家？為什麼我不在一個永遠不會傷害我的人那邊過夜？他可從來沒有傷害我，永遠當我是最重要的人。」

「說的好。那妳去啊，為什麼不去？」

「因為我不愛他！你難道不知道？今天的事跟查爾斯一點關係也沒有。」

「不，其實有關，有一點關係。」

「沒關係、沒關係、沒關係。我照顧查爾斯，是因為他需要我。你離不了安娜貝爾，是因為你一直愛著她。」

「鬼扯！」

「你不承認才是鬼扯。我一看到你和碧普在同個房間裡的時候就知道了。不愛，你會那樣心神不寧，你騙誰。」

「到現在還在幫老公打手槍的可不是我。」

「天啊！」

「而且，誰知道妳是不是只幫他打手槍。」

「他媽的！我就知道不該跟你說的！」

「說不說不重要。重要的是妳做了。妳不覺得自己雙重標準嗎？」

「我當初告訴你，是因為這件事不重要。你自己也說不重要，你說，這跟用湯匙餵他吃豆泥沒什麼不同。這可是你的原話。」

「萊拉，那只是比喻，好嗎？還有，不要再說什麼心神不寧。妳為了去他家，難道沒有編過理由？」

「他需要人照顧。」

「妳替他做的事情，少說有一**半**是他不要的。」

「你要這樣說，我也沒辦法。是你自己不把握機會，你本來可以給我一個更需要照顧的人，但你不要，唯一的原因就是……」

「哈，又來了。」

「不要的唯一原因就是……」

「理由很多，而且都有道理，妳又不是不知道。」

「不要的唯一原因就是安娜貝爾。安娜貝爾、安娜貝爾、安娜貝爾，安娜貝爾到底好在哪裡？讓你念念不忘在哪裡？請告訴我，我想知道。」

他重重嘆了口氣。「結婚幾年之後，我跟她就幾乎沒有高興過，但我跟妳在一起，幾乎都很快樂。每次只要妳走進房間，我都很高興。」

「就像我剛才走進來的時候嗎？你很高興？」

「剛才我們好像就要吵架了。」

「因為安娜貝爾就在這屋子裡——這是你說的，聲音一樣，樣子一樣。我們兩個單獨在一起的時候，你還是很高興，但是，只要她也在這屋子裡——」

「我剛才不是說了嗎？讓碧普來住是錯的。」

「所以，也就是說，對。對，只有在你還沒想到她的時候，我在你心中才有一點地位。」

「不，完全不對。」

「你想不想知道我想做什麼？我想讓你們兩個單獨住在這裡，如你所願。我可以回去跟我先生住。她呢，本來沒有爸爸，這下有了；你呢，從來沒有忘記那女人，現在有了既漂亮又新鮮的化身。你可以聽著她打哈欠，想像你和安娜貝爾在一起。」

「萊拉。」

「說真的，我不是在開玩笑。我想這就是我可能做的事情，不再當老闆的情人。想到可以換個方式過日子，整個人就覺得煥然一新。以後我也不會是新來的實習生第一件知道的事情。也許我因此可以交一些新的女性朋友，才不會走到哪裡都覺得自己背叛了姊妹情份而不好意思。這樣一來，我一個星期等於多了五個晚上。少了男人，能做的事情可多著呢！」

「萊拉。」

「反正我的行李還沒打開。你可以繼續等碧普，我要回家了——**回家**。」她一口氣喝完酒，起身。「以免你沒注意到，提醒你，我已經沒有那麼迷她了。」

「我已經注意到了，她也注意到了。」

「哦，太好了。」

「她今晚出去，就是要讓我們可以單獨在一起。所以，妳去妳先生家辦的要事，聽在我耳裡才特別覺得諷刺跟惱火。但她不傻，她也不是不敏感。」

「對，她怎樣都惹人疼、得人愛。你為什麼不趕快跟她上床，把她操到爽？」

「她絕對不想變成我們之間的第三者，她很敬重妳——」

「既然你已經把你的罪惡感都怪在我身上了，乾脆跟她生個小孩好了——」

「她敬重妳，她也感覺到妳不想要她住在這裡。所以她很慘，不知道該怎麼辦。」

「很好啊！但是我不喜歡聽到你跟她聊我，更不喜歡你插手我的事。幫個忙，你要聊，就跟她聊聊安娜貝爾好了。」

他說：「妳心情不好，我也心情不好。我一直在等妳，等得又氣又嫉妒。對不起，妳剛跑了一則大新聞回來，一定很累了。結果我們做了什麼？吵架。」

「哦，我會回頭的，你也知道我會回頭。只是，每隔一段時間，我就會覺得我痛恨這種日子，雖然我也知道生活其實過得不錯。你有一樣的感覺嗎？」

他搖搖頭。

她說：「我累死了，而且這個週末還沒辦法休息。現在我唯一想要的是個小房間，完全屬於我的小房間。但那房間不在這裡，對不起。」

他又嘆了口氣。「妳走之前……」

「什麼事？」

「妳答應我先不要生氣。」

「聽到這句話我就氣。」

他把眼鏡放在椅墊上，雙手摀住臉揉眼睛。

他說：「也許妳會覺得我重要的事不先講，或是覺得我瘋了。但我覺得，她可能是我女兒。」

「誰可能是你女兒？」

他戴上眼鏡，盯著前方。屋裡有個鬼跟他們在一起。他說：「不可能，應該我沒有女兒。就算有好了，她住到我家來的機率又有多少？」

「零。」

「沒錯。」

「所以？」

他說：「她是安娜貝爾的女兒，她媽媽肯定是安娜貝爾。我是她爸爸，這點我也敢肯定。」

萊拉不得不坐下來，才不會覺得房間在搖晃。「不可能。」

「現在妳應該明白，為什麼我會等妳等得這麼不耐煩。」

就算坐下，她還是感覺地板是傾斜的，彷彿會把她摔出房門一樣。難道，所有事情就這樣結束了嗎？她就這樣回家，回去查爾斯身邊，再也不回來了？看樣子，似乎有可能。

湯姆說：「從她說『氣味是地獄』開始，接著又提到她媽媽是個怪人，還遺世獨居，我就起疑。星期三看完劇之後，我問她為什麼媽媽要改身分，她說，因為她媽媽擔心爸爸會『把她帶走』。聽起來像不像安娜貝爾？不只是有一點像，對吧？所以，我問她有沒有她媽媽的照片──」

萊拉說：「我不想聽。」

「有，在她手機裡面。」

「我真的不想聽。」她已經在想，如果湯姆早知道安娜貝爾有個孩子，他就不會一直那麼不情願有個自己的孩子。她也在想，她和他結束的時候到了。

湯姆接著說：「那麼，孩子的父親是誰？我就省略細節，絕對不可能是我，但是，我也非常確定就是我。」

「怎麼說？」

「因為碧普的年紀對得上，因為我瞭解安娜貝爾。她當初用那種方式消失，現在也解釋得通，因為她知道自己懷孕了。」

「我再說一次，我受夠了聽到安娜貝爾的事情。」

湯姆嘆了口氣，說：「我說不出來當我在碧普手機上看到她的照片時，心情有多怪。我只看了一秒，但一秒就夠了。之後我不知道自己說了什麼，但碧普一副若無其事的樣子。她沒有要隱瞞什麼。我請她給我看照片，她就給我看，讓我覺得──」

「她不知道你們的事。」

「沒錯。要嘛是這樣，要嘛，就是她對說謊很有一套。我想到她謊稱過有男友，也就是她真的騙過我們。這點讓我懷疑，她其實**知道**我是誰。」

「你沒有問她？」

「我想先和妳商量。」

萊拉想去拿冰箱裡的緊急備用香菸。酒精已經讓她昏昏沉沉，湯姆剛才說的事情更讓她無法集中精神。

她恍惚地說：「這件事跟我沒有關係，這是你的生活，你真正的生活，會影響你的生活。我永遠只是插曲。你不想讓它回來，它還是回來找到你。你不用擔心我——時候到了，我就會悄悄退出。」

「我永遠都不要再見到安娜貝爾。」

她尖聲笑著說：「但看起來，你現在會常常看到她。」

「碧普的資料研究能力很厲害。她有可能已經搞清楚安娜貝爾的真實身分，然後找到我。但是，如果她厲害到這樣，她應該也知道安娜貝爾名下有個十億美元的信託基金。」

「十億美元。」

「假如碧普早就知道，她就不會留在這裡，留在丹佛。她會想辦法讓她媽媽還清那筆微不足道的助學貸款。所以，我認為她什麼也不知道。」

「十億美元。你前妻有十億美元。」

「我早就告訴過妳。」

「你只說她**很有錢**，沒說她有十億美元。」

「這還只是從麥卡斯基爾的獲利推估出來的。她父親過世時，已經超過十億了。」

萊拉已經習慣了不受重視的感覺，但她沒有想到，此刻她覺得更不受重視。

湯姆說：「對不起，一下子跟妳講這麼多。」

「這麼多？你有**孩子**，有個二十五年來一直不知道的女兒，現在跟你住在一起的女兒。對，你真的跟我講很多。」

「我們之間不會因為這樣就改變。」

萊拉說：「已經變了，全變了。但是會變好起來。你跟安娜貝爾會變得正常，跟碧普的關係可以變好，不再心神不寧。你們可以一起度假。好得不得了。」

「萊拉，不要這樣。我需要妳幫我想想，**她為什麼會來丹佛？**」

「我不知道。奇怪的巧合？」

「不可能。」

「好吧。那就是她知道前因後果，她是個很厲害的騙子。」

「妳真覺得她有這麼厲害？」

她搖搖頭。

湯姆說：「所以她不知道。如果她不知道……他媽的怎麼會跑來我們家？」

萊拉又搖搖頭。她想吐時，除了腦袋會出現讓她想吐的食物，還會想到每一件她想要的東西。噁心會抵銷所有欲望，因此，吵架也是一樣。孤苦無依的感覺又出現了。愛情是不可能終老的，不管他們把衝突埋得多深，衝突也不會因此消失。生命每天都能自由選擇，新約的生命。問題是，生命隨時也會終止。

月光牌乳品

但是，氣味也是天堂。只是這種氣味不在聖塔．庫魯茲[1]機場邊的牧地上，那裡飄浮的是乳牛糞混合了碧普出生前加州就禁用的低效能引擎運轉味。天堂的氣味也不在柴油微粒四散的Land Cruiser[2]車廂裡。那裡面，沉默寡言的玻利維亞司機佩卓正單手抓著方向盤，開在聖塔．庫魯茲的環狀大道上。天堂不在每半公里就出現一道減速路障的科恰班巴高速公路上，因為車子減速，路邊小販捧著橘子和油炸食物一擁而上時，碧普聞到的是爛掉的水果和油炸食物的味道。那些逼得車子不得不停下來的路障，就是小販設下的。天堂不在塵土飛揚的泥巴路上的悶熱空氣中。根據碧普的計算，那時他們已經通過了四十六個路障（佩卓叫那些路障rompemuelles，這是碧普學到的第一個西班牙文新字）。天堂不在他們到了山脊、沿著小路往下開的時候。因為車裡的塑膠內裝被中午的陽光曬得滾燙，只剩揮發物質的味道，車後廂的備用汽油桶也傳來油氣味。這條小路之陡峭，舊金山沒有一條路比得上。但是，當他們衝過了乾林，再衝過大半面積為了種咖啡而遭砍的涼爽樹林，到達平地，沿著溪流，開到一個碧普根本無法想像的美麗山谷，這時天堂出現了。她同時聞到兩種氣味，就像湖水的溫水層和冷水層一樣分明。搖下的車窗透進熱帶開花喬木的強烈香水味，以及牧羊草地上複雜的青草味。山谷另一頭的小河邊有些矮房，從那邊飄過來的則是甜甜的果木煙味。這兒的空氣，有一種本當如此、心曠神怡的味道，與北美洲完全無關的味道。

這個叫火山區的地方並沒有火山，山谷周圍是高度至少五百公尺的紅砂岩。砂岩在雨季吸收的水，終年不絕地流入一條蜿蜒穿過孤立濕林的河流。這濕林是這片乾燥鄉間叢林裡的綠洲，裡面到處有著細心維護的步道。碧普到這裡的前兩個星期，其他「陽光計畫」的實習生與員工都忙著她看不懂的工作時，她只能做些上不了檯面的小事（負責面談新人並分派工作的是安德瑞斯．沃夫，但他去布宜諾斯．艾利斯了，因此她還沒有正式開工）。每天早晨和近傍晚的時候，她就沿著步道散步，沉浸在各種氣味中，免得老是牽掛加州，那個她出發到機場時，一路跟著她走完家門口那條小路、哀怨呼喊的母親，「純真！注意安全！我的小貓咪！」

熱帶地區能讓人嗅覺開竅。像她這種從氣候溫和的聖塔．庫魯茲，她的聖塔．庫魯茲來的人，到了熱帶地區，就像是在光線不足的地方適應視力一樣。加州的氣味種類比較少，氣味的關聯性不是那麼明顯。她想起有個大學老師解釋過，為什麼人眼可見的每一種顏色，都能靠二度空間的色輪顯示：因為視網膜有三種顏色的受體。如果視網膜演化為四個受體，就需要三度空間的色球來顯示一種顏色與另一種顏色混合後的所有組合。她本來不相信這種說法，但火山區的氣味說服了她。光是這塊土地就不知道有多少氣味！有些泥土一聞就知道是丁香、有些是鯰魚，有些沙壤土聞起來像柑橘、像滑石粉、藿香或洋山葵。更不要說，這是熱帶地區，怎麼可能有菌類不能散發的味道？她在樹林裡和步道旁到處找，最後找到一種聞起來像烘焙過咖啡豆的菇，濃郁的味道既像臭鼬又像巧克力，也像鮪魚。樹林裡的氣味演奏起各自的音符時，她才第一次感覺到鼻子裡那些能分辨氣味的受體。負責辨識加州大麻的受體，也負責辨識玻利維亞野洋蔥。走不到一公里，她就聞到五種與雛菊氣味接近的花香，而雛菊的味道又像被太陽曬乾的山羊尿。碧普走在步道上，可以想像狗的感覺：聞不到除臭劑，牠體驗到的世界，是由各種有趣又互相關聯的氣味所構成的多度空間，這種嗅覺風景不是天堂嗎？明明沒嗑藥，感覺卻像吃了搖頭丸？她相信如果待在火山區夠久，最後一定可以聞遍所有氣味，就像她的眼睛已經可以辨識色輪上的每種顏色一樣。

因為沒有人注意，第一個星期她就放縱自己做點瘋狂的事情。熱帶夜突然降臨後，為了引起其他女孩注

---

1 Santa Cruz de la Sierra，玻利維亞聖塔．庫魯茲省首府，位於該國東部。

2 豐田汽車的四輪驅動車款。

意，她在晚餐（對於男性駭客來說是早餐）的時候，說了說自己探索嗅覺的發現、她靠鼻子聞到以前聞不到的氣味、並說出世界上沒有難聞氣味的理論：就算一般認為最難聞的味道，如糞便、細菌滋生的腐味或死亡，只有在離開原本的環境才變得難聞。在一個像火山區、「味景」豐富又完整的地方，可能會覺得這些味道其實也有好聞的一面。但那些女孩——也許不是偶然，都是很漂亮的女孩——的鼻子似乎跟她的不一樣。她們都同意這裡的鮮花和雨很好聞，但接著她們就互相交換了眼神、通了通默契，就像她念大學的第一個星期在學校餐廳裡的遭遇一樣。

她的年紀只比「陽光計畫」工作人員平均略低一些，但她沒有想到，他們被問到為什麼替安德瑞斯工作時，竟然有這麼多人回答**為了讓世界更好**。她以為，就算他們的情操值得嘉許，但這種笑死人的答案應該早就不存在於地表了。顯然，這裡聘人時不重視員工的諷刺能力。如果「陽光計畫」由碧普當家，她會聘請女性負責技術工作，讓世界更好。在這裡，性別分工明確，唯一的例外是瑞典人安德斯，他是個美麗的男同志，有一點新聞經驗，負責撰寫「陽光計畫」解密摘要。其他男孩都在山羊牧地另一邊一棟沒有窗戶、防護嚴密的屋子裡寫程式，女孩則在翻修過的穀倉裡做社群開發、公關、優化搜尋引擎、查證消息來源、聯絡、維護網站、記帳、找資料、或經營社交媒體和撰寫文案等等。她們都比碧普有來頭，來自丹麥、英國、衣索比亞、義大利、智利和曼哈頓；不管大學讀的是布朗還是史丹佛，似乎都不去上課（她們十二歲時就讀過好幾次《尤里西斯》，因為念的是專收超級資優生的私校）；她們不是在尚恩．庫姆斯[3]或依莉莎白．華倫[4]那邊找到人人稱羨的工作，就是把時間花在對抗撒哈拉沙漠以南的愛滋病，再不就是和矽谷新創公司的創辦人、身家億萬的大學中輟生上床。眼見為憑，碧普知道「陽光計畫」不可能是那種毛骨悚然、搞個人崇拜的邪教組織，因為那些女孩聰明過人不會走錯路。

至於她的過去，講起來令人難過，她的未來，也沒有值得稱羨的規劃。她問其他人，是不是安娜葛瑞特招募進來的，但沒人聽過這號人物。她們都是透過個別引薦或直接申請才來玻利維亞工作。碧普對她們聊起安娜葛瑞特的問卷，想逗大家開心一下，她們的反應卻讓她覺得自己在抱怨，而這些人絕對不抱怨。魅力十足、背景優渥、只想讓世界更好的人如果會抱怨，就太不得體了。

這裡的動物像她一樣可憐。她跟佩卓的狗交上了朋友，也想辦法讓山羊喜歡她。此外，還有像碟子一樣大、閃爍著藍色的蝴蝶，各種顏色的小蝴蝶，還有更小的無刺蜂。佩卓說，主樓後陽台上的無刺蜂蜂巢每年可以產出一公斤的蜂蜜。在河岸上竄來竄去互相追逐的刺豚鼠，是一種毛色較深、像小型狼獾的可愛哺乳動物。佩卓的狗體型是刺豚鼠的兩倍，卻非常怕牠們。森林裡到處都是蘇斯博士書裡那種鳥[5]，在果樹上攀爬的大型鳳冠雉、躡手躡腳走在陰影裡的鳩。一群黃綠色的長尾鸚鵡尖聲從懸崖高處俯衝而下、掠飛而過時，翅膀發出巨大的嘶嘶聲。在天空高處盤旋的是禿鷹，野禿鷹，不是加州那種豢養繁殖的禿鷹。看著眼前的動物，讓碧普記起自己也是一種動物。被她留在奧克蘭的種種丟臉事情，在火山區好像也無足輕重了。

這地方純淨得不可思議。遠遠看像垃圾的東西，近看原來是落在地上、如白紙般的花；螢光橘色的菇，遠看形狀像工業用耳塞；一片玻璃紙，原來是沾滿露水的蜘蛛網；從北邊無人居住的大片山谷地流出來的河，清澈且溫暖，可以跳下去游泳。碧普晚餐前游了一趟，再用宿舍房間供應的井水洗了澡，覺得自己更乾淨了。她被分配到四人房，白牆，紅磚地，屋頂的外露樑是用園區裡的倒木加工製成的。她的室友都有些邋遢，但不髒。

園區傳言，安德瑞斯去布宜諾斯．艾利斯是為了拍攝一部關於他的電影，這次去拍東柏林的幾場戲。

3 Sean Combs，饒舌歌手、音樂製作人。
4 Elizabeth Warren，美國聯邦參議員。
5 Dr. Seuss，美國著名童書與繪本作家。

據說，他正與片中飾演他母親的美國女演員托妮．費爾德交往。這段在媒體圈口耳相傳的戀情，對「陽光計畫」，是很好的宣傳。有一晚碧普的室友弗洛爾對她說：「這是他第一次跟電影明星交往。每一個他交往過的女人都對他死心塌地，甚至他主動分手的女友也一樣。所以，我們應該可以靠這個機會打進好萊塢。」

碧普說：「這算是好事嗎？」

弗洛爾是秘魯人，身材嬌小，在美國受教育。可惜迪士尼從沒想過要拍部開發南美市場的動畫片，否則，女主角就該找她。她說：「沒有人喜歡洩密人，這是他教我們的第一件事。所以，我們要把握每一個交朋友的機會。」

「那些女人被他甩了還忠心耿耿，他一定很爽吧。」

「他只忠於計畫。」

「我媽認為，他要我來這裡，只是想跟我上床。」

弗洛爾說：「不可能，妳看到他就知道了。他只關心我們的工作，絕不會因為其他事情破壞原則。」

「他這麼做是為了避免負面報導？」

「如果妳覺得失望，我也沒辦法。」

「我不是失望，不過，他寫給我的電郵都很露骨。」

弗洛爾皺起眉頭，說：「他跟妳通電郵？」

「是啊，發了一堆電郵。」

「真不尋常。」

「這樣說吧，是我先寄電郵給他的。安娜葛瑞特給了我他的電子信箱。」

「妳在這一行很有經驗嗎？」

「沒有，一點都沒有。我比較像是在街上閒晃，然後就被拉進來了。」

「誰是安娜葛瑞特？」

「顯然是他睡過的人。我還以為這裡每個人都填過她的問卷。」

「她一定是他在玻利維亞成立根據地之前認識的人。」

這些話，讓碧普用一種新的、比較悲哀的眼光看待安娜葛瑞特：一個膨脹自己在「陽光計畫」裡角色的中年人，強調自己過去對安德瑞斯的重要性，被甩了以後還忠心耿耿。

弗洛爾說：「在托妮．費爾德之前是阿蘭娜．李維拉，再之前是《共和報》的弗拉維亞．柯利托立。還有想替他寫傳記的菲莉芭．葛萊格——我可不知道傳記寫到哪兒了。在她之前還有希拉．泰伯，她是推特上最多人關注的美國教授。這些人都還在幫助我們。」

碧普覺得，弗洛爾細數安德瑞斯得手的女人，似乎是想懲罰她能收到安德瑞斯的電郵。

柯琳是在佩卓之後第一位對她表示友善的女孩，她年紀比較大，有菸癮，在主樓獨享一間房。柯琳在佛蒙特州一個有機農場長大，而且，想也知道，非常漂亮。她是「陽光計畫」的行政經理，負責管理廚房和佩卓等當地雇員。她的上司就是安德瑞斯。在「陽光計畫」，工作人員的地位似乎決定了他們與安德瑞斯的距離，所以，吃飯時，她的桌子總是第一個坐滿的地方。柯琳和其他人不一樣，與眾不同卻又吸引人，和碧普的特立獨行大不相同。碧普很好奇她是怎麼做到的。

晚餐後，柯琳一定會在後陽台抽兩支菸，就在碧普坐著聽蛙、貓頭鷹和各種夜鳴動物演奏交響曲的地方。柯琳話不多，似乎也不介意碧普在那裡。抽完第二支菸後，她就回屋內，用西班牙語交代當地雇員要辦的事情。碧普聽到她流利的西班牙語，既嫉妒又沮喪。她不想變得像其他女孩一樣，因為一旦如此，就意味她放棄了諷刺的能力；但她想變得跟柯琳一樣。

一天晚上，柯琳抽第二支菸時，打破沉默說：「這世界爛透了，對吧？」

碧普說：「我沒意見。我只是坐在這裡，體會眼前的美景。太美了。」

「過一段時間妳就知道了，妳只是感覺器官突然超載而已。」

「我可不覺得我會討厭這裡。」

「這裡爛透了。」

「什麼事情爛透了？」

黑暗中，碧普聽到打火機點火的摩擦聲和吸菸發出的呼吸聲。

柯琳說：「每一件事。我們就像垃圾處理場，沒有人會把好新聞拿給我們爆料，我們拿到的都是垃圾。每天都有一堆垃圾倒進來。人都被消耗光了。」

「我以為我們做的是帶進陽光，消毒。」

「我不是說這些事不該做，我是說做久了會沒勁。人類的惡，永遠不缺新花樣。」

「也許是因為妳在這裡太久？妳來多久了？」

「三年。從一開始我就來了。我已經成了沮喪示範員工，基本上這就是我唯一的功能。其他人都可以看著我反省：**還好我不像她**。然後覺得自己還不錯。」

「妳可以離開。」

「說的也是，我可以離開。」

碧普問：「安德瑞斯，是個怎麼樣的人？」

「他是個混蛋。」

「真的假的？」

「我是百分之百客觀描述。他怎麼可能不是混蛋？搞個像『陽光計畫』這種工作，不是混蛋，怎麼做得來？」

「但妳還是走不了。」

「我是被騙了。我每天、每一分鐘都知道他在騙我，我自願被騙的程度都快要可以上金氏世界紀錄了。每個人對他來說都無足輕重，但我肯定排名第一。我自己住一間房，甚至知道錢從哪裡來的。」

「從哪裡來的？」

「我一定是那群永遠不重要的人當中最重要的人。他很會耍人。」

一陣沉默。夜晚的青蛙在呼喚、呼喚、呼喚。

柯琳問：「妳又為什麼來這裡？妳好像沒什麼背景，我是指跟其他人比起來。」

碧普很高興終於有人問起，便一股腦兒把自己的故事全說出來，沒漏掉一件，連在史帝芬臥室裡那件糟糕透頂的事也說了出來。

柯琳說：「所以，簡單地說，妳不知道自己他媽的在這裡做什麼。」

「我在找我爸爸。」

「這理由聽起來很不錯，至少跟那些希望得到『敬愛的領袖』疼愛和青睞的人不一樣。要不要我給妳一點建議？眼睛別看錯地方，別忘了妳來這裡的目的。」

碧普笑了起來。

「妳笑什麼？」

碧普說：「我只是想到托妮．費爾德。如果有人拍一部關於我的電影，而我又跟演我爸爸的人上床，不是很奇怪嗎？跟一個演自己媽媽的人上床？」

「他是個怪傢伙。但我們不能去探究原因。」

「我覺得這很奇怪，但弗洛爾好像覺得這一招很讚。」

「弗洛爾就像只愛一種口味的肉食動物，專吃名氣。財富對她沒用。秘魯有一半是她家的，他們是礦業鉅子。她那人會說：『名氣？我是不是聞到出名的味道？這裡有名氣嗎？分一點給我好嗎？』對她來說，安德瑞斯勾搭上托妮．費爾德，幾乎就和她自己勾搭上托妮．費爾德一樣爽。」

雖然兩人談的不是讓人高興的事，碧普還是很高興有人跟她分享八卦。她跟柯琳交心，柯琳又受到安德瑞斯另眼相看，安德瑞斯又在布宜諾斯．艾利斯跟他的虛擬媽媽做愛。她為了讓柯琳對她留下深刻印象，說她要去河裡游泳。

柯琳問：「現在？」

「要一起去嗎？」

「我可不喜歡被貂攻擊。」

「只要看牠，牠就會跑了。」

「牠只是想在晚上把妳拐到水裡。」

碧普起身說：「反正我要去游泳。妳真的不來？」

「我討厭激將法。」

「我不是在激妳，只是問妳。」

碧普好奇柯琳會怎麼回答。她這輩子有很多不如人的地方，但講到在黑漆漆的地方游泳，倒是她的強項。以前每到夏天晚上，氣溫一直在二十度上下時，亨利．考維爾紅木州立公園裡的聖．羅倫索河還沒有乾涸、河水表面還沒有漂著一層髒浮沫時，她就經常在游泳洞[6]游水。她母親常常跟她一起游，也許是因為晚上比較**看不清楚**她的身體。當她看到母親穿著連身黑色泳衣仰漂時，才明白母親以前也是個像她一樣的女孩，碧普還記得當時心中的訝異。

柯琳說：「好吧，他媽的。這件事我可不要輸給妳。」

這時月亮已經爬得比東邊山頂高，把放牧山羊的草地照得一片白，河畔的樹林本來就黑漆漆一片，此刻更顯得黑。碧普和柯琳站在一塊用鏈鋸切削出來的木板上，渡河到游泳的地點，木板連著一條綁在樹上的繩子，以防漲潮時漂走。柯琳脫衣服時，碧普偷瞄了一眼。柯琳聳著肩膀，全身都縮了起來，和碧普的身形差不多，比較不像她室友淋浴完的姿態：雙肩往後撐、抬頭挺胸地走出浴室。

柯琳伸出一隻腳趾放進河裡，說：「我怎麼老以為河水很暖和？」

碧普則做了每次游泳都會做的事情：先跑兩步，再跳進河裡，連頭帶腳沉入水中。她還記得以前這樣做時，會擔心被什麼東西咬，然後慶幸沒被咬，接著才放心大膽地游。柯琳還是縮著身子。在月光下，看得到她雙手交疊抱胸，慢慢走到水深及膝的地方，就像個心不甘情不願成為祭禮上犧牲的阿茲特克處女一樣。

碧普邊划水邊說：「很棒吧！」

「太可怕，太可怕了。」

「把頭放進水裡，整個人沉下去。」

「他媽的想都別想。」

「這一定是世界上最美麗的地方，我簡直不敢相信我在這裡。」

「因為妳還沒碰到蛇。」

---

6 北加州的聖・羅倫索河沿途有若干大小不一的深水洞，水流平穩，是夏天游泳與納涼的熱門地點。

「只是潛水而已。快把頭沉下去。」

「我又不是妳，大自然女孩。」

碧普突然從水裡冒出來，檢查自己肉肉的四肢，再抓住柯琳的手臂。

柯琳說：「不要，我是說真的。」

碧普放開手，說：「好吧。」

「我就是這樣，我就是這種人，我只敢走到水及膝蓋的地方，結果落得什麼也不是。」

碧普又潛下水，說：「我懂妳的意思，但我現在沒有那種感覺。」

「我不懂，妳怎麼不怕被貂攻擊？」

「無法控制衝動，就是有這種好處。」

柯琳說：「我得再抽一支菸。」邊說邊朝岸邊走去。「要找我，就大叫一聲，叫得鬼哭神號，我就來了。」

碧普以為柯琳會改變想法，但沒有。現在只剩她一人在水裡，蛙鳴和流水的竊竊私語包圍著她，還有各種氣味。各種氣味！碧普從沒感覺過這麼純真的幸福。這一定和她裸體浸在乾淨的河裡有關，與她遠離一切，在南美洲最貧窮國家的遙遠山谷中有關，也和她有勇氣獨自在河裡有關，不像柯琳，神經兮兮、怕來怕去。她感謝並且想念母親，希望母親現在就在一旁。她對母親的愛，既是立在她生命中心點的花崗岩路障，也是撼動不了的基礎。她覺得很幸福。

之後的幾個傍晚，碧普在後陽台知道了更多柯琳糟糕透頂的童年往事，就愈感到自己幸福。她家在佛蒙特州農場的土地是她父親的。農場既是集體公社，也搞個人崇拜。她父親將自己塑造成亨利．大衛．梭羅[7]、多妻的聖經族長[8]與心理學家威爾漢．賴西的混合體。他實現自我的方式，是將農場交給柯琳的母親打理，自己一走了之，幾個月後帶著幾位年輕女人回來，幫忙把他身上的奧剛能量[9]灌注到農場的石質土地內，讓土地更肥沃，還隨興讓柯琳的母親懷孕。柯琳一直在家上學，十六歲那年逃家，先到波士頓，然後到德國漢堡，找到一份保母工作換取食宿。後來，她拿到全額獎學金進了衛斯理學院念書，畢業時才二十二歲。但她現在的角色，跟她母親當年在族長家類似，但這種諷刺性並沒有刺激她，她看起來幾乎就要沉迷在這個爛角色裡，無法自拔。

對碧普來說，她覺得終於找到一個朋友，能夠瞭解她的怪異童年。從一開始，她被柯琳在黑暗中抽菸的身影吸引，到現在柯琳替她留了個身邊的座位，讓她不必擔心晚餐時要坐在哪裡。她看得出來，柯琳喜歡她挖苦嘲諷的風格，她也為柯琳賣力表現。柯琳還邀請她到自己甜蜜的矮房間，聊八卦、喝啤酒、看電視。傳輸電視訊號的私人光纖線路是安德瑞斯替玻利維亞陸軍通訊部隊升級裝備換來的。如果柯琳是男孩，碧普就跟他上床了。這也沒辦法，她因此經常過了午夜很久才睡，早上晚起時還有點宿醉，沒辦法去例行散步。

一天傍晚她散步特別久，最後一段路是在一片漆黑中靠感覺走回來的。到餐廳時，她在柯琳旁邊的老位置已被安德瑞斯．沃夫佔走了。她一看到他，心臟開始怦怦跳。他正在專心聽另一位同桌女人說話，不時點頭，碧普立即明白安娜葛瑞特男友所描述的領袖魅力原來是這麼回事。他除了還帶點孩子氣的俊美德國人外型，還有一種難以形容的東西，一種帶電的名聲粒子放出的光，或是非常沉穩又有力量、足以改變餐廳的幾何關係、吸引每一道目光的自信。難怪柯琳不在意他是不是個混蛋，連碧普都想一直看著他。

---

7 Henry David Thoreau，十九世紀美國著名作家。他對人與自然關係的看法，奠定當代環保理念的基礎；在政治上他主張廢奴，限縮政府職能，並揭示「公民不服從」理念。最著名的作品是《湖濱散記》。

8 指基督教義中，上帝用來建立以色列國的男人。聖經描述的族長制有強烈的性別取向，在婚姻與家庭關係中，都以男人為首。

9 威爾漢．賴西發明的偽科學理論，指一種沒有質量、但在宇宙間無所不在的生命能量。若身體缺乏這種能量，就會導致病變。

柯琳無精打采地癱在椅子上，把臉別過去，沒有對著安德瑞斯，一隻手指輕敲桌子，眼前的食物一口都沒動。碧普覺得有點受傷，因為她沒替自己留下另一邊的座位。她挑了唯一的空位，就在室友弗洛爾旁邊。那一桌的人依次分食一碗燉牛肉和常吃的木薯、馬鈴薯、洋蔥和番茄。基本上，碧普已經放棄吃素了，她安慰自己的理由是，至少玻利維亞的牛是吃草料長大的。

她說：「『敬愛的領袖』又回來了。」

弗洛爾：「妳為什麼這樣叫他？這裡又不是北韓。」

一個叫葳婁的人說：「因為柯琳這樣叫他，所以她也這樣叫。」

碧普覺得一個巴掌打在自己臉上，說：「還好我們已經過了八年級。」

葳婁說：「我敢打賭，柯琳絕不會當著他的面叫他『敬愛的領袖』。」

碧普回說：「我敢打賭妳錯了。我賭他聽到後只會笑笑。我在電郵裡批評他的話可多了，他也沒有因此不邀請我來。」

弗洛爾張大眼睛看著她，用只有她們才懂的樣子表示不以為然。碧普立刻明白，如果她繼續提起她和安德瑞斯通電郵的事，不會有任何好處。

葳婁說：「妳這麼討厭這裡，為什麼還不走？」

「原來這地方這麼脆弱，一點小幽默就把妳們嚇成這樣子。」

「這不是嚇，是無聊。《超級製作人》已經開過北韓的玩笑，該笑的都笑過了。」

碧普沒看過《超級製作人》，找不出話反駁，完全落居下風。這頓晚餐從頭吃到尾，她一直感覺安德瑞斯的名氣與魅力散發出來的射線照在她的後腦勺上，溫溫熱熱的。她知道應該快點回房。柯琳冷落她，她也要給柯琳一點臉色，不要像有求於人的樣子。但她也想和安德瑞斯講上話，所以一直不離席，等到所有人都走了之後，她又吃了兩份萊姆口味的卡士達。當她聽到安德瑞斯和柯琳在她身後用德語交談時，終於發現自己根本是被排擠、無關緊要的外人。她雙手頂著餐桌用力將椅子往後推，站起來朝門口走去。

安德瑞斯說：「碧普．泰勒。」

她回頭。柯琳又把臉轉過去，手指輕敲桌面，但安德瑞斯的藍眼睛看著她，說：「過來跟我們一起坐，我們還沒見過面。」

柯琳站了起來，說：「我要去陽台。」

安德瑞斯說：「不，留下來一起聊聊。」

「我要抽菸。」

柯琳看都沒看碧普一眼，就離開餐廳。安德瑞斯對她招手。「要不要也來杯濃縮咖啡？」

「我不知道這裡有濃縮咖啡。」

「因為妳沒點啊。泰瑞莎！」

佩卓的太太泰瑞莎從廚房探出頭，安德瑞斯抬手，伸出兩隻手指。碧普挑了一張離他最遠的椅子坐下來。她寫電郵給他時的緊張情緒彷彿已經是很久之前的事了，現在，她根本不想和他握手。她只是聳著肩膀，等著他說話。

「柯琳告訴我，妳很喜歡這裡的環境。」

她點點頭。

「我不是告訴過妳，這是世界上最美麗的地方嗎？」

「對。你肯定告訴過我。」

「妳來的時候我不在，很抱歉。我在幫他們把阿根廷的首都變得像一九七〇年代的東柏林。他們幾乎沒有概念。」

「有人在拍一部關於你的電影，很酷。」

「其實很奇怪。但也對，是很酷，不過也很無聊。上鏡二十分鐘，要等十個小時，還沒辦法直接看到拍出來的樣子，得和一群人擠在拖車裡面，透過監視螢幕才能勉強看到畫面。」

碧普說：「就算這樣……」

「就算這樣，自我感覺還是很好。」

「看起來的確非常良好，我是說你的自我。」

「再好不過了。」

佩卓太太端了兩杯濃縮咖啡從廚房出來，安德瑞斯用西班牙語告訴她她的氣色很好。平時擺著一張苦瓜臉的泰瑞莎，聽到安德瑞斯的恭維似乎很受用。碧普看到這一幕，突然覺得，安德瑞斯眼中的世界一定是這樣的：一群人在體育場上，手上都拿著色板，每個人都知道自己何時該翻板，配合排出不同的字。而排給他的字永遠都是他有多特別、多偉大。他一走進體育場，看似散漫的全場群眾會立刻排出「嗨，我愛你」。碧普覺得自己被針刺到一樣，冒出一股怨恨。

她說：「托妮．費爾德是怎麼樣的人？」

「漂亮，聰明。」

「她演你媽媽，對嗎？」

「對。」

「你媽也像她一樣辣嗎？」

安德瑞斯笑了出來，說：「果然沒錯，我就知道我會喜歡妳。」

碧普提醒自己，千萬不能忘記「混蛋、被騙了」這幾個字。「這話什麼意思？」

「妳很會問問題。與其說妳很謹慎，不如說妳更生氣。」

她不知道該怎麼接話。

他說：「我累了。我們明天早上再面談吧。」

他喝完他的咖啡。「除非，妳覺得度完假了，想回家了。」

「還沒有。」

「好，明天早上到穀倉來。」

他走了以後，碧普走到陽台，在柯琳旁邊坐下來，柯琳正盯著黑暗的河。夜很溫暖，青蛙的呱呱聲多到就像蓋起了沒有縫隙的音牆。

碧普說：「現在貓回來了，是不是代表老鼠沒得玩了？」

柯琳點了她第二支菸，沒有回答。

碧普說：「是我太敏感？還是妳真的對我有意見？」

柯琳說：「對不起，妳有沒有看過男人跟一個昏倒的女人跳交際舞？我覺得我就是那個女人。他帶著我的手臂在舞池裡轉來轉去，我的頭就像破布娃娃的頭一樣垂著，但腳步還是跳著，好像一切都沒改變。好個老柯琳，竟然還撐著。」

「我以為妳因為什麼事情對我發火。」

「沒有，就只是死要面子。」

碧普聽了，有點放心，但不是太放心。她和柯琳這一陣子走得太近，已經疏遠了其他不陰暗的女孩，但柯琳又太陰暗，很難靠得太近。她到這裡才剛過兩個星期，就已經在複製奧克蘭那段時間的人際關係了。

她說：「我以為我們可以當朋友。」

「妳在白費力氣，不值得。」

「我在這裡只有妳這個朋友。」

柯琳說：「我也是。但是，妳知道遲早我會做什麼嗎？趁他們最意想不到時，我要回美國，去一間大律師事務所工作，嫁給一個無趣的傢伙，替他生小孩。這就是我的未來，但我一直拖著。」

「當律師不是要先上法學院？」

「我有耶魯的法律學位。」

「老天。」

「我一直撐著，想在這裡找到更有趣的人生，但這裡沒有。我遲早會離開，去做那些不需要膽識、無聊的工作。」

「一個好工作加上好家庭，我覺得沒有那麼糟。」

「以妳的膽識，可以做一些更重要的事。」

「大部分的時候，我不覺得自己有膽識。」

「有膽識的人很少覺得自己有膽識。」

他們聽著蛙鳴，一段時間都沒說話。

碧普說：「我能跟妳一起一直坐在這裡嗎？」

「**老天**，妳是我聽過第一個說『老天』的人。」

柯琳抬起一隻手，猶豫了一下，然後拍拍碧普的手，說：「妳可以一直坐在這裡。」

第二天早上散完步，碧普去找安德瑞斯。那是男人工作的技術樓，靠一台放在隔音地下室、燃燒天然氣的特殊發電機供電。輸氣管則是從一根直徑二十五公分、沿著山脊鋪設的幹管分出來，是玻利維亞政府送給「陽光計畫」的禮物。穀倉和其他建築物的電力，則是由小型水力發電機和聯外道路途中一個太陽能面板場提供。很多人都敬佩安德瑞斯不要專屬辦公室，因為他強調「陽光計畫」採合作制，不是由上而下的組織。他在穀倉的閣樓，靠一台筆電工作，閣樓裡有幾張沙發和一個任何人都可以使用的小廚房。碧普走上閣樓之前，先穿過一群女性，她們都忙著操作、點擊滑鼠。很多人穿著睡褲，而且一整天都穿著睡褲。

正在跟安德瑞斯開會的還是一群睡褲女孩。他對碧普說：「等我十分鐘就好。不要客氣，跟我們一起討論也可以。」

「不了，我去外面等。」

早晨的雲團與霧撞上砂岩頂峰，裂成一片碎片，太陽因此佔了上風。外面的世界似乎每天都能生出新的活力。碧普坐在草地上，看著一隻長剪尾鶲跟著山羊捕食蒼蠅。牠一整天都做這件事，牠在這世上的工作和位置是安全的。佩卓拿著鏈鋸，帶著兒子走過草地，朝她友善地揮揮手。他似乎也一樣安全。

安德瑞斯走出來，坐在她旁邊。他穿著漂亮的窄管牛仔褲和合身的馬球衫，平坦的小腹特別顯眼。他說：「多棒的早晨。」

碧普說：「是啊，今天的陽光感覺特別像消毒水。」

「哈。」

「呃，我一直討厭『**天堂**』這個字。我覺得這只是相信重生的人用來代替**死亡**的蠢話。但我現在得重新想這件事，稍微多想一點，就像那邊那隻鳥——」

「那隻剪尾鶲。」

「牠好像百分之百心滿意足。我在想，天堂應該不是可以永恆地得到滿足的地方，應該像是可以得到永恆滿足感的地方。沒有永恆的生命，人永遠跑不過時間。但是，如果人知足，就可以逃開時間的掌控，這樣一來時間就不重要了。這樣講，有道理嗎？」

「很有道理。」

「我嫉妒動物就是這個原因，尤其嫉妒狗，因為不管什麼氣味，狗都覺得好聞。」

安德瑞斯說：「我很高興妳喜歡這裡。柯琳有沒有幫妳設定好自動轉帳？」

「有，還真要感謝你。要是等你回來才辦這件事，我就要破產了。」

「那我們來談談，妳在這裡可以做些什麼。」

「除了當狗鼻子員工以外？我告訴過你我想要什麼，我想知道我爸是誰，或者，至少知道我媽的真名是什麼。」

安德瑞斯笑了起來，說：「我知道這些事情對妳很重要，但是對計畫的重要性是什麼？」

碧普說：「你誤會了。我知道我在這裡得工作。」

「妳想做資料研究嗎？這方面妳可以從葳婁身上學到很多，她找資料很有一套。」

「葳婁不喜歡我。事實上，除了柯琳，沒人喜歡我。」

「不可能。」

「因為我喜歡挖苦人。東聞西聞有沒有Kool-Aid，還有，我講太多有關氣味的事情了。」

「這邊沒有誰是壞心眼的，事實上，這裡每個人都各有專長。」

「呃，這是你第一次講些讓我起雞皮疙瘩的事情。」

「怎麼說？」

「如果我的工作是負責打理你的形象呢？我會找些胖子、醜人當員工，也不會把計畫的基地放在全世界最美麗的山谷裡面。這裡的美讓我毛骨悚然，讓我不喜歡你。」

安德瑞斯整個人僵住了，說：「我們不能做這種事，對吧？」

「也許我們可以。也許不喜歡你，正是我可以幫忙的地方。我很有把握，這裡除了我，還有人也覺得毛骨悚然。你不是跟我說過，希望我可以幫助你瞭解這世界怎麼看你的嗎？我可以當你的專屬討厭鬼。這種事我很在行。」

他說：「真好笑。妳愈討厭我，我就愈喜歡妳。」

「我前一個老闆也是這樣。」

「這邊沒有老闆。」

「哦，省省吧。」

他笑了出來，說：「妳說的沒錯，我是老闆。」

「好吧。對了，趁我們還能坦誠溝通，我得說，我從來沒有太關心你的計畫，這世界怎麼看你，是你的問題，不是我的。我的意思是，感謝你好心讓我來工作，但我來，是因為安娜葛瑞特告訴我，你可以幫我找到答案。」

「所以，這計畫對妳來說，一點值得稱道的地方都沒有？」

「可能是因為我還沒進入狀況。我相信這計畫很有價值，但你們揭發的祕密，有些實在小得上不了檯面，檔次跟『報復欺騙感情男友』的網站差不多。」

「這樣講苛刻了點吧？剛才那個會議，討論的是我們剛收到的機密，關於澳洲政府處理瀕臨絕種生物的一批電郵，小袋鼠、鸚鵡等等。澳洲政府一方面假裝認真保護牠們，同時為了牧場、獵人與礦場的利益出賣牠們。這可不是小事。如果我們想要繼續拿到這種機密、不斷發揮和保持影響力，只有一個方法，就是每天都有料可爆。看不起小魚，就釣不到大魚。」

碧普說：「我同意，澳洲瀕絕動物很可憐，但我還是聞到有點不對勁。」

「妳的鼻子又發威了，這回聞到什麼？」

她想了一下才回答。她其實不想當他的專屬討厭鬼，因為她預料得到，這是個累人又不討好的工作。她來玻利維亞，是抱著會喜歡「陽光計畫」的心情，但其他實習生對這計畫無以復加的崇拜讓她喘不過氣，反而讓她心生敵意，她的敵意又使得她與其他人格格不入。不過，這或許是能讓她幼小可憐的自我得到滿足、又能讓他喜歡的方法。

她說：「我小時候住的地方附近，有個叫『月光乳品』的地方。那應該是個真的酪農場，因為裡面有很多乳牛。但是他們主要收入來源不是賣牛奶，而是賣高品質的牛糞。也就是說，那是個打著牛奶工廠旗號的大便工廠。」

安德瑞斯笑著說：「我可不想聽妳接下來要講的事情。」

「這樣說吧，你說這計畫是公民新聞，職責是揭露機密，但你真正想要的其實——」

「是牛糞？」

「是名氣與吹捧，你就是產品。」

熱帶地區的早晨會有一段時間，溫和、宜人的陽光變得熾熱難當。但現在還沒到那段時刻，安德瑞斯的臉上卻冒出汗水，因為別的原因。

他說：「安娜葛瑞特說的沒錯，妳就是我需要的人，有勇氣，又正直。」

「我敢打賭，你跟每個女孩都說一樣的話。」

「沒有。」

「你難道沒跟柯琳這麼說？」

他緩緩點了點頭，眼睛看著地上。「有，我承認。也許我跟柯琳這麼說過。這樣，妳會更信任我嗎？」

「不會，我反而想去收拾行李。柯琳很難過。」

「她在這裡待太久，該換個地方了。」

「所以你現在要找個新柯琳？利用她、騙她？是這樣嗎？」

「她變成這樣我也很難過。但我沒有對她做任何事，我從頭到尾都說得很明白，她想要的，我沒辦法給她。」

「她可不是這麼講的。」

他抬起眼睛看著她，說：「碧普，為什麼妳不喜歡我？」

「問得好。」

「因為柯琳？」

「不。」她覺得自制力逐漸消失。「因為我這一陣子看到什麼都討厭，尤其是男人。這是我的問題。你難道從我的電郵裡感覺不到嗎？」

「電郵很難判斷語調。」

「昨晚之前，我都還算高興。但我突然覺得，我當初甩開的那些狗屁事，現在又回來了。原來我還是沒辦法控制衝動，還是很容易生氣。你替小袋鼠和鸚鵡做的事情很棒——那就是『陽光計畫』該做的事情。至於我，我覺得我該去收拾行李了。」

她說完站起來，準備趁脾氣還沒一發不可收拾前離開。

安德瑞斯說：「我沒辦法阻止妳，只能告訴妳真相。妳能坐下來，讓我告訴妳真相嗎？」

「如果你能長話短說，我站著聽就行了。」

他用很不一樣的聲調說：「坐下。」

她坐了下來。她不習慣被人使喚，但這次卻覺得鬆了口氣。

他說：「出名這件事有兩個真相。一是你會覺得很孤獨，二是周圍的人會不斷地把自己投射到你身上，這也是孤獨感的來源之一。你對他們而言不是活生生的人，你只是個對象，讓他們把理念、憤怒或其它各式情感投射在你身上。而且你當然不能抱怨它，甚至不能談論，因為想出名的不就是你自己？如果你堅持要說什麼，就會有個加州奧克蘭來的、火氣很大的年輕女人，指責你這是自憐。」

「我只是把看到的事情講出來。」

「所有事情會糾纏起來，名人因此只會更孤獨。」

她覺得失望，因為這些真相都只和他自己有關，和她無關。她說：「托妮．費爾德呢？你跟她在一起的時候孤獨嗎？名人在一起不就是為了有個人可以傾吐名聲帶給你們可怕的痛苦？」

「托妮是個演員。跟她上床是一筆妳捧我、我捧妳的交易。」

「哇，她知不知道原來你是這麼想的？」

「我們都知道透過這筆交易換得什麼。在安娜葛瑞特之後，我跟每個人交往時都會這樣要求。安娜葛瑞特不一樣，因為我認識她的時候還是個普通人，這也是我信任她的原因。她告訴我應該請妳來這裡，我也一樣信任她。」

「我一點都不相信她。」

「我知道。但她在妳身上看到了些特別的東西，不只是天份，還有別的。」

「這到底是**什麼意思**？你說的真相愈多，我覺得事情就愈怪。」

「我只是請妳給我一個機會。我希望妳繼續做自己，不要把妳的想法投射到我身上。把我當成一個事業經營者，而不是一個妳氣不過的老男人。同時利用這個機會，讓葳婁教妳些找資料的技能。」

「我懷疑我可以跟葳婁共事。」

安德瑞斯拉著她的雙手，看著她的眼睛。她只能垂放雙手，不敢做任何動作。他的眼睛是漂亮的藍色，撇開領袖魅力造成的扭曲效應，他也是個帥哥。

他說：「妳還想知道更多真相嗎？」

她把臉別過去，說：「我不知道。」

「真相是，如果我要葳婁對妳特別好，她就會照做。不是假好，是真的好。我只要按個鈕就行了。」

碧普聽了，口中冒出：「哇！哇！」把她的手抽了回去。

「不然我該怎麼辦？假裝我沒這個本事？否認自己的能耐？她像瘋了似的以為我喜歡她，我也沒辦法。」

「哇。」

「妳要聽真相，不是嗎？我還以為妳夠強悍，能聽不灌水的真相。」

「哇。」

他起身，說：「總之，我們午餐見。」

太陽這時已經變得毒辣。碧普側著身子癱了下去，好像被暑熱推倒一樣。她的腦袋天旋地轉，一度甚至覺得頭骨可能裂了一道口，有人拿了根木杓子在裡面亂攪。要她順從，還早得很；要她臣服、讓他予取予求，也還差得遠。不過，的確有那麼一刻，他進入了她的內心，她感覺到他的力量——只要他開口要求，葳婁就會像章魚變色一樣換了情緒；至於柯琳，則會陷入她自己痛恨的困境，明知不可能從這個混蛋的人身上得到滿足，卻還抱著希望。有一刻，碧普心中出現一道駭人的鴻溝，一邊是她向來準確的判斷力和遇事必疑的習慣，另一邊則出現了她不曾經歷過、影響全身的感情要害。即使在她的心思全放在史帝芬身上的時候，她也沒想過要成為史帝芬的**所有物**，不曾幻想自己要**順從**、**聽話**。但，這些卻是安德瑞斯，他的名氣和自信所塑造出來的交易條件。她現在更明白安娜葛瑞特對史帝芬嗤之以鼻，說他太弱的原因。

她勉強坐起來，張開雙眼。周遭每一種顏色，彷彿都添了層慘白。河對岸的森林裡傳來鏈鋸的呻吟。她怎麼也想像不到自己會置身此地。這裡是個邪教據點，但因為假裝不是邪教，所以更邪。

她起身回穀倉隨手拿了一台免費平板電腦，走到河邊暗處。她來這裡以後，每隔一天就會寄一封報平安的電郵給媽媽的鄰居琳達，讓她代轉。琳達回過幾次信，說她母親「情緒有點低落」，但「還撐著」。碧普本來謊稱從火山區沒辦法打電話——如果她每天都打電話給媽媽，何必來這裡——但她現在打開「陽光計畫」自行開發、相當於Skype的程式時，心中卻有點猶豫。如果她因為情緒崩潰要找媽媽，等於承認日子過不下去、準備要離開，但另一方面，她的情況也算緊急。她不喜歡腦袋裡有一支大木杓在攪動。

「小乖貓？一切都還好嗎？」

碧普說：「都很好。我跟佩卓來鎮上採買，我現在是從那邊的公用電話打給妳的。從這邊，我是說從這邊，從鎮上。」

「噢，聽到是妳，我嚇了一跳。我以為還要很久才能聽到妳的聲音。」

「怎麼會？嗯，我不就在這兒嘛！」

「小寶貝，妳好嗎？真的沒事？」

「我很好啊，這邊漂亮得不得了，我也交了一個朋友，柯琳，我寫電郵跟妳提過的。她非常聰明，又風趣，還有耶魯的法律學位。這裡每個人的教育程度都很好，每個人都跟父母保持聯繫。」

「妳什麼時候可以回家呢？」

「媽，我才剛來。」

一陣沉默。她想像著線路另一頭的母親，記起了女兒到玻利維亞的目的，以及她拉著行李離開時說的氣話。

碧普說：「不說這些了。安德瑞斯昨天晚上回來了。安德瑞斯．沃夫。我終於看到他的長相，非常好的人。」

母親沒說話，碧普就吱吱喳喳地說了他在布宜諾斯．艾利斯拍電影、托妮．費爾德，還有他其他女友的事情，想暗示母親他對實習生沒意思。她打這通電話，是因為擔心自己成為獵物，卻在電話裡暗示自己沒有成為獵物，這真是「此地無銀三百兩」。

她說：「所以，就這樣囉！」

她母親說：「純真，他是個犯法的人。琳達印了一則新聞給我看。他違法的麻煩大了，但是相信他的人好像不在意，覺得他是英雄。但是，如果妳因為幫他忙也犯了法，可能就永遠回不了家。妳千萬要想清楚。」

「我還沒看過有實習生被上手銬帶走的新聞。」

「犯了聯邦法可不是好玩的。」

「媽，這裡每個人都很有錢、都讀過書，我真的不覺得……」

「那他們家都付得起大筆律師費。沒看到妳安全回家以前，我一天都睡不好覺。」

「這樣，妳至少有個睡不好的**理由**了。」

這麼說多少有點殘忍，但碧普終於明白，她根本不應該打這通電話，她沒辦法從母親那裡得到安慰。

她說：「糟糕，佩卓在叫我，我得掛電話了。」

她朝穀倉走去的時候，葳婁剛好從穀倉裡走出來。她穿著一〇一忠狗點點圖案的套頭線衫，有一種壓抑的美感。

「嗨，葳婁，妳好嗎？」

「碧普，我要跟妳談談。」

「天哪，我猜，妳要跟我說對不起。」

葳婁皺起眉頭，說：「為什麼？」

「我也不知道——因為妳昨晚對我很刻薄？」

「我沒有對妳刻薄，我是說實話。」

「老天！我還真是自找麻煩。」

葳婁說：「說真的，昨天我說的哪一句不是實話？」

碧普嘆了口氣，說：「我根本忘光了，就當妳說的都是實話好了。」

「安德瑞斯剛才告訴我，要我們兩個一起工作，我覺得很棒。」

「是啊，妳哪有可能覺得不棒。」

「什麼意思？」

「他要妳喜歡我，妳就喜歡我了。要我不覺得詭異也難。」

葳婁說：「我早就想喜歡妳了。我們都想喜歡妳，只是妳的敵意讓我們敬而遠之。」

「這就是我，改不了。」

「那，妳告訴我原因，如果我知道妳老是氣呼呼的理由，我就不會在意了。要不要一起散散步，聊聊這件事？」

碧普舉起一隻手在葳婁眼前揮來揮去，說：「葳婁，妳沒事吧？我這下更覺得毛毛的，妳把我搞混了。昨天晚上妳還那麼刻薄——我的感覺可不會騙人，現在，妳卻想跟我交朋友？就因為安德瑞斯要妳這麼做？」

葳婁笑了出來，說：「他要我看看妳有趣的一面，因為那才是妳的本性。我現在知道他說的沒錯，妳真的很有趣。」

碧普一聽這話立刻大踏步朝穀倉走去，葳婁趕上前，抓住她的手臂。

碧普說：「放開我，妳比安娜葛瑞特還壞。」

葳婁說：「我不會放手。我們要多聚聚，找到相處的方法。」

「我絕對不可能喜歡妳。」

「為什麼不可能？」

「講出來大家都尷尬。」

「我想知道。希望妳講出心底話，只有這辦法行得通。我們找個地方坐下來，告訴我，妳討厭我的每一件事。我已經告訴妳，我討厭妳身上散發的敵意。」

碧普似乎只有兩個選擇，要嘛收拾行李，要嘛照著葳婁的話做。如果她沒有打那通電話給媽媽，她可能還會覺得回家未嘗不是一條路；但是，她來這裡的目的還沒達成。此外，柯琳和安德瑞斯不都說她很有勇氣？所以，她和葳婁在一棵開滿花的樹蔭底下坐了下來。

碧普說：「我討厭妳比我漂亮，還漂亮很多；我討厭不管走到哪裡都看得到阿爾發女孩[10]，而且妳是，我不是；我討厭妳上史丹佛；我討厭妳不必擔心沒錢；我討厭妳根本不知道自己是雲端的鳳凰；我討厭妳這

---

10 Alpha Girl，哈佛大學心理學家丹・金德倫（Dan Kindlon）於二〇〇八年出版的著作的書名，指學業、運動等各方面都不輸同齡男性的女性。

麼喜歡『陽光計畫』，甚至不在意這地方有多奇怪；我討厭妳不會口出惡言；我討厭妳不能體會又窮又欠一屁股債、還有個憂鬱的單親媽媽的滋味；還有，我討厭妳不能體會愛生氣、古怪、因此交不到男朋友的滋味……啊，算了。」碧普難過地搖搖頭說：「我只是在自憐而已。」

葳婁的臉色這時像李子一樣紫紅，顯然受到打擊，她說：「妳沒有。我知道別人怎麼看我的，妳只是說出來了而已。」

她用力閉上眼睛，哭了出來。碧普嚇壞了。

葳婁抽噎著、帶點鼻音地說：「長得漂亮不是我**求來**的，生在雲端也不是我**要**的。」

碧普用安慰的語氣說：「不是，我知道不是，當然不是。」

「我要怎麼樣才能彌補？我能做什麼？」

「嗯，還真有個方法。妳身上剛好有十三萬閒錢吧？」

葳婁聽了，邊笑邊哭說：「很有趣，妳真的很有趣。」

「意思是沒有囉？」

「我很抱歉，相信我，我很抱歉。」葳婁抓著碧普的雙手，用拇指在碧普手掌上搓揉。『陽光計畫』的人好像很喜歡動不動就抓別人的手。「但是，我可以說些真心話嗎？」

「聽起來很公平。」

「要說我討厭妳，倒是有個原因。因為他喜歡妳。」

「他好像也喜歡妳。」

葳婁搖搖頭，說：「他跟我講到妳的時候，那種表情——我看得出來。我之前就看出來了。妳擺明了不在乎這個計畫。接著我們又聽到他寫電郵給妳……明知他很喜歡妳，又要跟妳共事，多少有點難。」

碧普心中悄悄浮起一股複雜的恐懼感，恐懼安德瑞斯真的喜歡她，恐懼大家因此不喜歡她。她得為此道歉，尤其要向柯琳道歉。她說：「我明白了。現在輪到我覺得是我錯了。」

「不好受，不是嗎？」

葳婁笑著彎身前傾抱著碧普，姐妹淘式的擁抱。碧普覺得自己在墮落，為了與一位阿爾發女孩當朋友、為了被那個社會接受，她寧願被收買。但至少她不再不信任葳婁，情況似乎好轉了一些。

傍晚，在陽台上，碧普幾乎把白天發生的每一件事都告訴了柯琳。

柯琳說：「葳婁絕不是心眼最壞的人。她有沒有告訴妳她弟弟三年前死掉了？」

「老天，沒有。」

「玩滑雪板出意外死的。她到現在還在吃藥。沃夫當然也知道。狼總是能找到羊群中最弱小的羊。」

碧普心生佩服，甚至訝異葳婁沒有打出弟弟過世這張牌，她只是坐在樹下，讓碧普懲罰她。無論安德瑞斯怎麼交代她的，看得出來她壓力的確很大。

碧普說：「我多瞭解了一些妳困在這裡的原因了。」

「是嗎？好吧。根據妳剛才的講法，我留在這裡的日子，從妳來了以後，就應該數得出來了。」

「柯琳，我寧願跟妳做朋友，也不要跟他做朋友，妳難道不知道？」

「妳只是現在這樣說而已。他也才剛回來一天。」

「如果妳不在這裡，我也不要留在這裡。」

「真的？如果妳想要離開妳媽媽一陣子，就應該撐得比兩星期更久一點。」

「我沒有一定要回去加州，也許我們可以去別的地方。」

「妳不是還要找妳爸？」

「也許弗洛爾願意給我十三萬，我就不必找我爸了。」

柯琳說：「看來妳對有錢人的瞭解還很少。弗洛爾甚至連牙線都捨不得分給人。」

第二天碧普清晨散完步去穀倉時，遇見葳婁。她的外表沒變，卻像換了個人，脆弱得像個服用抗憂鬱藥物的人，為了弟弟過世、自己苟活而內疚的人。這次，換碧普主動擁抱她。碧普不知道該把放棄敵意看成好事，或者把自己和這種女孩見面擁抱算成是墮落。但葳婁的資料研究功力很嚇人，她操作鍵盤、滑鼠與點擊的速度快得不得了，能在多個視窗間切換——澳洲的財產轉移、澳洲企業董事名單、澳洲商業新聞檔案、放在暗黑網路的澳洲政府資料庫——碧普覺得她要花好幾個星期，才跟得上葳婁彈指間就完成的速度。

那天安德瑞斯沒有找她私下談話，隔天也沒有，此後連續十天都沒有。他總是跟其他女孩一起忙著施展不能嚷嚷的巫術，來回於穀倉與科技樓之間，碧普只能像個菜鳥一樣坐在葳婁旁，聽他和葳婁沒完沒了地討論資訊。他對她視而不見，像在突顯她是唯一沒有對「陽光計畫」有貢獻的實習生，這點，很明顯是刻意的。他也很明顯地在吊她胃口，讓她期待再一次與他單獨相處、再一次醉心於他營造的坦誠氣氛。她沒辦法招架，也沒辦法討厭他，他已經把一支木杓放入她的腦袋，現在只是暫停動作而已，而她希望他行動。但她告訴自己，她要的不多，只要能再體會一下，讓她想起上一回的滋味，讓她知道她會不會又受到影響，就可以了。

接著，有一天晚上，他又離開了。

柯琳在晚餐時告訴她：「托妮・費爾德到鎮上來了。」

「真的？到聖塔・庫魯茲？那她怎麼不乾脆來這邊？」

「這邊是他分開公與私的防火牆。另外，托妮需要特別照料，這也很明顯，因為她對他太投入了，彷彿忘了遊戲規則是誰訂的。也許此刻，他正在切斷兩人的關係，當然，他會用最不傷人的方法分手。」

「這些都是他告訴妳的？」

「我的好妹妹，很多事情他都會告訴我。不要忘了，我仍然是這群無名小卒中的老大。」

「我討厭妳。」

「碧普，妳這樣講有點傷我的心。他這個人，我不是沒有警告過妳，妳現在竟然講這種話。」

兩天後的早晨，碧普散步回來時，看到佩卓和那輛Land Cruiser在主樓前的草地上等她。她依舊不大懂佩卓說的每一個字，只是猜出El Ingeniero（這是他稱呼安德瑞斯的方式）要她立刻去聖塔．庫魯茲和他碰面。

「我？你確定嗎？」

「是，當然。碧普．泰勒，帶護照。」

佩卓急著出發，但她請佩卓讓她先沖個澡、換上乾淨衣服。她洗完頭之後，因為心不在焉，又在頭髮上抹上洗髮精。她想知道他要她去的原因，卻不知道該怎麼措詞。她的思緒被推擠碰撞成碎片。現在問柯琳以前有沒有實習生跟安德瑞斯一起旅行的例子，已經來不及了；問佩卓除了護照還要帶什麼東西或該穿什麼衣服，也太遲了。她低頭，發現左手手掌滿滿都是洗髮精，這是第三次。

去鎮上的路程不像開來基地那樣永無止盡。塵土飛揚的道路、廉價喇叭震天價響地播放**山谷音樂**、推銷手機與平板電腦的廣告看板、穿著學校制服的孩子、愈來愈濃的柴油微粒煙幕，文明逐漸在眼前重組。一直等到他們開在聖塔．庫魯茲的環狀大道上，經過門面牆已拆、像小倉庫的簡單小店時，碧普才敢開口問佩卓，安德瑞斯要她來鎮上做什麼。

佩卓聳聳肩說：「**生意，他老是有生意要處理。**」

樓層不高的科特茲旅館，位於鎮上沒有那麼原始、比較陰涼的地方。佩卓幫她登記入住，告訴她在房裡等安德瑞斯的電話。她仔細看了佩卓的臉，不像怕她會被拘禁的樣子，他只是笑笑，要她到處走走晃晃。

她這輩子沒住過旅館。她揹著背包，慢慢走過旅館大廳和酒吧，聽到有人講英語，還有人可能在說俄語。院子裡有幾株藍花楹樹，還有一個玻璃纖維做的大鸛，鸛的肚子是公用電話。她以為游泳池一旁坐著的是安德瑞斯，結果不是。

她這輩子得到最讓她高興的禮物，可能就是這個屬於她、為了她而快速打掃乾淨的旅館房間。馬桶座上橫貼著一張「**已清潔**」的長紙帶，水杯用清脆的紙包著，電視機、放在房間裡面的冷氣機、迷你吧，完全的奢侈。她想起高中好友描述在夏威夷住的度假旅館、大學朋友興高采烈地講起客房的餐飲服務，以及她聽到這些事情時的相對剝奪感。連窮人都有機會住六號汽車旅館[11]，但是，因為母親不願旅行，所以，每當春假時朋友們上路遊玩，她總是認命地回去斐爾頓的家。

她踢掉鞋子，在床上翻來滾去，盡情享受枕頭套的潔淨所帶來的奢侈感。她閉上眼睛，腦海中出現一條在熱帶地區的高速公路，路上有一個又一個**路障**。她以為很快就會有電話打來，但沒有。所以她躺了一會兒，聽艾瑞莎的歌，又看了一會兒她的西班牙語程度跟不上的肥皂劇。喝了一瓶迷你吧裡的啤酒，最後終於翻開葳婁塞給她的芭芭拉．金索弗的小說。等到安德瑞斯打來時，室內的陽光已經變成杏桃色了。

「還好，妳沒出去。」

碧普說：「是啊！」她在旅館房間的床上待了好幾個小時，聲音又濕又悶，有點撩人。他讓她整天都待在床上，跟那支木杓子作怪肯定脫不了關係。

「我今天和國防部助理部長開會開太久了。」

「很厲害啊，你們談了什麼？」

「我在酒吧，妳整理好了就下來。」

她掛了電話，發現雙手在發抖，不是雙手，而是雙臂，從肩膀以下都在抖。又是不知道身在何處的感覺。她**幾乎**可以想見母親聲稱會發生的事情——安德瑞斯對她其實沒安好心——就要出現了。而這一刻這麼快就出現，從安娜葛瑞特要她做問卷到科特茲旅館的房間，竟然是一條直線，也的確讓她覺得情況失控。她寫電郵給安德瑞斯是自願的，來玻利維亞也有充分的理由。此外，她既不傑出又不美麗，也是事實。難道，只因為她是羊群中最弱小的那隻羊，才會落入狼口？

安德瑞斯坐在酒吧一角，正忙著在平板電腦上打字。碧普穿過房間時，聽到同坐一桌的三個美國生意人談到托妮．費爾德，同時朝著安德瑞斯的方向看去。她本來就分不清東西南北了，但在他身邊一屁股重重坐下的，卻是她這麼一個沒名氣的人，更讓她暈頭轉向。他繼續打字，最後闔上平板電腦，笑著對她說：「還好嗎？」

她說：「是啊，還好。一整個怪。」

「要喝點什麼？」

「不要的話，還是可以坐在這裡吧？」

「當然可以。」

她雙手交叉抱胸，壓住顫抖，但顫抖反而因此傳到下顎。她覺得慘斃了。

安德瑞斯說：「妳好像很害怕，千萬不要。我知道妳覺得很奇怪，但我請妳來，純粹是為了工作。我要跟妳講一些事，不能在那裡講，那邊是個蜂窩，裡面都是耳目，而且還是我創造出來的。」

碧普說：「我們可以去樹林，樹木總不會跑掉。而且，好像只有我會去樹林走走。」

---

11 Motel 6，北美廉價連鎖旅館品牌。

「相信我，現在這樣安排比較妥當。」

「相信，跟我現在的感受剛好相反。」

「我再說一次，這是工作。妳跟葳婁共事，還好嗎？」

「葳婁？」她邊說邊轉頭朝那幾個美國人的方向看過去，其中一人還在看著安德瑞斯。「就像你說的一樣，她喜歡我。但是我懷疑，如果她知道我們倆在同一間旅館，還會不會喜歡我。我知道柯琳不會。我答應來這裡，損失可大了。」

安德瑞斯看著那幾個美國人，稍微抬手對他們輕輕揮了兩下。「街角有一家烤肉店不錯。這時候去剛好沒人，妳餓不餓？」

「餓，也不餓。」

抓著自己蠢透的背包，跟著「陽光使者」走在這城市的路上，讓她覺得自己就像是聖．羅倫索山谷區那些道地的鄉巴佬。一群綠橘色的鸚鵡從頭上呼嘯而過，聲音比公車和摩托車還吵。她希望自己也是其中一隻。他們挑了烤肉店比較隱蔽的角落坐下，安德瑞斯點了一瓶葡萄酒。她知道自己不應該喝酒，但忍不住。

倒酒時她說：「說真的，雖然不知道為什麼要來，但我希望我沒來。」

他說：「這是妳自己選擇的，妳大可不必上車。」

「怎麼會是我自己選擇的？你是老闆，你等於在幫我分期還貸款，權力都在你手上。你什麼都有，我什麼都沒有。就算如此，也不代表我願意當你的特別女友。」

他看著她喝酒，自己卻沒喝。「當特別的人有那麼糟嗎？」

「你最近有沒有看兒童電影？」

「之前我和一個女性約會時，看過《冰雪奇緣》，還從頭到尾看完了。」

「這些電影裡的角色，都是在講他們有多特別、每個都是天注定，『只有你能拯救全世界免遭邪惡的毒手』諸如此類。如果每個小孩都是特別的，那麼，特別還有什麼意義？這點就先不論好了。我還記得，我看這些電影時，看到那些不特別的角色，例如大合唱裡面的角色，我會想著這些人辛勤工作只是為了讓社會接納他們，他們才應該是我真心祝福的人，**他們**才應該是電影的主角。」

他笑著說：「妳應該生在東德才對。」

「也許是！」

「如果對妳而言，追求平凡是不切實際的夢想呢？」

「我只是要告訴你可以怎麼幫我，要幫我，你就別煩我，不要叫我坐在旅館房裡等你一下午。我寧願在蜂窩裡當一隻耳目。」

他說：「這可不是好事。但我真的瞭解妳在說什麼，不過，我真的有事情要請妳幫忙。」

碧普倒滿一杯酒，說：「好。那我們得想個新辦法。」

「我要告訴妳一件事，這件事除了妳以外，只有另一個人知道。妳聽完後，我要妳幫我想想，我和那個人，誰擁有真正能壓倒對方的力量。然後，妳說妳沒有的力量我會給妳。妳想要嗎？」

「天啊，又是真相，更多真相？」

「對，更多真相。」他回頭看看空蕩蕩的餐廳，服務生擦著玻璃杯，黃昏已落映街頭。「我能相信妳嗎？」

「關於那件你和你媽媽陰道的事，我可一句話都沒說。」

「那根本不算什麼事，這件可是大事。」

他舉起酒杯，停在眼前，然後一飲而盡。

他說：「我殺了一個人。二十七歲時，我用鏟子殺了一個人。我事前精密策劃，下手時心狠手辣。」

木杓再度在她腦袋裡攪動，而且這次更糟，所有攪動都像是從他的腦袋傳過來的。他臉上堆滿了痛苦與掙扎。

他說：「我大半輩子一直活在這件事的陰影下，一直拋不掉。」

他看起來非常痛苦，就像個一般人，不像名人。她伸手越過桌子，用力抓住他的手。

他說：「那人是安娜葛瑞特的繼父。她當時十五歲，被他性侵。他替史塔西做事，所以沒人可以幫她。她到我工作的教堂來，我為了保護她，所以殺了他。」

他說的這些不可能是真的，但碧普突然覺得不想碰他，她把手抽回來，放在膝蓋上。高中時，公民課班上請來了一個有前科的人演講，主題是加州的獄政制度。那人是中產階級白人，言談得體，因為與繼父吵架，一氣之下開槍殺了繼父，坐了十五年的牢。他講到他目前與女性交往遭遇的難題，也就是第一次約會前要不要承認自己的過去。碧普想到萬一自己跟這種人約會，雞皮疙瘩立刻冒出來。一日殺人犯，終身殺人犯。

他問：「妳在想什麼？」

她說：「這件事讓我不知道該怎麼想。」

「我懂。」

「我真的是唯一一個你吐露此事的人？」

「是，還有一個人也不幸地知道。不然，妳就是唯一知道的人。」

「你是在搞祕密入會的儀式嗎？每個替你做事的人都要先通過的這種測試？」

「不，碧普，不是的。」

她又想起來，那位前科犯讓她冒出雞皮疙瘩後，她反而覺得內疚，甚至同情他。一時衝動做了一件事，卻要一輩子背負後果，一定很痛苦吧，而她還經常衝動行事呢！

她說：「所以，這才是你那麼信任安娜葛瑞特的真正原因。」

「是的。但是，我沒有把我跟她的關係全部告訴妳。」

「安娜葛瑞特知道你做了那件事。」

「沒錯，她還幫了我的忙。」

「老天。」

他又倒了一點葡萄酒，說：「我們最後沒事。史塔西懷疑我們，但我父母保護了我。我最後還拿到了這個案子的檔案，這案子已經消失了。但有個問題，我犯了可怕的錯誤。圍牆倒塌之後，我在酒吧遇見一個人，告訴他我幹的事情，他是個美國人……」他雙手遮住臉。「可怕的錯誤。」

「為什麼告訴他？」

「因為我喜歡那個人，我信任他，也需要他的幫忙。」

「為什麼告訴他這件事是個錯誤？」

安德瑞斯放開手，表情僵硬，說：「因為，現在，這麼多年以後，我認為他要利用這件事情摧毀『陽光計畫』。我不是亂講的，因為他已經發出了針對性強烈的威脅。妳現在明白我為什麼要找個可以信賴的實習生了吧？」

「我還是不明白為什麼是我。」

「我可以現在帶妳去機場，妳的行李，可以後送。但我得先知道，妳願不願意現在就走，並且答應永遠不跟我有任何瓜葛。妳願意嗎？」

肯定哪裡出了大錯，但碧普不知道出了什麼錯。安德瑞斯說他用鏟子殺了人，似乎不可能，但要說這個故事是他編出來的，似乎也不可能。不管這事情是真是假，她覺得，他透露這件事的目的跟她有關，而且，不是好事。

她說：「那份問卷，從來就沒有用在別人身上，只有我回答過。」

他笑了，說：「妳是特例。」

「除了我，也沒有人非得回答那份問卷。」

「我實在很難形容，知道妳要來這裡的時候我有多高興。」

「但是，為什麼是我？難道你不想找個真正相信你的人？」

「剛好相反。我們的內部網路有些異常，小東西不見了、檔案傳輸紀錄對不上等等。我要跟妳說的事情，聽起來好像我是個不折不扣的瘋子，其實，這件事要說我有妄想症，頂多只是中度妄想而已。我覺得我掌握了一些跡象，有個記者可能已經滲透到我們裡面。」

「你的妄想指數很高。」

「妳想想看，要滲透刺探我們的人，一定得裝成對我們最忠誠的人，才能打進我們的圈子。反過來說，這邊有誰不忠於我們的使命呢？」

「柯琳呢？」

「她剛來的時候，的確很忠誠，我就要完全信任她了，但還差一點。」

「老天！你還真有夠不正常。」

安德瑞斯笑了，這次笑得更開懷。「沒錯，我是他媽的瘋了。但那個在柏林讓我掏心掏肺的傢伙——他騙我對他掏心掏肺——是個記者。妳知道他現在在幹什麼嗎？他在經營一家以調查採訪為主的非營利新聞機構。」

「哪一家？」

「妳不知道比較好，至少先不要知道比較好。」

「為什麼？」

「因為我現在希望妳聽就好。耳朵打開，不要關上，不要先入為主。妳感覺到什麼，就告訴我什麼。我知道妳的感覺很靈敏。」

「所以，我基本上是個可怕的間諜。」

「也許吧，如果妳覺得妳跟『間諜』這個字搭得起來。但妳是我的間諜，我可以溝通與信任的人。妳願意當我的間諜嗎？妳還是可以跟著葳婁學習，我們也會繼續幫妳找父親。」

她想到老好人、精神異常的崔佛斯——**那些德國人有些地方不對勁**。她說：「其實你沒有殺人，對吧？」

「不，我殺了人。碧普，我確實殺了人。」

「不，你沒有。」

「這可不是見仁見智的問題。」

「嗯，你說安娜葛瑞特也幫了忙？」

「很可怕，但，是的，她幫了我。她母親嫁給一個非常邪惡的人。我雖然在自食其果，但也不全然後悔當時那麼做。」

「如果這新聞曝光，清廉先生就完蛋了。」

「是的，『陽光計畫』會就此告終。」

「而『陽光計畫』就是你，你就是這個計畫的產品。」

「隨便妳怎麼說。」

碧普胸部突然一陣抽搐，感覺就要吐出來。她不由自主地冒出一句：「我不喜歡你。」這次發作，事前毫無徵兆。她快步離開座位，又回來拿背包，然後跑出餐廳到人行道上。她是肚子不舒服嗎？是的。她蹲下來，在路燈下吐出一絲黑色液體。

安德瑞斯趕過來、蹲在她身邊，她一直是同樣的姿勢：雙膝跪地，雙手撐著身體。安德瑞斯雙手扶著她兩肩，有一陣子沒有說話，只是緩緩地按摩她的肩膀。

過了一陣子，他說：「妳應該吃點東西，胃裡有點東西會好一點。」

她點點頭，她現在只能任他擺布——她也不知道還能去哪裡。此外，他按摩她肩膀的方式真的非常溫柔。年紀可以當她父親的男人，只有他用這種方式碰過她。她跟著他回到餐廳座位，他替她點了蛋捲和薯條。她吃了一些蛋捲，又開始喝酒，而且是大口大口地喝。接著她的意識一片模糊，聽到他講話，更多關於他犯的罪，關於安娜葛瑞特、東德、網路、他的父母、誠實與欺騙、他與托妮．費爾德分手，還有更深層的，非口語的意圖與符號，就是那支木杓子。木杓子這時在她腦袋裡攪動得比上一次更長、更久、更完整。這兩種語言，口語與非口語，不斷引起她的注意，如果她真的愈喝愈醉，也就愈來愈難跟得上這兩種語言在講什麼。等到第二瓶葡萄酒見底，安德瑞斯付了帳，兩人一起走回科特茲旅館時，佩卓和車已經等在那裡。這時她覺得，自己是不是喜歡安德瑞斯已經不重要了。

他說：「妳半夜的時候就會到家。隨便妳怎麼編故事，摔斷了牙、要找牙醫看急診，隨便妳說。柯琳還是會把妳當好朋友。」

佩卓已經打開車門，等著她上車。

碧普說：「等等，我能不能回房間躺一下，一小時就好。我頭還在暈。」

安德瑞斯看看錶，很明顯，他希望她現在就走。

她說：「一小時就好。我不想在高速公路上又想吐。」

他不情願地點點頭，說：「就一小時。」

她一進房，馬上就想吐，也吐了出來。她從迷你吧裡拿了一瓶可口可樂，喝了以後覺得好多了。但她沒有下樓，反而坐在床上，打發一點時間。故意讓安德瑞斯坐立難安，是她抵抗他的唯一方法，抵擋木杓子的唯一方法。但是，她真的想要抵抗嗎？她等得愈久，就愈好奇接下來會發生什麼事的懸疑感在撩起她的性慾。光是在旅館房間裡面等待這件事，不就是一種性暗示嗎？在旅館房間還能幹什麼？

電話鈴聲響起時，她沒接，響了十五聲對方才掛斷。一分鐘後，有人敲房門。碧普起身開門，擔心門口站著的是佩卓。還好，是安德瑞斯。他臉色蒼白，雙唇緊緊抿著，氣呼呼的。

他說：「已經一個半小時了，電話響沒聽到嗎？」

「你進來一下。」

他仔細觀察了一下旅館走道才進門，一邊鎖門一邊說：「我先得能夠信任妳。但是，用這招開始可不好。」

「也許你就是不能相信我。」

「不可能。」

「我性子很衝動，大家都知道。你也早知道我會做出什麼事。」沃夫臉色難看又氣惱地逼近她，把她逼到電視機後面的牆角。他抓住她的手臂，她覺得皮膚立刻醒過來，但她不敢動。

她說：「然後呢？下一步？掐我脖子？」

他應該被這話逗樂才是，但他沒有。他說：「妳要什麼？」

「那些女孩想從你身上得到什麼？」

這問題他倒是覺得有意思。他放開她的手臂，有點傷感地笑著說：「她們都想把自己的祕密告訴我。」

「真的？很難想像，至少我完全沒有那種感覺。」

「妳這個人，一眼就看透了。」

「說的也是。」

他走到床邊坐下，說：「沒有祕密的人，很難得到別人的信任。」

「我覺得要信任人非常難。就這樣。」

「佩卓知道我跟妳在房間裡，我不喜歡這樣。但我都進了房間了，我非得知道我能信任妳，不然我們沒辦法離開。」

「這樣，我們可要待一陣子了。」

「關於祕密，我有一套理論。要聽嗎？」

「我能不聽嗎？」

「我的理論是，人的自我是由兩個必要條件所組成，而這兩個條件是矛盾的。」

「好。然後？」

「其中一個必要條件是保守祕密，另一個是讓祕密曝光。人如何區別自己和他人？靠著一些只有自己才知道的事情。人把這些事情放在心裡看得緊緊的，一旦這些事曝光，就沒有內與外之分了。祕密，是讓人知道自己有內的方式。那些非常愛表現的人，其實是喪失自我的人。但是，讓自我保存在真空狀態也沒有意義。人的內在遲早都需要被看到，不然的話，人跟乳牛、石頭、或世界上其他東西沒有兩樣，只是個『物』而已。自我的存在，建立在相信其他的自我也一樣存在。人需要與人親近，那麼，要怎麼建立親近感？靠分享祕密。柯琳知道妳在私底下對葳斐的評價，而妳知道柯琳私底下對弗洛爾的看法。妳的自我就存在於這些信任關係網中。有沒有道理？」

碧普說：「還算有道理。但你是靠揭發別人祕密維生的人，這套理論從你嘴裡說出來，還真詭異。」

「妳在餐廳裡沒有聽懂嗎？這工作已經讓我作繭自縛了。網路就跟我的祖國一樣，都是我恨之入骨的東西。」

「你似乎提過。」

「妳到底知不知道自己在講什麼？我繼續做這工作，不是因為我依然相信這工作的使命。我做這工作，完全是因為個人因素，是**我的**自我認同問題。」

他說完，比了個厭惡自己的手勢。

碧普說：「我不知道該說什麼，我已經把我的祕密告訴你了，連我的真名都告訴你了。」

「你的名字一點都不丟臉。」

「我高中的時候還有偷東西的習慣，十歲的時候還經常手淫。」

「哪個人不是這樣？」

「好，所以你覺得沒什麼稀奇。我是個無趣又平凡不過的人。就像我剛才說的，你早就知道我是怎麼樣的人。」

突然，他又把她逼到牆角，這次她根本搞不清楚他是怎麼接近她的。他的嘴貼著她的耳朵，一隻手硬塞進她的雙腿。她調整情緒的時候，有一種怪異、不知道下一步會發生什麼事情的緊張感。她沒辦法呼吸，但可以聽到他厚重的呼吸聲，接著，他的手往上，移到她的肚子，再往下伸入她的牛仔褲和內褲裡。

他在她耳邊模模糊糊地說：「這邊呢？這邊不也是妳私密的地方？」

她說：「相當私密。對。」心臟怦怦跳個不停。

「這樣，我就可以信任妳了嗎？」

她不敢相信他把一隻手指插進她，更不敢相信她的身體不太抗拒。

她喃喃地說：「我不知道，也許吧。」

「妳讓我做這事嗎？」

「嗯……」

「告訴我妳想要什麼。」

她不知道該說什麼，但她覺得應該要說點什麼，因為，她沒反應的時候，他已經用空著的手拉開她牛仔褲的拉鍊。

她喃喃地說：「我知道我，但是……」

他把頭移開她的耳朵，眼神中射出一股熱切的光芒。「但是？」

「嗯……」她勉強動了動身子。「一般不都是先親吻，然後手指才進來的嗎？」

「親吻？妳要我親妳？」

「嗯，這兩件事，這一刻，我要你先親我。」

他伸出兩手托著她的臉頰，她聞得到自己私處的氣味，和他身上男性的氣味，一種歐洲味，不會讓人感覺不舒服的氣味。她閉上眼，等著他的吻。但是，等到吻真的降臨時，她卻沒感覺，因為跟期待的不太一樣。她張開眼睛，他正在看她的雙眼。

他說：「妳一定要相信我，我要妳來，不是想著這個。」

「難道你現在就會想嗎？」

「老實說，我寧願親吻妳身體另一個地方。」

「哇。」

「妳會喜歡的，然後做完妳就可以離開，我也可以信任妳。」

「妳對付女人總是用這一招？托妮．費爾德也一樣？」

他搖搖頭。「我說過了，跟人交易時我並不是我。現在在妳面前敞開的是真正的我，因為我想和妳互相信任。」

「好。但是，對不起，我想知道為什麼這麼做你就會信任**我**？」

「妳自己不是說了？如果柯琳發現我們之間的事情，她不會原諒妳。沒有一個實習生會原諒妳。我希望妳有一個只有我知道的祕密。」

她皺了皺眉，聽不懂他的邏輯。

「妳可以給我一個祕密嗎？」他再次伸出雙手托著她的臉頰，說：「我們躺下來。」

「也許我該走了。」

「要回房間的是妳，要我進房的也是妳。」

「對，都是我。」

「所以，躺下來。真正的我，就是想把舌頭伸進妳那邊的我。妳可以讓我做嗎？拜託妳，讓我做。」

她為什麼要聽他的話躺在床上？顯示她有勇氣？既然進了旅館房間就要物盡其用？還是要報復在奧克蘭的那個冷漠男人？或是她媽媽愈擔心，她就愈要做不可？為了懲罰柯琳，因為她比較關心安德瑞斯而比較不關心她？為了當個跋涉到南美洲、勾搭上有權有勢的名人？她腦袋裡裝了無數個理由，但是，當他們躺在床上，他放慢動作，親吻她的睫毛、輕撫她的頭髮、親吻她的脖子、解開她的襯衫釦子、幫她解開胸罩絆釦，用凝視的眼神、雙手和嘴觸摸她的胸部，溫柔地褪下她的牛仔褲，更溫柔地慢慢捲下內褲時，有那麼一陣子，她腦袋裡的每一個理由全都相處融洽。她感覺到他的雙手碰到她兩邊臀部時在顫抖，她感覺到他的興奮。就是這點很不尋常，因為他非常興奮。他的身體很誠實地想要她。知道這一點，遠勝過他用嘴熟練施展的雕蟲小技，帶給她非常猛烈的愉悅。

但是，高潮結束後，不喜歡他的感覺又回來了。她覺得尷尬，覺得自己很髒。他正在親吻她的雙頰和脖子，謝謝她。她知道，出於禮貌現在該做什麼；她也知道，從他高漲的急切可以看出他要什麼。不給他，就會顯得她很自私，故意跟他作對。但是，她就是做不到，因為她就是沒辦法上她不喜歡的。

她說：「對不起。」慢慢推開他。

他黏著她，爬到她身上，把他穿著褲子的雙腿伸入她沒穿褲子的雙腿間，說：「不要說對不起。妳很棒，有了妳，我別無所求。」

「不，我不是那個意思。剛才真的很棒，我真的感覺很棒，我從來沒有來得這麼快、這麼猛。怎麼說，就像Wowee Zowee[12]一樣。」

「哦，天啊。」他閉上眼睛，抓起她的雙手，用褲子裡撐起來的勃起頂了她一下，說：「天啊，碧普，天啊。」

她又把他推開，說：「但是，呃，也許我該回去了。你說等你做了這件事，我就可以走了。」

「我已經跟佩卓商量好，就說是車子的傳動軸壞了，才會拖這麼晚。換句話說，我們還有好幾個小時可以在一起，如果妳不介意的話。」

「我要誠實以對，這才是重點，不是嗎？」

他一定把聽到這句話時臉上瞬間出現的表情藏起來了，換成一副微笑。她覺得他瘋了。就像做惡夢一樣，已經忘記的罪惡在夢中突然記得清清楚楚。她記起來了，他殺了一個人，這是真的。

他臉上還掛著剛才的微笑，說：「沒關係。」

「不是我不喜歡你給我的感覺。」

「我說真的，沒關係。」他沒親她，甚至沒看她一眼，就起身走出門，邊走邊把襯衫扯平整，把褲子往上提。

「不要生我的氣。」

他說：「剛好相反。」還是沒看她，說：「我迷上妳了，真沒想到就這樣迷上妳了。」

「對不起。」

為了挽救自己殘存的一點顏面，她在車上告訴佩卓，安德瑞斯要她幫忙處理一點生意上的事情。佩卓的回答大概是說安德瑞斯的工作很複雜，他都不懂。但是，這不妨礙他把火山區照顧得好好的。

他們到家時，早就過了午夜。柯琳房間還亮著一盞燈。碧普覺得謊言最好趁著新鮮、未腐爛之前說，便決定直接上樓去柯琳房間。柯琳抱著一本練習本與鉛筆躺在床上。

碧普問：「這麼晚還沒睡？」

「在準備佛蒙特州的律師考試。我拿到這本書已經一年了，今晚是開書準備的好日子。聖塔．庫魯茲都好？」

「我沒去聖塔．庫魯茲。」

---

12 美國搖滾樂團人行道樂團（Pavement）於一九九五年發行的第三張專輯名稱。該樂團的鼓手在興奮時經常大叫 Wowee zowee。

「原來如此。」

「吃早餐的時候，我補牙的填充料掉了，佩卓帶我去看牙醫，但是撞到路障，而且撞得很大力，把傳動軸弄斷了。我在修車廠外面大概等了六個小時。」

柯琳仔細地在練習本上用鉛筆畫個記號，說：「妳太不會說謊了。」

「我沒說謊。」

「方圓三百公里內的每一個路障，佩卓都熟得不得了。」

「撞到路障的時候，他在跟我講話，所以沒注意到。」

「妳他媽的快滾出我房間，可以嗎？」

「柯琳。」

「我不是針對妳。我不恨妳，我知道這種事遲早會發生；但發生在妳身上，我只是替妳覺得可惜。妳討人喜歡的地方實在很多。」

「我也很喜歡妳。」

「我說了，快出去。」

「妳在發什麼神經！」

柯琳的眼睛終於抬起來，離開手上的練習本，說：「真的嗎？妳想這樣騙我嗎？沒完沒了騙下去？」

碧普的眼睛泛著淚水，說：「對不起。」

柯琳把練習本翻了一頁，假裝在讀書。碧普在房間走道上多站了一會兒。柯琳說的沒錯，沒什麼好說的了。

第二天早上碧普沒有去散步，直接跟其他人一起去吃早餐。沒看到柯琳，但是佩卓已經到了。他已經告訴大家他開車帶碧普看牙醫的路上發生的倒楣事。如果葳婁或其他人不相信，表面上也看不出來。碧普提心吊膽，尤其對柯琳懷著歉意，但是對其他人來說，今天只不過又是「陽光計畫」的一天。

兩天後，柯琳走了。至於離開的原因，她只說時候到了。其他女孩等她走遠了，就開始惺惺作態，同情起她的憂鬱症狀以及她對安德瑞斯的痴心。她們一致認為離開對她的自尊心有絕對的必要。話是沒錯，但碧普內心一直因為對她不忠，以及罪惡感而受到煎熬。

安德瑞斯回來後，將柯琳負責的行政業務交給瑞典人安德斯負責，但因為沒人覺得安德瑞斯會對他另眼相看，所以柯琳在安德瑞斯排名表上居首的位置，就轉移到那位眾所周知的安德瑞斯的最愛，那位在火山區現身的原因比別人更特別的人。現在，晚餐時坐在安德瑞斯旁的人換成了碧普，第一張坐滿人的桌子也是碧普那桌。碧普覺得有趣的是，弗洛爾突然急著跟她做朋友，甚至問她能不能一起散步，因為她想親自感受碧普讚不絕口的各種氣味。自從弗洛爾跟她一起散步以後，其他女孩也開始爭取同行。

這是碧普第一次身為社交生活的主角，她很滿意，但她也從此不斷想起安德瑞斯的舌頭，以及她的身體對那舌頭的激烈反應。雖然完事後她覺得自己很髒，現在想想其實也非常愉悅，一種邪惡的愉悅。她常想著怎麼安排機會讓自己再得到這不潔的樂趣，他也好更信任她。他不也暗示過，說他喜歡口交。既然如此，當然可以找出彼此各取所需的機會。

一週過完又一週，八月過完換九月，碧普成為成熟的資料研究員，能夠獨立處理簡單任務，空出來的時間全都在各大小資料庫中努力尋找「潘妮若普．泰勒」這個名字。安德瑞斯還是避免跟她一對一談話，但他與葳婁或其他女孩卻沒有這種顧忌。她瞭解，她理應做他的耳目，所以兩人絕不能鬼鬼祟祟地交頭接耳。但她覺得當間諜很可笑，因為她唯一能引起別人共鳴的力量是過人的誠懇，所以她覺得這是藉機懲罰她，原因是她拒絕和他做愛傷了他，也羞辱了他。雖然他只要看到她，一定會露出溫暖與誠摯的態度，但這沒有任何意義。她知道他很會表裡不一，只差他沒有親口承認。他嘴上不停強調信任與誠實，卻只證明他是個偽君子。她內心深處相信，他很氣她，並且後悔信任她。

就這樣，一天天過去，在舌頭和廣受歡迎的誘惑下，她下定決心，只要下次有機會跟他單獨相處，他要什麼就給他什麼。**真沒想到就這樣迷上妳了**，這句話應該還是要兌現的，不是嗎？她倒是沒怎麼迷上他，但她有好奇心、有性迷惘、決心又愈來愈堅定，她開始留心跟他私下講話的機會，但似乎總有人跟著他從穀倉出來，跟著他走到技術樓。他單獨在主樓裡時，佩卓或泰瑞莎總是在聽力可及的範圍內。但到了快要九月底的一天中午，她從窗戶看出去，看到他一個人在山羊放牧地最遠的角落，面對森林坐著。

她匆忙走出門，穿過牧場時腳步快到連山羊都散開。安德瑞斯一定聽到了她愈走愈近，但沒有轉身，等她到了他身邊，才看到他在哭。她忽然想起史帝芬在奧克蘭住處前門哭泣的樣子。

他拍拍草地，說：「坐下」。

「怎麼了？」

「妳先坐下。有壞消息。」

她知道大家都看得到他們，便挑了個離他有點距離的地方坐下。

他說：「我媽媽生病了。腎癌。我剛才才知道。」

碧普說：「我很抱歉。我不知道原來你跟她還有聯繫。」

「她不知道我在做什麼，但我知道她的近況。」

「你要一個人靜一下嗎？」

「妳找我有事嗎？」

「不重要了。」

「我寧願聽聽妳在想什麼，也好過想到她。」

「很糟糕嗎，她的癌症？第幾期了？」

他聳聳肩膀，說：「她要來看我，聽起來真好，是吧？其實我不能去找她，所以她能來真好，我就不必掙扎要不要去看她。」

「我想抱抱你，但不想被人看到。」

「妳的顧慮是對的。對了，妳表現得一直很好。」

「謝謝。但是……你在生我的氣嗎？」

「當然沒有。」

她點點頭，不知道該不該相信他。

他說：「我這輩子大部分時間都在恨她，我告訴過妳我恨她的理由，但是今天收到這封電郵，才想起來那些其實都不是真正的理由，至少不是全部，只是一半而已。儘管我有一半的理由可以恨她，我卻從來沒有一刻不愛她。我只是忘記了，甚至忘了好幾年，然後我收到這封電郵……」

她聽到他擠出一口氣，不是笑就是哭。碧普不敢去看到底是什麼，說：「也許愛比恨重要得多。」

「對妳來說，肯定是這樣。」

「嗯，不管怎樣，我很抱歉。」

「妳有事情要找我私下談？要我安排一下嗎？」

「不必了。要不，我是個很糟糕的間諜；要不，就是你有妄想症。」

「那妳找我有什麼事？」

她轉過身，面對他，用臉部表情告訴他，她要什麼。

他原本滿布血絲的眼睛這時放大，說：「哦，我瞭解了。」

她低頭看著地上，低聲說：「上次的事情，我一直覺得很抱歉。應該可以更好的。我的意思是，如果你真的想要的話。」

「我真的想要，當然是真的。但我想都不敢想。」

「對不起，你問我有什麼事，我其實不該說的，不該這時候說。」

他一躍而起，臉上的哀傷全沒了。「沒關係。我下星期要進城去看她。我本來很害怕，現在不會了。我想個辦法帶妳一起去，好嗎？」

碧普勉強吸了口氣，說：「好。」

「陽光計畫」這裡較不合理的一件事，就是員工無法享有私人電子通訊的隱私。這裡的內網設計，是每個人都可以看到其他人網路聊天的內容與電郵，理由是，技術部門的男生想看什麼，就可以看到什麼。但只有他們擁有這種優勢並不公平。如果女孩想要認識男孩（這種事情發生的頻率還滿高的，但是這兒的男孩身材體型都不是太有吸引力），她只能在公開的內部網路上安排約會，不然就得當面敲時間。這也是碧普隔天晚上離開主樓時，安德瑞斯塞給她手寫字條的原因。

開心一點，妳應該不必再當間諜了，因為我找不到足夠的理由證明這裡有間諜。我要進城與可能的投資人開會，請妳跟我一起去，實習生裡面，我最相信妳的判斷。但請想清楚，妳是不是準備好接受其他人用不一樣的眼光看妳。不管妳的決定為何，我都接受。閱後請燒毀字條。A。

碧普站在俯瞰黑暗河流的陽台上，用柯琳留下來的打火機燒掉字條。她想念柯琳，也想知道自己是不是已經準備好要被騙三年；但她同時覺得自己已經脫穎而出，有能力應付一切。在黑暗的河流裡，她走得比柯琳深，水已過膝蓋，她也非常確定，她和安德瑞斯的進展已經往前走得更遠了。這一切都非常奇怪，要不是她的生活本來就很奇怪，這一切看起來會更怪。對她來說，最奇怪的想法是，她可能非常迷人，而這件事與她相信、或她想要相信的每一件事背道而馳。因為只有在她內裡，最誠實的內心深處，她才覺得，也許每個人都認為她非常迷人。也許，這就是人性。

過了一個星期，佩卓開車在陡峭的山路上，載他們離開山谷。她問安德瑞斯：「我會見到你媽媽嗎？」

「妳想見她嗎?我的女人中，安娜葛瑞特是唯一見過她的人。我媽對她很好，但後來我媽想法改了。」

碧普對「**我的女人**」這幾個字很不爽，所以她根本不想理會安德瑞斯。這個詞現在也適用在她身上了嗎？聽起來可能是。

安德瑞斯說：「她非常迷人，妳可能會喜歡她。安娜葛瑞特非常喜歡她，不過後來安娜葛瑞特也改變想法。」

碧普搖下車窗，涼爽的早晨空氣撲面而來。她低聲自言自語地說：「我是你的女人。」她不覺得安德瑞斯聽得到她低聲自語，但也可能聽得到。

他說：「妳是我的知己。我有興趣的是妳對她的看法。」

他把手放在她的大腿根處，一直沒有拿開。上星期，不管她腦袋裡想什麼，最後幾乎都會想到同一件事。這次墜入情網的症狀，反胃和心跳加速，比她記憶中熱戀史帝芬時還嚴重。但是，症狀的意義向來曖昧不清。一個上絞刑台受死的罪犯出現的症狀，有很多也出現在熱戀男女身上。安德瑞斯那隻手慢慢地、興奮地移向她大腿內側，她不但沒有勇氣，甚至沒有意願，伸出自己相對應的手，放在他的大腿上。這種情境正確的形容是**捕獵**，這點愈來愈清楚。獵物在狼牙下束手就死的感覺，和熱戀沒什麼差別。

她的西班牙語逐漸進步，可以聽懂安德瑞斯對佩卓說的每一句話。他要佩卓明天早上六點到科特茲旅館，安德瑞斯會在那裡等，要是他沒現身，佩卓就要帶一塊寫著「卡提雅．沃夫」的牌子去機場，並帶她回旅館。

顯然，安德瑞斯想和碧普單獨度過一整個白天、一整個夜晚，也許還可以加上第二天早晨。荒謬的是，為了達到這個目的，他們得先一起坐在後座三小時，佩卓快要碰到路障時，就得減速。這些**rompemuelles**，還真是酷刑。

我戀愛了。她在心底對自己說。**我是火山區最不漂亮的女孩，但我有趣、勇敢、誠實，他選擇了我。就算他以後會傷我的心——我也不在乎**。

到了科特茲旅館，他要她在大廳等十五分鐘再去他房間。她觀察著頭髮微濕、一臉剛起床樣子的客人在前檯歸還房間鑰匙。此時似乎不屬於這一天，此地也似乎不屬於這世界。一位在前台等待的拉丁裔商人盯著她的胸部，她回了他一個白眼，他笑了笑。跟另一個在等她的男人相比，這人不過是隻蟲子。

他坐在房間的桌邊，面前擺著平板電腦。床上有一盤三明治和切好的水果。他說：「吃點東西。」

「我看起來像是餓了嗎？」

「妳的胃好像很敏感。所以，吃點東西比較好。」

她放膽吃了一點木瓜。母親說木瓜能舒暢腸胃。

他問：「妳今天想做什麼？」

「不知道。有沒有什麼非得參觀的教堂或博物館？」

「我不喜歡去公共場合。但是，舊城中心區的確值得看看。」

「你可以戴太陽眼鏡，再配一頂好笑的帽子。」

「原來妳想做這個？」

木瓜讓她打了個嗝。她覺得自己必須不再當獵物，必須展開主動。雖然她還是不大想碰他，卻走到他身後，強迫自己把手放在他的肩膀上，然後一路移動到他的胸部。該做的事情還是要做。

他抓住她的手腕，讓她無法掙脫。

她說：「我還以為你永遠不碰實習生。給媒體知道，你的形象就完了。」

他說：「跟實習生一個接著一個上床才是壞消息，愛上一個實習生就不一樣了。」

她雙膝發抖。「你是說真的？」

「對。」

木杓子、木杓子。

她整個人垮了下來，坐在地上，說：「我知道了。」

他放開她的手腕，起身離開桌子，跪在她面前。

他說：「碧普，我知道我有點年紀，可能跟妳父親差不多。但我的心還年輕，我沒有真正愛過幾次，也許比妳還少。對我來說，這也是全新的體驗，我也會害怕。」

木杓子又在她的腦袋裡翻攪了。她出於恐懼而投懷送抱的對象，與其說是情人，不如說是父親，是她為了安全感而緊抓不放的父親。即使如此，她昨晚用刮鬍刀把私處毛髮修整齊，就是為了他。她的腦袋一片混亂。他緊緊抱著她，撫摸著她的腦袋。

他問：「妳喜歡我嗎？就算只有一點點，妳喜歡我嗎？」

她點點頭，因為她知道他希望她點頭。

他說：「很多？還是只有一點？」

她說：「相當多。」這樣回答的原因也一樣。

「我也喜歡妳。」

她又點了點頭。就算是順著他的意思回答，她還是覺得欺騙他過意不去。如果他真的愛上了她，那麼，騙他就很殘忍。為了彌補這一點，她決定說點既誠實又能讓他高興的話：「我真的很喜歡上次你帶給我的感覺。我一直回想。應該說，我很喜歡那種感覺。我想要你再做一次。」

他的身體繃了起來。她擔心自己說了不對的話——怕他看穿她想把話題從愛情轉到別處的企圖，感到受傷。所以，她先吻他，急切、前傾，主動把舌頭給他，主動張嘴等他進來。他的反應很柔和。即使如此，她理智的那面還在半運轉著。她突然笑了出來。

他微笑著問：「怎麼啦？」

她說：「對不起。我只是想知道，我們在做的事情，是不是都不是我們真正想做的？」

他似乎有點警覺，問：「這是什麼意思？」

她連忙說：「沒有別的意思，我只是說接吻，你上次就表示你沒那麼投入。你也很誠實招認。老實說，假如要跳過接吻，我也沒有意見。」

舊事重演。又來了，有那麼一秒鐘，不到一秒鐘，在他還來不及把臉別過去之前，她又看見一個完全不一樣的人，一個瘋子。

他說：「妳真有一套。」臉還是沒轉回來。

「謝謝你。」

他站起來，離開她，說：「我說真的。我這輩子從來沒有像現在這樣失去平衡。在妳面前，我覺得更渺小，但是，是好的渺小。每個人都認為我是最誠實的人，妳卻總在澆我冷水。我恨這種事，但也愛這種事。

我愛妳。」他說完轉身對著她，又說一次：「我愛妳。」

她臉紅了，說：「謝謝。」

他發瘋似的說：「就這樣？**謝謝**？是誰把妳教成這樣？妳到底從哪裡來的？」

「聖．羅倫索山谷，很不起眼、卻很民主的地方。」

他大跨步走回她身邊，拉她站起來，說：「妳把我給逼瘋了！」

「我也不好受。」

「所以我們是什麼？我們該怎麼辦？要怎樣才能在一起？」

「我不知道。」

「**把妳身上的衣服他媽的脫掉**——這樣有用嗎？」

「可能有。」

「好，那就這麼做。我要看著妳脫，所以動作慢點。內褲最後脫。」

「好，可以。」

她喜歡聽他的命令做事，這是她最喜歡他的地方，其他都比不上。但是，當她依照他的命令，解開襯衫第一顆鈕釦，再解開第二顆時，她懷疑自己真的是喜歡聽他的命令。她希望她沒聽到史帝芬在他房裡那次對她說的話，說她想要的其實是個父親。恐懼在她解開第四顆鈕釦時出現，接著是最後一顆鈕釦。她眼前出現了一片情緒風景：看到她自己對著失蹤的父親生氣，對每一個老男人生氣；她還故意挑逗那個相當於父親年紀的人，懲罰他，逼得他神魂顛倒，計誘他，讓他願意獻出自己，成為她生命中欠缺的那個人；她的身體對他的奉獻產生反應，但她覺得出現這種反應很噁心。她讓胸罩掉落在地。

他盯著她說：「天啊，妳真漂亮。」

「你的意思是我很年輕。」

「不，你的內在甚至比外表更漂亮。」

她說：「繼續講，只要你一直講，我就不停下來。」

她終於脫到一絲不掛。他跪了下來，把臉貼在她的胯下，感激地喃喃自語：「妳還為我修了體毛。」

她有點支支吾吾地笑說：「誰說是為了你？」他那麼喜歡她，讓她也變得非常喜歡自己，但是，聽到自己一直挑逗他，並且感覺到挑逗的效果，反而加深了她的恐懼。他放在她臀上的雙手在顫抖，他在親吻她，並且大口吸氣，她能感覺到，這一切會再發生一次，就和上次一樣。不同的是，這次是有始有終的全套交易；這次，她不可能半途就反悔。

想到他就快要幹她，突然，她感受到一種不一樣的高潮。不靠摩擦，就到達這一刻，他安排幽會的效率與直接了當、輕而易舉就讓她在旅館房裡全身赤裸地站著，再結合幾種恐懼因素的交互作用——父親、殺人犯、攪動木杓子的人、逃犯、瘋子——讓她產生了一個簡單的想法：她不想當他的女人。

腦袋一清醒，她就明白，他們在做的事情很荒謬。

她說：「嗯，我想叫個小小的暫停。」說著踏了幾步，離他遠了點。

他整個人垮了下來，問：「又怎麼了？」

「沒事，真的沒事。我一直在等這一刻，等了一個半月。我每天晚上都在玩自己，同時想著這件事，想像我是你。但現在——我也不知道。我想，也許玩自己就夠了。」

他更垮了。她從地上撿起胸罩戴上，直接穿上牛仔褲，沒去理會一直放在他眼前的內褲。

她說：「我真的很抱歉，我也不知道我是怎麼搞的。」

「所以，妳想做什麼？」他的聲音因為自我控制，聽起來繃得緊緊的。「參觀風景如畫的舊城中心？」

「說實話，除了跟你上床，我沒想過其他的事。」

「我們還是可以上床。」

「如果你命令我，也許可以。我喜歡你命令我，我覺得我可能有奴隸性格。」

「我沒辦法命令妳。如果妳不想要，我就不會要。但是，妳說過想要。」

「我知道。」

他重重嘆了口氣。「為什麼改變主意？」

「只是突然感覺不對。」

「因為我太老了嗎？」

「老天，不是。我喜歡你的年齡。如果真要挑剔，也許你年紀是大了一點點，但你有德國男人不顯老的本事。還有，你的藍眼睛很漂亮。」

他低下頭，說：「所以，唯一的原因，是妳不喜歡我這個人。」

她非常難過，跪在他身邊，輕拍他的肩膀，親吻他的臉頰。「每個人都喜歡你，」她說：「有幾百萬人喜歡你。」

「他們喜歡的是謊言。我讓妳看到的，是真實的我。」

「對不起，對不起。」她把他的腦袋抱入懷中，輕輕地搖著。她的心又和他接起來了。她不知道該不該給他一次同情炮。她從沒給過同情炮，但現在她終於能體會這種心情。此外，她想做下去還有一個說不出口的理由，等事過境遷，她想起自己上過這位有名的逃犯英雄，肯定會覺得心滿意足，所以，應該要把握機會。相反地，如果敷衍了事，並且臨陣退縮，那麼，未來的她必然會悔恨不已，更不要說她已經臨陣脫逃過一次。

他的臉塞在她的乳房中間，他的雙手放在她的牛仔褲後面。她臨陣脫逃兩次，這個事實似乎意味深長。她想起帶著行李離開斐爾頓時，她母親說：「小乖貓，我知道妳很生我的氣，妳生氣也完全站得住腳。我擔心妳到另一個大陸的叢林裡去，擔心妳跟那個安德瑞斯・沃夫在一起。但有一件事我從不擔心，就是妳的道德觀很分明。妳一直是個細心周到的人，也很明白是非對錯。我比妳還瞭解妳。這就是我瞭解妳的地方。」碧普當時只看到自己把生命中每一段關係都搞得一團糟，其他什麼也看不見，所以，她那時深覺母親根本不瞭解她。但是，當她獻身給安德瑞斯的條件俱全，她卻兩次從他身上退縮，這不也意味著什麼嗎？也許她母親是對的，也許她的道德觀的確很分明。她還記得自己出自真誠地喜歡拉蒙，甚至崔佛斯。她之所以搞砸了在奧克蘭的那段日子，是因為她對史帝芬的慾望，對一個老男人的憤怒。

她吻了吻安德瑞斯的捲髮，掙脫他的交纏，說：「我們之間不可能了。很抱歉。」

她穿好襯衫就到樓下大廳。她似乎鐵了心，就算做得到，她也不想挽回。如果不得已，她也準備好就在樓下坐個一天一夜。但佩卓不到一小時就開著車回來了。她沒辦法坐在前座面對他，她不僅覺得全身刺痛，還怕弄髒別人。她躺在後座，等著羞恥、罪惡與風涼話壓垮她。

這些感覺出現的時候，甚至比她預料的還糟。接下來兩天她幾乎都躺在床上，什麼都沒做，室友進進出出，她也沒反應。只要安德瑞斯喜歡她，她就能飛高、喜歡自己，但現在，因為她讓他不高興，她也掉入了讓自己不高興的大洞。雖然是她拒絕他，不是他拒絕她，但是在旅館房間發生的事情，就和在史帝芬房間發生的事情一樣糟糕。她一遍又一遍回想當時的場景，尤其是她赤身裸體、他跪在地上的那一幕。

第三天，她勉強拖著身子去吃飯，發現自己又成了不受歡迎的人。她低著頭吃飯，吃完就回房間，繼續躺在床上。現在，也沒有人真誠待她，她也不知道自己被排擠的原因是什麼。他們認為她引誘了安德瑞斯？或是他們知道他對她不滿意？無論如何，她都覺得自己活該。她寫了一封電郵給柯琳，原原本本地對她坦承，寫完後她才明白，柯琳看了這封信只會更恨她。於是她刪掉全部內容，只留下這幾句話：

妳做得對，離開。他是個非常奇怪的傢伙。我跟他在一起就是說話，一直說，說個不停。我不會在這地方待太久。

三天後安德瑞斯回來了，他還是像以前一樣對待她，親切，但是保持距離，她的罪惡感因此更重了。她相信他告訴她的祕密，全火山區除了她沒有人知道——顯示他真的特別想要她——而藏在他笑容後面的，一定是委屈與羞愧。既然時間無法倒回去下定決心的那一刻，她反而疑心自己一定犯了大錯。如果她當時不顧一切當他的情人，會怎樣？如果她學會跟他在一起過幸福洋溢的日子，又會怎樣？搞到這個地步，他的慾望在身體裡面出不來，她也沒辦法享受。她想想，何妨求他給她第三次機會，但她又擔心自己會第三次臨陣退縮。一個星期下來，不管她走到哪裡，都覺得喉頭有個類似憂鬱症的東西塞著。她假裝去散步，走過步道的第一個轉彎後，就坐下來哭。

他找到她，是在某一次她縱情大哭的時候。那天傍晚，天色已經慢慢暗下來，雨不停地從一片積雨雲的邊緣落下。他穿著黃色雨衣和雨鞋，從步道轉彎處冒出來，看到她靠著樹，雙臂抱著膝蓋，全身濕透。

他在她身旁蹲下來，說：「我是出來找妳的，還好妳沒走太遠。」

她說：「我早就不散步了。我剛剛到這裡，是來哭。」

「我很對不起妳。」

「不，該說對不起的是我。是我把事情搞砸了。」

「不要怪自己。我是個成年男人，可以照顧自己。」

「我永遠不會背叛你。」她哭著說：「你可以信任我。」

「我不會假裝我不愛妳。我愛妳。」

她哭著說：「對不起。」

「好啦、好啦，先管管眼前的事。」他脫下雨衣，披到她身上，然後坐了下來，說：「我們先想想，妳想做什麼事情。」

她用一隻手擦了擦鼻子，說：「把我送回家就好。我在這裡本來有一個大好機會，但被我搞砸了。」

「葳婁告訴我，找妳父親的事情不順利。」

「對不起，我有過兩次機會，但都被我搞砸了。」

「我很抱歉，我和安娜葛瑞特都告訴妳我們可以，卻都幫不上。妳要找的是數位化時代以前的資訊，其實很難。我跟小陳談過這件事。」小陳是「陽光計畫」的駭客主管。「我問他有沒有可能拿妳媽媽的舊照片，用臉部辨識搜尋，但這種方法要用到大量我們偷來的運算能力。我願意為妳做，但小陳覺得是浪費時間。」

透過明亮、灰色憂鬱的光，碧普看到自己又犯了在再生能源公司面對伊格時的錯誤：相信雇主空口說的話。

她說：「沒關係，謝謝你特地為這件事去問他。」

「只要妳在這裡一天，我就會幫妳付學生貸款。但是，我們該想想妳的下一步。妳是個好寫手，葳婁說妳的學習速度也很快，但妳以前當業務的表現卻很慘。妳想不想當記者？」

她勉強擠出一個無力的笑容。「『陽光計畫』不是想摧毀新聞業嗎？」

「新聞業會活下去的，很多非營利資金都投入這一行。像妳這種能力的人，只要有心，就一定能在新聞界找到工作。我在想，妳也許更適合去傳統媒體，畢竟，妳實在很不喜歡我這兒的工作。」

「我想喜歡，但我做不到，對不起。」

「好啦。」他拉起她的手，吻了一下，說：「妳是怎麼樣的人，就是怎麼樣的人。我愛的是原本的妳，我一定會想念妳的。」

她又哭了起來。雨霧中，某個方向傳來砂岩從峰面剝離的驚雷裂石聲，接著是重物墜地的悶響。她沿著步道散步時，聽過小岩塊從近距離剝落的呼嘯聲。

她說：「你可以命令我嗎？」

「什麼意思？」

「命令我，命令我進入新聞業，你做得到嗎？我還是想要你命令我……」她緊緊閉著眼睛說：「我真是個爛攤子。」

他說：「真搞不懂妳，但，好吧，如果妳一定要，我可以命令妳做這件事。」

她低聲說：「謝謝。」

「所以，我們就朝這個方向進行。我準備了一個小禮物給妳，幫助妳的新開始能夠順利。去找葳婁，她會告訴妳細節。」

「你對我真好。」

「沒事。這裡面也有我個人的考量。妳看得出來嗎？」

她搖搖頭。

他說：「妳會看出來的。」

那天下午，他一定又和葳婁深談了一次。十天來，她都對碧普冷淡以對，那天晚餐卻替她留了位置，而且特別友善。到了晚上，她在穀倉給碧普看一組已經被臉書使用者刪除、但像小陳這種等級的駭客還是可以從系統挖到的照片。照片裡是德州的一場派對上，一輛卡車後面放著一枚戰備彈的核彈頭。這枚彈頭不可能是實彈，但外觀和她在奧克蘭反核武研究會的簡報上看到的一模一樣。

接下來碧普連著幾個星期自學新聞。靠「陽光計畫」裡的一位駭客男孩幫忙，她與放上那組核彈照片的臉書用戶加好友，但也僅此而已，沒有進一步的收穫。她想去採訪空軍或武器工廠，卻不知道怎麼聯絡，就算知道，因為她是用類似Skype的通訊軟體從玻利維亞打電話，無法證明自己是記者。她因此對真正的記者產生了敬意，至於她自己要怎麼成為記者她感到無望。要不是安德瑞斯介紹她認識一位住在灣區的吹哨人，她可能就此放棄。那人有列治文市一處垃圾場污染地下水的資訊，碧普拿到資料，打電話給比較不那麼可怕的地方政府部門——她並不怕主動打電話給陌生人，說起來，她在再生能源公司至少學會了這點——然後她寫了一則新聞，接著，這則新聞神奇地出現在《東灣快報》的網站上，而《東灣快報》的總編輯又是安德瑞斯的粉絲。碧普的第二則新聞標題是〈客戶開發專員的懺悔〉，也刊登在《東灣快報》。這則新聞是靠葳斐幫忙，因為她一直批評內容無趣，碧普就一直修改，直到故事真的好笑為止。

到了一月初，她在《東灣快報》上又發表了兩則較短的新聞，都是總編輯指定她，靠打電話就可以採訪的題目。有一次安德瑞斯和她一起散步，建議她去申請網路雜誌《丹佛獨立新聞》的資料研究實習生。他說：「這家媒體的專長是調查採訪，還得過不少獎。」

她問：「為什麼要去丹佛？」

「我有我的理由。」

「《東灣快報》很喜歡我，我寧願在離我媽比較近的地方工作。」

「難道妳要我命令妳？」

從他們在科特茲旅館的那個早晨算起，已經過了三個月，她還是沒有放棄他會命令她上床的希望。

她說：「丹佛對我來說只是個地名，我對那地方完全不熟。但是，你要我去，我就去。告訴我到那邊要做什麼，我就會做。」

「我要什麼？」他抬頭看著天空，說：「我希望妳喜歡我。我希望妳永遠不離開我。我想和妳終老一生。」

「哦！」

「對不起。我非得在妳走以前，把這些話說出來。」

她想要相信他，他似乎也相信自己說的話，但她對他的不信任已經深入骨髓，進入神經。

她說：「好吧。」

「好。我不會要妳做太多事。如果妳得到了丹佛那個的工作——我想妳會得到——有了公司的電子信箱時，我就會寄一封電郵連同附件給妳，我要妳打開那個附件。那公司的總編輯，也是發行人，名字是湯姆·艾柏蘭特。妳要做的事情只有一個，就是打開附件。假如妳肯豎直耳朵，打聽《丹佛獨立新聞》是不是正在調查我，我會很感激。」

「他就是另一個知道你當年事情的人，那個記者。」

「對。」

「你要我當你的間諜。」

「妳怎麼想都行，高興就好。如果妳不想，也沒關係。除了打開附件，我唯一的要求是，絕對不要對那裡的任何人提起妳來過這裡，記得，就說妳從來沒有離開過加州。艾柏蘭特如果知道妳來過，肯定會對我作什麼，更不用說，也可能會傷害妳。」

一個黑暗的念頭在她腦海中出現。

她說：「我問沒有惡意，也許是我太喜歡當記者才這樣問，這位在丹佛的人，是你要我去當間諜的真正原因嗎？」

「真正原因？不是。部分原因？當然是。這件事對妳**以及**對我都有好處。我這樣說，妳懂了嗎？」話都說到此了，似乎不大方便再多問。她已經留著自己的心與身體，不給他。她還記得自己從史帝芬那件事得到的經驗：想要某人的心和身體，卻被當面拒絕，那種椎心之痛與淒涼。她也許不會再信任安德瑞斯，但她同情他，包括同情他的妄想。如果點一下滑鼠可以讓她少欠他、傷害他所產生的罪惡感能少一些，她就樂意點一下滑鼠。她覺得，這樣一來，他們的關係也許能畫下好的句點。所以，她去了丹佛。

她和《丹佛獨立新聞》的實習生喝了一晚上的酒，回到湯姆和萊拉的屋子時已經很晚了，沒想到萊拉坐在廚房外面的階梯上，裹著一件厚刷毛外套，還聞得到菸味。

萊拉說：「哈，被妳逮著了。」

「妳**抽菸**？」

「一年大概五支。」萊拉旁邊有個白色的早餐碗，裡面有四個捏熄的菸頭。她用手蓋住碗。

碧普說：「抽得這麼節制是什麼感覺？」

「哦，只是又一件不知道該怎麼辦的事情。」萊拉笑了笑，一副討厭自己的樣子，說：「有趣的人總是不知節制。」

「我陪妳一起坐坐，可以嗎？」

「冷死了。我正想進去呢。」

碧普跟著萊拉進屋。她擔心萊拉抽菸是因為她，她已經有點愛上萊拉，這種感覺跟她在玻利維亞愛上柯琳是一樣的。但從她搬來和萊拉以及湯姆一起住之後，就覺得自己造成他們摩擦。她也有一點愛上湯姆，因為她愛得起，也因為他的身體不吸引她——他比較老，比較**安全**。而很明顯地萊拉最近不只是嫉妒他們其中一人，而是嫉妒他們兩人。碧普知道，只要她搬走就可以解決問題，但她已經陷入了這個家，很難抽身。

萊拉在廚房裡把菸頭菸灰倒在一張錫箔紙上，揉成一團。碧普靠著之前喝的四杯瑪格麗特壯膽，跟萊拉說能不能問她一件事。

萊拉說：「當然可以。」邊說邊從冰箱中拿出咖啡。

「妳是不是比較希望我另外找地方住？妳覺得這樣比較好，對嗎？」

萊拉僵了一下。碧普覺得她有一種特殊的美，不是「陽光計畫」實習生身上那種讓人手足無措的美，而是一種成熟的美，讓人嚮往的美。萊拉看著手上的咖啡罐，一副不知道這東西怎麼會在手上的樣子，說：「當然不是。妳覺得我像是希望妳搬走的樣子嗎？」

「嗯，有一點。」

「妳這樣講我很難過。」萊拉快步走到放咖啡壺的地方，說：「妳可能是察覺到我的不安全感，但其實這跟妳沒有關係。」

「為什麼會有不安全感？我很敬佩妳。」

咖啡罐掉到地上。

萊拉彎下身，說：「抽了菸就會這樣。」

「為什麼要抽菸？為什麼凌晨一點半還要煮咖啡？」

「因為我知道我會睡不著，不如工作。」

碧普難過地說：「萊拉。」

萊拉看了她一眼，她的眼神比惱羞成怒還可怕，一種嚴厲的眼神，問：「**幹嘛？**」

「是不是出了什麼事讓妳煩心？」

「沒有，沒事。」她接著定了定神，問：「妳有收到我從華府發給妳的簡訊嗎？」

「有啊！看樣子這新聞比我們想像的更大。」

「嗯，基本上也就是這樣了。不過，只要一想到，可能有人會搶在我們前面寫出來，我就快崩潰了。」

「有什麼我可以幫忙的？」

「**沒有**。去睡覺吧，很晚了。」

碧普穿過樓上走廊時，聽到湯姆的鼾聲，不知道他今晚喝了什麼。她坐在床邊寫電郵給柯琳。她最近經常寫信給她，卻從沒收過回信。

對，又是我。我想到妳，因為我剛才撞見萊拉在房子後面抽菸，這情景讓我想起妳。我一直都在想妳。我知道，我只會背叛朋友。但我就是沒辦法，希望妳再給我一次機會。深愛妳的，PT。

喝醉了寫電郵絕對不是好事，但她還是按下傳送鍵。

她的問題是，她說自己只會背叛朋友，這是實話。她一啟用《丹佛獨立新聞》的公司電子信箱，就打開了安德瑞斯寄給她的電郵附件，然後，就後悔了。她一到丹佛，立即感受到玻利維亞沒有的和諧。跟她一起實習的都是一般年輕人，沒有女神，沒有天才；記者和編輯身形舉止粗拙、講話酸諷；勞動分工不分性別；辦公室氣氛嚴肅、專業，很酷，但高不可攀。安德瑞斯總是告訴實習生，**沒有人看得起洩密人**，所以，他才是該被同情的弱者。但是，「陽光計畫」既酷、名氣又大，怎麼可能是弱者？很多人都對安德瑞斯個人一窮二白以及他對「陽光計畫」的無私奉獻讚譽有加，可是碧普一想到記者和一般人一樣也有財務壓力，要養小孩，要還貸款，中午買個三明治充饑就要花掉四美元，就會想起她母親和那些在斐爾頓掙扎度日的鄰居。她在《丹佛獨立新聞》只待了六小時，就覺得比起待了六個月的「陽光計畫」更讓她有家的感覺。

還有萊拉。她不但外表和內在都很可愛，還有著姊姊般的母性，不會讓人覺得喘不過氣。她是得過普立茲獎的記者，但私人生活甚至比碧普還奇怪。還有湯姆，工作認真，但私底下是個傻蛋，從不在意別人對自己言論或長相指指點點。要說安德瑞斯好鬥又自負，湯姆則屬於內斂又好嘲諷的那一型。他對萊拉始終不渝的感情，不必說出來就感覺得到。大體來說，碧普這輩子就像隻無頭蒼蠅，不是綁手綁腳，就是老為了一些蹩腳的決定後悔莫及。碧普愛他們倆，當他們邀請她搬來一起住時，她彷彿覺得人生終於出現了重大轉機。

也因此，她在《丹佛獨立新聞》的電腦系統中植入間諜軟體、把安德瑞斯給她的核彈頭照片說成是她找到的，還在湯姆與萊拉面前說了十幾個謊，就更顯得事態嚴重。她修正了一些小謊言，沒被發現，也沒有造成太大的傷害或尷尬。但是，對那幾個大謊她卻不知道該怎麼辦，間諜軟體可能也還在電腦系統裡。此外，不僅萊拉對她沒有好臉色，湯姆也是看到她就不自在。雖然她非常尊重湯姆，不可能挑逗他，或對他耍質疑權威的小手段，但萊拉與湯姆對待她的態度都變了，這兩件事情合起來看，她疑心湯姆可能對她滋生了一些浪漫情愫。前天晚上湯姆帶她去看劇，似乎把她當成約會對象，已經夠讓她心驚膽跳了，沒想到他甚至放下戒心，在開車回家的路上，問了她一些私人問題。她跟他道晚安時，他的臉色非常蒼白，那天以後他就一直躲著她。

還有一件事情，葳婁最近寄了一封電郵給她。除了一些東家長、西家短的八卦，剩下的內容非常感傷，這倒是她沒想到的事。此外，這封電郵的附件是一張她和碧普在穀倉外的自拍照，照片標題如果是「阿爾發女孩與貝塔女孩」，倒是很貼切，但葳婁又不是沒有參與偽造碧普的記者證明，她當然知道「陽光計畫」的人若是想和她聯絡，唯一安全的方式是傳送加密簡訊，那麼，她為什麼要寄電郵？為什麼還用附件這種敲鑼打鼓、人盡皆知的方式？碧普只好自欺欺人，假裝忘記她正在湯姆家裡、用湯姆的個人無線網路上網，打開這封郵件。

總而言之，她很自豪今晚和其他實習生喝酒時，只喝了四杯瑪格麗特。她夾在謊言和家裡的緊張氣氛中間，遲早會再度失業，流落街頭，白費了這個人生轉捩點。她知道她該做什麼，她必須背叛安德瑞斯，把所有事情告訴湯姆和萊拉，但是，她不忍心讓他們失望。

如果她什麼都不說，就是在保護一個殺人犯，一個瘋子，一個她不信任的男人。然而，她卻不願意停止與他聯繫。雖然他把她的腦袋搞得一團糟，她卻因此得到一種不健康的樂趣：也把**他的**腦袋搞得一團糟——她才是那個人在丹佛、知道他的祕密、他必須提防的人。要不是他每天出現在她腦海中，讓她警醒這人不能信任，否則，他的力量、他的名聲，以及他對她另眼相看，都格外讓她產生性幻想。評鑑愛情的幾個特定指標中，他有好幾項掛零，但其他指標都打破紀錄。

每天晚上她就寢前都會發一則簡訊給他，還等他回了簡訊才關機睡覺。她轉念想想，和他上床，不會比打開他寄來的電郵附件更糟，或在道德上更墮落。為什麼、為什麼、為什麼她當時沒有把握機會和他上床？她已經知道他對湯姆的戒心根本是無的放矢，反而更後悔自己當初就這樣離開玻利維亞。因為，要是她和安德瑞斯在一起，犯下歡愉之罪，就不會犯下植入間諜軟體這種毫無意義、真正惡劣的罪。

沒有記者滲透，沒有調查採訪。

妳確定？

T好像喜歡你。他還沒有告訴L在柏林發生的事情。[13]

妳很確定？

對。相信我。

柏林的事，他說了什麼？

他說他認識你。

就這樣？

對！你可以不必胡思亂想了。

真像妳說的那麼簡單就好了。

她想把自己的私處照片傳給他，但她必須抗拒這個衝動。她是最新一批對他效忠的女人之一，木杓子顯然還在攪動她的腦袋。

不讓湯姆和萊拉知道她腦袋的狀態並不難，但腦袋的變化讓她決定從玻利維亞直飛丹佛，中途沒有轉去

13 T指湯姆，L指萊拉。

看母親。她母親可能會察覺她的心智狀態有變而提高警覺。碧普一到丹佛，就逼不得已必須對母親隱瞞實況。

她母親在電話中說：「純真，妳之前告訴我，在玻利維亞沒辦法找到任何跟妳爸爸有關的資料，是不是在騙我？」

「不是。我不會對妳撒謊。」

「所以，妳什麼資料都沒有找到？」

「對！」

「那妳告訴我，為什麼妳非得去丹佛不可？」

「因為我想當記者，那邊有實習的機會。」

「但是，為什麼一定要去丹佛？為什麼要去**那家**網路媒體？為什麼不找離家近一點的地方？」

「媽，現在也該輪到我有一段時間過自己的日子吧。妳年紀越來越大，到時候我會照顧妳的，難道我不能先離開幾年？」

「是安德瑞斯．沃夫要妳去那裡的嗎？」

碧普遲疑了一下，說：「不是。是那家網路媒體剛好有個實習機會，我就申請了。」

「難道全美國只有這家新聞機構在找實習生？」

「妳是因為它的時區不一樣才不高興。」

「純真，我再問妳一次，妳有沒有說實話？」

「有！為什麼妳要一直問？」

「因為琳達教我使用她的電腦，我看了他們的網站。我想親眼看看。」

「然後呢？網站很棒，不是嗎？他們的專長是長篇調查報導，非常認真。」

「我覺得妳沒有把該告訴我的事情告訴我。」

「我沒有！我的意思是，我**沒有**沒有告訴妳。」

除了對氣味非常敏感，母親對道德缺陷的感覺更敏銳。她聞得出來，碧普在丹佛做了些不對的事情，碧普也因此厭惡她。就是因為她母親對她說過的幾句話，她把安德瑞斯拒於門外；為了不辜負母親的期待，她也刻意表現得比好還要更好。雖然母親對她的努力並不知情，她還是覺得自己應該得到讚賞，而不是說教。

但是，母親到現在都還在生悶氣，不理會她的電話留言。如果電話打通了，她對碧普的問候，也不再高興地說個不停，反而用嘆氣、不吭聲，或是「嗯、啊」這種單音節字眼回應，弄得碧普真的火氣上來了，乾脆不打電話。碧普甚至沒告訴母親，她已經搬去跟湯姆和萊拉一起住。有一段時間，她覺得跟他們住在一起，證明了自己是對的：如果她的父母也像湯姆和萊拉一樣，她就會是個適應良好、做事實在的人。他們倆幫了她這麼多忙，尋找生父已經不再是十萬火急的事情。這種寧願爸媽是湯姆和萊拉的想法，讓她同情起人在斐爾頓獨居、精打細算、收入微薄的母親。碧普這輩子似乎都在密謀背叛每一個跟她有關的人。現在湯姆好像對她有意思，這等於又是另一次背叛的前奏，背叛她一點都不想背叛的萊拉。這使得她更依賴每晚與安德瑞斯的簡訊，和傳完簡訊後經常的手淫。她壯起膽子走出房門去洗手間，還聽得到湯姆的鼾聲，樓下傳來咖啡香和細微的鍵盤敲擊聲。碧普覺得萊拉很可憐，而湯姆若是真的迷上自己，她也覺得他很可憐。安德瑞斯當然也可憐，柯琳也可憐。顯然，可憐與背叛是有關係的。

她回到床上，發了一則簡訊給安德瑞斯。但現在已經太晚，不會有回覆，她按下傳送鍵後，應該就去睡覺，但她又追加了好幾則簡訊。

你的間諜軟體能夠自毀嗎？

我的意思是，反正T沒有隱瞞什麼事情。

我很為難，因為他們都是好人。

我擔心T對我有意思。

我要你硬硬地在我裡面。我要

最後一則簡訊還沒打完，她就開始刪除，因為那只是為了自慰助性；但她還沒刪完，就進來一則來自火山區的回覆。

妳對他也有意思嗎？

她嚇了一跳。玻利維亞這時候是凌晨四點。

不！他是萊拉的。

如果有，我不介意。

反正我對他沒興趣。

妳不必替我著想，假裝不喜歡他。

我沒有假裝。你也知道我喜歡的老先生是誰。

她等了十分鐘，東猜西想，等著他回應她的魯莽。她明白她之前做錯了，拒絕他兩次以後，還一直吊他胃口。但是，他們之間的簡訊往來，可以說是她現在最接近性生活的活動。她又傳了一則簡訊過去。

抱歉，塞給你沒興趣的資訊。你還在嗎？你是不是故意不理會我之前的簡訊？那個間諜軟體能不能自行解除安裝？

我決定不要妳了。

這則簡訊就像迎面一記重拳，嚇得她雙手抓不住手機。難道他在嫉妒湯姆？這時候重要的是把話講清楚，所以，她撿起掉進雙腿間的手機，一邊咒罵自己手發抖打錯字。

我好想跟你做愛。我後悔死了。

你在生我的氣嗎？

自己想辦法克服，我不要妳了。

沒生氣，只是實話實說。不要再傳簡訊給我，我不會回。

她身體一軟，倒向一邊，拉起被子蓋住頭，嗚嗚地哭了出來。她不知道哪裡做錯了，她不是**說了**她對湯姆沒興趣嗎？為什麼安德瑞斯要在這時候懲罰她？她在被子底下難過得翻滾扭動，一次次想要弄清楚他是什麼意思，卻一次次無法理解。被子成了牢房。她汗流浹背，把被子掀開，下樓去萊拉正在工作的餐廳。

萊拉問：「妳一直沒睡？」她露出擔心、毫不假惺惺的笑容。

碧普坐在桌子另一頭，說：「睡不著。」

「要不要吃一顆安必恩？我有很多。」

「妳可以跟我說妳在華府找到什麼嗎？」

「我去拿顆安必恩給妳。」

「不用。我只要坐在這裡就好，妳做妳的事。」

萊拉笑了出來，看著她說：「我喜歡妳直話直說的個性，我也想跟妳一樣，但一直做不到。」

她的笑容，稍微消除了安德瑞斯的殘酷簡訊帶來的刺痛。

萊拉說：「但我至少可以試試看。我工作的時候，不希望妳坐在這裡。」

碧普很受傷。「噢。」

「請不要介意，妳在這裡，我會覺得一直有人盯著我看。」

「我不介意，我會離開，只是……」爆發警告，爆發警告。「我不知道妳為什麼對我這樣怪怪的。我沒有對妳做什麼，我永遠不會做傷害妳的事情。」

萊拉臉上還是堆著笑，但眼神中有個東西在閃閃發光，一種很像仇恨的東西。「如果妳讓我專心工作，我會很謝謝妳。」

「妳覺得我是破壞別人家庭的人？妳覺得我不管怎樣都要破壞妳的家庭？」

「無心之過。」

「既然不是我的錯，妳為什麼要這樣？」

「妳知道妳爸爸是誰了？」

「我**爸爸**？」碧普擺出受到侮辱卻不知道原因的怪臉和手勢。

「妳難道不好奇妳爸爸是誰？」

「我爸爸怎麼會跟現在的話題扯在一起？」

「我只是問問而已。」

「好吧，真希望妳沒問。總覺得不管我走到哪裡，好像脖子上都掛了一個『小心惡犬，沒有爸爸』的牌子。我不是那種碰到年紀大一點的男人，就想跟他上床的人。」

「對不起。」

「我收拾收拾，明天就搬出去。如果妳覺得辭職也不錯，我就辭職。」

「我不希望妳搬走，也不希望妳辭職。」

「所以呢？要我改穿布卡[14]出門？」

「我以後會花更多時間陪查爾斯，這房子就是妳和湯姆的了。你們想做什麼就做什麼，不管你們想解決什麼事情，都可以。」

「**我們沒有什麼要解決的**。」

「我只是要說……」

「我以為你們兩個是理智、正常的人，這也是我喜歡你們的原因之一。真沒想到，我現在就像是實驗室老鼠，你們想知道我跟另一隻老鼠相處會發生什麼事，所以把我和那隻老鼠關在一起。」

「我沒有做那種事。」

「但是感覺很像。」

「我和湯姆有一些問題，僅此而已。我去拿一顆安必恩給妳好了，好嗎？」

碧普吃了安必恩，醒來時屋子裡只剩她一個人。窗外是科羅拉多州的灰白天空。她在這幾個月學到，下午的天氣變化是沒辦法從這種天色看出來的，可能下雪，也可能回暖。但她感激透著亮的多雲天氣，因為和她的情緒很搭。安德瑞斯終結了她，也等於釋放了她。她覺得傷痕累累，卻也覺得自己變得更乾淨。她把一些冷凍鬆餅加熱，吃完後，朝丹佛市中心的方向走去。

空氣的味道聞起來像春天，身後是白雪靄靄的落磯山脈，提醒她生命中還有許多事情沒做，例如去埃斯特斯公園，近距離體驗落磯山脈。她準備對湯姆懺悔後、回加州前，去做這件事。在冷冽的空氣中，她看得很清楚，坦白的時間到了。只要她還在深夜收發簡訊和自慰，就一定有**理由**替植入間諜軟體的行為辯解，還可以逃避對湯姆坦白時出現的可怕場面。理由是：她被安德瑞斯迷惑、奴役了。但是，不管當初她多麼熱切地喜歡上丹佛的生活，現在都已經沒有理由、也沒有必要試著留住這種日子。謊言，是整件事情的基礎，現在她想和盤托出。

她的決心本來很堅定，但一走到《丹佛獨立新聞》辦公室，觸景生情，想起她對這地方的感情時，就改變心意了。辦公室主空間的天花板燈沒開，有兩個記者在會議室裡，萊拉位置上的檯燈亮著，聽到她講電話的甜美聲音。碧普站在走廊上猶豫了一會兒，左思右想是不是還來得及不要懺悔。也許間諜軟體已經消失了？但是，讓萊拉不高興的事情並不會消失。如果她是因為湯姆喜歡碧普過了頭而生氣，那麼，徹底懺悔肯定可以將這件事畫下句點。碧普為了避開萊拉，刻意繞遠路走去湯姆的辦公室。

辦公室門開著。湯姆看到碧普時，立刻伸手抓住滑鼠。

她說：「抱歉，你在忙嗎？」

那一時之間，他滿臉歉疚，張了口卻說不出一句話。然後，他打理了一下精神，請她進來、順便把門關上。他說：「我們現在在戰鬥模式。或者說，萊拉正在戰鬥模式，我則在『照顧萊拉』模式。她神經最緊張的時候，就是擔心獨家被搶走的時候。」

碧普關上門，坐了下來。「我猜她昨天釣到大魚了。」

「嚇人的新聞，也是重要新聞。除了我們，沒人覺得這是好事。應該說，如果我們是第一個刊出來的媒體，對我們來說就是非常好的事。她晚一點會告訴妳細節——她需要妳幫忙。」

「真的有一枚真彈頭不見了？」

「對，也不對。彈頭根本沒有離開科特蘭，所以我們躲過了一場毀滅世界的大戰。」湯姆身子後仰靠在椅子上，日光燈的光線剛好照在他那副難看的眼鏡上。「這可能是妳還沒出生以前的事。從前，有一個世界

---

14 Burka，部分伊斯蘭國家婦女穿著的罩袍。

末日倒數計時鐘，我記得是『憂思科學家聯盟』想出來的點子。他們設定在午夜前四分鐘開始倒數計時，如果舉行了新一輪的限武談判，就往前撥到午夜前五分鐘。現在看起來，這個主意就像那個時代的其他事情一樣，多少有點假掰、無聊，哪有時鐘是倒著走的？」

他似乎在利用自由聯想這招好隱瞞什麼事情。

碧普說：「那個鐘現在還在用呢！」

「沒錯。」

「但你說的對，那東西過時了。現在的人，給他們看廣告還更有用一點。」

他笑了起來，說：「而且後來還發現，那個鐘在一九七五年開始倒數的時間根本不是差幾分鐘到午夜，不然我們早就死光了。其實是設定在九點十五分還是什麼的。」

碧普的懺悔倒數計時鐘，卻一直卡在離午夜只差一秒。

湯姆說：「不管了。萊拉現在非常焦躁。大家都以為她個性平和，其實她很好強。」

「我慢慢瞭解這一點，只瞭解了一點點。」

「幾年前她處理一則豐田準備召回汽車的新聞，一路大步領先，或者說，她以為領先很多，以為還有時間把新聞處理得滴水不漏，一次吃乾抹淨。突然，她陸續從幾個代理商朋友那裡聽到一些消息。應該說，是**他們打電話給她**，告訴她他們剛從《華爾街日報》那兒聽到大新聞。這些消息來源本來什麼事情都不知道，也從來沒有告訴她豐田準備召回的事情，現在卻知道得一清二楚！她聽說《華爾街日報》的記者整晚沒睡在寫初稿，又聽說律師已經過目，認為沒有問題，可以見報。記者最不想寫的東西，就是引述兩天前還落後很多的記者的報導。萊拉昨天發現，《華盛頓郵報》顯然也在處理科特蘭的新聞。我們現在仍然領先，但可能領先不多。」

「她正在寫初稿？」

「好幾個晚上沒睡覺，就在搞這個。我寧願這條新聞被人搶先，也不願意看到她這副模樣。妳要幫我，盡量讓她保持清醒，至少要一半清醒。」

碧普聽了，後悔自己昨晚責怪萊拉，還懷疑她工作壓力過大可能不是真的。

湯姆這時身體前傾，說：「趁妳還沒走，我想問妳一個私人問題。」

「其實，我也有些事……」

「前幾天晚上我們談起妳父親。我一直在想……妳是個很棒的資料研究員，有沒有試過找他？」

她皺起眉頭。為什麼最近總有人問起父親的事情？當她的心境處於罪惡模式的時候，會出現一種古怪的想法：**安德瑞斯**是她的祕密父親，也因為如此，她母親對安德瑞斯才有如此強烈的敵意，而湯姆和萊拉呢，因為已經發現了間諜軟體，才會更瞭解她，甚至比她自己還瞭解。安德瑞斯是她爸爸，這個想法很瘋狂，但自有一套邏輯，病態、罪惡的邏輯。

她說：「有啊，我試過了。但我媽媽很會掩飾行蹤，我只查到她的假名，還有我大致的出生日期。雖然我的身高、體重，還有我念的年級大致都跟那個日期搭得起來，但我知道我的出生證明是假的。」

湯姆這時看著她，一副憂心忡忡的關愛表情。她的眼睛往下看。

她說：「你得知道，我不算是個好人。」

「妳在扯什麼？妳哪裡不好了？」

她深吸一口氣，說：「我不是一直都很誠實。」

「哪些事情？跟妳父親有關的事情嗎？」

「不，那些都是真的。」

「所以呢？」

她想著：**快說啊，說我是從玻利維亞來的，不是加州⋯⋯**

有人輕敲了一下門。

湯姆馬上站起來，說：「請進，請進。」

是萊拉。她對湯姆說話，眼睛卻看著碧普。「我剛才和珍奈爾・傅雷能通電話。我昨晚在想她跟我說過的一句話，大意是『總該有人聽聽我的說法』。」

湯姆疼惜地說了聲：「萊拉。」

「你先聽我講完。我不是疑神疑鬼，她的確說了這句話，我剛才打電話問她，結果沒錯。在我之前，她先和其他人談過這件事，在柯迪還沒把臉書照片刪除以前，她就發了訊息給那個**有名的洩密人**，用她的話說，就是『好像叫陽光男孩？』的那個人。唉，陽光男孩，不就是每個人有線索都往那邊送的地方？」

這時，碧普身上雙重通紅，先出現輕微的紅，接著是一波全身燃燒的紅。

湯姆問：「那又怎樣？」語氣不是那麼和善。

「結果，傅雷能太太沒有接到回音，什麼回音都沒有。」

「很好。皆大歡喜。他在玻利維亞能做個屁。這種新聞，一定要有記者在現場採訪才行。」

「但沃夫到現在都沒有公布那些照片。他每天上網公開二十件祕密，而且從不把關。但是，這件事不知道什麼原因，一直沒有公開。」

「我平靜無波地不擔心。」

「我翻江倒海地擔心。」

「萊拉，他掌握了這訊息快一年，有什麼道理突然在這五天內拿出來？」

「這種新聞要看時機，時候到了，一晚上就會突然變成話題。如果現在又有人爆料給他，他就會壞了我們的大事。這新聞若被華郵搶先，已經夠嘔了，但要是被**那傢伙**先曝光……」

「妳再不好好休息，就會變成驚弓之鳥。妳是控制新聞進度的人，只有妳才搞得清楚阿馬里洛和阿布柯基的來龍去脈。」

「偷新聞的事情，從古至今沒有少過。」

「如果妳真的覺得會被人搶先，還是擔心華郵好了。」

萊拉臉上露出一抹慘笑，說：「那邊我也很注意。但是，科特蘭的禁藥醜聞，他們一定領先我好幾天，甚至好幾個星期。我沒辦法一邊確認核彈新聞，又要管禁藥的新聞。」

「那新聞的周邊效應就夠妳寫了。如果華郵禁藥新聞的細節比我們多也沒關係，只要我們先刊出來就行，讓他們替我們增色。最糟的情形是，他們先發了禁藥新聞，我們還跟在他們後面發世界末日的新聞。」

「你確定不要跟他們合作？」

「要我跟傑夫．貝佐斯[15]的公司合作？真不敢相信這話妳說得出口。」

「那就要有心理準備，我可能會搞砸。」

萊拉離開的時候，湯姆從後面看著她說：「我討厭她現在的樣子。她一碰到挫折，就好像世界末日來了一樣。」

碧普這下子懷疑自己搞錯了，他說這話的樣子，完全像是全世界誰都不愛只愛萊拉的男人。

他問：「妳有沒有帶手機？」

15 Jeff Bezos，電子商務公司亞馬遜的老闆，他於二〇一三年以兩億五千萬美金買下《華盛頓郵報》。

「我的手機？」

「我想打幾通電話去華郵。撥幾個號碼，看看這星期六誰上班。如果那幾個人不在，她就可以不必那麼擔心。」

雖然碧普來這裡的目的是要懺悔，這時卻想說自己沒帶手機，因為她的手機裡都是可以將她定罪的簡訊。但說自己沒帶手機，不僅愚蠢，而且沒有人會相信。她把手機交給湯姆時，就好像交給他一枚小型炸彈。她走出他的辦公室，站在門外，希望她與手機的近距離能阻止他讀她的簡訊。

她知道她失去了勇氣，今天不可能懺悔了。如果，事情就像她現在懷疑的，湯姆對她有興趣是她的誤解，那麼，只要能移除安德瑞斯的間諜軟體，她的處境就沒有那麼可怕。湯姆笑著從辦公室走出來以後，她一拿到手機就去洗手間，把自己鎖在廁所隔間裡。

因為你不想要我，所以你一定覺得我是個爛人。也許我真的是個爛人。就算是好了，你還是要告訴我，你能不能移除那個間諜軟體。如果能，請務必移除。因為你，我現在的處境很尷尬。我希望我從來沒有遇見你，希望把人生那一段全部刪除，在這裡重新開始生活。如果你還關心我，請回簡訊。如果我一直沒有收到你的簡訊，我就會告訴T所有事情。沒錯，這是威脅。

她發完簡訊，走到萊拉的工作區，萊拉又在講電話。碧普站在走道上，低著頭，讓自己看起來一副悔不當初的樣子。

她等萊拉掛了電話，說：「如果我讓妳覺得一直有人盯著妳看，我向妳道歉。妳是不是還在氣我，不讓我幫妳忙？」

萊拉本來似乎想說些氣話，但硬生生停住，沒說出口。

她說：「我們不談這個。這星期，妳的角色是記者，不是資料研究員，也不是我家的房客。妳覺得妳可以跟我一起工作嗎？」

「我喜歡跟妳一起工作。」

碧普的第一個任務，是蒐集田納西州那兩位遭人以處決手法致死女子的基本資訊。她找到的資訊與萊拉對她說的那個駭人聽聞的故事一致。這兩人是姊妹，娘家姓肯納利，在不同的城市被綁架，時間只差幾分鐘，兩具屍體都沒有遭到性侵的跡象。警方的正式說法是尚無線索。碧普忙著盡量蒐集這兩人的哥哥理查住院與失蹤的資訊時，想起昨晚威脅萊拉自己要辭職，真是任性又孩子氣。雖然和湯姆與萊拉一起住顯然是個錯誤，但工作不是。

她不停地去洗手間檢查有沒有簡訊進來，但一直到她和湯姆回家，吃了一頓遲來的晚餐，準備上床，也就是平時收發簡訊的時段，才收到安德瑞斯的回覆。

我會問小陳有什麼辦法。

她關掉手機，沒有回訊。他發誓不再傳簡訊給她，她卻逼著他食言，這種感覺很好，比較不像個孩子，而是個擁有一些力量的成人。是不需嚴守道德戒律的那種成人。不過，話說回來，道德絕對主義不也挺幼稚的？在市中心區、桌子旁邊，萊拉正強忍著個人痛苦，過了半夜還獨自坐在辦公室寫新聞，因為她是成年人。碧普從她的韌性，體會出瞭解安德瑞斯的新角度：他是一種兒童與成人的混合體，樂此不疲地打翻裝著祕密的罐子。她想起他的手伸進她褲子的不愉快感覺，下半身不由自主地反應。她瞭解，或是說，她以為自己瞭解成年人有面對現實、保守祕密的能力。雖然，就許多方面來說，她母親就像個頭髮花白的孩子，但至少，母親在這方面是個成年人。她保守祕密，並為此付出代價。碧普腦海中出現一幅畫面，她仍然留在《丹佛獨立新聞》工作，她所知道的、已經做了的事都放在心底，不懺悔。就像萊拉說的：**我們不談這個**。

接下來幾天，這種新的、長大的感覺一直沒有消褪。那幾天，萊拉為了查證新聞，又跑了一趟華府，回來時得意之情溢於言表，但也更焦慮。（一個消息來源跟她說：『妳可能不是唯一在追這新聞的人。』）接著，她又連夜把新聞初稿寫完。到了星期四早上，律師開始審稿。碧普也睡得很少，但她知道新聞見刊時，她可以獲得掛名「協助報導」的獎勵。她完全沒有空閒時間去想安德瑞斯或間諜軟體是不是還在資訊系統裡面等等問題，她像個瘋女人一樣，拚命做事實查證。辦公室裡的懸疑氣氛既愚蠢又緊張。愚蠢，因為整件事只是與社會功能無關的遊戲而已（就算他們比華郵早一小時或早一天刊出新聞，與社會何干？），而緊張的那一面，就像當年「曼哈頓計畫」[16]令人緊張一樣。他們為了造出這枚新聞彈已經忙了好幾個月，現在就等引爆炸彈的時機來臨。

這新聞在星期五早晨刊出來了，那時她還在查證一些比較不重要的事實。

德州核武工廠示警，新墨西哥州熱核彈險遭竊

失蹤嫌犯與墨西哥黑幫關係密切，另涉科特蘭空軍基地違禁藥品案

萊拉因為發燒先回家，她希望在接受全國公共廣播電台與各有線電視台訪問之前，能好好睡一覺。社交媒體團隊已經待命，辦公室裡響起的手機鈴聲似乎比平常更頻繁。但除此之外，辦公室並沒有受到這枚新聞彈爆炸的影響，其他記者手上都有自己的新聞要忙，湯姆則關在辦公室裡已經一個多小時。爆震波與輻射脈衝已經在網路上出現。

資訊部門經理肯尼・汪寶德走到碧普桌子旁時，她正在與「音速」連鎖速食店的經理講電話，希望能聯絡上菲莉莎・巴布科克。菲莉莎以死亡炸彈助性的故事，只勉強擠進新聞的一小段。汪寶德在桌旁等著她抄寫下菲莉莎的上班時段後，告訴她湯姆找她。她不情願地離開座位。檢查事實的工作完全符合她的潔癖強迫心理，只要刊出的新聞中有未經查證的資訊，無論大小，她都會坐立難安。

湯姆坐在桌邊，十隻手指扣在一起，抵住嘴唇。由於手指互扣的力道太大，關節都變成白色。他說：「把門帶上。」

她聽他的話，關了門，坐下來。

他問：「誰派妳來的？」

「剛才？」

「不是。誰派妳來丹佛？我知道是誰，所以妳最好老實告訴我。」

她張開嘴，又閉上。她剛才的心力全放在查證事實上，完全沒想到湯姆和資訊部門經理關在房裡談話，可能跟她有關。

他眼睛沒看她，只說：「妳也看得出來，我現在心煩意亂。但我願意考慮，這件事也許不能全怪妳。所以，妳該說什麼就說吧。」

她話到嘴邊又吞了回去，接著再試一次：「我本來想坦白的，上星期六。但最後我沒說，對不起。」

「那就現在說。」

「我不想說。」

---

16 二戰期間，美國祕密研發原子彈的計畫代號。

「為什麼不想說？」

「因為你會恨我，萊拉也會恨我。」

他把一份釘書機釘起來的文件從桌子那頭丟過來，說：「這是肯尼給我的公司網路現狀報告。我們的資安狀況非常好。人類已知的、任何形式的間諜軟體，我們都有方法阻擋。但顯然我們漏了一個人類還不知道的間諜軟體，也從沒看過它的數位簽名檔。調查是花了點功夫，但肯尼還是找出它從哪裡來的。」

碧普的眼睛沒辦法正常運作，報告上的文字一片模糊。

湯姆問：「妳知道這事嗎？」

「不完全知道，但我的確擔心過，我打開了不該打開的附件。」

他把另一個文件丟到她面前。「這個呢？這是我家電腦的調查報告。妳有沒有在家裡打開任何可疑的附件？」

「有一個……」

他用力拍桌，說：「說出名字！」

她嗚嗚地說：「我不想說。」

「我家電腦的硬碟給人東翻西找了兩個星期。我們雇用妳三天後，我的人脈資訊就像一本隨便什麼人都可以翻的書。我們剛剛刊出的新聞是打哪裡來的？把那些臉書照片給我看的是哪個實習生？我們現在知道，那個洩密人去年夏天就已經拿到那些照片，那人叫什麼名字？」

「我不知道。」

「說出來！」

她哭了出來，說：「對不起！我很慚愧！」

湯姆把一個面紙盒推到她面前，雙手交叉，等著她平復情緒。

她邊抽噎邊說：「我那時的確說了謊。我在玻利維亞待了六個月，在『陽光計畫』。臉書照片就是在那邊拿到的，從**他**那裡拿到的，這點我也騙了你。每一件事，我都說了謊。我很對不起，我知道我闖大禍了。」

「妳真的知道妳闖了禍？」

「真的！我們所有的祕密消息來源、資料庫，所有事情。我知道。我得到教訓了。我很對不起，非常對不起。」

湯姆的眼睛盯著某個看不見的東西，不是她。

她說：「我在奧克蘭認識一個德國女人，她希望我去玻利維亞，說『陽光計畫』可以幫我找到我爸爸，所以我去了，他是——」

「把名字說出來。」

「什麼事情，說出來。」

「我不能。但他對我特別有興趣，而且他告訴我的一些事情，我想你可能也知道。」

「他殺了一個人的事情。他把這件事告訴了另一個人，就是你。然後我放棄了，不想再找我父親，想離開那邊，然後他就要我來這裡。他擔心你會把他殺人的事情曝光。他寄給我帶附件的電郵，我知道那裡面有什麼，但我還是打開了。但我發誓，我只做了這些。」

湯姆的指尖用力地按著額頭，問：「妳為什麼要替他做這些事？」

「我也不知道！我覺得他很可憐——他對待我的方式非常強烈，我覺得應該要有點回應。我也回應了，但我也有壞心眼。我的意思是，他那麼有名，我把持不住。但後來我覺得我不喜歡他，他受傷了。然後，我也不知道，我猜，我覺得我好像虧欠他什麼。然後，我到了這裡，我很高興——整件事回想起來，就像個可怕又骯髒的夢。」

「就是骯髒。」

「我沒有跟他上床，我沒有。」

「妳跟誰上床關我什麼事？」

電話鈴聲響起，湯姆看了看號碼，拔掉電話線，但眼睛還盯著話機。

她說：「不管怎樣，我是共犯，你要報警就去吧。」

「報警又能怎樣？」

「懲罰我。」

「老實說，我受不了說謊的人，妳最好辭職回家陪妳媽。我沒有力氣懲罰妳。」

碧普從來沒有被逮捕過，也沒有被叫到校長辦公室或被任何年紀足以當她父親的人厲聲教訓過。她的確做過一些壞事，但從來沒有做過裝可愛、裝可憐、或者裝無辜都無法逃過一劫的壞事。雖然她每次都能逃過嚴厲懲罰，但是，該來的總是會來，只不過這回抓到她做壞事的人是湯姆，這實在太殘酷，也太不尋常。湯姆成熟，又有男子氣，雙頰剃得精亮，禿頭，領帶歪斜，眼鏡款式與時尚背道而馳，這些似乎都代表他是個不說廢話、一板一眼的人。除了湯姆，她想不出還有誰比他更嚴厲，他是她最不願意搞砸的對象。她覺得自己既可憐又可悲，世上男人這麼多，偏偏她背叛的就是這個男人，對她失望的也是這個男人。

他翻了翻手上的資訊部門報告，說：「我其實不大擔心辦公室的資料外洩。那傢伙的事業靠的是保護消息來源，我認為他也會保護我的消息來源。最壞的情況是他會想辦法挖走他們。我擔心的是我家裡的電腦。」

碧普說：「對不起。我真的太笨了。在『陽光計畫』工作的一個女孩寄給我一封帶附件的電郵。我根本不該打開那個附件。」

「那天以後，妳有沒有經常侵入我家電腦？」

「我？沒有！我的意思是，怎麼可能？難道你的電腦沒設密碼？」

「那個間諜軟體可以記錄按鍵順序。」

「我完全不知道。我甚至不知道裡面有間諜軟體。我的意思是，我擔心那個附件可能是間諜軟體，但我不知道是不是。」

「他沒有寄給妳密碼？」

「沒有。」

「也就是說，妳沒有看過我的硬碟，他也沒有寄給妳那個硬碟裡的文件。」

「沒有！我們已經斷絕聯繫！」

「我為什麼要相信妳？妳從頭到尾都在騙我們。」

「我把你和萊拉當成英雄。我絕不會監視你，也絕不會看任何我不該看的文件。我很崇拜你們。」

「如果他現在寄給妳一份文件呢？妳會怎麼做？」

她說：「如果我知道那是你的文件，我就不會看。」

湯姆因為一直憋著氣，兩邊肩膀愈縮愈緊，終於，他慢慢吐出那口氣。他又盯著某個看不見的東西。碧普好奇，到底是什麼文件有這麼大的威力，讓他擔心萬一她看了的後果。跟其他男人相比，她無法想像天底下有誰比他更無不可告人事的。

〔 le1o9n8a0rd 〕

我和安娜貝爾的一段情，是從離婚判決生效那一刻開始的。紐約州法律承認的離婚判決要件不多，其中之一是「遺棄」，她認為這是最能形容她受到的不平待遇。而我接受了判決中載明我「遺棄」她，就能換到繼續承租東哈林區那間寶貴的房租管制公寓[1]的資格，她則一個人搬到紐澤西鄉下。因為要她來曼哈頓根本免談，所以我必須搭公車沿著125街從東坐到西，再轉地鐵到168街，再轉一趟時間更長、每次坐到最後都想吐的公車，跨越哈德遜河，穿過愈來愈多新建的社區，最後才到達內特孔區西北方那一片丘陵地。

這趟路程，二月時我跑了兩趟、三月兩趟、四月一趟。五月最後一個星期六的清晨，我前晚喝醉，才睡下不久，電話就響了。我會接起電話只有一個原因：不想聽到鈴聲響個不停。

「啊，」安娜貝爾說：「我還以為會是答錄機。」

我說：「那我掛了，妳留言吧。」

「不。我三十秒就可以講完，我發誓，不會又跟你沒完沒了。」

「安娜貝爾，少來了。」

「我只是要告訴你，我不同意我們的關係像你形容的那樣，我完全不能接受。好，講完了。」

「妳不同意，就永遠不要打電話給我不就得了？」

她說：「我不想跟你沒完沒了，但我太瞭解你的手段。我不出聲，你就會認為我投降了。」

「妳忘記了嗎？我答應過妳，絕不會因為妳不講話就當妳投降了。這是我們上次說好的啊！」

她說：「我要掛了。湯姆，你起碼可以誠實一點，承認你上次答應我，其實是在耍賤招；你打的主意，不就是你說了算嗎？」

我把電話放在床墊上，靠近耳朵和嘴巴的位置，說：「接下來妳是不是要說，這次講電話要是超過三十秒，一定都是我害的。或是，妳還有別的事情要講，還沒輪到這一句？」

她說：「不是，我要掛電話了。但有句話我一定要講清楚，你對我們關係的看法完全錯誤。就這樣，我掛電話了。」

「好，就這樣，再見。」

但是，她不可能就這樣掛電話，我也絕對忍不下心掛她電話。

她說：「我不是要怪你，但是浪費我的青春，然後又遺棄我的人就是你。我可是知道我在這邊過得很快樂，這絕對跟你無關。事實上，我過得很不錯，一切都很好。當初說我『不具備』面對『真實世界』能力的那個人，現在傻眼了吧！」

「浪費我的青春，然後又遺棄我。」她用我講過的話戳我，我也把她講過的話拿出來用。「妳這不是故意要吵架嗎？不是說只要留言三十秒？」

「我若有機會掛電話早就掛了，要不是因為你的**回應**……」

「我的回應？安娜貝爾，非要我提醒妳嗎？是妳先拿起電話打來，我才接電話的，不是嗎？」

「對，我知道，都是因為我太依賴你了，對不對？我就是這麼悲哀，不依賴人就活不下去。」

我們上一次狂歡是四個星期前，但我想不起來那次有快樂或自在的一刻。每次狂歡過後，我都覺得傷痕累累，受盡折磨，記憶力出現好幾個不對勁的彈坑。但是，也同時出現一種模糊且病態的渴望，想要再來一次。

我說：「我問妳，妳是不是想跟我在一起？是不是要我過去？妳打電話來就是為了這個，對不對？」

「不！我不想跟你在一起！拜託你，求求你，讓我掛電話！」

---

1 地方政府為了保護房客權益，管制部分房屋不得漲價，或每年漲價不得超過一定比率的法律。

我說：「妳打電話來的時候——至少以前都是這樣子——不都是一開始說不要我去陪妳，講了幾個小時以後才漏點口風，原來心裡一直想跟我在一起。」

她說：「如果**你**想過來看**我**，就應該有禮貌一點，該說什麼就說什麼——」

「然後呢——」

「像個彬彬有禮的男士，想跟自己仰慕的女士共處，與其用惡意的**指控**當作邀請，不如——」

「然後呢，然後時間又**太晚了**。也就是說，等到我們真的碰面了——也就是妳真正想要卻偏偏不明講的——時間就真的太晚了，然後呢，我們，免不了就一起睡了——」

「沒想到你這麼陰險！你在扭曲事實，講得像是**我**想要，而不是你想要；像是**我**過得很慘，而不是你過得很慘。我——」

「免不了就一起睡了——」

「我不想和你一起睡！我不想看到你！我打電話給你不是要講這個，我打電話給你，是要講一件很簡單的事——」

「等到了真的該『睡』的時候，大概已經清晨三、四點了。然後，我一想到還要花三個小時回來，再上一整天的班，就鬧得不歡而散，每次都一樣。我可沒說我要過去，只是提醒妳。」

她說：「如果你能過來，我們一起散散步也好，我會很高興。但是，你得先說是**你自己**想要過來的。」

我說：「又不是我打電話給妳的。」

「但是，要不要在一起是你先講的，所以，現在你只要誠實一點就好。」

「妳也想要嗎？」

「不想，除非你想，而且你要像個人一樣，說出來你想。」

「哈，怎麼我跟妳的想法一模一樣。」

她說：「你聽好了，電話是我先打的，你起碼可以——」

「可以怎樣？」

「你以為你放下戒心半秒鐘，我就會趁機**傷害**你嗎？你以為我會幹什麼？把你變成我的奴隸？強迫你再娶我？我們只是去散步，老天，只是散步而已。」

這種對話，只要起了頭，就會講上兩個小時停不下來。甲方千方百計想要證明，因為乙方的陳述先出現關鍵性的錯誤，才會導致雙方無法停止對話；乙方則質疑甲方對於因果關係的陳述不實。由於雙方並無書面紀錄，甲方不得已，必須憑記憶重建雙方對話內容與其言外之意，但乙方對於關鍵部分的記憶與甲方不同，所以雙方必須花費大量時間一起整理、比對各自重建的對話內容。我不想耗兩個小時在這種事情上，所以才答應她去紐澤西州，一起散散步。

安娜貝爾淨化靈魂的地方，是蘇珊父母親的土地。蘇珊是她唯一的粉絲，年紀比她小。我要求離婚後第一件事就是和蘇珊上床。她那時充當安娜貝爾的和事佬，約我吃晚飯，想要說服我慎重考慮不要離婚，但她每天晚上跟安娜貝爾講兩小時電話，聽安娜貝爾抱怨我、抱怨紐約藝術圈，已經聽到耳朵長繭，反而讓我成功說服她對安娜貝爾不忠。那段時間，我一定想盡了辦法讓安娜貝爾跟我一樣想離婚。可惜，事與願違。她最後跟蘇珊絕交，並指責我為什麼不能放手，非要偷光、或是弄髒她僅剩的幾件東西。這件事的結局是，根據她奇怪的道德方程式計算後，我和蘇珊都虧欠她，所以，我不能拒接安娜貝爾的電話，還要三不五時陪陪她；而蘇珊呢，一來她父母已經搬去新墨西哥州，二來他們想要賣掉這房子，但開出的價格不符行情，遲遲無法脫手，所以蘇珊就讓她住在紐澤西那棟房子。

玻璃窗結霧的公車，在樹林中一處無名小交叉路口停車。我下車後，有不到一秒鐘的時間，視力因為眼球太潮濕而模糊，就像暑熱強制施行的大氣禁令，感覺每一樣東西都離我很近，而且綠意盎然，如同溫室。我看到安娜貝爾從藏身的幾棵樹後面現身，臉上笑意盈盈，怎麼看都不對勁。我也堆起一個古怪又不對勁的表情回敬她。

「你好，湯姆。」

「妳好，安娜貝爾。」

她一頭烏黑秀髮在蒸人的暑熱下看起來更濃密、更亮麗。除了睡覺和打坐，她每天花最多時間做的事，可能就是照顧頭髮。除了細心保養，也常染髮。她穿著一條沒束腰帶的燈芯絨褲和一件貼身短袖格子襯衫，褲子上緣和襯衫下擺中間露出小肚子，那跟十三歲女孩的肚子沒有兩樣。她今年三十六歲，我呢，差兩個月三十四歲。

我正要走近她，她說：「我准你再靠近一點。」

我正要停下腳步的時候，她又補上一句：「算了，不准。」

公車的廢氣還沒散盡，路上蟲子亂飛。

我說：「我們倆還真是非常完美地不搭。」

她說：「是嗎？也許只有你覺得不搭，我可不覺得。」

我本想說，按理她不可能跟一個與她不搭的人很搭，但我得小心邏輯樹的問題。她說的每一句話，我都會相應產生不同的回應方式，每一個回應又會使她產生不同的反應，然後，針對她的反應，我又會生出許多不同的回應方式。我知道，很快我就會被她的反應帶到第八或第十根分枝，站在上面搖搖欲墜，陷入險境。我也知道，要沿著同樣路徑，從第八或第十枝樹枝爬回剛開始出發的公平起始點，不僅慢，而且只會愈爬愈沮喪。因為往回爬時，她一定也會產生各種不同的反應，這又必然導致我產生一定比例的複雜回應。所以，我早就學乖了，只要和她在一起，從一開始我就要非常小心，不要亂講話。

我說：「我應該先告訴妳，我一定要趕上今晚回城的最後一班車，很早，好像是八點。」

安娜貝爾露出難過的表情，說：「我不會不讓你走。」

我下車的第一分鐘，灰暗的天色就緩慢平穩地變得不那麼灰暗。汗水濕透我全身，像是有人打開了烤箱開關。

安娜貝爾說：「你總以為我想留住你。因為你不想來的時候，是我要你過來，而你想走的時候，是我想辦法讓你留下來。腳長在你身上，你卻總認為我在控制你。所以，如果**你**覺得很沒勁，將心比心，想想我是什麼感覺。」

我小心翼翼地回說：「我先告訴妳我要搭那班公車回去，是因為我遲早都得講。如果我晚一點才說，妳可能會覺得我想瞞著妳。」

她不高興地甩了甩濃密的黑髮，說：「我當然會失望。你一定要搭八點十一分的公車回去，我當然會心碎。你人站在這裡，心裡卻想著：那個『前』什麼的人，甩也甩不掉，逼得我不能呼吸。什麼時候告訴她這件事最好？」

我指出：「嗯，早講、晚講都有風險，妳現在說的話不就是證明？」

「我不懂你為什麼老是把我當敵人。」

大馬路另一頭出現幾輛車開來。我走到安娜貝爾站的小路上。她問我，我有沒有想過，如果我不在這裡過夜，她會**很難過**。

我說：「也許，有一點點。但是，原因只有一個，因為妳說妳明天一整天沒什麼事。」

「我哪有那麼多事？」

「沒錯，那妳為什麼要刻意提明天沒事——」

「所以，你馬上就認為我說我明天沒事是在威脅你。如果你決定明天不陪我，我們就有得吵了。」

我深吸一口氣，說：「這樣講也對。」

她說：「嗯，很好。我也要告訴你，我現在突然不想看到你了，就這樣。」

我說：「沒關係。但是，妳可以在請我過來之前，在我花了半天時間坐公車之前，先告訴我。」

「我沒有請你過來，我是接受你的邀請才出門跟你見面。這差很多，好嗎？尤其是你人都來了，全身上下卻充滿敵意，一開口就告訴我什麼時候要走人。開口第一件事！」

「安娜貝爾。」

「**你**搭公車搭了一整天，**我**坐在這裡等你。誰比較慘？誰比較可憐？」

跟她一起做邏輯樹分析實在很丟臉。以前很丟臉，是因為再細微末節的地方，我都必須充分準備，才能跟她一搏。現在很丟臉，是因為我已經過了十二年這種水深火熱的日子，現在還得繼續過下去。就像明知吃了某種毒品完全不會嗨，還是自行吞食一樣。這就是絕對不能讓人知道我們見面的原因。除了樹林深處，我們沒有別的地方可去，不然，我們都會覺得很羞恥。

我說：「可以去散步了吧？」說著揹起背包。

「好。你以為我想站在這裡說話？」

我們走在近史托克斯州立公園邊界的小徑上。今年春天降雨充足，山溝裡的植物、片片相連的草地，以及石坡上的林地到處綠意盎然。空氣中都是花粉，樹枝上可見團團點點明晃晃的種子，以及肥厚鼓脹的葉子。我們勉強擠過一個生鏽的門，往下走上一條舊泥土路，這條路被過度沖刷變得不像路，反而像小溪的溪床。兩側的雜草可能很快就會後悔長得太茂盛——生長過快的雜草，就像吃了類固醇的雜草，很快就要傾倒變形、變醜——草長逼得我們只能一前一後地前進。

安娜貝爾說：「我猜，你不會准我問你為什麼『一定要』今晚回去。」

「不見得，妳問吧。」

「如果你『一定要』回去，是因為你要跟女星薇諾娜．瑞德一起吃早午餐，我可受不了。」

我既然離婚了，理所當然會跟更年輕、更漂亮的女孩約會。這點，已經成了安娜貝爾每次都要拿出來說嘴的主題。其實我隔天不是約了人吃早午餐，而是晚餐，對象也不是女性，而是安娜貝爾十多年沒見、也不想見的父親。雖然我和她都是言而無信的慣犯，但這次我還是自欺欺人，相信自己再也不會跟她聯絡，以後也不必擔心和她父親見過面會被她數落。

安娜貝爾說：「現在的女孩兒不就是最喜歡這一套嗎？『早午餐』約會？我告訴你，英文裡面最噁心的就是這個字。洛林鹹派和煎香腸滲出來的油混在一起，怎麼有人受得了。」

「我一定要回去，因為我得補個眠，我昨晚幾乎沒睡。」

「噢，對啊，是我把你吵醒的，你還沒為這件事罰我呢。」

我逼自己不要回應。上次來找她以後，我強壓著好幾大段享受狂歡的過程，不讓它們在腦海中重播，現在，這些片段又冒了出來；但不像回憶，而像重溫。過去和未來在湯姆和安娜貝爾的國度中交會。此刻紐澤西州的天空就像低矮的蒸氣浴室，伸手就能摸到翻騰攪動的蒸氣，一下子這一角暗了，一下子另一角透出明亮的黃光，光線出現的時間與地點完全沒有規律，因此，我根本不知道太陽的正確位置，更別提判斷現在幾點、哪裡是東、哪裡是西。安娜貝爾領著我進入雷納不族[2]當年出沒的樹林時，我的方向感流失得更嚴重。

2 居住在德拉瓦河谷附近的原住民族。

在那樹林裡，五或一、七沒有不同、上個月跟明天下午混成一片。

安娜貝爾一直走在前面，燈芯絨布包著的臀部直入我的視線。她的長腳像鹿，帶著我走在鹿徑上，看到有點像毒藤的植物就避開。我們還在一起的最後幾年，她營養不良，一副隨時會賠上小命的樣子。她現在還是很瘦，但已經不是當年的模樣了，她上半身和腰部的曲線，就像大雪紛飛時的風雕。

鏽紅色的坡地上都是松針，踩下去鬆軟有彈性。我們往下走時，她已經解開襯衫，小小的下擺在她身體兩側飄舞。她沒有回頭，開始跑下山。跟外面那條路相比，樹林裡簡直燠熱難當！我跟著前妻走到湖邊一塊小空地，這湖以前是個盆地，湖水曾經豐沛到淹了林木，但現在已經枯竭了。成了一片人跡罕至的灰色森林，顏色是像天空一樣的金屬色。一隻白鷺飛向空中。

安娜貝爾說：「到了。」腳下有青苔、石塊和裸土。她三扭兩扭，襯衫掉了下來，然後轉過身，讓我看。她的乳暈太大，而且紅得刺眼，沒辦法一直注視。如果她的皮膚是一塊奶油色絲布，那麼，她的乳暈就像布上被戳破了兩個洞，紅血外滲染成的兩團漬。我別過眼睛。

她說：「我想試試看，能不能在你面前不害羞些。」

「今天看來表現不錯。」

「那就看著我。」

「好。」

她額頭上那道又細又長的疤痕因為臉紅更加明顯。這道疤痕是她小時候騎馬受傷的痕跡，她的兩顆門牙也因為那次意外斷了大半，雖然花大錢裝了牙套，結果並不完善，但我一直覺得那兩顆牙齒間的縫隙很性感。這是她要我過來的小縫，不斷提醒我她的舌頭就在那道縫後面。

她對著我晃動雙乳，因為害羞，身體扭動了幾下，然後轉身去抱一棵山毛櫸的樹幹，說：「你看，我是護樹人。」

這時，我們應該掉頭，儘快回到邏輯樹的主幹。但是，所有的是否枝幹卻同聲說「快、快、快」，要我們繼續往前走。我脫了衣服，並發現雖然離婚了，我來之前還是在小背包裡放了六個保險套。

安娜貝爾趴在青苔和泥土上，像個真正的雷納丕女人一樣向我獻身。她要我別用保險套。

「為什麼不要？」

她說：「不要就是不要。」

我說：「再說啦！」一邊撕開保險套的包裝。

一九九一年的時候，我還很瘦，瘦到幾乎沒有身體，像個鐵絲衣架搭出來的骨架，連著一些重要的感覺器官。頭很大，手正常，陽具勃起時比例大得不像話、沒勃起時小到看不到。除此之外，就沒了。我就像米羅的畫，只是個想法而已。這是第六次，這個怪玩意兒把自己搬到景色優美的德拉瓦水口區，跟其他我和安娜貝爾從以前到現在想出來的糟糕主意放在一起。這次的想法不舒服也不靠譜，她趴著的地方不是硬，就是髒，鐵絲衣架搭出來的玩意兒則瘋狂地上上下下。

我問她會不會痛。

「不會……痛……………還不痛……」

她說這話時，眼睛眨了一下，露出一絲嘲弄的味道，但一閃即逝。她的腦袋旁剛好有個足球大小的石頭，我不知道她是不是故意躺在那塊石頭旁邊，提醒我一件她還是太害羞所以不敢開口要求的事情。我想知道她是不是要我拿起石頭，敲碎她的腦袋。

「現在呢？」我說，衝刺得更猛。

「現在有點痛。」

我們過去的爭辯都是枉然，以為把零乘以不停地說話，就會得到不是零的答案。為了再次做愛，我們不得不分居；為了瘋狂且身不由己的性愛，我們不得不離婚。爭辯從來沒能把我們從那巨大的枉然中拯救出來，所以，我們用分居與離婚對抗它，這也是一種辯解自己雖敗猶榮的方式。但是，這種方式還是會結束，枉然依舊枉然。

我整理長褲褲管與內衣褲時，安娜貝爾趴在石塊和泥土上，靜靜地抽泣。我知道最好不要問為什麼，否則天黑我們都走不了。這時候最好繼續散步，而且，要真的走一段距離，同時邊走邊談為什麼我不問她為什麼哭泣。

她站起來，穿上襯衫，說：「好，甜頭也嘗了，你可以回去了。」

「不要講得一副妳不想做的樣子。」

她說：「你不就只是想做**這件事**？所以，你可以走了。除非你想再做一次才走。」

我伸手打死一隻停在手臂上的蚊子，順便看了錶，時間清清楚楚擺在眼前，我卻看不到。

安娜貝爾說：「告訴我，我們為什麼一直沒有孩子，我記不得你怎麼說的。」

我突然一陣暈眩。她讓我享受這幾分鐘的性愛，為的是提出小孩問題，即使依照她的標準，我付出的價碼似乎還是高得離譜。而且，就這樣拿出帳單要我買單，也未免太操之過急。

她說：「你還記得原因嗎？我不記得我們認真討論過。」

我說：「好吧，那我們就花五個小時談談這件事，現在時間地點剛剛好。」

「你自己說『再說啦』，現在可以『再說』了。」

我又打死一隻蚊子。「這蚊子突然咬我。」

「蚊子也一直咬我。」

「我不知道妳要我說什麼。」

「你覺得我想要討論什麼？」

我碰了碰褲子口袋裡那個綁了結、撐得鼓鼓的保險套。「我不知道。也許妳想知道我有沒有正在交往的對象、有沒有染上流行病。」

「你放心，我不想討論那些。」

我說：「這裡蚊子太多了，我們換個地方。」

「你連我們在哪裡都不知道吧？你能找到回去的路嗎？」

「不行。」

「所以，如果你想搭上那班車，還是要靠我。」

不想在邏輯樹上迷路，需要高度警覺，但安娜貝爾的熱、剛才背對我時的熱、體液交流的熱，還有她頭髮裡淡淡的、隨時可聞的美國箭牌馬用洗髮精香味，都讓我的思考變得遲鈍。我已經把安娜貝爾鴉片吃下肚，也早知道後果。我有點絕望，說：「好吧，我早就知道妳不可能讓我趕上那班公車。」

「『讓你』，哈。」

我說：「不是妳，我的意思是『我們』。我們不可能讓我趕上那班公車。」

但錯誤已經造成。她氣得把腳硬塞進運動鞋裡，說：「我們現在就回去等公車。這輩子總要有一次讓你少恨我一點，一點點都好。這樣，至少就一次，你不是因為我而沒搭上公車。」

安娜貝爾不願承認我們之間的問題其實很單純，就是有了裂痕，而且無法修復、也無法找出誰對誰錯。我們上次狂歡時，連續談了九個小時，只有上廁所時暫停。我當時還以為，我終於讓她理解脫離痛苦的唯一出路是放棄彼此、永不聯絡。但為了治療而溝通九個小時其實就是另一個該治療的病。她早上在電話中說她拒絕接受的就是這個看法。但是，她的看法呢？很難講，因為她在道德上這麼有自信，讓我不斷覺得兩人終於有了共識。但最後我仍看出，其實我們一直在繞圈圈，一個大的、空的圈圈。她雖然聰明又敏感，但她不僅不明理，而且不知道自己不明理。我在她身上付出這麼多，還發誓要一輩子照顧她，現在卻在她身上看到這一點，不禁覺得恐怖。所以，我只好繼續跟她在一起，幫著她瞭解為什麼我不能跟她在一起。

「我們搞砸的是這個。」我們走出乾涸的湖底，爬到蟲子比較少的高度時，我說：「就拿我當例子，從上一次見面到現在，這一個月間我覺得反常、難過、羞愧。這一個月我幾乎無法跟人互動，所以我只好過來。一到了這裡，又會因為實際的**生理**需求，留下來三十六小時，接著，各種假希望和假期待又都出現了。」

安娜貝爾轉身，說：「閉嘴！閉嘴！閉嘴！」

「妳想要我殺了妳？」

她斷然搖搖頭，不，她不想被殺。

「那就不要打電話給我。」

「我沒有那麼堅強。」

「不要再叫我來這裡，不要這樣對我。」

「我沒有那麼堅強！老天，我這麼脆弱，你非要讓我下不了台嗎？」她開始繞著小圈圈走路，舉起雙手彎成爪子靠近臉，看起來就像一群黃蜂不知怎地跑進她的頭顱，正在叮她的腦袋一樣。

她說：「你就可憐可憐我吧。」

我抓住她，親吻她，我的安娜貝爾。她一把鼻涕、一把眼淚，口中呼出熱氣，還有……天啊，她非常心煩意亂，這樣子根本找不到工作。我吻她，希望她不再痛苦，但我吻她的時候，馬上把手從後面伸進她的燈芯絨褲。她的臀部小到我不必解開釦子，就能把她裡外兩條褲子一起脫下來。我們墜入愛河時不過是大一點的孩子，現在，一切都化為灰燼，以燒成灰燼的溫度燃燒灰燼剩下的灰燼。但是，我們的性生活才振翅起飛沒多久，而且，我永遠不會不愛她。我想到死亡，是因為未來兩年、三年或五年，我們都得在灰燼中做愛。她掙脫我，跪下來，打開我的背包，拿出我的瑞士刀，我以為她可能也想尋死，但她只是把剩下的五個保險套全割破。

阿達爾貝特街上那棟公寓是胃的人質。夜裡克萊莉亞閉上眼時，腦海中會出現胃浮在她的小床上的樣子。胃的外觀緊繃有光澤，像條負責消化的茄子，上面散布著深黑色的靜脈；胃裡是紅色的，食物碎屑淹在腐蝕性液體裡，就像個隨時——尤其是尿床時——會哭鬧的小孩。這個不快樂的器官住在克萊莉亞的母親安娜麗的身體裡。克萊莉亞睡在最靠近母親臥室的客廳角落，因為母親半夜喊著要牛奶和麵包時，只有克萊莉亞聽得到，不會吵到那幾個各自睡在臥房、年紀較小的弟妹或她母親的哥哥魯迪。

胃的感覺非常敏銳，知道克萊莉亞什麼時候自憐，也聽得到她睡前的哭泣聲，但胃不喜歡她這樣，就在她母親的床單上吐出血和膽汁，克萊莉亞就不得不拆下髒床單清洗。都吐血了，也沒什麼好討價還價的。不管她母親對她多壞，母親手上拿的，畢竟是代表生病的帶血王牌。

克萊莉亞要工作，這點也不必討價還價。就算她沒有被那所四百年歷史的大學拒絕——那是她父親當年就讀的學校，也是她每天早上去麵包店必經的學校——他們家也無力負擔。魯迪叔叔的工作是替市政府修馬路，他以穿上那藍色連身工作服為傲：德國工人的制服，代表他是這個社會主義工人之國主人的制服。他還要照顧生病的妹妹，房租也是他付的。但他貪杯，又有女友，所以帶食物回家的責任就落在克萊莉亞身上。她有個十五歲的弟弟，妹妹更小，還是個小女孩。

克萊莉亞白天在麵包店招呼客人，晚上招呼胃，只有週六下午和週日有幾個小時自己的時間。她喜歡沿著河走，天氣好的話，就找塊乾淨的草地躺下，閉上眼睛。她不需要看到更多人，麵包店裡有數以百計的人付錢給她，男人用猥褻的眼光盯著她，老女人從小布包裡捏出銅板的樣子，像是用拇指與另一隻手指在摳鼻子。克萊莉亞在大學先修高中的同學多數都進了大學，跟她形同陌路，其它人因為她父親出身資產階級而跟她保持距離。不過，她反正喜歡獨來獨往，好夢想著有個男人，像她父親般的男人，會帶她離開阿達爾貝特街，去柏林、法國、英國和美國。她還記得父親循著聲音，沿著住家那棟樓的樓梯，對著不情願地把門打開一公分的樓上鄰居輕聲說：「我太太今晚身體非常不舒服。她胃有毛病。能不能請您不要太吵？」像這樣的男人。

一個暖和的六月週六，剛過二十歲的克萊莉亞脫掉圍裙，告訴麵包店經理她要早點下班。一九五四年時，耶拿市的工人就知道早退沒關係，受影響的只有客人，他們得排更長的隊，等更久。但最壞也只是要利用上班時間在麵包店排隊，而他們翹班也無所謂。克萊莉亞匆匆忙忙趕回家，換上她最喜歡、褪色的舊薰衣草色夏裝。舅舅要帶她弟弟和妹妹去釣魚，留下母親一人在家，她母親因為胃痛一整晚沒睡，正在補眠。克萊莉亞泡了一壺黑莓茶，準備了一碟餅乾拿進臥房。這種茶含有單寧酸和咖啡因，母親卻覺得可以緩和胃痛。她坐在母親床邊，以記憶中父親的方式撫摸母親的頭髮。母親醒了，把她的手推開。

克萊莉亞說：「我幫妳泡了茶，我要出去了。」說完，站了起來。

「妳要去哪裡？」

「外面。」

只要胃痛不找上門來，母親的臉就依然美麗。這些年，胃病把她折磨出老態，其實她只有四十三歲。有那麼一剎那，似乎她就要對克萊莉亞笑一笑，但她看到克萊莉亞的衣著，立刻擺出一貫的臉色，說：「不准穿這件衣服出去，不適合妳。」

「這衣服有什麼問題？今天很熱。」

「如果妳有點腦袋，就知道最不應該做的，就是招惹別人注意妳的身體。」

「我的身體有什麼不對？」

「妳的身體最大的問題就是太顯眼了。聰明女孩都知道該想辦法不要引人注意。」

「我很聰明！」

她母親說：「才不！妳其實是隻笨鵝。我敢說，只要陌生人對妳說兩句好話，妳就會投懷送抱。」

克萊莉亞的臉紅了起來，而且一直紅著，覺得自己真的是隻笨鵝。胸大，個子高，蹦蹦跳跳，腿又長，又聒噪，不就像隻鵝嗎？但她依然不平：「妳呢，從沒跟我說過兩句好話。」

「這樣講不公平，但我不跟妳計較。」

「我倒**希望**有陌生人跟我說幾句好話，我會**很高興**。」

「哦，是哦，很好啊。」她母親說：「妳慢慢等吧，也許會有個不認識的人傻傻地真心說妳的好話。」

「我才不管是不是真心的，我只想聽好話。」

「這是什麼話？」她母親哆嗦著摸到茶壺，倒了一杯茶。「妳還沒洗廁所，妳舅舅把馬桶弄得一團髒，連我這邊都聞得到臭味。」

「我回來再做。」

「現在就去。真搞不懂，怎麼，玩比工作重要啊？洗完廁所，再去把廚房地板刷乾淨，還有時間的話，換一件衣服再出門。真搞不懂，明知工作沒做完，怎麼還有心情出去玩。」

克萊莉亞說：「我不會去太久。」

「妳急什麼？」

「今天天氣很好，又暖和。」

「妳是不是要去買東西？怕商店關門了？」

安娜麗非常厲害，她靠直覺就知道克萊莉亞不想老實回答問題，乾脆直接問。

克萊莉亞說：「不是。」

「把妳的錢包拿來。」

克萊莉亞走到客廳，拿著錢包回來。錢包裡有一些小鈔和銅板。她看著母親一個個算芬尼格[3]。從她開始工作養家以來，母親從沒打過她，但現在克萊莉亞的表情就和焦躁的動物或走投無路的獵物一樣忐忑。

她母親問：「剩下的錢呢？」

「都在這裡，我都給妳了。」

「妳在撒謊。」

突然，克萊莉亞左胸的罩杯中，六張二十元和八張十元的紙鈔像是要起飛的薄翅昆蟲，躁動不安。她聽得到紙翼拍動的沙沙聲，這表示耳朵靈敏的母親也聽得到。昆蟲扎人的腿和堅硬的腦袋刺入克萊莉亞的皮膚，她提醒自己不要往下瞧。

她母親說：「那件衣服，妳想買那件衣服。」

「妳知道我買不起。」

「他們會先收二十馬克，剩下的讓妳分期付款。」

「那件不行，他們不願意。」

「妳怎麼知道？」

「因為我問過了！因為我想要一件漂亮衣服！」克萊莉亞有點難過地往下看，同時——完全不由自主的動作——抬起右手放在犯罪的左罩杯上。她是心思這麼單純的女孩，一眼就被人看穿，老實，做事情又笨手笨腳，接著她母親只說了一句：

「讓我看看那裡面放了什麼。」

克萊莉亞從胸罩裡拿出紙鈔交給母親。他們那條街上的服裝店裡，有一件西方款式無袖洋裝很特別，或者說，對貧窮的耶拿市來說夠西方，但又太西方，因此無法公開展示。克萊莉亞帶了一些剛出爐，但她說都是放太久要丟掉的糕點給服裝店女老闆，老闆因此對她特別親切。但克萊莉亞真的是隻笨鵝，她把衣服的模樣形容給妹妹聽，講得像是社會主義共和國裡的每間商店內都可以看到這種款式。母親雖然不喜歡這個社會主義共和國，但她的偵查本事比共和國來得厲害，很快知悉此事。取得勝利的母親淡定地把錢放進睡袍口袋，啜了口茶，說：「妳想買那件衣服，是因為要跟哪個人祕密約會嗎？還是為了穿上街？」

照理說，這些錢不是克萊莉亞的，而且，就算到現在，她也感覺這些錢拿在手上不實在，覺得錢被沒收是該得的處罰。事實上，她把錢從胸罩裡拿出來時，反而有種認錯的解脫感。但眼看這些錢進到母親口袋，她又覺得這些是實實在在她花了六個月小心翼翼不被抓到存下的錢。她不禁哭了出來。

她說：「**妳**這個妓女。」

「妳再說一次？」

她嚇壞了，想辦法把話圓回來：「我是說，妳喜歡逛街，而我只逛公園。」[4]

3 第九世紀以來，德國各種面額的錢幣通稱，二〇〇二年加入歐元區後改成分（cent）。

4 妓女的原文是 streetwalker，指在街上拉客的流鶯。克萊莉亞脫口而出後驚覺不對，改口解釋她的意思是母親喜歡逛街（You like to walk in the street），而她喜歡逛公園（I like to walk in the park）。

「但妳剛剛說的是什麼字？」

「妓女！」

深色的溫茶水潑到克萊莉亞身上，把薰衣草色洋裝的上半身弄得一片濕。她低頭，張大眼睛，看著那一片狼藉。

她母親說：「我早該讓妳餓肚子，但妳就只會吃、吃、吃，吃到現在，妳看看自己吃成這麼大一個，是什麼樣子。難道我該讓自己的孩子餓肚子嗎？我沒辦法工作，才去做那件事，那是我唯一能做的事情。都是因為妳要吃、吃、吃。妳怪不了別人，也不要怪我，只能怪妳自己。有問題的是妳的胃，不是我。」

她母親說的一點都沒錯，母親沒有食欲。但母親的口氣彷彿童話般殘忍，聲音如此嚴厲、克制，似乎她根本不是母親，床上躺著的只是個有血有肉的假人，而復仇心切的胃，在利用那個假人傳話。克萊莉亞等著母親殘存的人性讓她後悔剛才說了那些話並且道歉，或至少想辦法彌補，但母親的臉因為胃突然翻攪而扭曲，她有氣無力地指了指茶壺說：「我要熱茶，這不夠熱。」

克萊莉亞衝出母親房間，撲上她自己的小床。

「妳這個骯髒的——**妓女！**」她壓低聲音說：「**骯髒的妓女！**」

聽到自己這聲音，她立刻坐起來，用手指夾住嘴巴，顫抖取代了眼中的淚水，胃堅持不能打開的厚窗簾周圍，透進一道道搭著半透明翅膀的陽光。她心想：天啊，我怎麼說出這種話？我怎麼會變成這麼可怕的人！然後，她又撲到那張窄床墊上，對著枕頭吐出更多話：「**妓女！妓女！骯髒的妓女！**」同時用手指關節敲頭。她覺得自己是世界上最可怕的人，也是最倒楣、最可笑的人。她的腿太長，睡在小床上的時候，不是彎著身體，就是讓腳懸在床尾外。她身高超過一七五公分，像是隻可笑的鵝，被關在小床這個小籠子裡，還有個最難聽的名字。她常沒來由地吱吱傻笑，想到什麼就脫口說出，麵包店同事因此覺得她很笨。

其實她不笨。她在學校成績很好，要不是委員會打回票，她可能還在大學念書。委員會的說法是她父親是資產階級，但她父親已經死了，而母親和舅舅都屬於正確的社會階級。但真正的污名是，母親在生活最不好過的那幾年，先後給了兩位黑制服官員甜頭。克萊莉亞的妹妹就是她跟第二位官員生的。對，克萊莉亞因此吃到了肉、奶油和糖，但她還是個孩子，不懂得其間的邪惡關係。一位官員帶來一整箱貨真價實的「必舒胃」，要給那個邪惡的胃。安娜麗是為了胃出賣自己，不是為了她的孩子。

這個故事我母親跟我說過很多次，每次她都強調，當她換下那件髒衣服，把一個硬圓麵包和兩本書塞進皮包時，並沒有打算永久離開弟妹，也沒有任何計畫。她只是想要離開胃一個晚上，充其量再加一個白天。她想從那間公寓解脫，那間既讓她體會身為德國人的痛苦、又讓她無法想像自己不是德國人的公寓。在那個六月的星期六之前，她計畫過最糟糕的事，就是買那件西方款式的無袖洋裝。現在，她買不成了，但美國區[5]只要坐一段火車就到，她還是可以走在西邊的大街上。

她揹包裡只有三十馬克，匆匆下山到市中心。打仗時，耶拿市中心因為有一處製造轟炸機步槍瞄準器的工廠，因此遭受慘烈攻擊，到現在仍以社會主義凡事不急的速度重建。她買了去柏林的來回票後身上所剩無幾，用餘錢買了一小袋糖果，火車開到萊比錫時，這袋糖讓她更餓了。因為她根本沒有逃家計畫，吃完了糖，身上的食物只剩下圓麵包。但現在，她最想要呼吸新鮮空氣。車廂裡都是社會主義的狐臭味，窗外飄進來的都是夏天的熱空氣夾著重工業的味道。腓德烈街站充斥著廉價菸草和官僚文件上的油墨味。她不覺得自己是共和國這幾年逐漸流失的人才，她只是隻茫然不知方向的鵝。

5 冷戰時，柏林分為東西兩區，西柏林由美、英、法三國共管，蘇聯則佔領東柏林部分區域。

西邊比東邊更凋敝，但空氣確實較清新，也許是因為天色已晚。克萊莉亞覺得選帝侯大街只是像剛經歷了一場寒冬，而不是那種永遠在重建的社會主義廢墟。商業活動的關鍵跡象，就像春天初萌的新芽，像雪花蓮和番紅花，在選帝侯大街上出現。她從頭到尾來回走了一趟，中間不曾停下，因為一停下來，就會想到飢餓。她走著，走到更殘破、更暗的街道和街區。最終，她像不會思考的動物一樣，意識到自己一直在找的是麵包店，因為麵包店每週六關門後，應該會把不新鮮的餐包丟掉。然而她越拚命在陌生城市找這樣的商店，越偏偏找到沒有這種商店的路上。每一個路口對她而言都是再犯錯的機會。

錯誤加上錯誤，克萊莉亞不小心走進莫阿比特區一個非常暗又荒蕪的街區。天上下起了小雨，她走到一棵枝幹殘缺不全的椴樹下，不知道自己身在何處。但這個城市似乎知道要她去哪，似乎這個城市存在的目的，就只是一直等著她停下來。一輛黑色轎車開經她身邊，搖下車窗，雨水打在車頂上淅瀝嘩啦作響，一個男人從乘客座探身出來。

「嘿，長腿妹！」

克萊莉亞看了看四周，確定那男人不是在叫別人。

男人說：「對，就是妳！多少錢？」

「你說什麼？」

「我們兩個一起，要多少？」

那兩人和善地笑了一下，克萊莉亞也禮貌地笑了一下。她瞄了瞄四周，繼續朝同一個方向前進，不小心蹭了一下，開始加快腳步。

「哦，嘿，別急，妳很漂亮——」

「回來——」

「長腿妹——長腿妹——長腿妹——」

那兩人似乎錯認她是妓女，她卻覺得自己也沒什麼禮貌。想想當時的情形，他們真的搞錯了，卻錯得合情合理。她想：我應該回頭，確認他們真的搞錯了，然後說點該說的話，免得他們尷尬、丟臉，這都怪我的愚蠢，自己走到這條街上……但她的腳停不住，繼續往前走。她聽到轎車掉頭跟上她。

開車的人配合她的步伐放慢速度，說：「真不好意思，誤會妳了。妳是好女孩，是吧？」

另一人用肯定的口氣說：「還是個美女。」

「這麼個好女孩走在這個地方太危險了，我們載妳一程。」

「親愛的，現在下雨，難道妳想淋雨？」

她沒停下腳步，也不好意思轉頭看他們，同時也不知道該怎麼辦，雨的確下個不停，她又很餓。她想到也許，她母親當時也是這樣開始的，也許她母親當年也是像她現在一樣的女孩，迷失在世界中，需要男人給點幫助……

這時前面黑暗的人行道上，出現一個男人的身影。她停下來，車子也停下來。開車的人對她說：「現在妳懂我的意思了嗎？一個人走在這裡很危險。」

另一人催促著說：「上車，上車，跟我們走。」

人行道上那個人的身形不高大，但臉很闊，看起來老實。這人就是後來我的父親。即使在黑暗的雨夜，身處險惡的莫阿比特區，也可以放心依靠。我僅能這麼想像他當時的模樣。穿著L. L. Bean的健走鞋、七分卡其褲，外套兩邊衣領往外攤平，露出胸口那件五〇年代運動衫。站在那條街上的他，一身衣服花俏得可怕。他皺著眉頭打量情勢後，以自學的彆腳德語對克萊莉亞說：「對不氣，小姐。妳邀不邀幫助？每件事都好嗎？妳灰說英語嗎？」

她用英語說：「一點點。」

「妳認識這兩個？妳要他們留下嗎？」

她遲疑了一下，搖搖頭。我父親是個完全不怕打架的人，但他相信，只要以理與禮待人，對方也會以同樣的態度待他，如果每個人都能做到這點，這世界就會更好。因此，他朝那輛轎車走去，先跟那兩人握了手，用德語介紹自己是查克・艾柏蘭特，來自科羅拉多州丹佛市，接著問他們是不是住在柏林，或跟他一樣是外地人，並且專心聽他們的回答，然後告訴他們不必擔心，他可以擔保這女孩安全無虞。我父親再見到這兩人的機率微乎其微，但就像他常說的：世事難料。所以，把初識的人當成將來可能是你在世間最好的朋友對待，總是值得的。

我母親二十歲就目睹耶拿遭到轟炸、紅軍佔領、鄰居拿尿盆潑她母親、狗吃小孩屍體、拆鋼琴當材燒，以及社會主義工人國家成立。她喜歡對我說，那個美國男人對待轎車裡兩個無賴所表現出的溫暖態度，是她這輩子看過最不可思議的事情。那種信任和坦誠，是普魯士人無法想像的。

等到街上只剩他們倆，我父親問她：「妳叫什麼名字？」

「克萊莉亞。」

「我的天，好美麗的名字。」我父親說：「非常好聽。」

我母親笑得很開心，然後，她感覺自己笑起來像隻滿嘴利牙的暴龍，便癟著嘴唇想要遮掩自己的百來顆牙齒，卻掩飾不來笑意。她比剛才更開懷地笑著說：「你說真的嗎？」

我父親沒有說兩句好話，他應該說了大約十句好話，但還不夠多。他的卡其褲後口袋裡有一份柏林地圖，是那種折疊方式申請到專利的地圖（我父親喜歡創新的事物，樂於看到發明人因為改善人類生存環境被獎勵），他靠著地圖帶著我母親到動物園站，並替她在通宵營業的小攤買了些香腸。他講話時夾雜著英語和德語，我母親只聽得懂一些。他說，今天是他來柏林的第一天，有機會來這裡，他非常興奮，甚至想逛一整夜。他是國際交流協會第四屆大會的代表（這個協會本質上是共產主義的外圍單位，但這個幌子已經曝光，所以原定明年秋天舉行的第五屆大會也開不成了）。他把第一次婚姻生的兩個小女兒交給妹妹照顧，自掏腰包飛來柏林。他的生活有些不如意。他是高中生物老師，但希望自己對世界有更大的貢獻。當老師的好處是每逢暑假都可以出國玩到假期結束，看看世界，看看大自然。他喜歡認識外國人，發掘共通之處，他還學過世界語[6]。他女兒雖然只有四歲和六歲，但已經可以參加露營，而且表現得很好，等到她們再大一些，他打算帶她們去泰國、尚比亞、秘魯。人生苦短，用來睡覺太可惜。他在柏林要待一個星期，希望連一分鐘都不浪費。

我母親告訴他，她是從耶拿逃家出來的，我父親立刻想起他的女兒，堅持她應該第二天早晨就回家。但是，當他知道她母親打過她以及她一直沒上大學後，想法就變了。他說：「天哪，好慘。一定是制度出了什麼問題，像妳這麼傑出、活力十足的女孩才會在麵包店當店員。我是老派的露營者，只要有一條毯子和一塊平坦的地就可以睡覺了。我住的旅館雖然不怎樣，但至少有張床。我的床讓給妳睡，明天早上再看看該怎麼辦。我在地板上瞇個眼就好。」

他的動機幾乎可以肯定是出於善意。我父親是個好人，他是誨人不倦的老師，也是忠誠的丈夫，培養我兩個妹妹獨立的個性，看不慣不公不義，遇事有疑的直覺反應是寧可信其有，遇到沒人想做的事情徵求自願者時，總是搶著舉手。但另一方面，他一輩子高興做什麼就做什麼的個性，一直讓我很困擾。如果他想帶學

6 Esperanto，又稱「希望語」。最為廣泛使用的人工語言。世界語的定位是國際輔助語言，不是用來代替世界上已存在的語言，也是目前唯一被人視作母語的人工語言。

生去宏都拉斯挖下水道，或去納瓦保留區油漆房子和替牛隻烙印，就算我母親必須獨自帶小孩好幾個星期，他還是照去不誤；如果他開車半途想停車抓蝴蝶，也會照做；如果他想要娶個年紀只有他女兒大小的漂亮女人，他就去做，而且還做了兩次。

他在印第安納州長大，希望對農業有所貢獻，便攻讀昆蟲學，但要拿到昆蟲學博士學位的道路相當漫長。他的研究主題是石蛾生命週期中的幾個特定階段，一年中只有一兩個星期可以採集。那幾年，他為了過日子，在科羅拉多州農業處找了個工作。由於他完成博士論文時還住在丹佛，再加上論文審查委員會沒看到昆蟲樣本就無法授予學位，他便將所有的石蛾樣本寄到印第安納州。但這個裝著他八年研究成果的包裹，卻在美國郵局消失，從此毫無蹤影。他一直夢想能在大學任教，從事研究工作，沒想到最後卻以「博士候選」資格在丹佛的公立學校教書。

一九三〇年代末期，他幫忙保護一位傑出但處於險境的女孩，女孩的繼父是個酒鬼。他和她母親商量、安排她去各個家庭寄宿、鼓勵她申請大學。沒想這女孩接受援助只是暫時的，因為她男友那時在監獄服刑。他一出獄，他們就跑去加州。我父親後來當了四年的陸軍通信兵，最後的駐地在巴伐利亞。退伍後重回丹佛擔任教職，才知道那女孩又回家了，因為她男友在酒吧打架，差點打死對方，正在軍監坐牢。我猜我父親打從一開始就愛上了那女孩，這回，他邀她一起去山裡長途健行，最後向她求婚。那女孩一方面也想擺脫以前的日子，加上她母親的壓力，覺得自己別無選擇，只能接受（我只在一張照片上看過她的樣子，像天使，但眼神有點空洞、消沉、沮喪，她很明白外表像什麼和自己真實樣子其實有段距離）。她男友服刑期滿回到丹佛時，她和我父親已經生了兩個女兒，一個一歲，一個三歲。我父親從來沒有告訴我母親後來發生的事情，更別說我了。我只知道他最後取得了我兩個同父異母姊姊的完全監護權。

他的年紀比我母親大一倍還不止，但比她矮了幾公分，也許這對兩人平等、正常相處有幫助。就算用國際慈善組織的平均標準來看，第四屆大會在柏林召開的會議，肯定能創沉悶和天馬行空的新紀錄。我父親沒去開會，反而跟我母親一起走逛柏林，他們還參加了柏林的遊船行程，在母親覺得高級的餐廳吃飯。到了第五個晚上，他先請她坐下，然後鄭重地向她表白。

他說：「我要告訴妳我的打算。我要娶妳。別擔心，我不會騙妳。我只是覺得，如果妳留在這裡，遲早會有麻煩，而且很快就得回去耶拿，那麼，妳的一輩子就毀了。所以，我們要想辦法幫妳拿到護照和辦一些事情。我下星期會帶我兩個女兒飛回來，然後妳可以決定要不要跟我一起回美國。如果妳不想，也沒關係，我們可以到時候再解除婚約。我只是覺得，妳是很棒的女孩，聰明又明理，我們若結婚一定會很幸福。克莉亞，我覺得妳真的很棒。」

我母親很久以後對我說：「我媽說的沒錯，我是隻又笨又無知的鵝。」她說這話時我父親已經過世很久了。「我那時多希望有人對我好，但我從沒想過有人會像你父親那麼好，我覺得我遇上了全世界最好的人，而且他出現在莫阿比特區的黑街上，這不是奇蹟是什麼！何況，妳知道他的皮夾有多厚嗎？裡面有很多他從沒拿出來的東西：重要人士的名片、從重要刊物上剪下來的文章、自我成長的訣竅，所有能讓世界完美的方法都在那個皮夾裡面。當然，還有錢。這樣說吧，我從沒看過那麼多錢，他包裡的錢甚至比我工作的麵包店一天賺的還多。我以前覺得，很多錢的意思，大概就等於那家只有一台收銀機、政府補貼差價的共產主義麵包店！我甚至不知道我們住的那間旅館其實是個爛店，還是他告訴我的；我只覺得住爛旅館是那個第四屆大會的問題，不是他的錯。我那時候哪裡懂得什麼強勢美元、弱勢貨幣？因為他說的事情，我不是全都懂。我以為他是由全丹佛市選出來、代表丹佛來參加那個重要的世界大會，我以為他是有錢人！我從沒看過那麼厚的皮夾，我也不知道國際交流協會在科羅拉多州只有四名付費會員，不多也不少，就四個。我什麼都不知道。所以，不到五分鐘，他就收服了我，要我爬去美國找他我都願意。」

我母親的激情在幾年後趨於平淡，婚姻生活也完全變了。剛開始那幾年，她一方面照顧小孩，同時去上夜校，最後拿到藥理學學位。我記憶中的第一次總統大選，她把票投給貝利．高華德，因為她覺得自己對社會主義瞭解夠多，認為它終究會失敗，更不要說她看過俄國人偷東西、強姦、殺人。此外，她已發現我父親的有錢，其實只是跟耶拿相比的結果，我父親的財產不過跟大部分美國人一樣，她一直無法克服這件事對她的打擊。因為對他失望，她就開始美化真正的有錢人，認為他們一定具備一些無與倫比的美德。她用青春與容貌，換來一輩子陷在一間窄小的三房屋子，跟一個無足輕重的進步理念人士過活，但這人太好、太善良，讓她無法離婚。此外，她也很氣自己又笨又天真，因此轉而仰慕一些更好的男人：高華德、參議員查爾斯．珀西，以及後來的隆納德．雷根。這些人的保守主義與她的德國信念——大自然是完美的，世界上所有麻煩都是人為的——不謀而合。我上學時，她在聯邦大道上的艾金森藥局工作，在那兒看到一些生病的人大搖大擺地走到櫃台，拿出處方，向她拿走藥物。那些不斷用香菸、酒精和垃圾食物毒害自己的人不值得信任，蘇聯人也不值得信任。她的政治立場就是這樣形成的。

我父親則知道大自然是不完美的。他曾在農業處工作時，站在乾枯大地上，看著四周渴死的植物，它們因為氣孔流失過多的水份，轉化二氧化碳的效率非常低，葉綠素分子的左手不知道右手在做什麼。葉綠素的左手吸取氧氣、排出二氧化碳，右手卻是做相反的事情。他還覺得，總有一天沙漠中會長出花朵，開花的都是智慧植物，是那些經過人類改良的植物，被植入更好、更先進葉綠素的植物。他知道克莱莉亞也有一套化學觀點，但他質疑她能夠反駁他所主張的大自然不完美，所以，他們會在晚飯時對化學問題高聲爭辯。

另一樁不幸的事，我兩個姊姊覺得她不是好繼母。母親就像乾枯土地上的植物，渴望我父親降下關懷的雨水，卻被我兩個姊姊吸走大半。更糟糕的是，她責罵我姊姊，就像她母親當年責罵她一樣。她尤其看不順眼她們的衣著，部分原因當然與保守派度日如年的六〇年代反叛氣氛有關，部分原因則與她的一個器官鬧革命有關：她的大腸。據說，我是個疝氣寶寶。沒想到照顧我的壓力剛結束，她就因為子宮外孕疼痛不止。生理壓力、對生活失望、擔心錢不夠、遺傳個性，再加上壞運氣，讓她此後一輩子都為腸炎所苦。腹痛發作會牽動她的臉部表情，就像她母親胃痛時的臉部變化一樣。除了我以外，每個人都成了她不幸福的發作對象。

當我想到安娜貝爾，以及我們結婚前就出現、被我忽略的警訊時，就會想起我那南轅北轍的家人：我的兩個姊姊與我父親成天在外讓世界更美好，我和母親則留在家裡。她放過我，沒跟我說讓她覺得丟臉的痛苦細節（我敢肯定，她寧願有她母親的胃，因為胃有問題，最糟不過吐血，不會排出惡臭難聞的污物，也就是構成德國髒話、幽默和禁忌的基礎）。我能感覺到她不快樂，父親總是在外面開會，不然就是出門冒險。我因此和她單獨相處了一千個夜晚。大部分時候，她對我非常嚴厲，但我們會玩一種用她訂閱的時尚雜誌當道具的奇怪小遊戲。翻完整本《城鄉》或《哈潑時尚》之後，她就要我在雜誌裡挑一間我最想要的房子和最喜歡的女人，我很快就知道要選最貴的房子和最漂亮的女人。所以成長期間我一直認為，如果我擁有豪宅與美女，就可以補償她的不幸。但我沒想到這個遊戲似乎讓她變了個人，她翻閱雜誌的時候，就像一位感情豐富、樂觀、大姊姊般的女孩。多年後，當我聽到她一講再講當年逃離耶拿的故事時，腦海裡出現的就是這樣的女孩。

我甚至在還不認識安娜貝爾的時候，就背叛過她了。我在賓夕法尼亞大學快要讀完大三時，競選《賓大日報》[7]總編輯，我的政見是這份報紙應該更關心「真實」世界。我在丹佛和母親過完暑假（我父親在這之前兩年過世），回校接任新職後，成立了市政新聞組，並且指定三則新聞要記者去採訪：光譜體育館黃牛猖

7 賓夕法尼亞大學的學生報。

獗、德拉瓦河的汞與鎘污染、費城西區三人被謀殺的案件。我以為我的記者能夠放下七〇年代放縱文化，戳破與世隔絕的校園氣泡。但我懷疑，對於被他們纏著受訪的人來說，這群記者更像是為了籌錢去夏令營，到處兜售高價糖果的孩子。

十月時，我的朋友露西．希爾告訴我一個趣聞。德拉瓦河對岸埃爾金斯公園區有一所泰勒藝術學院，院長有一天早上進辦公室，發現了一個褐色包肉紙包起來的人體，紙上用紅蠟筆潦草地寫著三個字：你的肉。這塊人體有溫度、會呼吸，但沒有反應。院長叫來警衛，從頭部撕開包肉紙，露出該校二年級研究生安娜貝爾．萊爾德的臉。她張著眼睛，但嘴用膠帶貼著。院長認識萊爾德，因為她寫過好幾封信，譴責該校女性教師比例過低，以及藝術創作碩士班的男學生獲得獎學金的人數和女性不成比例。大家小心翼翼地撕掉萊爾德身上的包肉紙，還沒撕完就發現她好像什麼都沒穿。商量老半天之後，校方決定將整個包裹移到另一個房間，由一位女秘書繼續拆，撕去封嘴膠帶，再用毯子遮住她。一直到傍晚，另一位女同學拿著塑膠袋裝的衣服出現前，萊爾德都拒絕說話，也不願意移動。

由於萊爾德是露西的老朋友，我應該親自處理這則新聞，但因為課業進度落後，我已經把編輯報紙的工作交給執行副總，也是我的室友和最好的朋友歐斯瓦．賀克特。負責採訪撰寫這則新聞的歐斯瓦是個眾所皆知、百無禁忌的大二學生。他把新聞寫得既露骨又惡毒，中間夾雜了一些萊爾德同學提供、讀來吸睛的不具名批評（「沒有人喜歡她」、「可憐的信託基金小女孩」、「這是她的悲鳴」，因為她的電影作品沒人理會）。但記者也做了該做的，大量引述萊爾德的說法以及院長淡而無味的聲明。歐斯瓦把這則新聞登在頭版。第二天下午我看到報紙時，心中閃過一絲罪惡感。等進了報社，聽到萊爾德和露西的留言，我才明白──心中突然咕咚一聲──這麼處理這新聞很殘忍。

我這輩子對遭人責備都有一種病態的恐懼，尤其是來自女性的責備。這次，我也不知道為什麼，竟然覺得不理會那兩個女人的留言可以逃過一劫。我也沒有把這件事告訴歐斯瓦，雖然害怕遭到指責，但我絕不能牽連朋友。此外，因為露西住在校外，我覺得也許下次遇見她時，她已經氣消了。但我沒料到，這位鬥志昂揚到用包肉紙把自己裹起來的女人，會在《賓大日報》的辦公室出現。

身為總編輯，我在報社有一間辦公室，我把這裡當成書房。如果安娜貝爾穿的是連身工作服，像賓大那些強悍女性主義者一樣，我也許能猜到她是誰，但那個星期五下午敲門的女人穿得一身貴氣，白色絲襯衫、合身過膝裙，我還以為她是從巴黎來的誰。她唇上有一抹深紅色的口紅，一頭黑髮像瀑布傾瀉而下。

「我找湯姆．艾貝爛特[8]。」

我糾正她：「是『艾柏蘭特』。」

那女人眼睛像吊死鬼一樣凸出來，彷彿嚇了一大跳。她說：「你是大一學生？」

「大四，真的。」

「老天。難道你十三歲就在這裡上學了？我本來以為我會遇上留鬍子的人。」

講到我的娃娃臉，就戳到我的痛處。大一時，室友建議我，想要顯得成熟，不妨參考十九世紀的作法，在身上留下一道決鬥疤痕：用軍刀在臉上劃一下，然後放根頭髮在傷口上，防止傷口乾淨癒合。雖然我結識女性朋友的本事還不錯，卻從沒跟女人上過床。會注意我臉蛋身材的人，只有矮個子女生和同性戀。有一次在派對上，有位同性戀走過來，一句話也沒說，就把舌頭伸進我耳朵裡。

那女人說：「我是安娜貝爾，就是留言給你你沒回的人。」

8 作者在此玩了英文發音與歧義的遊戲。安娜貝爾稱呼湯姆為「Tom Aberrant」，Aberrant這個字的重音在第二音節，意思是『反常、異常』，安娜貝爾似有意以「怪胎」稱呼湯姆。

我的胸口突然一陣緊繃。安娜貝爾帥氣地用腳把身後的門關上，徑自坐了下來，雙手緊緊交叉在胸前，好像要掩飾她襯衫裡的東西。她有一雙像鹿的褐色大眼，長窄的臉型也像鹿。她應該不算是個漂亮妞，但不知怎地，又像是個漂亮妞。她比我至少大兩歲。

「對不起，」我可憐地說：「對不起，我沒回妳的留言。」

「露西跟我說你是好人，說我可以相信你。」

「關於那則新聞，我很抱歉。老實說，我事前甚至沒有過目，我是刊出來以後才看到的。」

「你不是編輯嗎？」

「這個工作有好幾個人可以代理。」

我不敢看她的眼睛，但我能感覺她的眼睛正在噴火。「你的記者有必要把我父親是麥卡斯基爾的總裁、又是董事長的事情寫出來嗎？而且，原來我人緣不好？」

我說：「很對不起。我一看到這則新聞，就知道這樣寫很殘忍。有時候忙起新聞來，往往會忘記考慮讀者的反應。」

她甩了甩黑色長髮，說：「也就是說，要是我沒看到這新聞，你就不必道歉了？這算什麼？你跟我道歉是因為被逮到了？這不叫道歉，這叫膽小。」

「受訪者不願意具名，我們就不應該引用他們的話。」

她說：「哦，好吧，玩玩猜謎遊戲也不錯。比如說哪個人覺得我是被寵壞的富家女、哪個人覺得我是怪人、哪個人這麼有把握我的作品很糟糕。當然，想到要跟說這些話的人在同一間教室上課、知道他們還想著自己說過的話、感覺到他們正在**看**我，也許就沒那麼好玩。明知是哪幾隻眼睛看著我，還非得坐在那兒被人看……」

她的雙手還交叉在胸前，沒有放下來。

我忍不住回說：「不穿衣服進院長辦公室，可是妳自己幹的事情。」

「沒人要他們把紙撕掉。」

「我的意思是，妳要宣揚理念，也如願以償了不是嗎？」

「哦，你以為我不知道這一招會成功？還有什麼比女人裸體更能引起注意？報紙靠什麼最好賣？你比我還會證明這一點。」

之後我總共有過一萬次不大懂安娜貝爾的邏輯的經驗，這是第一次。因為是第一次，不是第一萬次，也因為她看起來這麼有把握、這麼凶惡——雖然她現在已經變了，但是，她當時這麼凶惡又有自信，我就覺得受傷——讓我以為的確都是我的錯。

我有氣無力地回說：「我們是免費報，沒有賣報的壓力。」

她說：「**種什麼因，得什麼果**。路有難易，你挑了好走的路，就要承擔後果。你是總編輯，哪些內容可以上報是你決定的。我是這些新聞的讀者。你傷害了我，我會想辦法讓你永遠記得，我要你一輩子都忘不了，就像我永遠忘不了你登了這則新聞一樣。你連一通電話也不回！你以為你是個男人、我是個女的，這樣就可以過關了。」說到這裡，她停頓了一下，我看到兩顆小淚珠正在溶解她的睫毛膏。她用比較溫柔的語氣說：「也許你不同意，但我現在鄭重告訴你，你是個**混蛋**。」

她的外表加上她比我年長，讓我覺得這番指責刺在身上特別痛。事實上，我早就被訓練成一個會懷疑自己其實不是好人的人。七年級的復活節假期，二姊辛西亞從大學回家時成了嬉皮，戴一副八角框眼鏡，還帶個像聖經人物一樣留大鬍子的男友。他們倆對我很好奇，把我當成第一批的未來新人類，和善但不帶感情地觀察我。辛西亞看到我有一把空氣槍，問我是不是要用這把槍殺敵人？我喜歡把他們的腦袋轟掉嗎？我有沒有想過，自己的腦袋被轟掉是什麼感覺？我覺得這種事情很好玩嗎？

我為了討好父親，有一搭沒一搭地蒐集了一些蝴蝶標本。她男友問我是不是喜歡蝴蝶？真的嗎？那為什麼要殺牠們呢？

辛西亞問我長大後想做什麼，想要當文字記者還是攝影記者？很好啊！有沒有想過當護士呢？還是當一年級老師？這些都是女生的工作？為什麼只有女生才能做？

她男友問我有沒有想過參加啦啦隊員甄選？不能去？為什麼不能？為什麼男生不能當啦啦隊員？男生也能跑跑跳跳，不是嗎？難道男生不會喊隊呼？

總之，他們兩人讓我覺得自己是個古板的老頭子。我好像把他們講得很惡毒，但我也因此有了罪惡感，覺得自己不知道哪裡有毛病。幾年後，我有天下午比較晚從學校回家，發現閣樓鬧老鼠，家人正在想辦法處理。我的東西在臥室地板上散落一地，衣櫃門打開，梯子上是我父親的一雙腿。我自欺欺人，希望他沒注意到我從二手書店後面偷來、藏在閣樓斑漬累累的《Oui雜誌》。但晚飯後，他來我房間，問我有沒有設身處地想過色情雜誌上那些女人的感覺。

我老實回答：「從沒想過。」

「好吧，到了你這個年齡，最好開始想想這件事。」

那一年，凡是跟我父親有關的事情，我都覺得很反感，又很丟臉。他戴的老古板眼鏡、上的髮蠟、梳得油光服貼的頭髮、兩腳大開的槍手站姿。看到他就想到河狸，滿嘴咬合不正、需要矯正的亂牙，做著注定徒勞無功的事情。**為什麼**又要搭個水壩？**為什麼**要啃樹幹？**為什麼**邊划水邊咧嘴大笑？到底為什麼？

「性是好事，」他用老師教學生的語氣說：「但是色情雜誌裡的內容其實是人類的困苦和墮落。我不知道你的雜誌從哪裡來的，但是，光是你有雜誌這一點，你就等於是人類同胞墮落的實質共犯。想像一下，如果雜誌裡面是辛西亞或艾倫，你是什麼感覺——」

「好啦，我懂了。」

「真的懂了？你知道那些女人也有兄弟姊妹，也是人生父母養的？」

我覺得身上出現道德創傷，覺得遭到誤解，被當作壞人，我明明沒有幫助別人墮落，一個都沒有。相反地，因為我偷了雜誌，等於**懲罰**那家大量收購二手色情雜誌的書店蒙受財務損失。真要說起來，我還是個品德高尚的資源回收人。至於我要怎麼利用那本偷來的雜誌，就是我自己的事情了。而且，因為我偷取雜誌從事私人用途，而不是用現金購買新鮮可口的剝削品，照理來說，等於進一步懲罰了那些剝削者，更不要說我還因此拯救了處女林，免得它們遭到砍伐，變成紙漿。

幾天後，我又去偷了幾本。我喜歡《Oui雜誌》，因為上面的女人比《花花公子》更真實——也更像歐洲女人，更有文化、更聰明、更情真意切——我會在腦海裡想像跟她們深度聊天，想像她們喜歡我，因為我比別人更專心聆聽她們的心聲。但說實話，高潮一過，我就不想理會她們了。我好像在對抗結構性歧視，好像只因為我是男的，看著這些照片會興奮，我就必然站在錯誤的一方。雖然我無意傷害人，卻仍傷害了人。

情況愈來愈不妙。快要上大學前，因為我的畢業舞會舞伴瑪麗．艾倫．史塔斯壯愛慕的目標是個她一定打不中的那個，所以，我們訂了個不帶感情但刺激的約定：互相交換第一次。那年夏天最後一個兩人都方便的週末，我們去一位共同朋友的父母位於埃斯特斯公園的小木屋履行約定。就在要插入的關鍵時刻，我不小心猛力頂到瑪麗．艾倫最敏感的禁地，她放聲尖叫，縮起身體，把我踢開。安慰、道歉都沒用，她反而更歇斯底里。她哭泣，不停抽噎，上氣不接下氣，不停地咿咿呀呀同一句話。等我終於搞懂她在說什麼的時候，覺得如釋重負，她要我馬上帶她回丹佛的家。

我收到賓夕法尼亞大學錄取通知時，耳邊一直響起瑪麗．艾倫肛門遭到侵犯的尖叫聲。我父親建議我選小一點的大學，但賓州大學給我獎學金；我母親則拿讀常春藤盟校就能認識有錢有勢的人為由，說服我去賓大。我在賓大念了三年，雖然沒認識半個有錢朋友，但我原本就很熟悉的男性罪惡感卻在這段期間獲得堅實的理論基礎。從新生訓練那一週開始，就有一位穿著連身工作服的四年級女生跟我談性的問題，我在此後課堂內外的演講中，學到了其實我與父權體制密不可分的程度遠超過我以前的認知。結果是，不管我與女人之間有哪一種親密關係，動機一定是可疑的。

但這並不意味我不想有親密關係。但顯然只有身高不到一百五十公分的女孩，才不會把我的年輕相貌當問題。其中一位是《賓大日報》的員工。這件事發生在我大二時，那女孩一開始歪著頭、意味深長地看著我，然後交給我一張紙條，拐彎抹角地提起，她可能被我「嚴重傷害」的「風險」。一天晚上，我覺得過意不去，半夜跟她約在大草坪中心發生關係。第一個原因是我的罪惡感，因為我對她提不起太大的「性趣」，因為我就是那種物化女性的男人，沒辦法不在意她身高；另一個原因則出自男人的卑鄙動機——我總算有機會跟女人做愛了。但當她歪著頭要我表白時，我就是做不到。也就是說，我「傷害」了她，自己卻一無所獲。我很過意不去，她則反應激烈，甚至辭掉報社的工作。

我靠著在休士頓樓喝啤酒、打撞球和忙著《賓大日報》的工作消愁解悶。我們這些學生社團的記者做的都是些學生才會做、輕浮張狂的事情，卻自視甚高。在我認識《紐約時報》的人之前，從來沒有碰過像我們一樣眼睛長在頭頂上的人。我們當然像巧克力棒的內餡一樣貞潔，但我們都會吹噓高中時的性冒險，倒是我從沒想過，我會撒謊，難道我的朋友不會？看穿我撒謊的人是露西．希爾。她是喬特．羅斯瑪麗．霍爾高中的獎學金學生，進賓大前在餐廳當了兩年服務生。她那快三十歲的男友是個自學的嬉皮木工，長得像她最喜歡的作家D．H．勞倫斯。露西像我姊姊辛西亞一樣，用和善、不帶感情的態度觀察我，但她比辛西亞更不掩飾，也更包容。我向她坦承我對瑪麗．艾倫．史塔斯壯做的事，她笑著說，瑪麗．艾倫尖叫，是因為我給她不能承認她想要的做愛方式。露西想替我找個**像兔子一樣幹個不停**的人。我不喜歡她說「像兔子一樣幹個不停的人」這話的聲音，也有點厭惡露西的點子隱約有瞧不起人的感覺，但我沒有其他人可以談性問題，所以我還是三不五時到她校外的房子找她，喝淡而無味的咖啡，吃依照《慕斯伍德食譜》做出來的軟綿綿甜點。

安娜貝爾批評我的人品、離開我辦公室時，我和她都沒有意識到，其實我就是她喜歡的那一型。窗外，太陽突然下山，就像每到十月它就突然下山一樣。我坐在暮光中忍受著恥辱。我想承認我的確是個混蛋，但我很氣這句話出自一位年紀比我大、又漂亮（又有錢，我沒有忘記她是有錢人，打從一開始我就沒忘記）、從斯庫基爾河對岸過來的女人之口。我不知道該怎麼辦。打電話給露西只會挨罵。除了「你是個混蛋」這句話一直揮之不去，那個包肉紙裹起來的安娜貝爾裸體也一直讓我心神不寧。

我在學校餐廳草草吃了兩塊雞排和一塊蛋糕就回宿舍，照著抄在手掌上的號碼打電話給安娜貝爾，算到鈴響十聲就掛斷電話。歐斯瓦吃完晚餐回來時，發現我坐在一片黑暗中。

他說：「湯姆先生在想事情。有事情讓他坐立難安，有事情讓他如鯁在喉。」這不是歐斯瓦第一次模仿《糊塗情報員》的劇情對話，那一集有位叫「爪子」的東亞裔壞人說：「我不是『嗉囊』，是『爪子』！[9]」

我想告訴歐斯瓦，這件事是他搞砸的，挨罵的卻是我，但看他樂不可支，完全不知情的模樣，我就沒辦法澆人冷水，讓他一整晚不好過。於是，我把一股氣都發洩在寫新聞的記者頭上。

歐斯瓦附和我說：「那小子本來就尖酸刻薄，但他的稿子好。世上本來就沒有兩全其美的事！」

9《糊塗情報員》（*Get Smart*），一九六五年首播的美國電視喜劇影集。作者在此處玩了成語與字詞的押韻遊戲。湯姆聽到歐斯瓦講「如鯁在喉」（stuck in one's craw）這句成語，想到歐斯瓦也經常模仿《糊塗情報員》某一集出現的壞人Claw（利爪），在劇中聽到自己的名字被誤認為Craw（嗉囊），急著澄清他不叫Craw而是Claw。

「那些匿名批評萊爾德的說法太過分了。我在想，應該登個道歉啟事。」

歐斯瓦說：「哎，別這樣。雖然他有點賊頭賊腦，你還是得挺自己人。」

我和歐斯瓦同時進入《賓大日報》工作，習慣了互相取笑彼此的文章，這是第一次我們其中一人情緒低落到連對方勸解也沒用。但歐斯瓦沒多久就講了一些他對野馬隊替補四分衛諾里斯·威斯（歐斯瓦是內布拉斯加的球迷，跟我一樣支持野馬隊）的看法，還轉述了一些比我們笨、但人緣比我們好的同學的蠢話，逗得我笑了出來。歐斯瓦雖然有憤世嫉俗的本能，自信心卻像依唷[10]一樣。他最近才結束長期的性饑荒，和一位大二詩人上了床，但她顯然會撕碎他的心，只是時候還沒到。他為了尊重我還沒結束的性饑荒，幾乎不曾當著我的面提她，但當他又丟下我一個人時，我就知道他去找她了。我又掉入自責的深坑。

大約十點鐘前後，我終於跟安娜貝爾通上電話。

我說：「非常抱歉，沒有把妳保護好，我想要彌補。」

「湯姆，傷害已經造成了。早知如此，何必當初？」

「但是，我不是妳想的那種人。」

「你覺得我認為你是哪種人？」

「壞人。」

「我只是有一分證據說一分話。」她的語氣隱約有點調皮，可能是對我的批判軟化的跡象。

「妳要我辭職嗎？如果我辭職，妳會相信我嗎？」

「你不必為了我辭職，只要以後當個更稱職的編輯就好。」

「我會，我會的。」

她說：「那就好。我沒有原諒你，但謝謝你回我電話，真的。」

電話講到這裡就應該結束了，但安娜貝爾在一種情形下缺乏決斷，就是該掛電話時卻掛不了電話，當年如此，現在還是如此。而我不想掛電話，因為她還沒有原諒我。有那麼幾秒鐘，我們倆都沒說話。我們沉默愈久，我的機會就愈高，至少我是這麼想的。我繃緊神經，聽著安娜貝爾的呼吸聲。

最後，我受不了沉默，先開口：「妳的作品給人看過嗎？有機會的話，我想看看妳的影片。」

「到我的房間看我的版畫。你打電話給我，只是為了這個？」又是調皮的語調。「要不要現在就過來看看？」

「真的嗎？」

「你自己想，自己判斷我是不是說真的。」

「好。」

「我的作品可不是掛在牆上的那種。」

「好。」

「而且，除了我，沒人進過我的房間。」

她說這句話，感覺像是禁止，而不是在描述。

我說：「聽起來妳是個滿有趣的人，很抱歉我們傷害了妳。」

她說：「我現在習慣了。似乎只要是人，就會做出這種事。」

同樣地，講到這裡，也可以掛電話了，但有一個我想都沒想到的原因讓我們掛不了電話：安娜貝爾很孤獨。她在泰勒藝術學院只有一個朋友，一個叫諾拉的女同志，也是她在包肉紙事件中的盟友。諾拉迷戀她，

---

10 Eeyore，小熊維尼故事裡的驢子，個性極度悲觀，經常自怨自艾，缺乏自信。

卻沒有長遠打算，這使她很難完全接納這段感情。根據安娜貝爾的說法，除了諾拉，其他學生都討厭她。學校沒有電影課，她卻能以電影工作者的身分在學校裡待著，同學當然會厭惡她的特殊待遇；但真正的問題出在她的個性。人們會被她的容貌、毒舌，以及看起來可能真有藝術天份所吸引，她就是有辦法抓住大家的目光。但她展現的形象和在人們腦海中創造的想像是一回事，基本上，她遠比大家想像的害羞，而她的道德絕對主義以及優越感——這點，經常是害羞的源頭，也是說不出口的祕密——也一直拉開她與大家的距離。而那個一開始鼓勵她拍片、後來約她上床的老師，是個貪得無饜、顯然也不怎麼樣，以及摧毀他對她天份的評價的信心的人。從此，她就走上了對抗體制的道路。根據她的說法，其他學生只在乎教授認可、同意，以及是否會將其作品推薦給藝廊，從此她被推上全校棄民的地位。

那天晚上我們講了兩個小時的電話，除了這些，我還知道了很多毛骨悚然的事情。雖然我不是個有趣的人，但我的確很懂得聆聽。我聽得愈多，她的聲音就愈柔和。然後，我們發現了一個奇怪的巧合。

她從小在威奇塔學院山的豪宅中長大。全國第二大私人企業麥卡斯基爾農企集團的股票由兩個家族完全掌控，她是其中一個家族的第四代。她父親繼承了該企業百分之五的股份，娶了麥卡斯基爾家族第四代的女兒，並且進入企業工作。安娜貝爾說，小時候，她和父親一直非常親密，但到了她快進羅斯瑪麗·霍爾高中念書時——她母親是這所高中的校友，而喬特高中與羅斯瑪麗·霍爾高中合併是後來的事了——她說不想去。但母親相當堅持，父親則一反常態，不願意縱容她。她到康乃狄克州的時候才十三歲。

她告訴我：「有非常長一段時間，我腦袋裡每一件事情都想顛倒了。我覺得我媽很可怕，我爸很棒，非常聰明、迷人，又很有交際手腕。但我離開家去上高中以後，他就背叛了我媽；當我媽開始在早餐後喝酒，我才知道他一直要把我送走，是為了保護我。她從來沒明說，但我知道是怎麼一回事。他一步步逼得她無路可走，她不想讓我也受到波及，我卻對她這麼不公平。然後，他就殺了她。可憐的媽媽。」

「妳爸殺了妳媽？」

「你得瞭解麥卡斯基爾家族的生活方式。他們非常嚴格，堅持家裡的事要在家裡解決，所以外人不可能知道裡面出了什麼事，這都是為了保守祕密和家族控制。如果萊爾德家族的人與麥卡斯基爾的人結婚，就要至死不離，因為家族團結重於一切。當我離家去上高中，我爸開始有女人，她除了喝酒還能做什麼？這就是麥卡斯基爾家族的生活：喝酒、嗑藥，以及對危險嗜好樂此不疲，例如開直升機。你要是知道這家族有多少人有毒癮，一定會嚇一跳。在我們講話的時候，我的兄弟裡面，至少就有一個正在嗑藥。我們要嘛去上班，替家族賺錢——這就是**他們**口中的麥卡斯基爾經商之道——不然就是靠縱情欲樂毀了自己，因為沒有現實原則[11]阻止他們。這家族的人，沒有一個需要自謀生路。」

我問她：「妳媽媽怎麼死的？」

安娜貝爾說：「淹死的，在我們家的游泳池。我爸當時出城了，所以現場沒有他的指紋。」

「這是多久以前的事？」

「剛過兩年，六月的事。那天晚上很舒服，又暖和。她血液裡的酒精濃度高到連馬都會醉倒。她是在淺水區那一帶昏過去的。」

我對她說我很難過，然後告訴她，我父親也在她母親去世的同一個月過世，當時他已經滿六十五歲，兩星期前剛退休。但他從來不用「退休」這個字，而是用「不教書了」，因為他依然精力旺盛。他打算重新蒐集石蛾標本，取得博士學位，學習俄文和中文，接待外國交換學生，買一輛符合我母親對出遊舒適標準的休

11 Reality Principle，佛洛依德精神分析理論用語，指依循外在世界的規範行事的理性行為。與「現實原則」相對的是「享樂原則」，指縱情於立即滿足，並發洩原始欲望的衝動行為。

旅車。但他做的第一件事，是報名一個為期兩個月的菲律賓動物學考察行程當志工。他想趁著我還小，可以在丹佛過暑假陪我媽媽時，滿足他迄今無法如願的異國之旅。我開車送他去丹佛機場，他告訴我，他知道我母親可能很難搞，但是，萬一我覺得她很煩，一定要記住她的童年很坎坷，身體又不好。沒想到這番貼心的話，成了他對我說的最後幾句話。第二天，他在菲律賓搭乘的小飛機撞山。《紐約時報》用四段篇幅報導了這件事。

「這是哪一天發生的？」

「菲律賓的六月十九號，丹佛的六月十八號。」

安娜貝爾安靜下來。過了一會兒，她說：「這件事非常蹊蹺。我母親是同一天去世，我們倆在同一天成了半個孤兒。」

回想起來，這件事的重點應該是，那不是同一天，因為她母親是十九日過世的。我在那個星期五晚上之前，根本是個不信這種事的人。我父親生前熱衷於拆穿一般人誇大巧合的習慣，他會在上課時——有時候在家裡也拿出來講——一時興起，「證明」只要透過嚴格的科學推論，就可以得到嚼「箭牌」水果口味口香糖會讓頭髮變成金色的結論。但是，我和安娜貝爾聊了一個半小時的電話，聊到世界縮小成她的聲音那般大小的時候（這件事的重點似乎是，這是我們第一次透過電話真正在談話，將活生生的人精煉為字與句，直接進入大腦），卻聽到她說我們倆在同一天成了半個孤兒的巧合，不禁顫抖起來，就像命運主宰了我一樣。這個巧合怎麼可能不重要？這位有趣的女人六小時前宣告我是個混蛋，現在卻用甜美聲音，對我傾訴了一個半小時。我覺得不可思議又迷人。顫抖停止後，我勃起了。

安娜貝爾說：「你覺得這代表什麼？」

「我不知道。就像我爸經常說的，也許根本沒什麼。雖然——」

她說：「這件事怪透了。我今天根本沒有打算去你辦公室找你。我剛看完巴恩斯蒐藏展，這是另外一回事了，為什麼有人還覺得該去看雷諾瓦老爹？但是在泰勒藝術學院就有這樣的人，而我呢，倒楣，現在在上他的課，因為去年大家都修那門課時我沒修。我本來還在想，不知道我可不可以破例免修，但這年頭，肯定沒人有這種心思為我破例。我在30街地鐵站的月台上，想到你對我做的那件事就非常難過，竟然沒留意一班地鐵開走了。這成了要我去找你的預兆，因為我錯過了地鐵。我從來沒有因為專心想一件事而錯過地鐵。」

我的勃起催促著我說：「聽起來的確像個預兆。」

她說：「**你是誰**？為什麼會這樣？」

我的身體已經被她的聲音帶著產生變化，所以，我不覺得這是個無厘頭問題，但她的認真語氣嚇了我一跳。

我說：「我是美國人，丹佛出生。」接著自大地補上一句：「索爾．貝婁。」

「索爾．貝婁是丹佛人？」

「不，他是芝加哥人。你不是在問我是誰嗎，這是我的答案。」

「我沒問誰是**索爾．貝婁**。」

我說：「他得過普立茲獎，我想跟他一樣。」我本來想讓自己顯得更有趣一點，但話一出口，反而覺得自己真是蠢到斃。

安娜貝爾說：「你想當作家？」

「記者。」

「所以，我可以放心，你不會把我的故事寫成小說？」

「絕不可能。」

「這是我的故事、我的素材，也是我藝術創作的源頭。」

「那當然。」

「但記者是靠著背叛才活得下去。你的小記者就背叛了我，我還以為他對我的訴求有興趣。」

「記者有很多種，他只是其中一種。」

「我在想該不該掛電話了，還有，這些是不是**惡兆**。背叛和死亡都是惡兆，不是嗎？我想我該掛電話了，我會記得你傷害了我。」

不過，她當然沒有掛斷。

我說：「安娜貝爾，別這樣。」這是我第一次叫她的名字。「我還想見妳。」

後來，我又見到她了。但我先去了露西家，喝淡而無味的咖啡和吃一種加了麥片的烤蘋果酥。露西的房子暖氣過強，能聞得到幹個不停的兔子的臭味，至少我覺得是那種味道。她告訴我：「你不應該為了那則新聞過意不去。我打電話給你，只是要警告你，一個代表正義的龍捲風正朝你撲去。安娜貝爾需要讀讀尼采，改變她對善惡的執著。她唯一願意討論的哲學家是齊克果，但你想想跟齊克果上床是什麼感覺。他隨時隨地都要問問題：『我可以這樣對你嗎？這樣可以嗎？』」

我說：「我還是覺得過意不去。」

「她昨天打電話給我，想打聽你。聽得出來，你們已經聊了一趟電話馬拉松？」露西邊講話，手裡也沒閒著，又拿了一塊烤蘋果酥放進嘴裡。她不胖，但臉和大腿已經有點慕斯伍德[12]。「她問我，你這人好不好，大寫的G[13]。感覺她好像想讓你上她的床。依照你現在的情況，當然得上某個人的床，但我不知道她的床適不適合你。別以為我在亂講。她也讓我神魂顛倒過，那是我在喬特念三年級的時候。學校每一個老師都把她當神。她有用不完的錢，還能弄到強勁的大麻種苗，一些同學甚至搞起水耕大麻。她很難相處，沒錯，但抽大麻的時候例外。她在派對上抽得可多了，危險的多，抽完後再跟人上床，第二天早上照常六點起來，寫出一篇又一篇大學生程度的報告。我也想和她睡覺，但等到我們成了室友，她卻下定決心禁慾，現在她連大麻都不抽了，成了聖女安娜貝爾。我到現在還愛著她，我也覺得那新聞對她不公平，但接受那位記者採訪，其實是她的錯。她是自作自受。」

「她有男友嗎？」

露西說：「都不長久。我問過她多久自慰一次，她一副不敢相信我會問這種問題的樣子，一副她不是喬特有史以來最瘋的女孩一樣。我想，她在那一段亂七八糟的日子出了問題，畢竟她太年輕，最後得了性病。雖然這很不幸，但結論是，她不適合你。」

我還沒理出頭緒，露西就拉著我的手，帶我離開廚房，離開堆得像小山、表面還結了硬皮的鍋碗瓢盆，到她與她男友鮑勃的房間。床沒有鋪好，地板上散落著衣服。她說：「我有一個新點子。」說著就把她的額頭貼在我的額頭上，推我後退，倒在床上。「我們可以慢慢來，看看會到哪一步。要不要？」

「鮑勃怎麼辦？」

「這讓我來操心，跟你沒關係。」

如果一個星期前碰上這事，我可能會順水推舟，但現在有了安娜貝爾，我就覺得沒辦法像吃烤蘋果酥那樣自然、家常，因為性在我心中已經佔據了大到可怕的比例。此外，我也不可能不覺得露西是故意想讓我遠離安娜貝爾。雖然她嘴上沒說，但每一步都顯示這就是她的打算。我們在渦紋圖案的床單上纏綿了不到十分鐘，我就找了藉口分開。

---

12 指露西吃了太多依照慕斯伍德的食譜製作的甜點而顯胖。

13 此處指「好」（Good）的G。

露西說：「很開心，不是嗎？我們早幾個月就該想到來一次了。」

我說：「真的很開心。」基於禮貌，我補了一句：「希望還可以再來。」

到週日下午我和安娜貝爾在一起的時候，真是不一樣啊！那是個灰撲撲的冷天，我們約在美術館碰面。安娜貝爾穿著一件暗紅底黑邊的羊毛外套出現，還有她強烈的意見。我請她替我講解作品，她很不耐煩地快步走過展覽廳，邊走邊一視同仁地把眼前的作品批評得一無是處──「看了就想睡覺」、「想法就錯了」、「宗教這個、宗教那個」、「肉，又是肉」──當我們走到湯馬斯．艾金斯的作品前面時，她停了下來，看得出來她整個人都放鬆了。

她說：「就是他，我唯一信任的男性畫家。我想我也有一點信任柯洛和他畫的乳牛，他懂得乳牛的悲哀。還有莫迪利亞尼，我曾經非常迷戀他的作品，希望他能畫我。剩下的那些，我敢對你發誓，他們筆下的女人都是錯的，就算他們不是畫女人，而是畫風景，他們所傳達的女性訊息還是一片謊言，就連莫迪利亞尼也一樣。我也不知道為什麼我會原諒他，其實我不應該原諒他，我想，也許因為他是莫迪利亞尼吧。我從沒見過他，也許這是件好事。待會兒我帶你去看這個展覽的每一位女性畫家──哦，等等。」她哼了一聲，說：「這兒找不到一位女畫家，剛好顯示了女人一缺席，男人就不老實。除了這傢伙以外。老天，他真是誠實。」

她起碼喜歡了一位男性畫家，我覺得這是個好兆頭，代表她不是不能破例。雖然她藝術史講解得一塌糊塗，但如果來這裡只要看一位畫家的作品，艾金斯確實是不錯的選擇。她指出划船的人、槳、船和水波構成的幾何形狀，還有艾金斯筆下的德拉瓦河下流河谷的氣氛有多真實。她又特別強調艾金斯畫的人體，她說：「人體畫有幾千年的歷史，很多人都以為人體畫的成就已經達到頂峰，其實，人體畫是這世上最困難的事情，因為畫家得先有能力看到真實的身體。這傢伙不僅看得到，還能畫出來。原因我也不曉得，但我知道，除了艾金斯，其他所有人，甚至攝影家在內，或者應該說，尤其是攝影家，從作品中都看得出來有些**想法**阻擋在他們的人體作品與真實的身體中間；但艾金斯沒有。」她轉向我，問：「你的名字也是湯馬斯，還是只是湯姆？」

「湯馬斯。」

「還好我不姓你的姓，我這樣說沒關係吧？」

「安娜貝爾．艾柏蘭特。」

她想了想，說：「說實話，叫安娜貝爾．艾柏蘭特也許也沒那麼糟，這兩個字有點把我的一生講完的感覺。」

「妳可以照妳喜歡的方法發音。」

她似乎想要消除所有我們可能結婚的聯想，說：「你的樣子看起來真是奇怪的年輕。你自己也知道，對吧？」

「很不幸，妳是對的。」

「我覺得艾金斯的畫跟他的品格有關。他一定是個品格良好的人，才能畫出這麼誠實的作品。他可能有些性問題，但他有顆純粹的心。大家總說梵谷的心很純真，但我覺得他腦袋裡都是蜘蛛。[14]」

我感覺自己像是某個人無趣的小弟，安娜貝爾答應跟我約會，只是為了那個人。說她打電話給露西打探我是對我有興趣，或是她現在想讓我對她印象深刻，我都不會信。我們回頭往外走，我提起露西，說她們倆很不一樣。

---

14 出自蘇斯博士（Dr. Seuss）的兒童啟蒙讀物《格林奇偷走聖誕節》（*How The Grinch Stole Christmas*）。格林奇是個住在洞穴裡、邪惡又自私的綠色怪物，他聽到附近村莊家家戶戶高興地準備即將來臨的聖誕節，決定偷走村裡的聖誕節禮物，讓全村的人無法慶祝歡樂的節日。書中形容格林奇的心是空無一物的洞，腦袋裡都是蜘蛛。

安娜貝爾說：「她很聰明。喬特的學生裡面，我只欣賞她的抱負。她打算拍紀錄片，改變美國電影的風貌。可是她現在的目標是和那個打雜工鮑勃生孩子。他嗑了那麼多藥，身上找得到一個好的染色體才怪。」

「我覺得她跟鮑勃可能有點問題。」

「是哦，那我倒希望他們的問題早點爆出來。」

雪花斜飄過美術館的階梯，那是這個冬天的第一場雪。在丹佛，這種天氣最後會變成十五到三十公分的積雪，但在費城，這種雪到最後會變成飄雨。費城有幾條會讓人心情格外沉重的大馬路，我們正沿著其中最荒涼的班傑明・富蘭克林公園大道走著。我問安娜貝爾，她為什麼沒有車。

她說：「你想問我的保時捷在哪裡？你想知道的就是這個，不是嗎？從來沒有人教我怎麼開車。萬一你看錯我這個人，我還可以告訴你，我正在戒掉那個家族的奶嘴。我父親幫我付了最後一學期的學費，到此為止了。」

「女兒沒有繼承權嗎？」

她並不在意這個小小的魯莽問題。「這些錢毀了我哥哥，我不會讓這些錢也毀了我。錢甚至也不是原因，原因是錢上面的血，我能在我的支票戶頭上聞到血味，從一條肉河流出來的鮮血。麥卡斯基爾就是這種公司：肉河。他們也經營穀物生意，但還是有很多穀物被拿去餵養那條河。也許你今天早餐就吃了麥卡斯基爾的肉品。」

「這裡有一種叫豬雜餅[15]的食物，聽說裡面有內臟與眼睛。」

「這就是麥卡斯基爾的經商之道，什麼都不放過。」

「我還以為豬雜餅是當年賓州的德裔移民發明的。」

「你有沒有去過養豬場？養雞場？養牛場？屠宰場？」

「我遠遠聞過那些地方的味道。」

「都是一條條肉河，我拍的影片就是做這個題目。」

「我想看妳的影片。」

「不是每個人都適合看。除了諾拉，大家都討厭這部片，而諾拉是純素食主義者，她覺得我是個天才。」

「什麼是純素食主義者？」

「不吃任何動物產品的人。我也該跟她一樣，但我基本上只靠烤吐司塗奶油維生，所以不大容易。」

她說的每一件事都讓我著迷。我們似乎朝著地鐵站的方向走，我擔心來不及讓她對我著迷，就要分道揚鑣了。

我說：「我可以規劃一個豬雜餅的報導，調查一下這種食物的起源、什麼東西做的、養那些豬的方式。我可以自己採訪寫稿。每個人對豬雜餅都嫌東嫌西，但沒有一個人知道這東西到底是什麼。好新聞就是這樣來的。」

安娜貝爾皺了皺眉，說：「聽起來這有點像是我的點子，不是你的。」

「我是在想辦法彌補。」

「我得先打聽麥卡斯基爾有沒有生產豬雜餅。」

「我剛跟妳說了，這是賓州的德裔移民發明的。別忘了，這可是我先說的。」

她停住腳步，站在人行道上，面對面看著我。「我們非得這樣嗎？要這樣比來比去嗎？我可不想做這種事。」

15 Scrappel，用屠宰後剩下的殘肉，加上玉米粉、麵粉與香料調製成半硬半軟長條狀的食物，食用時切片煎食。

我很高興，因為她講到「我們」的時候，像是一件可能有進展的事情。但我也很難過，因為「我們」也可能是她不想要的事情。而且，不知道為什麼，寫不寫豬雜餅新聞成了由她決定的事。她就這樣悄悄地假設我喜歡她了。

我說：「妳是藝術家，我只是記者。」

她看著我的臉，眼睛轉啊轉地說：「你很**好看**。」接著冒出一句不大友善的話：「但我還沒把握能完全信任你。」

我覺得心頭被針刺了一下，說：「好吧，謝謝妳帶我看湯馬斯・艾金斯。」

「對不起。」她舉起一隻戴著手套的手按著眼睛，說：「別難過。我只是突然頭很痛，該回去了。」

回學校以後，我想打電話給她，問她身體好一點沒有，但「**好看**」這兩個字還是讓我很不爽。這次約會跟我的期待也差很多，完全沒有延續我們如夢般的電話聊天。我的性羅盤指針擺回她和露西之間。我母親前不久還警告我不要犯她當年的錯誤，年紀輕輕就一頭栽進另一個人的懷抱——她的意思是我應該先賺錢，然後挑一棟最貴的房子等等——我當然不覺得我會一頭栽進露西的懷抱。

星期天晚上我打電話回丹佛，提起我跟一位麥卡斯基爾家族的繼承人逛美術館。我覺得我很弱，因為我辜負了母親的期望，沒有交到她滿意的常春藤盟校女友。事實上，我很少有讓她高興的事情。

我母親問：「你喜歡她嗎？」

「說實話，喜歡。」

「你父親的朋友傑利・諾克斯在麥卡斯基爾工作了一輩子。大家都知道他們用最高道德標準要求自己。只有美國才有這樣的公司……」

我準備好又要聽長篇大論了。我父親過世後，母親就開始抱怨個不停，好像翻來覆去、老調重彈可以填滿生活空虛。她還把頭髮挑染成黃灰色，讓自己看起來老一點、更像寡婦一點；但這不能改變她只有四十四歲的事實。我希望喪夫之痛結束後——無論長短，只要她覺得結束了——她能夠再婚，這次選個有錢、政治立場中間偏右的人。這並不是說她對我父親過世有多悲痛，相反地，這段期間她很氣我父親，甚至氣他死得**莫名其妙**。父親死於空難後，難過得不能自已的是我和兩個姊姊。早在他過世前，我就不那麼嚴厲地看待父親這輩子的所作所為，到了我在他任教的高中禮堂參加他的追悼會，看見他的同事與教過的學生把會場擠得水洩不通，就更覺得驕傲，我是那個所有人都喜歡的人的兒子。我兩個姊姊各講了一段話，追憶父親生前種種，她們的切切情意似乎是針對遺孀有感而發。我母親坐在我旁邊，咬著下唇，看著前方。追悼會結束時，她的眼睛還是乾的。她說：「他是一個**非常好的人**。」

之後連續三個暑假我都回家裡陪她，一次比一次難熬。我能找到薪水最好的工作，是在艾金森藥局的分店打工，就是她以前工作的地方。每天傍晚下班後，我都跟朋友混到半夜，才回家忍受那間有惡臭味的浴室。我母親的大腸不僅對我不滿，也看不順眼我姊姊。辛西亞研究所念到一半就輟學，去加州中央谷從事勞工運動，艾倫則跟一位灰鬍子的斑鳩琴樂手住在肯塔基州，替學生輔導英文。她們看起來都很快樂，我母親卻只覺得她們浪費了才能，嘮叨個不停。

我能找到藥局的工作，是靠這家連鎖藥局老闆迪克．艾金森。第二年暑假我回家陪母親時，她的腸道急躁問題因為迪克的追求變得惡化。迪克是個好人，也是忠貞共和黨員，我母親一直很欣賞他的經商能力，我覺得她找不到比迪克更好的對象。但迪克離過兩次婚，她則一直跟我父親在一起，因此不能接受拋棄配偶這種事，也不願意跟這種男人有瓜葛。迪克覺得這理由很荒謬，但他相信最後一定能說服她。暑假快結束時，她的情況愈來愈嚴重，腸胃科醫生只好開皮質類固醇給她服用。幾個月後，她就辭了藥局的工作。她現在替丹佛市中心商辦開發商安恩．賀肯競選議員，我猜她的薪資跟奴工沒有兩樣。第三年暑假我回家陪她時，發現她的健康狀況有所改善，但崇拜安恩．賀肯的狀況卻愈來愈嚴重，不僅叨叨念個不停，而且翻來覆去說的都是安恩有多好的那一套，我擔心她精神出了問題。

等到她講完麥卡斯基爾家族對整體國家道德水準的貢獻，再沒什麼可講時，我問她：「安恩的民調怎麼樣？有沒有希望？」

她說：「安恩這次打的選戰可以說是科羅拉多州有史以來的表率。那個卑鄙的總統把身邊那群卑鄙的自己人利益看得比公益還重要，到現在我們還在受害。看看那些穿針引線的民主黨員，和他們那個令人作嘔、一天到晚笑嘻嘻的種花生總統，有這些人當家，我們還真是**福氣**！想想看，有腦袋的人，哪可能認為安恩跟水門案有關？我搞不懂，湯姆，我真的搞不懂。他的對手一直污衊他、毀謗他，到處煽風點火。但安恩不願意盲從。他為什麼要迎合那些人？他有兩千萬美元的身價，公司也蒸蒸日上，要不是受到公民責任感的鼓舞，誰願意降格去蹚科羅拉多州政治的渾水？這真的有這麼難懂嗎？」

我說：「所以是沒希望的意思？民調不看好？」

我大概沒辦法從她嘴裡問出直接了當的答案。她一直自顧自地說安恩有多誠實、正直，不譁眾取寵，以企業經驗為本提出對策，能解決經濟停滯與通貨膨脹的問題。講到我掛了電話，還是不知道安恩的民調高低。

之後那個週六晚上，露西和鮑勃在家舉辦萬聖節派對。我和歐斯瓦穿西裝，戴上墨鏡和耳機，打扮成特勤局幹員赴約。不少鮑勃的朋友——就是那些近十年來還住在離母校不到一公里、把精力花在荒謬和瑣事看成宣示政治立場的人——把自己打扮成觀念人，看起來相當愚蠢（門口有個用兩片保麗龍板包住自己的傢伙，一臉認真地對我們說：『我是排中人。』[16]），露西家因為大麻的關係煙霧瀰漫。鮑勃頭上戴著一付麋鹿角，代表他是布爾溫克，露西則扮成布爾溫克的搭檔洛基。她把鼻子塗成黑色，臉上剩下的地方全用油彩塗成棕色，她穿的舒展睡衣也是棕色的，屁股上方還連著動物毛皮做的尾巴。[17]她蹦蹦跳跳地朝我和歐斯瓦跑來，要我們摸她的尾巴。

歐斯瓦問：「一定要摸嗎？」

「我是洛基飛鼠！」

看樣子，她可能也抽了大麻。我對歐斯瓦不好意思，因為他完全沒辦法接受這些反文化的愚蠢行為。我環顧客廳，想找找看有沒有年輕又不安的臉孔，看到安娜貝爾獨自站在房間一角。我有點訝異。她緊緊交叉著雙手，她的扮相等於沒有扮相：牛仔褲和牛仔夾克。

露西知道我一直在看她。「你知道她打扮成誰嗎？『普通人』，明白了嗎？她只能假扮成普通人。」

我跟歐斯瓦說：「她就是安娜貝爾．萊爾德。」

「少了包肉紙，很難認出來。」

安娜貝爾看到我，像吊死鬼一樣張大眼睛。看到她穿牛仔裝真有意思——真的很像適合她的萬聖節扮相。

我說：「我應該去跟她打個招呼。」

露西說：「別去，她應該試著跟大家打成一片。我們在巴士底日[18]辦派對的時候她也是這樣。大家都有

---

16 這人的扮相來自邏輯觀念中的「排中律」（Law of excluded middle）。以矛與盾為例，若相信此矛鋒利、無堅不摧，則不可能同時相信此盾堅固，任刺不入。

17 鮑勃與露西的萬聖節扮相是在模仿美國一九五四年到一九六四年播出的電視卡通影集《洛基與布爾溫克》（*Rocky and Bullwinkle*），洛基是一隻飛天鼠，布爾溫克則是麋鹿。

18 Bastille Day，法國國慶日。

興趣找她講話，找我打聽她是誰，但沒人敢接近她。我真搞不懂，她既然覺得沒人配得上她，為什麼還要來。」

我說：「她害羞。」

「就算是吧！」

安娜貝爾看到我們在談論她，轉過身背對我們。

歐斯瓦問：「那裡有啤酒？」

我正準備跟著歐斯瓦去廚房，露西忽然抓住我的手，說她有東西要給我看。要我跟她到樓上臥室。天花板吸頂燈的刺眼光線把她照得像露西，也像隻小動物。我問她要給我看什麼。

「我的尾巴。」她轉身對著我搖搖那隻毛茸茸的尾巴。「你不想摸摸看嗎？」

誰不喜歡摸動物的毛？我摸著她的尾巴，她背向我往後退，用屁股磨蹭我的大腿，把尾巴撞歪了。有點誘人，又有點好笑。她抓著我的手摸進她睡衣裡無拘無束晃動的雙乳，然後高聲說：「我是喜歡做愛的小松鼠！」

我說：「哇，好吧！但妳不是要，比如說，要招呼客人嗎？」

她在我懷裡轉了個身，摘下我的太陽眼鏡，把她的臉貼著我的臉。她臉上的油彩有濃濃的蠟筆味。「這世上有沒有人把第一次給了松鼠啊？」

我說：「很難講吧。」

「第一次給松鼠應該不算數吧？」

她把舌頭伸進我嘴裡，拉著我上床。跟一隻穿著兒童尺寸睡衣、睡衣裡有一對誘人雙乳的松鼠做愛並非沒有吸引力，奇怪的是，我這時反而不在意安娜貝爾的感受。我的直覺是，有另一個人主動撲到我身上，搞不好能助我一臂之力，讓我和安娜貝爾更進一步。露西轉過身，拉著我的手伸進她的鬆緊帶睡褲裡，說：「讓你體會一下我這隻小動物毛茸茸的感覺。」這時，我想到歐斯瓦看到她的幼稚行為，那張一副不敢置信的臉。露西的個性讓我想起安娜貝爾的個性、想起她對露西的評價，以及她那雙吊死鬼般的眼睛。想到這裡，我就抽開手，站起來，把太陽眼鏡戴回去，說：「對不起。」

露西在性方面**非常看得開**，已經到了不會受傷、甚至感覺不到受傷的地步。她說：「沒關係，如果你還沒準備好，就不必勉強。」

我聞到自己臉上的油彩味，我現在一定髒得像吃過屎一樣。我去洗手間把身上和臉上清乾淨，發現領子上有一大塊棕色污跡，這是我唯一一件好襯衫。

樓下放的音樂是鮑勃最喜歡的深紅之王樂團。安娜貝爾不見人影。歐斯瓦在大門附近，旁邊站的是「排中人」，手上拿著一疊用橡皮筋捆起來的小冊子。

歐斯瓦對我說：「這是我們這位朋友出版的小詩集。」

「詩本來就應該是免費的。」排中人說著就遞過來一本。「這是送你的禮物。」

歐斯瓦慫恿他：「念一首詩給湯姆聽，我喜歡這首詩表現的生活樂趣。」

排中人念念有詞：「我光腳踩過一灘黑水糞，地球是我的放屁墊！」[19]

歐斯瓦說：「就這樣囉，堪稱短小精悍詩的非凡之作。」

我問：「有沒有看到安娜貝爾？安娜貝爾・萊爾德？」

「她走啦！」

19 放屁墊是一種整人空氣坐墊。藏在椅墊下，不知情的人坐下，氣墊排出空氣時會發出放屁的聲音。

「穿著牛仔夾克的？」

「對啊，就是她。」

我急忙跑到街上，到了市場街拐彎處，看到安娜貝爾在下一個轉角等紅綠燈。我知道，經過這半小時，她成了這世上我最想看到的人。她一定也聽到了我跑步的腳步聲，卻不回頭看，等我跑到她身旁時，她還是動也不動。

我上氣不接下氣地說：「妳怎麼就這樣走了？我們還沒講到話。」

她把臉轉向一邊，故意不看著我，說：「你這麼有把握，我想跟你講話？」

「我碰到一隻發神經的松鼠，對不起。」

安娜貝爾說：「你現在回去還不遲，她好像下定決心要上你。她和雜工先生的問題，我猜就是你吧？我看到他頭上戴著那個滑稽的麋鹿角，就在想：他自己大概都不知道那扮相有多貼切。[20]」

我說：「我們找個地方聊聊，可以嗎？」

「我要回家了。」

「好吧，好。」

「如果你要坐同一班地鐵，我不能攔你；如果你跟到我家門口，禮貌地問我可不可以進去，我可能會讓你到廚房坐坐。」

我說：「妳明知道自己一定會討厭這種場合，為什麼還要來？」

「你是不是希望我說，因為我以為你也會來？」

「是這個原因嗎？」

她笑了，但還是不看我，說：「我不會幫你下結論。」

她住在一棟維護得很好的老房子頂樓，不是學生住得起的地方。廚房潔淨無瑕。她脫了鞋放在門口，要我也照做。廚房桌上有一個鄉村風的白陶碗，裡面有三顆完美的蘋果，窗台上放著兩本《素食美食家》，爐子上是閃閃發光的銅芯平底鍋。廚房最大的一面牆上貼著肉品店常見、牛隻各部位的分解標示圖，我正在研究哪邊是前胸肉、哪邊是肩胛肉時，安娜貝爾拿著一瓶看起來很貴的酒回到廚房。

她說：「這是蒙侯斯堡，我出生那年的年份，我爸送了我一打當生日禮物。想到我媽怎麼死的，他卻拿酒當禮物，除了麻木，他還想暗示什麼？真是荒唐。我算是說他好話了，因為我懷疑他可能有更邪惡的動機。所以，這酒，我不會一個人獨享，原因你現在也知道了。除了你，只有諾拉來過這裡，但她不能喝紅酒，會跟她的藥衝突，所以這酒我還剩十瓶。你今天晚上走運了。」

「另外兩瓶呢？」

「露西辦巴士底日派對時，我帶去當禮物。她是老朋友了，所以我想帶點好東西給她。但她感激過頭了，你懂我在講什麼嗎？『慷慨得不得了』，這種話講一兩次就夠了。講多了，就變成像批評我的出身背景，不僅是我的背景，甚至像在批評我這個人。我直說，我知道你還把她當朋友，但她已經讓我覺得噁心。我說真的，我一想到她，肚子就不對勁。」

我說：「我也一樣，有一點點。」

「你的領子上有隻松鼠，知道嗎？」

「她大膽過頭了。」

「你有沒有注意到，我還沒問為什麼**你**也去那個派對？」

20 鮑勃的扮相是布爾溫克，傻傻憨憨的個性經常遭到嘲笑。

我說：「我現在在哪裡比較重要。我在這裡，不在那裡。」

「確實。」

我們碰了碰杯。她的生日已經過了，但我祝她生日快樂，我們很自然地互問彼此的生日。她的生日是四月八日，我是八月四日。

安娜貝爾對這兩個日子的對稱反應激烈。「老天，」她盯著我看，彷彿我是個幽靈。「你不是在亂掰吧？你的生日真的是八月四日？」

比起來，這一組預兆對她比對我更有意義。對她而言，這說明我們的關係不僅是化學反應，也受到日月星辰力量的影響；對我而言，它們只是證實了我對她的感覺的確是化學反應。當她喝了酒、身體發熱、脫掉牛仔夾克、露出上手臂時，我的心臟立刻有了反應。那一刻我就知道，影響我往後命運的不是日期的巧合，而是她纖細的上手臂。

受到葡萄酒和神祕預兆的影響，她從那天晚上開始著手調教我。我要有更遠大的抱負，才能和她在一起。知道我正在申請新聞學院時，她說：「讀完以後呢？去托皮卡市議會採訪五年的市政新聞嗎？」

「這是光榮的傳統。」

「但這是你想做的事情嗎？你想**做什麼**？」

「我想出名，想要擁有改變世界的力量。但我得先付出一點代價。」

「你有沒有想過自己創辦一份雜誌？如果你有自己的刊物，你想做什麼事情？」

我說我要為真相服務，不管真相有多複雜難解。我告訴她，我從小就在政治立場兩極的家庭裡長大，父親盲目地相信進步價值，母親則相信大企業，他們互揭對方政治信仰的瘡疤時，往往把對方弄得又氣又恨。

安娜貝爾陰鬱地說：「我倒是可以跟你媽說說大企業的真相。」

「另一邊也好不到哪裡去。對蘇聯問題的立場、國宅政策，還有卡車司機工會的影響力。真相就存在兩邊對峙的中間某處，那裡是記者該去的地方。而我從小就生活在那種家庭，**注定**要當記者。」

「我懂你的意思。我注定要當個藝術家，原因跟你一模一樣。但是，這也是我覺得你不應該把五年光陰浪費在托皮卡或類似地方的原因。如果你決心要為真相服務，現在就去做，辦一份沒人辦過的雜誌，不是自由派，也不是保守派，而是同時揭兩邊瘡疤的雜誌。」

「《複雜人》。」

「好名字！記住這名字，我說真的。」

有她肯定的光芒加持，我自己創辦一份《複雜人》的雜誌，似乎極可能成真。而且，要不是她覺得可能和我共創未來，為什麼要跟我討論這件事？想到我們共同的將來，想到其中隱含的愛，我不禁想把手伸過去抓住她。但我正要伸手時，她站了起來。

「我也有個計畫。」她走到牛隻部位示意圖前面，說：「就是這個。」

「我剛才也在好奇，為什麼吃素的人要在廚房掛一張牛的海報。」

「我的計畫還沒有成形，而且這計畫要花十五年才能完成。但是，如果能完成，就會像你的雜誌一樣，是個劃時代的成就。」

「能告訴我計畫的內容嗎？」

「先看看我們會不會再見面。」

我站起來，走過去，跟她一起看著那張圖，說：「我是不是絕對不能吃牛肉？」

她轉向我，驚喜地說：「既然你先講了，答案是『是的』。這是條件之一。」

「那妳又犧牲了什麼？」

「**很多**。」她邊說邊走回桌邊。「我愈來愈習慣獨處。這個廚房的味道，就是我想要的味道。我對味道很敏感，我能嗅到別人聞不到的味道。我現在就能聞到你身上的油彩味。我想控制環境的味道，因為對我有幫助。還有，安靜的時候，我能更清楚地聽到自己的想法。現在，就算星期六晚上沒人陪我，我也無所謂。我能走到這一步，不容易，但我努力了，也做到了。就像今天晚上，一方面我希望今天晚上我沒出去，另一方面，我也希望你沒來。但是，好像是命運注定你會來這裡。」她深吸一口氣，看著我的眼睛，說：「湯姆，其實我在那個街角是在等你。那時我看了看錶，決定等五分鐘，後來你在四分鐘的時候來了。四八，八四。」

我的心臟怦怦跳了起來。我變成了預兆，失去了自己。知道安娜貝爾在街角等我，當然很興奮，但同時我的鼠蹊部位也立即充血，傳說中男人在處決前一刻可能會勃起，大概就像這樣。即將赴死，就是我當時的感覺。

我靠近她，雙膝跪下來。我希望我能獲准進入她的私人世界，在她的故事裡扮演重要角色，這個眼看就要實現的願望，跟我想要她的慾望一樣強烈。當她把雙手放在我的兩肩上，跪在我面前時，我能感受到她有多認真，我替她興奮甚至高於我自己的興奮。我看著她的眼睛。

她說：「這是我們第四次相遇，記得嗎？」

「連講電話算在內。」

「你會親我嗎？」

我說：「我會怕。」

「我也怕。我怕你，也怕我們。」

我把臉更靠近她一點。

她低聲說：「敢做要敢當。」

我可以整晚不停地親她，我也的確親了她一整晚。我已經想不起來，我們怎麼可能接吻幾個小時，不做其他事情；我也想不起來，之後的青春是怎麼耗掉的。當然，那幾個小時，我們有暫停、有凝視彼此、有高興地討論我們是何時發現不能失去彼此，有她濃密的頭髮、有她的皮膚散發出純粹安娜貝爾的味道、有她門牙的一條小縫，還有在更進一步之前，我熟悉著她身體的邊邊角角。我們找到新的向對方道歉與小小懺悔的理由，還有她突然瘋狂、好笑地去舔亞麻地板，證明安娜貝爾・萊爾德的廚房有多乾淨。再晚一些，有移動到她客廳的沙發，有除了安娜貝爾沒人進去過的、緊閉的臥室房門。但大多數時候，在破曉的光線讓我們清楚看到彼此前，我們只有親吻。

安娜貝爾坐起來，重新打理儀容與神態，像一隻以怪姿勢跳起又停住的貓。

她說：「你該走了。」

「是該走了。」

「我不能一次就順你的意。我看得很清楚，你有本事前一分鐘在露西身上，下一分鐘就換到我身上，還不會慢半拍。但我已經荒廢很久了。」

「我連荒廢都談不上。」

她認真地點了點頭。

她說：「我有件事要坦白告訴你，還有事情要問你。我要讓你知道當露西告訴我、一些關於你的事情時，我想對她大叫『閉嘴！閉嘴！』，但她告訴我，你是處男。」

我恨透了這個字，聽起來過時、下流，可是準確。

「我要坦白的是，這件事對我來說很重要，也是我在轉角等你的原因。我的意思是，我等你，是因為我想看你，因為你是可以跟我從頭開始的人。我想，你甚至不知道自己有多乾淨吧？」

我的內褲因為連續好幾個小時滲出體液，變得黏答答的，但是安娜貝爾說對了，我的陰莖的確不和我講話。黏黏的東西就像陽具一樣，都是男人的尷尬，而且和我感受到她的溫柔似乎沒什麼關係。

她說：「但是，這不是我要問的。我要問的是，露西跟你說過我哪些事？」

我小心選擇用詞：「她告訴我，妳高中時有過一些不好的經驗，很長一段時間沒有男友。」

安娜貝爾短短地尖叫一聲：「**老天**！我恨她！這種人，我為什麼還跟她來往？」

「我不在乎妳在喬特做了什麼，我也不會再跟她談妳的事情。」

「我恨她！狗嘴吐不出象牙。我太瞭解這個人，我想得出來她一字一句跟你說了什麼。」安娜貝爾用力閉上眼睛，流出一點睫毛膏眼淚。「你走吧，好不好？我要進房間了。」

「我會走，但我不懂。」

「我希望我們跟別人不一樣，我希望我們獨一無二。」她睜開眼睛，看著我，怯生生地笑了。「如果你不想，真的沒關係。你只是人太好了，來自丹佛的好人。如果你不想跟我扯上一丁點關係，我也能理解。」

我跟我的陰莖之間的通信線路也許不是那麼糟糕，因為我當時的反應是拉她靠向我，用力把她腫脹的嘴唇貼在我酸痛的嘴唇上。我不禁想，要是我們剛才就順理成章進入下一步、做愛、在地板上，我們現在可能已經一起過著幸福快樂的日子。但現在完全沒有做這件事的條件，我沒有經驗、我的動機可疑、安娜貝爾奇怪的純真想法、她想一個人待著、我不想傷害她。我們分開，大口喘氣，瞪著對方。

我說：「我要。」

她說：「不要傷害我。」

「我不會傷害妳。」

我回到學校以後，睡了一整個上午，還好，我到餐廳的時候還來得及點餐。我看到歐斯瓦在我們常坐的位置，用新聞標題歡迎我。

「**艾柏蘭特：『老友，我先走一步。』**」

「真的很抱歉。」

「**愧疚的艾柏蘭特：『因為我與萊爾德在舉行祕密高峰會。』**」

我笑著說：「**賀克特惡意中傷萊爾德，被判有罪。**」

歐斯瓦眨了眨眼睛，說：「你跑去嘿咻，還說我亂講？」

「開玩笑的啦！」

「拜託你證實一下，你們有用包肉紙。」

週一版的《賓大日報》編輯工作比較輕鬆，因為有一整個週末可以處裡，當天下午已經完工，我也可以打電話給安娜貝爾。她睡到下午三點才起床，應該沒什麼新東西可聊，但因為我們都患了相思病，就算聊最瑣碎的事情，例如你在想什麼、做什麼等等，也不會厭煩。我們聊了一個小時，講到晚上要不要見面，因為我要到星期五才有空。

她說：「所以，開始了。」

「什麼開始了？」

「你要忙，我要等。但我不想變成老是在等的人。」

「要等到星期五晚上的人是我。」

「接下來你會很忙，而我要等。」

「妳沒有事情要忙嗎？」

「我有。但既然今天晚上有個機會，能夠讓**你**等我。我希望你藉此體會一下我的心情。」

這種邏輯從別人口中說出來，我可能會不耐煩，但我也希望我們的關係獨一無二，因此，我並不介意兩人為了基本上屬於語言歧義的問題多聊半小時（我們的確也接著討論這個問題）。我可以更瞭解她的獨特，我們即將合而為一的獨特，這意味著我必須一直聽她講話。

我們終於妥協，約好在中央市見面喝一杯，我在腦海裡想像著，見面喝完酒，我就跟著她回家，這一次能進入她的臥室，把我的手放在她身體更容易激動的地方，甚至我想要什麼，就能得到，只要她也和我一樣想。我很快吃完晚餐，回房間讀了一小時的黑格爾。但我還沒坐下，就接到姊姊辛西亞的電話。

她說：「克萊莉亞住院了。昨晚午夜前後進去的。」

我因為腦袋裡裝的都是安娜貝爾，聽成：我們在午夜前後第一次接吻。彷彿我母親不知道從哪裡得知這件事一樣。辛西亞說，我母親高燒不退，而且在浴室裡待了四個小時，根本沒辦法離開廁所。她最後勉強出了浴室，打電話給她的腸胃科醫生范．謝林格勞特。他是位願意上門看診的老派醫生，此外，因為他喜歡我母親，所以雖然在星期六晚上十一點接到電話，還是答應親自跑一趟。他的診斷是，我母親除了急性腸胃炎，精神也完全崩潰，因為安恩．賀肯受到一些不具名的指控，她像瘋子一樣替他辯解，怎麼也停不下來。

辛西亞說：「所以，我剛剛打電話問了選戰經理，顯然，安恩出事是因為他在一名女性同仁面前露下體。」

我說：「天啊。」

「他們想辦法不讓克萊莉亞知道這件事，但還是有人告訴了她，她變得有點精神錯亂。二十四小時後，她連離開廁所打電話求救都辦不到。」

辛西亞希望我飛去丹佛。她正在忙星期五舉行的工會成立投票，這件事非常重要，所以走不開；艾倫則對我媽批評斑鳩琴樂手的怒氣還沒消（艾倫當時和現在都覺得：她是個婊子，根本不是我媽）。辛西亞對我的道德疑慮到現在都沒有完全消除，但她表達的方式很友善，此外，她可能也擔心（理由也相當充分）自己最後會被套住，扛起照顧繼母情緒的主要責任。我答應她打個電話去醫院。

不過，我先打電話給安娜貝爾，運氣好，在她出門跟我碰面前跟她通上話。我向她說明情況，問她願不願意來宿舍找我。電話那頭一片死寂。

我說：「對不起。」

安娜貝爾說：「現在你明白我說『開始了』的意思吧。」

「但這真的是緊急情況。」

「你想想看，我去你宿舍會發生什麼事。每一個人的眼睛，淋浴間的味道。你竟然要我去你宿舍？」

「我媽住院了！」

「我也很難過。」她用比較和緩的語氣說：「我只是受不了這種巧合，好像每一件事都是我們交往的預兆。我知道這跟你無關，但我很失望。」

我花了快一個小時安撫她。我相信，那是我第一次說母親壞話。她以前最多只是讓我覺得尷尬，我也從來沒有對人透露她讓我難為情的事。我背後說她，一定是想對安娜貝爾表明忠誠，好任她予取予求。安娜貝爾與她受苦痛折磨的母親同聲連氣，對我母親的苦痛不但不吭聲，還煽風點火，讓我對母親的抱怨愈發尖酸刻薄。我告訴她，我母親是《城鄉》雜誌的訂戶；她覺得紙餐巾沒有水準，每餐都準備布餐巾搭配餐巾環；她心目中只有「尼曼・馬可斯」那種百貨公司才夠時髦。安娜貝爾一邊聽，一邊哼哼啊啊，不置可否。她說：「你告訴她，她崇拜的那些人，都飛去紐約市的班德爾百貨買東西。」安娜貝爾或許放棄了優渥的生活，但對暴發戶還是不屑一顧。我回想起她自命不凡的言語，以及其中的無知與殘忍時，只覺得她非常年輕，我則更年輕，才會迷失在自命不凡的感覺中，還用它對付我母親。

因為鎮靜劑的關係，丹佛那頭傳來沙啞、含糊不清的聲音：「你又笨、又老的媽媽在醫院裡。」她說：「謝……林格勞特醫生只看了我一眼……就說『我現在送妳去醫院。』湯姆，他是個非常好的人，為了我放下橋牌，他星期六晚上打橋牌……現在已經沒有這種醫生了。他大可不要工作，都六十六歲了。他是真正的貴族，我好像跟你講過他的背景……很古老的家族，比利時人。他星期六直接放下牌局來看我這個笨老太婆。星期六晚上，他到家裡看診，說我會變好，要我在變好之前不要放棄。老實說，我很氣餒，這個又笨又老……但他真是我的救命恩人。」

她的注意力似乎從安恩．賀肯轉到范．謝林格勞特醫生身上，讓我放心不少。我問她，要不要我去看她。

「不要，親愛的。你願意來，我很窩心，但你要編雜誌……我是說報紙。你是總編輯，我覺得很驕傲，一定能讓法學院……留下深刻印象。」

「新聞學院會更有印象。」

「想到你有一些友好、有趣、又有抱負的朋友，我就很高興……前途一片光明。我又笨、又老，你不要來看我，我不要你看到我現在的樣子，不好看……等我好點了你再來。」

我是趁她打了鎮靜劑，知道她會讓我不要去看她所以這時候打電話。她真心希望我有自己的生活，但這並不能減輕我的罪惡感，因為我害怕跟她相處，害怕她生病和復原以後會發生什麼事。我也應該知道——其實我真的知道，只是假裝不知道——像父親一樣是個好人的辛西亞，會接手我留下的爛攤子，工會投票一結束，她就會開著福斯麵包車去丹佛。

這並不意味我經常想著這件事。我的腦袋是個所有頻道都在播放安娜貝爾的收音機。這世上找不到一本雜誌，我看了不會指著其中一張照片說：「就是她！」英文中也找不到像辦公室留言版上「安娜貝爾來電」

那幾個字一樣，能讓我的心臟停止跳動（留言上名字絕對不會拼錯。她對自己的名字很得意，每次留言一定會念出正確拼法[21]）。我開始怨恨《賓大日報》的工作，因為每晚聊天的時光，老是被報社的工作打斷；我已經不吃牛肉和幾乎所有食物；我隨時都想吐又不想吐。歐斯瓦安慰我，說我大驚小怪，但我對每一件事都想吐又不想吐，連最好的朋友也一樣。我只要安娜貝爾、安娜貝爾、安娜貝爾、安娜貝爾、安娜貝爾。她漂亮、聰明、認真、風趣、有型、有創意、捉摸不定、喜歡我。歐斯瓦小心翼翼地提醒我，要注意她可能有點精神問題，但他也給我看一則《紐約時報》商業版的文章：麥卡斯基爾集團出口穀物到蘇聯的業務持續獲利，估計集團現值兩百四十億，精力充沛的集團總裁大衛．M．萊爾德正在積極擴展海外業務。我用大衛的身價算了算——百分之五、四個繼承人——得出安娜貝爾的身價是三**億**。我更想吐了。

我們又約會了三次，她才讓我進她臥室，她肯定非常留心「四」這個數字。我在第三次以男友的身分和她約會時，得知她在意這些數字的特殊原委。那次約會，過了幾個小時後，我終於戰勝長久以來的恐懼，擺脫自己危害女權的憂慮，提心吊膽地把手伸入她那天穿的深紅色絲絨洋裝裡。當我的手指終於接觸到她的內褲，碰到她雙腿間的熱源時，她急吸了一口氣，說：「停一下。」

我立刻縮手。我不想傷害她。

「別誤會，我沒有生氣。」她吻了我，說：「我希望你碰我，但要是為了你，而不是我。我不希望我們第一次做是為了我。」

我把手從她的衣服裡面抽開，輕輕撫摸她的頭髮，讓她知道我不急，也不自私。我問：「為什麼不行呢？」

「因為做不到，今晚做不到。」

---

21 安娜貝爾的拼法是Anabel，不是Annabelle。

她坐到沙發上，兩隻手插放在併攏的膝蓋中，然後要我承諾絕對不會洩漏她要告訴我的事。她說，從十三歲開始，她的月經來去就和月亮盈虧同步，滿月後第九天一定來潮，而且非常奇怪，從無例外。她說，就算把她關在山洞裡好幾年，她一定還是能夠知道月的圓缺。不僅如此，更奇怪的是，自從她高中時得了那種不愉快的病以後（她的原句是：「我那個不愉快的病。」）她只有在滿月的那三天能高潮，其他日子都試過了，完全沒用。她說：「相信我，我都試過了。我們剛才要是繼續下去，到頭來只有失望，什麼都得不到。」

「今晚是半月。」

她點點頭，轉身面對我，眼神裡都是焦慮，擔心我認為她是個怪人或是身體有問題，或者，更擔心我會因此嫌棄她。但我不僅覺得她焦慮的表情很可愛，更不會嫌棄她，反而很高興，因為她對我吐露祕密，代表她信任我；擔心我嫌棄她，代表她很想要我。此外，我只有一個想法：與月亮完美同步是我聽過最不可思議、最奇特的事情。

她感覺到我熱情地吻她、安慰她時，一定如釋重負，因為她真正擔心的事情，一定與她的表白必定導致的結論有關：如果我決心要和她在一起，她不能平等參與的事情，我也絕對不做，那麼，一個月中我充其量只能得到三天跟她上床的機會。她以為我可以預見這個結論，但我沒看出來。即使我能，跟我當天晚上的待遇比起來，一個月三天聽起來還是非常棒（說實話，事後，也就是從我們結婚以後回想，一個月三天的確非常棒，但那都是過去的事情了）。

一個星期後，我提早到了東南賓州交通系統的第30街站，突然想到應該買個什麼東西給安娜貝爾，紀念我們第四次約會。我逛到一家賣書和雜誌的店，希望找到《阿奇正傳》。歐斯瓦認為這是還在世的美國作家中最好的小說，但那家店沒賣。我看到一個填充玩具，一隻黑色、睡眼惺忪、牛角粗短的絨毛小公牛。我付了錢，把它塞進背包裡。火車穿過斯庫基爾河時，我看到德國城的天空中，晴天的積雲邊上鑲著一輪滿月熠熠射出的光芒。我已經神智不清，月亮對我來說，就是安娜貝爾的私有財產，一件我可以摸、而且就要摸到的東西。

安娜貝爾穿著一件迷死人的黑色洋裝，在廚房打開另一瓶蒙侯斯堡。她說：「這是最後一瓶了。我把剩下的八瓶給了酒鋪後面的幾個酒鬼。」

八和四，到處都是八和四。

我說：「他們一定以為妳是天使。」

「不。他們還騷擾我，因為我沒帶開瓶器給他們。」

我以為那天晚上會不停地出現奇蹟，沒想到我們第一次吵架就在那天晚上。我不經意地開了一個影射她父親財富的玩笑，她很不高興，因為不管她走到哪裡，大家都因為她是富家女而討厭她，她說：「**我絕不是在開玩笑**。」如果，她在我心目中是這種人，她就不可能和我在一起。不必我提醒，她不僅非常痛恨家族財富，還覺得膝蓋以下都浸在這一灘財富之血裡。我道了十次歉都沒用，最後，不知哪裡來的勇氣，我挺起腰桿，也發了脾氣。如果她不想當富家女，那麼她就不應該每次約會都換穿從班德爾百貨買來的衣服。她嚇了一跳，一雙鹿眼睜大了看著我。她把葡萄酒倒進水槽，最後把酒瓶倒過來放，接著說：「**以下僅供參考**。」原來，她從布朗大學四年級起，就沒有買過新衣服，不過，她認為我顯然覺得這不重要，顯然我對她已經有定見，而且，我顯然會把這個錯誤想法拖進理應完美的夜晚。一切都毀了，一**切**，諸如此類的話。最後，她衝出廚房，把自己鎖在浴室裡。

我獨自坐著，耳邊傳來她淋浴的聲音，我趁機在腦海中重播剛才吵架的過程。我說的每一句話，似乎句句都出自**混蛋**之口。男人有男人無法擺脫的錯誤，這種熟悉感又逮著我了，唯一的淨化之途是把我的自我溶化在安娜貝爾的自我裡面。對我來說，這件事擺明了就得這樣，只有她能把我從男性命定的錯誤中拯救出來。她穿著淡藍滾邊的可愛白色法蘭絨睡衣走出浴室時，我正在顫抖和哭泣。

她說：「哦，親愛的。」然後跪在我腳邊。

「我愛妳，我愛妳。對不起。我就是愛妳。」

我臉上是一副失魂落魄卻誠摯的表情，我的陰莖在燈芯絨褲裡偷聽到我們的對話後，卻回了神。她把一邊臉頰和濕頭髮靠在我的膝蓋上，問：「我傷了你嗎？」

「是我的錯。」

她說：「不，你沒有錯。我的意志薄弱，我愛我的衣服，我會放棄一切，但我還不能放棄我的衣服。請不要因為這樣看不起我，我不是故意傷害你。只是我們今晚需要吵一架，僅此而已。這是我們必經的考驗。」

我說：「我喜歡妳的衣服，也喜歡看妳穿那些衣服。我太愛妳，愛到胃都痛了。」

她說：「我以後不會在公開場合穿這些衣服了，只有跟你在一起的時候才穿。而且，那也沒什麼特別意思，你也知道，只是代表我的意志還不夠堅強而已。」

「我不想變成指使妳什麼能做、什麼不能做的人。」

她感激地吻了我的膝蓋，然後，看到我褲子的凸起。

我說：「對不起，太糗了。」

「不要不好意思。男生都沒辦法控制自己。我只希望把我腦袋裡關於它的所有事情全部刪掉。為了你。」

然後，她問我要不要洗澡。聽起來非常合理，因為她洗過了。我洗完後，用她的豪華浴巾擦乾身體，穿好所有衣服，免得她覺得我很放肆。我走出浴室時，發現整棟房子只有月光。向來關著的臥室門，留了一隻手指寬的縫。

我走過去，停在門檻邊，耳朵裡都是心臟似乎為了我的奇遇而跳動的聲音。沒有人進過安娜貝爾的臥室，現在門卻是開的，為我而開。我覺得腦袋鈍重到可能會爆炸，彷彿世界遭遇不可能發生的事情一樣，彷彿亙古久遠以來，除了我和安娜貝爾，沒有其他人類一樣。我把門推開。

在強烈的單色調月光照耀下，她的臥室是一方純淨夢土。她躺在四柱高床、平常習慣睡的那一側，身上蓋著棉布被。屋頂窗上掛著薄窗簾，地板上有一塊艾米緒地毯、一把細腳椅和一張桌子（桌上除了她習慣戴的錶和耳環，一無所有），以及一個鋪著蕾絲布的古董五斗高櫃，上面是一隻破舊的泰迪熊和一隻沒有眼睛、同樣破舊的玩具驢子。牆上掛著兩幅沒有裱框的畫，一幅是從令人不安的近距離角度呈現的馬，另一幅是從類似角度畫的牛，兩幅畫都未完成，都露出一塊塊沒有上油彩的畫布，這是安娜貝爾的藝術表現方式。房間簡陋得像十九世紀堪薩斯州的農村，在月光下尤其像。我看到五斗櫃上的動物，想到我還沒有把禮物送給安娜貝爾。

我回頭去拿背包時，她哀怨地叫了一聲：「你去哪裡？」

我回來的時候，手上拿著絨毛小公牛，像父親坐在小女孩床邊一樣坐定，說：「我買了個禮物給妳。」她穿著睡衣坐起來，拿起公牛。有那麼一會兒，我以為她會討厭它，會變成可怕的安娜貝爾。但她在自己的房間時，不是那個安娜貝爾。她對著公牛微笑說：「你好，小傢伙。」

「還喜歡嗎？」

「很完美。從十歲以後，我就沒有新動物了。」她看了一眼五斗櫃，說：「那些都已經舊到不跟我說話了。」她摸著牛問：「它叫什麼名字？」

「不能叫斐迪南。」

「不能，不能叫斐迪南。斐迪南這名字只能給斐迪南用。」

「連納德」突然出現在我的腦海。我不知道原因，但還是說了出來。

「連納德？」她專心地看著公牛的睡眼。「你是連納德？」接著把它的絨毛臉轉向我。「它是連納德？」

我模仿我母親的腸胃科醫生的比利時口音說：「是的，我是連納德。」

安娜貝爾靦腆地對連納德說：「你不是美國牛。」

連納德透過我說，它出身於比利時一個非常古老的牛貴族之家，不幸遭遇了一連串的打擊，等它來到35街地鐵站的時候已經一窮二白。但是，連納德也是個自命不凡的傢伙，看到醜陋的費城與俗不可耐的美國，把它給嚇壞了。它很高興能替安娜貝爾工作，它看得出來，他們一定很合得來，以後一定可以過好日子。

安娜貝爾聽得入迷，而我，因為能讓她入迷也被迷住了。我不敢把連納德放到一邊，因為害怕接著會發生的事。我現在明白，想要讓安娜貝爾覺得安全，除了讓她在她的小女孩房裡跟填充玩具玩耍，沒有更好的方法。我無意間成了她最完美的人。等到我們把連納德放到一邊，她把我拉過去壓在身上時，我看到她換了一雙新眼神，女人藏不住、也裝不來、認真戀愛的眼神，男人不可能經常見到的眼神。

我希望我還記得被她上的感覺。也許，更準確的說法是，我希望我能回到那一刻，既能夠重溫喜悅的顫抖，又因為我現在的經驗夠多，能領會第一次進入女人的喜悅。總而言之，就是能享受這種喜悅。這並不是說這種感覺和第一次喝啤酒或抽雪茄是一樣的。安娜貝爾赤裸時的美，美到讓我眼睛受傷，真的讓我眼睛受傷；而我無非是個除了煩愁、一無他物的人而已。要說那一刻我還記得什麼，只有夢境般的感覺，我走進一個房間，裡面有兩個代表我一輩子的形狀，正在討論我一無所知的、關於成人要面對的現實，兩個對我這麼晚出現卻無動於衷的形狀。這兩個栩栩如生的形狀就在**那裡**，我的陰莖和安娜貝爾的陰道，我則是年輕的、被排除的第三方，安娜貝爾則是遠遠落在後面的第四方。但是，這也可能是我在其他時候做的一個真實的夢。

至於我還清楚記得的，是滿月對安娜貝爾的影響，讓她的高潮一來再來的過程。我記得我相當笨拙，只會用我喜歡的衝刺方式回應她的高潮。但她教了我幾個門道。她這個快感機器不能在一個月的其他日子有高潮，真是難以想像，但後來的經驗似乎證實了這一點。她高潮來的時候不會尖叫，相反地，她幾乎不出聲。在溫暖的晨光中，她坦承禁慾的那幾年，有時候會在狀況最好的那一天，從早到晚在臥室裡自慰。她那美麗、停不下來、又孤獨地自我取悅的景象，讓我希望可以變成她。但是，既然我不能，我又上了她第四次，也是最後一次精疲力盡。然後，我們一直睡到下午，接下來兩天我一直住在她的公寓裡，只吃奶油塗烤吐司，因為我不想浪費滿月的光陰。我一回學校，就把《賓大日報》的工作辭掉，交給歐斯瓦接手。

我母親已經警告我，她因為服用了范．謝林格勞特醫生開的高劑量皮質類固醇，所以臉是腫的，即使如此，我在機場看到她時，還是嚇了一跳。她的臉就像卡通裡常見的可怕胖子，一團痛苦的肉月亮，臉頰腫脹到把雙眼擠成剩一半。她可憐兮兮地跟我說對不起，用這副樣子來參加期待已久的常春藤大學畢業典禮，自己都覺得丟人現眼。

我跟她說不要放在心上，但我也覺得丟臉。我們雖然都說，一張臉不過就是一張臉，跟臉後面的那個人無關，但我們還是習慣從臉看人，因此，有張變形臉的人就很難得到公平的評價，她的新臉也趕跑了我對她應有的同情。我陪著一身格子褲裝的母親走過大草坪，參加榮譽學會的入會儀式時，覺得她就像個頂著南瓜頭的稻草人，是我不能聲張、覺得羞恥的祕密。我們走在通往學院大樓的路上時，我避開每一個人的眼睛，等到我幫她找到位置以後，我還得強迫自己不要跑，要走著離開。

典禮結束後，我把榮譽學會授予的鑰匙送給她（她後來用一條細金鍊穿上鑰匙，戴在身上，一輩子沒拿下來過），感覺就像我用這把鑰匙買到離開她的自由一樣，是筆單純的交易。接著，我先帶她去「超級區」

[22]裡、分配給她的房間梳洗休息——那天暑氣逼人，又熱又濕——然後我一個人回到宿舍，和歐斯瓦準備待會兒要舉行的葡萄酒與乳酪派對。辦這個聚會的目的，是想安排一個輕鬆的場合讓母親與安娜貝爾認識。安娜貝爾很害怕，我母親則一點都不擔心，她還沒見過她，就已經不喜歡她了。而且，我太膽小，一直沒有告訴她安娜貝爾這一天也會來。

去年十一月以前，我還覺得我和麥卡斯基爾家族的後代正式約會，我母親會很高興，但後來她從我姊姊那裡得知我認識安娜貝爾的始末。辛西亞覺得包肉紙事件很有趣，但母親眼中只看到愚蠢、激進女性主義，以及在公共場合裸體。她每個星期在我耳邊叨叨念念的時候，認真告訴我**創業致富**與**繼承致富**區別何在的新理論，我聽了很不舒服。此外，她還猜到我是為了安娜貝爾而辭掉總編輯。我對她解釋，辭職是希望能專心磨練報導技能——我在安娜貝爾的鼓勵下，正在撰寫一則關於豬雜餅的重要報導——但我母親遠從丹佛就聞到我們上過床的味道。我回家過聖誕節的時候，除了告訴她我改吃素以外，還跟她說這次只待一星期就要回費城，她的大腸問題因此又嚴重發作了一次。

千萬不要以為我不知道和安娜貝爾交往會有什麼下場，或以為我沒有努力逃開。每次月亮盈虧的更迭中，有三天我們像一對毒蟲，吸食最純的毒品，其餘的二十五天，我必然得對付她的心情、她的臉色、她的敏感、她的惡言，以及她非常容易受傷的情緒。我們很少真正吵架或爭執，多半時候是在處理，沒完沒了地處理我或其他人做的讓她難過的事情。為了安撫她，或為了免於被她責備，我的人格因此完全改變，要說我被閹割了也沒錯。其實，這更像我們倆的個性正從邊緣開始溶解。我學會感受她的感覺，她學會預測我在想什麼。還有什麼比沒有祕密的愛情更令人緊張？

我們交往沒多久，有一天她說：「我要跟你講講馬桶的事。」

我說：「我每次都有記得把馬桶圈豎起來。」

「這就是問題。」

「我以為問題是男人老覺得他們能夠穿過馬桶圈尿進馬桶裡。」

「我知道你不是那種人。但還是會有尿濺上去。」

「我也會擦馬桶圈。」

「不是每一次。」

「好，有待改善。」

「但是，不只馬桶圈上有，它下面跟地磚上也有。好幾小滴。」

「我以後也會擦那裡。」

「你不可能每次上完廁所就把浴室全部擦一遍。而且，要是你忘了擦，就會有乾尿的味道，我也不喜歡。」

「我是男的啊！我還能怎樣？」

她有點不好意思地說：「坐著？」

我知道這不對勁，不可能對勁。但我不講話卻傷了她，她也因此不講話，而是以眼神木然這種更激烈的方式保持沉默。所以，就算我有理，更重要的是不能傷了她。我告訴她，以後我會更小心，不然我就坐著尿，但她感覺得到我心底的怨恨、我不情願的屈服，而且，除非我們對**每件事情都有共識**，否則我們在一起會不得安寧。於是，她開始哭泣，我則開始尋找她傷心難過的深層原因。

終於，她開口說話了：「**我**只能坐著，為什麼**你**不能坐著？我沒辦法對濺出來的地方視而不見，而且，我只要看到，就會覺得身為女人真不公平，但是，你甚至對這種不公平都沒感覺。你不懂，根本不懂。」

22 賓州大學從一九九九年起規劃的校園建築群，佔地三個街區，暱稱「超級區」。

她一直哭泣，淚如雨下。讓她停下來的唯一辦法，是當場、立即像她一樣，敏銳地感受到我能站著尿尿有多不公平。在我們相處的前幾個月，在這件事以及其他幾百件事情上，我調整了自己。從那時開始，只要她聽得見，我就會坐著尿尿（不過，她聽不到的時候，我就會尿在她的洗手槽裡。做這件事的我，最後毀了我們，但救了我）。

進了臥室，她對我們的分歧就比較寬容。有一次，她對我解釋，如果只有一個人能滿足，就不能做愛的前因後果。那天當然不愉快。經過好幾個小時的痛苦討論與沉默，我們還是試了試。我進入她的身體時，必須同時忍受她抽泣帶來的罪惡感。我問她是不是**沒有**快感，她哭著說，挫折大於快感。於是，我們又進行一次關於公平與否的對話，但這一次我終於指出，因為她也承認她不正常，所以，我們的問題不是先天性別失衡。最後，因為她愛我，再加上可能擔心我轉而去找一個比較正常的對象，就答應為我另外想辦法。她的辦法有點怪，但非常有創意，有一陣子也讓我得到滿足。首先，我得洗澡，然後要和連納德聊天，聽它以有趣又一針見血的比利時觀點評論當天新聞。然後我們脫衣，然後她——沒有別的方法可以形容——開始玩我的陰莖。有時候，它扮演的是攝影機，慢慢橫移掠過她的身體，並在它最喜歡的地方開始錄影。有時候，她把它裹在她冰涼如絲的頭髮裡，幫它擠奶。有時候，她用鼻子磨蹭它，直到它弄濕了她的臉，就像淋浴的蓮蓬頭一樣。有時候，她把它放進嘴裡，並且一直看著它，直到她吞下的那一刻，目光才移到我身上。她對我的陰莖的深情，和她對連納德的摯愛幾乎沒有兩樣。她告訴我，它很漂亮，就像我很漂亮一樣。她還說，我的精液比其它她很倒楣聞過的精液好聞。但事後回想起來，奇怪的是，她總是不把我的陰莖當成我身體的一部分。她玩它的時候，不喜歡我吻她；她還沒玩完以前，甚至不准我碰她的手。我還發現，她和往常一樣在算日子。當滿月出現、恢復正常之後，她會讓我知道，哪一次高潮是她這個月的最後一次。然後，我們之間又沒事了；然後，我們又合為一體。

還有兩次危機值得一提。一個是密蘇里大學新聞學院接受我申請入學。那是一所好學校，我母親鼓勵我去，一方面負擔得起，再者，離丹佛也不大遠。我當時可能被安娜貝爾迷得暈頭轉向，也可能為了要排除阻礙我們倆靈魂結合的障礙，正在對抗我體內男性的那一面，但我體內的男性部分並沒有消失，我也非常清楚她是個怪女人，而我還年輕，我的胃也不習慣素食。因此，我希望在密蘇里重新出發，成為精明幹練的記者，並且趁著還沒下定決心與安娜貝爾廝守一生之前，多認識一些女孩。但我犯了個錯誤，在滿月前告訴她我要去密蘇里的事。我試著哄她進臥室，但她就是不說話。接下來幾個小時，本來可以在床上度過的幾個小時，她不是生悶氣，就是拿話戳我。最後，她替我說出我沒說出來的、全套的、男人的卑鄙想法，而且一項都沒漏掉。她說：「你在那邊過著你傑出記者的生活，還**很高興**不必跟我在一起。我呢，卻在這裡等著。」

「我們一起去。」

「你覺得我像住在密蘇里州哥倫比亞市的那種人？當你的跟班？」

「妳也可以留在這裡，繼續進行妳的計畫。我只去兩年而已。」

「你的雜誌，又有什麼打算？」

「我沒有錢，沒有經驗，怎麼辦雜誌？」

她打開抽屜，拿出支票簿。

她說：「我全部的錢都在這裡了。」手指著儲蓄帳戶上的一個數字：四萬六千美元。我看著她優雅的藝術家的手，開給我一張兩萬三千美元的支票。她從支票簿上撕下支票遞給我，說：「你想和我在一起，同時實現自己的雄心大志？還是你寧願去密蘇里，跟那些三流記者在一起？」

億萬富翁的女兒以開支票作態，沒什麼太大意義，但我把這個想法放在心裡沒說出來。因為，懷疑她絕對不拿父親一分錢的承諾，就像懷疑她立志成為藝術家一樣，是個嚴重的錯誤。我早已被她訓練成不會這樣做，對她來說，這件事絕對不容質疑。

我說：「我不能拿妳的錢。」

她說：「這是**我們**的錢。而且，就剩這些了。我的東西都是你的。湯姆，好好利用這筆錢。如果你真的想去那邊念書，就帶著錢去。如果你要傷我的心，現在就做，不要等到在密蘇里待了一年才做。把錢拿去，回家，去讀那個新聞學院。但是，不要假裝你和我有志一同。」

她講完就離開，把自己鎖在臥室裡。我不知道我得說多少次我不會離開她，她才肯讓我進房。最後，她開了門，我一進去就撕掉那張支票——連納德在床頭板上哭著說：「別傻了，這筆錢很好用！」——接著帶著一股新的佔有慾，抓住她的身體，似乎她擁有我愈多，我就擁有她愈多。

我母親對我的決定火冒三丈。她覺得我開始沉淪，像我兩個姊姊一樣踏上貧困之路，走上我父親愚蠢的理想主義道路。我告訴她很多名記者也沒上過研究所，還一個個念出名字來，完全沒用。一個月後，我告訴她，這個暑假我只會在丹佛住一個星期，她聽了更難過。從她住院開始，我只陪了她八天，這次我覺得應該在家陪她一個月，因為是我欠她（和辛西亞）的。但安娜貝爾指望我一畢業就開始和她共同生活。她把分開一個月的想法砸得粉碎，認為這嚴重背叛了我們一起規劃的每一件事情。當我提議一起去丹佛時，她盯著我看的樣子，好像發瘋的是我而不是她。當時我為什麼沒有以分手解決這個危機，已經不可考了。顯然，我的大腦神經多半都接到她的腦袋裡了，就算我知道她的想法不合情理，我也不在意。毒品的功能就是自我逃避，我為了安娜貝爾自暴自棄，為了讓她高興，明知會**犯錯**也情願去做，跟在她又燃起的熱情後面收割喜悅。這些，就是我的毒品。我告訴母親我的暑假返鄉計畫時，她哭了，但是，只有安娜貝爾的眼淚能改變我的想法。

畢業派對上，我母親對我們倆的憤怒寫在她腫脹的臉上，弄得人盡皆知。我想跟我的朋友和他們外表正常的父母解釋，這不是我母親平常的樣子，卻找不出面面俱到的理由。就在每個人都汗流浹背時，安娜貝爾出現了。她穿著一件讓人不多看兩眼也難的天藍色小禮服，陪著她來的是諾拉，她們一到就直奔酒桌。我花了一些時間，才把我母親與歐斯瓦父母分開，帶她到安娜貝爾坐的角落。諾拉正在鬧小脾氣，安娜貝爾也陪著她不理人。我介紹她和母親認識時，安娜貝爾因為害羞而顯得僵硬，起身拉住我母親的手。

她勇敢地說：「艾柏蘭特太太，很高興，終於見到妳了。」

我可憐的、變形的、穿著褲裝的母親，與眼前的天藍色小禮服幻影對峙。安娜貝爾絕對不會原諒她做的事情，但我終究會原諒她。她腫脹的臉露出類似紆尊降貴的笑，先抽開自己的手，低頭看著黑色龐克裝扮的諾拉，問：「這位是？」

諾拉說：「我是她的憂鬱朋友，別理我。」

安娜貝爾本來想給我母親一個好印象，只要我母親稍微示好，讓她不要那麼害羞就行了。但這兩個情況都沒出現。我母親轉身跟我說，她想在晚餐前先換件衣服。

我說：「妳得跟安娜貝爾說說話。」

「改天吧。」

「**媽**，拜託妳。」

安娜貝爾已經坐了下來。她受傷了，眼睛張得大大的，不相信會發生這種事。

我母親說：「對不起，我今天狀況不好。」

「她專程來見妳，妳不能就這樣一走了之。」

我的意思是要她注意禮貌，希望她改變心意，但她全身是汗，又痛苦不堪，沒理會我。我示意安娜貝爾過來，她故意視而不見。我跟著母親走到走廊。

她說：「你告訴我怎麼回去房間就好。你去招呼你的朋友。我很高興認識賀克特夫婦，他們是有教養、風趣、有責任心的人。」

我顫抖著說：「安娜貝爾對我非常重要。」

「是的，看得出來她相當漂亮，不過年紀比你大太多。」

「她大我**兩歲**而已。」

「親愛的，她看起來老多了。」

我帶著母親出門，帶她回去房間，一路上既厭惡她、又覺得恥辱，差點認不得方向。當我返回宿舍時，安娜貝爾和諾拉都不在了——我鬆了一口氣，因為我根本沒心情替我母親說好話。晚上與賀克特夫婦吃飯時，大家對母親的臉孔視而不見，顧左右而言他，我也拒絕直接跟她說話。晚餐後，我們走到刺槐小徑一個潮濕但陰涼處時，我告訴母親晚上我不能陪她，因為安娜貝爾九點半要在泰勒藝術學院發表影片創作。這件事我一直不敢提，現在我卻很樂意告訴她。

她說：「對不起，媽媽讓你很沒面子，都是我這副模樣害的。」

「媽，妳沒有讓我沒面子，我只是希望妳能跟安娜貝爾講講話。」

「我也不願意看到你生我的氣，我覺得那是世界上最糟的事。你要我一起去看她的影片嗎？」

「不要。」

「剛才我們吃晚餐的時候你都不跟我講話，我就知道她對你非常重要，也許，我應該去看她的影片。」

「不要。」

「為什麼不要？那部片子有什麼不道德的劇情嗎？你知道我不能忍受裸露或下流的對話。」

我說：「都沒有。只是，那片子是把電影當成一種純粹的表達媒介，用來表現電影的視覺特性。妳不會喜歡的。」

「只要是好電影，我都喜歡。」

她絕對不會喜歡安娜貝爾的作品，她知我知，但我還是讓步，給她第二次機會。我說：「但是，妳要答應我對她好一點。她忙了一年才完成這電影。藝術家都很敏感，妳一定要表現得很好，真的很好。」

安娜貝爾的作品名稱是《肉河》，這名字是我提議的。她本來想用《未完成作品：第八號》，因為她認為這電影還不算完工。她從來沒有完成任何計畫，只要她感到無趣，就會去進行別的有挑戰性的藝術創作。但我跟她說，除了她，沒人知道電影還沒完成。她拿到兩捲十六厘米的短片，一捲是記錄一頭牛在屠宰場被牛槍射擊頭部的過程，另一捲是堪薩斯小姐在一九六六年贏得美國小姐后冠的影片。她將這兩捲影片重製，手工修改，剪接成一部影片，她一年中有大半年都在做這件事。她最喜歡的電影工作者是安涅斯．瓦爾達和侯貝．布列松，但《肉河》受到史蒂夫．萊許豐富多變的催眠音樂的影響比較大。她將每一格膠卷與其負像交替剪接，一對一、一對二、二對一、二對二，依此類推。此外，她還運用其他視覺效果，例如把某一格膠卷轉九十度放、翻過來放、由後往前放，以及用紅墨水手工上色。最後剪成一部二十四分鐘的片子。這是一部讓人坐立難安、全面挑戰視覺感受的電影，但是，只要看得懂，就可以領略其中的奧妙。

我母親最喜歡的電影是《齊瓦戈醫生》。在電影結束前幾分鐘，我聽到她氣得喃喃自語。燈一亮，她就急著往門口走。

我趕上她時，她說：「我只是去外面等你。」

「妳得先對安娜貝爾說點好話。」

「你要我說什麼？那是我看過最可怕、最噁心的電影。」

「不要這麼毒舌。」

「這種東西也算藝術，那藝術的問題可大了。」

我氣得火冒三丈。

我說：「好啊，那妳就跟她說，說妳討厭這電影。」

「你找別人說去，一定還有人也討厭這電影。」

「媽，妳去說沒關係。她根本不會覺得意外。」

「**你**覺得這是藝術？」

「當然，我覺得這電影很棒。」

安娜貝爾和諾拉還在試片間，站在靠近銀幕的地方，沒看我們這邊。毫無疑問，她腦袋裡一定在醞釀一些跟我吵架的可怕場景。幾位看完電影的學生和教授都匆匆逃離現場。我母親壓低聲音跟我說話。

「湯姆，我現在甚至認不出你來了。這六個月你像是變了個人似的。我完全不知道到底是怎麼回事，我也不懂為什麼會有人拍這種電影。我還擔心你突然放棄辛辛苦苦得到的好工作，又決定不上研究所，都是受到她的影響。」

對我來說，我不知道該怎麼面對母親的類固醇醜樣。我的生活是可愛的安娜貝爾，那個腫脹著臉、眼睛剩下一條縫的人質疑我的生活，我除了恨她，還能怎樣？我感覺我的愛與恨分不開，由愛生恨、由恨生愛，邏輯是一樣的。不變的是，我依然是守本分的兒子，要不是安娜貝爾悄悄沿著走道走來，我就會帶母親回賓大校園。

我對她說：「很棒，在大銀幕上看更精采。」

她張大眼睛看著我母親，問：「**妳**覺得呢？」

我母親嚇壞了，說：「我不知道該怎麼說。」

安娜貝爾原本羞怯的模樣被一股道德憤怒趕跑，她對我母親笑了笑，轉身對我說：「你要跟我們一起走嗎？」

「也許我該帶我媽回去。」

安娜貝爾的長鼻孔抽動了兩下。

我說：「我晚點再去找妳。我不想讓她一個人搭地鐵。」

「她可以坐計程車。」

「我身上只有八塊。」

「她身上沒帶錢？」

「她沒帶錢包。她覺得費城不安全。」

「是啊，那些可怕的黑人。」

她數落我母親的時候，一副我母親不在場的樣子，這當然不對，但是，是母親先冤枉安娜貝爾。安娜貝爾大步沿著走道往回走，打開她的背包，拿出兩張二十美元鈔票，再走回來。吸毒的人在匿名戒毒會上是怎麼說的？發誓絕對不會淪落到要靠吸毒解決的問題，最後往往就是靠吸毒解決。我能找出八個理由，告訴自己拿安娜貝爾的錢是錯的，但我還是拿了，交給我母親。然後，我叫了一輛計程車，和她一起在校長樓前面等車來，兩人都沒說話。

過了一會兒，她說：「我不是沒有碰過難堪的場面，但都比不上今天。」

在費城的陰霾中往上看，月亮就像一顆周圍模糊的淺米色喉糖。看到它的豐滿，我就會心跳加速，典型的帕伏洛夫制約反應。但在當下，我分辨不出自己的心跳是因為憂心母親難過，還是因為自己對她太殘酷而驚心。我的胸腔收縮到沒有辦法說話，甚至連對不起都說不出來。

*

我和安娜貝爾的父親見面，是那個夏天稍晚的事。那時候我們已經同居兩個月，靠她剩下的四萬美元生活。我們每天睡到中午，早餐吃烤吐司，逛二手商店替我買幾件好一點的衣服，去麗緻電影院看一票兩片的電影避暑，練習用中式炒鍋做菜。我生日那天，我們訂了一個更需要認真執行的工作計畫，我開始寫《複雜人》的發刊詞，她則為了那個宏大的電影創作計畫展開為期一年的閱讀。她星期一到五每天下午去自由圖書館，因為我們都覺得，每天分開幾個小時對彼此都好，她也不想像個家庭主婦一樣成天在家裡等我。

大衛．萊爾德的電話就是在某一天下午打來的。我不得不在電話上解釋，安娜貝爾有個男友，就是我。

大衛說：「**有趣**。跟你講個小祕密，我很高興聽到電話那頭的聲音是個男人，我本來還擔心，她為了報復，故意跟她那個精神有問題的蕾絲邊朋友交往。」

我說：「我覺得她從來沒有這種想法。」

他說：「你是黑人？殘障？罪犯？毒蟲？」

「啊，都不是。」

「**有趣**。我再告訴你另一個祕密，我已經喜歡上你了。我猜，你愛上我女兒了？」

我猶豫了一下。

「看來你是愛上她了。你見識到她的厲害了，對吧？說她很難搞定，還真是太客氣了。這世上你不可能找到第二個安娜貝爾。」

我現在知道為什麼安娜貝爾會恨他了。

他繼續說：「聽好，如果**她**喜歡你，**我**就喜歡你。見鬼了，我本來都已經打算喜歡那個精神病女孩了，讚美主，還好這事沒發生。安娜貝爾做的事，大部分都是要報復我，但她還不至於把自己的鼻子割了[23]，你懂我的意思嗎？我瞭解她，知道她不會割掉自己的漂亮鼻子。我也想認識跟她住在一起的傢伙是什麼樣的人。要不，下星期四在『饕客』吃個晚飯怎樣？就我們三個人。我打電話來，是因為我人在威敏頓。」

我回答說，要先問問安娜貝爾。

「啊，湯姆，見鬼了。你叫湯姆，沒錯吧？如果你要跟我女兒一起生活，就得像個有卵蛋的男人。只要一個不小心，我那寶貝女兒就會把你活活吃掉。你就告訴她，你已經約好跟我一起吃晚飯。跟著我說這幾句話，聽好了：『好的，大衛，我答應跟你一起吃晚飯。』」

我說：「我說要問她，意思是，好啊，當然好，只要她沒意見都好。」

「不、不、不，不是這樣講。我和你一起吃飯，就這樣。如果她也願意來，就一起來。相信我，除非見鬼了，否則她絕對不可能讓我們倆單獨在一起。我要你重複那句話，就是要你記住這很重要。如果你現在就這麼怕她，以後只會更糟。」

我說：「我不是怕她，我只是覺得，如果她不想看到你……」

「好吧，你說的也對。那就換個方法。我再告訴你一個祕密，她其實想看到我。一年多前，她把貓尿潑在我臉上。對，她真的幹了這事，而且她還覺得很爽，只是嘴上不承認而已。她搞來那麼多貓尿，為的就是要潑我這張臉。所以，如果她說不想看到我，你就告訴她，不管怎麼樣你都要去見我。這可是我們替她著想的小祕密。」

我說：「哇，這真的是個好主意？」

大衛大笑，說：「哈哈，你看看你，我只是在鬼扯而已。我們講定了，一起去費城最好的餐廳好好吃一

23 Cut off your nose to spite your face，意指得不償失。

頓，就這樣。我想念我的寶貝女兒。」

她知道我跟他講過電話以後，理所當然大鬧了一陣。她說，他在**誘惑**你，要是誘惑不成，就會**恐嚇**你，恐嚇不成，就會**收買**你。她早就知道他的伎倆，也有心理準備，但她擔心我會被誘惑或恐嚇或收買，諸如此類的。我對大衛提到的很多事情覺得反感，卻沒辦法忘記。畢竟，還有誰能和我聊安娜貝爾？我決定試試看，壯起卵蛋說，我愛的是她，不是他；她不信任我，就等於傷害我、羞辱我。我甚至更進一步，告訴她我已經答應跟他一起吃晚餐。結果正如他所料，她答應一起去。

我第一次喝到三千美元一瓶的葡萄酒，就是在「饕客」。大衛把酒單交給安娜貝爾，她在看酒單時，侍酒師剛好朝我們這桌走來。大衛對侍酒師說：「再等一下，她還在找你們最便宜的酒，另外，先給我們一瓶四五年的瑪歌。」

我看著安娜貝爾，問她行不行。她張大眼睛，不高興地看著我說：「你想喝就喝，我沒意見。」

大衛解釋說：「這是我們玩的小遊戲。」他身材高大、精壯、活力充沛，頭髮幾乎全白，相當於傑出男性版的安娜貝爾，比起一般的億萬富翁好看太多了。「跟你說個有意思的事，也許你以後用得上。在這種餐廳，最便宜的酒多半是最好的酒。原因我也不知道，但這是好餐廳的特色。」

安娜貝爾說：「我不是在找好酒，我是在找看了價錢不會嗆到的酒。」

大衛說：「你有可能找到又便宜又好的酒哦！」接著轉頭對我說：「通常都是我點的那瓶，但要是這樣，我們就沒辦法玩這個小遊戲了。現在你知道她是怎麼影響我的吧？」

安娜貝爾說：「明明是男人的問題，到頭來總是怪到女人身上，還真好笑。」

「她有沒有講過她的牙齒怎麼斷的？」

「有。」

「她有沒有說最精采的一段？她後來又騎上那匹馬，臉上還有血，嘴裡都是斷牙，立刻就騎上去，然後猛拉韁繩，好像要把馬脖子勒斷一樣。而且，還真的差點勒斷了牠的脖子。這就是我的寶貝女兒。」

「爸，拜託你，閉嘴。」

「親愛的，我是在妳男友面前說妳的好話。」

「那就不要省略我後來再也不騎馬的那一段。我到現在還覺得那匹馬很可憐，都是我害的。」

我很訝異，如果安娜貝爾那麼恨大衛，他們在一起的時候怎麼會這麼親密，就像兩個好萊塢高層主管彼此互罵一樣——有權有勢才做得到對惡言惡語一笑置之。當大衛隨口提到他又再婚時，安娜貝爾的反應是：「娶了一個，還是好幾個？」

大衛笑了起來，說：「我只養得起一個。」

「最少要三個，以防你還要多殺幾個。」

大衛對我解釋：「那個是酒鬼。」

安娜貝爾說：「是你**製造**的酒鬼。」

「真搞不懂，明明是女人的問題，到頭來卻總是怪到男人身上。」

「真搞不懂，事實明明就是如此。那個幸運女士是誰？」

「她叫菲歐娜。有機會的話，介紹妳認識她。」

「我不想認識她。我只想把我的繼承權讓給她，只要告訴我在哪裡簽名就好。」

大衛說：「不可能。菲歐娜簽了婚前協議。妳想要放棄繼承，沒那麼容易。」

安娜貝爾說：「等著瞧。」

「湯姆，你得勸勸她，不要再發這種神經病。」

他們鬥嘴的時候，我其實不知道該站在哪一邊。我不想讓大衛覺得我太嚴肅或是太迎合安娜貝爾，但我也不能露出一副跟他相處輕鬆自在的樣子，免得她覺得我不忠誠。我小心翼翼地說：「這不是我分內的事。」

「但是，你也覺得她在發神經吧？」

我的目光與安娜貝爾相遇。我說：「不，我不覺得。」

「過一陣子你的想法就會變了。」

安娜貝爾看著我的眼睛說：「他不會。湯姆不是你，他很乾淨。」

大衛舉起他的雙手檢查：「啊，對，我手上有血。好笑的是，我今天晚上還沒看到血。」

安娜貝爾說：「看仔細一點。我都聞到了。」

大衛知道我不吃肉時，似乎有點失望，看到安娜貝爾什麼都沒點，只點了一盤蔬菜時，則明顯不滿，但他吃了自己點的鵝肝和小牛排之後心情就好起來了。他對每一期《紐約客》的內容如數家珍，對阿特曼與楚浮的作品非常熟悉，還表示要送我們兩張《象人》舞台劇在紐約市演出的票，而且談到李爾．貝婁的小說時，他似乎真的對我的看法有興趣。不過，這或許只是一種億萬富翁自戀的方式。我突然想到萊爾德家族的悲劇。安娜貝爾和她父親本來該是最好的朋友。也許她把他看作仇人、她的三個哥哥變成廢才，不是因為他是個心狠手辣的怪物，而是因為他真的太傑出？安娜貝爾從沒說他不討人喜歡，只說他用討人喜歡的一面誘惑人。他告訴我他在生意決策上犯的錯，比如說他賣掉巴西的製糖廠，沒想到一年後那家工廠卻瘋狂獲利；他取消與孟山都的合作計畫，因為他當時自覺比孟山都研發主管更瞭解植物的遺傳問題。他還嘲笑自己的傲慢個性。話題轉到我的生涯規劃時，他先說要幫我在《華盛頓郵報》找個工作。(「班．布萊德利[24]是我的老友。」)我拒絕後，他又提議資助我正在籌備的那本作法奇特的雜誌。我覺得他在鼓勵我，希望我將來像他一樣傑出。

安娜貝爾不以為然。我們搭火車回家時，她說：「他只是想要收買你。老套了。我只要稍微不注意，到頭來就會恨自己怎麼這麼笨。他的目的是把手伸進我的一切，就像這世上只要是吃的東西，麥卡斯基爾集團都會把手伸進去一樣。他不把一切弄到手，是不會罷休的。成為世界第一大火雞肉供應商怎麼能滿足他的胃口，他還要楚浮和貝婁。你覺得他有知識，其實他的打算是，掌握了你，就能掌握**我**，然後，他就擁有一切了。」

「我根本沒有答應他什麼，妳沒注意到？」

「你沒有答應他什麼，但你喜歡他。如果你覺得他以後就會放過你，我勸你腦袋清醒一點。」

她是對的。那次晚餐後不久，我收到一個限時包裹，裡面有四本第一版的精裝書（《阿奇正傳》、H．L．孟肯、約翰．赫希、約瑟夫．米契爾）、兩張《象人》的票、一封大衛的信，告訴我他重讀《阿奇正傳》的感想。他還提到他已經和班．布萊德利通了電話，談了我的事情。此外，他還請我和安娜貝爾下個月找一個週末去紐約市看劇。安娜貝爾撕了票，指著那封信第二頁右下角的英文縮寫[25]說：「別太臭美，這是他口述的信。」

「那又怎樣？我真不敢相信，他為了我重讀了《阿奇正傳》。」

「哦，我倒是相信。」

「妳不會把書都撕了吧？」

「不會。只要你能除掉上面的血，就可以留著。但是，你如果從他那邊拿了象徵性禮物以外的東西，你

---

24 Ben Bradlee，一九六八年至一九九一年間擔任《華盛頓郵報》總編輯，水門案就是在他主政下真相大白。

25 書信體例，代表繕打信件的秘書姓名縮寫。

就毀了我，真的毀了我。」

他還是三不五時打電話給我，我覺得不應該告訴安娜貝爾，但我已經在她的洗手槽小便了，不想隱藏更多祕密不讓她知道。所以，我一五一十地向她報告大衛怎麼討好我，並且附和她譴責此舉的說法。不過，我私底下卻很喜歡他，喜歡他提到安娜貝爾時可愛的說話方式，而她——這件事他也說對了——私底下也很享受有新事情可以譴責。

我撰寫《複雜人》發刊詞的進度不大順利。當我描述這本雜誌的特色時，花言巧語太多，事實太少。此外，如果我真的有心創辦一本雜誌，就應該一直維持與《賓大日報》朋友的友誼，同時培養與當地自由撰稿作家的關係。但另一方面，除非安娜貝爾不再拒絕大衛的資金，否則《複雜人》注定胎死腹中。所以我日復一日抱著渺小的期待，希望她會鬆口。歐斯瓦畢業後就回林肯市的老家，想辦法賺錢償還助學貸款。他寫了幾封搞笑的信給我，但我一直提不起勁回。後來，我決定空出一整個下午只做這件事，卻一直拖到安娜貝爾從圖書館回來、到家前五分鐘才提筆。除了她把我迷得暈頭轉向，我找不到別的事情可以跟人分享。

那十個月，我為了配合她，重新改造了我的個性；為了避免衝突，磨掉了我最突出的稜角。那年秋天是我們最幸福的時光。我們逐漸建立起家事分工共識、對事情的共同看法，以及只有我們才懂的字與詞。這些字句說第一次的時候非常有趣，但說了一百次以後，似乎就沒那麼好笑了。每一個字以及她的每一件東西，都沾染了我和她——沒有別人，只有她——做愛的顏色。但是，我一個人在屋裡的時候，還是會覺得沮喪。安娜貝爾坐擁金山銀山，卻堅決不動用一分一毫；她的身體讓我瘋狂，但我每個月只能擁有三天；我喜歡她父親，卻要假裝不喜歡；她父親擁有令人難以置信的人脈，卻不准我利用；我有一個理論上雄心勃勃的計畫，卻毫無實現的機會；此外，只要我母親質問我到底在做什麼——我還是每個週日晚上打電話給她——我就覺得她是在批評安娜貝爾，氣得立刻換話題。

我們的共同計畫是要一貧如洗、沒沒無聞、純潔，但到頭來還是能讓全世界大吃一驚。安娜貝爾的意志非常堅定，連我都受到影響，深信我們這個計畫會成功。我只擔心她要是發現我其實不像她那麼有趣，就會離開我。她是我生命中的驚奇，我想支持她、保護她，讓她跟這個無法理解她的世界保持距離。所以，我在露西的萬聖節派對一週年時，從很久沒動用的儲蓄帳戶中提出僅剩的三百五十美元，買了一個小得可憐的唱針尖大小的鑽石戒指。趁安娜貝爾還沒從圖書館回到家前，用白色絲帶把戒指綁在連納德的脖子上，再把它放在床中央。

我說：「我和連納德要送妳一樣東西。」

她說：「啊哈，你出門了，我想我聞到了你身上的城市味道。」

我帶她走進臥室。

「連納德，你要給我什麼？」她把他拿起來，看到戒指。「噢，湯姆。」

連納德說：「妳看得出來我不是牛，也不是馬，我是個裝飾品，不是一般的勞力工。但是，我沒辦法拒絕他請我替妳扛戒指。」

「噢，湯姆。」她把連納德放在床頭櫃上，摟住我的脖子，看著我的眼睛。她的眼睛閃耀著淚水和熱情的光芒。

我說：「今天是我們認識一週年。」

「噢，親愛的。我就知道你會記得，其實我沒把握你會記得。」

「妳願意嫁給我嗎？」

「一千次都願意！」

我們跌到床上。那天不是那個月的適當時間，但她說沒關係。我想，也許因為要結婚了，可以克服那個問題，而且我猜她也這麼想。但問題其實沒有消失。她說，即使如此，她還是很高興。她仰躺著，把小公牛放在乳房中間，解開絲帶。

我說：「對不起，鑽石太小了。」

她說：「很美。」說著，戴上戒指。「是你親自挑給我的，所以很美。」

「我不敢相信我能娶到妳。」

「不，我才是幸運兒。我知道我很難搞。」

「我喜歡妳很難搞。」

「噢，你太棒了、太棒了、太棒了！」她吻遍我的臉，然後我們又開始做愛。她手指上的戒指有神奇的力量。我現在上的是我的**未婚妻**，是一種新的喜悅；我跳進了更深不見底的深淵，不停地墜落，甚至完事後還在下墜。安娜貝爾在啜泣，她說，這是最純粹的幸福。今天的我能看出那兩個年輕孩子吸了一整年的白粉，正逐步喪失與現實的聯繫，開始（至少我是）對現實感到沮喪。依據上癮的邏輯，我們的下一步，怎麼可能不依賴針頭與靜脈？但那一刻，我只感受到戒指帶來的衝動。趁著這股勁兒，我鼓起勇氣問安娜貝爾願不願意和我去丹佛過聖誕節，宣布我們訂婚的消息，再給我母親一次機會。安娜貝爾不但沒有抗拒，反而給我好幾個吻，吻到我喘不過氣來。她說她願意為我做任何事，任何事情，任何事情。

她試了，用自己的方式。如果我母親能夠尊重她，她也準備好喜歡我母親，她甚至單獨買了一份送給我母親的聖誕禮物：一本西蒙·波娃的書、一些果香肥皂、一個可愛的二手銅製胡椒研磨器。到了丹佛，她為了示好，主動想幫我母親做廚房裡的事情，但《肉河》帶給我母親的創傷還沒癒合，所以便又拒絕了她。我母親似乎決心要在安娜貝爾這個懶惰富家女面前扮演即使在病痛中也要工作的職業婦女——她又回去藥局上班，迪克·艾金森也已經跟別人結婚了——此外，雖然我解釋了好幾個月，她還是拒絕接受安娜貝爾吃純素、我吃蛋奶素的事實。我們回家後的第一個晚餐，她替我準備了烤白肉魚，替安娜貝爾準備了烤起司通心麵。

我提醒她：「我不吃肉，安娜貝爾不吃動物製品。」

她還是有點月亮臉，但我們已經慢慢習慣了。她說：「這條魚很不錯，而且魚不是肉。」

「這是動物屍體，而起司是動物製品。」

「那你告訴我什麼是『純素人士』？她吃**麵包**吧？」

「通心麵沒問題，有問題的是起司。」

「所以她可以吃通心麵，那我把起司那一層切掉。」

還好我姊姊辛西亞也在。我介紹安娜貝爾給她認識以後，她把我拉到一邊，低聲說：「湯姆，她**好漂亮，很棒的女孩**。」辛西亞還替我們的飲食習慣說話。吃飯時，我告訴大家我們已經訂婚時，她跑到廚房，拿了一瓶粉紅香檳出來，這是母親為了在安恩．賀肯勝選慶祝時準備的。母親聽了消息只是盯著面前的盤子說：「你還太年輕，不必這麼早結婚。」

安娜貝爾淡定地問她是幾歲結婚的。

我母親回說：「我那時很年輕，所以我知道，太年輕結婚的後果。」

安娜貝爾說：「我們跟你們不一樣。」

我母親說：「每個人都這樣想，都覺得自己跟別人不一樣，但是，開始過日子，就會知道不是這麼回事。」

辛西亞在廚房裡大聲說：「媽，高興一點。安娜貝爾是個很棒的女孩。這是個天大的好消息。」

我母親說：「你們也不會想要我的祝福，所以，我只是把我真實的想法告訴你們。」

安娜貝爾說：「聽到了。」

那天就這樣風平浪靜度過了。我睡在地下室，安娜貝爾才可以自己睡一間房。我們講好這段時間要守規矩一點，免得再生風波，但每天晚上，在地下室，安娜貝爾都幫我口交，就像要在我母親面前耀武揚威，讓她知道誰是老大一樣。這可能是她讓我享受肉體之慾的最高峰，也是我記憶中，她唯一一次跪著替我口交。我們熱情的輻射線四處亂竄時，我母親離我們的直線距離不到五公尺；我們聽得到她的腳步聲、馬桶沖水聲，甚至她腸胃蠕動的聲音。辛西亞走了以後，歐斯瓦從內布拉斯加過來住了兩個晚上，我母親非常刻意地熱情招呼他，安娜貝爾對我說：「她寧願你娶的是歐斯瓦。」

在丹佛的最後一天，家裡只剩我們與母親。我們做了最喜歡的中式炒菜當晚餐，母親開始嘮叨錢的事情。她說，她知道我們現在靠安娜貝爾的財產過活，同時做一些對社會有益的事情。如果我們要找個像樣一點的工作，自給自足，她也能瞭解；但她**不能**理解，為什麼我們自願過貧困的生活，並追求不切實際的夢想。

我說：「我們還有一點存款，如果用完了，就會去找工作。」

我母親問安娜貝爾：「妳工作過嗎？」

安娜貝爾說：「沒有。我從小到大家裡的錢多得離譜，去找工作基本上是個笑話。」

「本分工作怎麼會是笑話。」

我說：「她從事藝術工作非常努力。」

我母親說：「藝術不是工作，藝術是為自己做的事情。我不是說妳一定要工作，如果妳運氣夠好，不必工作，那就不必工作。但是，錢不會平白從天上掉下來，妳應該接受跟著錢一起來的責任，總要做點**事情**。」

我說：「藝術，就是妳說的事情。」

安娜貝爾說：「我的藝術要表現的，就是不碰沾了血的錢，我不要和這些錢有瓜葛。」

我母親說：「我不懂。」

安娜貝爾說：「有一個觀念叫『集體罪惡感』。農場動物生活在地獄般的環境裡，不是我親手造成的，但一旦我知道這種情形，就接受我也有罪，並且從此和這種罪保持距離。」

我母親說：「我不相信麥卡斯基爾會比其他公司更壞。它難道沒有幫忙解決全世界的饑荒問題？這家公司也賣小麥、黃豆，不是嗎？就算妳不喜歡肉品生意，也不代表妳的錢都是壞錢。妳可以拿一點自己用，剩下的做點慈善工作。我看不出來，拒絕這些錢，妳又得到什麼。」

安娜貝爾說：「納粹改善了德國經濟，還蓋了很棒的高速公路系統。我們可以因此說他們只有一半壞嗎？」

這話惹毛了我母親，她回說：「納粹是可怕的惡魔，這不必妳來告訴我。我爸爸就是因為希特勒發動的戰爭死掉的。」

「但妳卻沒有罪惡感。」

「我那時候還小。」

「哦，原來如此。所以，妳的意思是，妳**沒有**集體罪惡感。」

我母親愈講愈氣：「不必妳來告訴我罪惡感是什麼。我不告而別，留下一個妹妹、一個弟弟和生病的媽媽。我寫了不知道多少封信道歉，他們從來沒有回過信。」

「那六百萬猶太人好像也沒有回過信。」

「我那時候還是**小孩**。」

「我那時也還小，但我現在想盡點心力。」

至於我的集體罪惡感，一定和我是男人有關，但我可以理解母親對工作的看法是有道理的。我和安娜貝爾回到費城以後，我又得面對《複雜人》不可能成功的現實問題。但我有了個新計畫：**寫個中篇小說**。而且要祕密進行，在我和安娜貝爾的婚禮上給她一個驚喜。如此一來，不僅我有新工作要忙，解決了該送什麼結婚禮物給安娜貝爾的問題，還可以顯示我是個有趣、又有抱負的人，證明她沒有嫁錯人。甚至，她與我母親也可能因此妥協，因為我打算以貝妻的風格，處理我母親懷著罪惡感逃離德國的故事，這也是我唯一知道的好故事。我連開場都想好了：「阿達爾貝特街上那一家人的命運，決定於一個翻騰不已的胃。」

我們決定在總統日[26]的那個週末舉辦婚宴，好讓外地來的朋友有更充裕的時間。除了諾拉，安娜貝爾還有三位交情還可以的朋友，一位來自威奇塔，兩位來自布朗市（我們婚後不到九個月，她就結束了與其中兩位的友誼，而她與第三位的友誼，在一個小孩出生後也跟著結束了）。由於她沒有邀請她家任何人參加婚宴，加上我母親根本不喜歡她，安娜貝爾認為，只邀請我的家人是不公平的，但我說辛西亞很喜歡她，加上我是獨子，希望她答應邀請我的家人。

一天晚上，安娜貝爾從信箱拿了一封信給我。

她說：「很有意思，到現在你媽仍然只寫你是收件人，不是寫我們兩個。」

我打開信，很快地瞄了一下：我最親愛的湯姆……你走後房子好像變得很空……范．謝林格勞特醫生……更高劑量的……我盡量不說什麼，但身上每一根神經……繼承的特權與優渥的童年和我在耶拿的童年相比……恐怖的戰爭屠殺和現代化的畜養方法……深深的冒犯……無奈只能對你一五一十表達內心……你犯了**可怕的錯誤**……對初出茅廬的年輕小伙子來說相當漂亮，也非常誘人……你就是初出茅廬的……成長在有錢有勢之家，嬌慣、高高在上、**走偏鋒**的人……除了不幸，也看不到未來……受她影響的奇怪飲食，讓你這麼瘦、臉色又蒼白……性的本能有時候會讓沒有經驗的人失去判斷……我求你好好想一想，務實地考慮將來……對你無所求，無非希望你找到一個充滿愛心、理智、成熟、**實際**的人，共度幸福的生活……

我的雙手突然一陣冰涼。我把信折好，放回信封。

安娜貝爾問：「信上寫了什麼？」

「沒什麼。她的大腸毛病又犯了，這次非常嚴重。」

「我可以看信嗎？」

「她說來說去不都是那一套。」

「你的意思是，我們再一個半月就要結婚了，但我不能看你媽寫給你的信。」

「我覺得類固醇讓她腦袋有點不清楚，別理她就好。」

安娜貝爾用可怕的眼神看了我一眼，說：「你這樣逃避是沒有用的。要嘛，我們是毫無隱瞞的伴侶，要嘛，什麼都不是。不管誰寫信給我，我都不會不讓你看。不會，永遠不會。」

她看起來就要發火了，不然就是要大哭一場，不管哪一種情況我都受不了，所以我把信交給她，回去臥室。我一直在逃避女性對我的責難，偏偏我的生活已經成為一場遭受女性責難的夢魘。躲開我母親的責難，就會招來安娜貝爾的責難，反之亦然。我走進了死胡同，躲也躲不掉。安娜貝爾在房門口出現時，我正坐在床上，用力捏自己的手。她看起來不像是受傷的樣子，只是冷冷地生著氣。

她說：「我要說一個我這輩子從沒用過的字，就一次。」

「什麼字？」

「**賤貨**。」她一說出口，就用手遮住嘴。「不，這個字非常難聽，就算用在她身上也太過分。對不起，我不應該說的。」

26 華盛頓生日為美國聯邦假日，俗稱「總統日」，放假日訂在每年二月的第三個星期一，與週六、日連起來。

我說：「這封信，我非常抱歉。她的身體狀況真的不大好。」

「但是，你應該知道我不想再看到她，不會買聖誕節小禮物送她，也不會答應讓她來參加我們的婚宴。如果我們有了小孩，我也不會讓她看孩子。明白了嗎？」

還好她沒有找我麻煩，我鬆了一口氣，急著說：「明白，明白。」

她跪在我的腳邊，抓起我的手，說：「總是有人看我不順眼，」她的聲音柔和了點。「我也總是會受傷，但我已經習慣了。我受不了的是她信上提到**你**的地方，她不尊重你的品味、判斷、或是感覺，她覺得她還擁有你，可以指使你，我氣的是這件事。她根本不想瞭解你。」

「我真的覺得她很可憐，因為生病的關係。」

「讓她生病的是她對事情的反應，這是你說的。」

「在丹佛的時候，她對妳不客氣，一定是類固醇害的……」

「我不是說你再也不能見她。你是有愛心的人。但我再也不要看到她了，絕不，你懂的，對嗎？」

我點點頭。

她說：「我們兩個人，在同一天成了半個孤兒，現在，我們即將變成完整的孤兒。你願意跟我一起做這件事嗎？」

第二天，我寫了一封非常正式的信給我母親，收回邀請，請她不必來了。

我們在情人節結婚，由兩位市府承辦女士擔任證婚人。我們在家裡共進晚餐，義大利麵搭配菠菜、蒜頭和橄欖油，象徵我們清貧度日。但安娜貝爾以前提過一次她很喜歡夢香檳，所以我買了一瓶，為了紀念我們結婚小小奢侈一下。晚飯後，她拿出送我的禮物，一台新的攜帶型奧利維第打字機。我看到打字機，立刻覺得不對勁，我們各自準備的禮物，象徵的都是**我的**工作，而不是她的工作，因為我的中篇小說已經臨時大轉彎，我把那位來自耶拿的年輕女性的背景，改成是當地首富的女兒，她父親則是位凶暴的人。但我相信安娜貝爾能夠體會這小說是我獻給她的愛意。所以，我勇敢地交給她一個黏著白色蝴蝶結的牛皮紙信封。

她有點疑惑地皺了皺眉，打開信封，問：「這是什麼？」

「一部中篇小說的前半部。我給妳的驚喜。」

她拿出稿子，看了第一頁的一部分，然後就盯著那張紙不動。我知道，我犯了一個可怕的錯誤。

她楞楞地說：「你一直在寫小說。」

我說：「不管發生什麼事，我都要和妳在一起。我不想當記者了，我只想跟妳**在一起**。我們是合作夥伴——」

我伸手去抓她的手，但她把手縮回去。

她說：「我需要一個人靜一靜。」

「這個小說是獻給妳的，獻給我們兩個人的。」

她站起來，朝臥室走去。「我真的只想一個人靜一靜。」

我聽到她進房關門的聲音。不過四個小時，我的婚姻就掉到谷底。都是我的錯。我恨我的小說，都是它害她出現這種反應。但是，我寫作的時候一直很快樂，這六個星期，非常明顯，我比較不沮喪。我已經放棄了**她**替我規劃的《複雜人》雜誌。我在廚房桌子坐了一個小時，心中的沮喪就像走進冷霧深處一樣。我等著，也許安娜貝爾會走出臥室。但她一直沒有出現，相反地，我聽到她尖銳的喘氣聲，她強忍淚水仍壓不下來的聲音。我心中滿是憐憫之情走進臥室，一片黑暗中，她蜷曲著身子躺在窗邊光禿禿的地板上。

我哭著問：「我哪裡做錯了？」

她回答得很慢，而且因為我道歉和她流淚，時斷時續。她說我騙了她，我有自己的祕密。我們準備的結婚禮物都是與**我**有關的東西。我違背了對她的承諾。我答應過，她是藝術家，我是評論者。我也答應過，我不會偷她的故事。但她只看了一段，就知道我偷了她的故事。我還答應過我們不會互相競爭，但是，我做的事情就是和她競爭。我騙了她，毀了我們的結婚之日……

她對我的每一句責難，都像在我大腦上潑硫酸。以為聽人說，精神折磨是最難熬的痛苦，我現在相信了。即使我們婚前吵得最嚴重之時，也比不上這次。以前每一次吵架，我基本上都能面對她陰晴不定的脾氣，這次，我卻親身體會到她的精神痛苦，就好像我也在受折磨一樣。靈魂合而為一的天堂就是地獄。我抱頭跑開，倒在客廳沙發上躺著好幾個小時，忍受精神折磨，同時，安娜貝爾在臥室裡也在承受同樣的折磨。我一直想：這是我們的新婚之夜，這是我們的新婚之夜。

等到我的恨意累積得夠多了，我起身到廚房，在爐台上一頁一頁地燒掉我的小說，那時一定是凌晨兩點了。沒多久，安娜貝爾聞到煙味，臉色蒼白、步履蹣跚地走進廚房，看著我，一句話都沒說。我燒完最後一頁時哭了。

她馬上撲上我，全身放鬆，渴望愛情。我多麼渴望她的愛啊！我們多麼渴望擁有愛啊！她淚流滿面的味道、她軟柔貪婪的嘴、她溫暖結實的身體，她的一切，無論好壞。這些，都比戒斷毒品的痛苦上身後，又享受到品質最好的毒品的感覺更好。這幾乎就像我們是故意製造難言之痛，好讓新婚之夜能有這種等級的幸福。

但是，我又無心犯了第二個嚴重錯誤，後果在兩天後的婚宴上出現。參加婚宴的男方親友比女方多，讓我不知該如何是好。諾拉爽約（她已經搬去紐約，一個原因是為了忘掉她對安娜貝爾的感情），安娜貝爾的布朗市朋友中，有一位臨時不能來。辛西亞、我的五個賓大朋友，以及三個丹佛朋友則從各地抵達。還好，歐斯瓦帶來幾捲不錯的錄音帶，都是他自錄的音樂合輯，而且，他好像想讓辛西亞知道「我是妳弟弟最好的朋友」，看在旁人眼裡，實在很有趣。安娜貝爾也喝了不少，沒被我其他朋友嚇到，反而對他們透露的我過去的種種聽得津津有味。她穿著無肩帶禮服非常美麗，讓我十分得意。

就在我清理地板，挪出跳舞的空間時，門鈴響了。安娜貝爾以為是諾拉回心轉意，跑到廚房拿起對講機。外面太吵，我聽不清楚她在講什麼，等她再度現身時，一臉蒼白，帶著怒氣。她擺擺頭示意我進臥室，然後把門關上。

她說：「你怎麼能這樣？」

「什麼？」

「來的是**我爸**。」

「啊，不會吧。」

「他不可能知道我們今天請客，除非你告訴他，就是你！」她扭曲著臉說：「我不敢相信，我今天真是倒楣透了。」

她說的沒錯。大衛最近一次跟我通電話時，哄我說出了婚宴日期。因為他說要送我們一個微不足道的結婚禮物，想知道我們什麼時候請客。我則特別強調，我們只請朋友，沒有請家人。

我說：「我還特別跟他講清楚，我們沒有邀他。」

「我的天啊，湯姆，你怎麼這麼笨？你到現在還**學不到教訓**嗎？」

「對不起，對不起。但是，他都來了，能不能就盡量擔待一下？」

「不行！婚宴結束了，我放棄。我怎麼會碰上這麼慘的事情，簡直就是惡夢。」

「妳讓他上來了嗎？」

「我能說不嗎？但他走之前，我會一直待在房間。」

「我來處理。」

「你來？好啊，祝你好運。」

客廳裡，大衛已經把一堆小禮物和一瓶大號的夢香檳放好，正在高興地向客人介紹自己。他看到我，眼睛一亮，說：「新郎出現了！恭喜恭喜！湯姆，你看起來很瀟灑，這才是你的本色。」他用力握我的手。

「我搭的飛機出了點問題，不然兩個鐘頭前就該到了。我的寶貝女兒呢？」

我想冷冷地回他話，但說出口的卻是一副據實招認的語氣：「她不希望你來。」

「她只有我這個老爸，卻不希望我參加婚宴？」大衛左右看了一下，爭取默不作聲的客人支持，音響傳出衝擊樂團的歌聲。「她是我全世界最喜歡的人，我怎麼能不來？」

「我說真的，你離開比較好。」

大衛繞過我，走到臥室，連敲了幾下門。「安娜貝爾？親愛的？出來和我們一起，香檳回溫就不好喝了。」

沒想到，臥室門馬上打開了。安娜貝爾冒出來，頭向後仰，把一口口水吐在大衛臉上，門又砰地一聲關上。所有人都看到了這一幕，沒有人說話。大衛把眼睛上的口水擦掉的時候，衝擊樂團的歌聲也沒停。他擦完口水，放下手，看起來似乎老了十歲。他有氣無力地笑了笑，對我說：「趁她還沒對你做出同樣的事，好好享受婚姻生活。」

好幾個月後，她完成了閱讀的工作，開始執行那個雄心勃勃的計畫：製作一部關於人體的影片。她一直無法理解，人可以活五十年、七十年、甚至九十年，但過世時卻往往對自己的身體——也就是自己的存在的總和——一無所知。以她自己為例，不僅從沒注意腦袋與背部這些無法直接看到的地方，甚至對手臂、腳與軀幹，都比不上肉販對牛隻屠體那麼關注。

她自己身體的表面積約為一萬六千平方公分，她打算用細簽字筆在身上畫出一個個面積三十二平方公分的網格，除了腳底、臉和手指，每一個網格都是五點七公分乘以五點七公分的正方形。她要把這五百個網格拍成電影。她計畫花一星期熟悉一個網格，公平對待，一視同仁。這樣一來，等到她死了，至少能夠對自己交代，她認識了身體的每一吋。不僅如此，她還規劃要以出人意表、引人入勝的方式呈現每一個網格。除了不一樣的影像技法，更多時候這些影像呈現著方格所引起的思考與回憶。從這個角度來看，這個計畫比較像行為藝術，而非電影。如果她能依照時程進行，這個表演創作也要花上十年，而且會愈來愈困難。她也不知道最後影片會有多長，預設目標是在二十九小時又三十分鐘，每一個小時代表月亮曆的一天。她的夢想是一個網格一個網格地從男人與肉品的世界中奪回自己的身體。十年後，她就可以完全擁有自己。

我愛這個想法，她則愛我對這個想法的支持。在一個炎熱的七月下午，她讓我成為第一個在她身上畫出黑色網格的人，一個跨過兩隻左腳腳趾的網格。為了精確測量格子面積，就花上半天，接著她留出墨點，由我連起來。最後她說：「現在你得讓我一個人和這個格子一起。」

「我想瞭解妳身體的每一寸。」

「我會回到你身邊。」她嚴肅地說：「十年後，我就全是你的。」

我吻了吻她的腳趾，讓她和那些方格相處。但十年是什麼？

如果她的進度更快一些，如果辛蒂．雪曼和南．戈丁這些攝影藝術家沒有躍上頂峰，如果實驗電影沒有突然被錄像藝術扼殺到只剩一口氣，如果她沒有因為嫉妒我那個規模小一點、完成性高很多的新聞計畫而消沉，她的影片還可能會取得一些成果。但一年過去，她的進度仍停在左腳踝。我看得出來，她很快就厭倦了身體表面，畢竟，人類從生到死都不大關心身體表面不是沒有道理，但她覺得進度落後，是因為全世界都傾力在阻止她。

當然，我是首當其衝的阻撓者。早餐桌上講錯一個字，或是做飯時飄出來讓她分心的味道（她老是說：

『氣味是地獄。』）就可能毀掉一個工作日，她甚至會因為報紙上出現一則簡短的、關於「對手」的短訊而整個星期不工作。在她的默許下，我開始審查《紐約客》和《紐約時報》藝術版，趁她還沒看到，撕掉可能讓她心煩意亂的文章。我還負責接聽電話、付帳單、報稅。我們搬到一間更大的房子後，我把她的工作間窗戶全部隔音。半年後，她覺得費城不僅讓她灰心喪志，對我的職業生涯發展也有害無利，所以我先去紐約，找到一間位於東哈林區的公寓。搬到紐約後，我同樣將她的房間隔音。我做這些都是無怨無悔，發自真心，因為她是刺猬，我是狐狸。[27]不過這樣還不夠，就像馬桶圈的事一樣，我做這些並無法補償男女先天的不公平。我會一些實用的技能，她反而覺得**受傷**，而我也因為她受傷而受傷。

我的精力多半都用在賺錢上。我非常希望事業蒸蒸日上，手上又有那麼多時間（安娜貝爾一週七天都和她的十六厘米玻琉攝影機關在房間裡），很快就適應了《費城》雜誌的工作。我在這份雜誌，以及後來在《費城之聲》，原本都有機會擔任編輯，但我不想坐辦公室，安娜貝爾有時候會在早晨閉關前，因為我看她的眼神不對，或是我一時疏忽讓她看到令她分心的新聞，一有這種事，我們倆往往就要討論好幾個小時。我必須隨時應對。所以，我選擇在家工作，採訪寫作越來越駕輕就熟。由於我和安娜貝爾在創意上沒有競爭關係，她鼓勵我要更有抱負，對我寫的每一篇文章都給予好評。我回報她的是付房租、水電瓦斯費和買菜錢。她為了買膠卷和沖洗膠卷，花光所有積蓄後，開始變賣她父親給她、以及母親留下來的珠寶。我知道這些珠寶價值不斐時不僅嚇了一跳，也有點氣，但原因並不是我們結婚時我沒有自己的珠寶。

不說也猜得到，這時我們的性生活一落千丈。我們的問題不是常見的婚姻厭倦。一來是她整天都在苦思她的身體，因此，一有空她只想讀書或看電視，二來我們的靈魂已經合而為一。一方面覺得自己**就是**某人，同時又要**上**她，其實很難產生感覺。到了一九八〇年代中期，我們唯一算得上不錯的性生活，是小別勝新婚那種。比如說，我從外地採訪回來或每年夏天從丹佛回家時，我們之間會有幾個小時不合而為一，因此足以產生交合的動力。幾年之後，她開始節食，加上每天運動三小時，月經就這樣停了。至此，每個月中她連個適合做愛的時間都找不到；然後，我們把連納德收進鞋盒，再也沒拿出來；然後，我們之間就只剩下說話、說話，就像成員只有兩個、討論總是對人不對事的官僚體制。非常細微末節的問題（『你為什麼要等十分鐘才告訴我你的好消息，為什麼不立刻讓我知道？』）都能啟動全面、正式的調查；我的每一個反應都要以一式三份存檔；一次檢討不夠，要延長、再延長檢討時間，同時翻查舊檔，比對這次反應與過去反應是否一致。

我們在一起也形同孤立。如果稍作打扮，出去認識一些性感男女，分開的機會還會大一些，但安娜貝爾愈來愈害羞，也愈來愈沒有自信。我們都覺得她的計畫是天才之作，別人卻看不出來，她因此愈來愈羞於啟齒。而且我們唯一的朋友就只剩**我的**朋友，他們自然比較關心我，她因此覺得被輕視。我開始單獨與他們吃午餐或先喝兩杯再回家，也絕口不提我的家庭生活，這算是一種背叛，因為我覺得自己的奇怪婚姻很丟臉。更糟的是，當朋友禮貌問起安娜貝爾和她的工作時，我的回答聽起來像是替她找藉口，像是我沒搞懂妻子並非如我深信的是個天才。我依然確信她是天才，但很奇怪，我的說辭沒什麼說服力。

連一直跟我保持電話聯絡的大衛，也不大關心安娜貝爾了。他的三個兒子就像每一個有錢人家的小孩，該做的壞事一樣也沒少，更不必提他女兒朝著他臉上吐過口水這事。我是他僅剩的、唯一有可能讓他展現為人父驕傲的對象。每次我們講電話，他一定會說要資助我、或幫我介紹人、或在麥卡斯基爾替我找個好工作，有時甚至三件事都提。麥卡斯基爾在他的掌舵下，不僅進軍亞洲，還進口秘魯魚粉和德國亞麻籽油；為了多角化經營，涉足金融服務和肥料業；為了擴大肉河規模，把牛肉和雞蛋倒入麥當勞的食道，把火雞塞進

---

27 作者引用英國哲學家與思想史家以薩．柏林（Isaiah Berlin）的觀念。柏林於一九五三年出版《刺蝟與狐狸》（*The Hedgehog and the Fox*）一書，將歷史上重要的思想家分為刺蝟與狐狸兩種類型。刺蝟型的思想家執著以一種角度看世界。狐狸型的思想家則運用多種角度看世界。

丹尼速食店的肚子。我估計，大衛擁有的公司股份接近三十億美元。

然後，突然間我就邁向三十歲人生了。我有數十個工作上的朋友，但除了魯本，沒有人可以聽我講安娜貝爾的事情。魯本是我們這棟公寓的管理員，兼做地下彩券簽賭站的經理。這個簽賭站盯的是多明尼加的全國樂透彩券，老闆就是我住的公寓的業主，靠魯本和他底下的一幫跑腿，保障這個大樓簽賭站的安全。魯本的跑腿中有個沒有牙齒、綽號「矮個兒」的酒鬼，以及幾個歐手的皮條客。魯本對安娜貝爾很恭敬，也對娶她的人很有禮貌，老是叫我「幸運兒」。安娜貝爾的另一個粉絲是她在即興表演班認識的新朋友蘇珊。她去即興表演班上課，是我懇求她去的，因為她的計畫一整個秋天毫無進展。她的拍攝進度終於進行到左大腿上方，但就是沒辦法往生殖器官附近前進。她的食物攝取種類愈來愈少，早上只喝咖啡加豆漿，晚餐少量進食。白天她經常因為胃脹氣和胃痙攣無法工作，但要是有事（也就是跟我講話講好幾個小時）礙著她每天下午五點到八點運動，她就會發狂。她的運動項目包括跟著珍．芳達的錄影帶健身、去中央公園跑步，以及在工作間地板上那個大型東西、一台二手划船機上划船。

她的體脂肪就像「震教」風格的椅子[28]一樣少，月經也早就停了。這一年間，只有在魯本的幻想中，我才有和她上床的機會，但是這並無礙於我們討論要不要生小孩。她想要跟我組個家庭，前提是先完成她的創作計畫，討回自己的身體，並且，她的成就要超過我，或者至少跟我一樣，否則，我在外面取得男人的顯赫成就時，她只能困在家裡與尿布為伍。只是我看不出來，她怎麼可能既要生小孩，又要先完成創作。她已經拍了幾百個小時的毛片，拍了多半都沒看過，更別提剪輯了。此外，依照她的工作速度，恐怕到七十歲都沒辦法完工。但只要我一提起這事，就碰到她的痛處，我只能安撫她，好讓她繼續苦思，拍攝她的生殖器官。

我們結婚八週年前，《君子》雜誌買了我的一則報導，這是我賣掉的第一篇自由撰稿作品。我說服安娜貝爾一起去義大利。我們一直沒有度蜜月，所以我想來趟歐洲行或許能重振我們的關係。從觀光的角度來說，這趟行程是成功的。我們在托斯卡尼觀賞了哥德風雕塑，在西西里島看了古代遺址，但是，安娜貝爾每天下午都因為空腹而頭痛，每天晚上我也必須陪她在黑暗中快走三小時。此外，我們為了找當地人常去的餐廳，餓到肚子抽筋，只因為這是蜜月之旅，她一天又只吃一餐，一定要找家好餐廳。

回紐約之後，我們決定自己動手做西西里式的煎茄子與番茄義大利麵，由於實在美味，我們覺得應該每週吃兩次，也真的每週吃兩次，連吃了好幾個月。問題是，這道剛開始幾口就讓我覺得好吃、而且能夠全部吃完的美味，幾個月後，我卻覺得噁心，不是逐漸覺得噁心，而是突然、激烈，長時間覺得噁心。我放下叉子說，我們得暫停一下，不能再吃煎茄子和番茄了，這是道完美、好吃的菜，不是它的問題，是我實在太常吃了，吃到現在覺得像在吃毒藥一樣。所以，我們停了一整個月沒有吃它，但安娜貝爾還是喜歡這道菜。一個非常暖和的六月晚上，我到家時，聞到她在煮這道菜的味道。

我的胃長嘆了一口氣。

我站在廚房門口說：「我們過頭了，我再也受不了了。」

安娜貝爾絕不會錯過任何語言的象徵，說：「湯姆，我不是茄子義大利麵。」

「我要出去一下，不然就真的會吐出來。」

她嚇了一跳，說：「好，但你晚一點會回來吧？」

「會，但這樣下去不是辦法。」

「同意，我也一直在想這件事。」

---

28 震教是「基督再現信徒聯合會」的支派，十八世紀於英國成立，後移至美國紐約州。該教派以崇尚儉樸生活著稱，建築與家具式樣也受精神生活影響，以極簡風格聞名。

「好，我晚點回來。」

我跑下五層樓梯，跑到125街地鐵站。我也不知道要跑去哪裡，也沒有熟到讓我能講心事的朋友，我只想脫身。那年頭，有幾個衣著破爛的放克樂手，不定期會出現在125街站往下城方向的月台。貝斯手和吉他手每次都會在，偶爾缺席的鼓手出現時，總是帶著一套像是從垃圾箱翻出來的鼓，有時候那位鑲金牙、一身骯髒的亮片洋裝的歌手也會現身。這幾個人當中，只有歌手會跟觀眾互動，其他人完全沉溺在自己的痛苦回憶中，靠音樂短暫喘息。吉他手汗流浹背，卻能毫不受地鐵經過時發出的隆隆聲干擾，彈出一段段精采的即興樂章。

那天晚上只來了三個樂手。地上打開的吉他盒裡，已經有一些一元鈔票，我丟了一張一元鈔票進去，用白人在哈林區必須表現的尊重，退到月台另一頭。後來我一直在找他們演奏的那首歌，卻始終找不到，也許那是他們自己創作的歌，從未錄音發行。那是首簡單的小七合弦反覆節奏，說的是在無法治癒的傷痛中，一則美麗的故事。我還記得他們表演了二十分鐘，或者半小時，時間很長，普通車與快車都過了好幾班。最後，終於出現由上城與下城同時吹起的幾股風結合而成的完美大風，一股強大、潮濕、還帶著尿騷味的風從月台這一頭吹過去，吹回來，再吹過去。樂隊演奏時，吉他盒裡面一張張一元鈔票往上飄，像秋天的落葉，隨著風從月台這一頭吹向另一頭，紙鈔到處翻滾滑行。月台上每個人都知道，這是完美的美麗，完美的傷痛，沒有人彎腰撿錢。

我想起我的安娜貝爾獨自一人在公寓裡受苦，我看到我的生活。我往回走，從樓梯上樓。

她就站在大門口，似乎一直在那裡等我。一看到我她就說：「你能幫我嗎？我知道有些地方一定得改，但沒有你，我一個人做不到。你能不能幫我看看，然後告訴我，我忽略了什麼？」

我說：「只要別再叫我吃煎茄子。」

「湯姆，我是說真的，我需要你幫忙。」

我答應幫她忙。我們走進她的工作室，這房間長久以來都是我的禁地。她很不好意思地拿出一些短片給我看。一捲是她拍左大腿上某個網格曝光不足的黑白特寫，經過人為加工，製造出黑暗海洋湧浪的印象；另一捲是膝蓋獨白，雖然影音同步有些許瑕疵，但內容非常好笑；還有一捲是將地鐵月台的影片與她大腳趾的影片剪接成一段故事，慘白如死屍的大腳趾還掛一個寫著她名字的吊牌，暗示她想跳到地鐵軌道上被火車撞死。這些短片都讓我印象深刻，接著，她打開筆記本讓我看，我更覺得振奮，心頭湧出一陣暖意。

她一直將這些筆記本當成絕對隱私，現在願意讓我翻閱，代表她已經一籌莫展。我以為裡面是漂亮的字體和分鏡圖，結果是一份折磨日記。每一則記事都以當天的待辦事項開始，字跡逐漸演化成難以辨認的自我診斷；接著，她跳到下一張空白頁，將身體各部位的拍攝計畫做成表格，但只有前幾個表格裡面有內容；然後，她用潦草的字跡修改這些內容，劃掉，再潦草地在頁面邊緣空白的地方寫上修改內容，並畫線將相關內容連起來，在關鍵的想法下面畫三條線；然後，她把全部內容畫上一個大大的、生氣的X。

她說：「我知道這看起來不像筆記，但裡面有些想法其實**很不錯**。有些地方看起來被劃掉了，但我並沒有放棄，它們其實都還在。但是，那些地方如果不劃掉，我的壓力就太大了。我現在一定要從頭到尾再看一遍這些筆記，」——筆記至少有四十本——「我在腦袋裡想一遍，然後訂出明確的計畫。但是東西實在太多。我沒有發神經，我只是在找一個壓力不那麼大的方式，把這些想法整理清楚。」

我相信她。她很聰明，想法也很精采。但是，一頁頁翻完這些筆記以後，我看得出來，她不可能完成這個創作計畫。長久以來，我一直覺得她無所不能，但她其實還不夠堅強。我覺得，因為我沒有早一點出手幫忙，現在就必須扛起責任。即使我厭惡這段婚姻已經到了想吐的程度，我還是不能離開，既然我讓她陷入困境，我就必須幫忙她脫離。我本來希望我能靠這段婚姻擺脫罪惡感，沒想到，我的罪惡感卻愈來愈深重。

在人類情感特質中，罪惡感一定是最可怕的一種。我當時為了減輕罪惡感所做的決定——就是繼續維持這段婚姻——正是後來，也就是婚姻結束後，我覺得罪惡感最深重的事情。義大利麵和煎茄子晚餐事件之後，她第一次意識到我可能會離開她，便開始提起我和她可以生個小女孩（她從沒想過要個男孩）的時間，也就是十八個月後。這個想法，一方面是替她的拍攝工作進展到肚子以上訂個目標與截止日期，另一方面，也是為了不讓我離開所出現的實際想法，我們不能永遠拖延懷孕。我看得出來，我們這時可能就是需要一個嬰兒。寶寶或許能拯救我們，但我也看得出來，只要她的創作沒有完成，照顧嬰兒的大部分工作都會落在我頭上。所以，只要她一講到養育孩子的事情，我就把話題轉到她的創作計畫。我究竟是希望她加緊腳步，好分擔照顧嬰兒的工作，還是希望她一切都好，以便我能放心和她離婚。說實話，我真的不記得了。但我記得我一想到這件事，就會想起煎茄子的噁心。如果我為了腸胃健康著想而跟她分手，她可能還有時間找別人生個小孩。

「我有個大膽的建議。」義大利麵事件後第二天早上，我在她的工作室說：「妳把網格放大十倍。我可以幫妳全部重新規劃，把所有網格畫出來，這樣妳就不必把所有事情都放在腦袋裡。然後，花個兩年時間完工。就這樣。」

她不以為然地搖搖頭，說：「我不能做了一半才改變網格大小。」

「但是，如果網格放大十倍，只要兩個月就可以重新拍完一隻腳。至於那些不是身體部位的鏡頭，挑妳最喜歡的再剪接就好。」

「我不要丟掉八年的心血！」

我指了指那些已經沖洗、還沒打開、堆得像山一樣高的軟片盒，說：「妳的計畫根本沒完成啊，用什麼方法不重要，重要的是要完成。」

「你也知道，我這輩子從來沒有完成一件事。」

「所以這可能是個好的開始，不是嗎？」

她說：「**我有我的想法**。我要你幫我，不是要你幫我丟掉八年的心血，是要你幫我整理**已經有**的想法。原來，請你幫忙是錯的。天啊！天啊！我真是個笨蛋。」

她懊惱不已，握起拳頭猛敲腦袋。我花了兩個小時，才安撫她平靜下來；再用一小時，檢討自己庸俗的審美修養，才哄住她不再生悶氣；接著，我花了三小時替她擬定一個粗略的完工時間表；最後，我用一個小時，把四十多本筆記中第一本上的重要想法，重新謄寫在一本新的筆記本上，我全部自己謄寫；然後，她運動三小時的時間到了。

此後一年，這種日子一再重複。為了替她排出鏡頭順序，我花了十小時弄出我認為可行的順序；然後，就在她運動時間快到時，她卻說，這種鏡頭編輯的方式看起來太新聞風格，不是她要的電影。我們只好再花一整天討論，由她告訴我**她**要的順序，一旦我無法理解她的邏輯，她就從頭到尾再解釋一次，就算我還是不懂，她的運動時間一到就完了。我減少工作，放棄一次替《滾石》雜誌採訪杜卡吉斯選舉行程的機會。我經常在最後一分鐘取消約會，結果，我就像毒蟲一樣，朋友愈來愈少。早上起床時，我感覺不到一絲喜悅，連一個微小的喜悅粒子都沒有，只能感覺到對前一天沒解決的問題的厭惡。我們就像無法自拔的毒蟲，只求毒癮不要愈來愈重。這種生活日復一日，要不是我母親收到了死亡判決，恐怕還會繼續上演。

一個平日下午我接到她的電話，這就不尋常。她說：「哎，我這個身體真是爛透了，除了添麻煩，什麼都不會。現在我就要被它弄死了。湯姆，我對不起你們，讓你失望，也讓辛西亞失望，我讓每個人都失望了。范．謝林格勞特醫生這些年一直寬容我，他費了好大的力氣，他一直沒有退休，有一個原因就是考慮到我的身體狀況。湯姆，他已經快八十歲了還在看診。我對不起你們每一個人。我這個又笨又老的媽媽得了**癌**

症。」

讓我更心疼的不是她得了癌症，而是她沒辦法控制自己的衝動，她為自己得了癌症到處道歉。我想要在壞消息中找到一線希望，但顯然沒有。她的問題很簡單，就是倒楣到底了。類固醇讓她成為癌症的高風險群，范．謝林格勞特醫生每兩年就安排她做一次大腸鏡檢查，癌症是在前一次檢查結束後出現，兩年內就擴散到大腸以外的地方，開刀都無法清除。但醫生還是決定要開刀，希望摘除一些腫瘤，減輕壓迫，然後再用放射治療，再做手術，能救多少算多少，但估計沒有多大效果。

我說：「我明天就回去。」

「湯姆，我真對不起你。我實在不想為了這事給你添麻煩。我還想活下去，看著你快樂、事業成功。但是，我這個又笨又老的臭皮囊，老是一直幹一樣的笨事情……」

我走進安娜貝爾的工作室，坐在地上哭了起來。安娜貝爾後來告訴我，她看到我哭的時候嚇壞了，她怕我進來是要說我再也受不了她了，但她一聽到我告訴她的事情，就抱著我也哭了起來。她甚至願意跟我一起去丹佛。

我一邊擦眼淚一邊說：「不。妳留下來，對我們倆都好。」

她說：「這就是我擔心的地方。要是沒有你，我的工作卻進行得更好，或者，要是你沒有我更快樂，那我們之間就完了。你會覺得這個瘋女人連自己的工作都做不來，為什麼我還要跟她在一起？而我，會記得我一個人、單獨工作的時候，進展好得多。」講到這裡，她哭了起來，說：「我不想失去你。」

我說：「妳不會失去我。我們只是分開一陣子而已。」

我給她、也給我自己的說法是，如果我們要繼續在一起，就必須分別建立對自我的認同。雖然我真的相信這一點，但我相信這件事背後其實另有打算。我的打算是拖延遺棄她的罪惡感出現的時間，拖得愈晚愈好。同時，我也奢望，因為是我主動離開她，她可能會饒了我，不加重我的罪惡感。

母親在丹佛的醫院術後休養，我在走廊上與范・謝林格勞特醫生討論病情。他禿頭、鷹鉤鼻，但有一雙充滿同情心的眼睛。他對我母親一直很好，但對母親罹癌這件事，毫無疑問有點**動氣**。他說：「主治醫生很不高興。」他的口音不像我印象中的連納德口音。「他想要動更多地方，但你媽堅決不要在身上開個造口[29]。這攸關生活品質，我們只能尊重她的選擇。她不想一輩子身上都帶著造瘻袋。但是，這一來卻把醫生雙手綁起來，絕對不是好事。她的存活機會現在更渺茫了。」

「有多糟？」

他搖搖頭，氣著說：「很糟。」

「謝謝你尊重她的意願。」

「你媽真的是位鬥士。我的病人裡面，有很多病情不如你媽嚴重，卻早早喪失意志，同意做大腸造口。當然，你也知道她是怎麼離開德國的。她因為拒絕受侮辱而離開的。有這種意志力，她應該可以再活三十年。」

於是，我開始對母親刮目相看。這樣說很奇怪，她病得很嚴重，我卻因為她對自己的生活產生了希望。我和安娜貝爾的關係，肯定沒有比我母親和她胃腸的關係更折磨人；拋棄母親和弟妹，也不會比我要對安娜貝爾做的事情容易。如果我母親可以通過這一關，我可能也做得到。

手術似乎把**又笨又老**和其他類似的字眼從她的慣用詞彙裡切除了。她從醫院回家後，就再也沒有自怨自

29 當人罹患腸道疾病或腹部創傷時，醫師會因疾病所需，將原有的排泄物出口藉由外科改道手術將腸子拉出，縫到腹部皮膚表面上，即是「造口」。

艾。辛西亞現在是單親媽媽，跟女兒住在丹佛，母親的政治立場也因為辛西亞的影響而軟化。有一個晚上，她對我說：「我現在覺得，錢真的是萬惡的根源。一旦有了錢，就會開始嫉妒。共產黨就有這個問題。他們羨慕有錢人，無法擺脫重新分配財富的想法。而且，你得原諒我這麼說，我看到安娜貝爾的家族，只看到財富帶來的傷害。」

我說：「這就是她拒絕家族財產的原因。」

「但不要錢，只是另一種無法擺脫錢的表現，完全就像共產黨。有能力的工人被懶惰的工人剝削。你還是得原諒我這麼說，安娜貝爾不工作是不對的，她這麼討厭錢，卻要**你**來善後，也是不對的。如果她一開始沒有那麼多錢就好了。」

「她的家族一團糟，這是肯定的。但她不偷懶。」

「我走了以後，你會靠這房子拿到一小筆錢，我不希望這筆錢被用來養安娜貝爾。這筆錢是給**你**的。不是很多，但是你爸爸辛苦工作，還有我辛苦工作賺來的。答應我，你不會把這些錢用在億萬富翁女兒身上。」

我想到父母辛勤工作，說：「好的。」

「你答應嗎？」

我答應了，但我沒有把握能信守諾言。

那年夏天，我重新開始吃肉。我去了內華達州一趟，替《君子》雜誌寫了一篇他們指定、關於尤卡山核廢料儲存場的故事。我也替母親調養，幫她度過放射治療的不適，我和辛西亞和她的小女兒也經常碰面。我每星期天晚上打電話的對象，現在換成安娜貝爾。她自稱有了一些創造性的想法，但她說到類似「湯姆，不要忘了我」這種話時，我就不想繼續聽。她不可能知道我開始吃肉，我也沒有提起這件事。

母親讓我驚喜的事情還不只一件。她第二次，也就是確定沒有成效的那次手術恢復後的十月，她要求我在她還沒死之前，帶她去德國走走。她一直注意德國的政治發展，知道愈來愈多東德人經過捷克逃亡。她離鄉多年後，第一次寫了一封給家人，寄到舊地址去。三個星期後，她收到一封弟弟回覆的長信。他和他的妻子還住在老地方，母親已經在一九六一年過世，他妹妹離婚兩次，他的大兒子已經上大學。信裡面沒有一點怨恨（至少從我母親翻譯的內容聽不出來），彷彿她消失這件事，只不過是他難熬、但早已置之腦後的童年往事之一罷了。信裡沒有提到先前許多封他沒有回覆的信件。我猜想，他可能根本沒有怨恨過，他只是擔心，如果他跟逃亡者通信，史塔西會找上門，而現在已經沒有人害怕史塔西了。

靠著我大學修過三個學期的德文以及我母親的故事加起來的力量，《哈潑》雜誌跟我簽約，撰寫共產主義崩潰的第一手報導。我母親的體重掉了很多，看起來完全像個稻草人，但她的腸胃仍在運作，而且她沒有造口。一天晚上，我正在幫她收拾一些簡單的東西，她放下筆對我說：「我想我會死在德國。」

我說：「這種事誰知道。」

她說：「我在這邊也住夠了。辛西亞是個好媽媽，也是個好人，你的工作也愈來愈上軌道。我想，我受夠了丹佛，丹佛也受夠了我。湯姆，人生很有趣，大家都說落地生根，但人又不是樹。如果我有根，也不在這裡。」

她擔心她已經忘記德文，但她有語言天份，英語學得很好，我認為她不大可能忘記德文。我們在丹佛的最後一晚，辛西亞一個人到家裡來，沒帶女兒。到了她該回去，永別時刻來臨時，我讓她單獨與母親講話。

母親說：「不，你也留下來。我要你也聽聽我要說的事。」她轉向辛西亞，說：「我要道歉，因為妳年輕時，我這個媽做得不夠好。我可以找出一些藉口，但那也就是藉口而已。從那以後妳替我做了那麼多事，我覺得每一件事我都受之有愧。只要是做媽的，都希望有一個像妳一樣、最好的女兒。妳是妳爸爸給我最好的禮物。我說我這一輩子走霉運，這樣講是不公允，因為，妳和湯姆就是我的好運。我想讓妳知道，我非常感激妳為我做的每一件事情，我也非常難過，以前待妳不夠好。妳是個了不起的人，是我配不上妳的好。」

辛西亞淚流滿面，臉蛋皺成一團，但母親沒有流淚，她的表情莊重，就是個德國人的樣子。在死亡陰影下，她變成我不認識的人，德國人。十幾年來她的不快樂、她的嘮叨瑣碎，如今看來，似乎都是因為她找不到好方法成為美國人的結果。

我們動身前往柏林時，柏林圍牆已經拆了（我和所有記者一樣，在心裡重新組織那則還沒動筆的報導，決定增加一些關於克萊莉亞年輕時的故事）。我們先在柏林休息一天，再搭火車到耶拿。我母親望著車窗外一個煤煙籠罩的小鎮，說：「三十五年過去，他們把這地方弄得更醜陋。我的老天，三十五年，他們只製造了醜陋。其他人會忘記，但我不要你忘記，這塊德國要為這罪付出代價的。」

我在筆記本上記下這句話。東德也許是一座由俄國人管理的巨大監獄、史塔西的放任無度，可能代表德國威權和官僚性格中最惡劣的一面，有腦或有心的人，可能在圍牆搭建前就逃離了這裡，但那些淪為囚徒的人在承受這個國家的集體罪惡並接受懲罰時，他們的德國性格卻相對地得到解放。我在耶拿遇到的，都是謙恭、不拘時、真情流露、生活窘困卻慷慨施惠的德國人。這個國家的經濟打從一開始就是假象，雖然困在裡面的人從一開始就照規行事，參加政治教造集會，領了出席票後，就將其舔上口水貼在出席紀錄小冊上（讓我想到我年輕時的集郵[30]），但他們真正效忠的對象其實是彼此，不是國家。我舅舅克勞斯和舅媽清理了安娜麗以前的臥室，讓我母親使用。他們有一個電話，但幾乎用不上。親友來了就直接進門，來參加整整一星期、為了慶祝我母親返鄉舉辦的家庭聚會，享用喝不完的啤酒、難喝的白葡萄酒和奶油蛋糕。我在這種場合很尷尬，因為大部分的對話我都聽不懂。到了週末，我終於鬆了一口氣，因為母親要我別管她，交給舅舅就好，我只要每個星期六晚上回來待到星期天就可以。她說：「你還要採訪新聞，他們也願意照顧我，但我希望你週末回來，他們才有時間休息。」

「妳確定這樣好嗎？」

她說：「這邊的人都是這樣，大家互相照顧。」

「妳說話口氣好像個資深共產黨員。」

她說：「這地方已經無謂地浪費了四十年，整個國家都在浪費生命。每個人都是大小孩，只會趁老師轉身時調皮搗蛋、聊天講話，平常乖乖當小優良社會主義者好拿愚蠢的黨員證明。他們那麼聽從制度，因為他們是德國人，也因為制度就是制度。整件事情雖然愚蠢又騙人，但他們不自大、不假裝自己無所不知。他們有什麼，就拿出什麼，我是什麼樣的人，他們就當我是什麼樣的人。」

她離死亡的距離愈近，就愈有自信。她的結論是，生命的意義在於生命的形式。人為什麼出生，是個沒有答案的問題，人只能善用既有、取得善終。她希望在弟弟和她唯一孩子的陪伴下，死在她母親的臥室，而且沒有造廔袋的屈辱。

我回到柏林，與幾個路上認識的年輕法國記者，一起佔住一間位於腓德烈公園的無主公寓。這間公寓的住戶都不知去向，也看不出有誰會回來。這一個月，我除了每個星期回耶拿一次，聖誕節還多回去了一次。我母親愈來愈瘦，膚色愈來愈灰。還好，她的痛苦大都可以忍受。要是痛得受不了，她就在牙齦擦一點范・謝林格勞特醫生交給我們偷偷帶進德國的嗎啡。

一月的第二個星期天的早餐，是我和她共進的最後一餐。前一晚夜裡她起來好幾次，做一些為了顧及尊嚴、不讓我看見的事。她的眼神空洞，薄薄的皮膚下面，頭骨的輪廓一清二楚，但她還是那個燦爛的克萊莉

30 一九三〇年代到一九八〇年代，美國 Sperry & Hutchinson 公司推出的集點換贈品活動，類似超商常年推出的集貼紙或點數換贈品活動。由於該公司推出的點數是模仿郵票設計，並以綠色為主色，故暱稱為「綠郵票」。

亞，她的心臟還在跳動，她的大腦還有氧氣，裡面滿滿的都是生命。我很高興看到她吃了一整個塗了奶油的硬麵包。

她說：「我想知道你和安娜貝爾下一步打算怎麼辦。」

「我現在都沒在想。」

「好，那你得快點想。」

「她要完成她的創作，然後，我們希望有個小孩。」

「這是你想要的嗎？」

我想了一下，說：「我希望再看到她開心的樣子。她以前神采奕奕，現在卻灰心喪志。要是她能夠快樂、有成就，我們在一起也會快樂。」

我母親說：「你不應該把自己的幸福和她綁在一起。你以前是個快樂的小男孩。我知道你爸爸和我不是最好相處的父母，但我不覺得你的心靈因此受傷。自己的快樂是自己的權利，如果你跟不快樂的人在一起，就要替自己想想該怎麼辦。」

我答應她會多想想。母親走進她媽媽的房間躺下休息，我則一知半解地讀著德文報紙。半小時後，我聽到她走進浴室，沒多久，我聽到她的尖叫聲。從此，那尖叫聲就一直跟著我，到現在我還記得清清楚楚。

她坐在馬桶上，彎著腰，痛得左搖右晃。她一輩子痛苦地坐在馬桶上的次數多到數不清，但這下我才意識到，這是我第一次看到她上廁所。我覺得對不起她，因為她不會願意我在場。到現在，只要想到這件事，我還是覺得難過。她抬起頭看著我，眼睛張得大大的，倒抽一口氣，說：「湯姆，天啊，我要死了。」

我伸出雙手穿過她的腋下，半抬半扶地把她帶回房間，地上流了一大灘血和其他更髒的東西。她的呼吸急促，勉強救回來的大腸已經裂開了，就要死於敗血症。我在她的牙齦上抹了點嗎啡，輕輕摸著她脆弱的腦袋。她的頭還是那麼溫暖，我想知道裡面發生了什麼事，但她再也沒說話了。我對她說，沒事的；我說，我愛她；我說，不要擔心我。她的呼吸漸慢、吃力，然後，一過中午，就完全停了。我把臉頰靠在她的胸前，抱住她，抱了很久，腦袋裡面一片空，就像一隻剛失去媽媽的動物。然後，我站起來，撥了舅舅給我的號碼，留話給在鄉下小屋過週末的舅舅。

我和克勞斯覺得與其辦個小喪禮，不如不辦。母親火化後，我和他沿著河邊，走在她年輕時曬太陽的草地上，邊走邊撒下一半的骨灰，另一半我要跟辛西亞一起撒在丹佛。我離開耶拿的早上，用結結巴巴的德語感謝克勞斯幫了這麼多忙。他聳聳肩，說我母親也會為他做同樣的事。我突然想到，該問問他，母親年輕的時候是個怎麼樣的女孩。

他笑了出來，說：「Herrisch！現在你知道我為什麼沒辦法不幫她了吧。」

後來我查了這個陌生的字：**霸道**。

搭火車回柏林的路上，我一直站在最後一節車廂的最後面，看著一個又一個軌道信號燈由紅轉綠。成了孤兒的感覺沒有那麼糟，就像放長假的第一天，就像陽光明媚、晴朗無雲的一月天空一樣空虛。唯一的雲，安娜貝爾，在另一個半球。我的解放感有一部分與錢有關，我、辛西亞、艾倫可以均分四十多萬的遺產。更重要的是，父母現在都退場了，留下我一個人。我也知道，我在人生舞台上一直磕磕絆絆，都是因為擔心自己超前安娜貝爾太多。

那天下午，我本來答應要打電話給她，但撒骨灰時，我有了一些基本上和她拍攝身體的計畫無關的想法，我擔心通話時會把這些幼稚的想法講出來。我覺得自己精神飽滿，離死亡又這麼遠，決定去外面散步，循著我母親多年前走過的足跡，沿著莫阿比特區那一段圍牆，混在拉長脖子東看西看的外國遊客之間，朝著選帝侯大街的方向走去。

接近大街西端的一家酒館前，我停了下來，走進去點盤香腸，在筆記本上寫下我的觀察，當作新聞素材。不多時，我注意到鄰桌獨坐的客人，一位高額頭、一頭蓬鬆捲髮的年輕德國人。他雙手向後、大剌剌地掛在椅背兩側，就這樣看著酒館的電視，毫不掩飾地發出「我是老大」的訊號，當然吸引了我的注意。最後，他看到我的目光，對我笑了笑，指著電視螢幕上的畫面，似乎想和我分享笑話。

螢幕上出現他的臉，他站在城市某處街上接受採訪，字幕寫著：安德瑞斯．沃夫，德意志民主共和國異議人士。他講的話我大部分都聽不懂，只聽出「**陽光**」這個字。當新聞畫面轉到一個廣角鏡頭時，我認出那是史塔西總部。我看到他放在椅背上的雙手張得更開。我站起來，帶著筆記本，走向他那桌，用德語說：

「我可以坐嗎？」

他用英語說：「當然。你是美國人。」

「是的。」

「美國人想坐哪裡都可以。」

「這我就不知道了。不過，我想知道你在電視上說了什麼。我的德語不大好。」

他說：「你帶著筆記本，你是記者？」

「對。」

「很好。」他伸出一隻手，說：「我是安德瑞斯．沃夫。」

我握了握他的手，在他對面坐下。「我是湯姆．艾柏蘭特。」

「我請你喝杯啤酒吧？」

「讓我請。」

「是我要慶祝。我從來沒有上過電視，從來沒有到過西邊，也從來沒有跟美國人說過話。這是我的幸運之夜。」

我買了啤酒，讓他多說點東西。他告訴我，他跟著大家直闖史塔西總部，結果成了要求監督檔案的公民特別委員會的實質發言人。之後，他為了犒賞自己，決定首度離開東柏林旅行。過去六十個小時，他幾乎沒闔眼，但他看起來一點也不疲累。我也有類似的興奮感，因為我壓根沒想到來西柏林才幾個小時，運氣就來了，讓我碰見一位東德異議人士，而且還沒有一個西方記者跟他講過話。這時想想，我在來耶拿火車上的心情似乎是個預言。

我們喝完啤酒，出了酒館到街上走走。安德瑞斯穿著緊身牛仔褲和軍外套，趾高氣揚的樣子，與其說他在走路，不如說是在炫耀。這個城市還帶著一點節慶氣氛，選帝侯大街上只要有外國人或東德人走過，他就快速轉頭看對方，深怕他們不認識他。碰到漂亮女人經過時，他就一個大轉身盯著她們。我覺得安娜貝爾不會喜歡他，一點都不會喜歡，而我跟著他走在一起，只不過是想多享受一下解放的感覺。

我們來到一個人煙較少的街區，他在一家寶馬汽車展示間前停下來，說：「湯姆，你覺得怎麼樣？現在沒有東邊了，只有西邊，我是不是該弄一輛來開開？」

「你是消費者，渴望購買是你的責任。」

他盯著裡面停放的一輛輛頂極座駕，說：「我從來沒有碰過這麼可怕的事情。每個人一有機會都想過來這裡，但每個人又都笨到不敢過來。」

「我記下你的話，沒問題吧？」

「你真的要記下來？」

「你看起來像是有一肚子故事的人。」

他笑了。「**讓我向那些還懵然無知的世人說說這些事情是怎麼發生的。你們將會聽到奸淫、殘殺，與悖**

理的行為……[31]這是誰說的？」

「應該是《哈姆雷特》中何瑞修的最後談話。」

「真厲害！」他張手拍了拍我的肩膀，說：「我喜歡你！美國人只有你這麼厲害。還是我會喜歡每個美國人？」

「一半一半吧。」

「如果你知道我腦袋裡面的美國是什麼樣，一定會笑我。摩天大樓和悲慘的底層階級、布萊希特筆下受剝削的人民、高爾基的劇作《底層》、米克．傑格的魔鬼[32]、還有那句『波多黎各女孩想死了要見你』。」

「你可別抱太大期望。」

「那裡值得去嗎？」

「你說紐約？非去不可。我可以帶你到處走走。」

我注意到，在他面前，當個美國人變得感覺更好；但我也可以想像得到，要是他來紐約，看到我和安娜貝爾怎麼過日子時，我會覺得非常丟臉。他舉手過肩，朝閃閃發亮的寶馬車比了比中指，我們已經沿著人行道離開時，也還一直比著。

我打算把他告訴我的事情——他二十多歲時，是公認的反社會公民，活在社會主義的控制網路外，住在一所教會的地下室——放進我要替《哈潑》撰寫的新聞裡。但是，當我們在腓德烈街分開，我提議第二天下午再碰面時，採訪反而是最不重要的原因。安德瑞斯和安娜貝爾都很瘦，除此之外，沒有一點相像，但他滿不在乎的自信，讓我覺得這人心裡一定有什麼不對勁，或是有什麼不能說的苦惱。我看到他，就想起我以前愛上的那個魅力十足但問題百出的女孩，也許他讓我想起來的，只是對一個人狂熱的感覺。

無論如何，隔天我非得打電話給安娜貝爾不可。但是，要打電話，沒別的地方，只能去郵局的電話亭。

安德瑞斯帶著我在東柏林中心區到處走，這裡是他輔導高風險青少年的教堂，那裡是特權階級才能進去、也是他念的大學先修高中，當局不喜歡的樂團出沒演奏的年輕人俱樂部，幾個女同志聚會的酒吧。我一邊跟著他逛，一邊擔心過了郵局關門時間。最後，我老實告訴他，我得打電話給安娜貝爾。

「沒打電話會怎樣？」

「麻煩更大，划不來。」

「瞭解。那我倒是想知道，結婚就是這麼回事嗎？」

「怎麼？你在考慮結婚？」

他出現認真的表情。我們走在普倫茨勞貝格區的街上，地上散落著圍牆倒塌後，周邊住戶從窗戶丟出來的破爛家具。他說：「我不是想結婚。但是，的確有個女孩，很年輕。我希望你們有機會認識，到時候你就會知道我為什麼要問那個問題了。」

我有多喜歡他，可以從他一提起有個女孩時我心生嫉妒看出來。我敢肯定，那女孩是個絕世美女，而且不像安娜貝爾，她一定很熱衷做愛。這件事，我羨慕他。我失去了母親才到這個傷心之地，已經夠古怪了，更古怪、更能顯示這個地方有多傷心的指標是，我也羨慕那個女孩，要不是因為她是女性，怎麼可能取得進入安德瑞斯私生活的門票。

他說：「你去打電話給你太太吧，我等你。」

我說：「算了。他媽的，明天再打。」

---

31 出自《哈姆雷特》第五幕第二場。

32 Mick Jagger，滾石合唱團主唱，「魔鬼」指該團於一九六八年專輯中的歌〈同情魔鬼〉（*Sympathy For the Devil*）。

「你有她的照片嗎？」

有。我皮夾裡面有一張我們在義大利的快照，滿漂亮的一張照片。安德瑞斯專心看了一下，點點頭，似乎同意我的想法。但我看到，或是說，我覺得我看到他鬆了一口氣，好像他終於確定，他的女人更好，他贏了這場比賽。我不僅替安娜貝爾難過，也替自己難過，因為，我竟然想要替她爭口氣。

他把快照還給我，說：「你沒有背叛她。」

「到目前為止，沒有。」

「十一年，真難得。」

「承諾就是承諾。」

「我就很難跟你看齊。」

他似乎也在想，我們可能會成為朋友。我們走在昏暗的街道上，他提起他的國家的污染、文藝與精神的污染，以及他個人的污染。他說：「我看你連自己有多純淨都不知道吧！」

「我已經三天沒洗澡了。」

「你擔心沒給太太打電話，還照顧媽媽最後一程，這些事情你覺得理所當然，但不是每個人都這麼想。」

「這比較像責任感被過度開發的結果。」

「你媽媽——她幾歲過世的？」

「五十五。」

「運氣很差。她是好媽媽嗎？」

「我不知道。我一直覺得她很麻煩，但我現在想不出來她做過什麼對我不好的事情。」

「你為什麼覺得她很麻煩？」

「她不喜歡我太太。」

「而你站在太太那一邊。」

我說：「你誤會了。我其實非常討厭乾淨、討厭我的婚姻，我在浪費生命。」

「我懂。」

「我甚至他媽的討厭自己。」

「這我也懂。」

「要不要喝杯啤酒？」

他停下腳步，看了看手錶。我這麼主動結交他，當然有損我的自尊心，但我還是決定要和他做朋友。他有一種讓人無法抗拒的吸引力，周邊還籠罩著一層祕密的悲哀、祕密的知識。多年以後，他成為國際知名人士時，我並不覺得訝異。全世界似乎都感受到我當年從他身上感覺到的狂熱，我從來沒有嫉妒他的成就，因為我知道在成就後面，在他身體裡面，有個東西是碎的。

他說：「好，好啊，去喝一杯。」

我們到一家叫做「坑」的酒館，這名字取得還真是名符其實。在酒館裡我對他剖白。我告訴安德瑞斯，我當初沒理會母親提醒我安娜貝爾的各種問題，到了現在，十一年後，我卻快要拋棄她。我也沒理會安娜貝爾父親的警告，沒理會我發自內心地喜歡他，卻轉頭承諾效忠一個瘋女人。我說的每一句話，都在背叛安娜貝爾，更可怕的是，背叛的感覺非常好，就好像我需要的，是某種看起來能取代她的選擇，比如說，一位讓我願意交心的男性友人，在他面前，我能夠表白我對她有多不滿。也許，我對她其實一直都很不滿。

這番表白，也有積極的戰術用意。我從來不對消息來源談起我的婚姻，但是，坦誠是我的風格，是我鼓勵消息來源放下戒心的方式。這並不意味我有控制欲，而是我身為新聞工作者的性格。我可以從安德瑞斯全神貫注的表情看出來，我的美式風格對一位德國人發揮了作用。我父親當年就是用這種風格，讓年方二十的母親毫無招架之力。

我講完後，安德瑞斯說：「那你打算怎麼辦？」

「只要不回哈林區，都好。」

「如果你真的打算不回去，明天就應該打電話給她。」

「是嗎？好吧，再看看。」

他專注地看著我說：「我喜歡你。你那篇要揭露我的國家真相的文章，我也想幫點忙。我只是擔心，一旦你知道了我的事，就會不喜歡我。」

「你先告訴我你的事情，然後，讓我來決定。」

「如果你能認識安娜葛瑞特，可能就會明白我的顧忌了。但是，她不願意見我。」

「真的？」

「嗯，真的。」

酒館裡面除了都是菸味，還有一群看樣子就像得了癌症的男人，與一些怪髮型的女孩。要是昨天我看到她們，還會覺得這種髮型真是醜斃了，但現在我卻縱容自己，在腦海中幻想跟這種髮型的女孩上床。如果繼續留在柏林，我真的會幹這種事。

我說：「把心底話說出來，其實是件好事。」

他搖搖頭，說：「我不能講。」

這是新聞記者很熟悉的狀況。只要消息來源願意透一點口風，說自己有件不能公開的事情，最後幾乎都會全盤拖出。此時最重要的是要天南地北地聊，但絕口不提那件他不欲人知的事。我又點了一輪啤酒，談到二十世紀英國文學時，我故意批評了幾句，惹得他笑了出來。他似乎對這個話題知之甚詳，也沒想到我這麼瞧不起當代英國文學。接著，我替披頭四說話，他則力讚滾石樂團，我們還發現彼此都看不起把狄倫[33]當神崇拜的人，美國人或德國人都是。我們聊了三個小時，聊到「坑」的客人都走光了，他不願說的事情已經在空氣中迴盪。最後，安德瑞斯伸手遮住臉，用力揉了揉閉起的眼睛，說：「好吧，我們也該走了。」

回頭想想，其實很奇怪，為什麼我對父親這麼缺乏同感，完全站到母親這一邊。如今，她已經死了，我和安德瑞斯走進黑暗的蒂爾加滕街區時，我彷彿就是那天晚上意外遇上我母親的父親。偶然遇見了一位年輕、高䠷，從東柏林過來的女孩，那座充滿可能性的城市。我父親當時一定很訝異，身邊竟出現一位這樣的女孩。

我們在一張長椅上坐了下來。

安德瑞斯說：「接下來我所說的只是想幫你瞭解，就這麼簡單。你不能刊登出來。」

「我現在是你的朋友。」

「朋友，有趣。我從來沒有朋友。」

「從來沒有？」

「念書的時候，大家都很喜歡我。但我看不起他們，他們膽小、無趣。之後，我就被排擠、成了**異議份子**，沒有人信任我。我呢，更不信任他們。他們一樣膽子又小又無趣，而像你這種人，若是在這種國家是活不下去的。」

「但現在異議份子出頭了。」

33 Bob Dylan，美國音樂家，作品對美國民權運動與反戰文化產生深刻影響。

「我能相信你嗎？」

「這麼問是不可能有答案的。但是，是的，你能相信我。」

「等你聽完了我告訴你的事情，你再決定要不要當我的朋友。」

黑暗中，在一個幅員太大、人口太少、聲音塞不滿天空的城市中央，他告訴我他父母的人脈有多好，他還沒有因為跟當局作對被趕出家門前，享受了哪些特權。他被大學開除後，怎麼誤打誤撞地進入了米蘭・昆德拉所描繪的女人私處的世界，怎麼遇見一位改變他生命的女孩，怎麼愛上她的靈魂，又怎麼會想拯救她，讓她不再繼續遭受繼父虐待。他又告訴我，那繼父怎麼追蹤他們到他父母的鄉間別墅，他又如何為了自衛、拿起手邊的鏟子殺了他，怎麼把屍體埋在別墅後。他還告訴我，他後來變得疑神疑鬼，以及他怎麼幸運地取得警方對這起殺人案的報告與史塔西的跟監檔案。

他說：「我做這一切是為了保護她。我的生活不值得保護，但她的值得。」

「但這是自衛。你為什麼不去報案？」

「她被性侵時也沒報案，理由一樣。史塔西一定會照顧自己人，而真相是什麼，是他們說的算。我們如果去報案，最後進監獄的就是我們。」

我採訪過判刑確定的殺人犯，做這種採訪我都有點害怕，這是一種純粹的本能反應，好像他們過去的行為會在我身上重複。但我當時喝了太多啤酒、跟他聊了太久，反而覺得自己羨慕安德瑞斯既多樣又極端的生活。

他哭了出來，無聲地哭。

他說：「湯姆，我做了壞事，這件事永遠不會消失。我不是故意要殺死他，但我還是動了手，我還是動了手……」

我伸手摟著他的肩膀，他轉身，抱住我。

我說：「沒事的。」

「不會沒事，不會沒事的。」

「不、不，會沒事的。」

他哭了很久。我撫摸他的頭，不讓他拉開與我的距離。如果他是個女人，我就會吻他的頭髮，但異性戀男人的負擔是有一道涇渭分明的界線在看守他們的親密行為。他縮回身子，定了定神。

他說：「這就是我的故事。」

「你還是逃掉了。」

「不盡然。她不願意見我，除非我能確定沒有安全顧慮。我們幾乎是沒有安全顧慮的，但是那具屍體還在我父母房子的後院。」

「老天！」

「更糟的是，他們可能要把房子賣給西方來的投機客，我還聽說那些房地產商準備整地。如果我還想看到她，就得先把屍體搬走。」

「我沒辦法幫這個忙，真是對不起。」

「別這麼說，你跟這件事情無關。我絕不會把你也扯進來。」

他說這話的聲音帶著一點柔情。我問他打算怎麼處理。

他說：「我不知道。我可以先去學開車，但要花一點時間。我很擔心會失去她。我想，我可以把屍體裝進兩個行李箱，然後搭火車。」

「搭火車壓力太大了。」

「我一定要再看到她。只要能看到她，做什麼我都願意。我唯一的計畫就是——再看到她。」

我感覺到嫉妒再次湧上，遭到排斥的嫉妒、和那女孩競爭的嫉妒，不然，我不懂自己為什麼會這樣回答他。

「我幫你。」

「不行。」

「我才剛把我媽媽火化，我能的。」

「不行。」

「我是美國人，我有駕照。」

「不行。我不能把你拖下水。」

「如果你說的都是實話，這件事情就值得做。」

「這件事只能我一個人做。而且，我也沒有辦法報答你。」

「不必報答我。我願意幫忙，我們是朋友。」

在某個地方、有點距離的地方、在我們後面黑暗樹林和灌木裡面，傳來微弱的貓哭聲，沒多久又聽到一次，這次聲音比較大。不是貓，是一個女人歡愉的聲音。

安德瑞斯說：「還有檔案的問題。」

「什麼檔案的問題？」

「那個委員會星期五要再去諾曼街，我可以把你弄進去。」

「他們不會讓美國人進去吧？」

「你媽媽是德國人，你代表逃亡者，這說得過去。史塔西也有逃亡者的檔案。」

「你不必用這件事交換。」

「不是交換，是友誼。」

「這肯定是大新聞。」

安德瑞斯突然從長凳上跳起來。「就這麼辦吧！兩件事都做。」他彎下身，雙手拍了拍我的兩隻手臂。

遠處那個女人又哭了出來。我在想，如果我和安德瑞斯住在柏林，就有可能得到她，或是像她一樣的女人。

「好不好？」

我說：「好。」

第二天一大早，在腓德烈公園，我一睡醒就覺得後悔。首先，那幾張床單還是髒的，我也從來沒洗那些床單；理由很簡單，我已經習慣了髒亂。如果我愛上的人是個女的，而且躺在我身邊、一絲不掛，我可能還能阻擋安娜貝爾在我腦中出現。所以，要是我想再睡回頭覺，唯一的方法是下定決心，稍晚一定要打電話給安娜貝爾，好彌補我在安德瑞斯面前，把她的事情拿出來說三道四的愧疚。

但是，等到我起床時，已經是中午前後了。想到就要聽到她的聲音，因為受傷而發抖的聲音，就覺得很厭煩。我想聽到的聲音、想看到的臉，是安德瑞斯的聲音和他的臉。我去了西柏林，租了車，問清楚租約允許開出西柏林。回到住處後，前廳的地板上有一封給我的電報。

打電話給我。

我在骯髒的床上躺下，電報就在身邊，等待城市的煤煙愈來愈濃，濃到成為黑暗，等待郵局關門。

我開車往郊區的方向去，由於夜色造成視線不清楚，我差一點撞上一輛停著的街車，煞車的力道讓我的車子轉了個圈，幾乎掃過從車裡蜂擁而出的乘客。他們憤怒地對我大叫，我用美國人表示道歉的方式，對他們揮揮手。我依照父親那份折疊方式取得專利的舊柏林地圖，穿過一個又一個看不到盡頭的社區。米格爾湖周圍街道上的房子和車子都比我想像的多。當我看到沃夫家避暑別墅四周圍著一些大松樹時，鬆了口氣。

我依照安德瑞斯的指示，關掉大燈，把車開上結冰的草地，繞到屋子後面。在那裡，我看到結冰的湖，在城市雲頂下方是一片點點斑駁的白色，以及後院角落的工具間。安德瑞斯站在工具間旁，身旁有一支鏟子和篷布。

他高興地說：「一路上有麻煩嗎？」

「除了差點出大車禍，其他一切都好。」

「你真好，願意幫我這個忙。」

「晚點再謝我。」

他帶我到工具間後面的樹林，地上已經堆了一堆泥土，還有一個坑。他說：「我的手已經不成樣子了。表層土凍得像石頭，但我已經把兩端抬出來了，現在，我們可以抓著衣服把那東西抬出來。」

我低頭看了看坑裡。環境光源夠亮，可以看到屍體身上的連身工作服泡在泥沙裡，也還看得出來衣服是藍色的。從衣服的形狀可以辨識骨骼的形狀和一些身體部位。手骨上似乎還有一些皮膚碎片。氣味像腐味上疊了一層淡淡的腐味，像起司發霉，沒那麼難聞。只是，有一個東西不見了。

「頭在哪裡？」

安德瑞斯小心翼翼地點了點頭，說：「在塑膠袋裡。你沒必要看那東西。」

我很感謝他的細心。我不久前才坐在我母親屍體旁邊一陣子，還沒完全揮去死亡的陰影。但頭骨，也許還帶著些許頭髮的頭骨，可沒什麼好看的。沒了頭骨的骨架，看起來抽象一些，也沒那麼可怕。我覺得，我看著那個骨架的目的，是在確定我永遠不要回到安娜貝爾身邊。

但我的下巴還在發抖，而且，不是因為天冷才發抖。安德瑞斯鋪開篷布，我們雙腿橫跨坑上，拉著工作服往上抬，屍體連著衣服卻從中間斷成兩截，一定是衣背爛掉的緣故。結果，一堆骨頭和好幾塊看不出來是什麼的東西掉回坑裡。

我說：「幹！」

「真是狗屎運。好吧，我來處理。」

我站在湖邊，安德瑞斯喘著氣，把坑裡的東西鏟出來。等到他捲起篷布，把土填回到坑裡時，我才回去幫忙，加快進度。

他一邊把裹著東西的篷布放進汽車行李箱，一邊說：「我帶了幾個三明治，夠我們兩人吃。」

「我沒什麼胃口。」

「勉強吃點，還有一大段路要走。」

我們用一瓶礦泉水把手洗乾淨，吃了三明治。我的身體又冷了起來，就在身體寒冷之際，我突然想到一個不知道為什麼之前一直沒去想的問題：再下去，就是嚴重的犯罪行為。我感到一陣刺痛，不是很嚴重的那種，但絕對是思念安娜貝爾的痛。我們的生活很糟沒錯，但至少是家裡的問題，是可以預測的、夫妻間的、不會產生刑事責任的問題。一隻會思考的老鼠忙不迭地跑過我腦海的一角，我和安德瑞斯認識不過四十八小時，我其實不瞭解他，他可能沒有一五一十告訴我實情。而且，他可能一開始就在利用我，把我當成他與安娜葛瑞特重逢的機票。

我說：「警察不會找我們麻煩吧。我腦袋裡一直出現碰上警察例行臨檢的畫面：**請打開行李箱。**」

「這年頭警察要煩惱的事情比這件事重要得多。」

「我來的時候，真的差點撞死大概六個人。」

「如果我告訴你我也嚇壞了，這樣你會比較放心嗎？」

「真的？」

「一點點，真的。」他用力打了一下我的手臂。「你呢？」

「我也嚇壞了。」

「湯姆，我不會忘記你幫了我這個忙，絕對不會。」

我們上了車，加上車裡的暖氣開得很大，感覺好一些。安德瑞斯繼續講他的事情，他用一些奇怪的文學術語，解釋他在東德的生活，還提到他嚮往與安娜葛瑞特在一起，過著更好、更純淨的生活。他說：「等我們找到住的地方，歡迎你來，要住多久都可以。這是我們能替你做的、最起碼的事情。」

「你打算做什麼工作？」

「我還沒想那麼遠。」

「新聞？」

「也許吧。這一行是什麼樣子？」

我告訴他新聞業是怎麼回事，他似乎也有興趣，但我覺得他隱隱約約地不以為然，只是不便說出口，好像他有更大的野心，為了不得罪我，現在寧可不說。之前他看著安娜貝爾的照片時，我也有同樣的感覺，他看到我有什麼，會很替我高興；但前提是，這些東西他也有，而且比我的更好。這對我們將來發展平等情誼可能不是好兆頭，但我們的情誼不過才剛開始而已。在暖和的車廂中，他的反應和我陷入熱戀的反應是一致的——感覺自己不如對方，希望對方覺得我是個值得交往的朋友。

他說：「公民委員會明天上午要開會，你應該跟我一起去。這樣到了星期五，他們才知道你是誰。你的德語怎麼樣？」

「嗯。」

他用德語說：「說德語，說德語。」

我也回以德語：「我是美國人，我在丹佛出生——」

「你的r的發音不對，要多一點喉音。」他用德語重複一次：「美國，出生。」

「我的德語問題可多了，r的音怎麼發，不是最重要的吧？」

「請再跟我唸一次。美國人。」

「美國人。」

「出生。」

「出生。」

接下來整整一個小時，他先講，我接著修正發音。我後來想到這個鐘頭就很難過。從他在街頭講話時那種傲慢的態度，我絕對猜不到他是這麼有耐心的老師。當時我們都以為我會在柏林住下來，但我也能感覺到，他喜歡我，喜歡他的語言，希望我和德語相處愉快。

我說：「該你練習你的英文發音了。」

「我的發音怎麼會有問題？我媽可是英文老師。」

「你講話就跟BBC廣播公司一樣，a的音要平一點。如果你不能像美國人一樣發a的音，就算白活了。這些發音是我國家的光榮。跟著我說，can't。」

「Can't。」

「Aaaa，Caaan't。像羊咩咩叫一樣。」

「Caaaan't。」

「很好。別跟那些英國人學，他們連自己丟了什麼都不知道。」

我們在一個荒涼的小鎮外頭、一家沒有營業的加油站停下來。安德瑞斯下車找垃圾桶，把那個頭骨埋在桶子最裡面。我在車上等著他時，深信我是在做好事。如果我母親沒有移居美國，如果我也出生在史塔西陰影下的國家，我也可能會為了自衛殺死史塔西的抓耙仔。在我看來，幫安德瑞斯的忙，是一種為了我享有美國優勢的贖罪方式。

他回來，上了車，說：「你怎麼把引擎關了。」

「免得太顯眼。」

「這是效率問題。現在得再開一陣子暖氣，車裡才會熱。」

我上了檔，臉上露出一副我比你懂的笑容，說：「首先，汽車暖氣是靠引擎的餘熱供應，開暖氣不會多耗一滴油。如果你開過車，可能就會懂。而講到效率問題，更重要的是，在寒冷環境中維持設定的溫度，絕對沒有效率。」

「你講的完全不對。」

「我講的才是對的。」

「完全不對。」他似乎很想反駁我，說：「如果想讓房子暖和一點，與其在凌晨開暖氣讓屋子從五度開始慢慢變暖和，不如前晚就把暖氣設定在十六度，這樣更有效率。我爸爸住在鄉下別墅的時候，都是這麼做的。」

「你爸爸錯了。」

「他是這個重要的工業化國家的首席經濟學家！」

「我終於知道為什麼這個國家會失敗了。」

「湯姆，相信我，這件事你搞錯了。」

還好，我父親也教過我家庭暖氣的熱力學原理。我沒提這件事，但我告訴安德瑞斯，熱量轉移的速率與溫度差成比例，也就是說，在寒冬夜裡，房子愈暖和，熱量流失就會愈快。安德瑞斯則想用積分證明我是錯的，但我也還記得基本的積分。我一邊開車，一邊跟他激烈辯論。他的論點一個比一個深奧，不願意承認他父親是錯的。等到我擊敗他的時候，我覺得我們的關係有點變了，他終於完全接受我的友誼，而且，他似乎既困惑又佩服。在此之前，他根本不覺得我的聰明才智能跟他一較高下。

過了午夜我們才到達奧德河三角洲。我們經過一座破舊木橋，到了一處只有夏天有農民種乾草、其他時間杳無人跡的小島。放眼望去，每一塊沼澤都已結冰，沼澤的防水堤上蓋著一層隆起的新雪。我對踩過積雪留下的足跡覺得不自在，但安德瑞斯說，天氣預報會降雨，氣溫也會回暖。他還記得參加一個菁英夏令營，在上認識自然的健行課時，去過島另一端的密林。他說：「那次我們享受到最高特權，連邊防軍都來保護我們。」

不管東德軍隊現在在做什麼，都不可能在這裡出現。我們趕緊把捲起來的篷布和兩支鏟子先搬到山溝裡不見足跡的地方，然後再小心翼翼地穿過光禿禿的荊棘，進入那片密林。

他說：「就是這裡。」

挖坑雖然很難，但身體會暖和起來。挖到三十公分深的時候，我打算不挖了，但是，安德瑞斯堅持要挖得更深一點。附近傳來一隻貓頭鷹的叫聲，除此之外，只有鏟土的聲音，以及一鏟下去撞到樹根時的破裂聲。

他說：「好了。接下來我自己來就可以。」

「我可以再幫忙。現在停下來，我的罪也不會輕一點。」

「我要埋掉的，是我認識安娜葛瑞特之前的我。這是我自己的事。」

我離開墳墓，走得遠遠的，等到我聽到他鏟土蓋住骨骸時才回頭，一起填完土，接著鋪上樹葉和髒雪。我們循原路往回走的時候，已經起霧了，東邊，就是夜晚結束的方向，比較亮。我們把鏟子放進行李箱。安德瑞斯用力蓋上行李箱蓋，用假音大叫了一聲，接著又蹦又跳，又再叫了一聲。

我說：「老天，別叫了。」

他用雙手抓住我的兩隻手臂，看著我的眼睛，說：「謝謝你，湯姆，謝謝你、謝謝你、謝謝你。」

「我們走吧。」

「我一定要讓你知道，這對我來說代表什麼。這代表我有一個可以信任的朋友。」

「如果我告訴你我知道了，我們就可以上路了嗎？」

他的眼睛閃著奇怪的眼神。他往我靠過來，一時之間我還以為他會吻我。但是，他只是抱了抱我。我也張開雙手回抱他，然後我們倆就尷尬地抱在一起。我感覺到他的呼吸，感覺到他的軍外套底下滲出來汗濕氣。他一隻手放在我的後腦勺，五隻手指壓著我的頭髮，安娜貝爾可能也會做同樣的事情。

他突然抽身，說：「等我一下。」

「你去哪裡？」

他說：「一分鐘就好。」

我看著他往回跑向山溝，跌跌撞撞地穿過那一片荊棘林。我不喜歡他剛才大叫的聲音，更不喜歡還要在這裡待更久。他跑進密林後就失去蹤影，但我聽得到樹枝折斷、外套擦過樹枝的沙沙聲。然後，是一陣子鄉間沉重的寂靜，然後，細微但清楚的皮帶釦撞擊聲，然後，拉鍊的聲音。

我不想繼續聽下去，決定沿著車轍的方向往回走，邊走邊設身處地體會，他鬆了一口氣是什麼感覺、喜悅又是什麼感覺，但怎麼都說不通，為什麼對著親手殺害的人的最後埋骨處射精，可以平撫他信誓旦旦的悔恨。

過了幾分鐘，他完事了，沿著路邊跑邊跳，跑到我身邊時，雙手高舉，伸出兩隻中指，轉了一個三百六十度的圈，然後又大叫一聲。

我冷冷地說：「可以走了嗎？」

「當然可以！你可以用兩倍速開回去。」

他似乎沒有注意到我的情緒已經轉變。在車上，他像發瘋似的一直說話，一個話題沒說完就跳到另一個。該怎麼安排我跟他以及安娜葛瑞特住在一起，該怎麼帶我進檔案樓，我們該怎麼合作，他負責打開機密之門，我負責寫新聞。他一直要我開快一點，甚至要我不管對面車道有沒有來車，就超過前面的大卡車。他背出一些他以前寫的詩，再解釋給我聽，又用英文背出一大段又一大段的莎士比亞，背到這些無韻詩的行末時，就用手敲一下儀表板，而且不時停下來大叫一聲，或是攢起雙拳打我的手臂。

我們終於開到柏林齊格菲街他所住的教堂，我感覺嘴裡有澀澀滯滯的金屬味和疲憊。他想快點吃完早餐，然後直接去開公民委員會的會議，但我老實跟他說，我非得睡一下不可。

他說：「那就交給我來打點吧。」

「好。」

「湯姆，我永遠不會忘記你幫了我這個忙。絕對不會，不會，不會。」

「小事一件，別再提了。」

我拉開行李箱的把手，下了車。看著安德瑞斯在大白天拿出幾把鏟子。我想知道哪一把是凶器，但這時候才問，為時已晚。在我睡眠不足的時候，想到我用的可能就是那把鏟子，感覺非常糟糕。

他拍了拍我的肩膀，問：「你沒事吧？」

「我很好。」

「去睡一會兒。我們七點在這裡碰面，一起吃晚飯。」

「聽起來不壞。」

但我再也沒有見過他。我醒來的時候，還是躺在骯髒的床單上，一小時後租車公司就要關門。我還了車，在黑暗中走回我佔住的地方。我還是渴望看到安德瑞斯的臉，很想聽到他的聲音——甚至在我寫這篇文章的時候，還是想見他——但是，我一直逃避的悲傷，這時向我重重壓上來，讓我幾乎站不起來。我躺在床上，為我自己、為安娜貝爾、為安德瑞斯哭泣；最重要的，為我母親哭泣。

安娜貝爾帶我離開樹林，穿過一片草地，往蘇珊父母家走去時，暴風雨正在逼近，紐澤西的天空出現了顏色深淺不一的雲，灰色、白色和肝中毒似的綠色，層層堆疊成一個立體拱頂。她聲稱要先很快地讓我看一樣東西，再帶我回去搭公車。但我知道，想趕上八點十一分那班公車，就像我們想找到再次一起生活的方法一樣，根本就是癡人說夢。要說原因是什麼，就是逃開她要花費的心力、行使我離開她的權利，實在太痛苦，所以，我就像隻飽受凌虐卻不逃跑的動物一樣，不管下場是什麼都無所謂了。而且，我還有機會做愛，可以讓我的腦袋空白幾分鐘。

但到了大門口，我還是猶豫了一下。這是一棟六〇年現代風格的避暑屋，有山景，屋後還有一些蘋果樹。安娜貝爾馬上就進去，我卻在門口躑躅，我的肚子突然像頭頂的天空一樣抽痛，心臟也開始狂跳。現在想起來，就是典型的創傷後壓力症候群。

她用非常甜、甜到讓人發瘋的語氣說：「你不一起進來嗎？」

「我還是不要進去好了。」

「你不記得上次把牙刷留在這裡了？」

「我可以去找牙醫要。」

「男人把牙刷『忘』在女人房裡，就表示他還會回來。」

我更怕了，神經兮兮地看了看四周，看見隔壁山頭上一閃而逝的閃電，我等著就要傳來的雷聲時，又朝屋內看了一眼，已經看不到安娜貝爾了。我在考慮，很認真地考慮，待會兒上她的時候乾脆掐死她，然後趕快跑去被八點十一分的公車撞死。這個想法不是沒有邏輯，不是不可行，但也要考慮到公車司機的感受……

我走進屋裡，關上紗門。我上次已經幫她清掉了客廳的家具，只留下一個做瑜伽和打坐的墊子。她沒有正式放棄那個電影計畫，只是先擱在一邊，先設法重拾平靜和自信。她現在靠我得到的一半遺產過日子，這是我們離婚協議的條件之一。我從柏林回來以後，跟她相處不到一天，就知道我對她的思念是建立在幻想的基礎上。她說她不是煎茄子義大利麵，但對我來說，她就是。所以，我才打造一個新幻想，也就是離婚，做為我們再復合的唯一希望。

安娜貝爾死都不相信我在柏林沒有出軌，她認為這就是我沒有打電話給她的原因。為了反駁這個毫無根據的指控，我告訴她更多關於安德瑞斯的事情，甚至一些不該說的我都說了。但我沒提那件謀殺案，沒提我幫助了他，我說了很多他的個性與過往，解釋我被他吸引、又決定離開他的原因。她的結論是，安德瑞斯是個混蛋，要不是他帶壞我，我怎麼會從柏林回來就要離婚，因此我也是個混蛋。其實，安德瑞斯才應該覺得我是混蛋，我們約了一道吃晚餐，我卻不告而別，過了兩個月才寫了一封彆彆扭扭、向他道歉、要他放心，和『溫馨祝福』的信。

我聽到浴室傳來安娜貝爾淋浴的聲音。因為客廳沒有地方坐，我走進臥室，坐在她的床上。外頭的天空已經變成一座黑黝黝、結實到好像可以走上去的黑色岩壁。床頭櫃上全是勵志與靈修的書籍。幾年前，安娜貝爾還對這類書嗤之以鼻，我真的很替她難過。

她走出浴室的時候沒穿衣服，只用毛巾包著頭髮。她說：「沖個澡真舒服。你也應該去沖一下。」

「我晚上回去後再洗。」

「不要這麼怕我。我不會把你鎖在浴室裡。」她朝我走來，陰毛幾乎佔據了我的視野，說：「如果你喜歡我，就去沖個澡。」

我不喜歡她，再也不喜歡了，但我一直不知道該怎麼說出來。「妳不是把保險套全用瑞士刀割破了？妳還有別的避孕方法？」

「先去沖個澡，我有的話，就會讓你知道。」

就在屋子正上方，一聲雷轟隆炸開。

我說：「我進來，只是要看妳要給我看的東西。」

「現在又下雨又打雷的。」

「被雷打到，不會比這個狀況還糟。」

她說：「那你得選一樣，去沖澡或是被雷打。」

沒有折衷的餘地，折衷的選項就是現實。我去沖了澡，邊沖澡邊聽著雷聲隆隆。洗完後穿回衣服。回到臥室時，安娜貝爾穿著一件舊的日本絲浴衣，翹腳坐在床上，故意把浴衣打亂，一邊乳房晃著露出一半。她的目的很明顯，就是要誘惑我。她身邊放著一個鞋盒。

她說：「看我找到誰了。」

她打開盒子，把連納德拿出來。我上一次看到它，大概是五、六年前了。窗外，一簾一簾的雨打在蘋果樹上，水珠四濺。

安娜貝爾帶著愛的微笑，看著我說：「來跟它打個招呼吧！」

「哈囉。」

她拿起那隻公牛，看著它的臉，問：「你想要跟湯姆打招呼嗎？」

我根本沒辦法呼吸。說話？更別提了。

安娜貝爾皺起眉頭，看著連納德，扭扭捏捏地數落它：「你為什麼不打個招呼呢？」她抬起頭看著我，問：「它為什麼不說話了？」

「我不知道。」

「連納德，說話。」

「它不會說話了。」

「你不跟我們在一起了，它一定很生氣。我想，它要你回家。」她轉頭抱著那隻公牛說：「我希望你跟我說說話。」

如果你未婚，就不要跟我討論仇恨。只有愛，只有長時間將心比心和認同和悲憫，可以讓另一個人在你的內心深處生根，讓你對那人的恨找不到出口，永遠都找不到。如果你最恨她的事情，就是她有能力承受你的傷害，你的恨會更找不到出口。你們的愛仍然頑固地不肯離開，但恨也一直跟著愛。就算你恨自己也於事無補。我拒絕用連納德的聲音說話，就等於侮辱她，除此之外，我不覺得我還做過什麼更恨她的事情。

我說：「我明天會跟妳爸爸碰面。」

她嚇了一跳，說：「這不是連納德在說話。」

「不是，這是我的聲音。把那個東西收起來。」

她把玩具放到一邊，然後，再把它撿起來，然後，又把它放到一邊。我看著她的恐懼和猶疑，覺得很可怕，或者，也許是我的力量很可怕。

她說：「我不想知道這件事，能不能請你饒了我，不要告訴我？」

我本來打算放過她，但我實在太恨她，我說：「他明天要給我一張支票。」

她哀叫了一聲，倒在床上，好像我打了她一樣。她問：「你為什麼要這樣對我？」

我說：「一張數目很大的支票。」

「看在老天的份上，閉嘴！我一直對你好，你竟然在我臉上吐口水！」

「他要給我錢，讓我辦雜誌。」

她坐了起來，眼睛露出熊熊怒火，說：「你是個**混蛋**，不折不扣的混蛋，混蛋！你以前是混蛋，現在還是混蛋，以後永遠都是混蛋！」

我剛才還在想，最糟的事情莫過於眼看她被我傷害、被我侮辱，但事實是，我恨她甚至大於恨我自己。

我說：「十二年，也許夠讓我感覺自己是個混蛋。」

「這不是感覺，是事實。湯姆，你就是個混蛋，你是他媽的犯賤的混蛋記者。你毀了我的生活，現在又對我吐口水。你對我**吐口水**。」

「妳應該記得誰才是吐口水的人。」

她仍然誠實，仍然有道德感，這點，不得不肯定她。她平靜了一些，說：「你說的沒錯。但那時我還年輕，他又破壞了我們的婚宴。但你說的沒錯，我的確吐了某人口水。」她搖搖頭，又說：「現在，你們要我付出代價，換成你們兩個男人對我吐口水，因為你們看到我現在很軟弱。對，我一直很軟弱，到現在還是很軟弱。我失敗了。但被我吐口水的人卻是**要什麼就有什麼**的人，你呢，卻對一個失敗的人吐口水。知道嗎？這就是我跟你們不一樣的地方。」

我冷冷地說：「不一樣的是我沒有真的吐口水。」

「湯姆，我已經快跌到谷底了，你怎麼能這樣對我？」

「我一直想辦法讓妳不要再打電話給我，我也一直覺得我找到方法了。然後，電話鈴他媽的又響了，我才知道我錯了。」

「好吧，你可能找到方法了。拿了他的錢，或許就能心想事成。我想，你永遠不會再聽到我的聲音。本來我還在想，我的生命裡至少有一件事情沒有被你妨礙、偷走或破壞。現在，都沒了。我真的是孤零零一無所有。你真有一套。」

我說：「我恨妳。我恨妳甚至比愛妳還多。這應該也有點意義。」

她頓了一會兒，臉一下子就紅了起來，像個小孩一樣楚楚可憐地哭了出來。我反而覺得我恨她與否已經不重要了，我無法忍受看著她這麼痛苦。我坐在床上，抱著她。雨已經停了，留下一道藍灰色的雲幕，看起來跟冬天沒有兩樣。我抱著她的時候，想起了冬天，愈抱愈覺得厭煩。我的生命中沒有安娜貝爾的冬天就要來了。

她好像感應到我的感覺，開始吻我。我們總是依賴痛苦加劇後隨之而來的快感，而且，在我看來，我們施加給對方的精神痛苦已經達到極限了。她躺下、掀開浴衣時，我看著她的乳房，痛恨它們這麼美麗，伸手捏住一邊乳頭狠狠地扭了一下。

她尖叫一聲，一巴掌打在我臉上。我立刻殺氣騰騰地勃起，但我幾乎沒有感覺到勃起。她又一掌打在我耳朵上，瞪著我。「你難道不還手？」

我說：「不。我要幹妳的屁眼。」

「不，我不要這樣。」

我從來沒有對她這麼粗魯地說話。我們已經到達女性主義婚姻的盡頭了。我說：「妳把保險套都弄破了，我還能怎麼辦？」

「給我一個孩子，留點東西給我。」

「想都別想。」

「我覺得今天晚上有機會。這種事情我有感覺。」

「我寧願自殺，也不會答應妳。」

「你恨我。」

「我的確恨妳。」

她還愛著我。我可以在她的眼神中看到愛，她的愛，和不能有孩子的純粹的無法撫慰的傷痛。我手上握有所有的權力。所以，她做了她唯一能做的一件事，正中我的心臟。她順從地翻過身，掀起浴衣下擺，說：「好，來吧。」

我做了。而且在我第二天一大早逃出那棟房子之前，做了不只一次，而是三次。每次結束後，她就馬上去浴室。我當時的心境就像快克上癮者一樣，趴在地板上尋找四處散落的碎屑。我沒有強姦安娜貝爾，但也可能有。性愉悅是我們追求的事情中最不重要的一項。我追求的，就是她說她的電影要追求的目標：對人體這個主題進行最終且全面的探索。但我覺得，她的目標是貼在她的道德受難意識上的那張封條。

黎明時，我被群鳥的鳴叫聲吵醒。起床後，我沒梳洗就先穿好衣服。安娜貝爾趴在汗濕的床上，像死屍一樣動也不動，但我知道她沒睡著。我非常愛她，而我過去對她的所做所為，讓我更愛她。我的愛就像用一百美元買到的車一樣，明知引擎發動的機會很低，偏要一試再試。我腦海裡出現殺人和自殺的情節，不是比喻而已，我會不斷回想，一次比一次更暴力，直到暴力的力量足以將我們的愛情趕到它應該在的位置：永恆。我站在床邊，低頭看著我前妻的身體，想著，等到我下次見到她時，腦海裡的情節可能就會成真；想著，要是我現在對她講兩句話，隨便講什麼，腦海裡的情節可能就會立即成真。所以，我拿起背包，離開那棟屋子。

朝著西邊落下的滿月，此刻看起來只是個白色盤子，它的發光能力已經不敵晨光。我走到車道一半位置的時候，進入了金色陽光的屬地，看到一隻亮紅色的鳥與一隻黃色的母鳥，在一根枯樹枝上交配。那兩隻鳥忙到不理會我愈來愈靠近。公鳥有直直凸出的冠羽和猩紅色的莫霍克髮型[34]，排出的汗水好像不是汗水，而是百分之百的睪丸素。牠跟母鳥辦完事之後，直直地朝我飛來，以神風特攻隊的方式掠過我，差點撞上我的腦袋。牠飛到另一根樹枝上停定後，瞪著我的眼睛冒出攻擊的怒火。

這一天比前一天更熱，公車的冷氣也壞了。我回到125街時，人行道上擠滿了汗水淋淋的婦女和從店面教堂[35]走出來的孩子。爛掉的哈密瓜發出的腐臭、胃酸臭和油膩味，隨著肯德基炸雞排放的廢氣飄散在空氣中。地上的雞油、痰、灑在地上的可樂，和垃圾袋漏出來的污水被太陽曬得結塊變黑，閃閃發亮。

公寓一樓的穿堂地上，四散著星期天早晨的下注單。魯本對我說：「幸運兒老友，你怎麼臉色蒼白，一副累垮的樣子？」

34 Mohawk，剃光頭髮兩側、只留下中間部分的髮型。
35 Storefront church，借用商店空間集會的教堂。這類教堂多見於城市中非裔美人的貧窮社區，尤以美國北方常見。

我的答錄機顯示有一則新留言。我擔心是安娜貝爾留的，結果發現是一位牙買加口音的女人，她要我告訴安東尼，她先生昨晚死了，週二下午在西哈林區某某教堂舉行喪禮。然後她又重複一次，別忘了告訴安東尼她先生死了。就這樣，答錄機裡唯一的留言，是一個牙買加女人，用平靜但非常疲倦的聲音告訴我，她先生死了。

我打開冷氣，打電話到卡萊爾飯店，留言給大衛．萊爾德。然後，我睡著了，夢到我在一個有很多房間的屋子裡，裡面正在舉辦派對。我跟一位好像很喜歡我、隨時可以跟我走的黑髮年輕女人調情，打得火熱。但是這唾手可得的快樂，卻出現了障礙，一件我也許說了、也許沒說的事情，一件讓那年輕女人覺得我可能是個**混蛋**的事情。還好，我告訴她，這件事是另一個人說的，一個叫做安德瑞斯．沃夫的人說的。我告訴她這是事實，她也相信我。她愛上了我。就在我愈來愈肯定這女人是安娜葛瑞特，也就是安德瑞斯的小女友時，我才明白她其實是安娜貝爾——更年輕、更溫柔的安娜貝爾，既順從、又能帶來歡樂、對我最好的一面知之甚詳、能讓我感覺到她的愛與寬容的安娜貝爾。唯一的問題是，她不可能是安娜貝爾，因為真正的安娜貝爾正站在門口，冷眼看著我跟那女人調情。我害怕她因此審判我，以及審判結束後的懲罰：與她的瘋子行徑互動。我的恐懼來自我的親身經歷。她臉上露出遭到背叛打擊和受傷的表情。更糟的是，那女人也看到她，然後消失了。

大衛在接近傍晚的時候回電。

我說：「我沒辦法。」

「你是說八點鐘在『高譚』吃晚飯的事？你跟我開玩笑吧？你當然能去。」

「我不能拿你的錢。」

「什麼？簡直太離譜了，你笨到該被抓去關。就算你的雜誌每一期都罵麥卡斯基爾，我還是要你拿這筆錢。如果你擔心安娜貝爾不高興，別跟她講就是了。」

「我已經講了。」

「湯姆，湯姆，別管她吧。」

「我是沒管她。她還以為我要拿你的錢，這我也沒意見。我只是不想拿這筆錢。」

「我沒聽過這麼蠢的事情。你來就對了，到『高譚』來多喝幾杯馬丁尼就沒事了。我等不及要把支票給你了。」

「我不去。」

「為什麼改了主意？」

我說：「我不能跟她有任何瓜葛，我非常感謝你一直──」

大衛說：「老實說，我對你有點失望，不是一點，是很失望。我以為你都離婚了，就不會再跟安娜貝爾較勁，想要比她更像她。但是，你現在卻在跟我鬼扯。」

「不是，讓我──」

「鬼扯。」他又講了一次這個字，掛了電話。

我再聽到大衛的消息是四個月後，而且是透過第三者才知道。這人叫狄馬斯，以前是紐約市警察，退休後當起私家偵探。有一天下午他沒打招呼就來找我，在樓下嚇唬一下魯本就上來了。他留著海象鬍，看著滿嚇人的。他要我把前四個月的行程跟收據給他看一下，這樣大家都好做事。他說：「這完全是例行公事。」

我說：「這不像是例行公事的樣子。」

「你最近去過德州沒有？」

「對不起，先告訴我你是誰？」

「我替大衛．萊爾德工作。我尤其想知道跟八月最後兩個星期有關的事情。如果你能證明你那一段時間不在德州，最好不過。」

「如果你不介意，我要先打個電話給大衛。」

狄馬斯說：「你的前妻失蹤了。她寫了封信給她爸，信看起來是真的。但我們不知道這封信的前因後果。我沒有要找你麻煩的意思，但是，你是她前夫，理所當然要來問你。」

「我五月底之後就沒見過她。」

「最簡單的辦法，你方便，我也方便，就是你拿點文件出來證明。」

「要證明沒做的事，很難吧。」

「盡量囉。」

我也沒什麼好隱瞞，就讓他檢查我的收據和信用卡帳單。狄馬斯看到我八月份的活動密密麻麻——我那一段時間在密爾瓦基替《君子》雜誌採訪傑佛瑞．丹默[36]，全國有一半的記者都在那裡——變得沒那麼惹人厭。他拿出一個蓋了郵戳的信封和信封裡面一張手寫便條紙。

大衛．萊爾德：我不是你女兒。我再也不會跟你聯絡。你就當我死了，不要找我。我不會被你找到。

安娜貝爾

狄馬斯說：「郵戳是休士頓的。我要知道她在休士頓有沒有認識的人。」

「沒有。」

「你確定？」

「對。」

「好，你也看到了，這就是我想知道的事情。大衛說，他已經十幾年沒有見過她了。既然他當她死了，為什麼她還要寫這封信？為什麼找這個時機寫？為什麼她在休士頓？我猜，也許你可以提供一些線索。」

「我們才離婚不久，而且場面不好看。」

「有多糟？動手了？申請禁制令了？」

「不、不，只是精神上的折磨。」

狄馬斯點點頭，說：「瞭解。普通離婚。她想一刀兩斷、開始新生活啦等等。但是，我是這麼看的，她擔心有人認為她是被殺死的，換句話說，她寫這封信的唯一原因是要告訴大衛：『別擔心，我不是真的死了。』但是，要先弄清楚的是，為什麼會有人這麼想？你懂我的意思嗎？」

安娜貝爾非常不善於處裡生活瑣事，也不喜歡跟外界往來，很難想像她會跑去休士頓。可是，很明顯地，她身上有件事變了，因為她已經四個月沒有打電話給我。

狄馬斯繼續說：「我們查到她七月二十七日在紐約。從銀行提了五千美元現金。那天她還把蘇珊房子的鑰匙留在屋裡，只有鑰匙，沒有紙條。你那天沒在紐約跟她碰面吧？」

「五月之後我們就沒聯絡了。」

「如果她不寄這封信，就不會有人想到去找她。我有種感覺，她不是親善小姐。所以，有可能好幾年以後才會有人注意到她失蹤了。」

「也許我在往自己臉上貼金，但我覺得這封信，其實是她給我的訊息。」

---

36 Jeffrey Dahmer。美國連環殺人凶手，在一九七八至一九九一年間犯下十七起殺人案，而且手段凶殘。

「怎麼說？為什麼她不直接寫信給**你**？她有寫信給你嗎？」
「沒有。她是要證明，她做得到絕不跟我聯絡。」
「用這種方法證明，聽起來有點極端。」
「嗯，她是個極端的人。但也可能她想保護我，萬一出現像你這種人來找我……」
狄馬斯彈了一下手指，說：「太好了。我一直在等你這麼說，因為這就是我看不懂這封信的地方。因為精神痛苦而離婚、意見分歧、沒辦法妥協，但是，她卻想保護你？我不懂。妳這位前妻是典型的憤怒人格，她最想做的，應該是想辦法讓別人懷疑你殺了她吧！」
「安娜貝爾不是這種人，她有道德潔癖。」
「你呢？在德州有朋友嗎？」
「當然，這還用說嗎？」
「把你的通訊錄和電話帳單拿出來給我看看。」
「我會給你看。但是，如果你能不找她，就是幫了她一個忙。」
「她不是付我錢的老闆。」
狄馬斯要我提供更多資料——所有安娜貝爾認識的人的聯絡方式，無論親疏遠近——要是我拒絕，我擔心會成為嫌疑人。但是，我聞得到他問話時小心謹慎、甚至寧願不問的味道。他似乎心有定見，安娜貝爾是個瘋女人、是個麻煩，而整個案子不過就是家庭糾紛。他又打了幾次電話給我，後續問了一些事情，然後就再也沒有他的消息，也不知道他有沒有找到安娜貝爾。為了她好，我希望他沒找到，因為我真的相信，她寫給大衛的信其實是告知我。我也許早她一步擺脫這段婚姻，但她用這種激烈的方法離開，等於後來居上。我恨她用這種方式暗藏恨意，但我離開她而產生的罪惡感還是沒有消失。另一方面，我也自我安慰，她一定做到了一些以前做不到的事，就算她只能靠著失蹤做到這些事，我的罪惡感也因此減輕了，即使只減輕了一點點也好。我也許如願從婚姻中脫困，但是，她才是取得道德勝利的人。

我再聽到大衛的消息是在二〇〇二年，那是他過世的前一年。這次的中間人是位律師。他寫信通知我，大衛設立了一個以安娜貝爾為名的生前信託，我是唯一的受託人。我撥了信上的號碼，得知她仍下落不明，這時距離她失蹤已經十一年了。此外，大衛還是想把四分之一的財產留給她，希望她終究願意出面接受。

我說：「我不想當受託人。」

那位律師用迷人的堪薩斯鼻音說：「嗯，這樣吧，也許你想先聽聽信託條款怎麼寫的。」

「完全不想。」

「如果你連聽都不願意聽，我就很難交代了。所以，請聽我講完。這個信託的資產只有麥卡斯基爾的股票。其中百分之七十不能轉讓或變現，剩下的百分之三十，得由該公司的員工配股方案或其他方式提供。以面額計算，信託資產接近十億美元。五年平均可獲得百分之四點二的股息，這個數字是該公司發放股息的最低標準，也就是說，還可能增加。就拿這個比率簡單算一下，每年的現金股息約為四千兩百萬。付給受託人的費用為百分之一點五。所以，算一算，受託人每年可以有七十五萬收入，而且應該很快就可以到一百萬。因為這些股票要嘛不能賣、要嘛不必賣，受託人幾乎沒有什麼職責，頂多跟一般股東的責任一樣。說白了，艾柏蘭特先生，你每年不必做事就可以拿到一百萬。」

我當時是《新聞日報》的副總編輯，薪水還不到這個數字的四分之一，還在付葛蘭莫西公園附近一房公寓的貸款。這棟房子是我進入《君子》雜誌擔任第一個編輯工作時買的，後來我轉到《時代》雜誌和《紐約時報》工作，貸款還是沒還完。如果我還相信一份名為《複雜人》的評論性雜誌可以改變世界——如果我沒有改變想法，覺得盡責採訪日常新聞更有價值、更值得全心投入——那麼，我就會用那一年一百萬辦一份有品質的季刊。但大衛說的沒錯，我為了維持乾淨，一直盡力要比安娜貝爾過得更像安娜貝爾，以免她發現我離開她以後做了什麼事情。為了證明她錯看了我，我再一次告訴那位威奇塔的律師，我不要跟信託有任何瓜葛。

我從來沒有完全瞭解大衛。他賺錢非常有一套，他也真的愛安娜貝爾，原因和我對安娜貝爾的感情一樣。但是，他還是把她早已表明不領情的十億美元留給她，又任命她最恨的人當受託人，既殘酷、又有報復的意味，無可置疑。我當然不知道他是不是打算進了墳墓也不放過她，或是他還感傷地期待，希望她終有一天會回來，拿回自己的權利，又或許兩者都是。但我確定，他這個人只會用錢講話、用錢思考。一年後，他的律師告訴我他死了，留給我兩千萬美元，用途清楚明確：創辦一份優質的全國性新聞雜誌。這個遺贈似乎酬謝我的成分多，懲罰安娜貝爾的成分少——至少，我是這麼看的——所以，這一次我沒有拒絕。

大衛的訃聞上，關於安娜貝爾的部分只寫著地址和職業不詳，但你如果對萊爾德家族好奇，只要花點時間找一下，就可以發現每隔一段時間就會出現他們的新聞。安娜貝爾三個哥哥敗家的本事愈來愈厲害。老大巴基在媒體上曇花一現，因為他想買下明尼蘇達灰狼隊，再把球隊搬到威奇塔，但沒有成功。老二丹尼斯想角逐參議員，砸下一千五百萬投入共和黨黨內初選，最後以兩位數百分比失利。有吸毒紀錄的老三丹尼在華爾街工作，對合併快要煙消雲散的公司情有獨鍾；大衛過世三年後，他應該是靠分到的遺產，成為一個對沖基金的合夥人，但是這基金也很快就煙消雲散。大約同一時間，我在加州參加一場無聊的領導力會議時，碰巧遇到巴基．萊爾德。我們聊了一會兒，他用一副事不關己的語氣告訴我，他們兄弟一直認為是我殺了安娜貝爾，只是沒被抓到。我否認自己是凶手，他並不相信，但也不特別在意。

我一直想知道安娜貝爾在哪裡，是不是還活著。我知道，如果她還活著，而我又不能確知她是否活著，她就會心滿意足。我還懷疑，就算缺乏其它繼續活著的理由，光是在這件事情上得到的滿足，就能讓她堅持活下去。雖然我一直沒再見到她，我依然相信，總有一天我們會見到。對我而言，她就是永恆。我與另一個人合而為一，只會發生一次，也只會發生在我很年輕的時候，只有這兩個獨特的因素結合，才能找到永恆。從此以後，我沒有辦法跟交往對象生孩子，誰都一樣，因為我當年不讓她懷孕。我也無法和比我小很多的人穩定交往，因為我無法證明當年甩了她，不是因為想換個年輕女孩。我此後一輩子對不切實際的女人過敏，也是她的影響，只要我察覺女人有一絲幻想，再加上我又回應了她的幻想，我的過敏就會惡化，結果就是我認為女人們對我的期待都是不切實際的。我不想跟任何像安娜貝爾的人有瓜葛，就算我遇到一位真的不像她的女人，與她共度一生是無法形容的幸福的女人，安娜貝爾的悲傷和她的絕對道德主義，依然會影響我晚上做的夢。她失蹤，又否認自己失蹤的行為，隨著年年音訊全無，並沒有減輕我的負擔，反而變得更磨人，更讓我放不下。她也許比我軟弱，但她最後還是擊敗了我。她已經往前走了，我卻卡在原地。我不得不佩服她，我覺得被她將了一軍，無路可走。

凶手

雙向對講機發出一陣吱喳聲，佩卓沙啞的聲音突然跳出，這才把安德瑞斯從夢中吵醒，這場夢似乎也做得夠久了，該來個結束。「**門口有個人要跟先生講話，他說他是湯姆·艾柏蘭特**。」

床邊桌上，有個咬了一口的三明治。今天是星期幾，他也說不上來，那個軟禁他的體制還在他腦子裡。聽到湯姆·艾柏蘭特這幾個字，他沒反應。他還記得自己花了好幾個月、也許好幾年在湯姆·艾柏蘭特身上，現在想起來卻覺得索然無味。不管湯姆還要做什麼，他都不恨也不怕了。他只覺得有種難以忍受的焦慮正在撕裂胸口，還有，這時候有記者找上門，不管原因是什麼，他都覺得很殘忍，因為他已經無法應對、已經失去受訪的基本能力：喜歡自己。

他告訴佩卓：「**讓他進來**。」

去年秋天，他決定不再接受採訪，但決定不說出「極權主義」這個字是更早的事。對年紀比較輕的採訪者而言，這個字會讓他們連想到全面跟監、全面思想控制，以及灰撲撲的軍隊跟中程飛彈一起接受校閱的畫面。而聽到他說這個字，會以為他在批評網際網路的不公不義。事實上，他用這個字，只是要描述一個人們無法主動離開的體制。舊共和國[1]當然很會跟監，也很會閱兵，但是，極權主義的本質，其實更體現在日常生活，也更奸巧。體制下的人可以選擇合作，也可以反抗它，但是，無論是選擇在其中安穩過日子還是被關坐牢，唯一的不可能是：和它脫離關係。所有問題，不分大小，就只有一個答案：社會主義。把**社會主義**換到**網路**時代，答案就成了網際網路。網際網路上互相競爭的平台都有一個野心，就是要從裡到外徹底瞭解你。以他自己為例，他開始小有名氣時，就知道出名這種現象已經轉移到網際網路上，而他的對手同樣可以利用網際網路的架構，輕易捏造「那匹狼」的故事。在舊共和國時代，他可以有兩種選擇，不理會恨他的人，承擔後果；或者，即使他覺得體制不成熟又裝模作樣，他接受它並透過參與壯大體制，擴大自己在體制裡的影響力。他選擇了後者，不過他的選擇並不重要，反正他一定無法脫離與那場革命的關係。

根據他的經驗，很少有事情像革命一樣，前一場革命與後一場革命其實沒有分別，但話說回來，他只經歷過那種大聲宣稱自己是革命的革命。真正的革命——比如科學革命——發生了就發生了，不會吹噓自己的成就多麼石破天驚；只有軟弱、恐懼、假的革命才會吹噓自己。他童年時不斷聽到共和國很榮幸擔任歷史先鋒的歌曲，但這個聲稱人民已經解放的政權，卻如此軟弱恐懼，最後還決定砌一堵牆，把解放了的人民關在裡面。老闆是豬頭、老公暗中監視妳，都不是這個政權的錯，因為，政權是為革命服務的，而革命不僅是歷史的必然，還因為強敵環伺，所以非常脆弱。凡是吹捧革命的言論，都有這種可笑的矛盾。在宣稱自己是天命所歸、又警告人民必須戒慎恐懼的體制下，任何罪行或是出現體制意料之外的副作用，都會被原諒的程度。

掌權官僚在哪個時代都是一個樣。新一代官僚會在TED演講、透過簡報檔發表新產品、參與國會與議會的聽證，寫些專畫大餅的書。他們的口氣和共和國時代那廉價的信念與沒原則調製的馬屁糖漿沒有兩樣。這種滋味，他到現在還記憶猶新。他只要聽到專業官僚型的人說話，一定會想起史地利・丹樂團的歌詞：「**所以你抓著一個你覺得永遠不會消失的東西**。」（美國區的廣播電台一直播放這首歌給蘇聯區的年輕人聽。）共和國能提供的特權——例如一具電話，一間通風、光線充足的公寓，以及到處通行證件——雖然微不足道，但就像新時代裡有許多追隨者的推特帳號、粉絲眾多的臉書帳號，或是偶爾能在CNBC上露臉四分鐘的效果一樣美妙。新型官僚真正迷人之處，是他們提供了歸屬的安全感。外面的空氣有硫磺味、食物很糟糕、經濟奄奄一息、憤世嫉俗的情緒高漲；但在裡面，**他們保證一定能戰勝階級敵人；在裡面，教授和工**

1 指東德。

程師會拜德國工人為師。在外面，中產階級消失的速度比冰帽更快，仇外人士不是贏了選舉，就是在儲備突擊步槍，交戰部落則以宗教之名互相屠殺；但在裡面，**破壞性的創新科技徹底癱瘓了政治運作的舊習**；在裡面，**去中心化的專門團體正在改寫創意規則**，**革命獎勵瞭解網路力量的冒險家**。新政權甚至回收舊共和國的關鍵字：**集體**、**協作**。這兩個字眼所推導出的公理，就是**新人類出現了**。對此，黨中各派的官僚都樂見其成。他們似乎不太在意，統治他們的菁英中，包含一群貪婪殘暴的舊人類。

列寧是冒險家，托洛斯基也是，但史達林後來把托洛斯基打成蘇聯的比爾・蓋茲，也就是該被嚴懲的祕密反動份子。至於史達林本人則不需要太冒險，他只需製造恐怖，效果更好。雖然現代的新入行的革命人士都宣稱自己熱愛冒險——其實這只是比較用詞，因為他們所謂的風險，是失去一些風險投資人的錢，最壞也不過是浪費了幾年父母親的資助，而不是像以前得冒著被槍斃或吊死的風險——但最成功的革命者，走的仍是史達林的老路線。新政治局就像之前的老政治局，懂得裝出自己是菁英的敵人、是群眾的朋友，**消費者要什麼，就義無反顧地給什麼**。但是對安德瑞斯來說（他顯然從沒學會怎麼想要東西），網際網路更像是恐懼所統治：害怕不受歡迎、不夠酷，怕落伍、怕被恥笑、怕被遺忘。在舊共和國統治下，人民害怕國家；在新政權統治下，人民害怕的是「自然狀態」[2]：殺人或被殺、吃或被吃掉。在這兩種情況下，心生恐懼完全合理，因為恐懼這時確實是理性的**產物**。共和國意識型態的全名是「科學社會主義」。這個名字往回可以推到**恐怖統治**（雅各賓黨人使用斷頭台的效率超高，堪稱劊子手，但他們卻把自己包裝成啟蒙理性的執行人）[3]；往前則接上科技官僚統治，也就是企圖透過市場效率與工具理性，將人性從人類身上解放出來的統治手法。而其實對不理性失去耐心、想要一舉掃除人性，才是假革命真正的、永恆不變的旨意。

安德瑞斯的天賦，或許這也是他最強的能力，就是能在極權體制下發現獨特的利基。他最好的朋友原來是史塔西，直到他接觸了網際網路；他發現了既可以同時利用網際網路與史塔西、又能和它們保持距離的方法。碧普・泰勒以「月光乳品」為例的說辭傷了他，因為這讓他想起，他其實和他母親很像。但碧普說的沒錯，不管「陽光計畫」做了多少好事，這計畫現在最主要的任務，是延伸他的自我，是一座以洩密工廠為名的名氣製造工廠。他讓新政權把他當成**開放**的代表，將他捧上天，用以鼓舞人心。他為了投桃報李，不得已的時候，也會保護新政權，不讓它的壞消息上報。

新政權裡面可能還有不少第二個史諾登，比如說，能取得臉書演算法的員工（臉書利用演算法分析讀者隱私而獲利），又比如說，熟悉推特操控瀰因[4]的員工（瀰因理應由使用者控制）。懂門道的人其實更害怕新政權，只有外行人才會被新政權哄騙，以為國家安全局與中央情報局才可怕——這種伎倆完全抄襲極權主義：先將製造恐懼的責任賴到敵人頭上，同時指天畫地，撇清自己絕對與製造恐懼的方法無關，再將自己包裝成唯一對抗這些方法的人——這樣一來，大多數第二個史諾登就會三緘其口。不過，安德瑞斯倒是遇過兩次業內知情人士帶著內部電郵與演算法軟體找上他（有趣的是，他們都在谷歌工作）。他們提供的文件清楚顯示，這家公司不僅大量蒐集使用者個人資料，並且主動過濾他們聲稱只會被動使用的資訊。兩次，安德瑞斯都拒絕公布那些文件，因為他擔心無法應付谷歌對付他的手段。他為了維護尊嚴，誠實地對那些洩密人說：「沒辦法，我得讓谷歌站在我這邊。」

只有在這種情形下，他才會覺得自己也是專業官僚。除此之外，他接受訪問時總是瞧不起那些革命詞

2 State of nature。英國政治哲學家霍布斯（Thomas Hobbes）所提出的道德與政治哲學觀念，即人類社會形成前的生活狀態。

3 法國大革命時期，由雅各賓黨的派系主導的暴力統治。從一七九三年九月至一七九四年七月間，以「反革命份子」之名，將一萬六千多人送上斷頭台，另有兩萬五千人以其他方式處死。

4 Meme，英國演化生物學家理查・道金斯（Richard Dawkins）在《自私的基因》一書中，為了描述文化傳遞的單位而創造的詞彙。在網際網路上的瀰因，泛指所有快速傳播的資訊，例如挑戰冰桶活動等。

彙，聽到自己的員工提起要讓世界更好時，心裡也不以為然。他從亞桑傑的例子學到，宣稱自己的使命是救國濟民是愚蠢的。雖然他對自己純真的名號，有種啼笑皆非的滿足感，但他不會搞不清，以為自己真有能力全然純真。與安娜葛瑞特一起生活的歲月，已經把他的錯覺治好了。

湯姆．艾柏蘭特幫他把她繼父的屍骨和爛衣服埋在奧德河谷地三天後，他去萊比錫找她。他本來打算更早出發，但西方媒體的約訪讓他抽不開身。他在《威瑪文藝》發表的幾首搞怪詩、住在教堂地下室、倉皇跑出史塔西總部的時機又這麼湊巧，幾個因素加起來形成的優勢，讓他被媒體封為東德著名異議人士。不過，齊格菲街上那些讓共和國尷尬的老人也開始嘀咕，說他們冒著被起訴的危險，安德瑞斯除了跟年輕女孩上床，根本沒做什麼事。但是，誰叫他們的父親不是中央委員會委員，誰叫他們沒有和寫藏頭詩一樣迷人的經歷。他連續接受了十幾個採訪，每次都被封為著名異議人士（他也每次都會稱讚齊格菲街那些同志的勇氣），此後他變得比那些人更像異議份子。那些人別無選擇，只能接受媒體給他的封號，他的名聲甚至很快就改變了他們的記憶。

安娜葛瑞特在萊比錫沒和她姊姊一起住，她姊姊指引他去一家女性主義者經常聚會的茶館找她。那時，女性主義者的士氣不如環保人士的時代剛剛過去。萊比錫的天空因為污染，一片灰茫，但還比不上共和國男性領導人的灰髮。下午兩點，他推開茶館吱嘎作響的門。安娜葛瑞特從後面廚房走了出來，邊走邊用毛巾擦手。

安德瑞斯心想：**笑一笑吧**。

她沒有笑，卻看了看四周，沒有客人。牆上掛著一張羅莎．盧森堡[5]的照片和一張表揚「重工業女性」的海報，比較大膽些的是幾張西方女性音樂家和活躍運動人士的照片。照片與海報都褪色了，蒙著一層他一開始以為是荒謬的悲傷。一捲瓊．拜雅的錄音帶幽幽地發出聲音。

他說：「我們可以不必現在談，我只是想讓妳知道我來了。」

她眼睛轉向別處，說：「現在可以談，但可能沒什麼好說的。」

「我有話要說。」

她不自然地笑了笑，說：「**好消息**。」

「是，是好消息。還是妳要我待會兒再來？」

「沒關係。」她找了張桌子，坐在一旁的椅子上，說：「告訴我你有什麼好消息就好。我想我已經知道一點點，我看到你上電視了。」

他坐下來，說：「我知道，一夜成名。我記得我跟妳說過，我是全國最重要的人，但妳不相信。妳還記得嗎？」

「我記得。」她還是沒看著他。「每一件事我都記得。你呢？」

「我也是。」

「那你還來幹嘛？」

「因為我們現在安全了，我們安全了。而且我愛妳。」

她盯著桌面看了一會兒。然後，點點頭。

「妳想不想知道我們為什麼安全了？」

她說：「不想。」

「我拿到我們的個人檔案，而且，該處理的部分我都處裡掉了。」

---

5 Rosa Luxemberg，德國馬克斯主義思想家，德國共產黨奠基人。

她又點了點頭。

「妳不高興？」

「對。」

「為什麼不高興？」

「因為我們做的事。」

「安娜葛瑞特，拜託妳看著我。」

她搖搖頭。他明白，他們的問題從頭到尾就不是不夠安全，而是她看到他，就會想到是他害得她這麼痛苦。

她說：「你走吧，這樣比較好。」

他說：「我做不到。沒有妳，我活不下去。」

她還沒回應，大門就吱嘎作響，兩個女人走進來，邊走邊談「新論壇」[6]。安娜葛瑞特馬上站起來，走進廚房。其他常客很快就陸續進來，都是女的。雖然她們的敵意沒有那麼強，安德瑞斯還是覺得自己是某個生物體裡的異物，而那個生物體正在悄悄地擺脫他。他是隻跑到眼睛裡、讓眼睛流淚的蟲子。

他認出一個女孩，就是兩個月前跟安娜葛瑞特一起去柏林的朋友。她也在茶館當服務生，走過來問他要點什麼。

「不了，謝謝妳。」

那位朋友說：「我不想沒禮貌，但是，也許你該走了。」

「是嗎，好吧。」

「不是我看你不順眼。只是，這是我們的地方。」

被趕跑的蟲子鬆了一口氣，流淚的眼睛也因為蟲子離開而鬆了一口氣。外頭下著寒冷細雨，他在考慮要不要搭火車回柏林，恢復東德著名異議人士的角色，讓安娜葛瑞特有更多時間想一想。如果湯姆．艾柏蘭特沒有放他鴿子，他也許願意先回柏林。有一個真正的朋友，一個知道他的祕密、還主動幫他永遠埋葬這祕密的朋友，也許可以減輕他需要安娜葛瑞特的急切感。但湯姆沒有依約跟他吃晚飯。安德瑞斯等了好幾個小時，湯姆都沒有露面。第二天，他結束一輪訪問以後，在教堂問遍了所有人，有沒有看到一個美國人來找他。他當時不覺得，一點都不覺得，湯姆只是為了採訪他才引誘他做朋友。就算真的是如此，湯姆在安德瑞斯沒有帶他去看史塔西的檔案前就消失，也說不過去。唯一的解釋是，湯姆必須回家，回到妻子身邊，也就是說，他喜歡安德瑞斯並沒有超過那位他理應深惡痛絕的女人。被拒絕的刺痛，是安德瑞斯衡量他喜歡湯姆有多快、多深的標準。同樣地，他也無法接受安娜葛瑞特拒絕他。

他來到萊比錫火車站，從垃圾桶裡撈出幾份報紙，看到自己的名字，覺得意志更堅定。畢竟，有幾個人能抗拒自己成為重要人士的誘惑？到了傍晚，他回到茶館，站在外面等到天黑，看著安娜葛瑞特和她朋友拉下窗簾。

那朋友對他說：「走開。她不想見你。」

他說：「妳講話的口氣，好像我們有私怨。」

「本來沒有，現在有了。」

「我今晚一定得回去柏林。事情很多，我不能不回去。對了，我是安德瑞斯。」

「我知道你是誰。我們看到你上電視。」

他說：「安娜葛瑞特，我得走了，最起碼陪我走一段路？」

---

6 New Forum，一九八九年九月、東西德統一前在東德發起的政治運動。

那位朋友說：「她不能。」
他說：「不會花太多時間。我們有一些私事、家事要談。也許我們三個以後找機會再聚聚。」
安娜葛瑞特突然從朋友身邊離開，說：「好吧。」
「安娜葛瑞特——」
「他跟那些人不一樣，而且，他沒有亂講——我們的確有一些家事要談。」
安德瑞斯注意到她在說謊，而且，這不是第一次他注意到她有說謊的本領。他和她單獨走在一起，兩人各自撐著傘。她替那位朋友道歉，說：「碧姬特只是想保護我，但有點過頭。」
「她好像特別會趕男人。」
「我也可以自己來，但太累人了。我是說，總是有人來煩我，有人幫忙其實也很好。」
「有那麼多人去煩妳？」
「是啊，煩到不行。而且萊比錫更糟。昨天有一個人騎摩托車靠過來，問我要不要嫁給他。」
如果當時安德瑞斯在場，一定會打斷那傢伙的鼻子，但安娜葛瑞特的美麗得到認可，他也不禁覺得驕傲。他說：「的確不好過，妳一定覺得不堪其擾。」
「那人根本不認識我。」
他們接著陷入沉默，走了一段路。
她說：「我們做的那件事，是因為你，我才做的。」
聽到她這麼說，他覺得難過，又覺得高興。
她說：「我那時一定昏了頭。而且，因為我迷上你，所以才做了那件事，毀了我的人生。現在，只要看到你，我就只會想到那件事，我替你做的那件事。」

「我也是為了妳才做的，而且我也做了。就算現在要我再做一次，我也會做。只要能保護妳，什麼事情我都會做。」

「嗯。」

「我們一起去柏林，離開萊比錫這個鬼地方。」

「你就是不肯放棄，對嗎？」

「沒有別的選擇。我們注定要在一起。」

她停下腳步。人行道上沒有半個人，他也不知道自己身在何處。她說：「你知道最可怕的是什麼嗎？我喜歡你是凶手。」

「我覺得，我應該不止是這個角色而已。」

「但這是我會跟你走的原因，如果我真的能走的話。很可怕吧？」的確有點可怕，因為就在剛才，在她說他是凶手時，他克服了想要她的慾望。他橫起心腸，才能忍住把她攬到懷裡的衝動。

她說：「我們一定要設法彌補，我們一定要做點好事。」

「對。」

「很多很多好事，我們倆都要做。」

「這就是我要的，跟妳一起變好。」

「哦，天啊。」她嗚咽了一聲。「你回去柏林吧，拜託你，安——」

她就要說出他的名字時，他突然想到，他從來沒有聽她叫過自己的名字。

他順著本能說：「妳能叫我的名字嗎？」

她搖搖頭。

「只要看著我，說我的名字，我就回去柏林。我會等妳，不管多久我都等。」

她忽然跑開，使盡力氣跑開，雨傘拿在手上。他楞了幾秒鐘才決定追上去。她年輕、又跑得快，他的柔道女孩，要不是遇上紅燈，她在轉角急轉彎，他絕對趕不上她。細雨一定在轉角的地上結了冰，她滑了一跤。看到她摔在地上，他的心痛了一下。

他跑到她身旁時，她還在地上，手摸著臀部。

「妳沒事吧？」

「有事。不，我沒事。」然後，來了，他一直想看到的微笑。「你告訴我，不要太自以為是。你還記得嗎？」

「記得。」

「每一件事我都記得。每一個字。」

他蹲下來，握著她冰冷的手，讓她看著他的眼睛。他知道他可以擁有她，但他沒有聽到喜悅和感激的交響曲，耳中傳來的反而是細微、可怕的疑惑：**你確定你真的愛她嗎？她前一秒鐘才自責自己太自以為是，接著就說她記得你對她說過的每一個字！她沒有幽默感——難道，你不覺得以後你可能會因此喘不過氣來嗎？**

他想把耳朵關起來，畢竟她有獨特的美。兩年前，他提出幾個選擇，殺人是其中之一。她挑了殺人。她是個好女孩，但是，是個骯髒、說謊的好女孩。其他男人對她示好，她都覺得作嘔，但不知道什麼原因，對他不會。她也知道，他從來就不是個好人，但還是要他，要給他更美好的生活。

他說：「我們走吧，到妳那邊收拾一下行李。」

「碧姬特會恨死我。」

「不會比恨我來得多。」

前面的兩三年，他覺得跟她在一起很幸福。她太年輕，不解世事，當然也不知道該怎麼與男人一起生活。雖然他也沒有跟女人過日子的經驗，但畢竟他年長一點，因此，她理所當然地認為他什麼都懂。他在她上面、在她裡面、完全擁有她的時候，她會嚴肅地盯著他的眼睛。現在，光是想起這種眼神，他就會勃起，至於原因，則是很後來才懂。只要她理想化的熱情不減，他就一直容忍她買一些他覺得很醜的床罩、陶杯、燈罩等小東西；她自學的印度菜其實很難吃，他也不吝讚美；他還興致盎然地看著她在柏林找路、交新朋友、與老朋友聚首、參加集體農場、去婦女協助組織工作。他們一起走在街上時，她會挽著他的手；除了他，她絕不看別的男人。他覺得很驕傲，完全不覺得壓力大。他們在家的時候，她急切地要取悅他，看了讓人心碎。她似乎有個想法，他們做愛愈多，就愈代表他們是天生一對，而她屈服於殺死繼父的凶手，其實沒有做錯事。這兩三年來的許多夜晚，他多半是這種想法的快樂受益人。

但是，把性當成理念有個問題：理念是會變的。漸漸地，安娜葛瑞特開發了另一個完全不同、更枯燥的理念：在床上要完全誠實，並且伴隨大量討論。一開始，他試著當個好男人，沉浸其中，盡量不辜負自己還有的理想形象，但到頭來，這麼做根本白費力量。和一個二十三歲、沒有幽默感的人無休無止地討論，逐漸讓他覺得厭煩。白天，他們不在一起的時候，他的腦袋不停地出現她嚴肅的眼神，但她回家時，他卻看到一個跟他的慾望對象完全不同的人。她累了、抽筋了、晚上有事、某個地方有個女人需要她的安慰、要替一個絕不可能成功的理想再辦一次抗議活動；或者，更糟的是，她想要討論她的感覺；又或者，最糟的是，想要討論**他**的感覺。

為了逃避無趣的家庭生活，他開始出國開會，去雪梨、聖保羅和桑尼維爾。他除了在高克委員會[7]工

7 德國聯邦政府負責管理、保存史塔西的機構。

作，管理史塔西檔案外，還替所有前東歐集團國家擔任轉型正義顧問，一間又一間燈光刺眼的會議室裡面，除了無法妥協的各方喝的礦泉水瓶上語言不同，房間都是一個樣。由於記者特別喜歡他，攝影機鏡頭總是對著他。東西德統一後，開始有大企業與政府部門的吹哨人直接找上他爆料，再加上他的個性不適合委員會的工作（他是獨來獨往型，不是合作型的人），他開始思考出來創業，讓自己變成機密交流中心，跳過委員會，直接與媒體打交道。但是，他的家庭問題，他晚上的慾望對象和白天真實的安娜葛瑞特之間的差距一直跟著他。甚至他獨自在雪梨飯店房間，想起她的嚴肅眼神而勃起時，只要打電話回家，聽到她的聲音兩分鐘，就開始覺得厭煩。而且，那厭煩不僅說來就來，還鋪天蓋地。這時候，不管他們聊什麼，都跟他想要的完全不相干，無法忍受地不相干。

他知道自己把自己困住了。與其說他跟個女人成了家，不如說是跟自己一廂情願的概念——男人跟女人從此過著幸福快樂的日子——成家。但現在他已經厭倦了這個概念。他從不對安娜葛瑞特大小聲，卻開始悶悶不樂，碰上不需生氣的事情會動怒，還拐彎抹角地嘲笑她的工作、看不順眼她的女性朋友。他不僅覺得那些女人是人生的失敗者，還怨恨她們利用安娜葛瑞特的軟弱，來跟他的名聲攀關係。他經常找些藉口躲開她們，不得已必須出席社交時，他不是冷淡以對，不說話，不然就是出言不遜。這些混蛋行為多少有損自尊，但他依然故我，希望她能看出這些明顯的徵兆，知道他們的關係出了問題，到了最後，也許他能從中脫困。

但她還是對他好，就算生氣，也維持不久。雖然她是執著的女性主義者，跟她走得近的人也不信任男人，她卻一直努力把他當成例外。她非常關心他的工作，給他的建議也很有用。她會洗家中丟得到處都是的衣服和碗盤。她對他愈好，他就陷得愈深。他困在既感激她看得起、又害怕失去她的尊重的兩難中，也困在他先前的承諾與誓言裡面，這些都是她把他看成崇高理想的助力（有一陣子也是他的理想）。而且，她既年輕又貌美，絕少有女人能同時擁有兩者，就算有，他也不可能在她們面前透露自己是殺人凶手。因為他的知名度已經夠高，只要他外遇，可能就會傳到安娜葛瑞特耳裡，她對他的理想就會幻滅。他似乎不可能有其他女人。

把困局推向無解的是安娜葛瑞特與他母親的友誼。那是一九九〇年的事情，他們在柏林定居，習慣了一起公開出沒，忘了擔心這麼做會證己之罪。他是為了父親才帶她去見父母，他不僅感激父親，聽到父親的稱讚也很受用，但風險是母親會嫉妒安娜葛瑞特，不給她好臉色。沒想到卡提雅風度迷人，她似乎不介意安娜葛瑞特的美貌，因為美女可以成為沃夫家的門面；她也很喜歡安娜葛瑞特年輕又聽話，相比之下，安德瑞斯的敵意似乎很反常。她要安娜葛瑞特回學校念書，安娜葛瑞特不以為然，說她寧願做幫助別人的苦差事。卡提雅對她擠了擠眼，說：「妳還是可以去幫助別人，但妳得答應申請到我教書的大學來。等有空妳可以來跟我上課，加強妳的英文。相信我，妳學的每一件事都會很有趣，因為我知道什麼是無聊的東西。」說完，她又對安娜葛瑞特擠了擠眼睛。

安德瑞斯聽到這個提議，本能地警覺起來。他帶安娜葛瑞特回家時，說了幾件卡提雅做過的最糟糕的事情，都是他的親身經歷。他以前從沒提過這些事，因為擔心安娜葛瑞特會看到自己的家族齷齪。但她認真聽完後說，不管怎樣她都喜歡卡提雅。她喜歡卡提雅生了他，喜歡卡提雅愛他跟她愛他一樣多，卡提雅對他的愛意全寫在臉上。她說她不會被他講的那些事情影響，就是喜歡卡提雅。他呢，才剛開始嘗到擁有安娜葛瑞特肉體的滋味，才剛感覺到擁有愛人的能力的滋味，所以，他接受了那個提議。他左思右想，覺得把卡提雅丟人現眼的問題丟給安娜葛瑞特去傷腦筋，也許是個辦法。

安娜葛瑞特的母親則是個災難。由於她覺得受到恐嚇，一直逼著警方調查先生失蹤的案件，但她的風評很差，因為大家都知道她是小偷和毒蟲，又從監獄出來沒多久。警方老實告訴她，這個案子的檔案不見了，除了利用她先生的照片協尋，能做的事情不多。她轉而請寡居的婆婆幫忙，才得知兩年前史塔西曾告訴她婆婆，霍斯特已經逃到西邊，她婆婆也一直在等他的消息。沒多久，她又開始吸毒，還來找安娜葛瑞特和安德瑞斯，吵著要錢。安娜葛瑞特反應冷淡，要她母親戒毒，去一個護士人力不足的國家找工作。安娜葛瑞特對她的恨既真實又好用，因為恨可以擋住幫忙殺害繼父的罪惡感。安娜葛瑞特的母親依然上門騷擾他們，一點一滴數落安娜葛瑞特忘恩負義。後來，她終於搭上一個也是毒蟲的波蘭木工，用長相換到毒品和棲身之所。

比起來，卡提雅可以說是安娜葛瑞特的天使。安德瑞斯的父親於一九九三年過世後，她留著卡爾．馬克思大道上的舊公寓，花了兩年好好整建，接著恢復工作，以特許教授的身分從事研究，發表了一篇長度相當於一本書、研究艾瑞斯．梅鐸[8]的論文，而且頗獲好評。她每天早上快走八公里，有假就經常帶著她的拉薩犬萊辛去倫敦。安娜葛瑞特每星期至少跟她碰面一次。安德瑞斯想出來的方法，也就是由安娜葛瑞特接手成為家庭門面這個沒品味的工作，幾乎就和他的期待一樣順利。唯一的差別是，這兩個女人竟然變得這麼親密。

他沒想到事情會這樣發展。安娜葛瑞特去找他母親的晚上，就是他覺得安娜葛瑞特如此認真地把婆媳關係當回事，到了他的忍耐極限的時候，也是他覺得他們在一起根本就是個錯誤的時候。他覺得，她去找他母親不對，他母親喜歡她也不對。他想發洩這種妒火，卻找不到適當的出口。就算他們倆吵架，他也只會發出沙啞的聲講道理。她痛恨這種聲音，但跟她面紅耳赤、失控發出的聲音比起來，他的聲音是有效的，代表他是好人，能夠完全控制脾氣。但是，如果她在卡提雅家，比講好的回家時間晚了半小時，他就眼睛大張、心跳加速，陷入暴怒狀態。這時候，他什麼都做不了，只能坐著，雙手緊貼身體兩側，壓抑自己不讓情緒爆發。這種極端反應讓他懷疑身體裡面有點不對勁，可能有個一直住在裡面的東西，一個一直住在自己身體裡面的自我，怒意不是從別人身上來的而是他自我。這個東西非常不尋常、不舒服、非常特殊。

這東西，對他來說就是凶手的東西，就像是微中子或神祕的玻色子，肉眼難辨只能靠推測發現。他要求自己絕對坦白地觀察這個自我，調查他不快樂的深層結構，記下某些奇怪的短暫幻想，慢慢拼湊出關於凶手的理論以及兩個特性：矛盾等價與時間彎曲。舉例來說，無聊和妒火是等價的，兩者一定都與凶手得不到慾望對象而出現的沮喪有關。凶手很氣卡提雅剝奪了他的慾望對象，也氣安娜葛瑞特。但是，慾望對象是什麼？他的推論是那位十五歲的女孩，他為了她殺人的女孩。他相信她的善良吸引了他，因為她的善良擁有救贖他的潛力；但是，凶手認為她是幫凶、騙子和誘惑他的人。她的嚴肅眼神讓他勃起，原因是那眼神能引導他回到那天晚上，回到他父母鄉下別墅的後院，帶他去看她引誘、欺騙、最後幫著他殺掉的那個男人屍體。她愈獨立自主、跟他母親交往愈密切、跟更多女人交往密切，他就愈難把她當成十五歲的女孩看待。

當他無法實現這層滿足，他就容易進入凶手選擇的幻想中。其中一些幻想與他的自我形象背道而馳（例如趁安娜葛瑞特睡覺時上她），所以，他非常誠實地計算這類幻想持續的時間，時間一到，立即壓抑。這些幻想無一例外，都與夜晚的黑暗有關，他父母親別墅裡的黑暗、永遠走在連接臥室的那條走廊上的黑暗。在他那部分的自我裡面，時間順序永遠不穩定。在那裡面，他的慾望對象身上還沒有穿洞、留短髮、穿印度風的薄罩衫。並不是他「私下」比較喜歡十五歲的女孩（就算是好了，他也過了這個階段），而是因為名叫安娜葛瑞特的那位社會主義柔道女孩幫他殺人、**想辦法**讓他殺過人，她就是殺戮的**等價**。而年紀比較大的那位安娜葛瑞特，也就是為了贖罪，投入助人工作到了荒謬地步的安娜葛瑞特，對凶手而言，完全是個沒用的角色。所以，凶手在他的幻想中倒轉時間的箭頭，讓她再次成為十五歲。不僅如此，當他仔細檢查一些特定幻想時，有時會發現走在黑暗的走廊、走向她正在睡覺的臥室的人是她的繼父，而不是他。他同時是殺人的

8 Iris Murdoch，著名愛爾蘭小說家。

人，也是被他殺死的人。而且，因為他的記憶中還存在另一條黑暗走廊，他小時候的房間和母親房間之間的黑暗走廊，時間順序因此更加扭曲。他母親生下了一個怪物，就是安娜葛瑞特的繼父，他就是這個怪物，他為了變成這個怪物才殺了他。在凶手的陰暗世界中，沒有人會死。

他很不想相信這些推論，很想把現代物理學的深奧術語套用在這些推論上，然後置之不理。但是，他最愛自己從不自欺欺人。不管多忙、行程多緊湊，到了晚上，他會獨自在家，被一股殺人怒氣緊緊控制著。他甚至找不到其他方式可以形容這種情緒。

在一個這樣的夜晚，安娜葛瑞特一臉認真的表情從他母親家回來，他正坐在沙發上，甚至不想假裝自己在讀什麼。這是唯一能讓他不攢起拳頭打牆的方法。對，就是這麼糟。

他勉強擠出話來：「我以為妳九點就該回來了。」

安娜葛瑞特說：「我們有很多事情要聊。我問了她一些五〇年代的事情，當年這個國家是什麼樣子啦等等。她告訴我各種各樣有趣的事情，然後——很奇怪，我覺得這些事情似乎很重要。我們能不能現在聊聊？」

他能感覺到她正看著他，刻意堆出微笑的表情，說：「當然可以。」

「你吃飯了嗎？」

「我不餓。」

「我晚一點再煮點麵。」她邊說邊在他身邊坐下，坐在同一張沙發上。「你媽告訴我你爸的事情，他的工作表現很傑出啦、很忙啦，然後，她突然頓了一下，說：『我有個情人。』」

他氣到要爆炸，怎樣才能壓下去？炸開了是不是更好？拿把鏟子打碎人的頭骨，一定很爽吧？如果他能回想，不，應該說如果他能再做一次，幹！一定全身舒暢！但他就是回想不起那種感覺，想到這裡，他的情緒就稍微平靜了一點，至少他抓住了什麼，情緒不會炸開來。

他喃喃地說：「有意思。」

「對，我也覺得有意思。我簡直不敢相信她會跟我講這件事。你不是說她否認這件事嗎？我又不敢接著問，怕她就不說了。她也沒繼續說，從頭到尾只說『我有個情人』，然後就轉開話題。但是，她講其他事情的時候一直盯著我，就好像，我也不知道該怎麼講，就好像，她要確定我聽到了那句話。」

「嗯。」

「安德瑞斯，我有個想法，你聽聽看。我知道我們的祕密不能告訴任何人，我懂。但是，既然我那麼常跟她碰面，她又七十多歲了，又是你媽，我有時候會想，乾脆告訴她好了。而且，一想到能講出去，感覺就很好。我敢說她絕對不會告訴別人。假如我告訴她，你覺得可以嗎？」

他不覺得可以，一點都不覺得。但是，這不是可不可以的問題，而是安娜葛瑞特竟然會有這種念頭！他從不知道女人與女人之間可以這麼親密，他終於開了眼界。卡提雅利用聽話的安娜葛瑞特達成控制他的目的。安娜葛瑞特耳根軟、又認真、準備好隨時背叛他。她答應九點回家，結果十點半才到，跟卡提雅在一起這麼久，說話、說話、說話，賤屄、賤屄、賤屄。他瘋了。

他說：「妳瘋了嗎？」

她警覺到不對勁，說：「沒有，我沒有。她也沒瘋。事實上，我覺得她的情況好多了。你小的時候她很難相處，這我懂，不過，這畢竟是很久以前的事了。」

她懂？懂什麼是**難相處**？她根本不懂。沒有人能懂有個像卡提雅的媽是什麼感覺。他那時太年輕、太軟弱，無法抗拒日復一日的精神強暴，他甚至沒辦法生氣，因為是他願意接受她的誘惑。安娜葛瑞特也想從她繼父身上得到這種待遇，但只維持了一、兩個星期，頂多一個月。相反地，安德瑞斯的童年從頭到尾一直都願意接受這種待遇。但是，他又走進死巷了。因為他不像安娜葛瑞特，他的身體沒有被強姦，他只能冀望卡提雅或許不會那麼可怕。在現實生活中，她沒有露出一點破綻，特別在她老的時候，不會有人記得她年輕時說了一個高雅的法文字而犯的小錯，比如「情人」，不會有人大驚小怪。她總是堅持，有心理困擾的人是他不是她，她也覺得他很過分，因為他不相信她這個母親善良又慈愛。沒錯，是他願意抱著妒火等了好幾個小時，等著那兩位女士結束愜意的聊天。

她說：「懺悔可以得到解脫。我有時候覺得，你都忘了你非得向你爸爸懺悔的心情。可是我連懺悔的人都沒有。」

只要用手就可以殺死她。**就是現在**。

他沙啞地說：「只要開始懺悔——」

「然後呢？」

「就停不下來。」

「我說的是只告訴一**個人**，就是你媽。難道你不想告訴她？你父親非常體諒你，所以你感覺好過很多。我敢打賭，你媽會更體諒你，因為她知道犯錯是什麼感覺。」

突然，他腦袋的溫度變了，就像每個人的腦袋溫度都會變一樣。他的腦袋處於比較冷的狀態，想像他母親其實知道他們幹了那件事。卡提雅是這世界上，他最不應該在面對面時覺得自己很羞恥的人，這是真的。對他來說，卡提雅是卑鄙的化身，但在他的想像中，他卻因為自己是凶手而感到羞恥。他為自己迄今做的每一件事、身體裡每一個粒子慚愧。只因為要讓他的甜美柔道女孩閉嘴，就要掐死她嗎？他到底是怎麼回事？

他不看她的臉，轉過身來，把自己的臉埋在她的胸前，抬起雙腳翹在她的大腿上，雙手抱住她的脖子，看起來就跟約翰·藍儂在洋子懷裡的那張愚蠢照片一樣，但誰在乎。他要有人抱著他。她比好還要更好，因為她不是一直都好，她經歷過壞，但選擇了好。

她像照顧小嬰兒一樣撫摸他的頭髮，低聲說：「對不起，我不是故意讓你難過。」

「噓。」

「還好嗎？」

「噓，噓。」

「怎麼了？」

他說：「我們不能跟她講。」

「我們可以。我們應該跟她講。」

「拜託，不能講。我們不能講。」

他哭了出來。凶手感覺到他在流淚、在退化，知道機會來了，又開始在他身體裡蠢蠢欲動。凶手喜歡退化，喜歡他退化到四歲、安娜葛瑞特退化到十五歲。他緊緊閉著眼睛，什麼都看不到，摸索地把自己的嘴唇貼上她的嘴唇。有那麼一瞬間，她張開嘴唇，等著，但接著她別過臉，彷彿她是獵物，本能感覺到附近有個看不到的凶手。她說：「我們還沒討論完。」

討論、討論、討論，講話、講話、講話。他恨她。需要她、恨她、需要她、恨她。他眼睛仍然閉著，湊過去親她。

她動了動，想要站起來，說：「認真點。走開，把腳放下來。」

他把腳放下來，睜開眼睛，說：「去找牧師。」

「什麼？」

「如果妳想懺悔，去找個天主教堂，到告解室去懺悔，想說什麼都可以，這樣妳會好過一點。」

「我不是天主教徒。」

「我不能阻止你去找她，但是，我不喜歡。」

「她崇拜你！你就等於她的耶穌。」

「她崇拜的是鏡子裡出現的東西。對她來說，我們兩個只是好利用而已。妳跟她講愈多，她就愈能利用我們。」

「我這樣講你不要生氣，我覺得你大錯特錯。」

「沒關係，就算是我錯好了。但是，如果妳把我們那時候做的事情告訴她，我就沒辦法跟妳在一起。」

她的臉紅了起來，說：「好吧，也許我們不應該住在一起！」

「也許真的不應該，也許妳應該去跟她住一起。」

「因為你做不到，我才跟你媽媽走得更近一點。我是在幫你，你反而在吃醋！」

「我不是在吃醋。」

「我覺得你是。」

「不，不是。」

她說的每一件事情都正確，指出他的謊言時，也都對。但是，他是個拿高薪的轉型正義顧問，所到之處廣受歡迎，到處都有人討好他，說他誠實又坦率；他們聽到他挑戰權威的幽默都笑得很開懷，還要跟他合照，沾點光。他陷在裡面無從逃離。

同時，他不斷收到沒有回郵地址的棕色信封與紙箱，裡面都是洩露給他的機密資料。他是德國人，而且是東德人，對科技非常不熟悉，思考方式還停留在紙本文件與電腦磁片的階段。到了二〇〇〇年夏天，他還跟安娜葛瑞特共用一台電腦和電子信箱。她從事社區組織工作，推廣非主流理念，熟悉科技的程度比他高。

他回家的時候，愈來愈常見她在打字和點擊滑鼠，彎著身子坐在椅子上的姿勢非常可笑：下巴頂著膝蓋，兩隻手臂越過膝蓋伸長，滑鼠旁邊放著茶杯。他心想：**我的老天，我下半輩子就要這樣過嗎？**他身體裡的凶手似乎覺得，網際網路是她抵禦那個真正凶手的武器。想要把她架離電腦？想都別想。

後來，她幫了他一個忙，這個忙似乎救了他一命。她要他買一台自己專用的高效能電腦，並且善用它的功能。他也照做了。晚上的時候，他透過電腦穿針引線，搭建不滿者和駭客的人際網絡，成立了「陽光計畫」。白天他會趁安娜葛瑞特去社區中心關懷弱勢時上色情網站。其實，他相信網際網路改變世界的潛力，多半來自後者，而非前者。色情資訊突然唾手可得、資訊可以匿名取用、版權不再有意義、即時滿足、虛擬世界在真實世界發展的規模、檔案分享社群遍布全球、移動與點擊滑鼠所帶來的控制感。網際網路未來無可限量，對陽光使者來說，尤其如此。

很久以後，也就是網際網路對他而言代表**死亡**的時候，他才明白他每一次看色情網站，也同時看到**死亡**倏忽而過。每一種強迫行為——當然包括他觀看數位色情影像所產生的強迫行為——都很快地延長為整個白天的強迫行為，都帶有死亡的氣息。因為，每衝動一次，就代表腦神經短路一次，代表人淪為由刺激與反應構成的封閉迴圈。但是，在那個交換檔案需要搞懂傳輸協定、資訊多半由「無法歸類」的新聞群組取得的時代，也出現了一種無邊無際的浩瀚感，那也是日後網際網路以及社交媒體成熟發展的特徵。在那個會有人上傳妻子裸身坐馬桶照片的時代，公與私的界線已經遭到抹除；在那個時代，那個網路上有著數不清來自曼海姆、呂北克、鹿特丹、坦帕或其他地方的某人妻子裸體坐馬桶照片的時代，個人在群體中消亡的警訊已經出現。機器將人腦弱化為反饋迴圈，將私密降格成共享的公物，那時人性也早已經死了。

當然，死亡是凶手的最愛。他可以藉助電腦螢幕上的影像暫時分心，不去想黑暗的走廊和祕密的褻瀆。有一陣子他甚至覺得，他找到一種能與安娜葛瑞特繼續生活下去的方法：只要他隨時記得螢幕上的影像是男人在剝削女人，就算那些影像讓他興奮，也不忘譴責，就可以靠雙眼保存理想的自我。慾望釋放完畢後，這個理想的自我還可以保存在安娜葛瑞特的眼中。用法蘭克・查帕的歌詞解釋就是「她以為她要的是男人，其實只是馬芬蛋糕」。也許，她懲罰他是因為他不准她向卡提雅懺悔罪行；也許，是性別議題作祟；也許，事情本來就是這麼發展的。她似乎已經不在乎他們會不會再做愛，她要的——應該說，她明確要的，以她常用的滿口理念的說話方式明確要求的——只是兩人要**親密**、要**在一起**。這兩件事只要靠摟摟抱抱就能達成。既然安德瑞斯可以在別的地方得到滿足，也就接受了兩人只要摟摟抱抱就好。網際網路讓他們更容易像孩子。

過了半年他才明白，這個方法不僅沒用，反而讓他愈陷愈深。他們在一起，是因為他們的祕密以及他心中縈繞不去的贖罪心願。他相信，如果他連與美麗的安娜葛瑞特都無法相處，就不可能鼓起足夠勇氣，與其他人展開另一段新生活。如果他離開她，等於承認自己有地方一直不對勁。可是，的確有件事不對勁。他的強迫性手淫甚至比他青少年時期更嚴重。客觀來說，重複這事其實非常枯燥，但他就是沒辦法不做。有一段時間，正確思考的魔咒的確有效。但是現在就算他先幻想個少女讓三個凶狠的俄國男人在鏡頭前對著她的臉射精，再同情這位女孩，也沒效了。在虛擬世界中，美貌存在的目的就是被憎恨和玷污，虛擬世界發生的事情比現實世界所發生的更令人無法抗拒。在虛擬世界裡，美貌根本沒有目的。他變得很怕安娜葛瑞特碰他，只要他感覺安娜葛瑞特要碰他，他必須馬上深呼吸才不會退縮。他現在無法忍受的就是親密相處，更重要的是，他不能讓她發現，以免她因此嫌棄他而一走了之。一旦她不再當他是理想的化身，他就沒有希望了。他開始覺得，或許，自殺，也就是他的死亡，才是凶手真正想要的。

他知道凶手是他的敵人，卻一直沒辦法讓自己恨凶手。只要出現恨凶手的念頭，他就會停下思考，看出自己在說謊，因為他其實什麼都不想當，只想當自己，想我行我素。他殺死霍斯特・克蘭霍茲卻沒有一絲罪惡感，就是最好的例子。他從來沒有出現悔不當初的感覺，事實上，他最高興的時候，就是完全坦然面對自己的時候。他每天下午對著高效能電腦螢幕射精時也是這樣。他譴責自己，是被那些他想要相信的原則帶著走，但是，他永遠做不到完全憎恨自己。相反地，他恨安娜葛瑞特、恨自己的道德原則、恨他還要擔負的其他責任，這些都只會阻止他的強迫行為。然而當他警醒地自我審視，看到自己彎著腰、褲子掉到腳踝，他也憎恨這幅景象。他沒有刻意去憎恨自己，但這個活在世界上的軀體確實可恥、可憎，一定有什麼地方出了大錯。他甚至認為，安娜葛瑞特和他母親如果沒有他這個人會活得更好；也許他十幾歲的時候，應該找個比較高的橋往下跳。

他抱著幾乎絕望的情緒，寫了一封信給湯姆・艾柏蘭特。多年來，他和湯姆維持著明信片通訊的關係。他湯姆給他的明信片，有種會讓安德瑞斯喜歡上他、無可奈何的美式調調，但少了當年煽惑他表白的溫暖。他想在信中重燃這種溫暖，說他終於明白湯姆的婚姻出了什麼問題，還用他希望能達到自嘲效果的幽默，提起他看色情網站有點看過頭了，他還假裝提到最近很可能會去紐約出差。湯姆應該不難從字裡行間看出他的懇求，他需要幫忙，但湯姆的回覆既牽強，又刻意保持距離，也沒有邀請他在紐約一敘。

安德瑞斯沒想到，最後出手救他的是母親。那是九月的一個星期五，天還下著雨，四天後蓋達組織就幹了那件驚天動地的大事。她就在那天邀他去她的公寓午餐。他晚了一些才到，因為他想在出門前再來一次高潮，讓自己陷得愈深愈好。沮喪也是一種麻藥，可以緩和衝動，讓他少跟卡提雅爭執，少唱一點反調。他想在見面時，話說的愈少愈好。當然，要是能不跟她一起午餐，最好不過，但她告訴他，他們必須私下見個面，討論安娜葛瑞特的未來。她還暗示，這事情與她要擬一份新遺囑有關。

安德瑞斯到了她家，才知道遺囑的事情是扯謊，當然也不意外。卡提雅把從商場買來的現成食物端上桌，他木然地問她遺囑的事情。

她說：「我要你來，不是要談遺囑。遺囑是我自己的事。」

他嘆了口氣，說：「我會問遺囑，只是因為妳要我來的時候自己提了。」
「這兩件事沒有關係，很抱歉讓你誤會了。」
麻藥正在生效，他沒有開口爭執。
她說：「你怎麼看起來很累的樣子？」
「電腦時代的生活，不就是這樣。」
他們坐定吃飯時，小狗跑到她身邊。她對安德瑞斯笑著說：「吃飯的時候，我們都會玩個把戲。」
「什麼把戲？」
「拒絕與紀律。」
「這我倒是很懂。」
她對著狗說：「萊辛，你又不是討飯狗。」
狗叫了兩聲，把爪子搭在她放在大腿的餐巾上。
她說：「太過分了，好像我才是牠的寵物一樣。」她給了小狗一口烤馬鈴薯，跟牠說：「好好吃吧，就只有這一口。」
安德瑞斯說：「我不是很餓，而且，我還有很多工作。」
「嗯，好。我真笨，你爸爸已經走了，我還以為你會願意花幾個小時陪陪老媽。」
「妳自己也知道，妳寧願從報上知道我在幹什麼，也不願意跟我面對面，幹嘛假裝？」
小狗把爪子搭上她的大腿，她又給了牠一點馬鈴薯。她說：「我就直說了，我有點擔心安娜葛瑞特。」
他雖然遲鈍、雖然累癱了，但還是想到，如果這頓午餐能早點結束，他仍然有機會在安娜葛瑞特到家前，跟他的電腦共處幾小時。他住的現實世界當然沒有什麼他喜歡的東西。

卡提雅說：「安德瑞斯，我猜，她可能會離開你。」

「妳說什麼？」

「你知道我一直很喜歡她，幾乎把她當成親生女兒。也可以這麼說，她一直**就是**我女兒。她其實不算真的有媽媽。」

「所以呢？妳是說我一直在和我妹妹上床？」

「你要這麼想，還大聲嚷嚷，是你的事。但你也知道我不是這個意思。我的意思是，我們的關係非常好。」

「我注意到了。」

「還有，這世上沒有任何人比我更瞭解**你**。」

「這話妳常講。」

「我從來不擔心你會發生什麼事。你的控制欲很強，生來如此，大家都知道。你想做什麼就做什麼，而其他人也不知道為什麼，不管你做什麼，總是喜歡你。你一出生就注定不是普通人。」

他腦中浮現一幅畫面：這個不普通、控制欲很強的人，四十五分鐘前褲子還掉到腳踝，一隻手不停地上下套弄。他說：「這妳也常講。」

「嗯，但是，安娜葛瑞特不像你。她聰明，但不傑出；她欣賞你，但不喜歡你。我覺得——我是假設——她已經決定她不適合跟一個既傑出又有控制欲的人在一起。除此之外，我找不到別的原因。而且——」卡提雅的表情嚴肅了起來，說：「我不願意說這話，但是，我覺得她沒錯。」

安德瑞斯說：「別停，繼續說。」

「這話只有你知我知。」

「當然。」

「萊辛——」她把一整塊豬排給了狗，牠啣著跑開時，她用挖苦的語氣說：「這下高興了吧。」

安德瑞斯說：「原來這是妳身材維持這麼苗條的祕訣。」

「安娜葛瑞特對我坦承了一件事。」

他覺得腦袋一陣暈眩。

「我答應她不會跟你講。我現在要違背承諾，但我不覺得對不起她。**背叛他們不算背叛**。[9]」卡提雅正在引用某部英文作品，她接著說：「更不要說，我覺得她也知道我還是會告訴你。她說，她一直於心不忍——但她為什麼要告訴我？她又不是不知道我是你媽。」

他的眉頭皺了起來。

「安德瑞斯，她不適合你。我還以為這話絕不會從我口中說出來。但是，她有點不對勁，而且，我很氣她。也可以說，她也背叛了我。」

「妳到底在講什麼？」

「你跟她在一起過日子也有壓力，這我相信，哪有在一起十年沒有壓力的呢？但是，你看看你！」她眼中冒出狂熱的火焰，上上下下打量了他一番，說：「除了你，她不該愛其他任何人！」

他母親似乎永遠都能推陳出新，找到讓他心神不寧的方法。每次他覺得她應該沒有新把戲了，總算機關算盡了，她就是可以從口袋裡拿出新花樣。

他平靜地說：「安娜葛瑞特總是替我著想，而且想的比我應得的還多。我不是完全健康的人。」

「她到底替你著想了什麼，我也只能用猜的，但她好像在社區中心認識了一個女的，我不知道她們的關係走到哪一步，顯然還早，還沒有到需要表白的地步——而且是跟**我**表白。好吧，我也不知道該說些什麼。

我問她是不是覺得自己是女同志，她說她不覺得。其實我也摸不著頭緒，我是說她告訴我的事情，但我推測，那女的年紀應該比較大，她們的關係可能比友誼還要多一點。她呢，一直用『不一樣的親密』來形容，我也不知道這話是什麼意思。然後，她要我——要我！——解釋給她聽這是什麼意思。」

他知道那個人。「那女人是不是叫吉塞拉？」

「安德瑞斯，我一輩子都研究文學，還懂一些人的心理。我看得出來，安娜葛瑞特不適合你，她也知道。但我不能對她說這話，其實，我也不想再見到她。」

如果卡提雅說的話可以信（當然相當不可信），安娜葛瑞特就給了他一個神奇的禮物，鬼使神差地指引一條他能脫離陷阱的道路。但他也小心謹慎。看來，安娜葛瑞特不僅瞭解他，而且厭惡他，也知道自己在做什麼：既然她從他身上得不到她要的，那她就去找別人。問題是，擺脫他以後，罪惡感會不會大到能讓她閉嘴？

他說：「人總有外遇，妳也有過外遇，但還是維持著婚姻。有外遇不代表什麼。」

卡提雅說：「如果是你有外遇，可能不代表什麼。你有藝術家的靈魂，超越善惡。但對你來說，她太年輕了，她也知道這一點，這是她親口對我說的。有你的陰影在，日子的確不好過。」

「我沒看到這種事情的跡象。」

「她不會跟你講。但她跟我講的時候，就是這樣說的。她轉頭去找那個特殊朋友尋求安慰的事情，也告訴我了。你有數學天份——不要告訴我你連二加二等於多少都不知道。」

「真是夠了，我們竟然會討論這種事。」

---

9 出自莎士比亞喜劇《溫莎的風流婦人》（*The Merry Wives of Windsor*）第五幕第三景。

「對不起，我知道你很在乎她，但我真的覺得，我不必再跟她碰面了。我是向著你的，我可不是那個會背叛你的人。」

他起身，離開桌邊。如果卡提雅說的是真的，就代表安娜葛瑞特不僅自責，並且仍然把他當成理想對象；也就是說，逃生門已經敞開了。但是，他突然覺得安娜葛瑞特非常可憐，因為她仍然尊敬他，覺得自己相較之下無足輕重，所以寂寞到不得已去靠近吉塞拉。在齊格菲街教堂地下避難室裡他曾感受到的純真熱情又回來了，除此之外，在他還沒墮落到骯髒和懷疑之前，投資在她身上的希望以及他想成為更好的人的純真想法，一瞬間都回來了。他親愛的迷失的柔道女孩。

他母親輕聲說：「安德瑞斯。」

他轉向她，忍著淚水，說：「妳**錯**了，妳不該跟我講這些事情。」

「因為愛而做的事情是不會錯的。」

「妳錯了！錯了！」

他跑出前門，經過電梯，跑進樓梯間，在那裡不必擔心母親發現他在哭。他和安娜葛瑞特在一起的這幾年，沒有一絲一毫的快樂。他痛苦不堪的生活中發生的每一件事，包括此刻在內褲裡因為自瀆而疼痛的陰莖，都覺得這幾年過得不好。失去她的痛苦不會比現在更糟，而且她沒了他，也會快樂一些。但這些都不能減輕他的悲傷，他從來沒有經歷過這種悲傷，彷彿歸根結底他還是愛她一樣。

但是，悲傷過去了，他甚至還沒到家就看到自己的未來。跟女人一起生活是個錯誤，他再也不要犯這種錯誤，不管原因是什麼（可能是他的童年經歷），他都不適合這種生活。接受了這個事實才堅強。他的電腦讓他變得軟弱，他還隱約記得自己坐在安娜葛瑞特的腿上想當她的寶寶的羞恥。軟弱！軟弱！但現在，因為母親，他反而有了離開她和安娜葛瑞特的藉口。雙重解圍！天生就有控制欲的人的好運。當然，諷刺的是，召喚他的勇敢自我、讓他看清自己軟弱一面的人是卡提雅；諷刺的是，雖然她是騙子，他必須承認，她對他性格的描述是正確的；諷刺的是，拜她之賜，他才得到新的自由。但這並不代表她的干預比較不卑鄙，無論他未來怎麼走，她都會想干預。

回到家後，他先把硬碟裡的色情片刪得一乾二淨，他無法節制的放縱，最後得到了新目標與完全清醒，非常值得。接著他把洗碗槽裡的碗盤洗淨、擦乾。他知道，不管以後住在哪裡，不要多久，他就會一個接一個帶別的女人去那裡——堅強男人的重複行為——新地方也必須整潔有序，代表他能夠做自己的主人。

安娜葛瑞特拿著網袋，裝著一些其貌不揚的「生態農法」蔬菜進門時，他在電腦前面坐得直直的，展現他是自己的主人，正在對付積壓已久的電郵。

她說：「我只是要換件衣服，等一下要去抗議租金上漲。」

他說：「沒關係。妳先坐一下，就一分鐘。」

她小心翼翼地走進客廳，坐在椅子邊上，眼睛盯著地板。他覺得她的眼神釋放出來的是愧疚，有趣的是，他早些竟然沒有察覺到。他已經仔細想好要說的話該怎麼措詞，但到了該說的時候，他卻猶豫了。他心裡仍有悲痛，也不知道該不該說些和他又取得的控制感完全無關的話：**扯夠了沒？摟摟抱抱也夠久了！把衣服給我脫了，我們現在來點不一樣的**。可以想像，她可能會喜歡這一套，也可以想像，他們可能因此得救。但更可能的是，她會拒絕，他則因此受傷，覺得受到侮辱。無論如何，他能說這種話的女人多得是，他以前從來不覺得這些女人有什麼魅力，現在他感覺到了。

他說：「我們過得並不快樂。」

她低著頭，不自在地挪了挪身子，說：「最近有點問題，我知道。我們很久沒在一起了，我也知道，但是……」

「我知道妳和吉塞拉的事情。」

她的臉馬上漲得通紅，他對她的同情心突然湧現，但是，他也開始覺得生氣。就像卡提雅說的，她背叛了他。在此之前，他從來沒有生氣過。

他冷冷地說：「去找她，跟她在一起，我會另外找地方住。」

她的頭更低了。「不是你想的那樣……」

「是什麼不重要，反正只是藉口。我們本來就不該在一起。」

「但，誰跟你說的？」

「總會有人告訴我，我的工作不就是知道那些狗屁倒灶的事。」

「難道是卡提雅說的？」

「卡提雅？不是。無所謂。妳真的想跟我在一起嗎？」

她過了一陣子才開口，回答說：「以前比較好，那時的我們比較親密……我覺得你是個好人……很棒的人。只是……」

「只是什麼？」

「有時候我會想知道，一開始你為什麼要跟我在一起。」

聽到這句話，凶手立刻提高警覺。

她說：「是你說我們一定要在一起的。我心裡明白，這是錯的。我那時以為，如果我們各過各的，總可以找到不必帶著那麼重的罪惡感過日子的方法。但是，只要我們在一起，就意味我們一開始就有罪惡感。」

「我那時愛上妳，我錯了。」

「我也愛上了你。從來就沒有對過，是不是？」

「是。」

她哭了出來。「現在，我們永遠過不了這一關。」

「只要我們在一起，就不可能。」

「一直揹著這件事，我過得好累。對不起，我現在又做了壞事，這件事甚至不是你想的那樣。我猜，我的感覺是『反正我有罪——做什麼有什麼差別？』」

「妳做了，我覺得很好。我就沒有這種勇氣。」

他不知道要不要提電腦的事情，和盤托出自己的下流行為，讓她的罪惡感有個伴；但凶手說不行。凶手現在只有一個目標：確定她不會因為道德原因把殺人的事說出去，不會背叛他。雖然看到她又哭又道歉，覺得很心疼，但他也因此放了心。她到現在還為自己當初也想要霍斯特、被性侵、然後覺得自己低賤而受苦，安德瑞斯在品嘗即將實現的自由滋味時，也在憐憫她。遠離諸事的甜蜜自由，再也不必看到她那些俗氣又正經八百的朋友的自由，再也不必跟她討論的自由。

他說：「我們本來可能會坐十年的牢，卻在一起生活了十年。也許，這就是我們的監獄，也許我們的期滿了。妳才二十八歲——以後海闊天空了，做什麼都可以。」

「你說的對，我真的開始感覺像監獄。它……哦！對不起！」

「離開了會更好。」

「對不起！」

「不要說對不起。走吧，去參加抗議。」

她走了以後，悲傷又回來了。他歡迎悲傷，幾乎是在盡情享受悲傷，因為悲傷是真實的情感，沒有被他舉棋不定的祕密動機污染；因為他的悲傷來自同情，表示歸根結底，他可能沒什麼大問題。如果他隨時提醒自己不要再跟女人共同生活，也許可以順利地不辜負其他人對他的期待；也許，凶手只是個幻象，是他陷入困境但大抵健全的道德意識的投射；也許是不幸，他的不幸——他一生的摯愛也是跟他一起犯下殺人案的人——造就的產物。這是不幸，毫無疑問。但也許不幸就足以說明他的卑鄙、他的憤怒、他的嫉妒、他強烈的疑懼，以及他的病態慾望。也許，他現在成為自我的主人後，這些都可以拋在腦後。

飛機撞上紐約和華盛頓之後，安娜葛瑞特為了確定他沒事，還特別跑回他家。她的舉動不合理，但並非不尋常。每個人都覺得，既然這種匪夷所思的事情發生在美國，就可能發生在任何地方、任何人身上。但他和安娜葛瑞特疏遠了這麼久，硬生生扯斷牽住兩人的那條線，反彈的力道讓他們的距離更遠，發現自己沒有朋友，甚至沒有共同的興趣。說真的，他身上只剩下一些傷感，以及一個由悲傷引起、不時出現的念頭：她才是他生命中的最愛。

切斷與卡提雅的聯繫倒是費了一番功夫。她的來電留言，他聽都不聽就刪掉，如果她跑來找他，他就當她的面把門關上，還用力鎖上門栓。一個星期後，他搬到克羅伊茨貝格區一棟更新、更安全的公寓。但是，打聽他的電話號碼其實不難。那年秋末冬初，他將德國賣電腦給海珊的機密曝光——這是他利用網路最先取得的幾個大機密之一——新聞上了好幾家媒體的頭條，之後他接到一個男人的電話，對方自稱手上有一份他會感興趣的文件。

安德瑞斯說：「如果是紙本，就寄給我。如果是數位檔，電郵給我。」

來電的人有柏林口音，聲帶跟上了年紀的人一樣鬆弛。對方說：「我想親自交給你。」

「不可能。你可能也知道，最近我有人身安全的顧慮。」

「我不是要給你炸彈，只是文件而已，而且是跟你有關的文件。」

「寄給我。」

「你還不懂我的意思。這文件是關於你的祕密。」

除了湯姆．艾柏蘭特，安德瑞斯不知道還有誰能把他的老案公諸於世。那個帶他進入史塔西總部、讓他翻閱自己檔案的維希勒上尉早就死了——安德瑞斯利用他在高克委員會工作之便，一直追蹤維希勒每況愈下的健康——但是，維希勒上有主管、下有部屬，安德瑞斯也不知道上上下下有多少當官的知道這件事，更不知道他們的名字。這些人可能都是帶著柏林口音的老先生，他也可能正在跟其中一人說話。

他盡量平穩地說：「你到底要什麼？」

「我要你幫忙公布這些檔案。」

「即使這些檔案跟我有關？」

「對。」

安德瑞斯跟那人約好隔天下午在美國文化中心圖書館碰面，因為那地方最近維安特別嚴密。他發現在那裡等他的人，有一張英俊、憔悴、鬍子刮得乾乾淨淨的酒鬼臉。他看起來年近七十，一身老舊的、「垮掉世代」的裝扮，穿著紅色高領毛衣和一件手肘處有貼皮的燈芯絨西裝外套，一看就知道不是在史塔西工作過的官員。他面前的閱覽桌上放著一個皮包。

安德瑞斯在他對面坐下後，他微笑著說：「所以，我們又見面了。」

「我們見過？」

「我那時年輕一點，還留著鬍子。我在橋下睡了一個星期。」

安德瑞斯完全認不出來。

他父親說：「一切都好嗎？我的兒子？」

「見你之前，還沒那麼糟。」

「我一直在注意你的成就。但是能看到你，還是覺得與有榮焉，希望你不要介意。我們最後一次碰面的時候，你還對祕密完全沒興趣，我現在除了驕傲，還有一點沾沾自喜，覺得滿足。誰能料到風水怎麼轉的，不是嗎？現在，祕密變成你的工作了。」

「你話中帶刺，我懂了。你想要什麼？」

「如果我們能偶爾碰個面，其實也滿好的。」

該怎麼解釋他有多討厭以後還要跟他見面？他討厭的不只是紅色高領毛衣和手肘的貼皮而已，也因為他喜歡的是對另一個父親的記憶。他說：「沒興趣。」

他父親露出痛苦的微笑。「你這個混蛋還真是傲慢。不過，我也不意外。你從小到大都在享受特權，什麼事情都是你說了算，這種人長大後還能變成什麼樣？」

「你說的基本上沒錯。」

「我猜，你跟你媽還是很要好？」

「我們關係遠得很。」

「她幾乎沒變，實在沒想到。」

「你見到她了？」

「只是從她家門口看了幾眼。」

「你想要什麼？」

他父親打開皮包，拿出約三根指頭厚的文稿，說：「我知道你對我沒什麼興趣，但我還是要告訴你，我的日子過得不大好。我後來被抓去關，出來後一直靠開計程車維生，開到史塔西沒了為止。我娶了個女人，人很好，但她是個酒鬼，最後，我也差不多成了酒鬼。我已經戒了——謝謝你關心。我兒子——另一個兒子——有嚴重的先天障礙，我太太一直照顧他，但她也死了，兩年前。我們的兒子現在住在療養院，不是什麼好地方，但我也只負擔得起那種地方。『大轉型』[10]之後，我找到教八年級和九年級學生英文的工作，現在可以領一點年金，但如果沒有聯邦的低收入補助，根本活不下去。」

安德瑞斯有點感慨，說：「沒想到你日子過得這麼慘，我很抱歉。」

「跟你沒有關係。我來找你，也不是要你負責。我敢說，有卡提雅這種媽媽，你肯定也不好過。我跟她在一起才六年，就被她毀了……不對，這樣說不公平。那六年我一直迷戀著她，她沒有孩子氣的那一面令人難以抗拒。」

「我想我多少也見識過。」

「她有自成一格的高尚。但是，她也毀了我。」

「所以……」

他父親手抖著把稿件推到他面前，說：「我退休後開始寫作，這是我的回憶錄。你看一下。」

《愛之罪》，作者：彼得．克隆博。安德瑞斯有點後悔看到父親的名字。不知道名字，還可以把他只當成是個鬼。

彼得．克隆博說：「我要你看一下，不會太難——我的文筆還行，清楚明白。這是你媽說的，她經常這麼說。」

「我想也是。寫到上床，你會大書特書吧？這標題看起來有這種意味。」

彼得．克隆博的臉紅了一些。「只有提到中央委員會那些人的私生活時我才寫上床。」

10 指東德於一九八九年至一九九〇年間，從一黨統治過度到議會民主制與市場經濟的過程。

「我媽不是中央委員。」

「她先生是。但我的描寫還是有品味的，而且，只有一半篇幅跟性有關，剩下的是關於監獄和社會主義『正義』的問題。」

「還有我。你自己說的，跟我有關。」

彼得・克隆博的臉更紅了些。「結尾提到我們第一次見面的事情。老實說，我寫給出版社的信上，告訴他們這本書裡面有這件事。有人告訴我，把稿子給出版社的時候，千萬不要忘記提一些可行的行銷點子。」

「**沃夫家發跡的齷齪祕辛**。這種忙，你來找我？」

「我覺得行銷文案裡提到你的名字，這本書就會暢銷。我兒子有殘疾，我總要在我死之前替他打算。這本書既帶著點「東德情結」[11]的味道，同時又強烈批判它，現在是歷史上出版這本書的最佳時機。」

「你沒找一些出版社來競標，還真是客氣了。」

彼得・克隆博搖搖頭，說：「出版社回給我的信，內容都一樣，好像他們都出了太多關於東德的回憶錄。只有一家跟我要稿子看，後來一位聲音聽起來很年輕的女人把稿子還給我，說關於**你**的部分太少。」

安德瑞斯替父親感到難過，難過他太渺小、而兒子太龐大；難過他想從社會邊緣位置抓住一個難得的機會；難過他想出來的**行銷文案**。看到東邊的老人想要模仿西邊人的思考方式、想要掌握資本主義自我推銷的語言，總是讓人難過。

安德瑞斯說：「『等我第二次跟兒子見面，已經是在美國文化中心圖書館。』這本書可以結束在這個句子。」

彼得・克隆博又搖了搖頭，說：「我寫這本書，不是要羞辱你，我氣的不是你。對，我氣的是你媽、你爸，還有史塔西，但不是你。除非你想保護卡提雅，不然，這本書對你完全沒有影響。而且，我覺得剛好相反。」

「怎麼說？」

「我知道你的行銷關鍵字是陽光。如果你推薦這本書，幫我把這本書再拿給出版社——給高層編輯，不是那些什麼都怕的二十三歲小編輯——就證明了，對你來說，沒有什麼祕密是碰不得的。你會更出名，會有更多人知道你的傳奇。」

安德瑞斯心想：**你的名氣也會跟著更響亮**。也許他父親不像他想的那麼狀況外，相反地，也許他們倆的差別不大，甚至完全沒有差別，只是他的運氣差了一點而已。

他說：「如果我不幫這個忙呢？你就會告訴《亮點》週刊，說我是偽君子？」

「我做這件事是為了我兒子——另一個兒子——和正義。我不覺得在這個時候正義比較重要。史塔西以及像你父母那些人的確邪惡，這又不是新聞。但是，他們之後的世界，錢就非常重要。」

「我不會給你錢。」

「我覺得，你遲早會給。」

安德瑞斯隨手翻了翻用點陣式印表機印出來的文稿，剛好看到「她雙手撐起，雙膝著地，就像隻野貓」，不必再讀下去了。但是他有點好奇，坐在桌子對面、穿紅色高領毛衣的人，是不是一直利慾薰心？他有沒有想過，他可以靠著卡提雅情人的身分，在那個社會制度中得到權力與地位？如果他真的是個顛覆國家的人，那麼，以顛覆國家的罪名入獄，也說不上**不正義**。專業官僚沒有得到講好的獎勵才是不正義。

他說：「我不會給你錢，也不想再看到你。我父親已經死了，我不想再有一個父親。但我會讀這本書，

---

11 指柏林圍牆倒塌、東西德統一後，許多前東德人開始懷念東德時代生活方式的風潮。

看看我能幫什麼忙。」

彼得．克隆博很激動，舉起手顫抖地伸過桌子。安德瑞斯抓著他的手做為臨別之禮，然後，拿起稿子，沒說什麼就走了。

他十年前仔細讀過自己的史塔西檔案，大部分內容都很乏味，因為史塔西從未把他列為主要目標，但檔案裡也有一些讓他訝異的事情。他以前認為，史塔西很少女性線民，尤其絕對不用年輕女人當線民。但跟他上床的那五十三個「高風險」女孩中，至少有兩個是史塔西的非正式線民，這等於推翻了他的理論。其中一位線民的報告說，他講了幾個嘲笑國家的笑話、鼓勵輔導對象不要尊重科學社會主義、利用教堂的權威性侵輔導對象。她為了**爭取他的完全信任而獻身**，發現他有**奇怪的性癖好**之後（她指的應該是，他喜歡舔她的顛覆國家私處，而不喜歡吻她那張國家認證的嘴），就假意對環保運動有強烈興趣，但他笑著說，**他只對一種綠色蔬菜有興趣，就是醃黃瓜**[12]。他從檔案中知道這個線民是他的第二十二號女孩，但他只記得對方名字，完全不記得長相。另外一個線民倒是記得比較清楚，是個過了十七歲的成年女孩。她在報告中說，他沒有**與教堂裡其他的反社會份子稱兄道弟**，也沒有**鼓動她質疑馬克思列寧主義的指導原則**。此外，**他在她面前表現的行為，正是將反革命行為視如兒戲的後遺症，足以為誡**。無獨有偶的是，她也沒有埋怨性行為。

他的檔案中還有一個小驚喜。一九八九年九月之前，史塔西每個月的第一個星期都會上門找他母親，目的是確定她和兒子沒有接觸。登門拜訪的報告有一百多份，內容簡單扼要，大同小異。唯一的例外是前三年的報告有註記。註記是用另一台打字機打出來的，內容千篇一律，都說裝在她辦公室電話裡的竊聽器，沒有錄到她與AW通訊；而在第一份沒有註記的報告中，有一行手寫字：應副總書記要求，暫停電話監聽KW。[13]

安德瑞斯明白了史塔西怎麼迫害卡提雅，雖然心裡不願意，還是為她感到很難過。不管怎麼說，她都是受害者，這點，他實在無法視而不見。她心理不穩定；她父母不讓她留在英國，硬把她拖回共和國；她父母先被放逐，後來又被殺害，可能都是同一個祕密警察幹的；她不愛她先生，卻必須聽命於他；她活在一個扼殺她的天份的體制裡面；她的情人回到柏林，導致她兒子和她作對；這個兒子最後還跟她唱反調。他雖然恨她比較多，但同情心一直潛藏在心裡，同情那個心碎、失落、受到傷害的女孩。有時候他甚至懷疑，他在十五歲的安娜葛瑞特身上看到的，會不會是年輕的卡提雅，這會不會是他對她的真實想法。

他帶著彼得．克隆博的文稿回到自己的公寓時，同情心也跟著進門。他知道克隆博說的沒錯，《愛之罪》若是出版，對他的事業可能會有幫助；他也知道自己不想讀它，除了厭惡感，主要是他想保護卡提雅。卡提雅現在朋友不多，不是英國人就是西邊的老人——她完全不想跟「東德情結」牽上關係——如果這些人讀到這本書，她可能連這些朋友都不保。就算在寬恕與遺忘的年代，一旦明確知道某人曾共謀將無辜的人弄進監獄十年——她在這件事上肯定是共謀——就不容易原諒。陽光使者驕傲的母親屆時就會成為眾人唾罵的母親。

雖然他發過誓，再也不要看到她，他還是去看了她一次。她一開門，就把嘴撅得高高的，抱怨他躲著她三個月。等到他要她先坐下，解釋完來意後，她的抱怨轉成憤怒。

她說：「一定是因為我甩了他，他回去以後，就想出這個方法報復，他也只有這一招。」

「我的瞭解是，他是為了錢。」

「他以前就跟我要過錢，現在又來了。」

安德瑞斯用英語說：「**一個巴掌拍不響**。」

12 暗指男性生殖器。

13 AW 指安德瑞斯．沃夫，KW 指卡提雅．沃夫。

「我不想跟你討論這件事，只是，想到你可能會相信他，我就有點擔心。」

「真理很狡猾，不是嗎？」

「他那時跟西方的接觸情形，很多都達到顛覆國家的程度了。他覺得美國什麼都好，尤其是音樂。他只要說出一個別的坐牢原因，肯定是在撒謊。」

「哦，媽。」

「怎麼？」

「妳覺得這理由像話嗎？只因為他是貓王的歌迷，就要坐十年牢，這說得過去嗎？」

卡提雅用力搖頭，說：「當時風聲鶴唳，而且他有忠誠問題。他想帶我一起走，但圍牆蓋起來以後，他就氣急敗壞，還想要毀了我，毀了**我們**，我和你父親。這些事情，那本書裡應該都沒提。」

一次又一次，她的不誠實是溶解他的同情心的鹽酸。他來找她，是要保護她免於尷尬。如果她願意講一些真話，一點點就好，如果她承認自己犯了錯，後悔當初對彼得．克隆博做那些事情，他就會保護她。

他語帶暗示地說：「妳留下他的小孩，難道不表示妳愛他？」

「不准說『他的』，你是我的小孩，不是他的。」

「哈！如果我能選擇，我才不想投胎到妳肚子裡，想都別想。」

「你現在事業有成，活得又出色，小時候會壞到哪裡去？」

「說得好。我簡直就是妳養得好、教得棒的活見證。但如果我不幫他出版這本回憶錄，他就會想辦法讓我看起來像個偽君子。妳願意看到這種結果？」

她搖搖頭，說：「他是唬你的，他不會這麼做。你把稿子燒掉，不理他就是了。現在外面誰還關心誰做過骯髒事？這事總會過去的。」

「也許吧。但我出一個思考題，妳試著回答看看。妳願意我灰頭土臉還是妳自己灰頭土臉？想清楚了再告訴我答案。」

她的眼睛木然地盯著前面，一臉嚴肅。

「問題簡單，但是很難回答吧？」

她頹然靠在沙發背墊上，眼睛依舊木然地盯著前面，她的腦袋似乎因為不知該怎麼回答而短路，他的腦袋則開始為她設身處地地想：**慈母總是會先替兒子著想，當個慈母，形象也不錯。但現在的情況是，先替兒子著想，就會讓自己的形象毀於一旦；如果擔心自己的形象毀於一旦，就不能先替兒子著想。但慈母不都總是先替兒子著想……**就這樣一直翻來覆去。

他站起來，說：「沒有答案就是答案。我走了。」

她沒有攔著他，也沒說一句話。他看了她最後一眼，她臉上的表情淒涼，要是她這時跳窗尋死，他也不會意外。不過他們的差別是她有自欺欺人的本事。所以她沒有自殺。他透過雜誌界人脈，替《愛之罪》找到一家出版社，結果這本書連續十二週名列《明鏡》週刊暢銷榜，他也因為替這本書背書普獲讚揚。她就是在這時搬到倫敦，在寡居的姊姊家附近租了一棟公寓，她還——在《倫敦書評雜誌》上，還能在哪裡？——發表了一篇長文自辯，指出東德人的回憶往往不可靠。這篇文章不誠實得令人難堪。此後她就一直活著，活著。

他也一直活著，喜歡做愛，而且想要跟他做愛的女人多得很。同時，他的知名度擴大到全世界。對他來說，這兩件事都是強迫行為，但還不算生病。有才華的年輕人在這段期間湧進「陽光計畫」，他也發揮自己的數學和邏輯能力，成為破解密碼的專家，以及相當不錯的程式員；此外，隨著網際網路普及，洩漏給他的機密愈來愈多，「陽光計畫」的前途一片看好，他為了避免瘋子騷擾，找了保鏢；又由於他專門與政府和大企業做對，所以組織了一支義務律師團替他辯護。他覺得，過去十年就像他和安娜葛瑞特和凶手一起坐牢，現在，他從那個漫長的惡夢中醒過來了。他再也沒有見過母親。但他在九〇年代結束、接著展開的得意十年間，品嘗到性伴侶輕易得手的滋味，以及名氣遊戲所向皆捷的喜悅時，有時候會回想起她自問自答的那句話：小時候會壞到哪裡去？甚至當他為了避免被逮捕而逃出德國，又為了避免被引渡而逃離丹麥，再棲身貝里斯過著朝不保夕的生活時，運氣一直對他不離不棄。

直到有一天，在貝里斯，凶手回來了。又或許，凶手從沒離開過。那天他與泰德．米利肯共進美味午餐，離開對方的海邊豪宅時，他感覺到凶手的存在。泰德．米利肯是矽谷的風險投資人，退休後，為了逃避加州法院起訴他強姦未成年人的麻煩而搬到貝里斯。他是公認的瘋子、艾茵．蘭德[14]的信徒、幻想自己是超人[15]以及「奇點[16]擇定的化身」，但如果話題轉到網球和釣魚，他就是個很棒的聊天對象。他認為安德瑞斯是古今中外住在貝里斯的人中第二傑出的人物，跟他一樣是個超人，希望跟他交個朋友。而安德瑞斯急需資金，希望泰德能出手資助，但又覺得很尷尬。泰德身邊一些網際網路的衛道人士，依舊深情地奉他為革命之父。這些人堅信，若是他以喪失心智為由替強姦罪辯護，一定可以成功。此外，泰德最近這一陣子又上了新聞，因為他用從不離身的四五口徑鍍銀柯爾特手槍打死了鄰居的寵物，一隻金剛鸚鵡。安德瑞斯不願意被人看到他們一起在公開場合，他承擔不起後果。亞桑傑的名聲已經因為古怪的性癖好搞臭了。安德瑞斯設想，如果有人在谷歌上搜尋「泰德．米利肯」，因為「安德瑞斯」與「亞桑傑」這兩個名字的拼法接近[17]，搜尋結果第一頁就會出現「安德瑞斯．沃夫」和「強姦未成年人」。他的金髮與事業就會很倒楣地跟亞桑傑混在一起，就會在人們的潛意識中形成他癖好十五歲未成年人的印象；但他明明已經沒有這癖好了。所以，他只好拐彎抹角講個不停，不想讓泰德知道，他只希望在他的豪宅或海釣船上見面。並且，如果他們有約，泰德最好派司機開他那輛車窗貼滿黑色隔熱紙的凱雷德休旅車來接他。

泰德是個自攝紀錄者，不管在哪裡，都戴著一頂洋基球帽，上面別著一個感應啟動照相機，脖子上掛著一條串著微型攝影機的吊繩。他穿著夏威夷衫，沒扣釦子，炫耀他的海龜腹、黝黑的皮膚和仰臥起坐練出來的腹肌。一位叫做卡洛萊娜，看起來頂多十六歲的光腳美女端著午餐到游泳池畔時，安德瑞斯問泰德，能不能把照相機與攝影機都關掉，一次就好。泰德笑著說：「你也有不能讓人知道的事情嗎？」

「我只是想知道這些資料會到哪裡去。」

泰德又笑了，說：「讓陽光照進來嘛，老兄，現在你所上的節目是《歡笑一籮筐》。」

「不是我不信任你，但如果你出了什麼事……」

「你的意思是，如果我死了？我永遠不會死，我把生命都拍下來了。」

「好吧。」

「資料都放在雲端，而雲端服務永遠都在自動更新。比起DNA自我複製，雲端出錯的機率有多少？低於五個數量級[18]吧。等他們把我重新開機，所有資料都還在上面，完整保存。我要拍今天我們一起吃午餐，還要拍卡洛萊娜的小腳趾。」

「那些東西對你很重要，我懂，但從我的角度……」

「你不喜歡雲端服務。」

14 Ayn Rand，俄裔美籍小說家，以提倡古典自由主義著稱。
15 Übermensch，尼采提出的觀念，指能夠戰勝虛無主義的新人類。
16 Singularity，指人工智慧發展超過人腦智慧的時刻。
17 安德瑞斯的名字是Andreas，亞桑傑的名字是Assange。
18 即相差十萬倍（十的五次方）。

「沒那麼喜歡。」

「這東西才剛起步。等到哪一天他們把你重新開機的時候，你就會愛上它。」

「我每天都在雲端釣一些臭不可聞的東西。」

「啊，說到釣魚……」

卡洛萊娜端來一盤擺在香蕉葉上的烤魚。她先把泰德的鍍銀手槍移到一邊，再放下盤子。他一把把她拉過去，坐到他大腿上，吻了她一邊的脖子，她的笑容似乎有些痛苦。泰德接著把她的低胸緊身衣從胸部拉開，把攝影機對著裡面拍，說：「我也不想忘記這兩個，應該說尤其不想忘記這兩個。」

卡洛萊娜用手把攝影機推開，從泰德身上掙脫，沒說一句話就離開。

泰德邊看著她走開邊說：「她還在為了那隻鳥跟我生氣。」

「這件事一直上媒體，我覺得對你的形象沒有好處。」

「哦，她也沒有特別喜歡那隻鳥。不過那比住在鐵皮工場隔壁還慘，我是說那東西的慘叫聲。她只是不認為我應該散彈槍解決那東西。這幾乎是宗教迷信：汝不可用左輪槍打鳥。我跟她說用左輪槍打鳥是種休閒運動，她也聽不進去。」

安德瑞斯吃了些魚，說：「談談玻利維亞吧。」

泰德說：「那個國家沒有海岸。」泰德最讓人受不了的動作，可能是他叉起食物入嘴時，一副嘴巴碰到叉子是必要之惡的做作樣。「它以前有個海岸，後來給智利偷走了。反正我不能住在那裡，我需要海。但是山裡面有個叫『火山區』的地方，以前是個德國佬的地，做生態調查的。我以前想要壟斷全世界的鋰市場時，用過這個人。他告訴我，有一次他搭小飛機進行調查時看到那個山谷，簡直就是小香格里拉，於是他告訴自己，**他媽的**不管那麼多了。他當初買地花了三萬五千美金，便宜到家。我多停留了一天，為的就是去看那地方，真是人間少有。我出價一百萬，最後以一百五十萬成交。這世上還真有東西是看了就想要的。」

「那地方有電嗎？電纜？」

「都沒有。但那國家有個我能打交道的總統，選上總統的時候是古柯種植協會會長。他選上後就辭了那個協會會長的工作嗎？當然不可能！這就是我所謂的格調。既是總統，**也是**古柯種植協會會長。他把我的鋰礦計畫搞砸了，但是，換成我是他，也會做同樣的事。反正，這件事他還欠我一個人情沒還。我可以幫你牽個線，還可以把火山區租給你，一年一塊錢，再加一千萬讓你改善基本設施以及營運——你就可以弄一條光纖線路了。」

「為什麼你要幫我這個忙？」

「你要一個安全基地，我要的是以備萬一。雖然我現在在貝里斯沒問題——不得不感謝這裡的警察——但奇點出現的時間還沒到，如果你我這種人要重新創造世界，我們可能要有個地方撐過過度期。另外，我不覺得格陵蘭島會在奇點來臨前融化，但是，如果真發生了，可能就會有人動用核武。雖然我們已經停止研發導致核子寒冬的能力，但核子秋天、核子十一月還是有可能發生。到時候，最好的藏身之處就是赤道，在一個不會成為核戰目標的大陸中間，一個遺世獨立的山谷。你千萬別忘記請些年輕漂亮的女孩，搞點備用料件，養些羊啊、雞啊什麼的。還有，把那邊弄得舒服一點。我很不願意住到那邊，但不得已的時候還是要去。」

泰德停下來，叉起一塊魚肉，快速俐落地把魚肉送進嘴裡，一副疑神疑鬼的樣子。接著，他把盤子一推，就像做了一件丟臉的事，不願意承認一樣。

安德瑞斯說：「我就有話直說了，因為我也不知道該怎麼說才客氣一點。或者說，你的照相機、攝影機都把我們的對話傳到雲端了，我為什麼還要自找麻煩把這件事說出來。但是，對我來說很重要的是，沒人知道這筆錢是誰給的。」

泰德皺起眉頭，問：「你覺得我讓你難堪？」

「不，當然不是。我覺得我們瞭解彼此的想法。但我已經有我的形象，全世界都知道。還有……怎麼說呢？你惹出來的法律麻煩跟我的形象不大搭調。」

「老兄，我的法律問題跟你比起來根本是小兒科。」

「我違反的是德國的政府機密法和美國的反駭客法，連主流媒體都支持我。當然比性侵罪好太多。」

「舊媒體全力抹黑我。我是破壞他們那一行的首謀，他們也明白。」

「這種壓力，我也有一點。這就是為什麼——」

「我認為，所有的前雲端時代制度中，最侮辱我智商的就是法律。『一體適用』——我的老天，法律制度甚至比實體商業交易模式還要糟糕。人類擁有的計算能力已經可以替每個人量身打造每一件事情，為什麼人類還相信法律之前人人平等？每一個十五歲的男女都不一樣，這種事問我最清楚。你再看看我，我跟其他六十四歲的男人完全一樣嗎？」

「很有趣的觀點。」

「還有證據法則。這東西根本找不到真相，這東西是在侮辱真相。我有真相，因為我把真相錄下來了。那些律師呢？聽而不聞，他們真的是聽而不聞，跟我說他們不想聽。還有哪個制度會一塌糊塗成這樣子的？我認為，『審判』就靠大家坐著看數位真相的那一天將要來了。」

「但同時——」

泰德有點生氣地說：「沒關係，你不必提我的名字。火山區那塊地登記在我成立的玻利維亞公司下，外面有三層空殼保護，以避開他們限制外國公司的狗屁法律。這筆錢會透過那家公司轉給你。」

「不提你的名字，真的沒關係？」

「我們都是說真話的人，只是我的話比較激烈。我有膽量看著你的眼睛，告訴你，你講真話的方式沒有我高明；但你更討人喜歡，你有一張說真話的臉，大家都喜歡。」

安德瑞斯說：「你說了算。」

那件嚴重意外，就發生在他和泰德走向豪宅大門的時候。泰德沒看到凱雷德，就打電話給司機，司機說，他剛加完油，正在回來的路上。幾分鐘後，大門向內打開，凱雷德開進來時，一個穿著多口袋背心的光頭老外，拿著相機，從馬路對面的棕櫚樹後面蹦出來，安德瑞斯還沒來得及躲到凱雷德後面，他已經對著安德瑞斯和泰德以及泰德身後的豪宅，連拍了至少十張照片。

他怎麼會笨到站在沒有任何掩蔽的地方？這已經夠糟了，沒想到更糟的還在後面。泰德擺出射擊姿勢，舉槍瞄準狗仔——安德瑞斯這時還聽到快門連續發出嗒嗒聲——吼著說：「放下相機，混蛋，別以為我不會開槍！以為我怕了嗎？」

沒想到泰德連槍都拿不穩。泰德的司機跳下凱雷德，一臉茫然。路上有一連串凌亂的腳印。泰德收起槍，跑到大門牆旁邊的籠子，把兩隻羅威納犬放出來。

安德瑞斯心想：**我的好運結束了**。

他和司機跟著泰德出了大門，看著狗在狗仔後面猛追。就是在這時候他感覺到凶手出現了。狗仔忙亂之中撞到停在路邊的麵包車，摔倒在地，那兩隻羅威納犬追上，毫不猶豫地撲上去。一隻狗咬住他的手臂，另一隻咬住一條腿。這時候安德瑞斯覺得，如果狗殺了他最好。

泰德拿著槍，匆匆忙忙追過去。

安德瑞斯上了凱雷德，要司機跟過去。車子開出大門時，他們就看到那兩隻狗左搖右晃，還嗚嗚叫著——狗仔一定是拿胡椒噴霧器對付牠們——而那輛麵包車正朝著泰德迎面開過去，泰德好像不想再起衝突，走到路邊，手上鬆垮垮地握著槍。還好司機緊急打了方向盤，否則就會撞上麵包車。

安德瑞斯說：「掉頭跟著他。」

司機點了點頭，但表情不是太高興，轉彎也不太急。等到他掉完車頭，路上已經看不到半個人了。他說：「他走了。」好像事情就此告一段落。

顯然，什麼都沒變，凶手也哪裡都沒去。安德瑞斯就像大夢初醒，發現自己快樂地睡了十年，發現自己反而更絕望。沒了愛，有了名氣；沒了妻子或子女或真正的朋友，像湯姆·艾柏蘭特那樣真正的朋友，卻有了泰德·米利肯。他身邊現在只剩下凶手了。

他要司機把他送到最近的診所。狗仔的麵包車停在診所外面。新鮮的血滴從柏油路一路滴進門，在亞麻地板上暈成一塊塊紅色污跡。候診室裡有兩位貝里斯婦女和四名病童。

安德瑞斯跟診所的接待員說：「我來看朋友，被狗咬的那個。」

接待員帶他直接去診間，畢竟這裡是貝里斯。他看到狗仔的手臂上有好幾個難看的傷口，一位年輕醫生一邊清理其中一個傷口，頭也不抬地說：「請到外面等。」

躺著的狗仔轉過頭來，看到安德瑞斯時，眼睛睜得大大的。

安德瑞斯說：「老兄，我是朋友，我來是想看看我可以幫上什麼忙。」

「你**朋友**想殺了我。」

「對不起，他是個瘋子。」

「你覺得他是瘋子？」

醫生說：「請到外面等。」

狗仔的相機放在椅子上，安德瑞斯若想拿了就走，輕而易舉，但照片只是他要解決的部分問題，剩下的問題，可能可以用錢解決。但是，他的名聲是建立在他沒錢的基礎上、在他過著像甘地一樣的儉樸生活上、在他光靠手提箱和公文包就可以把全部家當塞進去上。大部分時候，這一招都幫得上忙，但現在不行。

他走到診所外的停車場，在炙熱的陽光下，打電話給前女友克勞蒂亞。「陽光計畫」目前就是借用她家的海濱房子當辦公室，但她家人的耐心快要磨光了，因為他們不僅連自己的度假住所都不能去，還要付「陽光計畫」的水電費帳單，所幸克勞蒂亞依舊忠誠，他只要屈從她的挑逗做為回報就行。他打電話時，柏林時間是午夜，她還在施普雷河畔一家俱樂部。他要她幫忙付狗仔的醫藥費時說：「我會發簡訊把金額傳給妳。」

克勞蒂亞笑著說：「我正在喝拿鐵。要不要我搭下一班飛機，帶一杯給你？」

「低脂牛奶、咖啡因減半。」

「好像我現在是跟朋友在吃晚餐似的！」

安德瑞斯非常清楚，唯一能讓她在朋友眼中更耀眼的事情，就是半夜在俱樂部接到他的電話，中途走人替他打點要事。她朋友都知道，她是他的女孩。大約有半年的時間——就是他的甜蜜十年過了一半的時候，那十年他的名聲只有好、沒有壞。現在，這十年已經結束了——克勞蒂亞給他的除了特別有趣的性愛，還有至少價值二十萬歐元的各種好處，不過心懷感激的是她而不是他，因為他是知名的法外英雄。這一切真是甜蜜啊。

那位叫丹．提爾尼的狗仔一小時後從診所出來。他的光頭讓他看起來可能比實際年齡老。他的手臂與腳都上了繃帶，看起來傷勢不大嚴重。他說：「好像有個在柏林的人幫我把帳單結了。」

安德瑞斯說：「是我的朋友。你還好吧？」

「我的傷勢好不好，比較的基準是被蝎子螫了眼皮那次。這次大概只有那次的四成。」
「我可以請你喝一杯嗎？」
「不行，我得回去飯店吃顆止痛藥。」
「萊姆酒搭配止痛藥其實還不錯。」
「所以，你把我當朋友了？那個瘋子拿槍對著我的時候，你在哪裡？」
「躲在休旅車後面。」
「抱歉，下次吧。」
「你介不介意告訴我，你是那個媒體的？」
提爾尼一拐一拐地走向他的麵包車，說：「不一定。《紐約時報》正在追米利肯的另一個新聞，就是那隻金剛鸚鵡的事，還有這邊警察的問題、科技界最怪的傢伙，諸如此類的。我不覺得一張他拿槍指著我的照片，會改變外界對他的評價。」
「我想我大概沒辦法說服你把有我的照片刪掉，並且不透露你在他的地盤看到我。」
「我為什麼要這樣做？」
「為了幫助『陽光計畫』。」
提爾尼笑了出來，說：「你要我不要把你跟那個瘋子是朋友的事情曝光。這該怎麼說，諷刺、虛偽，還是矛盾？我還真不知道要說哪一個。」
安德瑞斯說：「三個都對也行。」
「還有第四個：厚臉皮。」
「問題是，我不是泰德的朋友。你曝光的事也有假的。」

「真的。我都不知道天底下竟然有這種事。」

「網路上多的是。」

「你會說這話，我倒是訝異。」提爾尼打開車門，坐進去，接著說：「或者說，一半訝異。倒不是說我不喜歡你做的事情。只要你瞄準對人，你的成功率還真不錯。但我得說實話，我總覺得你是個混蛋，多多少少。」

聽到這句話，凶手又在安德瑞斯身體裡動了動。如果提爾尼覺得他是混蛋，可能還有很多人也有同樣的感覺。他突然有一種強烈的焦慮感，想要找一台電腦，找出這些人是誰，他們到底說了什麼。

他對提爾尼說：「我沒辦法給你什麼，除了真相。我請你喝一杯，告訴你真相，如何？」

這是他的絕招，他過去十年一用再用的招數，甚至連沒有必要的時候，他也會用這招。就算面前的女人已經發出「我願意」的訊號，他也想看看這招的效果。每個人都想從他嘴裡聽到真相，他等著提爾尼考慮的結果。

提爾尼說：「我承認，我沒想過會碰到像你這樣的人。我住的飯店有個酒吧。」

在酒吧裡，安德瑞斯先說了一堆『陽光計畫』如何如何的陳腔濫調，細數哪些國家被這個計畫弄得下不了台、哪些企業與濫權者因為這個計畫臉上無光，後者的名單比較長，但他匆匆帶過，因為提爾尼似乎有點不耐煩。他說：「所以，真相分為兩個部分。第一是這計畫是成是敗，完全取決於大眾對我個人的觀感。我們還在成長，『維基解密』卻在走下坡，原因是外界認為亞桑傑是個怪人，自閉、自大，還有奇怪的性癖好。他的技術能力沒變，變的是那些握有骯髒把柄的人不會去找骯髒的人爆料。那些人要讓污垢曝光，是因為他們追求的是純淨。如果你不幫我，『陽光計畫』就可能步上『維基解密』的後塵。」

提爾尼說：「少來這一套。兩個網路巨頭，關起門來其實都是一個樣，不是嗎？除非你告訴我，你剛才說的只是冰山一角──」

「你說的，其實是真相的第二部分。這點，你真的要相信我。沒有冰山一角，我的確是過乾淨的日子。我二十多歲的時候，的確過得很荒唐，但原因是我活在一個有病的國家，而且那時我還年輕。你想想看，以我後來受到外界嚴格檢驗的程度，你認為，如果真有人握有我藏污納垢的把柄，網路上不會早就傳遍了？」

「我覺得，如果真的有人把你的事情放上網，你的駭客也能把它們藏得特別好。」

「你說真的還假的？」

「好、好、好，你很乾淨，隨便你講。但你說的剛好證明了我的看法，一張照片對你根本不構成威脅。」

「我和米利肯見過面，對『陽光計畫』來說一定是災難。就像在一堆白色髒衣服裡面有一隻紅襪子。只要一隻紅襪子，洗完衣服以後，就再也看不到白衣服了。」

提爾尼在椅子上動了動，做了個怪臉，說：「我本來認為，這種事情我不講你也知道，但你這傢伙很奇怪。誰在乎你的床單變成粉紅色？每個人的床單都是粉紅色的。休．格蘭的電影還是有人看，比爾．柯林頓還比當年更受歡迎。」

「他們的工作不是靠潔身自好，我是。」

「你在米利肯家，到底在做什麼？」

「我求他給我錢。」

「那我只能說，你怪不得別人，只能怪自己。」

「你說的對，我不能怪別人。我孤注一擲，又碰到狗屎運。現在我是生是死，完全由你掌控。」

「所以，你打算用錢買通我？」

「如果我有錢，就不會在米利肯家待那麼久。而且我沒有你想像的那麼虛偽。就算我有錢，我也不會用錢買通你，因為這種作法，才真是背叛『陽光計畫』的原則。」

提爾尼搖了搖頭，似乎無法理解安德瑞斯的奇怪想法。「你們出現在同一個畫面的照片，搞不好一張可以賣到幾千塊錢。更別提那兩隻羅威納還咬了我。」

「如果只是為了補償，而不是封口費，我在柏林的朋友可以依照公平的市場行情付錢給你。」

「這朋友還真好。」

「她相信『陽光計畫』的理想。」

「不管你怎麼說，你要我做的，是不讓我做你對別人做的事情。」

「對。」

「所以，你是混蛋。」

「當然是。但我不是泰德．米利肯。我一無所有，我的身家只要一個手提箱就夠裝了。專制政權恨我入骨。當今世上，我去的時候不必擔心安全問題的國家，大概只有十個。」

這番話說的好、效果更好。提爾尼嘆了口氣，說：「弄五千塊給我。但是，如果我覺得我可以在貝里斯打贏官司，我還是會去控告你的朋友泰德。而且，我還是會去報案，警方會問還有誰在現場，你要我說謊？」

「對，拜託你。」

「說的也是。」提爾尼打開相機，讓安德瑞斯在旁邊看著他一張接一張刪除有他臉的照片。安德瑞斯想起他在另一個十年、過著另一種生活時，把電腦裡的色情檔案刪掉的那天，同時想起他最喜歡的梅菲斯特[19]說的話：「結束！愚蠢的字。怎樣才算結束？結束與全無，完全一樣的東西！說『現在結束了！』又是什

19 歌德作品《浮士德》裡的人物。

麼意思？就好像從來沒有發生過一樣。」

但不可能沒有發生過。提爾尼只要在網路上某個地方提起這次事件，就會永遠留在雲端。這件事發生後，連續好幾個星期，安德瑞斯一邊忙著結束『陽光計畫』在那棟海邊房子的運作，一邊與泰德·米利肯互通高加密電郵。他疑神疑鬼的問題愈來愈嚴重。他在每個搜尋引擎鍵入自己的名字搭配每一個可能的關鍵字，他也不只檢查搜尋結果的前兩頁。他懷疑下一頁，也就是他還沒讀到的那一頁有什麼，等他看完那個下一頁，又發現還有下一頁。重複，重複。他想要找到的安心，似乎永遠都在下一頁。他深陷在網際網路裡，糾纏在網際網路的極權統治無法脫身。他的線上生活比他的實體生活愈來愈真實。在實體世界中，世人的眼光，甚至追隨者的眼光，根本不重要。誰在乎張三李四私下對他的看法是什麼？因為，張三李四私下的看法，不是以數據形式存在，無法檢索、散布，也不可讀。而且，由於人無法在兩個不同的地方同時出現，他在網際網路上出現愈頻繁，就愈覺得自己不是個有血有肉的人。網際網路代表**死亡**，而且，他不像泰德·米利肯，無法投靠雲端，冀望死後在雲端重生。

網路與網路技術本是為了將人從製造、學習、記憶等等工作中解放出來，好讓人去探索生命意義、活出精采。但現在，網路的唯一工作似乎是搜尋引擎優化。『陽光計畫』完成玻利維亞基地的建設工作，開始運作後，他就組織了一個小團隊，請來最相信真相的駭客與女實習生，用各種檯面上與檯面下的手段，進行搜尋引擎優化。泰德心目中的奢華輪迴夢想，在技術上可能不切實際，但卻是某種真實的隱喻。如果——應該說只有在——擁有足夠資金以及（或者）技術能力的前提下，才能控制自己的網路分身，也才能控制自己的命運和虛擬的來世。優化或死亡，殺或被殺。

有一整年的時間，他每天搜尋「提爾尼　安德瑞斯　米利肯」兩次或三次，並且以同樣的執著監看提爾尼的臉書和推特帳號。顯然，他的疑神疑鬼每天有一定的消耗量。如果他在某處壓制它，它就會在另一處冒出來。當他終於不那麼擔心提爾尼時——如果這傢伙真的那麼多嘴，事情應該早就傳開了，安德瑞斯也應該早就知道了——焦慮感卻沒有因此降低。他擔心的事情一個接一個出現：前女友、心懷不滿的前員工、還活著的史塔西官員，最後，他的煩惱之王終於出現：湯姆．艾柏蘭特。

有很長一段時間，二十年，他一直認為湯姆不會洩漏他殺過人的祕密。湯姆幫他移屍，等於犯了重罪。他在移屍後幾個月從紐約寫給安德瑞斯的信中，除了為自己不告而別道歉，並向他保證，他在柏林說的每一件事，會永遠不見天日，不會登在《哈潑時尚》或任何地方。他還說，希望他們的「小小冒險」能讓安德瑞斯與他的小女友共度他要追求的生活。兩人後來又互通了幾次明信片，安德瑞斯覺得受傷，因為湯姆在字裡行間刻意與他保持距離，尤其是那封回覆他告白的明信片；但他從不**擔心**湯姆會洩密。他在二〇〇五年為了重拾友誼，決定最後一搏，甚至打電話到丹佛，告訴湯姆一件非常重要的機密，讓他登在《丹佛獨立新聞》上。雖然湯姆斷然拒絕，他還是不擔心。他覺得，最差不過是他和湯姆維持專業競爭的關係。但友誼不存後，不是不會發生這種事情。

但一天早上，他在火山區的穀倉辦公室中閱讀關於自己的每日新聞摘要時，看到《哥倫比亞新聞評論》刊登了一則《丹佛獨立新聞》記者萊拉．赫魯的訪問。

> 那些洩密人只會把祕密丟出來。能夠查證、比對與解釋資料來龍去脈的人是記者。記者的動機可能不見得都很高尚，但至少比較文明。我們是成年人，懂得與其他成年人溝通，而那些洩密者比較像野蠻人。我指的不是像史諾登或曼寧[20]那種頂級洩密人，他們的確是值得敬重的消息來源。我指的是像「維基解

20 Bradley Manning（後變性改名為Chelsea Manning），二〇一〇年將二十五萬多份機密外交電報交付給《維基解密》披露。

密」和「**陽光計畫**」那種洩密網站。他們就像野蠻人一樣無知、像小孩一樣幼稚，他們覺得成年人虛偽，只因為成年人會過濾自己的嘴巴，懂得什麼該說、什麼不該說。但過濾不是虛偽，而是文明。朱立安・亞桑傑用手抓飯吃，顯示他對基本的社會運作視若無睹、充耳不聞。**安德瑞斯・沃夫**自己有那麼多見不得人的祕密，所以覺得世界各處都有見不得人的祕密。他就像一個往牆上亂丟大便的四歲小孩，不分青紅皂白，有什麼就爆什麼。

見不得人的**祕密**？安德瑞斯又把這段讀一次，邊讀邊冒冷汗。誰是他媽的萊拉・赫魯？他搜尋一下，很快就在一些八卦部落格看到一些她和湯姆・艾柏蘭特聯袂出席專業會議的照片，還附上一些說三道四的文字，暗示她有今天的成就，是跟《丹佛獨立新聞》發行人上床睡出來的奇蹟。萊拉・赫魯是湯姆的女友。

見不得人的祕密？扔大便？他們會過濾，**有嗎**？

他想起二〇〇五年打電話到丹佛的事情。哈里勃頓檔案是當時「陽光計畫」取得最重要的一份機密文件，他大可以直接找《紐約時報》，但他知道，湯姆開辦了一家網路媒體，可能願意抓住這個一舉揚名立萬的機會。他致電湯姆的動機當然也不是那麼無私——當年湯姆棄他不顧，現在他比湯姆更有名、更有權勢，想到湯姆將要有求於他，他就很高興——當然，他想要恢復友誼也是一個原因。他曾經想過，也許《丹佛獨立新聞》可以成為「陽光計畫」在美國的喉舌，也就是說，雖然他和湯姆分處兩個大陸，終於能夠共事。電話上，聽起來湯姆對這個文件也滿感興趣，或說是滿滿的興趣——這是他們十五年來第一次聽到對方的聲音。湯姆對安德瑞斯說，他要與一位「信得過的顧問」討論這個機密檔案，一個小時以後回電。

從湯姆的語氣聽起來，所謂討論只是形式。但是，湯姆一小時又十五分鐘後回電時，語氣變了。他說：「安德瑞斯，非常感謝你提供這份檔案，對我來說不僅意義重大，而且很難取捨。無論如何，我覺得我必須堅持我的核心價值，就是專注調查報導，記者要去現場採訪。這並不是說你做的事情在新聞界沒有一席之地，但恐怕不適合我們。」

掛了電話後，安德瑞斯發誓，絕對不讓湯姆有機會再傷害他。但現在，八年後，他讀到赫魯的訪問稿時，才明白湯姆不只對他沒有情誼，甚至還會威脅他的生存。

現在他一下子全搞懂了，在曙光中，在奧德河三角洲，湯姆那時驚鴻一瞥看到了凶手。他擁抱湯姆時的強烈勃起，那感覺並不是他想像的只是自然發洩從謀殺夜起就一直壓抑的性慾，也不是同性戀男人的勃起，從任何角度看都不是。即使如此，那次勃起，仍然是**為了湯姆**的勃起，就像他為了十五歲的安娜葛瑞特勃起是一樣的。因為湯姆也讓自己成了謀殺案的一份子。男人、女人，凶手才不在意這種分別。但他後來做了什麼？他不確定，也許是一個夢；但如果是一個夢，一定是個栩栩如生的夢。手中抓著勃起，雙腳跨過墓穴。真的是這樣嗎？一定是這樣，不然該怎麼解釋湯姆後來就不理他了？湯姆看到凶手指使他做的事。湯姆答應要跟他吃晚飯，卻棄他不顧，跑回紐約的家，找他的女人尋求慰藉。而安德瑞斯繼續追著他，一點自尊都沒有，完全不像他會做的事。寫明信片給他、寫剖白信給他、最後還打電話給他，不是因為他們兩人注定要成為朋友，而是因為凶手要什麼，沒有到手之前絕不會忘記。但愛情不是這樣。

湯姆在電話中提到「信得過的顧問」，除了萊拉．赫魯，還會有誰？湯姆去找他的新女人，問她該怎麼處理哈里勃頓檔案，他的新女人說「不」。現在，八年後，真相大白，因為湯姆告訴她關於霍斯特．克蘭霍茲遭到殺害的事情，否則，**見不得人的祕密**還會是什麼？她的話，明明白白就是在指控安德瑞斯犯下了冷血殺人案。

他重讀赫魯的訪問時，凶手以拿著鈍器想要打碎湯姆腦袋的形狀露面了，如果能找到避開美國海關的方法，他就會去丹佛殺了湯姆。因為他隱約看見凶手、因為他拒絕安德瑞斯畢生頭一回獻出的最誠摯友誼、因為他一再拒絕他、因為拒絕帶來的恥辱、因為他屈從於他的妻子、順從於他的女友、因為他先勾引安德瑞斯、接著卻為了女人背叛安德瑞斯、因為他管不住自己的嘴，但最重要的是，因為他的美式**偽善**：「這並不是說，你做的噁心、犯法、求名、丟大便、污辱死者的事情在新聞界沒有一席之地，但我家很乾淨，這些事情恐怕不適合我們。」他在電話上說的，幾乎就是這個意思。

安德瑞斯自言自語地說：「你竟然這樣對我，你竟然這樣對我……」

但是，他還有一些理性，知道湯姆不大可能為了揭發安德瑞斯的罪行，把自己也牽連進去。讓他大起疑心的原因，是湯姆看到了他體內的凶手。這個想法就像是他大腦裡有個電極，他沒有辦法控制自己，一直去按按鈕，每按一次，恐懼和仇恨就電他一次。

他告訴實習生自己身體不舒服，躲進臥室裡，搜尋湯姆和赫魯的醜事。她接受《哥倫比亞新聞評論》的訪問，已經在部落格和社交媒體上引起公憤。赫魯在所謂的成人世界中，是受人尊敬的記者，但在網絡世界裡，網民向她激烈攻擊，那程度就像安德瑞斯被網民熱烈擁戴一樣。不知道什麼原因，他並沒有因此鬆口氣，反而更痛恨艾柏蘭特與赫魯雙人組。他為了安撫部落客與推友，親自與他們互動的時間愈來愈多。他們倆帶有一種針對性的偽善，他們要傳達的訊息就是：**我們做得到的，你永遠做不到。我們不只看不起你，也看不起你時間愈花愈多的虛擬世界。我們有愛的能力，你沒有，所以你沒辦法愛安娜葛瑞特**。

根據谷歌的資料，赫魯嫁給一位身體後來殘疾的小說家，她的婚外情可能就是發生在那段期間。但是，如果她與湯姆願意在公開場合出雙入對，代表他們一定不關心外人的看法。更引人好奇的問題是湯姆的妻子發生了什麼事。用她的姓名與出生日期搜尋，一九九一年以後就完全查不到訊息。安德瑞斯希望是湯姆殺了她，並且僥倖逃脫。這種想法連捕風追影都談不上，但也不是不可能。畢竟，湯姆的確提過他沒有辦法與萊爾德共同生活，但也無法失去她。此外，別忘了，他還幫忙安德瑞斯埋過一具屍體。

他跟著直覺走，把注意力轉向萊爾德，發現她的億萬富翁父親替她設立了一個信託基金。《威奇塔鷹報》報導過這個信託基金報稅的新聞。另外有證據顯示，湯姆創辦《丹佛獨立新聞》是她父親資助的，但金額不是太大。如果安娜貝爾還活著，她的身價絕不僅於此。那麼，她還活著嗎？或者她已經成了一具屍體？果真如此，就更好了。安德瑞斯的直覺告訴他，無論是死是活，都可以利用她從遠處製造湯姆的痛苦與混亂。

他去找他的首席駭客小陳，問他如果要偷取大量計算能力，有沒有輕鬆容易的方法。

小陳問：「你要做什麼？」

「我有兩張同一位女人的照片，都是她二十四歲的照片，照片品質也不錯。但她現在大概快六十歲了。我要跑臉部辨識軟體，把這兩張照片跟我們進得去的每一個資料庫裡的照片進行比對。」

「全世界的資料庫都要跑？」

「先從美國的開始。」

「光是美國就很多了。只要跑軟體的速度快一點，就會被逮到。伺服器農場多得很，但為了安全，每次只能撈個幾分鐘。我們現在有幾個非常好用的農場，我可不想因此被抓到。」

「如果不跑那麼快呢？」

「幾個星期，也許要更久。而且只有美國。」

「盡量做，愈小心愈好。」

他們的臉部辨識軟體幾乎跟國家安全局屬於同一個等級，但效果仍不是很好（國家安全局的也不好）。連續好幾個星期，小陳每天都將一些中老年女性的照片轉寄給安德瑞斯，但沒一個長得像安娜貝爾．萊爾德。但是，他每天檢查這些照片，不僅可以讓他有點事做，也讓他覺得手上有個天天都有進展的陰謀，不會那麼疑神疑鬼。然後，他走運了。這不是第一次，也不會是最後一次。

他一直認為走運是他與生俱來的權利——他母親說過，他想要做什麼，世界都會配合——但他碰到丹．提爾尼的霉運，動搖了他對這句話的信心。那張在美國加州斐爾頓市的灰髮超市員工的照片解析度太低，看不出來萊爾德額頭上有沒有那兩張舊照片上的傷疤；此外，那位員工在照片中沒有微笑，他也看不出來她的門牙有沒有縫。但是，他看到那位員工的名字是潘妮若普．泰勒，聯想到萊爾德曾經在泰勒藝術學院念了好幾年書，他覺得好運回來了。他走出技術樓，抬頭看著玻利維亞的太陽，展開雙臂，浸在熾熱的光芒下。

潘妮若普．泰勒顯然想要隱姓埋名。她在網路上唯一的照片就是那張超市員工照，她也幾乎沒有留下真實身分的線索，相當有一套。安德瑞斯花了近一個小時，才發現她有個女兒純真。這個女兒的資料就豐富多了，不僅臉書和領英[21]上有她的背景資料，她的信用紀錄也不大好。他仔細研究她的照片與湯姆的近照，比較她的眉毛與湯姆的眉毛、她的嘴與湯姆的嘴，認定她一定是他女兒。但是，不管在社交媒體上、她的大學或保險檔案上、或其他任何地方，都沒有他們聯繫的跡象。由於她是在萊爾德消失沒多久之後出生的，所以只有一種可能，湯姆根本不知道自己有個女兒，否則，怎麼解釋萊爾德要隱姓埋名？

這女孩的間接身價是天文數字，加起來有十億的規模，可以肯定的是她不知道自己那麼有錢。她揹著助學貸款，從谷歌的「街景服務」可以看到她住在一棟半荒廢的房子裡，在一家新成立的替代能源公司當開發專員。安德瑞斯注意到她的身價，甚至想如果他能分到一些，就能改善他的處境。但是，他不停地點擊純真．泰勒的網路照片，不是因為錢，也不是因為美貌（雖然她也夠迷人，因此讓他升起一股壓不下的慾火）。真正重要的是，她是湯姆的。

他建立了一個安全連線，打電話給安娜葛瑞特。多年來，他一直提醒自己不能跟她完全斷絕聯繫。他記得她的生日，偶爾轉寄一些跟她篤信的理念相關的連結給她。他想起過去她為了保持兩人的親密關係所投注的心力，比起來，現在兩人之間的非親密關係還真是難以想像。他們當初會在一起——除了她的美貌之外——還真是偶然。她不僅志向小，還很滿意自己的志向很小。她已經離開柏林，搬到杜塞多夫。但她寫給他的電郵總是對他既親切又讚賞，還有很多驚嘆號。

電話接通後，他先確定她身邊沒有其他人在場，然後說明他要她做的事。他說：「就當是免費去一趟美國度假吧。」

她說：「我恨美國。我還以為歐巴馬當總統會有所改變，但槍枝、無人機、關達納摩監獄[22]，都還在。」

「關達納摩的事情是個悲劇，沒錯。我不是要妳喜歡那個國家，我只是請妳去那裡。如果我自己能去，我就去了。偏偏我不行。」

她說：「我不知道我能不能辦到。我知道你老是覺得我很會說謊，但我不想再說謊了。」

「這並不代表妳說謊的本事已經沒了。」

「也許……好吧。如果這個人真的公布了我們做的事情，結果真的會那麼可怕？我幾乎每天都還想著這件事。看電影的時候，只要有一點暴力畫面，我就看不下去。已經二十五年了，到現在我還會怕。」

「我覺得很難過。但艾柏蘭特威脅要讓我身敗名裂。」

「我懂，『陽光計畫』非常重要。我也一直希望有方法能彌補我對你做的事。但是——把他女兒弄到玻利維亞能幫你什麼？」

「我有我的打算。」

21 指社交網站 LinkedIn。

22 美軍於二〇〇二年在關達納摩灣海軍基地設置的一座軍事監獄，座落於古巴的關達納摩灣沿岸，裡面關的主要是被俘獲的敵方戰鬥人員。二〇〇九年，美國總統歐巴馬宣布將於一年內關閉此監獄，並將九一一事件嫌犯移交紐約刑事法庭，但遭國會反對，至今該監獄仍繼續運作。

一陣沉默，讓人擔憂的沉默。

她終於說：「安德瑞斯，你是不是後悔我們做的事？」

「當然。」

「好。我不知道我在想什麼，大概是想起我們在一起的時候。有時候我真的覺得後悔。我知道你對我失望了，但這不是我害怕的原因，還有別的事情——我解釋不出來。」

他的戒心又出現了，但平靜地問：「是什麼？」

「我不知道。看到你現在的生活、你每一個女友，還有……有時候我會想，你跟我在一起的時候，為什麼外面沒有女人。如果你那時候有，其實也沒關係。你現在可以跟我說。」

「從來沒有。那時候我只想對妳好。」

「你**的確**對我很好。你為我做的每一件好事，我都知道。有時候，我真不敢相信以前跟你一起過過日子。但……你真的後悔我們做了那件事嗎？」

「對！」

「好，我也不知道我到底想問什麼。」

他嘆了口氣。已經這麼多年了，他們仍然不得不**討論**。

她突然說：「關於做愛的事情，我很抱歉。但都發生了，也於事無補。」

他勉強問：「做愛怎麼了？」

「我不會講。但是，我現在經驗多了一點，有更多人可以比較。現在聽到你的聲音——怎麼說呢，你的聲音讓我想起我不願回想的事，那時候我一些非常糟糕的感覺，我不會形容，只知道我會害怕。我到現在，即使是現在，還在怕。」

「因為妳把事情混起來了。也許，這就是我們沒辦法在一起的原因。」

她深呼吸一口，那吸氣吐氣的聲音清楚可辨，然後她說：「安德瑞斯，那女孩，你為什麼要我帶她去找你？」

「為了讓她相信『陽光計畫』，對我們來說，這是最好的保護。如果她站在我們這邊，她爸爸就沒辦法對付我們。」

「好。」

「安娜葛瑞特，別想太多。」

「好，好。但是，我至少可以帶馬汀去吧？」

「馬汀是誰？」

「一個男的，我覺得可以跟他走得近一點，安全的男的。」

「當然，這樣更好。只是，妳應該也知道，」──他咯咯地笑了笑──「不要讓他知道任何事。」

「**安全**」這兩個字啟動了他大腦裡的電極。這些年來，他還在想殺她。他們共同生活的十年中，他一定在不知不覺中背叛了他的次原子不少次。只是他很幸運，因為她太年輕，沒辦法弄清楚這層意義；但畢竟她和他的次原子住在一起過，後知後覺總有可能。他想到她後期的覺醒，想到一個不是他的人看穿他猙獰的一面，感覺幾乎就和湯姆看穿他一樣糟。

他趁著等她從奧克蘭傳回消息期間，誠實盤點幾年來與凶手作戰的得失，才明白失去了不少地盤。比起來，他以前著迷於網路色情其實微不足道得可笑，他出於好意謀殺霍斯特的手段，其實平和得讓人心酸。在他的內心自我中，有一小部分迷戀著自己在網際網路中的形象，網際網路對他來說就像死亡；另一部分則在痛恨並密謀報復湯姆。以這種速度下去，凶手可能很快就會完全佔領他。他感覺一旦凶手完全控制了他，自己遲早會變成死人，真的死人。凶手要殺掉的人，其實是他。

所以當安娜葛瑞特告訴他爭取碧普．泰勒並不成功，她們的距離漸行漸遠的時候，他鬆了口氣。他帶著死緩的心情，全心投入比較正常的工作。他和美國導演傑．科特合作，以《愛之罪》為藍本，拍攝一部他的傳記電影。他、科特以及美術指導在科特茲待了兩個星期，在電話上長時間指點托妮．費爾德關於卡提雅的言行舉止。等他回到火山區後，另一個他同樣重視的計畫也即將開花結果。他拿到大批俄羅斯石油巨頭「俄羅斯天然氣工業公司」與普丁政府的往來電郵和檯面下的協議內容，這批文件不僅數量多，內容也很重要。雖然『陽光計畫』現在不必他太操心就可以運作，安德瑞斯還是親自出面，居中促成這批機密文件交給『陽光計畫』，以及談妥《衛報》和《紐約時報》報導的交換條件。為了掩人耳目，安德瑞斯還布置了一層又一層的數位障眼法，創造了一個找不到出路的迷宮，以避免消息來源曝光。此外，他決心這次要讓普丁政府愈尷尬愈好，一來是因為普丁年輕時曾為史塔西效力，因此安德瑞斯特別厭惡他；二來是普丁窩藏愛德華．史諾登，這人的洩密動機是否純淨，網路上已經講得夠多了。他製作了一則十二分鐘的影片，在《衛報》和《紐約時報》刊登報導的前一天上傳到網路上。他在影片中，不僅使出混身解數刺激普丁，還技巧地反駁網路上支持史諾登的聲音，那些人因為史諾登一次神奇的爆料，就忽視他二十五年的心血。他善於利用關鍵時刻的能力還沒丟失，再加上在一部中等預算、全球發行的電影中擔任主角，因此，也樂得將湯姆．艾柏蘭特的問題暫時放在一邊。

碧普．泰勒的電郵突然出現在他的收件匣，更強化了他處於死緩的感覺。在現實中，她與他想像中的復仇身影完全不一樣，她的信透著青春洋溢、聰明、魯莽但風趣的氣息。他緊張兮兮的神經也因為她電郵的幽默和敵意得到慰藉。自從他聽憑疑神疑鬼擺布以來，奴顏卑膝的作態連自己都覺得噁心！有人直言戳破他弄虛作假的一面，多麼耳目一新！當他發現心頭因為碧普的電郵出現暖意時，也想像出一條凶手沒有看到的退路，一個機緣巧合的漏洞：如果他一點一滴地將自己墮落的全貌透露給一位女人，會有什麼結果？如果她知道後還是喜歡他，又會發生什麼事？

好巧不巧，電影的主要拍攝工作已經在布宜諾斯・艾利斯展開，托妮・費爾德也瘋狂地愛上他，這是他第一次體會色情片男演員的辛苦和威而鋼的效用。托妮跟他年紀差不多，在電影裡又演他母親，這兩件事加起來已經夠糟了，雪上加霜的是，他沒辦法控制自己，在心裡將她與碧普・泰勒相比。但是，無論基於什麼原因，尤其是考慮到要讓女主角開心演下去，他都必須裝出與托妮在一起心滿意足的樣子。他在阿根廷的那一段期間，甚至在他回去玻利維亞碰到碧普以後，都仍在辛苦地維持他與托妮的關係。要不是因為相隔兩地，在擺脫托妮之前，若能看到她變得多像母親，一定非常有趣。

他愛上了碧普，就是「愛」，找不到其他字眼形容。一開始，他的動機只有卑鄙，他的大腦黑暗的部分算計的嗡嗡聲從未停過，但畢竟，真正的愛情是不會聽憑意志擺布的。沒錯，他發揮全力在他們之間建立信任關係、向她坦白殺人的事情、說服她替他監視湯姆。他們在科特茲時，她允許他脫她的衣服，他又訝異又高興，當時他並沒有想到她父親，只是很單純的因為她是位甜蜜的好女孩而心存感激。感激她，因為她知道他是殺人犯，還是引誘他進她的房間；感激她，因為她聽到他明說要對她做什麼事，卻沒有反抗。而他進行下一步卻被她拒絕時，當然，有那麼一刻，他想勒死她。但是，也就是那麼一刻而已。

他認為，她就是他等待了一生的女人。她帶給他的希望，比安娜葛瑞特以前給他的更甜蜜，因為他在碧普面前展露的真實自我，比展露給安娜葛瑞特的更多；因為，二十五年前他還希望安娜葛瑞特能拯救他的時候，他甚至不知道有一個他必須逃離的凶手存在。他現在知道他與凶手之間攸關成敗的籌碼是什麼了，這個籌碼與湯姆・艾柏蘭特一點關係都沒有。攸關成敗的關鍵是他可能不會獨自與凶手相處，他終於能擁有當初不切實際地在安娜葛瑞特身上尋求的東西，與一位年輕、聰明、善良、幽默、接受他的過去，並且不像他的母親的女人共度一生。他已經五十好幾、接近六十歲了，還有可能不生厭地與一個女人廝守終生？他本來的打算是要好好整治這個女人，原因令人作嘔，沒想到卻不由自主地愛上她。他以前擁有的好運跟這個好運比起來，根本不算什麼。

他開始做起白日夢，夢中他們倆在陽光明媚的早晨，在牧羊地結成連理。

但機緣巧合的漏洞很快就關閉了。就在她似乎也愛上他的同時，在她對他露出**火熱的表情**後不到一個星期，他們倆在科特茲的房間裡，一開始就不對勁。他不明白她為什麼不想做那件事，但她顯然不想。他試過這種方法、那種方法、笨拙的、情意綿綿的，都不奏效。她不喜歡他，她不想在那個房間裡。他的感覺是，凶手不喜歡**她**，不想讓**她**在那裡。他在她還沒有真正愛上他之前，就急切地帶她回旅館房間，是個錯誤，而讓他犯下這個錯誤的是凶手，因為凶手怕她。

他獨自一人跪在地上，沒有因為愛而受挫哭泣。他沒有掉一滴眼淚。三個月的愛情瞬間蒸發。他一直抓著她扔下的繩子，掙扎著想要爬出深淵，沒想到剛爬到她看得到他表情的距離，她就一臉厭惡地往後退，放開繩子。任何人碰到女人這麼對待自己，感受到的絕對不是愛。

他搗毀飯店房間。有幾分鐘，許多分鐘，他既是凶手，也是因為遭凶手剝奪愛情而動怒的人。他朝著牆丟食物、打破碗碟、把毯子和床單拉下床、把床墊翻過去，還把一張木椅子用力摔在地板上，直到椅腳斷了才罷手。在她開門離開前，他還抱著希望，到了她關上門的那一刻，他才明白她和她父親一樣壞——他們都**純真**到不適合安德瑞斯·沃夫。她故作清高，其實是個沒人要的小賤屄。他破壞飯店房間，希望能發洩想要上她卻不成的怒氣。他被希望騙了，所以沒有命令她上床（她會聽令！她是這麼說的！），現在為時已晚。他孤注一擲，什麼都沒得到。

那天從早到晚，他的身體除了指關節因為握拳打牆瘀青外，其他部分都沒有受傷，因為他的怒氣消散後，想到了一個主意。他忽然想到，手上還有一件沒人知道的資訊，也許可以用來同時報復碧普和湯姆。雖然他沒上那女孩，湯姆倒是可能會上她。遠距離報復的滋味同樣美妙。接下來，就等著看湯姆面對他時一副道貌岸然的樣子，等著看碧普對他說她不後悔拒絕了他。

停止和凶手纏鬥，在邪惡想法面前投降，是一種解脫。他興奮到走到碧普先前裸身站著的地方，用她沒帶走的內褲自瀆，射出了三次本來應該用在她身上的精液，以度過漫長夜晚。第二天一早，他先去了好幾個自動提款機，從『陽光計畫』的戶頭中提出足夠現金，賠償破壞房間的損失。接著他洗了澡、刮了鬍子，在大廳等佩卓開車帶他去機場。卡提雅的班機提前十五分鐘落地，她穿著香奈爾，或是類似香奈爾的套裝，拉著織花面的旅行箱，提著附肩帶的老式公文包過海關。她的動作比以前僵硬，看起來也更老了些；她的紅色假髮紅得不是那麼漂亮，但遠遠看還是挺可愛的。安德瑞斯擠過人群，上前迎接她。他伸出雙手圍著她，她則把頭靠在他胸前。他說的第一句話是：「我愛妳。」

她說：「你從來就沒有不愛我。」

走路去迎接湯姆．艾柏蘭特，感覺應該不錯，可以伸展一下一整個星期沒動、僵硬的肌肉。湍急的河水邊上有幾塊濕漉漉的大塊落石，草地上有一隻大啄木鳥正在嘟嘟嘟地啄空心樹，還有一隻鵟鷹高飛掠過紅色山峰的垂直面。早晨稍晚的暖氣流通過路旁的樹林時，織出一塊掛毯，纖細的光影粒子順著風隨意移動。全世界沒有一台電腦能夠複製這種景象，就算最小的局部比例尺呈現的大自然都能嘲笑資訊科技。人腦的功能即使透過高科技得以擴充，與宇宙比起來仍然無限小，小得微不足道。雖然如此，在玻利維亞陽光明媚的早晨走路，而且知道自己的腦袋還在，感覺應該很好。路旁的樹林複雜的程度無法測量，樹林並不知道。物質即資訊，資訊即物質。這些物質只有在大腦中經過整理，才能意識到自己的存在；只有在大腦中，這些組成世界的資訊才能控制自己。人腦是如此特殊。他應該心存感激，因為他幸運地擁有一個人腦，也在人類理解自我存在的過程中，貢獻過微薄心力。但他的腦子有些地方非常不對勁，他的腦現在只知道空虛不知存在的意義。

在丹佛的間諜軟體已經停止運作一個星期。碧普請他移除那軟體時，他本來可以請小陳執行，而且，要是他動作快一些，可能也不會被發現；但碧普傳給他的最後一則簡訊讓他非常焦慮，連呼吸都有困難，更別說指示小陳怎麼做。**我要你把那些全部刪掉，我要在這裡好好過日子**。在他收到簡訊前，他對她的愛與希望，還在心裡某個地方，以碎片的形式停留著。現在，除了痛苦與恐懼，他感覺不到任何事情。他也不在乎能否再見到她，也不在意她或其他人怎麼看他。不管那個人在哪裡做了什麼事，他都不在意了。

或著說，絕大多數的事情他都不在意。他母親在倫敦接受癌症治療，並且恢復得很好。如果說，從他開始每天躺在房間以來，要說還想做什麼事，就是請她來看看他。不管他做什麼，她總是喜歡他。她是世界上最爛的母親，對他來說卻是最好的。他躺在床上，無論她提出什麼條件，他都願意接受她的愛和關心。的確，這看起來幾乎就是他現在的處境。

他踩著地上佩卓開車留下的一道車轍，避免踩到前一晚下雨在地上形成的爛泥。就在他快到過河的水泥橋時，聽見Land Cruiser在前面彎道換到低速檔的聲音。他現在的狀況有一個好處，就是Land Cruiser逐漸接近不會讓他更焦慮，因為他已經處於最焦慮的狀態了。待會兒要面對湯姆，而最糟糕的下場不過就是被湯姆殺了。

但這個想法，這個被湯姆殺死的想法，發生的機率就像沙漠降雨一樣。想法本身不是解脫，而是推著他往前走的理由。死亡，無論怎麼死，都可以結束他對死亡忽高忽低的恐懼，至於怎麼死，根本無所謂。但既是凶手同時又是死者，可以說是人與人關係中最親密的一種形式。從某種意義上來說，從他離開母親的子宮以後，和他最親密的人除了霍斯特．克蘭霍茲，沒有別人。如果他死前一刻知道湯姆也能殺人——也就是說，他離開這世界時，知道自己畢竟不是那麼孤獨——似乎也是一種親密關係。

的確可以好好想一想。他加快腳步，抬頭挺胸，每走一步，時間就過去一點；每走一步，就知道還要走的步數愈來愈少，就更能忍受每一步的痛苦。當Land Cruiser繞過彎道，他對站在眼前的老朋友微笑。

他熱情地喊了聲：「湯姆！」同時把手伸進乘客座的車窗。

湯姆看到他的手伸進來，皺起眉頭，那樣子似乎不是憤怒，而是驚訝。他穿著外籍記者常穿的卡其襯衫。安德瑞斯看過他的近照，但親眼看到他的外觀變化，身材變粗壯、頭也禿了，讓他想到距離上次見面不知道過了多少年。

「別這樣，握個手吧。」

湯姆握了握他的手，眼睛沒看他。

「下車一起走走？佩卓會把你的行李載過去。」

湯姆下車，戴上太陽眼鏡。

安德瑞斯說：「很高興見到你，謝謝你親自跑一趟。」

「我來，不是要幫你忙。」

「肯定不是，但——我們邊走邊聊？」

他們往回走。他決定開門見山。他的精神痛苦降到這麼低，產生的解放感就像踢延長賽的球員一樣——所有人都往前，做什麼都可以。他說：「你有女兒了，這時才說恭喜是晚了點。」

湯姆還是不看他。

安德瑞斯說：「我知道她的事情大概一年多了。我想，一知道就通知你才算是正人君子。」

「布魯圖斯[23]也是正人君子。」

「好吧，我道歉。她各方面都很傑出。」

「你怎麼找到她的？」

「照片比對。那軟體還很原始，算不上好用。但你也知道，有些事情我就是有辦法。」

「比方你殺了人卻沒事。」

「沒錯！」他覺得他離開了他的身體，古怪的浮起來。湯姆的確是這世界中，他唯一沒有祕密的人。

「你也不錯。失蹤核彈的新聞很棒，放上網了沒？」

「已經一個星期了。」

「就當作是我送你的禮物。我們早該一直合作的。」

他突然有點自得意滿過了頭，沒多想就打了湯姆的手臂一拳，然後帶著湯姆走過牧地，繞到主樓的陽台，邊走邊嘰哩呱啦、一臉驕傲地解釋火山區的環境。他的父親，卡提雅的先生，送給他一份禮物：自由，但沒能來得及看到他的成就。如果他還活著，而且也到火山區來，安德瑞斯可能也一樣會自得意滿過了頭，也會在他面前表演，列舉他的成就。但他也知道，他父親對他沒什麼好話，不會因為這些成就而改變。

在陽台上，泰瑞莎給他們端上啤酒。一些無刺蜜蜂嗡嗡地繞著他們飛來飛去。湯姆像個父親一樣不發一語。幾分鐘後，安德瑞斯說：「那麼，是什麼風把你吹來玻利維亞？」

「你是要問，除了你入侵我的電腦以外，我來還想幹什麼？」湯姆的聲音聽起來帶著自我控制的哽咽。

「還是，除了你教壞了那個剛好是我女兒的年輕女孩？」

安德瑞斯說：「的確不是好事。但我能不能這麼說，這些事情並沒有造成任何傷害，而且是你先起頭的？」

湯姆轉頭看著他，一臉不可置信的表情。「**我**起的頭？」

「我們約了吃晚餐，你還記得嗎？在柏林。但你一直沒有出現。」

「就因為這件事，你就要這樣對付我？」

「我那時以為我們是朋友。」

「就算你說的對好了，你能怪我不想當朋友嗎？」

「好吧，無論如何，我們現在扯平了。我願意從頭開始，忘掉以前的事情。我敢說，我手上還有一些機密，你會有興趣。」

「我來不是為了你手上的機密。」

「我想也是。」

「我來這裡，」湯姆把頭轉過去，沒看著他，說：「是要警告你，我會把你的事情寫出來，而且我會自己寫，還會帶警察去那個墓穴。」

他說話的聲音粗粗沙沙的，這可以理解，但安德瑞斯還是覺得很受傷。似乎湯姆欠缺想像力，對他含蓄的懺悔無動於衷——也就是他喜歡湯姆超過湯姆喜歡他，而且，現在他的精神狀態也不是最好。

他說：「好吧，你來這邊是要警告我。我相信你還沒說完，**不然的話**？」

湯姆說：「很簡單，兩件小事。首先，不准你再跟我女兒聯繫，永遠不准，沒有例外情況。第二，把你從我電腦裡偷走的每一個檔案都銷毀，絕對不留副本，也不准對外講你看到的內容。如果你做到這些事，我就會閉嘴。」

安德瑞斯點點頭。他在柏林認識的湯姆，是個心更軟、更寬容、更有母愛的人。他現在的嚴厲態度，讓

23 Brutus，背叛並刺殺凱薩的羅馬元老院議員。

安德瑞斯覺得自己像個耍壞的小男孩。

他說：「你說什麼，我就做什麼。」

「好，那就沒事了。」

「如果你只有這些要求，打電話說就可以了，何必跑一趟。」

「這件事值得我跑一趟，面對面講清楚。」

他想知道，那些檔案裡面，有哪些是湯姆急著銷毀的內容。事實上，他偷到那些檔案後，並沒有看多少。等到他查明萊拉．赫魯的矛頭不是對著他，就對那個間諜軟體意興闌珊了。而且，這幾個星期，恐懼和痛苦一直讓他無法工作，哪裡會想到要去翻找湯姆的家用電腦裡有什麼見不得人的資訊。

湯姆彷彿知道他在想什麼，說：「我不在乎你知道我的事情，但要是碧普知道，我就很在意。如果她從你這邊知道了什麼，我就會毀了你。」

「我想，你還沒有告訴她，你是她爸爸。」

「我寧願她不知道，也希望她不知道那筆錢的事情。」

「你不想讓自己的女兒知道，她將來可以拿到十億。」

「跟你講你也不會懂。」

「她是個懂事的女孩，我不覺得錢會毀了她。」

「我不會干涉安娜貝爾的決定，你也不准。」

「也就是說，你比較在乎前妻多過你的女兒。我想我不應該覺得意外。以前在柏林時，你就是這樣。」

「事情怎麼樣就是怎麼樣。」

「還有，你女友會怎麼想？如果你不介意我問的話。」

「這件事和萊拉沒有關係。」

「想必你已經告訴她碧普是誰了？」

「對。」

「相當震撼，我猜。」

湯姆轉過身，對他笑了笑。安德瑞斯過了一會兒才明白這微笑有多殘酷。湯姆說：「你知道嗎？這件事反而對我好，對萊拉也好。你出了名的陽光，對我們兩個都好。」

安德瑞斯閉上眼睛。創造黑暗就是這麼簡單。他的精神陷入黑暗，希望黑暗能更深沉。「再講下去。」他喃喃地說。

「你把碧普帶給我們。」

「我懂了。」

「萊拉一開始很難接受，最後我只好告訴她全部經過，包括我和你在柏林做的事。」

「但你很久以前就跟她講過了。」

「沒有。我是在發現你對我做的那些事之後，才告訴她的。」

「你告訴她了。」

「別擔心，只要你不去找碧普，你的祕密就很安全。萊拉守口如瓶，我也一樣。只是讓你知道，你幫了我們一個忙。」

「我幫你……」

「我和她出了點問題。這不見得是壞事，但是，我們需要有人推一把。」

「我幫了你……」

「別搞錯了。我不會原諒你對碧普做的事，我來這裡也不是要感謝你。只是，我從不掠人之美，就這麼簡單。」

安德瑞斯墮入那個幾乎沒有輪廓可言的黑暗空間，他覺得天旋地轉，噁心想吐。沒毀掉湯姆的生活已經夠糟了，無意中還讓他的生活更快樂……

他張開眼睛，站起來。

他說：「我有一些急事要辦。不然，你留下來吃個午飯，睡個午覺。等天氣涼一點我們去散個步。四點鐘可以嗎？」

湯姆說：「謝謝，不必了，我該說的都說了。」

「至少過一夜吧。你女兒很喜歡在這裡的小徑散步。」

湯姆看了看錶，顯然在計算還要多久才能擺脫安德瑞斯，回到他的女人身邊。二十五年，他一點都沒變。

安德瑞斯說：「下午已經沒有航班了。這邊可以走走看看的地方很多，城裡反而沒什麼好逛的。」

「我明天一大早就要找輛車。」

「當然，我來安排。」

他獨自一人在樓上臥室，打開湯姆家用電腦的硬碟拷貝。用「安德瑞斯」和「安娜貝爾」搜尋，只得到幾個沒什麼意思的搜尋結果。湯姆的保密方法真是糟糕——按鍵紀錄軟體盜取的登錄密碼是**leonard1980**，沒有大寫，也沒有特殊符號——而且，他的電腦桌面井然有序，簡直讓人受不了，一個個檔案夾甚至沒有設密碼保護，裡面不是第三方PDF檔案，就是無聊的圖片和商業郵件。但是，主檔案夾裡有一個命名為「x」的檔案夾，裡面只有一個名稱是「一條肉河.doc」的檔案設了密碼保護。安德瑞斯用leonard1980試著開啟，卻顯示密碼錯誤。

這是個大檔案，接近〇．五MB。他先把leonard1980簡單地重新排列組合，再輸入密碼欄，但都不成功。於是他放棄嘗試，找出按鍵紀錄軟體列出的密碼檔案，上面只有幾個已知密碼，這是好事（試密碼的次數不會太多），也可能是很糟糕的壞事，因為這代表間諜軟體啟動後，湯姆可能還沒有鍵入過所有的密碼。他先看到按鍵紀錄檔案中有**leonarD1980**和**leonard19801980**，兩個都打不開「一條肉河.doc」。他再回頭去找按鍵紀錄檔案，這次他故意讓焦點不要集中在單一密碼上，好看出湯姆使用的密碼模式。這一次，他注意到一個密碼**le1o9n8a0rd**後面接著一組數字，可能跟網路銀行有關。鍵入這個稍有水準的密碼後，他終於把那個檔案打開。

內容看起來像小說，也像回憶錄。他用自己的名字搜尋，結果在檔案末尾才出現。檔案的所有內容都顯示這是一份回憶錄，精確、誠實的回憶，但是，當他讀到湯姆回憶他愛他的部分時，卻覺得全是鬼扯，直到說故事的人講到他不愛他的時候，才又覺得這些文字是真的。然後，他終於明白了，就像他一直知道的一樣：認識他的人都不可能愛他。他們知道，他也知道，他身上有些地方非常不對勁。

他張開手掌，蒙住臉。時間一點一滴地過去，他盯著電腦螢幕的時間似乎只有千分之一秒，其實應該有半小時，檔案已經關起來了，他知道了回憶錄的結局。他在電郵的主旨欄輸入**le1o9n8a0rd**，從地址簿中選了andtylertoo@cruzio.com，然後附加「一條肉河.doc」。他感覺不到時間移動，因為他此際的思考移動速度比過往任何時候都快，思緒不理他，拋下他。這時他點擊了郵件程式上的「傳送」。

湯姆正在陽台上等他。安德瑞斯不敢看他，但嘴裡還能說出友善的句子，他說起火山區的面積有多少公頃、北邊那個國家公園的保育情形等等。他們往河的方向走，過了木橋，踏上山路，朝第一個高坡，也是比較沒那麼高的山頭往上走。山路愈來愈陡，湯姆開始喘氣。

他應該為湯姆著想，放慢腳步，但他急著快點抵達山頂，彷彿他與一個女人有約，如果晚到，女人可能就會離開。他有件最美好的東西要獻給她，很急，絕對不能撲空，否則就是死路一條——就這樣。她可能會在他到達山頂前就死了；她甚至根本不在那裡，但她還是可能在他到達那裡之前就死了。雖然他沒有要她來看他，卻恨她不來，恨她又要她又恨她又要她。現在，每件事都是果，沒有一件事是因。他依稀記得自己向來走好運的日子，她癌症治療成功，運氣當然好。只要他能即時到達山頂，她仍然可以收下他的奉獻。

山頂有一座塔樓，還有一張粗切的木長椅。山谷另一邊的山頭被夕陽照得通紅，但山谷這一側已經被陰影籠罩。圓滑的懸崖邊上都是滑腳的砂岩碎石，往下有好幾百公尺深。這是一塊直聳的大石斷面，除了幾株頑強的附生植物，寸草不生。

湯姆氣喘噓噓地爬上山頂，滿臉通紅，襯衫透出一塊塊汗漬。接著他一屁股坐在長椅上，說：「你的體力比我好多了。」

「看看這裡的景色，不虛此行吧，不是嗎？」

湯姆聽話地抬起頭來看著四周。一群又一群的長尾鸚鵡在山谷中鳴叫。然而，紅岩和綠葉和藍天的美麗只是一種想法。這個世界，這個世界的存在，這個世界裡的每一個原子，都是恐怖。

湯姆呼吸緩和一些後，安德瑞斯轉向他，張開嘴，他本來想說：「**對我來說每件事都很恐怖，你願意再和我做朋友嗎？**」但卻冒出一個聲音這樣說：「順便告訴你，我看過你女兒的裸體。」

湯姆的眼睛瞇成一條縫。

他本來想說：「**也許你不信，但我愛她。**」卻這樣說：「我要她脫光，她就聽我的話脫得赤裸。好美的身材。」

湯姆說：「閉嘴。」

我幾乎不認識她，但我愛她，我也愛你。「我還用舌頭舔她的私處，好棒的味道。我們德國人的說法是很美味。她也喜歡。」

湯姆勉強搖搖晃晃地站起來，說：「你他媽的閉嘴！你是怎麼回事？」

能不能請你幫幫我？

「你不想做的事，她也沒做。你們唯一不同的是，她做了她想做的事。」

「你他媽的是怎麼回事？」

誰來幫我。媽，請來幫我。

「你強迫安娜貝爾讓你幹她屁眼的時候，心裡在想我嗎？」

湯姆抓住他的衣領，似乎就要給他一拳。

「我覺得碧普可能會喜歡這段小插曲，所以，我把你的檔案寄給她了。就在剛才，你午睡的時候。我連密碼也一起給她了。」

湯姆抓著衣領的手又收緊了一些。但某人抓住他的手腕。

「別用掐的。有更好的方法，保證你沒事的方法。」

湯姆放開他的衣領，問：「你在幹嘛？」

某人更靠近懸崖邊。「我的意思是，你可以把我推下去。」

湯姆盯著他。

我難過得受不了了。

「我弄髒了你的女兒，原因很簡單，因為她是你的女兒，也因為好玩。她說那是她最棒的一次，我不是亂掰的，我說的都是事實，都是真的——你去問她，她也會承認。我把那個檔案寄給她，是想買個保險，確保她知道自己有多髒。你不是發誓如果我做了這件事，就要毀了我嗎？如果我是你，我會殺了我。」

現在湯姆的表情並不是生氣，而是害怕。

請幫幫我。有人幫過我，我知道，但現在誰能來幫我？

「坐在地上，這樣你才不會掉下去。然後伸腳用力把我踢下去。你覺得怎樣？很不錯吧？特別是，如果我——看著，」某人從口袋拿出一支筆。「我留幾句話，你就不會有責任。我寫在手臂上。看著，就寫在這裡，寫在這隻手臂上。」

他寫得很慢，因為皮膚上浸著汗水，還有毛髮擋著，但他寫的時候毫不猶疑。至於內容，早就在腦子裡了，想都不必想。

你們都知道我是個誠實的人，沒有什麼能威脅我做不誠實的事。我坦承，我在一九八七年十一月殺了霍斯特·偉納·克蘭霍茲。我今天的行為完全是我自己的決定。安德瑞斯·沃夫。

湯姆坐在長椅上，雙手抱著頭。某人把這些文字給湯姆看。

「這應該夠了，你覺得呢？自白應該足以解釋動機。如果有需要，你也可以證實這份自白。但我不認為有人會質疑。」某人向湯姆伸出手，問：「你願意幫我嗎？」

「不。」

「我把你當朋友才會請你幫忙，難道要我求你？」

湯姆搖搖頭。

「難道要我把你一起拉下去？」

「不。」

「別騙我，湯姆。你也知道想殺人是什麼感覺。」

「但我沒有殺人。」

「但是，現在你有機會殺人了。你想要殺人，起碼，你可以承認你想殺人。」

「不，你瘋了。你瘋了，但你不知道自己瘋了。你要做的是——」

湯姆的聲音停了下來。好奇，又突然。他能看到湯姆的嘴型在動，他還聽得到遠處的激流聲與長尾鸚鵡的鳴聲。只是聽不到人說話。完全不知道怎麼回事，肯定多多少少是凶手的傑作。但某人就是凶手，難道凶手始終對他人的話充耳不聞嗎？

在神祕的選擇性沉默中，他彎彎拐拐地走離湯姆，走到懸崖邊。他聽到腳在碎石上移動的喀嚓聲，回頭看到湯姆站了起來，朝著他比手勢，顯然在喊著什麼。他轉身面向懸崖，低頭看著熱帶樹林的林梢、裂成大塊的落石，以及綠色的林下植被隨風抽打著裂石。它們先慢慢接近，忽然快速接近，接著更快速地接近，他的眼睛一直睜得大大的，因為他是對自己誠實的人。就在一切都結束、純真無瑕的那一瞬間，他聽到了世界上每一個人的聲音。

下雨了

霧潮得幾乎要結成水，一路從舊金山的高地滲入城裡。好一點的情況下，霧會先籠罩舊金山灣，然後一條街一條街地佔領奧克蘭。眼看它慢慢逼近、變化，就像季節的移動。碰到紅木時，濃霧就化成覆蓋面積最小的區域的雨水降下；通過空曠地區時，就成了永無止盡沒有重量的蒼白，彷彿所有事物的盡頭。這算是一種短暫的悲傷，悲傷愈美麗，它的短暫就愈顯得珍貴；這也是一首緩慢的小調樂曲，但沒多久就會被太陽的搖滾之音趕跑。

碧普走在上班的上坡路上，短暫的悲傷幾乎被趕光了。星期天一大早，街上空空蕩蕩。如果霧還在，街邊那些陽光下的車子，可能就像停著不動、或遭棄的車輛。一隻烏鴉在某個方向某段距離外聒耳地叫著。霧讓其他鳥類噤聲，烏鴉反而變得多話。

她走進畢特咖啡館時，副店長納維正在把蛋糕點心放進玻璃櫃。他的耳垂上掛著像籌碼一樣大的圓木耳墜，他的年紀跟碧普差不多，看起來卻像是在大企業與零售業工作多年的老手。今天是碧普結訓後第一天正式上工，他在一旁看著碧普開啟結帳電腦、再把每一個咖啡壺加滿各式口味的咖啡時，一副公事公辦、一板一眼的樣子，讓碧普覺得她有個只是主管的主管，讓她可以全心只當員工的主管，感動得想哭。

她打開前門時，已經有三位客人在霧裡等著開店。招呼完他們之後有個空檔，走進這個空檔的，是一個她認識的人。傑森，一年半前她想要和他上床但沒成功的那個男孩，那個她看了他的簡訊的男孩。傑森・惠塔克和他的週日版《紐約時報》。她來應徵畢特咖啡館工作時，確實有想到他，想到他們的週日早晨，只是她以為他應該已經找到另一家想去的咖啡館了。

她擺出一副咖啡專家的樣子，等著他先把報紙放在他常坐的桌子上，再走到糕點櫃前。她已經不是當初那個讓他在她臥室裡等到天荒地老、又對他大發雷霆的人了。但他不可能知道，因此，在他眼裡，她當然還是原來的她。他要結帳時，看到原來的她，臉紅了起來。

她帶點自嘲地對他揮了揮手，說：「嗨。」
「哇，沒想到妳在這裡上班。」
「今天是第一天正式上班。」
「我差點認不出妳，妳頭髮變短了。」
「是啊。」
「很好看，妳看起來很棒。」
「謝謝。」
「哇，好。」他回頭看了看，沒人在後面排隊。他也剪短了頭髮，還是瘦瘦的，但不像以前那麼瘦。她想起來那時候為什麼當時想上他。
她問：「你想點些什麼？」
「不知道妳還記不記得？熊爪糕和一杯三份濃縮咖啡的卡布其諾，中杯。」
她轉身準備咖啡時鬆了口氣。納維正在後面忙著處理一個大型塑膠桶。
傑森說：「所以妳在這裡是打工？妳還在那個替代能源公司做事嗎？」
「沒有。」她從櫃子裡夾出一個熊爪糕。「之前就離開了，我剛從外地回來。」
「妳去了哪裡？」
「玻利維亞，還有丹佛。」
「玻利維亞？真的？去那裡做什麼？」
她打開奶泡機，機器立刻嘰嘰作響，這樣就可以不必回答。
咖啡做好的時候，她說：「這杯我請客，你不必付錢。」

「不行，那怎麼行。」

他把一張十美元紙鈔推給她，她又推了回去。鈔票躺在櫃台上。她兩眼盯著鈔票，說：「我一直沒有向你道歉，我早該道歉的。」

「天哪，不用，沒關係的。應該是我說對不起。」

「你說了。我收到你的簡訊。但我覺得很丟臉，所以沒有回。」

「沒關係啊！」

「我覺得還是有點關係。」

「那天晚上，真是屋漏偏逢連夜雨。」

「是啊。」

「跟我傳簡訊的那個傢伙，後來我們也不是朋友了。」

「我說真的，傑森，你不必道歉。」

他走回座位時，把錢留在櫃檯上。她把他消費的金額打進結帳電腦，把找回來的錢放進小費箱。一年半前，她可能會氣他這種對金錢毫不在乎的態度，但現在，她已經不是原來的她了。不知道為什麼，她不僅沒辦法生氣，也沒辦法懷著敵意，所以，某種程度上，她也失去了逗趣的能力。這的確是損失，但除了難過，也沒辦法做什麼。可以確定的是，她在知道母親是億萬富翁時，就失去這些能力了。

有一陣子客人川流不息，納維好幾次不得不親自上場接手，幫她收拾殘局，浪費的咖啡和牛奶愈來愈多。等到又出現一波空檔時，傑森走回櫃台，說：「我要走了。」

「很高興又看到你。我是說，除了我糗得要死的部分。」

「我每個星期天還是會來這裡，但妳現在可以這麼想：『哦，傑森來了。』我呢，可以這麼想：『哦，碧普來了。』」

「這好像是我說過的話？」

「是妳說的沒錯。下星期天會再看到妳嗎？」

「有可能。這種時間的班沒什麼人要上。」

他轉頭就要離開時，又轉過身來對她說：「對不起，我問妳下星期會不會在這裡，沒有存心要幹嘛的意思。」

「我也覺得你只是想表現友善。」

「那就好。我的意思是——我現在算是有個女朋友。我不想讓妳誤會。」

她覺得身上被刺了一下，有點痛，但並不意外。她說：「我知道你的意思了。」

他走開的時候，她笑了出來。他轉身問：「怎麼了？」

「沒事，對不起。跟你沒關係。」

他走了以後，她還在一直笑。一個愚蠢的保險套！還有什麼比一個保險套更好笑？一年半前，如果她沒有丟下傑森、跑到樓下拿保險套，就不會去填安娜葛瑞特的問卷，所有後來在她身上發生的事情，就都不會發生了。如果她有了男友，就不會想離開奧克蘭，就不會瞭解**其他**保險套的事。**那場**鬧劇，那場鬧劇也根本不會發生。納維用責備的眼神看了看她，但她還是忍不住發笑。

下了班，她走下坡回家。天空晴朗得好像從來沒有起過霧一樣。理論上，她現在應該開始進行《東灣快報》委託她寫的那篇稿子，關於她在『陽光計畫』實習歷程的第一手報導。但不管寫得多長、內容多好，她拿到的酬勞頂多就幾百美元；而她還有貸款要還，所以才會去畢特咖啡店上全職班。她也不知道該怎麼寫安德瑞斯這個人，可能一年、或十年以後，她才會明白自己對他的死真正的感受；而等著她搞清楚頭緒的事情還有很多，亂七八糟的資料堆積如山。但是，在畢特咖啡館工作了一天以後，她唯一拿手的事情就是拿著舊網球，對著崔佛斯的車庫門揮擊。

崔佛斯癱在客廳沙發上看奧克蘭運動家隊的比賽。他剛剛做了清除腸道寄生蟲的治療，還在康復中，而他生這場病的原因，可能要怪室友賈斯與艾瑞克是反消費主義人士[1]。他們三天前「攻擊」了一位帶客戶來看崔佛斯房子的仲介。他們的無政府主義朋友在眾籌平台上發起募資活動，但迄今總額還不夠付保釋金，所以賈斯與艾瑞克暫時還待在阿拉米達郡監獄裡。

崔佛斯說：「有人聞起來有咖啡的味道。」

「我帶了司康給你，」碧普邊說，邊打開背包。「你要配牛奶嗎？我也帶了一些牛奶回來。」

「沒有牛奶，可能沒辦法對付不新鮮的司康和永遠都是乾的嘴巴。」

崔佛斯把那袋司康放在他稍微消退、但仍是圓弧形的肚子上，然後伸手進袋子裡。碧普把裝牛奶的塑膠瓶放在咖啡桌上，說：「順便告訴你，到期日是昨天。銀行那邊有沒有進一步的消息？」

「再冷酷無情的需索，安息日也要休息。」

「放心，不會有事的。你的聽證會還沒舉行，他們不能幹任何事。」

「我所聽到的柯斯塔法官每一件事，都讓我樂觀不起來。他好像只念到八年級，而且像奴隸一樣尊重企業權利。我已經把出庭的辯護內容精簡得只剩骨頭了，但還是有一百二十二個重點，而且各有各的功能。我猜那法官聽到第三或第四個，就不會注意聽了。」

碧普已經不像以前那樣怕崔佛斯了，不幸的是，他的銀行也不怕他。她拍了拍他厚重、幾乎沒有毛髮的手，不期待他會有什麼回應，他也的確沒反應。

她上樓進以前住的房間，換上短褲和T恤。房裡有一半地方堆著史帝芬的東西，還有一些街上撿來的破銅爛鐵，她把這些東西堆起來，好騰出空間放她的床墊和行李箱。兩個星期前，她打電話給崔佛斯。當時她住在朋友莎曼珊的公寓，打電話前吃了一顆莎曼珊的安定文，打電話時才剛醒過來，昏頭昏腦的。她除了問候崔佛斯，還跟他說，他之前對那兩個德國人的看法很準。崔佛斯告訴她，史帝芬和一個二十歲的有錢人家小姐去中美洲冒險了，目前只有賈斯與艾瑞克跟他住在一起，如果她願意，歡迎回來住她的老房間。屋子被這幾個男人搞得髒兮兮的，藏污納垢的情況比她想像的還要噁心，但打掃房間，至少讓她有些生活目標。

她在史帝芬留下的垃圾裡面發現一支舊的肯尼士網球拍。崔佛斯的車庫門框不僅鬆脫，還因為乾腐菌孳生，變得軟綿綿的，就算使勁揮擊，反彈回來的球還是毫無力道。車庫後面有一排正在掉葉的常綠植物，正好充當擋球牆。她用力揮擊出去的球要是飛過了那道牆，只要去摩斯伍德公園的灌木叢裡找找，就可以找到另一顆球代替。球愈舊愈好，反正她只是想把所有的狗屁倒灶都打掉，打到沒力為止。她覺得，這很可能是她做過最心滿意足的事情。

碧普在高中體育課時學過幾星期網球，知道眼睛應該盯著球，側身揮拍。她的反手拍仍然打得很糟，但正手——啊，正手還真是沒話說。她最拿手的是上旋球，球上升的時候真是漂亮。她可以連續十五分鐘打正手球，然後跟上球反彈的路線，像貓玩毛球一樣不斷移位，一直打到非得喘口氣才停下來。每次揮擊，就像是把太長的午後咬掉一小口。

她收到那封主旨**le1o9n8a0rd**的電郵時，人還在丹佛，在幾位住在湖景區的前室友家擠了幾晚。她立刻知道電郵的附件是從湯姆的電腦裡偷出來的，她答應過湯姆絕對不會看他電腦裡的文件。當天稍晚，她搭巴士折騰到丹佛機場後，前後收到兩封湯姆寄來的簡短電郵。

---

1 Freeganism，指例行切斷與消費鏈關係的生活方式。例如以交換或在垃圾桶尋找過期不久、尚可食用的食物。

安德瑞斯死了。自殺。我仍無法接受，但覺得應該要通知妳。

PS：我在玻利維亞，親眼看他走的。如果他寄電郵給妳，請逕行銷毀，不要讀。他精神有問題。

她覺得肚子上挨了一記，想吐，震驚、恐懼、痛，都不是主因，**罪惡感**才是。這很奇怪，為什麼她會覺得罪惡？但她就是知道，想吐的感覺就是罪惡感在作祟。輪到她那一區的旅客登機了，她呆呆地走向登機門，登上這班飛往舊金山邊境的廉價班機。機上已經坐了一些更早登機的軍人，她旁邊就有一位。

他精神有問題。她知道，也不知道；親眼看過，但也做過他要求她不要做的事：不要先入為主，不要用自己的心智健全標準看待他。如果他真的死了，代表她以前的確有拯救他的力量。這種想法好像是往自己臉上貼金，但現在細想，他們獨處時，他其實一直對她發出求救的訊號。她那時覺得拒絕他，道德上不欠他，但，真是這樣嗎？難道她沒有惻隱之心嗎？她把自己蜷縮在狹窄的飛機座椅裡，緊閉雙眼，盡可能不讓人看到她在哭，彷彿這樣就可以隱形，讓隔壁穿著操作服的軍人看不見她。

到莎曼珊家的時候，她想到自己有忠誠衝突的問題。一方面，她答應尊重湯姆的隱私，而且湯姆還特別警告她安德瑞斯有精神問題，這是在暗示她那份文件裡面有看了會不舒服的內容。然而，安德瑞斯寄電郵給她，是他在世時做的最後幾件事之一。湯姆的電郵比他的電郵只晚了幾小時。也就是說，無論他有多病態，他死前幾小時還在想著她。她看重這件事，顯然又是另一種眼裡只有自己、沒有別人的表現——她不僅對一個受不了折磨想要尋死的人沒有惻隱之心，也忽略了這人除了痛苦，可能根本無暇他顧。然而，他寄電郵給她，一定是想告訴她什麼。她怕他所做的，就是要讓她知道，她是他決定自殺的原因之一。如果她該為他的死負責，起碼她應該面對自己的罪惡感，看看他不嫌麻煩傳來的訊息。她的想法是，既要知道那份文件的內容，又要對湯姆守信的方法，就是瞞著湯姆。她覺得自己欠安德瑞斯一份情。

但是，那份文件就像是開了就關不起來的盒子，像核分裂的祕密，所謂潘朵拉的盒子。她想起湯姆提過他前妻的前額有個疤、也矯正過門牙時，全身不寒而慄。這顫慄絕對和安德瑞斯有關，還包含了怪異的感激和倍增的罪惡。他在生命的最後一刻，把她最想要的東西──她的問題的答案──交給了她。答案到手後，她卻不想要了。因為她明白，得到答案，就等於做了一件對母親和湯姆都殘酷的事。他們兩個心知肚明的事，都不願意讓她知道的事。

還沒讀完湯姆的文件，她就倒在莎曼珊的折疊床上。她希望安德瑞斯這時現身，告訴她該怎麼做。他的命令就算再瘋狂，都比沒有任何命令來得好。她懷疑安德瑞斯沒死，是湯姆搞錯了。她無法接受他死了，想他想到受不了。她拿起手機，看到不以即時新聞見長的《丹佛獨立新聞》報導了這則新聞：

他從至少一百五十公尺的高處躍下

她關掉手機，一直哭，哭到焦慮淹沒了悲傷，不得不叫醒莎曼珊，拜託她給她一顆安定文。她告訴莎曼珊，安德瑞斯自殺了。莎曼珊的個性是，只要事不關己，就無法理解前因後果。她回答說，她的高中同學上吊自殺後，她就一直耿耿於懷，一直要到她明白自殺是最難解的謎，才終於放下。

碧普說：「這不是謎。」

莎曼珊說：「這是謎。我一直過不了那一關，總覺得我早該看出來，可以救他……」

「我本來也可以救他的。」

「我也那樣想過，但我錯了。我要逼自己，才能看清楚那件事其實和我沒有關係，我不需要為一件和我沒有關係的事情內疚。知道這一點後，我就很氣。我對他來說，什麼也不是。我沒辦法救他，是因為我對他來說不重要。我後來才明白，生氣其實對心理反而比較好……」

莎曼珊就這樣說個不停，她怎樣怎樣的陳述句從她嘴裡源源不絕地蹦出來，直到安定文藥效發作，碧普非得睡了才停止。到了上午，莎曼珊的公寓只剩碧普一個人時，她才慢慢讀著湯姆文件裡的其他內容。她本來只想知道大致內容就好，但要大致瞭解內容必須略著讀、往後讀，這時候就很難避免讀到太多關於她父母的性生活。並不是說她不能容忍性的這件事，但她父母古怪的性生活對她來說，不僅聞所未聞、非常老派，還有著難以承受的悲哀。

文件裡還有很多別的情節讓她心神不寧，在她快讀完的時候，她知道最大的問題是那筆錢。湯姆和萊拉成為自己的新爸媽，當然很有意思，但她不能打電話給湯姆跟他說：「嗨，**爸爸！**」因為這等於承認她失信，讀了他的檔案，又背叛了他。現實情況是，除非母親主動、自發地說出他的身分，不然，湯姆和萊拉此生都不可能成為她的新父母。她願意接受這種局面，至少現在願意。但是，那**十億美元**的信託基金是怎麼回事？她母親說過多少次，這個世界上她最愛的就是碧普？如果沒有別的人、別的事比她更重要，為什麼母親明明可以有這麼多錢，卻還是讓碧普為貸款受罪，活得那麼困窘？湯姆的檔案是她對母親惱火的見證，她也被這種心灰意冷感染了。她終於明白母親是害怕湯姆會把她帶走、讓她最後也背叛母親。她可以感覺到，自己準備背叛母親。

她又吞了一顆安定文，然後，又寫了一封電郵給柯琳。這回，不到一小時，她就收到沉默了八個月的柯琳回信留言。

又被騙了。我以為他再也沒有別的方法可以傷害我。

回音是從區域號碼四〇八的手機傳來的。碧普立刻撥電話過去。原來，柯琳就住在加州，隔著舊金山灣的庫比蒂諾市，在一家新的科技公司擔任首席法務長。柯琳聽到碧普的聲音沒有掛電話，只是重提自己八個月前離開時的抱怨，嘟囔這世界有多討厭。

她說：「他那些女人這兩天在推特上可熱鬧了。托妮．費爾德說他是有史以來最誠實的人——換個說法是：『**我**上過他！』希拉．泰伯說他活出了世界史的黑格爾精神——她其實也是要說：『我也上過他，比托妮還早、還久。』也許妳也該推個文，伸張一下妳對這位聖人英雄的主權。」

「我沒上過他。」

「對不起，我忘了，妳牙齒斷了。」

「不要那麼惡毒。我很難過，我真的需要找個人聊這件事。」

「我恐怕也好不到哪裡去，現在就像個又難過又氣憤的大火球。」

「也許妳不該再看那些推文。」

「我明天就要去深圳，應該會好一點。中國人搞不清楚這些有的沒的，上帝保佑他們。」

「等妳回來以後，我們聚聚？」

「我覺得妳一直錯看我了。我有點難過，但也有點窩心。妳真心想見，我們可以聚一聚。」

碧普知道，她應該打電話告訴母親，說她已經回奧克蘭了。她現在明白，為什麼母親會對她去丹佛的動機起疑。只要在她鄰居琳達的電腦上瞄一眼《丹佛獨立新聞》的網站，就會看到網站上她前夫的大頭照以及他寫的每週評論。對母親來說，想到碧普和他在一起，一定很痛苦。這也解釋了母親從那時起就以沉默和頑抗對付她，她認定碧普找到了爸爸，還為此說謊。要不是後來發生那麼多事，碧普本來想對母親說，**這件事**

她沒有說謊，好讓她放心。但她想不出來該怎麼辦，才能不透露她已經知道的事、以及她是怎麼知道的。要是母親知道她讀過檔案，知道關於她的事，可能會羞愧而死，會因為祕密幾乎全掀開了而死。當然，碧普可以繼續撒謊，繼續假裝自己在丹佛的工作只是個普通工作；但想到要一輩子說謊、絕口不提那筆錢、硬生生地與湯姆和萊拉分開、縱容母親的各種恐懼和沒道理的禁忌，她就覺得生氣。安德瑞斯顯然不是有史以來最誠實的人，但她覺得母親可能是有史以來最難搞的人。碧普不知道該拿母親怎麼辦，所以有一陣子，她要靠安定文撐著。

擊球就像她這種窮人的安定文。星期天的太陽已經落到高架高速公路後頭，天空仍然無霧。加州宣布進入乾旱緊急狀態已經好幾個月，但一直要到現在，過了夏至（她寄給母親一張非生日賀卡，上面除了「永遠的愛，碧普」，就沒別的字），她才確實感覺到乾旱。如果霧回來了，她可能會覺得放下球拍進屋比較好，但是，霧沒有回來。她先練習反手拍，卻把兩顆球打過那道植栽牆，飛到隔壁的院子。接著她又練習正手拍。還有什麼完美無缺的人造物比網球更能刺激想像力呢？毛絨絨、圓滾滾、可以擠壓、又有彈性，由兩片一模一樣的布縫成，撞擊時發出啵的一聲，就像打開收銀機發出的悅耳聲音。狗知道什麼是好東西，狗愛網球，她也愛。

等到她打得滿身大汗，終於進屋時，看到賈斯和艾瑞克在廚房，桌上有兩公升的啤酒。是他們剛假釋出獄，走在漫長的回家路上，一位好心人買給他們的。

賈斯說：「眾籌募資這點子太讚了。」

艾瑞克說：「就像在借錢一樣，超級有用。」

碧普問：「他們還是要提告？」

賈斯說：「目前是。如果崔佛斯在聽證會上贏了的話，那個房屋仲介就算是私闖民宅，我們當時的反擊就是合法的。」

「我不認為他會贏。」碧普拿起一瓶喝了一半的啤酒，問：「我可以喝嗎？」賈斯和艾瑞克猶豫了好久，她放下啤酒瓶說：「我再去買一點好了。」

艾瑞克說：「太好了。」

「我會買很多很多回來。」

「那太好了。」

她出門買啤酒時，先去找崔佛斯，發現他坐在床上，雙手摀著臉。就法論法，他的前景堪慮。他在碧普不在的這段時間設法重新貸款，但房地產市場受到科技業興起的壓力，房價漲了至少三成。因此借貸雙方又為還款方式展開一輪爾虞我詐。在幾種不同的還款方式中，他根據一位銀行行員的建議，理所當然地選了最低的那種。但後來這人卻消失了，雖然他有她的姓名和分行地址，銀行卻表示沒這個人。而且，沒有瑪麗的薪水和拉蒙的殘障補助，他連每月最低還款金額都付不出來。他拿得出來的法律依據，只有那則吹毛求疵、指斥銀行面目可憎、可能涉及重罪行為的長篇大論。碧普試讀過這篇長文，但洋洋灑灑近三十萬字的篇幅，她根本讀不完。

她坐在他腳邊，說：「嘿，我有個朋友是科技公司的律師，她可能知道幾個願意打免費官司的事務所。要不要我問問她？」

崔佛斯說：「謝謝妳關心，但我親眼看過那些免費律師是怎麼對待我這個案子的。剛開始氣氛一片友好，相當愉快，說什麼事關公理正義、我們一定要匡正它、你怎麼沒有早點來找我們之類的。一個星期後，他們就把手和臉緊緊貼在窗戶上，大聲尖叫：『讓我出去！』我覺得……哦，算了。」

「什麼？」

「我只是突發奇想，我覺得如果找到一個精神有問題的律師，一個接受過藥物治療的人……這是個笨點子，別提了。」

「這點子其實不賴。」

「不。還是祈禱從現在起到星期二之後的一個星期，柯斯塔法官會從樓梯上摔下來。你相不相信禱告的效果，碧普？」

「不大相信。」

崔佛斯說：「這次，請幫忙相信一下。」

接著那個星期天，她準備打開畢特咖啡館的前門時，發現傑森也在等著開店。碧普知道他有女友，不願過度解讀他早到的原因，但看起來他的確想和她說說話。他在櫃檯前晃來晃去，告訴她，他的新統計學教科書的進度，以及他對一群統計學教授簡報的過程。「這些不相信有這種簡單又直觀的方法教統計的教授說：『好吧，這是用幾何教統計的特例。』所以我再展示其他例子給他們看。我要他們把手上難到不行的例子交給我，結果我的方法**全都行得通**，可是他們還是不肯相信。好像他們投注畢生心力的統計學，是一門直覺絕對不可能處理的學問。」

碧普說：「我也一直聽人這麼說：『別選那門課。』」

「那妳呢？妳還沒有告訴我妳在玻利維亞做什麼？」

「哦，那個。我在『陽光計畫』實習。你知道的——安德瑞斯．沃夫。」

傑森雙眼瞪得大大的，非常逗趣。安德瑞斯的造神運動現在進行得如火如荼，柏林、奧斯汀、布拉格和墨爾本都舉行了燭光紀念會，安德瑞斯的紀念網站湧入的感激與不捨留言，量大到好幾TB，就像是另一個亞倫・史沃茲[2]現象，只是規模大上百倍。

傑森問：「妳在開玩笑吧？」

「嗯……沒有，我確實在那裡。不過不是在他死的時候——我是一月底離開的。」

「太誇張了。」

「我知道——很奇怪，對吧？」

「他在那裡的時候，妳也在那裡，真的？」

「真的。我在那裡，所有人都和他在一塊。他一直都在那裡。」

「太誇張了。」

「你一直講太誇張了，我會難過。」

「我不是那個意思。我知道妳真的很聰明。只是我不知道妳對網站有興趣。」

「我是沒興趣，但後來興趣來了，然後又沒興趣了。」

她在傑森面前表現得像全世界大多數人一樣也崇拜明星；雖然她明知這麼做，會對自己失望，她還是希望傑森不要改變話題。但他還是改了。他問她將來有什麼計畫。她老實回答，除了下班回家、對著牆壁打網球，一時還不知道要做什麼。他說，他最近也在學網球，還表示兩人可以找時間一起練習，但一起練習的事情，他講得隱隱約約，因為他想到碧普知道他有女友，讓他很洩氣。然後他就帶著他的週日版《紐約時報》，回到他習慣坐的位子去了。

2 Aaron Swartz，美國著名網路運動活躍人士。二〇一一年七月從學術期刊網站下載大量學術文章遭聯邦政府起訴，面臨百萬美元罰款與三十五年徒刑。他於二〇一三年一月在紐約自宅自殺身亡。

不管她和傑森以前互相吸引的化學成分還剩下什麼，她只希望留下來的，是她不必真正採取行動的遺憾。她也知道，其實還有一個遺憾：他可能是對她表示過強烈好感的男孩裡頭，最甜蜜、最好看的一個。她覺得很懊惱，因為當她有機會時，卻沒有好好珍惜。既然傑森已經知道安德瑞斯．沃夫看重她，她希望傑森的遺憾會多一點。

碧普在臉書上沉寂了很長一段時間，又回到臉書。這是讓老朋友知道她回來，又不必非得見面的方式。但她的主要動機是防禦。她母親的鄰居琳達也是她的臉書朋友，琳達要她放心，告訴她，她母親的生活沒有什麼變化，也樂於轉達她對母親毫無實質內容的問候。她希望琳達會把她的臉書給母親看，或至少向她母親形容上面的內容──也就是：幾乎沒有內容。碧普住在奧克蘭的舊房子裡、在畢特咖啡店工作，如此而已。她希望母親放下心理煎熬，不要老以為她還在丹佛和父親在一起。琳達很多話，一定辦得到。

下班後，她打完球，洗了澡，走到灣區捷運站時，忍不住上傑森的臉書看看。他散發熱情的能力在臉書處處可見，不注意都難。但是，她想知道的當然是他女友有多漂亮。就這點來說，消息好壞參半。他女友有漂亮的臉蛋、嚇人的時髦，還有個嚇人的法國名字：桑定娜。她看起來足足比傑森矮了三十公分，兩個人站在一起看起來很怪。碧普突然非常厭惡自己和臉書，便把手機關了。

她要去的地方是一家位於貝諾爾高地的秘魯菜餐廳，對她來說非常不方便，但柯琳顯然很愛吃美食，想去嚐嚐看。柯琳已經兩次以工作太忙為由，在最後一刻取消約定。如果她想要藉此懲罰碧普，讓她覺得自己很渺小，那麼，效果還真不錯。

貝諾爾高地籠罩在在灰色的季節裡。餐廳裡都是大聲嚷嚷的科技業人士。柯琳的桌子就在等候帶位區的旁邊，位置很怪。她留給碧普的座位，就卡在服務生來來去去的通道上。柯琳臉上化著毫無必要的誇張彩妝，穿戴著貴重的絲外套和珠寶，碧普看了嚇了一跳。她記得柯琳以前說過，她的志向是做無趣、沒有風險的工作。

她說：「抱歉，我來晚了。從奧克蘭過來很花時間。」

柯琳說：「我點了一些小菜。待會兒還得回辦公室。」

碧普終於看清楚，從以前到現在，柯琳就像一個夏令營朋友，不是真的朋友，她不應該一直寄電郵給她。但碧普找不到可以聊安德瑞斯的人，所以她點了一杯桑格莉亞調酒後就開始說話。她先講了個大概——安德瑞斯在德國殺了一個男人；把她弄到火山區，其實是他荒唐的掩蓋計畫中的一環——希望柯琳相信，在科特茲旅館發生的事不是私事。

碧普的結論是：「我覺得他真的有病，而且，沒人知道他有這麼嚴重的病。」

「我為了要他，花了三年的時間，知道這件事不會讓我好過一點。」

「我也想要他。但他給我看的那一面，太可怕了。」

「妳真的覺得他殺了人？」

「他是這麼說的，我相信他。」

「呃，我讀到關於他的事，絕大部分都是不健康的，百分之百的受虐狂。但我沒看過他是殺人凶手這個講法。」

「就算他有留下書面懺悔還是什麼的，我相信都被那些人蓋掉了。葳婁或是弗洛爾肯定會去保護那個品牌。」

柯琳說：「妳應該把這件事公諸於世，把那個該死的托妮．費爾德和其他每一個人打趴。『你們的聖人英雄是個神經病。』妳要不要幫我這個忙？」

碧普搖了搖頭，說：「就算我公開，誰會相信我？我還有別的問題要解決。他把我媽的身分告訴我了。」

「妳是說，除了她是妳媽以外？」

「她是**億萬富翁**。柯琳，她有一筆信託基金，大概值十億吧。但繼承人，也就是她，卻逃跑了。我根本不知道該怎麼開始處理這件事。」

柯琳皺著眉頭說：「億萬富翁？妳不是告訴過我她很窮？」

「她換了身分，躲得遠遠的。她爸爸是麥卡斯基爾食品的總裁，就是那間食品公司。」

「她真的是妳**媽**？」柯琳用斜眼看了碧普一下，好像碧普就是一堆錢，而她不知道該不該相信自己的眼睛。「這是敬愛的領袖告訴妳的？」

「大致上是。」

「我猜，這就是他喜歡妳的原因，太明顯了。」

「多謝。但他其實不在乎錢。」

「沒有人會不在乎十億美元。」

「是嗎？我媽就不在乎。我也不確定錢還在不在。」

「妳應該去搞清楚。」

「我只希望這些事都消失。」

「妳一定要搞清楚。」柯琳伸出手，隔著桌子碰了碰碧普的手，說：「妳不覺得應該要搞清楚嗎？」

碧普回到崔佛斯的房子時，已經很晚了，收件匣裡已經躺著柯琳寄來的一封長信。柯琳在信裡向她道歉，因為今晚害她大老遠跑到貝諾爾高地，還說下次她們見面時，可以換她來奧克蘭，也希望她們很快可以再見面，能夠再見到碧普真好，很喜歡她的新髮型……接下來幾段是典型的柯琳，說法律這一行有多討厭、中國有多討厭，她約會了兩個月，才知道那個科技人一頭熱地想逃稅，說有多討厭，就有多討厭。她覺得奇怪的不是電郵的內容，而是發信的時機。碧普等了八個月都等不到柯琳溫暖的問候，卻在現在，在她說出「**億萬富翁**」這幾個字後不到兩小時，她等到了。

柯琳知道自己做得太明顯嗎？碧普不覺得。但也有可能是她疑神疑鬼的個性又出現了。她記起來安德瑞斯怎麼說名氣這回事，身為名人的孤獨、完全無法相信別人喜歡名人真的只是喜歡這個人而已。她懷疑，身為億萬富翁甚至可能更孤獨。

隔天，星期一，柯琳又寄來一封長信，外加兩則感情洋溢的電話留言。星期二，崔佛斯出席柯斯塔法官主持的禁制令聽證會，法官給他十分鐘陳述己見，然後做出判決：限他十五天內把房子空出來。星期三，傑森在臉書上留言給碧普，問她想不想一起打球。有固定女友的男孩，發這種訊息給一個以前差點上床的女孩，未免太天真無邪。要不是柯琳突然變得那麼友善，碧普或許會很開心傑森寫信給她，最起碼也會有點陶陶然。但現在她卻想到，傑森或許是因為她和安德瑞斯的關係，才又對她有興趣。這會成為她的新常態嗎？她已經因為信任別人惹上不少麻煩，接下來一輩子，她要面對的是不信任別人的新生活。她回了臉書訊息給傑森：**在畢特咖啡店見面再說**。然後她做了點功課，打了幾通電話。第二天上午，星期四，她飛去威奇塔。

她坐在機場計程車後座，一路上「麥卡斯基爾」這個名字接連出現在少棒聯盟球場、市中心大型展售帳篷、一家托兒所、城東貧民區一個食品配送倉庫，以及寫著「麥卡斯基爾關心您」的廣告看板上。中午的高溫和她在玻利維亞感覺到的炙熱不相上下。草坪被太陽烤得幾乎全白，樹木似乎準備好提早三個月落葉。

「詹姆士．納法律師事務所」的辦公室開了冷氣，非常涼快。碧普才要開口說話，接待員就帶著她到後頭一間大型木條裝飾的辦公室，納法先生站在門口等她。他個子不高、頭髮花白，而且顯然是那種衣服不皺就覺得不舒服的男人。他看著碧普說：「我的老天，一看就知道妳是她女兒。」

她和他握了握手，跟著他進辦公室。接待員送來一壺冰水就離開。納法先生還在盯著她看。

她說：「那個，謝謝你答應見我。」

「謝謝妳跑一趟。」

「我有幾張我媽的照片，不知道你有沒有興趣看。」

「當然有興趣，這是我的責任。」

碧普把手機遞了過去。她選了一些晚上在母親的小木屋裡拍的照片，避免洩漏母親的行蹤。納法先生邊看照片邊搖頭，一副大惑不解的表情。他辦公室裡有一面牆，上面全是照片，一張張中西部的臉孔，在過時的陳設前面，穿著異國風的過時衣服，那是另一種人心目中的美國。碧普認出大衛・萊爾德，她外公，也是她為了跑這趟做的功課之一。他坐在高爾夫球車裡，旁邊是年輕、衣服皺巴巴的納法先生。

他把手機還給碧普。「她還活著？」

「對。」

「在哪裡？」

「我不能告訴你。她不知道我來找你，就算知道，她也不會高興。她不想被打擾。」

納法先生說：「我們已經放棄找她了。她爸爸找她不只一次，那是九〇年代的事情。他死後，我又再找了一次，這是我的責任。他一直認為她還活著，但我不這麼認為。人死是常事，但除非我能證明她不在世上，而且沒有繼承人，否則我就不能解除信託關係。」

「所以還在，我是說信託。」

「當然。我靠著管理這筆基金也發了大財。我有充分的理由，堅持妳一定要告訴我妳母親的行蹤。她只要簽收一份掛號郵件就好。她還是可以什麼事情都不做，但她得知道她是受益人。」

「抱歉，不行。」

「桑定娜——」

「這不是我的真名。」

納法先生點點頭，說：「我瞭解了。」

「我不想改變什麼，我來，只是想請你幫個忙。」

「哈，我大膽猜一下，妳需要錢。」

「差得遠了。我是說，我的確需要錢，但我來這裡，不是因為我要錢。你願意聽嗎？」

「洗耳恭聽。」

「我一直住在加州奧克蘭。有個房子快要斷頭了，屋主被迫非得搬出去不可，時間剩不到兩個星期。屋主是個好人，但銀行想要偷走他的資產。我在想，信託基金裡有很多錢，而你也可以決定如何投資。我怎麼有個印象，這幾年其實你沒做什麼事，除了開幾張大支票給自己。」

「嗯，這麼說吧，實際上——」

「這基金絕大部分是麥卡斯基爾的股票。這部分你不能動用。那，你還有什麼可忙的？而且，你還拿到，大約吧，一年有一百萬。」

「妳怎麼知道？」

「我就是知道。」

「我和妳媽媽的前夫聯絡過，他告訴妳的。」

「可能是。」

「桑定娜，這件事妳得老實說。」

「我是那傢伙的孫女，大衛的孫女，所以我也是萊爾德家的人，我只要你幫個小忙，你也不必從自己口袋掏錢。這筆錢和基金裡的錢比起來，根本算不了什麼。我請你現在立刻買下我朋友的房子，然後收他一點他付得起的房租。租金收入當然不高，所以不是什麼了不起的投資；但是，你想怎麼投資那筆錢都可以，對吧？」

納法先生將雙手手指搭成三角形。「我受託的義務是要謹慎投資。最起碼我要拿到妳媽媽的書面授權。我也知道，短時間內，她不大可能會質疑我的決定，但我還是要以防萬一。」

「信託條款裡有說我是繼承人嗎？」

「是有個代位繼承條款。有的。」

「那我來簽字就好了。」

「明知妳用假名，還讓妳用假名簽字，這我做不到。就算我想同意這筆投資也一樣。」

碧普皺了皺眉。她在飛來威奇塔的兩段航班上左思右想，就是沒想到這一點。「如果我告訴你我的真名，你就會設法用我的名字找我媽媽，就算我要你別這麼做也沒用。」

納法先生說：「我們慢慢來。先從我的角度看這件事。我真的相信安娜貝爾還活著，也相信妳是她女兒。這個情況非常少見，但我相信妳說的都是實話。但如果妳下個月又來找我，說妳基於另一個理由要進行另一項投資——不是沒完沒了嗎？」

「我不會那樣做。」

「妳說的容易。我不可能知道妳會不會食髓知味？」

「嗯，果真如此，到時候我們又得重新討論一次。但我不會那麼做，這種事不會再發生。」

納法先生雙手手指搭成的三角形愈來愈尖，他說：「我不知道他們家族發生了什麼事，我是說妳的家族。妳媽媽、她爸爸，我都不瞭解。但他處理自己的麥卡斯基爾股票的方式，搞得怨聲載道。除了要繳一大筆稅，還要把遺產的四分之一留給女兒，他只能把剩下來大部分的錢成立了幾個慈善信託基金。我知道妳覺得我不勞而獲，但是把足夠的股票變現用來繳遺產稅，也是要花力氣的。此外，安娜貝爾那幾個哥哥，每個人只拿到相當於八千萬的股票，其他的都放在他們可以控制、但獲利不高的信託基金裡。搞得這麼麻煩，全是為了讓那位恨死父親的女兒能一次就拿到該給她的錢。我剛才說我不瞭解他們，其實是客氣話。現在，妳甚至不讓我通知她，即使她的錢就在那裡？」

碧普想著：**看來沒錯。每個人都一直瞞著我媽，不讓她和現實接觸**。

她說：「這件事，我來試試看。但只有我能做。我不要她收到你的什麼掛號信。如果我答應試試看，你就會買下奧克蘭的那棟房子？」

「為什麼我要答應妳？」

「因為我是繼承人，這是我的要求！」

「意思是，妳也瘋了。」

「沒有。」

「妳可以和妳媽媽談一談，然後當個億萬富翁。但妳反而為了某個第三者，來找我，要我買一棟就要斷頭的房子。那人不會剛好是妳男友吧？」

「不是，他有精神分裂症，但是服藥情況穩定，四十多歲。」

納法搖搖頭，說：「妳不想消除瘧疾、不想送窮人小孩上大學、不想來趟私人太空之旅，甚至也沒想過吸毒。」

「萊爾德家族和麥卡斯基爾家族的人，不都因為太有錢所以搞得一團糟？」

「大概有一半吧，是啊。」

「我有個舅舅不是還想過要買一支NBA球隊？」

「他想得更美。他是要用『小大衛．萊爾德慈善信託基金』去買。」

「所以，我的怪異完全在正常值以內。」

「聽著，」納法先生坐直身子，用眼神要碧普正經點，說：「我根本不必對妳負責，我比妳媽還大幾歲，還愛吃大塊紅肉。我接下來要提出的條件，不是因為我要禮尚往來。妳先告訴我真名，然後在授權書上簽字；離開這裡後，去找萊爾德家族的家庭醫生，留下血液樣本。從今天起六個月內，妳如果沒有聯絡我，我就會找徵信社去找妳媽媽。我這邊會安排信託基金買下妳朋友的房子。我替妳做這件事，妳告訴我妳媽的下落。」

「不過，你一定要馬上買下那個房子。比如說，今天或明天，最晚星期一。」

「妳答應我說的條件嗎？妳有六個月的時間搞定妳媽媽。」

碧普在幫助崔佛斯和厭惡對她母親講這件事之間權衡輕重。她知道，就算她不去找母親談，母親也不能確定納法先生找上門是因為她的緣故，她會以為是湯姆或安德瑞斯的錯。她會簽收掛號信，根本不讀就燒掉，然後繼續否認現實。

「我的法律姓名是純真．泰勒。」

她簽完授權書，到醫生的辦公室抽完血，叫了另一輛計程車去機場的時候，已經下午四點半了。停機坪上的噴射機在熱氣和毒辣不減的太陽下閃閃發光；但天空正在變化，原本薄薄的藍就要變成一大塊灰，不祥的預兆。往丹佛的班機顯示延遲四十五分鐘起飛。她一定得在第二天下午回去上班，但可能趕不上從丹佛回去的班機，只能改訂明天上午的航班。她稍早硬著頭皮，要納法先生代墊她的機票錢和計程車資；這一趟她還沒花自己一毛錢。

她沒有辦法見了湯姆，又不承認她已經讀過他的回憶錄；而就算她希望萊拉能原諒她，也還擔心萊拉覺得她是個威脅，看到她會不高興。她拿起手機，搜尋辛西亞．艾柏蘭特，發現她是某個社區研究計畫的副教授。湯姆的回憶錄裡，唯一友善、正常得挑不出毛病的人就是他這位姊姊。碧普撥了她的辦公室電話，她接了起來。

她說：「我是碧普．泰勒。妳知道我是誰嗎？」

「對不起，再說一遍妳的名字？」

「碧普．泰勒。純真．泰勒。」

手機另一頭一片死寂。然後，辛西亞說：「妳是我哥哥的女兒。」

「對。所以，我想跟妳談一下。」

「妳應該去找湯姆談，不是我。」

「我馬上就要飛去丹佛，如果妳今天晚上有空，比如說，一個鐘頭的空檔的話。妳是我唯一能講話的人了。」

又是一陣沉默，辛西亞同意了。

這趟航程的噴射機太小了，躲雷雨躲到碧普以後再也不想搭飛機，她全程都在等著死亡。有意思的是，她搭計程車去辛西亞家的路上，很快就忘了這件事，就像狗根本不知道死亡是什麼一樣。在這件事上，狗是對的。牠們才不會因為那些永遠無解的謎而煩惱。

辛西亞家和萊拉先生的家在同一區。她應門時，手裡拿著一杯紅酒。她有著大號身材、灰色長髮和一張愉快的臉。「我得先喝點酒，」她邊說邊舉起酒杯，說：「妳也來一點？」

她家客廳就像學術版的崔佛斯客廳，藝術品、書，甚至家具都透著明顯的左派色彩。碧普坐在一個櫃子旁邊，櫃子上的裝飾是用明亮的原色油彩畫的拉丁美洲農民。辛西亞豐滿的身材把她坐的扶手椅椅墊壓出一個印子。她說：「也就是說，妳是我姪女。」

「妳是我姑姑。」

「妳為什麼來找我，不去找我哥？」

碧普先喝口酒，然後告訴辛西亞她的故事。她說完後，辛西亞幫她添了酒，然後說：「我一直覺得湯姆的故事可以寫本小說。」

碧普說：「他在自己的回憶錄裡也這麼講。他想要當小說家，但我媽不准。」

她姑姑臉上出現嚴肅的表情，說：「她什麼都不准。」

「妳不喜歡她？」

「不，剛開始我真的喜歡她，希望我們能多往來。但也不知道為什麼，她很難親近。」

「她到現在還是那樣。她太害羞了。」

「我不喜歡她對待我後母的方式。但克萊莉亞是那種自我意見很強的人，所以我也盡量體諒妳媽。但後來……這件事大概回憶錄裡有提到……」

「吐口水那件事？」

「我當時也在屋裡，親眼看到。湯姆事後向我解釋，我多少也能理解——我也不喜歡農企業和毫無限制的資本掠奪。但我不得不說，湯姆也犯了個錯誤。我當時心想：『這女的**瘋了**。』那件事情過後好多年，我看到他的次數少之又少，至於她，我就再也沒有看過——我忙著照顧女兒。不過，就算我們隔得這麼遠，我還是感覺得出來他們的關係有問題。他真的對她很忠實，他們還在一起的時候，他絕對不會說她一點不好；

就算到了後來，他也不願意說她的壞話。我認為，他其實很生氣，但表現出來的並不多。還好最後情況逐漸好起來了，現在他做得相當出色，還有萊拉——妳也知道，每個人都愛萊拉。他應該一開始就和萊拉結婚才對。」

「對。每個人都覺得她比我媽更棒。」

「她是很棒。但我不懂，妳為什麼來找我談她的事情，卻不直接找她聊聊。」

「她好像覺得，我想把湯姆從她身邊搶走。」

「這我不會擔心。最近他們的關係好像愈來愈好了。」辛西亞在她的酒杯裡倒了些酒，說：「但妳既然來了。再告訴我一次，妳是為了什麼而來？」

「因為我不知道該怎麼辦。」

「妳想聽聽我的建議。」

「對，拜託妳。」

「妳可能不會高興。」

「妳還是說說看。」

「我覺得妳應該生氣，非常、非常生氣。」

碧普點點頭，說：「但我很難做到。我讀了湯姆的回憶錄以後，覺得自己好像背叛了他。我還瞞著我媽媽去了一趟威奇塔，多知道了一些事。這也等於背叛了她。」

「說句實話，妳不要介意。妳這是胡說八道！」

「為什麼是胡說八道？」

「湯姆告訴我妳的事的時候，我就非常火大。不管妳住在他那邊多久，好幾個星期吧，而他已經知道妳是他女兒，卻沒有告訴妳。難道妳不覺得妳有權知道這件事嗎？」

「我猜，他是想尊重我媽媽的隱私。」

「是嗎？妳真的這麼覺得？那不是最讓人火大的屁話嗎？為什麼他該保護她？為什麼他該順著前妻、不顧妳的權益？她知道自己懷孕的時候，沒有告訴他，妳生下來以後，她也一直沒有告訴他。她在利用他——也在利用**妳**——這樣，他們之間永無止境的戰爭才能繼續下去。他本來有機會早知道自己有個女兒，妳可以早知道自己有個父親，但她『不准』。他到底是在哪個地方欠了她什麼？」

「很有道理。」

「妳又到底是在哪個地方欠了她什麼？從湯姆告訴我的事情，我聽得出來，妳小時候都活在貧窮線以下，妳媽媽讓妳過窮死人的日子，只為了自己自私的……」

碧普說：「不，這樣講太嚴厲了，妳不也是單親媽媽？」

「這不是我選的。葛瑞岑的爸爸知道有這個女兒，她也知道有他這個爸爸，他們現在還有聯繫。而且，為了葛瑞岑，我做了每一件我能做的事。我辭了社區組織的工作，再回去學校，就是為了她，這樣，她就不必因為**我**的個人選擇而受苦。妳母親為妳放棄了哪些個人選擇？」

碧普的眼睛漾出淚水，說：「她愛我。」

「這我相信，我相信她愛妳。但妳得自求多福，她的生活裡沒有其他人，她把妳塑造成一個只屬於她的人。我很氣這種自私，氣她那種『女性主義人士』，壞了女性主義的名聲。我真想現在就衝去湯姆家，給他一個耳光。她只是要滿足自己的幻想。她非常有天份——浪費了真可惜。我不懂，妳為什麼不會火冒三丈？」

「我也說不上來。她是個非常迷惘的人。」

「好吧！妳不氣，我也不能逼妳生氣。但拜託幫個忙，記住一件事，妳沒有欠這些人什麼，是他們欠妳，而且欠很多。現在輪到妳做主了。如果他們不聽妳的，妳有權把他們搞得天翻地覆，讓他們就範。」

碧普點了點頭，但她心裡想的是，世界太可怕了，權力鬥爭永遠不會消失。祕密是權力、金錢是權力、被需要是權力，權力、權力、權力、權力。但有了權力卻如此寂寞、沉重，為什麼這個世界要繞著爭奪權力運轉呢？

辛西亞簡單做了兩人份的晚餐，開了第二瓶酒，聊了聊她眼中的世界：資本集中在少數人手中、精心計算摧毀對政府的信心、全球各地都說氣候變遷不是自己的責任、歐巴馬讓人失望。她時而氣憤、時而沮喪，碧普時而跟她一起氣憤、時而不懂她為什麼氣憤。這個世界之所以爛透了，她父母也有份，碧普陷在裡面，當然不公平。他們親手把她丟在進退兩難的位置。他們那個世代，在核武問題上沒做半點事，在全球暖化問題上，也好不到哪裡去。這些問題都不是她的錯。就算她決定以十億美元，去從事一件她認為道德正確的事，她還是無力阻止這世界愈變愈爛。想到這裡，她心底反而冒出一股奇怪的寬慰感。她想到母親練習靈修，只力求勿忘初衷。好歹她是母親的女兒。

碧普躺在葛瑞岑的房間睡覺時，不停地想著母親。辛西亞不知道，她是怎麼讓母親微笑的，那種帶著純粹、自發的愛的微笑，每一次都抓住碧普的目光。微笑裡還有害羞，以及寫在臉上的擔心，擔心碧普愛她不像她愛碧普那麼多。母親有一顆赤子之心。碧普閱讀回憶錄時，覺得母親從來沒有不愛湯姆，到今天還是如此。啊！絨毛玩具公牛那一幕，多令人心碎，碧普看得一清二楚，當時母親臉上肯定帶著那種有點瘋、有點孩子氣的期盼神情。她小時候，床上就有很多絨毛動物，像個小小絨毛動物園。她和母親可以坐在床邊一玩就是好幾個小時，假裝發出它們的聲音，編出各種危機，然後拯救它們。那個小小孩和那個髮色漸漸變灰的大小孩，那個害羞地偷偷瞄一眼小小孩時偶爾會被小小孩看到的大小孩。她的母親需要付出愛和回收愛，這是她生下碧普的原因。這有那麼可怕嗎？難道這不是更像才華洋溢的奇蹟嗎？

星期日，她打開畢特咖啡館大門時，傑森又在門口等著。他在櫃檯前晃來晃去，不理會納維不友善的眼光，等著碧普可以和他說話的空檔。

她說：「我有個問題，如果你覺得我太冒昧，請告訴我。為什麼你星期天早上不和女朋友在一起？」

傑森說：「她起得很晚，大概要睡到下午。她經常上網到清晨四點。」

「你們住在一起？」

「不是那樣子的住在一起。」

「那是哪樣子，是可以和以前約會過的女孩打網球的樣子？」

「完全可以。她讓我交朋友。」

碧普壓低聲音說：「傑森，聽好。就算你女友覺得我們交朋友無所謂，我也不覺得這是好主意。」

他一副天真又困惑的樣子，說：「妳連和我打球都不願意？我雖然沒有磚牆那麼好用，但至少我有進步啊。」

「如果你沒有女友，我很樂意和你打球。但你有女友，所以……」

「妳是說，我得和我女友**分手**，妳才願意和我打球？為了打個網球，真是可觀的初期投資。」

「奧克蘭多的是不必投資就可以一起打球的人，我不明白，為什麼你突然那麼想和我打球，為什麼我突然不是那個會做可怕事情的不正常女孩了。」

他臉紅了。「因為我坐在這裡，看著妳在櫃檯後頭，看了兩個星期？」

「嗯哼。」

「好、好，妳說的對、說的對。」他邊說邊把雙手舉高，說：「我不該問的。」

她看著他往後走，耳邊還縈繞著他意在言外的恭維，覺得有點難過。但是，讓她覺得更難過的是辜負了他。

那天她下班回家時，天空晴朗得殘忍，她完全提不起勁練習揮擊，感覺就像湯姆回憶錄裡面提到的煎茄子義大利麵，突然間，她的滿足感用光了。一方面，她希望和真人、和好人、和傑森一起打球，但同時也鬆了口氣，因為她做不到。她從湯姆的回憶錄學到的另一課是：應該立個法，禁止男女在三十歲前交往。

客廳的電視開著，崔佛斯全神貫注地在電腦上打字，他對碧普說：「我正在寫申訴法官失職的書狀。我查了柯斯塔法官審理的三百多個案件，他的判決清楚顯示相當一致的歧視模式。而且，我相信我蒐集的證據強而有力，這樣形容一點都不誇張。」

碧普溫柔地說：「崔佛斯，不必做這事了。」

「我從星期二就開始蒐集柯斯塔的新資訊，已經累積很多了。但我還沒決定要不要用『**陰謀**』這個字，不過……」

「千萬不要，那個字從你嘴巴講出來，大家都會擔心。」

「碧普，有些陰謀是真的，妳也看過。」

她拉了一把椅子坐在他旁邊，說：「我應該早點告訴你這件事。有個人要買這棟房子，是我認識的人。那個人會讓我們繼續住下去。」

一種真實的情緒，憂心或悲傷，在崔佛斯臉上交替出現。他說：「這是我的房子，產權是我的。我用死去的媽媽的錢買的，我不會放手。」

「那家銀行在房價還沒飆高前，就把房子拿走了。你已經沒有房子了，也要不回來的。我做的，是我唯一想得到的辦法。」

崔佛斯瞇起眼睛，說：「妳有錢？」

「沒有，但總有一天會有。等我有了錢，你就可以把房子拿回來，就當是我送你的禮物。你信得過我嗎？只要你信得過我，就不會有問題。我保證。」

他似乎退縮到他的自我裡，退到一個他比較熟悉、沒有情緒反應的狀態。他說：「我以前的悲慘經驗，逼得我訂下一個規矩，就是絕不相信任何人，一個都不信。就拿妳來說吧，我一直覺得妳負責又大方，但有誰真的知道妳腦袋裡在想什麼？更不用說以後妳的腦袋會想些什麼？」

「我知道這很難，但，相信我。」

他轉身，看著電腦，說：「我要寫申訴書了。」

她說：「崔佛斯，你只能相信我，沒有別的選擇，不然你就要天天睡在街頭了。」

「我會繼續打官司。」

「好吧。但至少我們可以算算看，我們這幾個人加起來付得出多少租金。」

「我擔心我主張詐欺會因此不成立，」崔佛斯邊打字邊說：「付租金給那個不知道是誰的業主，等於承認了賣房子的合法性。」

「那就把租金給我，由我開支票。你不必承認任何事情，你可以……」

她停住，崔佛斯的臉上滾下一滴眼淚。

碧普騎在單車上，一路滑行到網球場，傍晚的陽光已經在摩斯伍德公園的樹梢間閃爍了。傑森旁邊站著一隻比例超級滑稽的棕狗，頭大、腿短、身體卻非常長。牠微笑的樣子，好像覺得牠腳邊那堆爛網球就是牠的驕傲。傑森看到碧普，沒有必要地、傻傻地向她揮手，那隻狗則笨笨地一直搖著毛茸茸的尾巴。

「這是**你**的狗？」

傑森說：「從上禮拜開始。我妹妹給我的，她要去日本兩年。」

「牠叫什麼名字？」

「巧克。就像牠的顏色，巧克力。」

那隻狗叼著一個都是口水的髒網球送給碧普，接著把腦袋從她裸露的雙膝間硬擠過去。從頭到尾，巧克沒有一寸不迷人。

傑森說：「我一開始還沒把握自己適不適合養狗，但牠喜歡嚼檸檬，常常嘴裡含著幾顆檸檬走來走去，應該說都被牠咬了一半吧，結果嘴邊一大堆口水，就像臉上掛著一個大大的、很白痴的黃色微笑。我明知不能養牠，但我的心說好。」

「檸檬是酸的，對牠牙齒不好。」

「我妹妹的公寓後頭有棵檸檬樹。我會看緊點，讓牠少碰柑橘類。而且妳看，牠牙齒還在。」

「這狗很棒。」

「而且是找網球的高手。」

「找不到檸檬的時候，網球也不錯。」

「真的？」

稍早，四天前的一個晚上，傑森發了只有一行的臉書訊息給碧普：**看看我的感情狀態**。她照做了，看完覺得有點沉重。她最不想做的事，就是成為別人分手的第三者。分手的原因也許不只一個，但對方認為她提出「沒有女友」的要求是值得的，肯定也是原因之一。但當然，她這回成了第三者，不也是自找的？不想一起打球，有這麼多方法回絕，她為什麼偏偏拿傑森的女友當擋箭牌？這年頭不僅不能相信任何人——就連自己都不能相信！她骨子裡就是要把傑森從桑定娜身邊搶過來，卻裝成一副談感情也要講道德的樣子。至於和他上床？她確實想找人上床，想得發慌，她上次和人上床已經是幾百年前的事情了。但她喜歡傑森喜歡得多了點，喜歡到覺得和**他**上床不是什麼好主意。如果她喜歡他又更多了一點呢？臉書的感情狀態可能就要寫痛和怕。她寫了回訊：

現在才跟你說清楚，顯然太晚了，但是……我還有很多事情沒解決，除了直話直說，沒辦法真正答應你什麼。那個星期天，我應該講得更清楚才對。我很抱歉（再一次、再一次、再一次抱歉）。請你不要有負擔，覺得應該說到做到，非得一起打球。

傑森立刻回覆：只打球，沒問題。

一上了球場，她就發現他打得很糟，比她糟很多。每一球他都使盡全力回擊，有時候完全揮空，更經常掛網或是打太高，飛過她的頭；至於他打過來的好球，往往像子彈一樣又快又猛，根本沒辦法回擊。打了十分鐘後，她叫暫停。綁在圍籬外的巧克站了起來，用期待的眼神看著他們。

她說：「我不是網球高手，但我覺得你回球的時候太用力了。」

「碰到球的時候，感覺**好棒**。」

「我知道，但我們是在練習揮擊，目的是要一來一往。」

他的臉色如同愁雲慘霧，說：「我搞砸了，對不對？」

「所以才要練習。」

之後，他揮得沒那麼用力，多了點一來一往的滿足感；但他們在一個小時內，最多只能連續來回六次。他們離開球場時，傑森說：「都是磚牆的問題。我以後要在牆上畫一條跟網子一樣高的線，可能還要畫一條底線。」

「我有時候會在心裡畫線。」

「問一個妳也許覺得很無聊的問題。假設錯誤率是百分之五十，怎麼計算我們連續六次來回不出錯的機率？或者，更有趣一點，用我們實際連續來回四次的次數，怎麼計算我們倆的綜合錯誤率？」

畢普說：「這問題也不見得無聊。但我想，我應該回家了。」

「我打得這麼爛，是不是不會再有下次了？」

「不。有幾次來回其實還不錯。」

「我應該先告訴妳我打得有多爛。」

「你沒有告訴我的事，和我沒有告訴你的事比起來，是小巫見大巫。」

傑森彎下腰，解開巧克的鍊條。短腿又大頭，讓牠看起來謙虛又有耐性，牠傻笑的樣子，彷彿在淘氣地提醒別人，我本來就是隻狗，傻呼呼不就是狗的本性嗎？

傑森說：「如果我嚇到妳的話，對不起。我是說，分手的事情。這件事遲早會發生。我只是不想讓妳以為我是那種人，妳知道的，腳踏兩條船的那種人。」

碧普說：「我瞭解。忠誠是好事。」

「我也不想讓妳以為妳是我跟她分手的**唯**一原因。」

「好，我不會那麼想。」

「雖然妳絕對是原因之一。」

「這我也知道了。」

他們沒有再提這件事。三天後，他們再見面打球時沒提，八月和九月他們打了好幾次球的時候也沒提。傑森和碧普一樣，不打球就全身難過，而且有很長一段時間，他們在球場上專注於對方的心力，多多少少取代了在球場外專注於對方的心力。碧普一離開球場，還是很害羞；傑森的性格雖然急切熱情，還是夠敏感，不會讓她感覺有壓力。不過，碧普非常喜歡他，而且很愛巧克。無論發生什麼事，她都希望自己的人生能夠有隻狗陪伴。她讀了湯姆的回憶錄後，才瞭解母親以前非常關心動物，回想起來，她很訝異母親竟然從來沒有養過寵物。她猜想，大概自己就是那個寵物吧。此外，她母親對於動物有種奇怪的宇宙理論，一種簡化的三位一體：鳥（她害怕牠們明亮的雙眸）、貓（代表女性陰柔，但她卻完全對貓過敏）、狗（代表男性陽剛，所以，不管牠們多麼迷人，都不許這種固執、帶著男性至上能量的動物進入她的小木屋打擾她）。但碧普愛狗成癡，就算是遠不如巧克的狗，她也喜歡。巧克很**怪**，不像一般的狗那麼需要關愛，牠就像隻禪狗，只在乎檸檬，以及淘氣地承認自己有多可笑。

她和傑森每週打兩三次球，關係變得更好了——好到萬一他們的關係突然變糟時會讓她沮喪或憤怒。他們從不比賽輸贏，只來回對打，一起努力不掛網、不出界。時間一週週過去，光線開始轉變，他們站在底線的影子逐漸拉長，帶著秋天味道的黃昏更早降臨。這是奧克蘭一年中最乾燥、霧最少的季節，但碧普不大在乎，因為這表示他們來回對打也漸入佳境。全加州的水庫和水井的蓄水量愈來愈少，自來水的味道和濁度也愈來愈糟，農夫叫苦連天，北加州居民都在節約用水，橘郡卻創下每月用水量的新紀錄。但比起和傑森在球場上打一個半小時的球，這些都不重要。

終於，在一個晴空萬里的星期天下午，日光節約時間結束的第二天，他們三點鐘在公園碰面，打球打到天色開始變暗時，碧普的正手拍打得超級順手，滿場跑的傑森創下了個人出錯率最低的紀錄。雖然碧普的手肘已經打到痛了，但她完全不想停下來。他們來回的次數多到不可思議，你來我往，**揮擊**又**揮擊**，來來回回的時間長到她罷手時還開心地咯咯笑了出來。太陽下山了，空氣涼爽怡人，他們繼續對打。球彈起的弧度很低，她的眼睛緊跟著球，確定自己看到球，只要看，不要想，不必她指揮，身體就能反應。拍子碰到球的瞬間、倒轉球的慣性所帶來的滿足感、擊中甜蜜點[3]的甜蜜感受，從她剛到火山區的前幾天開始，這是她第一次覺得心滿意足。是的，這是某種天堂，在秋天傍晚長長地來回對打、在光線還夠好時練習揮擊技巧、網球撞擊拍面時一定發出的**啵聲**，一切都剛剛好。

後來，在幾乎漆黑的天色裡，圍籬外面，她的兩隻手抱著傑森，臉貼在他胸口。巧克耐心地站在一旁，張著嘴，微笑。

她說：「可以了，可以了。」

他說：「時間也該到了。」

「有些事，我一定要告訴你。」

三個星期後，開始下雨了。東灣的雨最能勾起她思念聖・羅倫索山谷的情緒。奧克蘭的雨很普通，也很少下大雨，只要太平洋積雨雲胡亂伸出觸手時，就經常看到奧克蘭的雨讓位給晴朗的天空。只有雲霧遮蓋聖塔・庫魯茲山脈，雨才會下個好幾天不停，而且從來不下普通大雨，經常一下就是每小時三十公分的雨量，一整晚、一整天地下；下到河水高漲到可以拍打橋樑的底面，九號高速公路路面上蓋著一層層的泥濘與樹枝，到處都是倒落的電線，太平洋瓦斯電力公司的卡車在白天的滂沱大雨中閃著燈。那才是真正的雨。在乾

3 Sweet point，指球拍拍面上最適合用來擊中球的位置。

旱還沒出現的那些年，每個冬天的累積雨量都能達到一．八公尺。

一天傍晚，他們撐著傘，從「聖．艾格尼斯工運之家」走下山丘時，她對傑森說：「我可能要去斐爾頓，回家待一陣子。」雖然她和拉蒙的關係有了變化，但她還是每個月，有時候超過一個月，有時候不到一個月，去聖．艾格尼斯工運之家探望拉蒙。瑪麗現在是拉蒙的唯一扶養人，和史帝芬已經沒有關係了。他交了新朋友，包括一位「女友」。他還學習從事工友的工作，並且非常認真地看待他的職責。碧普希望自己慢慢淡出他的生活以前，讓傑森和他見個面。

傑森問：「一陣子是多久？」

「我現在不知道，可能幾個星期。比我能請假的時間還要長。我有預感，我媽這次會很難應付，我可能要辭掉工作。」

「我可以去看妳嗎？」

「不，我會來找你。那個小木屋只有十五坪。而且，我怕你見了我媽以後就會逃之夭夭，我會一輩子都看不到你。你會以為我很像她，只是我一直在瞞你。」

「每個人都會覺得自己的父母讓人很尷尬。」

「但我的情況是真的。」

碧普是傑森的熱情投注的最新目標，還好不是唯一的目標。她只要提到數學、網球、電視節目、電玩、作家，就可以讓他停止討論她的美德。此外，因為他的生活比她豐富得多，她也很高興能夠得到喘息的空間。如果她想再讓他完全注意自己，只要把他的手放在她身上就可以；在這件事情上，他和狗沒有什麼兩樣。如果她想多要他做些什麼事，像是要他一起去看拉蒙，他也會非常高興地跟著走。不管他們做什麼，他就是有辦法讓那件事變成他最想做的事。她看過他一下子吃掉四片很普通的香草夾心餅乾，然後停下來、將第五塊餅乾湊到眼前，說：「它們**太棒了！**」

如果她成了有錢人——她已經感覺到自己正在成為有錢人，而且也意識到「**繼承人**」這個字，有扭曲人心的力量——傑森會是最後一位她還是無名小卒時喜歡上她的男孩。他承認，她當安德瑞斯．沃夫的實習生這件事，「證實」了他的判斷，也就是她很聰明；但他也發誓，這件事絕對和他與前女友分手無關。他說：「分手原因很單純，就是妳，在畢特咖啡店櫃檯後面的妳。」她對傑森的信任，就某方面而言，的確很特別，但她不希望他知道。她明白，她很容易搞砸跟他的關係，湯姆的回憶錄讓她更明白愛情的各種風險。雖然她能夠證明奉獻自我和瘋狂信任的下場可能是中毒，但她還是很想把自己交給傑森，完全信任他。因此，她只容許自己在性事上掉以輕心，這可能也很危險，但她沒辦法控制。

他們一回到傑森的公寓就做愛，做的比平常更多。愛上一個人之後，性變得更重要，幾乎成了形而上的事。她在大學讀過一首約翰．鄧恩的詩，詩講的是喜而忘我的愛情以及忘我之喜解答了愛情的疑惑。她那時並不喜歡這首詩，現在回想起來，卻覺得有道理。但是從喜而忘我的狀態清醒之後，她又焦慮了起來。

她說：「我最好打電話給我媽，不能再拖了。」

「現在就打。」

「我打電話的時候，你可不可以像這樣一直躺著？手臂也不要動？萬一我覺得就要被電話筒吸進去，還有你會拉住我。」

「我想到的是，飛機裂開的時候，人會被吸出去。」傑森說：「聽說，那種時候很難拉住人。不過也許沒有那麼奇怪，想想看，氣壓差要有多大，才能讓一架上百噸的飛機飛在空中。」

她說：「你盡量。」然後拿起手機。

她愛上有個人可依靠的感覺，傑森也喜歡她有這種感覺。母親接起電話時，她緊抓著傑森的手臂。

「嗨，媽。」她準備好，要當個**小乖貓**！

她母親問：「什麼事？」

「呃，對不起，我好久沒有打電話給妳，但我想我可能可以去看妳。」

「好。」

「媽？」

「妳要來要走都隨便妳。如果妳想來，就來。我又沒辦法阻止妳。我也走不掉。」

「媽，真的很對不起。」

咔嚓一聲，斷線了。

「見鬼了！」碧普說：「她掛我電話。」

「哦哦。」

她沒想到母親可能在生她的氣，她們母女的關係雖然是道德風險的極端例子，總不會沒有限度。但現在，她想起湯姆的回憶錄所記載的母親，她大半生都在遭遇遺棄和背叛，再用道德批判反手補上一刀？碧普看得出來，即使過了二十五年，湯姆還是很害怕母親的道德批判，可見那是多麼可怕的經驗。雖然她一直沒有嘗過那種滋味，現在也會開始害怕，她覺得自己多少懂得湯姆的感受。

第二天，她先去畢特咖啡辭職，再打電話給納法先生，說她要回去和母親談一談，請他先給她五千美元。納法先生大可以質疑她、或找她麻煩，但顯然，碧普過去四個半月沒有向他伸手要錢表現不錯，她通過了某種考驗，超越正常的表現，連她自己都覺得很高興。

聖．羅倫索的微氣候是這樣的：聖塔．庫魯茲公車總站的路面幾乎是乾的，但是，車子開到葛拉漢山丘路的另一頭，離公車站三公里遠時，司機就得打開雨刷。冬天的夜晚降臨了。母親屋前的那條路上，滿地都是雨水打落的紅木針葉，踩上去又濕又滑，像海綿一樣有彈性。節奏分明的雨聲隨著她的腳步包圍著她，背景是規律的淅瀝聲，間歇出現水滴過重、掉落的聲音，以及一陣接著一陣打嗝般的咯咯聲。潮濕的山谷裡，木頭被雨水浸濕發出的霉味，讓她的感官記憶蜂擁而出，躲也躲不掉。

小木屋一片漆黑，屋內可以聽到她熟悉的童年聲響，雨水淅瀝打在防水瓦和木板搭建的屋頂上，沒有隔絕層也沒有天花板。她聽到這聲音，想起母親的愛，就像雨季定時報到一樣可靠。夜晚醒來時聽到的淅瀝雨聲和入睡時的雨聲一模一樣。夜復一夜，她感覺自己深深地被愛著，甚至雨聲可能就是愛。她做功課的時候，雨聲淅瀝；媽媽織毛衣的時候，雨聲淅瀝；過聖誕節時，家裡只有一棵在聖誕夜免費拿到的、小得可憐的聖誕樹，雨聲淅瀝；她打開媽媽存了一整個秋天的錢買給她的禮物時，雨聲淅瀝。

她在又冷又黑的廚房餐桌旁坐著聽雨聲，覺得很感傷。然後，她打開燈，開了一瓶酒，在火爐裡生了火。雨下呀下的。

那個既是她母親、也是安娜貝爾・萊爾德的人，拿著一袋裝著食物的帆布袋，在九點十五分到家。她站在門口，看著碧普，沒有說話。她的連帽雨衣裡頭穿著一件碧普以前一直很喜歡、很想據為己有的舊洋裝。那是一件穿起來很合身、已經褪色的棕色長袖棉布洋裝，釦子很多，類似前蘇聯工廠女工穿的衣服。如果她那時候開口要，母親可能就會把衣服給她。但母親就只有那麼幾件讓人想要的東西，就算只跟她拿一件，也絕對不行。

「所以，我回家了。」碧普說。

「我看到了。」

「我知道妳不喜歡喝酒，但今天晚上也許可以破例一次。」

「不了，謝謝妳。」

那個既是她母親、也是安娜貝爾的人脫了雨衣，把食物放在門邊，走到小木屋後頭。碧普聽到浴室門關上的聲音。十分鐘後她才明白，母親其實是躲進了浴室，也不打算出來。

碧普走過去敲門。說是門，其實只是用幾塊板子拼接，再用幾根木條交叉固定起來的板子。「媽？」沒有回答。但她母親沒有把門後代替鎖的釦環勾起來。碧普走進浴室，看到母親坐在小小淋浴間的水泥地上，眼睛直瞪著前方，膝蓋緊靠著下巴。

碧普說：「不要坐在這裡。」

她彎身摸摸母親的手臂，母親把她的手甩開。

碧普說：「妳知道嗎？我也在生妳的氣。所以不要以為妳生我的氣，事情就會過去。」

她母親用嘴呼吸，眼睛還是瞪著前方，說：「我沒有生妳的氣，我……」她搖了搖頭。「我知道這一天遲早會來，不管我多麼小心，我知道這一天遲早會來。」

「**什麼**遲早會來？我回家，想要找妳講講話，誠實地講講話，而且就像以前那樣，就我們兩個人，是不是？是的話，我現在就在做啊？」

「我不會忘記以前的日子，就像我不會忘記自己的名字一樣。」

「那妳叫什麼名字？也許我們就從這件事起頭好了。我們可以去廚房坐著講嗎？」

母親又搖了搖頭。「我已經習慣一個人了，我本來都忘了一個人生活有多難。真的非常難，這次更難多了——妳帶給我那麼多歡樂。但是放棄欲望不是不可能，我正在學，也在進步。」

「所以，妳的意思是，我現在該走了？妳要我走？」

「妳早就走了。」

「是啊，可是，嘿，我又回來了，不是嗎？」

她母親說：「妳回來是出於義務、出於憐憫、或是因為生氣。純真，我不怪妳。我是在告訴妳，沒有妳我也可以活下去。我們擁有的每一件事都是暫時的，歡樂、痛苦，每一件事。我很高興能跟妳一起生活這麼久，過得很美好，這就夠了。我沒有權利要更多。」

「**媽**，不要再說這種話。我有妳才能過日子。妳是我在世界上最重要的人。妳不要再當什麼佛教徒，現在開始用大人的方式跟我溝通。」

「不然呢？」她母親無力地笑著說：「不然妳就再離開我？」

「不然……我也不知道，我會扯妳的頭髮、抓妳。」

母親不覺得好笑，這也不奇怪。她說：「我已經不擔心妳會離開了。我有很長一段時間，想到妳會離開，就好像要我死一樣。其實那不是死亡。人生走到某個階段，還要把妳留住，才是真的死亡。」

碧普嘆了口氣，說：「好，坦白說——如果妳不再叫我小乖貓，也不抱怨我沒辦法好好和妳講完電話，我會很高興。我比以前長大很多了，如果妳知道我現在長得有多大，妳一定會嚇一跳。難道妳不想知道我現在是什麼樣子？不想知道我已經變成什麼樣的人嗎？我還是原來的我，也不是原來的我。我是說，妳一點都不想瞭解我嗎？我還是很想瞭解妳。」

她母親轉過頭看了她一眼，空洞的眼神，說：「妳現在變什麼樣了？」

「怎麼講，我有了一個真正的男友，這是一件事情。我算是在和他談戀愛。」

「那很好。」

「好，另一件事，很重要的事，我知道妳的真名。」

「我想也是。」

「我想聽妳親口說給我聽，可以嗎？」

「不，絕不。」

「妳一定得說。妳一定要把所有事情都告訴我，因為我是妳的女兒。如果我們現在還要說謊，我就沒辦法和妳待在同一個房間。」

她母親靠著靈修練就的靈巧四肢優雅地站了起來，沒想到頭撞到了裝洗髮精的籃子，一個瓶子掉到浴室地板上。她氣得衝出淋浴隔間，撞到碧普絆了一下，然後從浴室跑出去。

「媽！」碧普邊說邊追了出去。

「我不要和那個妳有任何關係。」

「哪個我？」

她母親立即轉身，臉上全是痛苦，說：「**妳走！妳走！不要管我！你們兩個！看在老天爺的份上，拜託不要管我！**」

碧普看到接下來發生的事情，嚇壞了，那個現在似乎是完整的安娜貝爾的人，倒到床上，拉起被子蓋過頭，在床上滾來滾去，扯著喉嚨痛苦嘶吼著。碧普想過情況可能會很不好搞定，但完全沒想到會這麼極端。她走到廚房，三兩下灌完一杯酒，然後回到床邊，掀開被子，躺在母親身後，雙手抱住她。碧普把臉埋在母親濃密的頭髮裡，聞著她的味道。世界上所有味道裡最特別的味道，獨一無二的味道。那件棕色棉布洋裝，因為洗了上百次，摸起來軟綿綿的。母親的哭聲慢慢平息，轉成嗚咽。雨仍舊淅瀝瀝地打在陽台臥房的屋頂上。

碧普說：「對不起，對不起，我不該一走了之，我知道妳很困難。但是，妳生了我，現在就要面對我。這就是我要的，我是妳要面對的現實。」

母親一句話都沒說。

你們兩個？

碧普壓低聲音，悄悄地說：「妳還愛他嗎？」

她感覺母親的身體僵硬起來。

「我覺得他還愛妳。」

她母親猛地吸了一口氣，而且沒有吐氣。

碧普說：「所以，一定有什麼辦法可以往前走，一定有辦法可以寬恕，然後往前走。除非妳做到，不然我不會離開妳。」

第二天上午，她想到了讓母親和盤託出身世的方法，她得讓母親相信湯姆跟她說的他那一方的說法。她的盤算是，母親會因此覺得忍無可忍。她的盤算的確奏效，但母親省略了懷孕的細節，只說是在最後一次看到湯姆時發生的事。她講故事的時候出奇平靜，而且其他的細節都說得很清楚。碧普真正的生日是二月二十四日，不是七月十一日；是在助產士的協助下自然產，出生地是加州河濱市的一個受虐婦女庇護所。碧普兩歲以前，母親和她一直住在貝克斯菲爾德，母親在當地替旅館打掃清潔維持生計。後來，運氣實在太差（因為貝克斯菲爾德其實是個窮鄉僻壤），母親遇見了一位大學朋友，而且對方還問東問西。母親在婦女收容所認識的一個新朋友告訴她，聖塔．庫魯茲山脈那邊有個小木屋要租人，她們就搬家了。

母親說：「我在收容所和庇護所聽到的都是些可怕的故事。很多婦女被男人當沙包打，好多男人死纏著前妻不放，甚至用刺傷前妻來表達愛。照理說，我改名換姓，應該覺得內疚，但我沒有。男人心理虐待女人的殘酷，和肉體虐待的殘酷其實不相上下。我父親很殘酷，我先生更殘酷。」

「真的。」碧普說。

「對，真的。我告訴他，如果他拿了我爸一毛錢，就等於殺了我，結果，他還是拿了錢。他這麼做，就是要傷害我。他和我最好的朋友上床，也是要傷害我。我替他出主意、鼓勵他，他才能開展自己的事業，然後，在我為自己的事業掙扎時，他卻遺棄我。人只能年輕一次，我把青春給了他，因為我相信他的承諾；結果，等到我青春不再，他就違背承諾。我一直都知道，知道他會背叛我。我也一直跟他說他總有一天會背叛我，但這些話沒有阻止他繼續給我承諾，我認為是因為我太軟弱了。我其實和那些收容所裡的女人很像。」

碧普交叉雙臂，一副檢察官訊問的樣子，說：「所以妳覺得有了他的孩子卻不告訴他，好像是對的，好像在道德上站得住腳。」

「他知道我想要小孩。」

「為什麼要他的小孩？為什麼不能去找個捐精人？」

「因為我要信守承諾。我答應過他，我永遠是他的人。他可以違背承諾，但我不會。我們本來就想要小孩，我們也做到了。然後，妳很快就成為我的一切。我後來就不關心誰是妳爸爸了，這點，妳一定要相信我。」

「我不相信妳。你們兩個是在比賽誰比較有道德，誰比較能信守承諾。」

「我們之間變得很緊張，也很難看。但我總希望能有個純真、美好的結果，結果真的出現了，就是妳。」

「我既不純真，也不美好，遠得很。」

「沒有人真的完美，但對我來說，妳很完美。」

碧普覺得，這時候似乎是提起那筆錢的最好機會，因為這麼做可以顯示她其實不完美。她告訴母親她去了一趟威奇塔，還解釋母親必須和納法先生聯繫的原因。母親搖頭回應的樣子少了點堅決，多了點困惑。

她母親問：「我要那十億做什麼？」

「妳可以先找桑尼來清理化糞池。我晚上躺在床上時，經常擔心那裡頭有什麼東西。那個化糞池到底清過沒有？」

「那不是真正的化糞池。我猜，那個化糞池是屋主用木板和水泥蓋出來的。」

「還真讓人安心。」

「純真，那筆錢對我來說毫無意義。它沒有意義到我根本不必拒絕它，它只是——和我一點關係也沒有。」

「但我的就學貸款對我來說很有關係，而且，告訴我不必擔心錢的人就是妳。」

「好吧，那，妳可以要求那個律師還掉妳的貸款，我不會阻止妳。」

「可是，錢不是我的，這也是妳的事。」

「我不能，我壓根就不想要那筆錢。那是髒錢，它把我的家給毀了，它殺了我媽、把我爸變成怪物。為什麼我的生命裡要有這些東西？」

「因為那是真實的。」

「沒有什麼是真實的。」

「我是真實的。」

她母親點點頭。「那倒是，妳對我來說是真實的。」

「所以，這些是我要的。」碧普用手指比著她的要求，說：「學生貸款全部還清，再加四千美元還掉我的信用卡卡債，八十萬買下崔佛斯的房子，然後把房子還給他。還有，如果妳一定要住在這裡，我們應該把小木屋買下來，好好整修。如果我決定念研究所，也得有錢交學費。如果妳想辭職，就要準備每個月的生活費。然後，如果我想創業，沒收入之前，大概要五萬塊過日子。零零總總加起來不到三百萬，大概是一整年拿到的股息的百分之三。」

「但那錢是從麥卡斯基爾來的，麥卡斯基爾。」

「他們的生意不是只有動物，這裡面起碼有三百萬，妳可以拿得心安理得。」

她母親露出苦惱的樣子，說：「噢，為什麼妳不乾脆拿走呢？全都拿走！拿光它，不要再煩我了！」

碧普笑了，說：「因為我不能拿，錢不在我的名下。只要妳還活著，這筆錢就是我的遠大前程。對了，妳是怎麼開始叫我碧普的？這是不是妳『一直都知道』的事？」

她母親急忙忙地說：「噢，不是我，」碧普的童年是她最喜歡的話題。「是妳上幼稚園的時候，應該是史坦豪瓦太太幫你取的。有些小朋友沒辦法念出妳的真名，我猜，她覺得『碧普』很適合妳。這名字聽起來很開心，妳也一直都是個很開心的女孩。也有可能是她問過妳，妳自己選了這名字。」

「我不記得這件事。」

「我是到了有一次參加親師懇談會的時候，才知道妳有這個小名。」

「好吧，反正，妳總有一天會離開，到時候這問題才會落到我頭上。但現在，這是妳的錢。」

她母親看著她的樣子，就像小孩子在尋求指示一樣，說：「我難道不能把全部的錢捐出去嗎？」

「不行。資產本金是信託的，不是妳的。妳只能給別人股息。我們可以幫助一些不錯的動物福利團體、負責任的農業團體，那些妳支持的事情。」

「對，聽起來不錯，妳想怎麼做都好。」

「媽，我想怎麼做不重要，這是妳的事。」

「哦，不關我的事，不關我的事，」她母親哭了出來，說：「我只希望這東西趕快走開！」

碧普明白，要把母親拉回現實世界，而且還要她跟現實貼得緊緊的，不僅還早得很，可能也不該抱太大希望。不管怎麼說，看在母親願意聽她的話的份上，這件事也算有了進展。

雨走了，回來，又走了。碧普獨自一人在小木屋，不是看書，就是發簡訊給傑森，或是和他講電話。她喜歡坐在廚房桌邊，可以看著院子側邊的那對棕唧鵐。牠們常在潮濕的枯枝落葉堆裡覓食，有時也會站在圍籬樁上，不為別的，只是炫耀著自己有多絢麗。對碧普來說，沒有比棕唧鵐更出類拔萃的鳥了。在鳥類裡頭，牠的出眾和巧克在犬類裡面不相上下。牠們是完美的中型鳥，比燈草鵐大一些，比樫鳥小一點；既不會太害羞，也不會太莽撞。牠們喜歡待在房屋四周，被人干擾的時候，會躲到灌木叢裡。除了小蟲子和她母親，牠們不會造成驚擾。牠們喜歡跳，不喜歡飛；洗澡的時間很長，而且很用力。除了尾羽下方的桃色羽毛和臉周圍的淺灰色條紋，牠們全身的羽毛顏色都和碧普母親那件褪色的棕色洋裝很像。牠們的美是要多看兩眼才能看得出來，是熟悉了才能發現的那種美。碧普只聽過棕唧鵐「唧！」的鳴聲，但這也是牠們經常發出的聲音，很像球鞋摩擦籃球場地板發出的吱吱聲，尖銳、快樂。這種聲音再簡單不過，卻不只傳達了棕唧鵐想要表達的一切，似乎也傳達了任何人想要表達的一切，**唧**！網路上的資料說，除了加州，棕唧鵐在其他地方相當罕見，另一個不尋常之處是牠們一生經常只有一個配偶。假設（碧普沒有親眼見過）公鳥和母鳥在交配季節唱的是比較複雜的歌，這種對唱就是讓其他棕唧鵐知道，牠們已經互許終生。是的，不管在哪裡看到一隻棕唧鵐，很快就會看到另一隻。牠們會一起待在一個地方一整年，牠們是加州鳥。碧普可是知道更多糟糕的求愛方法。

日子一天天過去，錢也逐漸發揮現實的影響力。碧普感受到母親身上隱約出現的微光，那位她在湯姆回憶錄裡讀到的年輕女性，那位富家女孩的神情又浮現了。有天晚上，她發現母親愁眉苦臉地看著放在陽台臥房小衣櫃裡的老舊洋裝，說：「我想，買點新衣服應該不會死吧？妳不是說，不是所有的錢都是麥卡斯基爾的股票？」

還有一天早晨，母親站在廚房窗台前，看著鄰居的雞籠說：「哈，他一點也不知道，我不但可以買下他的公雞，還可以買下他的房子。」

另一天傍晚，她從新葉超市下班回家時，抱怨說：「他們以為我不敢辭職，假如讓我再看到賽琳娜對我翻白眼，我可能就不幹了。她以為她是誰？我說她一星期沒洗澡，她就對我翻白眼？」

但之後，吃晚餐時，她又憂心忡忡地對碧普說：「妳知不知道湯姆從我爸那裡拿了多少錢？我們絕對不能拿超過那個數字，就算是為了妳，我也不能拿得比他多。」

「我想是兩千萬。」

「嗯，既然說到這件事，我現在想法又不一樣了。我可能不會拿任何錢，小乖貓，就算一塊也不行。一塊和兩千萬，在道德上來說，都是一樣的。」

「媽，我們談過這件事了。」

「也許那位律師可以幫妳還掉所有的貸款。他不是靠管理基金發了一筆財嗎？」

「最起碼妳得買下崔佛斯的房子。他碰到的也是道德困擾，而且我覺得他比妳更糟糕。」

「我不知道，我不知道。雖然沒有來世這種事，但我爸……想到他可能會**知道**……我要再想一下。」

「不行，妳不能再想了。妳只要做我告訴妳的事就行了。」

她母親猶豫地看著她，說：「妳一直都很有道德感。」

「我是從妳那裡遺傳來的，」碧普說：「所以，妳要相信我的道德感。」

傑森求她回去，但這裡有山雨的喜悅，還有和山雨喜悅相關的、與母親發展出全新且更誠實的關係的喜悅。碧普心裡一直存在的愛，現在多了一種新的、從來沒有預期會發生的**喜歡**的感覺。安娜貝爾以前很討人喜歡，至少湯姆這麼覺得，至少他們一開始時是如此；而現在，她母親獲准再次成為安娜貝爾，正視她的舊特權，同時稍稍享受她的新特權，淺嘗即止。碧普想像得出來，她們倆最終一定會成為真正的朋友。

她還有一個困難的任務沒有完成，每次她有機會執行這個任務，就開始挑三揀四，搬出一堆理由。她花了兩個星期才承認，不管在哪一天的哪一個小時打電話給湯姆，都不是好時機。最後，她選擇了一個星期一，丹佛時間下午五點，撥了湯姆的電話。

湯姆說：「碧普！我一直怕妳永遠不會打來。」

「確實。但你為什麼這麼想？」

「我和萊拉一直都想著妳，我們很想念妳。」

「萊拉想我，真的？我是你女兒這件事，她一點意見都沒有？」

「對不起，妳等一下，我把門關上。」

話筒另一邊傳來一陣跌跌撞撞、砰砰、唏唏嗦嗦、噹啷的聲音。

湯姆說：「碧普，對不起，妳剛才說什麼？」

「我說，每一件事我都知道了。」

「唉呀，好吧。」

「你想錯了，我沒有看你的檔案。」

「哦，好，很好，非常好。」聽得出來湯姆鬆了一口氣。

她說：「我把文件銷毀了，可是安德瑞斯在死前已經告訴我你是誰，所以我繼續追下去沒什麼困難，然後我媽告訴了我所有的事。」

「老天，**她**告訴妳了。妳還願意跟我講話，真是不可思議。」

「你是我爸。」

「我想到她會說的那一套就不寒而慄。」

「總比什麼都沒說好，你就什麼也沒告訴我。」

「這樣講也算公平。但是，我有時候會希望妳給我機會，讓我告訴妳我這方的說法。」

「我給過你機會。」

「對，妳說的對。我沒告訴妳，有我的理由，但妳這麼說也沒錯。所以，我猜妳打電話給我是為了這件事？讓我知道我搞砸了？」

「不是，我打電話來是想要你過來這裡看看我媽媽。」

湯姆笑了，說：「我寧願在剛果內戰最激烈的時候去採訪。」

「你還關心她，所以才會幫她保守祕密。」

「或許是……某種意義上……」

「顯然，她在你心中還是很重要的。」

「碧普，聽著，我很抱歉，我沒有告訴妳任何事情。萊拉一直要我打電話給妳，我應該聽她的才對。」

「好，那現在我告訴你彌補的方法：搭飛機來這裡。」

「為什麼？為什麼我要過去？」

「因為，如果你不答應，我們的關係就到此為止。」

「妳也知道，對我來說，這可是一大損失。」

「不管怎麼說，你難道不想再看看我媽嗎？這麼多年了，就看這一次？我只要求你們原諒對方。我希望能夠探望你們兩個人，但如果我覺得去看你或看她的時候，等於是在背叛另一個人，我就沒辦法去看你或看她。」

「我這邊妳不必擔心，我不會要求妳任何事情。」

「但我對**你**有要求。你從來就沒有為我做過什麼事，這件事就是我的要求。」

湯姆深深地嘆了口氣，跨過時區傳過來，他說：「我猜妳媽那邊應該沒有烈酒吧？」

「我會準備好。」

「什麼時候？下個月？」

「不，這個星期。也許星期五。你們兩個想得愈久，情況就會愈糟。」

湯姆又嘆了口氣，說：「我週四可以。週五晚上是陪萊拉的時間。」

碧普感覺到怨恨刺了她一下，很想堅持要他星期五來。但是，她已經感覺到，想要重新恢復和萊拉的友情，是一條漫漫長路。

她說：「還有一件事，」

湯姆說：「是。」

「我每個星期都會看《丹佛獨立新聞》，我一直在想，你們什麼時候會推出一則安德瑞斯的大新聞。」

「碧普，他那時情況很不好。我看到他自殺，看到他跳下懸崖，我唯一的感覺是悲傷。萊拉對於他死了之後，外界大加吹捧，很不以為然。但我覺得沒什麼理由不讚美他，他是我見過最傑出的人。」

「《東灣快報》還在等我寫點他的東西，我的感受和你一樣。悲傷。但我也覺得，應該要有人把真正的故事說出來。」

「關於那個謀殺案？這妳得自己決定。那個女孩會為此付出代價就是了，她是從犯，有可能要接受法律制裁。」

「我沒想到這點。」

「但他留下了自白，後來被他的人給藏起來了。如果妳想追查的話，絕對是新聞。」

湯姆會不會擔心自己也是這樁謀殺案從犯的事情因此曝光？如果他真的相信碧普沒有讀過他的回憶錄，現在這麼說，代表他可能並不擔心。

碧普說：「好，謝謝你。」

她母親下班回家後，碧普解釋了接下來就要發生的事。還好母親沒有立刻崩潰，讓她鬆了一口氣。但母親沒有崩潰的理由是，碧普安排這件事的想法，對她來說毫無意義。

「**我**到底做了什麼，需要他原諒我？」

「呃……生了我卻沒有告訴他？這件事很嚴重吧。」

「這件事他怎麼能怪我？他遺棄了我，再也不想聽到我的消息。**我讓他如願以償**。他永遠都能得到他想要的，就跟其他所有事情一樣，他就跟我爸一模一樣。」

「不過，到了某個時候，妳總應該讓他知道有我這個女兒。比如說，在我十八歲生日的時候之類的。妳沒有這麼做是不對的，因為妳懷恨在心。」

母親聽得氣呼呼的，但最後還是點點頭，說：「妳說了算，但因為是妳說的才算。」

「媽，軟弱的人才會記仇，堅強的人會原諒。妳一個人把我帶大，妳家庭裡所有的人都沒辦法抗拒金錢，只有妳對錢說不。而且妳比湯姆還要堅強，把事情畫上句點的人是妳——他就做不到。**妳**想要的，都得到了。這就是為什麼妳可以原諒他，因為妳贏了，對吧？」

她母親皺了皺眉頭。

碧普說：「而且，妳還是億萬富翁，這也算一種勝利。」

第二天上午，他們搭公車去聖塔．庫魯茲。那是前一個風暴走了、下一個風暴還沒來期間的清冷早晨。流浪漢把睡袋掛在脖子上當圍巾，電燈桿上掛著的聖誕蝴蝶結在發抖，天上有很多海鷗在盤旋。吉兒斯美容院的美髮師修剪掉碧普母親毛毛的分叉頭髮，然後碧普又帶母親去修指甲。是安娜貝爾，不是她的老母親，告訴那位越南裔美甲師不要修掉角質層；安娜貝爾還向碧普解釋，修掉角質層根本是想敲詐，因為角質層很快就會長回來，又得再修。是安娜貝爾俐落地一家一家店、一個衣架一個衣架地翻看新衣，而且沒有一件看得上眼，時間長到連碧普都耗光了耐性。最後，她看上一件「合適的」復古長洋裝，緊身上衣的部分有兩排釦子，穿上去就像大草原區的學校老師一樣性感。碧普不得不承認，那衣服的確是她們一上午看過最好的洋裝。

她先請傑森去租一輛車，把湯姆從聖．荷西機場接過來，這樣她就可以守著母親，設法安撫她。碧普說：「把巧克也帶來。」

傑森說：「牠只會礙事。」

「我就是要牠礙事，不然我媽會把注意力放在她快要瘋掉的感覺上。她會見到你，也會見到巧克，而且，對啦，還有她二十五年沒見的前夫。」

週四上午，另一場風暴來了。下午稍晚，雨聲像鼓點聲一樣在屋頂上敲打，聲音大到碧普和母親必須提高嗓門說話。天黑得很早，燈光閃爍了好幾次。碧普先備好豆子湯和其他食物，連調製曼哈頓調酒的材料都齊全了。母親洗完澡，碧普幫她把頭髮吹乾、梳蓬。「還要幫妳上點妝。」

母親念念有詞地說：「為什麼我要把自己打扮成洋娃娃一樣……」

「妳這是在穿鎧甲，好讓自己變堅強。」

「我可以自己上睫毛膏。」

「讓我來，我從來沒有和妳一起做過這件事。」

五點鐘，碧普正在點燃柴火時，傑森打電話來，說他和湯姆正塞在洛斯蓋圖市附近。母親坐在沙發上，穿著復古洋裝，看起來狀態非常好，就像以前的安娜貝爾；但她在椅子上左搖右晃，這是她輕微自閉時會出現的現象。碧普說：「妳需要喝點酒。」

「我覺得我的靈修背叛我了，我最需要它的時候，它到哪裡去了？」

「靈修要妳喝點酒。」

「那我馬上就會醉昏了。」

「很好。」

出租車總算開到她家門前的小路，雨刷這時使勁地左右刷動，車頭燈照過來，照出一道白色的滂沱大雨。在側陽台等待的碧普，撐著雨傘，跑過去迎接傑森。這趟路讓他看起來有些落魄，但他想到的第一個念頭和她想到的一樣，兩人雙唇緊貼。然後巧克在車裡面叫，碧普打開後門，讓牠舔她的臉。

湯姆在車子裡遲疑了一下，傘比人先出來。碧普湊上前去，謝謝他跑這一趟，親了親他肉肉的臉頰。不知為何，從車子到前門不過五公尺，巧克就已經把自己弄得全身濕透，全身都是紅木針葉。牠擠過碧普身邊，跑進屋裡。她母親雙手抬得高高的，好像想要擋著牠，有點喪氣地看著地板上的針葉和泥濘的腳印。

碧普說：「對不起，對不起，」

她把巧克趕到側陽台，湯姆正在那裡刮鞋底，他說：「牠是我這輩子看過最好笑的狗。」

「你喜歡牠嗎？」

「喜歡，想要養牠。」

他們先進屋，傑森跟在後面。母親在火爐旁，扭著雙手，害羞地抬眼看著湯姆。碧普覺得他們兩個人明顯都在忍著不笑，最後還是都忍不住笑了出來。這兩個人，全都笑開來了。

「哈囉，安娜貝爾。」

「哈囉，湯姆。」

「那麼，媽，」碧普說：「這是傑森。傑森，這是我媽。」

她母親彷彿帶著點恍惚，從湯姆那兒轉過身來，對著傑森點點頭，說：「哈囉。」

傑森像個雜耍演員一樣揮動雙手，對她說：「嗨！」

碧普說：「好啦，就像我說的，我只要打個招呼就走了。我們會在吃完晚餐後回來。」

湯姆焦慮地問：「你們真的不要留下來？」

「不了，你們兩個好好談。如果待會兒有什麼喝的剩下來，我們會幫忙喝掉。」

碧普趕在還能脫身前，催促傑森出門。巧克身體太長，側陽台太窄，連轉身讓路都沒辦法，只能向後退。碧普問傑森：「我們可以把牠留在這裡嗎？」

「我帶了牠的碗和檸檬。」

碧普原本打算留兩個小時讓她的父母單獨相處，結果，他們離開了快四個小時。她和傑森先去州立公園，在車子後座做愛，接著，他們好不容易把褲子穿回去，又不得不再次脫下，再做一次。然後，他們在唐吉軻德餐廳吃晚餐，一個專唱老歌的當地樂團「可疑人物」在現場表演。就在他們覺得該離開時，樂隊開始演奏一首非得下場跳舞不可的歌，一首正中心事的歌。

傑森一邊移動腳步，一邊說：「我很討厭這首歌的歌詞，也很討厭這首歌被收買，當作汽車廣告，但是……」

碧普一邊移動腳步一邊說：「這首歌很棒。」

他們跳了半小時，開始下雨，聖．羅倫索河的河水漲了起來。傑森跳舞很不行，想太多；碧普則什麼也不想，只是動著，讓身體開心。碧普很愛這樣，他跳他的，她跳她的。當他們終於走到外頭時，雨也停了，道路就像是世界末日後一樣空曠。當車子開上母親屋前的小路時，他們看到巧克站在小木屋的側陽台上，嘴裡含著一顆檸檬，用牠獨有的複雜方式掃著尾巴。傑森把車子開到車道停下來。

碧普說：「好了，要開始了。」

「妳確定我不能待在車子裡面就好？」

「你得認識家長，他們就是家長。」

她一打開車門就聽到了聲音。咆哮，赤裸裸的仇恨聲響，直接穿透小木屋的薄牆。

「我沒有那樣說！如果妳他媽的要引用我的話，就一字不漏地引用！我說的是——」

「我是在讓你知道，你意有所指有多噁心！你躲在每個人都認為是正常的事情後面，為的是讓全世界的人都站在你那邊。但你心裡明白，真正的真相是什麼——」

「真正的真相就是我錯妳對？妳就只知道這個，還知道什麼？真正的真相！」

「你心知肚明！」

「妳不是才剛承認妳站不住腳！這世上沒有人會認為妳站得住腳——」

「我站得住腳，而且你心知肚明！你心知肚明！」

碧普關上車門，想要隔絕那些字句；但就算門關著，還是聽得到吵架聲。這兩個留給她支離破碎的世界的人，現在正朝著彼此惡毒地咆哮。傑森嘆了口氣，握住她的手，她也緊緊抓住他的手。她一定有可能做得比她父母好，但她不確定自己能不能做到。等到天空讓位，從無邊黑暗的西邊海洋帶過來的雨重擊車頂，愛的聲響淹沒了其他聲響，她才相信，她可能真的做得到。

文學森林 LF0075

純真

Purity

作者

強納森・法蘭岑（Jonathan Franzen）

一九五九年生，美國小說家、散文作家，《紐約客》撰稿人。

一九九六年，三十七歲時已經出版過兩本小說（《Strong Motion》《The Twenty-Seventh City》）的法蘭岑在《哈潑》雜誌上發表的一篇題為〈偶然作夢——在影像世紀還寫小說的一個原因〉的隨筆，表達其對文學現況的惋惜，引起眾多矚目。

二〇〇一年第三部小說《修正》出版後好評如潮，法蘭岑憑此書獲得美國國家圖書獎及普利茲文學獎提名。二〇一〇年八月底推出第四本小說《自由》，佳評如潮，並成為近十年來首位登上《時代》雜誌封面的文學家，被推崇為世紀小說家，因為他寫出了「偉大的美國小說」。

法蘭岑出生於美國伊利諾州，母親是美國人，父親是瑞典人。在聖路易度過童年，一九八一年從斯沃思莫學院（Swarthmore College）畢業，主修德文。一九七九—一九八〇年，通過韋恩州立大學設立的「去慕尼克讀大三」合作項目，曾到德國留學。一九八一—一九八二年，獲歐布萊特獎學金在柏林自由大學學習，因此會說一口流利的德語。創作第一部小說期間，曾在哈佛大學地震實驗室打工。

目前共有五本虛構小說作品，三本雜文作品（《如何獨處》、《Discomfort Zone》、《Farther Away》）。

譯者

林少予

哥倫比亞大學比較文學碩士、台大圖書館系畢業。曾任《中國時報》副刊編輯、政治記者、中時電子報副總經理、《聯合報》政治記者、《聯合報》駐紐約特派員、《世界日報》舊金山分社總編輯。

封面設計　蔡南昇
行銷企劃　鄭悅君、王琦柔
編輯協力　詹修蘋、宋慧如
版權負責　陳柏昌
副總編輯　梁心愉

初版一刷　二〇一六年九月五日
定價　新台幣四九〇元

ThinKingDom 新経典文化
發行人　葉美瑤
出版　新經典圖文傳播有限公司
地址　臺北市中正區重慶南路一段五七號十一樓之四
電話　02-2331-1830　傳真　02-2331-1831
讀者服務信箱　thinkingdomtw@gmail.com
部落格　http://blog.roodo.com/thinkingdom

總經銷　高寶書版集團
地址　臺北市內湖區洲子街八八號三樓
電話　02-2799-2788　傳真　02-2799-0909
海外總經銷　時報文化出版企業股份有限公司
地址　桃園縣龜山鄉萬壽路二段三五一號
電話　02-2306-6842　傳真　02-2304-9301

ISBN：978-986-5824-54-9
PURITY by Jonathan Franzen

Published in Agreement with Susan Golomb Literary Agency, through The Grayhawk Agency

Printed in Taiwan

純真／強納森・法蘭岑（Jonathan Franzen）
著；林少予譯. -- 初版. -- 臺北市：新經典圖文
傳播, 2016.09
680面；14.8x21公分. --（文學森林；LF0075）
譯自：Purity
ISBN 978-986-5824-54-9（平裝）

874.57　　104029034